CHÁ DE SUMIÇO

Marian Keyes

✳✳✳

MELANCIA

FÉRIAS!

SUSHI

Casório?!

É Agora... ou Nunca

LOS ANGELES

Um Bestseller
pra chamar de meu

Tem Alguém Aí?

Cheio de Charme

A Estrela Mais Brilhante do Céu

CHÁ DE SUMIÇO

Marian Keyes

CHÁ DE SUMIÇO

Tradução
Renato Motta

Rio de Janeiro | 2013

Copyright © Marian Keyes 2012

Título original: *The Mystery of Mercy Close*

Capa: Carolina Vaz

Editoração: FA Studio

Texto revisado segundo o novo
Acordo Ortográfico da Língua Portuguesa

2013
Impresso no Brasil
Printed in Brazil

Cip-Brasil. Catalogação na publicação
Sindicato Nacional dos Editores de Livros, RJ.

K55c	Keyes, Marian, 1963- Chá de sumiço/ Marian Keyes; tradução Renato Motta. — 1. ed. — Rio de Janeiro: Bertrand Brasil, 2013. 644p.; 23 cm. Tradução de: The Mystery of Mercy Close ISBN 978-85-286-1838-9 1. Ficção irlandesa. I. Motta, Renato. II. Título.
13-04146	CDD: 828.99153 CDU: 821.111(41)-3

Todos os direitos reservados pela:
EDITORA BERTRAND BRASIL LTDA.
Rua Argentina, 171 — 2º andar — São Cristóvão
20921-380 — Rio de Janeiro — RJ
Tel.: (0xx21) 2585-2070 — Fax: (0xx21) 2585-2087

Não é permitida a reprodução total ou parcial desta obra, por
quaisquer meios, sem a prévia autorização por escrito da Editora.

Atendimento e venda direta ao leitor:
mdireto@record.com.br ou (0xx21) 2585-2002

Para Tony

Olha só que ironia... Talvez eu seja a única pessoa que conheço que *não acha* nem um pouco maravilhosa a perspectiva de ir para "um lugar" a fim de "descansar". Vocês precisam ouvir minha irmã Claire tagarelando a respeito disso, como se acordar certa manhã e descobrir que você está num hospital para doentes mentais fosse a experiência mais deliciosa do mundo.

— Tenho uma ideia ótima! — declarou ela para sua amiga Judy. — Vamos surtar ao mesmo tempo.

— Genial! — disse Judy.

— Ficaremos num quarto duplo. Será fantástico.

— Descreva a cena para mim.

— Beeeeem... Pessoas gentis... Mãos macias, acolhedoras... Vozes sussurrantes... Roupa de cama branca, sofás brancos, orquídeas brancas, tudo branco...

— Como no céu — maravilhou-se Judy.

— Exatamente como no céu! — confirmou Claire.

Não exatamente como no céu! Abri a boca para protestar, mas não havia jeito de fazer com que parassem.

— ... o som de água tilintando...

— ... o cheiro de jasmim...

— ... um relógio tiquetaqueando em algum lugar distante...

— ... o nostálgico repicar de um sino...

— ... e nós duas deitadas na cama, com as cabeças desligadas pelo Xanax...

— ... olhando, sonhadoras, para grãos de poeira no ar...

— ... ou lendo a revista *Grazia*...

— ... ou comprando picolés Magnum Gold do homem que passa lentamente, de enfermaria em enfermaria, vendendo sorvetes...

Mas é claro que não haveria ninguém vendendo picolés. Nem qualquer das outras coisas legais.

— Uma voz sábia dirá — Judy fez uma pausa, para causar mais impacto: — "Livre-se de todos os seus fardos, Judy."

— E alguma adorável enfermeira que parece flutuar enquanto caminha cancelará os nossos compromissos — completou Claire.

— Dirá a todos que nos deixem em paz. Avisará aos canalhas mal-agradecidos que estamos com esgotamento nervoso por culpa deles, e todos terão de ser muito mais simpáticos conosco, se algum dia conseguirmos sair de lá.

Tanto Claire quanto Judy tinham vidas loucamente agitadas — crianças, cachorros, maridos, empregos e uma dedicação demorada e caríssima à missão de parecerem dez anos mais novas do que de fato eram. Zuniam perpetuamente de um lado para outro em automóveis, levando os filhos para treinarem rúgbi, pegando as filhas no dentista, correndo pela cidade para irem a alguma reunião urgente. Ser multitarefa era uma forma de arte para elas; usavam os segundos inúteis nos sinais de trânsito fechados para esfregar nas pernas paninhos com bronzeador artificial, respondiam aos e-mails sentadas nas poltronas dos cinemas e cozinhavam cupcakes Veludo Vermelho à meia-noite, enquanto eram alvo da zombaria das filhas adolescentes, que as chamavam de "patéticas vacas velhas e gordas". Nem um único momento sequer era desperdiçado.

— Eles nos darão Xanax. — Claire voltara ao devaneio.

— Ah, que maraviiiilha!

— Tanto quanto quisermos. No instante em que a felicidade começar a desaparecer, tocaremos uma sineta e uma enfermeira surgirá para nos dar uma dose extra.

— Nunca precisaremos nos vestir sozinhas. Todas as manhãs nos trarão pijamas de algodão novinhos em folha, tirados do pacote. E dormiremos dezesseis horas por dia.

— Ah, dormir...

— Será como estar embrulhada num grande casulo de marshmallow; nos sentiremos flutuantes, felizes e sonhadoras...

Era hora de apontar uma grande e desagradável falha naquela visão deliciosa delas.

— Vocês estarão num hospital psiquiátrico! — lembrei-lhes.

Tanto Claire como Judy pareceram imensamente alarmadas.

Depois de algum tempo, Claire disse:

— Não estou falando de um hospital psiquiátrico. Apenas de um lugar para ir... repousar.

— Esse lugar para onde as pessoas vão a fim de "repousar" *é* um hospital psiquiátrico.

Ambas ficaram em silêncio. Judy mordeu o lábio inferior. Estavam, obviamente, refletindo sobre tudo aquilo.

— O que você achou que poderia ser? — perguntei.

— Bem... Tipo assim, uma espécie de spa — afirmou Claire. — Com... Sabe como é... Remédios interessantes.

— Eles têm pacientes *loucos* lá dentro — expliquei. — Pessoas malucas de verdade. Gente doente.

Veio mais um longo silêncio; por fim, Claire ergueu os olhos para mim, com o rosto vermelho-vivo.

— *Pelo amor de Deus*, Helen! — exclamou. — Você é mesmo uma tremenda vaca insensível, sabia? Por que nunca consegue deixar alguém curtir um lance agradável?

Quinta-feira

Capítulo Um

Eu estava pensando em comida. Quando estou presa num engarrafamento, é isso que faço. Aliás, é o que qualquer pessoa normal faz; por outro lado, analisando melhor, eu não tinha comido nada desde as sete da manhã, e isso já fazia dez horas. Uma canção da banda Laddz tocou no rádio pela segunda vez só naquele dia — era ou não uma tremenda falta de sorte? Enquanto os acordes piegas e açucarados tomavam conta do carro, tive uma vontade forte e súbita de bater de frente com um poste.

Havia um posto de gasolina logo adiante, à esquerda, onde um letreiro vermelho e tentador anunciava refrigerantes. Eu podia me libertar daquele nó no trânsito, entrar ali e comprar um donut. Mas os donuts vendidos nesses lugares eram tão sem gosto quanto as esponjas que repousam no fundo do mar; acho que daria até para me esfregar no banho com um deles. Além disso, um bando de abutres negros imensos voava em círculos sobre as bombas de gasolina, e isso me demoveu da ideia de parar. Não, decidi... Eu seguiria adiante até...

Espere um minuto! *Abutres?*

Numa cidade?

Sobre um posto de gasolina?

Dei uma segunda olhada e vi que não eram abutres. Apenas gaivotas. Gaivotas comuns.

Então pensei: Ah, não, outra vez, não!

• • •

Quinze minutos depois, estacionei o carro diante da casa dos meus pais, esperei um momento para me recompor e comecei a futucar na bolsa em busca da chave para poder entrar. Eles haviam tentado fazer com que eu devolvesse minha chave quando fui embora daquela casa, três anos antes. Porém — raciocinando de forma estratégica —, eu me agarrara a ela. Mamãe ameaçara trocar as fechaduras, mas eu sabia que se ela e papai haviam demorado oito anos para decidir comprar um simples balde amarelo, quais as chances de conseguirem lidar com uma tarefa tão complicada como mandar trocar as fechaduras?

Encontrei os dois na cozinha, sentados à mesa, bebendo chá e comendo bolo. Pessoas velhas. Que vida ótima elas têm. Mesmo as que não fazem *tai chi chuan* (falaremos sobre isso depois).

Eles ergueram os olhos e me olharam fixamente, com um ressentimento maldisfarçado.

— Tenho uma notícia para vocês — informei.

Mamãe pareceu recuperar a voz.

— O que está fazendo aqui? — perguntou ela.

— Eu *moro* aqui.

— Não mora mais! Nós nos livramos de você. Pintamos seu quarto. Nunca fomos tão felizes.

— Eu disse que tenho uma notícia. Minha notícia é essa: moro aqui.

O medo começou a surgir aos poucos no rosto de mamãe.

— Você tem sua própria casa. — Ela vociferava, mas parecia ter perdido a convicção. Já devia esperar por isso, afinal.

— Não mais. Desde hoje de manhã. Não tenho nenhum outro lugar para ir.

— Foi o pessoal da hipoteca? — Ela estava cinzenta (por baixo da base laranja usada tradicionalmente pelas mães irlandesas.)

— O que está acontecendo? — Papai era surdo. E também confuso na maioria das vezes. Era sempre difícil saber qual das duas deficiências estava no comando.

— Ela não pagou a PRESTAÇÃO — disse mamãe, no ouvido bom dele. — O apartamento dela foi RETOMADO!

— Eu *não consegui* pagar a prestação — protestei. — A senhora fala como se fosse culpa minha. De qualquer modo, a coisa toda é muito mais complicada que isso.

— Você tem um namorado — disse mamãe, com ar esperançoso. — Não pode ir morar com ele?

— Onde está o seu discurso de católica radical, mamãe?

— Precisamos acompanhar os tempos modernos.

Balancei a cabeça negativamente.

— Não posso ir morar com Artie. Os filhos dele não permitiriam. — Não era exatamente assim. Somente Bruno iria se opor. Ele me odiava profundamente. Iona, porém, era bastante agradável e Bella me adorava de paixão. — Vocês são meus pais. Amor incondicional. Preciso lembrá-los disso? Minhas coisas estão no carro.

— O quê?! *Todas* as suas coisas?

— Não.

Eu passara o dia com dois sujeitos que só aceitam dinheiro vivo. O que restava da minha mobília estava agora armazenado num gigantesco guarda-móveis que ficava muito depois do aeroporto, esperando a volta dos bons tempos.

— Só trouxe minhas roupas e algumas coisas de trabalho — continuei. — Na verdade, tinha levado *uma porção* de coisas de trabalho, já que eu tinha sido obrigada a devolver meu escritório também, havia um ano. Ah, e um monte de roupas, embora eu tivesse jogado fora toneladas e mais toneladas, enquanto fazia as malas.

— Mas quando isso vai ter fim? — perguntou mamãe, com ar de lamúria. — Quando teremos nossos anos dourados, afinal de contas?

— Nunca! — Papai falou com repentina confiança. — Isso é uma síndrome da vida moderna. A Geração Bumerangue. Filhos adultos voltando para morar na casa dos pais. Li a respeito disso na *Grazia*.

Não havia como discordar da *Grazia*.

—Você pode ficar conosco por alguns dias — concedeu mamãe. — Mas vou logo avisando: pode ser que nós resolvamos vender a casa e partir num cruzeiro pelo Caribe.

Os preços dos imóveis na Irlanda haviam despencado tanto que a venda daquela casa não renderia grana suficiente nem para um passeio às ilhas Aran. Mas eu não disse nada. Fui até o carro, arrastei minhas caixas de tralhas e decidi não mencionar o fato. Afinal, eles iam me oferecer um teto.

— A que horas é o jantar? — Eu não estava com fome, mas queria me informar sobre os horários da casa.

— Jantar?

Não havia nenhum jantar.

— Não ligamos mais para essas coisas — confessou mamãe. — Agora que somos só nós dois...

Puxa, essa era uma notícia péssima! Eu já me sentia muito mal, mesmo sem meus pais subitamente se comportarem como se estivessem na antessala da morte.

— Mas... O que vocês comem?

Eles olharam um para o outro, surpresos, e depois para o bolo na mesa.

— Ora essa... Bolo, é claro!

No passado, isso teria sido perfeito. Nos meus tempos de menina, minhas quatro irmãs e eu considerávamos uma atividade de alto risco comer qualquer coisa que minha mãe tivesse cozinhado. Mas eu não estava em meu estado normal.

— Então... A que horas é o bolo?

— A qualquer hora que você tiver fome.

Isso não servia.

— Preciso de um horário específico.

— Às sete, então.

— Está bem. Ouçam... Avistei um bando de abutres sobrevoando o posto de gasolina.

Mamãe apertou os lábios.

— Não temos abutres na Irlanda — informou papai. — São Patrício os expulsou de vez.

— Ele tem razão — disse mamãe, com determinação. — Você não viu nenhum abutre.

— Mas... — Parei de falar. De que adiantaria? Abri a boca e tentei inspirar um pouco de oxigênio.

— O que está fazendo? — Mamãe me pareceu alarmada.

— Estou... — O que eu estava fazendo mesmo? — Estou tentando respirar. Meu peito está todo emperrado. Não há espaço suficiente para o ar entrar.

— Claro que há espaço. Respirar é a coisa mais natural do mundo.

— Acho que minhas costelas diminuíram de tamanho. Sabe como é... do jeito que os ossos encolhem, quando a pessoa está velha.

—Você tem apenas trinta e três anos. Espere até chegar à minha idade e vai descobrir tudo sobre ossos encolhidos.

Embora eu não soubesse qual era a idade exata de mamãe — ela mentia sobre isso o tempo todo, e de forma elaborada, algumas vezes fazendo referência ao papel vital que desempenhara na Revolta de 1916 ("ajudei a datilografar a Declaração de Independência para o jovem Padraig ler nos degraus da sede dos Correios"); outras vezes tornava-se lírica ao falar dos anos de sua adolescência, que passara dançando ao som de "The Hucklebuck", quando Elvis visitou a Irlanda (Elvis nunca fora à Irlanda e nunca cantara "The Hucklebuck", mas, quando alguém dizia isso mamãe piorava, insistindo que Elvis fizera uma visita secreta, sim, a caminho da Alemanha, e que cantara "The Hucklebuck" a pedido dela, especificamente). — Nessas horas, ela parecia maior e mais robusta do que nunca.

— Recupere o fôlego! Vamos, vamos, qualquer pessoa consegue fazer isso — insistiu. — Até uma criancinha! Então, o que pretende fazer esta noite? Depois de comer bolo? Vamos ver TV? Temos gravados vinte e nove episódios de *Come Dine With Me*.

— Ahn... — Eu não queria assistir a *Come Dine With Me*. Normalmente, eu assistia a pelo menos dois programas por dia. De repente, porém, me senti enjoada de tudo aquilo.

Tinha um convite em aberto para visitar Artie. Mas os filhos dele estariam lá naquela noite, e eu não tinha certeza se conseguiria ter força suficiente para bater papo com eles; além do mais, sua presença interferiria nos meus planos de livre acesso sexual ao pai deles. Mas Artie estivera trabalhando em Belfast a semana inteira e... Sim, bote pra fora, Helen, admita de uma vez por todas para si mesma... Eu tinha sentido saudades dele.

— Provavelmente vou dar uma passadinha na casa de Artie — comuniquei.

Mamãe se empolgou toda.

— Posso ir também?

— Claro que não! Já lhe avisei!

Mamãe era louca pela casa de Artie. Vocês provavelmente conhecem esse tipo de casa, se curtem revistas de decoração. Por fora, parece um chalé típico da classe operária — agachado sobre a calçada, com o boné arriado, sabendo seu lugar. O telhado de ardósia é torto e a porta da frente tão baixa que as únicas criaturas capazes de atravessá-la com plena certeza de que não vão rachar o crânio são os anões.

Quando a pessoa entra no ambiente, porém, descobre que alguém colocou abaixo a parede dos fundos da casa e a substituiu por uma maravilhosa terra mágica, vítrea e futurista, com escadas flutuantes, quartos de dormir suspensos como ninhos de pássaros e claraboias distantes.

Mamãe estivera lá apenas uma vez, por acaso — eu avisei para não sair do carro, mas ela me desobedeceu na maior cara de pau —, e ficou tão impressionada que me causou enorme constrangimento. Eu não permitiria que isso acontecesse novamente.

— Está bem, então eu não vou — disse ela. — Mas tenho um favor para lhe pedir.

— Qual?

— Você vai comigo ao show de reencontro da banda Laddz?

— Eu, hein? Ficou maluca?

— Maluca, *eu*? Olhe quem está falando... Uma pessoa que enxerga abutres!

Capítulo Dois

Chalés nanicos que parecem pertencer à classe operária são interessantes e ótimos, só que não costumam oferecer estacionamentos subterrâneos convenientes para visitantes. Demorei mais para encontrar uma vaga do que o tempo que gastei dirigindo os três quilômetros até a casa de Artie. Finalmente enfiei meu Fiat 500 (preto com interior revestido também em preto) entre duas gigantescas picapes, e só então me permiti adentrar o celestial universo-casulo de acrílico transparente. Tinha minha própria chave — fazia só seis semanas desde que Artie e eu tínhamos feito aquela troca cerimoniosa. Ele me dera uma chave da sua casa; eu lhe dera a chave do meu apartamento. Porque, na ocasião, eu ainda tinha um.

Ofuscada pela luz do sol das noites de junho, segui cegamente o som de vozes através da casa, descendo pelos degraus mágicos que flutuavam soltos até chegar ao deque onde um grupo de pessoas de boa aparência e cabelos louros estava reunido montando — imaginem só o quê? — um quebra-cabeça. Artie, meu lindo viking! Iona, Bruno e Bella, seus lindos filhos. E Vonnie, sua linda ex-esposa. Sentada no banco comprido ao lado de Artie, ali estava ela, com seu ombro magro e moreno encostadinho no do ex-marido, que era grande e largo.

Eu não esperara vê-la, mas Vonnie morava perto e, muitas vezes, aparecia casualmente, em geral com Steffan, seu parceiro, a reboque.

Ela foi a primeira a me notar.

— Helen! — exclamou, num tom muito caloroso.

Um coro de saudações e sorrisos que pareciam flashes se estenderam para mim, e fui arrastada para um mar de braços acolhedores, a fim de ser beijada por todos. Uma família cordial, os Devlin. Só Bruno se manteve recuado, e ele não precisava achar que eu não notara isso; eu mantinha um registro mental das muitas e muitas vezes em que ele me tratara sem consideração. Nada me escapava. Todos nós temos dons específicos.

Bella, vestida em cor-de-rosa da cabeça aos pés e cheirando a chiclete de cereja, ficou muito emocionada com minha chegada.

— Helen, Helen! — Ela se atirou em cima de mim. — Papai não avisou que você vinha. Posso arrumar seus cabelos?

— Bella, dê um tempo para Helen — disse Artie.

Com nove anos e uma personalidade muito amorosa, Bella era a mais jovem, a mais frágil e fraca de todo o grupo. Apesar disso, seria imprudente deixá-la de lado. Antes disso, porém, eu precisava cuidar de um assunto importante. Olhei para a região onde a parte de cima do braço de Vonnie se encontrava com o de Artie.

— Afaste-se! — ordenei. — Você está perto demais dele.

— Ela é *a esposa* dele. — As maçãs do rosto exageradas como as de um travesti, típicas de Bruno, pareceram acender de indignação. Será que ele estava usando blush?

— Ex-esposa — lembrei a ele. — Sou sua namorada. Ele agora é *meu*. — Depressa e sem sinceridade, acrescentei: — Rá-rá-rá! (porque, assim, se alguém me acusasse algum dia de egoísmo e imaturidade e dissesse: "pobrezinho do Bruno", eu poderia responder: "Pelo amor de Deus, foi só uma *piada*. Ele tem de aprender a aceitar *zoação*.")

— Na verdade, era o Artie que estava apoiado *em mim* — disse Vonnie.

— Não estava não! — Naquela noite, eu estava sem paciência para aquele joguinho constante com Vonnie. Mal consegui escolher as palavras para continuar a farsa. — Você está sempre dando em cima dele. Desista de uma vez, Vonnie. Ele é *louco* por mim.

—Tá legal, você tem razão.

Com muito bom humor, Vonnie mudou de posição e arrastou o corpo para o lado sobre o banco, colocando *espaço enorme* entre ela e Artie.

Geralmente eu não era assim, mas confesso que não conseguia deixar de gostar dela.

E quanto a Artie, no meio dessa cena? Demonstrava o maior interesse e parecia profundamente concentrado no canto inferior esquerdo do quebra-cabeça. Muitas vezes ele exibia um jeito caladão e misterioso, mas sempre que Vonnie e eu começávamos com nossas agressivas brincadeiras mútuas de mulheres-alfa, ele aprendera — seguindo instruções minhas — a se ausentar por completo.

No começo, tentara me proteger dela, mas eu me sentira mortalmente ofendida.

— É como se você estivesse insinuando que ela é mais assustadora do que eu! — desabafei.

Na verdade, era Bruno, de treze anos, o verdadeiro problema. O pivete era mais abusado que a mais vingativa das garotas e, sim, eu sabia que tinha bons motivos para isso; seus pais se separaram quando ele estava na tenra idade de nove anos. Agora, ele se tornara um adolescente dominado pelos hormônios da raiva, que expressava o tempo todo vestindo-se num gênero "fascista chique": camisas pretas justas, calças pretas estreitas enfiadas para dentro de reluzentes botas pretas que iam até os joelhos e cabelos muito, muito louros, cortados bem curtos, a não ser por uma franja majestosa, típica dos anos 1980. Também usava sombra nos olhos e, pelo visto, começara a passar blush.

— E então?... — Sorri, um pouco tensa, para os rostos reunidos.

Artie ergueu os olhos do quebra-cabeça e me deu uma encarada intensa com seus olhos azuis. Meu Deus. Engoli em seco, com força. Na mesma hora, desejei que Vonnie fosse para casa e as crianças para a cama, para eu poder curtir algum tempo sozinha com Artie. Será que seria descortês pedir a eles para darem o fora?

— Quer beber alguma coisa? — perguntou ele, sustentando o olhar.

Fiz um sinal afirmativo com a cabeça, em silêncio.

Torci para ele se levantar, para eu poder segui-lo até a cozinha e dar uma cheirinho nele, mesmo que rápido e furtivo.

— Podem deixar que eu pego as bebidas — ofereceu Iona, com ar sonhador.

Engolindo um uivo de frustração, espiei-a descer adejando pelos degraus flutuantes até a cozinha, onde a bebida morava. Aquela menina tinha quinze anos! Eu achava espantoso ela ser capaz de carregar um vinho de um cômodo para outro sem beber tudo pelo caminho. Quando eu tinha quinze anos, bebia qualquer coisa que não estivesse presa na mesa com pregos. Isso era simplesmente o que todos os adolescentes normais faziam, certo? *Todo mundo* era assim. Talvez fosse falta de um dinheirinho extra no bolso, não sei explicar; só sei que eu não entendia Iona e sua confiabilidade, muito menos suas tendências abstêmias.

— Quer algo para comer, Helen? — perguntou Vonnie. — Há uma salada com erva-doce e queijo *vacherin* na geladeira.

Meu estômago se apertou com força: não havia jeito de ele deixar nada entrar.

— Eu já comi. — Na verdade, não tinha comido. Não tinha conseguido empurrar para dentro do estômago nem uma fatia de bolo da hora do jantar de mamãe e papai.

—Tem certeza? —Vonnie me lançou um olhar de cima a baixo. — Você me parece meio magrinha. Não ouse ficar mais magra do que eu!

— Não precisa ter medo disso. — Mas talvez houvesse razão para eu parecer abatida. Não fazia uma refeição adequada desde... Bem, já tinha algum tempo. Na verdade, nem conseguia lembrar quando... Uma semana. Talvez mais. Meu corpo parecia ter parado de notificar minha mente de que precisava de comida. Ou então minha mente estava tão cheia de preocupações que não conseguia lidar direito com as informações. Quando a mensagem finalmente chegava ao destino, eu já não era mais capaz de fazer qualquer coisa remotamente complicada para aplacar a fome, como despejar leite em cima de cereais, por exemplo. Até comer pipoca, como eu havia tentado na noite anterior, me parecera a coisa mais esquisita do mundo — por que alguém comeria aquelas bolinhas crespas de isopor, que cortam o interior da nossa boca e ainda espalham sal nas feridas?

— Helen! — disse Bella. — É hora de brincar! — Ela me exibiu um pente cor-de-rosa e um tupperware também cor-de-rosa cheio de grampos de cabelos cor-de-rosa e elásticos para cabelos revestidos de pano. Tudo cor-de-rosa! — Sente-se aqui...

Ah, meu Deus. Brincar de cabeleireira. Pelo menos aquele não era dia de "atendente de registros de placas de veículos". Esse era, de longe, o pior dos nossos jogos. Eu tinha de ficar em pé, como se estivesse numa fila, e ela se mantinha impassível atrás de um guichê de vidro imaginário. Eu vivia sugerindo para brincarmos disso online, mas ela protestava e argumentava que assim não seria um jogo.

—Veja, chegou sua bebida! — exclamou Bella, e sussurrou para Iona: —Anda, entregue logo o copo, não vê que ela está estressada?

Iona me apresentou uma taça de vinho tinto e um copo alto, gelado, tilintando com cubos de gelo.

—Vinho shiraz ou então chá gelado de valeriana, feito em casa. Eu não sabia o que você iria preferir, então trouxe os dois.

Fiquei por um segundo contemplando o vinho, mas logo decidi dispensá-lo. Tinha medo de, se começasse a beber, não conseguir mais parar. Não poderia suportar o horror de uma ressaca.

—Vinho não, obrigada.

Fortaleci-me para o espanto exagerado que em geral se seguia a esse tipo de declaração:

"O quê? Vinho não?!... Ela disse 'Vinho, não'? Pirou de vez?"

Esperei que os Devlin se levantassem todos juntos e lutassem comigo até eu ficar imobilizada numa chave de braço, de modo que o shiraz pudesse ser despejado dentro de mim através de um funil plástico, como um carneiro sendo entubado, mas minha declaração passou em branco, sem comentários. Eu tinha me esquecido, por um momento, de que não estava com minha família de origem.

— Prefere Coca zero? — perguntou Iona.

Meu Deus, os Devlin eram os perfeitos anfitriões, até mesmo uma figura excêntrica e etérea como Iona. Eles sempre tinham Coca-Cola zero na geladeira especialmente para mim, pois nenhum deles bebia.

— Não, obrigada, apenas chá está ótimo.

Tomei um pequeno gole do chá de valeriana — não era ruim, embora também não fosse bom — e depois me sentei num maciço almofadão de chão. Bella ajoelhou-se ao meu lado e começou a acariciar meu couro cabeludo.

—Você tem cabelos maravilhosos — murmurou a menina.

— Muito obrigada.

Detalhe: ela achava que eu tinha tudo bonito; não era exatamente uma testemunha confiável.

Seus dedinhos pentearam e separaram mechas, e os músculos dos meus ombros começaram a relaxar pela primeira vez em cerca de dez dias; tive o alívio de uma respiração adequada, em que meus pulmões se encheram plenamente de ar e depois o soltaram.

— Puxa, isso é tão relaxante!...

— Teve um dia ruim? — perguntou ela, solidária e simpática.

— Você nem faz ideia, minha amiguinha cor-de-rosa.

— Pode desabafar comigo.

Eu já estava pronta para jogar um monte de coisas terríveis em cima da menina quando lembrei que Bella tinha apenas nove anos.

— Bem... — disse eu, esforçando-me muito para dar às coisas um toque alegre. — É que eu não consegui pagar minhas contas e tive de me mudar do meu apartamento...

— O quê? — Artie pareceu espantado. — Quando foi isso?

— Hoje. Mas tudo bem. — Eu falava mais para Bella do que para ele.

— Mas... Por que você não me contou? — insistiu ele.

Por que eu *não tinha* contado? Quando lhe dera a chave do apartamento, seis semanas antes, eu lhe avisara de que isso era uma possibilidade, mas fizera a coisa soar como se fosse brincadeira; afinal, o país inteiro estava com prestações imobiliárias em atraso, todos enterrados até o pescoço em dívidas. Mas ele ficara com as crianças no fim de semana anterior, tinha estado ausente durante toda a semana, e eu achava difícil ter esse tipo de conversa séria pelo telefone. Além do mais, para falar a verdade, não havia contado a *ninguém* o que estava acontecendo.

Na véspera daquele dia, de manhã, percebi que tinha chegado ao fim da estrada — o fim da estrada, na verdade, fora alcançado algum tempo antes, mas eu negava o fato, esperando que os operários do Departamento de Obras aparecessem com asfalto, algumas linhas brancas para dividir as pistas, e construíssem alguns quilômetros a mais para mim —, então simplesmente marquei com os dois sujeitos que faziam mudanças. Vergonha, provavelmente, foi o que me mantivera calada. Ou terá sido a tristeza? Ou o choque? Difícil saber ao certo.

— O que você vai fazer agora? — A voz de Bella soou preocupada.

— Voltei a morar com minha mãe e meu pai por algum tempo. Eles estão passando por dificuldades, no momento, e não há muita comida, mas dá para ir levando...

— Por que não se muda para cá? — perguntou Bella.

Na mesma hora, o lindo rostinho aveludado de Bruno se acendeu de fúria. Em geral ele vivia tão zangado que era de esperar que seu rosto fosse todo coberto de espinhas. Uma manifestação externa, por assim dizer, da sua bile interior. Na verdade, porém, ele exibia uma pele muito macia, suave e delicada.

— Porque seu pai e eu estamos saindo juntos há muito pouco tempo, e...

— Cinco meses, três semanas e seis dias — relatou Bella. — São quase seis meses. Metade de um ano!

Um pouco ansiosa, olhei para seu rostinho ardente.

— E vocês se dão muito bem um com o outro — afirmou ela, com entusiasmo. — É o que mamãe diz. Não é, mamãe?

— Digo sim, com certeza — falou Vonnie, com um sorriso torto.

— Mas eu não posso me mudar para cá — tentei com muito esforço falar de maneira alegre — ... porque Bruno me esfaquearia no meio da noite. — E depois roubaria minha maquiagem.

Bella ficou horrorizada.

— Ele não faria uma coisa dessas.

— Faria, sim — garantiu o menino.

— Bruno! — Artie gritou para ele.

— Desculpe, Helen. — Bruno conhecia as regras. Virou-se de lado, mas deu para vê-lo formar palavras que não expressou em voz alta: "Vá se foder, sua cara de xereca."

Precisei de todo autocontrole para não fazer com a boca, em resposta: "Vá se foder *você*, menino fascista." Mas eu já tinha quase trinta e quatro anos, lembrei a mim mesma. E Artie poderia perceber essa reação.

Minha atenção foi desviada por uma luz que piscava no meu celular. Um novo e-mail tinha acabado de chegar. O título curioso era: "Imenso pedido de desculpas". Então, vi quem era o remetente: Jay Parker. Quase deixei o aparelho cair no chão.

Queridíssima Helen, minha deliciosa rabugentazinha. Embora me mate reconhecer o fato, preciso muito da sua ajuda. Que tal deixar para trás as coisas passadas e entrar em contato comigo?

Aquilo merecia uma resposta curta, apenas uma palavra. Demorei menos de um segundo para digitar:

Não.

Deixei Bella brincar com meus cabelos, bebi meu chá de valeriana e espiei os Devlin montando o quebra-cabeça, desejando que todos — menos Artie, é claro — dessem o fora dali. Será que não podíamos, pelo menos, ir lá para dentro e ligar a TV? Na casa onde eu fui criada, tratávamos o que estava "do lado de fora" da casa com muitas suspeitas. Mesmo no auge do verão, nunca entendíamos exatamente o porquê da existência de jardins, especialmente porque o fio da TV não se estendia até o lado de fora da casa. E o aparelho de televisão sempre fora muito importante para os Walsh; nada, *absolutamente nada* tinha acontecido em nossas vidas — nascimentos, mortes, casamentos — sem a participação da televisão como pano de fundo da ação, de preferência transmitindo alguma novela em que os personagens se expressavam aos gritos. Como será que os Devlin conseguiam aguentar toda aquela *conversa tranquila*?

Talvez o problema não fosse com eles, percebi. Talvez o problema fosse eu mesma. Minha habilidade para conversar com outras pessoas parecia estar se esvaindo de mim, como o ar escapando de um balão velho. Eu estava pior agora do que uma hora antes.

Os dedos suaves de Bella puxavam meu couro cabeludo, e ela emitia sons agudos que certamente eram estalos de admiração com a língua; depois se alvoroçava, até finalmente chegar a algum tipo de resolução com a qual estava feliz.

— Perfeito! Agora você parece uma princesa maia. Veja só!

Colocou um espelho de mão diante do meu rosto. Captei uma rápida visão dos meus cabelos em duas tranças compridas e algum tipo de coisa tecida à mão amarrada através da minha franja.

— Olhem para Helen! — convocou a menina, olhando em torno. — Ela não está linda?

— Linda! — exclamou Vonnie, num tom de profunda sinceridade.

— Parece uma princesa maia — enfatizou Bella.

— É verdade que foram os maias que inventaram o sorvete Magnum? — perguntei.

Houve um breve silêncio atônito e depois a conversa recomeçou, como se eu não tivesse dito nada. Eu estava *totalmente* fora de sintonia, ali.

— Ela está *igualzinha* a uma princesa maia — confirmou Vonnie. — A não ser pelo fato de que os olhos de Helen são verdes, e os de uma princesa maia seriam provavelmente castanhos. Mas os cabelos estão perfeitos. Muito bem, Bella! Mais chá, Helen?

Para minha surpresa, eu me senti farta dos Devlin, pelo menos naquele momento. Estava cheia daquela família, revoltada com sua aparência impecável, sua graça, suas maneiras finas, seus jogos de tabuleiro, suas pausas amistosas e as pequenas taças de vinho ao jantar, para as crianças. Na verdade, eu queria ficar sozinha com Artie, mas isto não iria acontecer, e eu não consegui reunir nem mesmo a energia para me sentir chateada com a situação; aquilo não era culpa dele. Artie tinha três filhos e um emprego que tomava muito do seu tempo. Ele não fazia ideia do dia que eu tinha enfrentado. Ou da semana, na verdade.

— Não, não quero mais chá, obrigada, Vonnie. É melhor eu ir embora. — Levantei-me.

—Você já vai embora? — Artie parecia preocupado.

—Virei aqui para ver você no fim de semana. — Ou quando for a vez de Vonnie ficar com as crianças. Eu me perdera quanto às escalas deles, que eram muito complicadas. A premissa básica era de que as três crianças passassem quantidades de tempo escrupulosamente iguais nas casas dos dois pais, mas os dias em que isto acontecia variavam de uma semana para outra, dependendo de fatores do tipo Artie ou Vonnie (sobretudo Vonnie, se querem saber) terem miniférias, cerimônias de casamento de amigos comuns no campo etc.

—Você está bem? — Artie começava a parecer preocupado.

— Estou ótima. — Eu não podia tratar do assunto naquele momento.

Ele me agarrou pelo pulso.

— Não quer ficar mais um pouco? — Com a voz muito baixa, propôs: — Posso pedir a Vonnie para ir embora. E as crianças terão de ir para a cama, em algum momento.

Mas isso ainda poderia demorar várias horas para acontecer. Artie e eu nunca íamos para a cama antes das crianças. É claro que muitas vezes eu estava lá de manhã, de modo que era óbvio que eu tinha passado a noite ali, mas nós — todos nós — costumávamos recorrer à farsa de que eu dormira em alguma cama extra imaginária, e que Artie passara a noite sozinho. Embora eu fosse o caso amoroso de Artie, todos costumavam me tratar apenas como uma amiga da família em visita.

— Preciso ir. — Eu não aguentaria nem mais um minuto sentada ali no deque, esperando pegar Artie sozinho, louca para ter a chance de tirar as roupas do seu belo corpo. Eu explodiria.

Antes, porém, ainda havia as manifestações de adeus. Demoraram cerca de vinte minutos. Eu não estava acostumada com despedidas muito compridas; se a escolha fosse minha, preferia resmungar alguma coisa sobre ter de ir ao banheiro, sair de forma furtiva e já estar a meio caminho de casa antes que qualquer pessoa percebesse que eu me ausentara dali.

Em minha opinião, dizer "até logo" é uma coisa *insuportavelmente* chata. Puxa, mentalmente eu já tinha dado o fora dali! Tipo... Fui! A mim, parecia uma perda total de tempo aqueles "tudo de bom", "até a próxima", "cuide-se bem, viu?", os sorrisos generosos e coisas do gênero.

Algumas vezes sinto vontade de arrancar as mãos das pessoas dos meus ombros, afastá-las com um empurrão e simplesmente me arremessar para a liberdade. Mas transformar o ritual de despedidas numa grande produção era o jeito de ser dos Devlin: abraços e beijos dos dois lados do rosto — mesmo da parte de Bruno, que, claramente, ainda não tinha conseguido romper inteiramente com seu condicionamento de classe média. Da parte de Bella, beijos quádruplos (nas duas faces, na testa e no queixo), acompanhados de sugestões de que, muito em breve, poderíamos tirar um bom cochilo no quarto dela.

— Eu lhe emprestarei meu pijama estampado da Moranguinho — prometeu ela.

— Você só tem nove anos — disse Bruno, ridicularizando a irmã de forma implacável. — Helen é, digamos assim... Velha. Como acha que seu pijama vai caber nela?

— Somos do mesmo tamanho — garantiu Bella.

Engraçado é que praticamente éramos, mesmo. Eu era baixa para minha idade e Bella era alta para a sua. Eles eram todos altos, os Devlin; tinham puxado a Artie.

— Tem certeza de que deve ficar sozinha? — perguntou Artie, quando me acompanhou até a porta da frente. — Vejo que você teve um dia muito ruim.

— Que nada, estou ótima.

Ele pegou minha mão e esfregou a palma contra sua camiseta, por cima dos seus músculos peitorais, e depois desceu lentamente na direção da sua barriga de tanquinho.

— Pare! — afastei-me dele. — Não adianta começar uma coisa que não poderemos terminar.

— Hummm... Tá bem. Mas vamos pelo menos tirar esse troço dos seus cabelos, antes de você ir embora.

— Artie, eu já disse que...

Com muita ternura, ele desamarrou a faixa maia que Bella colocara em mim, exibiu-a para mim com um floreio e depois a deixou cair no chão.

— Ah... — murmurei. E depois "ahn...", quando ele deslizou suas mãos debaixo do contorno dos meus cabelos e por cima do meu pobre e atormentado couro cabeludo, começando a desfazer as duas tranças. Fechei os olhos por um momento, deixando suas mãos abrirem caminho através dos meus fios. Ele girou os polegares, fazendo lentos círculos em torno das minhas orelhas, seguiu para minha testa, sobre as linhas franzidas entre as sobrancelhas, e parou no ponto tenso onde meu pescoço se encontrava com meu couro cabeludo. Meu rosto começou a se suavizar e senti meu maxilar paralisado relaxando aos poucos; quando finalmente parou, eu estava em tamanho transe, que uma mulher menos enérgica teria desabado.

Mas consegui me manter ereta.

— Babei em você? — Eu quis saber.

— Dessa vez, não.

— OK, vou nessa!

Ele curvou a cabeça e me beijou, um beijo mais contido do que eu preferiria, mas era melhor não iniciar nenhum incêndio.

Deslizei minha mão para cima, até a parte de trás da sua cabeça. Gostava de emaranhar meus dedos entre os cabelos da sua nuca e puxá-los, mas não com força suficiente para machucar. Quer dizer, mais ou menos.

Quando nos afastamos, eu disse:

— Gosto dos seus cabelos.

— Vonnie diz que preciso cortá-los.

— Eu discordo. E quem decide sou eu.

— OK — disse ele. — Durma um pouco. Telefonarei para você mais tarde.

Tínhamos entrado numa rotina — bem, acho que era uma rotina — nas últimas semanas, e sempre conversávamos rapidamente pouco antes de dormir.

— E quanto à sua pergunta — disse ele —, a resposta é sim.

— Que pergunta?

— Foram os maias que inventaram os sorvetes Magnum?

— Ah...

Sim, é claro que os maias tinham inventado os sorvetes Magnum.

Capítulo Três

Logo que comecei a dirigir, percebi que não tinha lugar nenhum para ir. Peguei a autoestrada, mas quando apareceu a saída para a casa dos meus pais, ignorei-a solenemente e segui em frente.

Gostava de dirigir. Era como estar numa pequena bolha. Eu não me sentia no lugar de onde saíra, nem no lugar para onde ia. Era como se tivesse cessado de existir no instante em que parti, e não tornaria a existir até chegar ao destino, e me agradava esse estado de não existência.

Enquanto dirigia, eu arquejava, muito ofegante, em busca de ar através da minha boca, tentando engoli-lo e fazê-lo descer, fazendo de tudo para impedir meu peito de se fechar sobre si mesmo.

Quando meu celular tocou, senti uma fisgada interna de ansiedade. Peguei o aparelho e dei uma olhada rápida na tela: número desconhecido. Potencialmente, podia ser uma porção de gente — recentemente, eu vinha recebendo um número pequeno, mas expressivo, de telefonemas muito desagradáveis, como geralmente acontece com pessoas que acumulam contas não pagas. Mas meu instinto me dizia exatamente de quem era essa misteriosa ligação. E eu não ia falar com essa pessoa. Depois de cinco chamadas, a resposta automática entrou de repente. Joguei o telefone no assento do carona e continuei a dirigir.

Liguei o rádio, que estava permanentemente sintonizado na estação de notícias. Estavam transmitindo *Off the Ball*, um programa esportivo que destacava assuntos pelos quais eu não tinha o menor interesse — partidas de futebol, corridas, coisas desse tipo. Ouvi, sem prestar muita atenção, atletas e treinadores falando sem parar; dava para sentir em suas vozes o quanto aquilo era importante para eles. Isso me fez refletir: sei que é *muito* importante para vocês, mas não me afeta *de jeito nenhum*. E minhas encucações são vitais para mim, mas não significam nada para vocês. Resumo da ópera: será que alguma coisa é realmente importante?

Por um momento, consegui algum distanciamento. Para eles, o mundo acabará se não ganharem a final do campeonato local, no sábado. Já estão mortos de medo da derrota. Já estão treinando o futuro desespero. Mas isso não tem importância.

Nada tem importância.

O celular tornou a tocar: número desconhecido. Como na ligação anterior, eu tinha uma forte suspeita de quem era. Depois de cinco chamadas, parou.

A autoestrada estava quase vazia, àquela hora da noite — quase dez —, e o sol começava a baixar. Na Irlanda, os dias são assim no início de junho: se estendem de forma interminável. Eu detestava aquela luz sem fim. O celular recomeçou a tocar, e percebi que estava à espera que isso acontecesse. Foi como das outras vezes: deu cinco toques e parou. Alguns minutos mais tarde, começou de novo. Parando e começando, parando e começando, repetidas vezes, exatamente como ele costumava fazer. Sempre que queria alguma coisa, queria *agora*. Agarrei o celular com tanto desespero para silenciá-lo que meus dedos pareceram inchar até ficarem dez vezes maiores que o normal, e já não conseguiam mais fazer com que as teclas funcionassem.

Finalmente, consegui desligar aquele troço; isso faria Jay Parker parar de me encher. Expirei lentamente e continuei dirigindo.

Nuvens estranhas pareciam estar pairando sobre o horizonte. Não conseguia me lembrar de ter, alguma vez, visto formações como aquelas. Um céu alienígena, catastrófico, um entardecer que durava para sempre, a luz do sol demorando em excesso para ir embora, e eu não me acreditava capaz de suportar aquilo. Uma onda do terror mais profundo subiu de forma arrasadora por dentro de mim.

Já estava a meio do caminho para Wexford quando o sol finalmente se pôs e eu me senti segura o suficiente para fazer o retorno e seguir outra vez para a casa de mamãe e papai.

Ao me aproximar do meu novo lar, permiti a mim mesma imaginar — apenas por um milésimo de segundo — como seria morar com Artie. Na mesma hora, como com uma guilhotina, cortei o pensamento pela raiz, eliminando-o por completo. Não podia pensar nisso, simplesmente não podia. Era assustador demais. Não que Artie tivesse sugerido algo desse tipo. A única pessoa que mencionara o assunto fora Bella. Mas... e se eu descobrisse que queria me mudar para lá e Artie não? Pior... e se ele quisesse *mesmo* que eu morasse em sua casa?

Perder meu apartamento já fora suficientemente ruim por si só, sem deflagrar quaisquer distúrbios com Artie. Nossa relação ainda era frágil, mas estávamos nos saindo muito bem, até aquele momento. Forçar-nos a pensar em morar juntos apenas para descobrir que ambos achávamos que ainda era cedo demais... Não, isto certamente não poderia ser bom. Mesmo se estivéssemos somente adiando a decisão, a sensação seria de um voto de não confiança. E se eu de fato me mudasse para lá e descobríssemos que tinha sido uma ideia péssima? Haveria retorno para uma situação como essa?

Suspirei fundo. Desejei não ter perdido meu apartamento. Queria que Artie fosse capaz de vir e ficar comigo em minha casa, sempre que eu tivesse vontade. Mas esse esquema tinha acabado, e para sempre. Não havia a mínima possibilidade de ele e eu compartilharmos uma cama na casa de mamãe e papai — imagine só, fazer sexo debaixo do mesmo teto que eles! Seria estranho demais. Nunca funcionaria.

Malditos ventos de mudança, como eu os odiava por terem surgido e destruído tudo.

Um carro desconhecido, cintilante, de carroceria baixa e esportiva estava parado na frente da casa de mamãe e papai; um homem espreitava nas sombras. Poderia ser algum estuprador louco, mas, quando eu saí do carro, não foi exatamente uma surpresa (categoria: desagradável) conseguir ver seu rosto sob a luz do poste e perceber que era Jay Parker. Fazia quase um ano desde que eu o vira pela última vez — não que estivesse anotando —, e ele não mudara nadinha. Com seu terno justo e descolado agarrado no corpo, os olhos escuros muito agitados e o sorriso instantâneo, ele parecia o que de fato era: um vigarista.

— Andei ligando para você — informou, ao me ver. — Alguma vez atende o celular?

Não me preocupei em reduzir os passos rápidos.

— O que você quer?

— Preciso de sua ajuda.

— Mas eu não posso ajudá-lo.

— Vou pagar pelo serviço.

— Você não pode pagar meu preço.

Pelo menos agora, que eu acabara de inventar um preço especial e muito alto para Jay Parker.

— Quer saber? Posso, sim. Sei quanto você cobra. Pagarei em dobro. Adiantado. Em dinheiro vivo. — Exibiu um gordo maço de notas. Gordo o bastante para me fazer parar no meio do caminho.

Olhei para o dinheiro, depois para ele. Não queria trabalhar para Jay Parker. Não queria nada com ele.

Mas aquilo era muita grana.

Gasolina para o carro. Crédito para o celular. Uma consulta médica de rotina.

Muito desconfiada, perguntei:

— O que você precisa que eu faça?

Certamente era algo suspeito.

— Preciso que você encontre uma pessoa.

— Quem?

Ele hesitou.

— É confidencial — disse, por fim.

Encarei-o por vários segundos. Como é que ele esperava que eu encontrasse uma pessoa cuja identidade era tão confidencial que não podia me dizer quem era?

— O que quero que você entenda é que esta é uma situação delicada... — Ele movimentou uma ou duas pedrinhas da calçada com o bico pontiagudo do seu sapato. — A situação precisa ser mantida longe da mídia...

— Quem é? — Eu estava realmente curiosa.

Algumas expressões de aflição passearam pelo seu rosto.

— Quem? — insisti.

De repente, ele chutou uma das pedrinhas, fazendo-a traçar um arco largo e gracioso no ar.

— Ah, porra. Vou ter de lhe contar, mesmo. É Wayne Diffney.

Wayne Diffney! Eu já ouvira falar dele. Na verdade, sabia um monte de coisas a seu respeito. Há muito, muito tempo, provavelmente em meados dos anos 1990, ele fizera parte da Laddz, uma das bandas irlandesas mais populares de todos os tempos. Não no nível da Boyzone ou da Westlife, mas superfamosa, mesmo assim. Obviamente, seus dias de glória tinham ficado para trás fazia muito tempo; eles estavam tão velhos, sem talento e ridículos, que haviam conseguido ultrapassar os limites de "merdas decadentes" e tinham chegado ao ponto em que a maioria das pessoas se lembrava deles com grande afeto. Haviam se tornado uma espécie de tesouro nacional.

— Você já deve saber que os rapazes da Laddz vão se reunir na semana que vem para três megashows na quarta, quinta e sexta-feira.

Um reencontro da banda Laddz! Eu *não sabia* que isso estava nas manchetes, porque andava com outros probleminhas na cabeça. De repente, porém, algumas coisas começaram a fazer sentido: as canções deles tocando no rádio a cada quatro segundos e minha mãe me atormentando tanto para irmos a um dos shows.

— Cem euros por pessoa, propaganda em todos os veículos de comunicação — disse Jay, com ar pensativo. — É quase o equivalente a uma autorização para imprimir dinheiro.

Até agora, tudo aquilo era típico de Jay Parker, o grande vigarista que adorava uma chance de se dar bem.

— E daí? — insisti.

— Virei empresário deles. Mas Wayne não queria... Isto é, não se mostrou empolgado com essa volta. Está meio... — Jay fez uma pausa.

... Envergonhado?

— Relutante, na verdade.

Eu deveria ter imaginado. Na Laddz, como em todas as bandas de garotos, há cinco tipos e componentes: o Talentoso; o Bonitinho; o Gay; o Esquisitão; e o Outro.

Wayne fora o Esquisitão da Laddz. A única coisa que poderia ser pior era ele ser o Outro.

A maluquice de Wayne se expressava principalmente através dos seus cabelos. Logo de cara, obrigaram-no a cortá-los para que lembrassem a famosa ópera de Sydney, e ele pareceu aceitar o mico de boa vontade. Em sua defesa, devemos lembrar que era jovem, não conhecia outro jeito de aparecer e, nos últimos anos, compensou tudo usando um penteado perfeitamente normal.

Claro que tudo isso acontecera várias vidas atrás. Muita água tinha rolado desde os grandes sucessos da banda. Os cinco componentes da Laddz viraram quatro quando, depois de alguns anos de sucesso, o Talentoso cortou os vínculos (e se tornou um superstar mundial que nunca, jamais, em tempo algum, mencionava seu turvo passado de simples componente de banda). Os quatro restantes continuaram a ralar por algum tempo, mas, quando se separaram, ninguém deu a mínima.

Enquanto isso, a vida pessoal de Wayne se despedaçara. Sua esposa, Hailey, trocou-o por um rock star genuíno, um tal de Shocko O'Shaughnessy. Quando Wayne apareceu na mansão de Shocko procurando por sua mulher para levá-la de volta, descobriu que ela estava grávida de Shocko e não tinha planos de voltar para o ex-marido. Por acaso, Bono estava em visita ao seu camaradinha Shocko e ficou por perto com atitude protetora, resultando daí que o perturbado Wayne (pelo menos, é o que dizem os boatos) bateu no joelho esquerdo de Bono com um taco de hóquei irlandês e bradou: "Este é pelo álbum *Zooropa!*"

Depois de tantos insucessos, Wayne decidiu que teria condições de se reinventar como artista sério. Abandonou os cabelos malucos, deixou crescer um cavanhaque, disse "foda-se" em rede nacional e fez alguns álbuns de guitarra acústica sobre amor não correspondido. Obviamente, por causa da esposa fugitiva e do ataque a Bono, Wayne obteve, por certo tempo, boa vontade do público, e até fez certo sucesso, mas não deve ter sido o bastante, pois foi dispensado por sua gravadora depois de alguns álbuns e sumiu da mídia por completo.

Durante muitos anos, permaneceu em silêncio, mas, agora, pelo visto, o sumiço estava de bom tamanho. A neve do inverno havia derretido e a primavera voltara. As fãs iniciais da Laddz, adolescentes histéricas, haviam se transformado em mulheres adultas, com filhos e ânsias de nostalgia. Pensando bem, o show de reencontro da banda era apenas uma questão de tempo para acontecer.

Então, segundo me contou Jay Parker, cerca de três meses antes, ele resolveu ir atrás dos quatro rapazes, oferecendo-se como seu novo empresário e prometeu-lhes (estou chutando, mas "sei muito bem como a banda toca") riquezas indizíveis se eles voltassem a tocar juntos por algum tempo. Todos aceitaram e receberam ordem imediata para reduzir carboidratos, correr oito quilômetros por dia... e ensaiar um pouco. Não havia necessidade de enlouquecer.

—Tem muita coisa em jogo nessas apresentações — explicou-me Jay. — Se tudo der certo, faremos uma turnê nacional. Talvez a banda consiga alguns shows na Inglaterra, um DVD de Natal, só Deus sabe o que mais... Os caras poderão levantar uma boa grana.

Pelo que eu entendi da história, os integrantes da Laddz estavam atolados em vários níveis de bancarrota, casamentos múltiplos, ou eram viciados em automóveis clássicos.

— O problema foi que Wayne não se convenceu de todo — continuou Jay. — No início topou, mas ao longo de toda a semana passada me pareceu... pouco confiável. Nos últimos dias, parou de aparecer para os ensaios. Foi pego comendo uma imensa focaccia de figo acompanhada por um vidro de Nutella... Além disso, raspou a cabeça e... — hesitou.

— Conte logo!

— Chorava durante as orações.

— Orações?!

Jay acenou com a mão, com um gesto de quem minimiza a situação.

— John Joseph meio que insistiu nisso.

Exatamente. John Joseph Hartley — o Bonitinho, ou pelo menos era, cerca de quinze anos atrás — era religioso.

— Que tipo de oração? — quis saber. — Mantras budistas?

— Não, nada disso, preces tradicionais. Rezávamos o terço, basicamente. Não há nada de perigoso nisso. Talvez até funcionasse como exercício de união. Ali estávamos, no meio do terceiro mistério doloroso, e, de repente, Wayne começou a chorar baldes. Soluçava como uma garotinha. Saiu correndo, não apareceu para o ensaio no dia seguinte — que foi ontem — e, quando fui até sua casa, encontrei-o com manchas de chocolate na camiseta e a cabeça totalmente raspada.

Seus famosos cabelos. Seus cabelos amalucados, agora reamalucados. Pobre Wayne. Ele devia estar *muito a* fim de cair fora.

— Sabe, até que daria para aturar o lance dos cabelos raspados — garantiu Jay. — E também a pança mantida à base de carboidratos. Ele me prometeu que ajeitaria tudo, mas hoje de manhã não apareceu de novo. Também não atendeu o telefone fixo nem o celular. Decidimos seguir em frente com os ensaios, deixar que ele tirasse o dia de folga para fazer seu pequeno protesto. Nós resolvemos...

— Quem é "nós"?

— Eu. E acho que John Joseph. Então, depois que terminamos, liguei para Wayne e seu celular estava desligado; tornei a telefonar para sua casa *de novo*, como se não tivesse um monte de coisas para resolver. E ele se mandou. Simplesmente desapareceu! E é aqui que você entra.

— Não.

— Sim.

— Há dezenas de detetives particulares nesta cidade. Todos desesperados por trabalho. Vá procurar um deles.

— Escute, Helen. — De repente, ele falava num tom passional. — Eu poderia contratar qualquer velho coroca para vasculhar as listas de passageiros aéreos das últimas vinte e quatro horas. Puxa, eu aceitaria até mesmo sentar a bunda ao lado do telefone e ligar para todos os hotéis do país. Mas tenho a sensação de que nada disso vai funcionar. Wayne é complicado. Qualquer outra pessoa estaria enfiada em algum hotel, curtindo o serviço de quarto e massagens. Ou jogando golfe. — Ele pareceu estremecer. — Mas Wayne... Não tenho a mínima pista de onde ele possa estar.

— E daí?

— Preciso que você entre na mente de Wayne. Preciso de alguém que pense de um jeito meio amalucado, e você, Helen Walsh, apesar do jeitinho desagradável, é genial nisso.

Ele tinha razão. Sou preguiçosa e ilógica. Tenho habilidades limitadas para lidar com as pessoas. Geralmente fico entediada com facilidade e me irrito por coisas à toa. Mas tenho momentos de puro brilho. Vêm e vão, e não posso confiar neles, mas de vez em quando acontecem.

— Wayne provavelmente está escondido bem à vista de todos — garantiu-me Jay Parker.

— Ah, é mesmo? — Arregalei os olhos e olhei da esquerda para a direita, de cima para baixo e por toda parte à minha volta. — Bem à vista, você disse? Você o vê? Não? Eu também não. Então, isto detona sua teoria.

— Só estou dizendo que ele não se *esconderia assim*, completamente oculto, como faria uma pessoa normal. Com certeza sumiu, mas não está num local óbvio. No fundo, sei que, quando o encontrarmos, parecerá o lugar mais lógico possível.

Papo confuso é pouco para descrever isso.

— Jay, parece que Wayne estava meio... angustiado. Raspando a cabeça e tudo o mais. Sei que você está louco de cobiça, sonhando com toalhas de chá com o logotipo da Laddz e merendeiras com o nome da banda, mas se Wayne Diffney está por aí pensando em fazer mal a si mesmo, você tem o dever de contar a alguém.

— Fazer mal a si mesmo? — Jay me olhou fixamente, perplexo. — Quem insinuou isso? Escute, acho que me expressei de forma errada. Wayne está apenas aborrecido com algo passageiro.

— Não sei, não...

— Ele está amuado, só isso.

Podia ser somente isso, mesmo. Talvez eu estivesse transferindo para Wayne coisas que estavam em minha própria cabeça.

— Acho que você deve procurar a polícia — sentenciei.

— Eles não me ouviriam. Wayne desapareceu voluntariamente; está sumido há menos de vinte e quatro horas... E é preciso mantê-lo longe da imprensa. E então, Helen Walsh? Venha comigo até a casa dele e veja se consegue uma inspiração com relação ao caso. Por favor, me dê uma hora do seu tempo e lhe pagarei por dez. Com preço dobrado.

Uma voz martelava em minha cabeça, sem parar: "Jay Parker é um homem mau."

— Imagine um montão de grana — disse Jay, sedutoramente. — Os tempos andam difíceis para os detetives particulares.

Ele estava certo quanto a isso. Os tempos jamais tinham sido tão difíceis para mim. Fora terrível ver os clientes me escapulindo pelos dedos nos dois últimos anos, cada vez menos casos a cada dia que passava, até chegar ao ponto de eu não conseguir mais trabalho nenhum. Mas, sabem de uma coisa? Não foi nem mesmo a atração do dinheiro que fez meu coração disparar; foi o pensamento de ter algo para fazer, um enigma no qual focar minha atenção, mantendo-me assim afastada dos meus próprios problemas.

— Como é que vai ser? — Jay perguntou, olhando-me atentamente.

— Pague-me primeiro.

— Combinado! — Ele me entregou uma pilha de notas e eu as contei. Eram dez horas de trabalho, pelo dobro do preço, conforme prometera.

— Então, agora vamos para a casa de Wayne? — perguntou, ansioso.

— Não estou a fim de arrombar a casa de ninguém. — Algumas vezes estava. É ilegal, mas o que seria a vida sem um pouco de terror provocado por uma bela descarga de adrenalina?

— Não se preocupe com isso, eu tenho a chave.

Capítulo Quatro

Entramos no carro de Jay, que eu descobri que era um Jaguar antigo, com trinta anos. Eu devia ter adivinhado. Era *exatamente* o tipo de coisa que eu esperaria dele. Automóveis antigos de colecionador, como era o caso daquele Jaguar, costumam ser dirigidos por "homens de negócios" que estão sempre tramando algo, dando golpes, e metendo-se em "situações complicadas" com a Receita Federal.

Tornei a ligar meu celular e crivei Jay de perguntas.

— Wayne tinha algum inimigo?

— Uma porção de cabeleireiros andava atrás dele por crimes perpetrados contra os cabelos.

— Ele usava drogas?

— Que eu saiba, não.

— Tinha tomado dinheiro emprestado com algum agente avulso?

— Você quer dizer agiota? Nunca soube nada com relação a isso.

— Como tem certeza de que ele desapareceu voluntariamente?

— Pelo amor de Deus, quem o sequestraria?

— Você não gosta muito dele, não é?

— Ah, ele é um cara legal. Um pouco intenso, digamos.

— Quando foi a última vez em que alguém falou com ele?

— A noite passada. Eu o vi por volta das oito e John Joseph telefonou para ele mais ou menos às dez.

CHÁ DE SUMIÇO   47

— E então ele não apareceu para o ensaio hoje de manhã?

— Pois é. E quando telefonei para a casa dele, agora à noite, ele não estava lá.

— Como sabe? Você entrou no apartamento dele? Invadiu a casa de outra pessoa na ausência dela? Meu Deus, não tem vergonha?

— Você é quem arromba as casas das pessoas como meio de vida, lembra?

— Não arrombo as casas dos meus amigos.

— Só fiz isso porque estava *preocupado*.

— Como é que você conseguiu a chave da casa dele?

— Empresários fazem isso com seus artistas. É preciso mantê-los com rédeas curtas. Tenho as chaves das casas de todos os integrantes da Laddz. E também as senhas para desativar os alarmes.

— Para onde você acha que Wayne foi?

— Não faço a menor ideia, mas não consegui encontrar seu passaporte.

— Ele está no Twitter?

— Não, ele é meio... *fechado* com sua vida pessoal. — A voz de Jay destilava desprezo.

— E no Facebook?

— Claro. Mas não há postagens desde terça-feira. De qualquer modo, ele não é o tipo de cara que posta alguma coisa todo dia. — Novamente eu percebi desprezo em sua voz.

— Se ele publicar alguma coisa, seja lá o que for, me conte imediatamente. Qual foi a última mensagem que ele postou?

— "Não sou o tipo de pessoa que segue a dieta Dukan."

— Entendo. Vou precisar de uma foto recente dele.

— Não precisa pedir duas vezes. — Jay colocou uma foto na minha mão.

Dei uma rápida olhada nela e a devolvi.

— Não quero essa merda feita para divulgação. Se deseja realmente que eu encontre o cara, preciso saber qual é sua aparência verdadeira.

Jay tornou a jogar a foto para mim.

— A aparência verdadeira dele é *essa*.

— Bronzeado artificial? Base na cara? Cabelos à base de escova? Boca de desesperado, em estilo "sorriso perene"? Não é de admirar que ele tenha fugido.

— Talvez haja alguma pista na casa — concedeu Jay. — Alguma coisa um pouco mais real.

— Em que ele andou metido nos últimos anos? Desde que sua reinvenção falhou? Isso é uma coisa sobre a qual já me indaguei um monte de vezes: o que acontece quando as bandas de rock se desfazem.

— John Joseph arrumou muito trabalho por conta própria. Como produtor musical.

John Joseph Hartley: ninguém sabia como ele conseguira isso, mas, nos últimos anos, ele jogara fora a vergonha de ter sido, um dia, o Bonitinho numa *boy band* e construíra para si mesmo uma nova carreira como produtor. Não trabalhava com ninguém de quem vocês já ouviram falar — vamos dizer que Kylie jamais telefonaria para ele —, e construiu sua carreira no Oriente Médio, onde as pessoas talvez não sejam tão exigentes.

Mas a coisa parecia estar funcionando bem para ele. Numa deslumbrante explosão de publicidade, ele recentemente se casara com uma das suas artistas, uma cantora do Líbano — ou talvez fosse da Jordânia, um desses lugares por lá. A noiva era uma beldade de olhos escuros chamada Zeezah. Apenas um nome, como Madonna. Ou, como disse minha mãe, Hitler. Mamãe não gostou nem um pouco do fato de uma moça irlandesa não ser suficientemente boa para John Joseph, apesar do fato de Zeezah estar planejando converter-se do seu islamismo nativo para o catolicismo. De fato, ela e John Joseph até passaram a lua de mel em Roma, para provar suas boas intenções.

De qualquer jeito, a Zeezah de um nome só era absolutamente poderosa em lugares como o Egito. O plano de John Joseph era torná-la igualmente famosa na Irlanda, no Reino Unido e no resto do mundo.

— Sei — Jay falou com voz arrastada, sinalizando uma mudança de assunto — que você agora está completamente apaixonada por algum novo namorado.

Apertei a boca numa linha fina. Como é que Jay sabia disso? E que papo era aquele?

— Não é novo, na verdade — informei. — Já faz quase seis meses.

— Seis? Meses? — perguntou Jay, enchendo a voz com falsa reverência. — Uau!

Algo no seu tom me fez olhar para ele.

— Você na verdade não sabia disso, não é? Estava apenas sondando?

— Claro que sabia — insistiu.

Mas não sabia. Eu acabara de ser enganada por ele. De novo.

— Poderíamos triangular a localização dele através das antenas repetidoras do telefone celular — disse Jay.

— De quem? De Artie? Ore, eu posso simplesmente ligar para ele, já que você parece tão interessado em conhecê-lo.

— Não, pelo amor de Deus. Estou falando de Wayne.

— Você anda vendo filmes demais.

— Como assim?

— É preciso um mandado para esse tipo de coisa. Você precisa passar pelos tiras.

— Mas então... Não dá, pelo menos, para descobrir onde ele usou o cartão de crédito e o caixa eletrônico nas últimas trinta e seis horas?

—Talvez. — Fiz uma pausa. Eu não sabia se pegaria esse trabalho, e quanto menos abrisse o bico, melhor. —Você precisaria entrar no computador dele. Alguma ideia de qual é a senha?

— Não.

— Bem, comece a pensar nisso. — Talvez Wayne fosse um daqueles tipos confiantes que deixam sua senha num post-it amarelo, junto dos seus teclados. Mas talvez não fosse...

—Você não conhece nenhum hacker? — perguntou Jay. — Um garoto desses, tipo supergênio, que anda de skate e vive na clandestinidade, dorme num quarto sem janelas, tem oito computadores e invade os sistemas do Pentágono só para se divertir?

— Como eu disse, você anda vendo filmes demais.

Capítulo Cinco

Quando as pessoas descobrem que sou detetive particular, tendem a ficar impressionadas e até mesmo um pouco empolgadas, mas entendem tudo errado. Raramente alguém tenta atirar em mim. Na verdade, só aconteceu duas vezes e, podem acreditar, não é nem de longe divertido como parece.

O fato de eu ser uma *mulher* detetive particular é uma dupla falta de sorte. Todos esperam que um detetive seja do sexo masculino, bonitão, meio desarrumado, com sapatos de sola de borracha, problemas com bebidas e três ex-mulheres; em geral, um guarda aposentado que deixou a corporação em circunstâncias ligeiramente suspeitas, mas basicamente injustas.

E embora o universo das investigações particulares, na prática, seja lamentavelmente carente de homens bonitões e desarrumados, está *entulhado* de ex-policiais. Parece o caminho natural para esses profissionais seguirem depois que pedem baixa da polícia — estão acostumados a xeretar na vida de todo mundo e, se ainda mantêm boas relações com antigos colegas, conseguem acesso a muitos tipos de informações que estão fora do alcance de pessoas como eu.

Se eu quiser saber se uma pessoa tem ficha na polícia, isso é muito difícil. Preciso indagar com insistência e fazer suposições, mas para eles é questão de um minuto; basta ligar para seu antigo camaradinha Paulinho Pé-Chato, que entra no sistema e entrega a eles, de bandeja, todas as informações detalhadas.

Por outro lado, em quase todos os outros aspectos, ex-policiais são um fracasso total como detetives particulares. Uma *decepção*! Acho que é por estarem acostumados a ter o poder da lei por trás deles, só precisando exibir o brilho do distintivo e, com isso, ver todo mundo obedecendo e fazendo o que eles mandam.

São péssimos na hora de fazer a transição da polícia para a vida real, na qual o público em geral não tem obrigação de responder nada. Quando se quer fazer as pessoas falarem e não se tem um mandado ou um distintivo de policial, é preciso charme. É preciso sutileza. É preciso astúcia. Não dá para ficar circulando por aí usando sapatos tamanho quarenta e três, com um sanduíche de presunto esmagado no bolso, berrando perguntas.

E, quando se trata de vigiar alguém, ex-policiais são mais que inúteis. Em geral, não querem sair do carro — gordos demais? preguiçosos demais? — Às vezes isso é preciso, especialmente num trabalho rural.

Houve um caso que peguei, um trabalho para uma companhia de seguros, envolvendo um homem que pediu uma indenização gigantesca por causa de uma perna paralisada. Ele morava numa casa de fazenda que conseguia ser, ao mesmo tempo, distante e sombria, e não havia nenhum lugar onde eu pudesse me esconder sem que ele me visse. Então, na escuridão da noite, cavei — sim, ao pé da letra, com minhas próprias mãos e uma pá — uma trincheira e depois desci para dentro dela. Passei treze horas por dia deitada ali, durante os três dias seguintes, com minhas lentes apontadas para a casa.

Choveu. A lama ficou molhada e se transformou num atoleiro. Minhas roupas ficaram arruinadas. Passei frio, fiquei entediada e não tinha lugar nem para fazer xixi. Mas fiquei ali até conseguir a evidência em vídeo, da qual eu tanto precisava.

O que finalmente aconteceu quando um caminhão de carga veio se aproximando pela estrada estreita e o alvo da minha investigação emergiu da casa, bem-disposto e com pés ágeis demais para um homem que supostamente tinha uma perna aleijada. O caminhão parou na frente da casa e meu investigado saltou para a parte de trás do veículo. Com a ajuda do motorista, começou a descarregar uma banheira. (Os pés eram em forma de garra, mas do tipo moderno, feitos com blocos de aço inoxidável, e não de cobre; a parte externa da banheira era pintada com uma espécie de peltre prateado. Linda. O tipo de banheira que conseguiria fazer bonito por si mesma e constituir a peça central de um cômodo muito maior.)

Fiquei tão deslumbrada com a banheira que quase perdi o que aconteceu logo em seguida: meu investigado de perna troncha trouxe uma escada, apoiou-a na parede da casa e começou a içar a banheira para, em seguida, empurrá-la para dentro da casa, através da janela de um quarto. Clique, clique, clique foi registrando minha câmera, da minha lamacenta trincheirinha; vrrrrr, vrrrrr, vrrrrr rodava minha filmadora; depois que a noite caiu, eu me arrastei lentamente para fora da trincheira, devolvi toda a terra para o buraco e voltei para o meu hotelzinho, onde passei uma hora na banheira (muito ordinária, infelizmente), bebendo a vodca com Coca zero que eu levara ali para dentro às escondidas, exultando com a satisfação de um serviço bem-feito.

Um ex-tira jamais iria tão longe; eles se julgam acima dessas pobrezas do tipo "cavar fossos". E tem mais um problema com ex-tiras: eles morrem de medo de levar um tiro. Pânico mesmo, do tipo porquinho guinchando assustado. Como eu disse, fui alvo de tiros algumas vezes e, embora não fosse agradável, tenho de admitir que achei interessante. Até mesmo — confesso — empolgante. Esse tipo de coisa é ótimo para puxar assunto em jantares.

Se eu frequentasse jantares.

As pessoas muitas vezes me perguntam como me tornei detetive. Provavelmente acham que isso é uma atividade tão secreta quanto ser introduzido na Maçonaria. Minha resposta é muito simples, muito mais simples do que eles imaginam: fiz um curso. Não em Los Angeles; nem na Chechênia. Mas em uma escola técnica local, que fica a mais ou menos cinco minutos de automóvel da minha casa.

Não é o tipo de curso em que os alunos são levados para dez dias de aulas intensivas numa casa majestosa, e depois enviados para a floresta, onde tiros a esmo são disparados em sua direção por peritos atiradores invisíveis, com o único intuito de preparar a pessoa para a realidade do trabalho que terá pela frente.

Nada disso. Meu cursinho foi noturno. Com aulas uma vez por semana, nas quartas-feiras à noite. Durante oito semanas.

Minhas expectativas não eram muito elevadas, porque sou escolada em tentar seguir carreiras; experimentara várias e falhara em todas.

Quando terminei o ensino médio, passei alguns anos na universidade, tentando obter um diploma em artes, mas tudo parecia tão tolo e inútil que acabei reprovada nos exames finais. Seguiu-se um curto período em que eu competi pelo título de Pior Garçonete do Mundo; então, decidi que queria ser comissária de bordo, mas não consegui ser simpática o suficiente. Depois disso, treinei para ser uma artista de maquiagem. Esperava conseguir trabalho em filmes, cobrindo atores de sangue falso e cortes profundos. Porém, sendo uma profissional freelancer, era obrigada a competir com dez mil outros artistas de maquiagem para cada trabalho no qual me inscrevia; praticamente tínhamos de lutar uns com os outros até a morte, como no filme *Gladiador*: o último a se manter vivo pegava o serviço. A única maneira de contornar as escaramuças da condição de freelancer era ter um bom relacionamento com os assistentes de produção, e isso era uma meta que eu não me sentia preparada para alcançar.

As pessoas não costumam me oferecer emprego. Tenho o tipo errado de personalidade. Ou melhor: na verdade, as pessoas costumam me empregar *por breves períodos de tempo* e depois me demitem. Uma assistente de produção uma vez me disse, quando encerrou meu contrato, que eu tenho um tipo de rosto que engana as pessoas.

— Você é bonita — queixou-se ela. — Seus traços são simétricos, e saiu um artigo na *Grazia* dizendo que os seres humanos são programados para achar as pessoas com traços simétricos mais agradáveis ao olhar. Portanto, não é minha culpa contratá-la, eu estava simplesmente respondendo a um imperativo biológico. Você tem dentes regulares, de modo que quando ri parece uma pessoa... *doce*, eu acho. Mas você não é, certo?

— Espero que não — respondi.

— Está vendo? Lá vamos nós! Você é sarcástica e não tem nenhuma habilidade para filtrar os pensamentos...

— E meus pensamentos são muitas vezes rudes e ásperos.

— Exato!

— Deixe-me só pegar meus pincéis e esponjas, depois vou embora.

— Sim, por favor.

De qualquer jeito, talvez por capricho, me inscrevi no curso de Investigação Particular para Principiantes e, pela primeira vez na vida, consegui comparecer a todas as aulas. Eu estava sempre começando coisas novas, buscando desesperadamente algo que me satisfizesse, um nicho onde eu me encaixasse, mas, depois da terceira ou quarta semana, me batia um tédio insuportável. Então, fingia que estava resfriada e era melhor ficar em casa naquela semana; quando rolava a aula seguinte, eu dizia a mim mesma que já tinha perdido muitas aulas e o melhor seria desistir do curso até o outono seguinte.

Mas essas aulas eram diferentes. Elas me davam esperança. Eu poderia fazer esse trabalho, pensei. Era uma área muito adequada à minha personalidade desajeitada.

No entanto, o programa do curso era bastante enfadonho. Havia algumas aulas sobre tecnologia e dicas sobre as muitas e diversas maneiras de se espionar alguém (algo que achei fascinante). Mas também havia uma porção de coisas terríveis sobre os limites impostos aos investigadores pela Lei de Liberdade de Informação e o Decreto de Proteção de Dados. O professor passou um tempo interminável nos dizendo o que *não podíamos* fazer e explicando tudo sobre as suculentas e deliciosas informações que estão espalhadas pelo mundo, mas nos alertou sobre o acesso a elas: é proibido se não houver um mandado judicial.

Ao mesmo tempo, fez uma porção de menções, com pisca-delas de olhos e cutucadas ao mencionar a palavra "contatos". Aparentemente, todos os bons detetives particulares tinham bons "contatos".

Ergui a mão.

— Com "contatos", você quer dizer pessoas que têm acesso a informações não disponíveis legalmente?

O professor fez uma expressão de pena.

— Deixarei isso ao seu próprio critério, Helen.

— Vou aceitar essa resposta como um "sim". Então, onde encontramos esses contatos?

— No site www.contatosilegais.org — disse ele. E acrescentou, depressa, ao ver que algumas pessoas anotaram o endereço: — Estou brincando! É uma questão de cunho pessoal. Mas é *ilegal* — tornou a enfatizar. — É ilegal fornecer as informações e também é ilegal pagar por elas. Muito melhor é construir seu caso com base em vigilância séria dos suspeitos, conversando com testemunhas etc.

— Então, ir para a cama com um policial seria uma boa ideia?
— Eu realmente queria saber. — Ou com alguém que trabalhe em uma operadora de celular? Ou no Mastercard?

Ele fez uma cara de quem não ia responder, mas depois disse:

— Você poderia oferecer cupcakes a eles, antes de tentar outras táticas. Não entregue nada de mão beijada.

Éramos um grupinho simpático e, em nossa última noite, nos despedimos com ponche e chester, embora ainda faltasse um mês para o Natal. Depois, armados com nossos certificados, seguimos caminhos separados pelo mundo afora.

Em uma semana — *uma semana!* —, consegui emprego como detetive particular.

É bem verdade que o período era de prosperidade na Irlanda e todos procuravam profissionais novos no mercado; mesmo assim, fiquei muito satisfeita por ser contratada por uma das grandes firmas de Dublin. Quando digo grande, quero dizer, é claro, pequena. Mas era grande em termos de firmas de investigação particular irlandesas. (Dez funcionários.)

Especializavam-se em varreduras eletrônicas — vocês sabem como é: quando uma empresa marca uma reunião importante para discutir assuntos confidenciais, os executivos ficam aterrorizados com a possibilidade de ter a sala grampeada pelas firmas rivais, ou por traidores dentro da própria empresa. Então, pessoas como eu são contratadas e vão ao local com um monte de tralhas eletrônicas que vasculham tudo e emitem bipes sem parar quando encontram um dispositivo para espionagem embaixo de uma mesa ou de um teclado.

Percebi depressa que qualquer macaco ensinado seria perfeitamente capaz de fazer aquilo, e senti que essa não era minha praia. Porém, aconteceu uma coisa inédita em minha vida: não fui demitida, e sim abordada pela concorrência! Era outra grande firma de investigação particular de Dublin e, quando digo grande, quero dizer, é claro, pequena. Dessa vez, a proposta de trabalho era muito diferente. Nada de tarefas para macacos ensinados. O que me ofereceram era serviço de jumento, ou seja, ficar de tocaia, vigiando.

No entanto, como a Irlanda surfava naquela boa maré, cheia de dinheiro e de pessoas com ideias, uma parte do serviço de vigilância era feita no exterior. Por algum tempo, minha vida foi imensamente glamorosa. Fui mandada para Antigua, onde fiquei num hotel cinco estrelas. Consegui ser enviada para Paris, e fiquei hospedada em outro hotel cinco estrelas, é claro, pois estava trabalhando, e não passeando pela Rue du Faubourg Saint-Honoré para comprar sapatos. Em vez disso, prendia microfones supersensíveis em paredes divisórias, registrava conversas incriminadoras entre homens e mulheres que não eram suas esposas e depois voltava para casa vitoriosa, com provas de um caso extraconjugal.

É claro que pegava alguns dos outros trabalhos, aqueles em que ficava presa em valas lamacentas durante três dias, mas, para ser inteiramente honesta, também gostava desses. Eu iria até o fim do mundo para obter um bom resultado. Acho que eu estava — por favor, desculpem o clichê — faminta. Queria o fluxo de adrenalina que sentia ao pegar o vilão, ou conseguir a prova impossível.

Não que tudo isso fosse só diversão e brincadeira. Algumas vezes eu era descoberta, e adúlteros irados tentavam me atacar e quebrar minha câmera. Na primeira vez que isso aconteceu, levei um susto danado. Não avaliara inteiramente até que ponto me colocava em perigo. Mas isso não me fez recuar. Passei a tomar mais cuidado e fui em frente.

Ganhei fama de ser uma pessoa confiável, até mesmo destemida, e pela primeira vez em minha vida uma porção de empresas me queria na folha de pagamentos delas. Eu tinha ofertas de trabalho à minha esquerda, à minha direita e à minha frente, mas decidi que faria o que todos sempre acham que é a melhor opção: me estabeleceria por conta própria. Seria meu próprio patrão, só pegaria os casos que me interessassem, trabalharia as horas que quisesse e — aquilo com que todo mundo sonha — terminaria o expediente mais cedo às sextas-feiras.

Só que (vou te contar, viu?)... ser autônomo não é tão fácil quanto parece. Tive de investir milhares de euros comprando meu próprio material de vigilância, precisei correr atrás de novos clientes, porque não tinha permissão para levar comigo nenhum dos antigos, e fui obrigada a fazer malabarismos com tudo ao mesmo tempo, e absolutamente sozinha, sem nenhum colega para me permitir uma folga ou atender o telefone.

Mas me dei bem! Abri uma página no Facebook, imprimi cartões comerciais e arrumei um escritoriozinho simpático. Quando digo simpático, quero dizer, é claro, desagradável. Realmente muito incômodo, para ser sincera. Um espaço minúsculo em um conjunto de "apertamentos" tipo conjugados, cercados de heroína e outras drogas por todos os lados.

O mais bizarro é que, na ocasião, eu poderia pagar por um escritório melhor. Vi um lindo, bem perto da rua Grafton, localização ideal para comprar sapatos na hora do almoço. Tinha tapetes felpudos, tetos altos, proporções perfeitas e uma loura magra que atendia o telefone na recepção. Mas eu o rejeitei e escolhi um local onde todas as manhãs eu pisava em seringas hipodérmicas descartáveis.

Quando minha irmã Rachel soube da minha escolha, afirmou que isso confirmava sua análise inicial de que existia algo bastante errado comigo. E olhem que ela é treinada nesse tipo de coisa e devia saber muito bem o que dizia. (Rachel é terapeuta em casos de viciados em drogas, pois ela mesma é uma ex-viciada.)

Rachel anunciou que eu sou uma pessoa "do contra", de uma forma anormal e quase psicótica.

Pelo visto, parece que sou *exatamente* assim.

Capítulo Seis

É sempre uma surpresa quando uma pessoa famosa vive numa casa comum. Só porque alguém aparece na TV, eu já imagino que ela more numa cobertura cheia de sofás de couro branco. É quase como se fosse uma lei.

A casa de Wayne Diffney ficava em Mercy Close, numa rua sem saída localizada longe de tudo, perto da estrada que vai dar no mar, em Sandymount. Havia apenas doze casas, no total — duas fileiras de seis, cada uma delas de frente para outra, o que certamente facilitaria a tarefa na hora de entrevistar os vizinhos.

Se eu aceitasse o caso.

As casas pareciam pequenas, mas se destacavam, e ficavam atrás de muros baixos, cada uma delas com um pequeno jardim na frente. Abundavam as influências do estilo *art déco* — havia janelas altas com molduras de metal e tulipas em vitrais instalados sobre a porta de entrada.

Jay pegou a chave no bolso e estava pronto para se lançar dentro da casa, mas eu o obriguei a tocar a campainha.

— Talvez Wayne tenha voltado — argumentei. — Demonstre um pouco de respeito.

Depois de ele tocar seis vezes e ninguém aparecer, dei a Parker o sinal afirmativo com a cabeça.

—Vá em frente.

— *Obrigado.* — Ele empurrou a porta e a abriu. Esperei que o alarme disparasse, mas isso não aconteceu.

— Não tem alarme? — perguntei.

— Tem, sim, mas ele não estava ligado quando eu passei aqui, mais cedo.

Então Wayne fora embora sem ligar o alarme da casa? O que isso me dizia sobre seu estado de espírito?

— E você não pensou em acioná-lo, quando saiu?

— O que acha que eu sou? Inspetor de alarmes?

O engraçado é que eu senti uma vontade imensa de ligar o alarme do meu amado apartamento ao sair dele pela última vez, naquele dia de manhã. Desejara protegê-lo da melhor maneira que conseguisse, mesmo que não pudesse mais estar ali. (O que me impediu de fazer isso foi um simples detalhe: a eletricidade tinha sido cortada.) Eu me sentira com o coração tão partido quanto o de uma mulher num filme vagabundo, desses feitos para a TV: recostada no leito, morrendo de câncer, e dando à sua adorada filha de onze anos alguns conselhos para toda a vida, com uma voz gutural. "Nunca..." Pausa para tossir. "Querida, nunca... use sapatos marrons com... bolsa preta." Tosse, tosse, tosse. "Na verdade, nunca use sapatos marrons! Sob nenhuma hipótese! Eles são horríveis!" Tosse, tosse, tosse. "Minha queridinha, preciso morrer agora, mas por favor se lembre... Cof cof cof... Lembre-se: nunca vá para a aula de aeróbica logo depois de secar os cabelos com secador. Os fios vão ficar cheios de frizz" (As histórias dos filmes feitos especialmente para a TV sempre aconteciam no passado, quando as pessoas ainda frequentavam aulas de aeróbica.)

Jay pegou algumas cartas e folhetos de propaganda que estavam em cima do capacho de Wayne e imediatamente começou a rasgar e abrir os envelopes.

— Você sabia — informei —, que é ilegal abrir a correspondência de outra pessoa?

Mas Jay não ligou para isso. Na verdade, nem eu, porque estava estupefata diante da beleza da casa de Wayne Diffney. Levando em conta minha perda recente, não era de admirar que eu estivesse morta de inveja da casa de qualquer pessoa, mas o fato é que a de Wayne era realmente algo especial. Pequena, talvez, mas de um bom gosto surpreendente.

Ele pintara as paredes com tintas da Holy Basil. Meu Deus, eu era *louca* pelas cores exclusivas deles. Não conseguira pagar o preço exorbitante delas, mas conhecia a cartela de cores da loja como a palma da minha mão. O vestíbulo dele era pintado em Gangrena, sua escada em Agonia e a sala de estar — a menos que eu estivesse enganada — era no tom Baleia Morta. Cores que eu, pessoalmente, aprovava *sem restrições*.

Fui diretamente para o aparador da sala de estar — uma bela peça embutida no nicho ao lado da pequena lareira graciosa, modelo 1930 — e comecei a abrir rapidamente as gavetas. Levei mais ou menos meio segundo antes de jogar um livrinho em cima do tampo e dizer a Jay:

— Bem, aqui está o passaporte dele.

Jay corou.

— Como pude deixar de ver isso?

— Portanto — continuei —, ele ainda está no país. — Ou, pelo menos, nas Ilhas Britânicas. Podem dizer o que quiserem sobre a livre movimentação de pessoas na União Europeia, mas o fato é que quando você está num país que não faz parte do Acordo de Schengen (como é o caso da Irlanda), não pode ir a parte alguma sem carregar o passaporte. — Isto facilita bastante o meu trabalho.

— E se ele tivesse um passaporte falso? — perguntou Jay.

— Onde ele conseguiria um passaporte falso? Você já me disse que Wayne é um cidadão comum.

— Pode ser um mestre do crime, um espião, um sabotador.

Mas aquilo era improvável.

Verifiquei a foto do passaporte. Os cabelos dele — perfeitamente normais — eram castanho-claros. Wayne tinha um rosto comum, mas era muito bonito. Gostei do seu aspecto. Joguei o documento outra vez na gaveta.

— Quem são essas pessoas? — Havia algumas fotos nas prateleiras que ficavam acima das gavetas.

Jay passou um rápido olhar por elas.

—A mãe e o pai de Wayne, ao que parece. Esse é o irmão, Richard. Eu o conheço. Essa ao lado é sua esposa. Não consigo lembrar o nome dela, talvez seja Vicky. A outra moça é a irmã de Wayne, Connie. As crianças? Sobrinhas e sobrinhos, provavelmente. — Ele balançou a cabeça. — Ninguém em especial.

—Wayne deve estar com essas pessoas. — Fiquei irritada e pasma com o fato de Jay não perceber o que era claramente óbvio. — Eles parecem muito chegados.

— E *são* mesmo. Tão íntimos que a mãe de Wayne telefonou para John Joseph mais cedo, agora à noite, preocupada com o fato de Wayne não atender o telefone.

— Por que John Joseph?

— Ele é muito ligado aos Diffney.

— Onde eles moram?

— Os pais e a irmã vivem em Clonakilty, no condado de Cork. O irmão mora em Nova York.

— Então, acho que Wayne está em Clonakilty — disse eu, com ar de teimosia.

Jay suspirou.

— Escute, Wayne fugiu e não é nem um pouco burro. Se estivesse com a família, seria muito fácil achá-lo.

— Talvez eu deva ir de carro até Clonakilty, para ter uma conversa com a mãe de Wayne.

— Para mim tanto faz, contanto que Wayne seja encontrado. Pode ir! Pegue a estrada e dirija oito horas, ida e volta, até Clonakilty, se é o que deseja.

Agora que Jay concordava comigo, eu já não tinha tanta certeza de querer fazer isso. Clonakilty ficava muito longe. Também era mundialmente famosa por seu chouriço feito com sangue de porco, e eu não me achava em condições de visitar uma cidade onde preparavam uma comida assim e ainda *se gabavam* disso.

Pensaria no assunto com mais calma...

Havia uma foto de Wayne com John Joseph Hartley, recebendo um prêmio, onde havia palavras que me pareceram escritas em árabe, mas nenhuma imagem dele com acompanhantes femininas, nem mesmo sua ex-mulher. Ora, pensando bem, *especialmente* não havia vestígio da ex-mulher.

— Wayne tem namorada? — perguntei.

— Não que eu saiba.

— E filhos?

— Não.

— Onde está seu telefone fixo? — Localizei-o do outro lado da sala. Havia vinte e oito mensagens novas. As primeiras quatro de Jay, ordenando a Wayne para dirigir-se imediatamente ao ensaio da banda.

— São de hoje de manhã? — perguntei a Jay.

Ele fez um sinal afirmativo com a cabeça.

O recado seguinte era de uma voz que eu pareci reconhecer.

— Você precisa vir! — Quem quer que fosse, o tom era muito angustiado. — John Joseph está enlouquecendo!

— Esta voz é de...?

— Frankie.

Claro! Frankie Delapp. O membro Gay da banda; o favorito de todo mundo.

Próxima mensagem: Frankie de novo. Sua voz soava como se ele de fato estivesse em prantos.

— John Joseph vai matar você!

— Ah, Wayne... — Uma nova voz surgiu no recado seguinte, falando com um misto de irritação e afeto.

— Quem é esse? — perguntei a Parker.

— Roger.

— Roger St. Leger, também conhecido como o Outro. Ninguém entendia como é que ele tinha conseguido, um dia, entrar na Laddz. Era uma nulidade completa vestido num terno branco, e só estava ali para fazer número. Jamais fora o favorito de ninguém. Mas, na vida real, curtira uma existência inesperadamente dissoluta. Tinha três ex-esposas e sete — *sete!* — filhos. Como é que uma coisa dessas não era ilegal?

— Vamos lá, meu camaradinha — adulou Roger. — Sei que é difícil, mas faça pelo grupo, na boa...

— Wayne. — A voz de uma mulher jovem estava na gravação seguinte. Soava desapontada e exótica.

— Zeezah — disse Jay. — A esposa de John Joseph.

— Você deve vir para o ensaio agora mesmo! — repreendeu Zeezah. — Está decepcionando os outros componentes, e você não é esse tipo de pessoa.

Uma atrás da outra, chegaram novas mensagens de Jay, Frankie e Roger. Nada de John Joseph. Pensando bem, por que ele precisaria ligar, quando tinha todos os demais fazendo isso por ele?

Enquanto ouvia, examinei a lista das ligações feitas para fora; a secretária eletrônica de Wayne só mantinha registro dos dez últimos números contatados.

Liguei para cada um deles em busca de pistas sobre o que Wayne tinha feito ao longo dos últimos dias. Andou comendo pizza, conforme eu descobri; as sete ligações mais antigas eram para a Domino's local. Os três telefonemas restantes — todos dados naquela manhã mesmo, entre as oito e as oito e meia — tinham sido para o Head Candy, um salão de cabeleireiros no centro da cidade. Ouvi a mensagem deles, gravada para ser tocada fora do horário de atendimento. Será que Wayne estava querendo marcar hora, a fim de arrumar seus cabelos eliminados? Ou, quem sabe, comprar uma peruca? Talvez nesse exato momento ele estivesse vagando pelas ruas com a cabeça lindamente adornada por um monte de cachos castanho-avermelhados... Resolvi ligar para o salão no dia seguinte.

— Parece quase certo que ele ainda estava aqui hoje de manhã — comentei com Jay. — O que faz você pensar que ele desapareceu? Como sabe que não tirou apenas a noite de folga?

— Ele andava aprontando isso havia alguns dias. Pode acreditar, ele sumiu mesmo.

De repente, uma nova voz falou na secretária eletrônica.

— Oi, Wayne, aqui é Gloria. — Sua voz era doce e satisfeita. — Escute, tenho uma ótima notícia. — Depois hesitou, como se percebesse que talvez não fosse uma boa ideia deixar detalhes da tal notícia numa secretária eletrônica, onde todos poderiam ouvir. — Ah, você já sabe o que é... Por que não consigo falar com você pelo celular?

— Quem é Gloria? — perguntei a Jay.

— Não faço a menor ideia.

— Que boa notícia ela poderia ter para dar?

— Não sei — encolheu os ombros.

— Por que ele desapareceria depois de alguém acabar de lhe dar uma boa notícia?

—Também não sei. Mas é para descobrir isso que você está recebendo seu pagamento exorbitante.

— De que número ela está ligando? Anote depressa, antes que passe para a mensagem seguinte.

— Número desconhecido — disse Jay.

Não acreditei nele. Tive de verificar por mim mesma, mas ele tinha razão. Número desconhecido. Merda!

— A que horas foi dado o telefonema?

— Dez e quarenta e nove da manhã.

Havia uma mensagem final na máquina, mas não era exatamente uma mensagem, só o barulho de um telefone sendo desligado; um celular. Acontecera às onze e cinquenta e nove da manhã. Tomei nota do número. Podia não dar em nada, mas, quem sabe?

Finalmente — finalmente! —, a voz da secretária eletrônica anunciou: "Não há mais nenhuma mensagem nova."

— Ótimo! — Subi a escada, dois degraus de cada vez.

O quarto também fora pintado com tons muito bonitos. Uma parede em Roxo-pancada, as outras três em Decadência, o teto em uma cor designada Déspota Local. Parecia haver uma energia confusa, ali. Meias e cuecas caídas de uma cômoda, a porta do armário de roupas escancarada e vários cabides vazios, amontoados em uma das pontas. No chão do canto do quarto, perto da janela, havia um retângulo mais claro em forma de mala. Ele não levara roupas suficientes para ficar fora mais que poucos dias. Pelo visto, porém, Wayne levara algum tipo de bagagem.

O que tornava menos provável a hipótese de ele ter saído para encher a cara em um lugar remoto. Quem é que leva roupas de baixo limpas quando pretende beber até cair? (No entanto, há pessoas que *guardam* outras coisas esquisitas em uma mala, mas chegaremos lá depois.)

Aquilo não excluía a possibilidade de ele ter sido sequestrado, é claro. Um sequestrador poderia obrigá-lo a levar uma muda de roupas. Falando sério, quando se tem o hábito de sumir com pessoas, pode-se aprender da maneira mais difícil a suma importância de se manter o prisioneiro limpo e cheiroso. Sem querer entrar nos detalhes sórdidos desses casos, uma muda de roupa de baixo era sempre bem-vinda.

Não que houvesse qualquer sinal óbvio de luta. O quarto de dormir de Wayne não estava desarrumado, não havia nada caído nem fora do lugar; tudo parecia normal. Sua cama estava feita, mas o edredom não fora enfiado por baixo do colchão nem alisado para exibir um perfeito e vítreo acabamento do tipo obsessivo-compulsivo.

— Ele tem faxineira? — perguntei a Jay.

— Não faço ideia.

Pela leve camada de poeira no chão, suspeitei que não tinha, o que significava uma pessoa a menos para entrevistar; isso poderia ser bom ou ruim, dependendo de como eu quisesse encarar a questão.

Escancarei a gaveta de cima da mesinha de cabeceira; continha os detritos habituais: moedas, fios de cabelos, recibos amassados, canetas vazando, elásticos, pilhas velhas, adaptadores de tomadas, dois isqueiros (um todo verde, outro com uma foto do Coliseu, em Roma), um tubo de Omcilon e algumas cartelas de medicamentos — Gaviscon, Claritin e Cymbalta. Nada fora do comum.

Rapidamente, examinei os livros de cabeceira. O Alcorão, nada menos, imaginem! E o mais recente vencedor do Booker Prize de literatura. Começava a entender por que Wayne e Jay não funcionavam exatamente na mesma frequência um do outro.

Jay se gaba de que o único livro que já leu em toda a sua vida foi *A arte da guerra*. O que é uma mentira deslavada. Ele o *comprou*, mas nunca o leu. Não que eu possa criticar isso. Para ser franca, também não sou exatamente uma leitora voraz. O único motivo para eu ter reconhecido o vencedor do Booker Prize foi o fato de que o escritor (do sexo masculino) tinha aparecido em todos os programas de entrevista da TV, exibindo o mais ridículo cabelo em estilo feminino que já vi em alguém, seja num homem ou numa mulher. Era penteado com escova e afastado violentamente para trás, deixando-lhe o rosto descoberto. Depois, seguia em incontáveis cachos de tamanho médio. Fileiras e fileiras deles, como centuriões romanos, tornando-se maiores e mais cheios à medida que chegavam na parte de trás do crânio. Parecia anatomicamente impossível alguém ter uma cabeça que se ampliasse tanto para cima, para os lados e para trás.

Artie foi quem me alertara para a cabeça do sujeito, e agora nossa atividade favorita era ficarmos deitados na cama vendo o YouTube e nos maravilhando, sempre às gargalhadas, com a extravagância cacheada de tudo aquilo.

Na pilha da mesa de cabeceira de Wayne estava o CD *As maravilhas do momento presente*, um dos lançamentos *new age* mais badalados do ano, no estilo música espiritual ou esotérica. Tive vontade de pegá-lo e atirá-lo contra a parede. Aquele CD estava num dos primeiros lugares da minha "Lista de coisas para serem destruídas com uma pá". Fiquei um pouco mais tranquila ao perceber que o produto continuava intacto, ainda com o envoltório de celofane. Pelo menos, Wayne não o *escutara*.

Algumas velas perfumadas estavam dispostas no parapeito da janela. Cada uma fora queimada até a metade. Havia apenas dois motivos para um homem ter velas perfumadas em seu quarto de dormir: ou fazia sexo regularmente ou meditava. Qual dos dois seria, no caso de Wayne?

— Odeio esta casa — disse Jay, olhando pouco à vontade para as lindas paredes. — Tenho a sensação de que ela está me espiando!

O segundo quarto de dormir era pequeno e parecia que não era usado. Todas as quatro paredes tinham sido pintadas na cor Tranquilo Desespero; no teto haviam usado o tom Quarenta Dias no Deserto. O armário e as gavetas estavam vazios. Nada me chamava atenção, ali.

O terceiro e menor dos quartos tinha sido transformado num escritório doméstico. O Santo Graal a ser buscado ali seria um diário, claro. Que maravilha os velhos tempos, em que as pessoas desaparecidas mantinham diários em suas escrivaninhas, convenientemente escritos em papel caro, exibindo úteis anotações em caligrafia legível, clara e desenhada. Algo como: "Pub local, onze horas da manhã: encontro com negociante internacional de armas." Atualmente, porém, todos os diários eram eletrônicos. Um tremendo estorvo. Dicas sobre alguma coisa que Wayne pudesse estar aprontando pouco antes de desaparecer certamente haviam sumido com ele, dentro do celular.

Em cima da escrivaninha, estava um computador, tentando-me e atormentando-me com seus segredos. Liguei-o com impaciência, à espera de que a tela se acendesse livremente, enquanto examinava as paredes, as gavetas e os arquivos, procurando pelo pequeno post-it amarelo em que Wayne, com muita consideração, teria anotado a senha.

Mas não havia nada, e, depois de alguns instantes, o computador não me deixou prosseguir.

Fiquei sentada, batendo impacientemente com o mouse na mesa, enquanto Jay pairava, frenético, atrás de mim.

— Abra os e-mails dele — clamou.

— Não posso. Tudo está protegido. Qual poderia ser a senha dele?

— Sei lá! Babaca?

— Ah, qual é? Pense. — Corri os olhos pelo quarto, procurando pistas. — Do que ele gosta? Só temos três chances. Depois de três senhas erradas, o sistema trava e nunca chegaremos a lugar nenhum. Então, pense bem. O que é importante para ele?

— Pãezinhos?

— Preciso de seis caracteres.

— Rosquinhas?

— *Seis caracteres!* — repeti.

— Não adianta perguntar a mim, não o conheço tão bem assim. Você terá de perguntar aos outros integrantes da Laddz. Ei, de quem é esse celular que está tocando sem parar?

Era o meu. Tirei-o da bolsa e olhei para a tela. Artie. Lancei um olhar furtivo para Jay. Eu não sabia o motivo, mas não podia falar com Artie sabendo que Jay estava ali ao lado, na escuta. Teria de ligar para ele mais tarde.

Atirei o telefone de volta na bolsa e comecei a puxar para baixo os arquivos das prateleiras na parede, que se abriam por meio de alavancas. Saldos bancários, extratos de cartões de crédito, tudo muito bem-arquivado — isso contava pontos para Wayne. Fazia bastante diferença, pois eu não teria de escarafunchar nas latas de lixo de ninguém em busca de informações úteis. Aliás, deixem que eu lhes conte um segredo: mesmo com todos esses anúncios nos alertando contra roubos de identidades e documentos, *ninguém rasga suas coisas.*

Os registros de Wayne eram uma leitura absorvente e fascinante.

Sua prestação imobiliária? Paga até o último boleto, absolutamente em dia. Filho da mãe sortudo!

Usos do cheque especial? Pouquíssimos.

Cartões de crédito? Três deles — dois estourados, como acontece com qualquer pessoa normal; fazia séculos ele só vinha fazendo o pagamento mínimo. Mas havia folga no terceiro — na maioria dos meses, ele pagara a dívida pelo valor total. A julgar pelo que era cobrado ali, avaliei que ele usava esse cartão para despesas de trabalho. Havia vários voos e hotéis — o Sofitel de Istambul, por exemplo — e retiradas de dinheiro vivo feitas no Cairo e em Beirute.

Renda? Esporádica. Mas acontecia. Uma folheada super-rápida através dos últimos dois anos pareceu indicar que ele mantinha o equilíbrio financeiro e não costumava gastar mais do que ganhava.

Muito esquisito! Enfim... já ouvi falar que *existem* pessoas assim no mundo. Aliás, minha irmã Margaret é uma delas.

A essa altura, eu tinha informações iniciais suficientes. Os extratos mais recentes eram de pelo menos duas semanas atrás, e certamente não iriam lançar nenhuma luz sobre o que Wayne fizera naquele dia. Mesmo assim, eu não conseguia parar de ler.

Meu Deus, era fascinante ver em que ele gastava seu dinheiro. Uma assinatura da revista *Songlines*; uma contribuição mensal em débito automático para um abrigo de cães; vejam que engraçado: quarenta e três euros gastos na Patisserie Valerie. Pode-se recriar a vida inteira de uma pessoa dessa maneira. O seguro do carro de Wayne estava pago; o seguro residencial, também; obviamente, tratava-se de um cidadão responsável e correto...

— Helen! — reclamou Jay bruscamente, e quebrou o encanto.

— Que foi?! Ahn... Tudo bem, tá legal. Você viu algum carregador de celular por aí?

— Não.

Eu também não tinha visto. O que significava que Wayne poderia ter levado o dele. Isso diminuía as chances de ter ido embora sob coação.

— O que estava naquela correspondência que você abriu ilegalmente? — perguntei.

— Nada. Nada de útil, pelo menos. Algumas cartas de fãs. Um informe do plano de saúde, avisando que está tudo em dia e o seguro foi renovado por mais um ano.

— Nenhuma carta ameaçadora da Receita Federal dizendo que ele deve uma fortuna em impostos?

— Não.

Então, não havia dívidas em excesso que fizessem Wayne resolver fugir às pressas. Mas vi contas altas o bastante para tornar muito bem-vindas as apresentações na turnê de reencontro da Laddz. Era difícil tirar alguma conclusão. Eu realmente precisava entrar naquele computador...

— Próxima parada: banheiro — anunciei.

Nossa, que lugar lindo! As paredes estavam pintadas na cor Uivo, e o teto era Cristo na Cruz.

— Qual é o lance dessas tintas em cores estranhas pela casa toda? — quis saber Jay. — Aqui dentro parece o cenário de um filme de horror!

Na pia não havia nenhum sinal de escovas de dentes, nem carregador de celular. Isso era outra prova de que Wayne, provavelmente, partira por vontade própria. Os parapeitos das janelas e as prateleiras estavam carregados de xampu, condicionador, protetor solar, bálsamo pós-barba e outras coisas típicas de um metrossexual. Impossível dizer se alguma coisa tinha sido retirada dali recentemente.

Deixei a busca no armário do banheiro para o fim. Lâminas de barbear, fio dental, analgésicos leves e — aha! — um frasco marrom contendo — aha! — Stilnoct (um remédio para dormir que era muito popular — na verdade, *muito popular* comigo —, para o qual meu médico se recusava a me dar mais receitas). Fiquei com uma vontade louca de enfiar dentro do bolso aquele frasquinho âmbar de indução ao esquecimento, mas não podia fazer isso, porque sou uma profissional consciente. Além do mais, Jay Parker observava tudo por cima do meu ombro.

— Ele tem problemas para dormir — comentei.

— Quem não tem?

— Consciência pesada, Jay?

— Continue investigando.

— Vamos tentar a cozinha. — Desci a escada correndo. — Você examina o lixo — ordenei a Parker, porque podem ter certeza de que eu não pretendia futucar no lixo de jeito nenhum. Wayne tinha uma dessas latas de lixo especiais para material reciclável, com quatro recipientes separados: vidro, papel, metal e o recipiente sinistro (ou seja, para restos de comida).

Segui direto para a geladeira.

— Não tem leite — informei. — Ótimo! Gosto disso numa pessoa.

— Como assim?

— Comprar leite. É patético e lamentável. Para que serve?

— Para colocar no chá.

— Quem bebe chá?

— No café, então.

— E quem coloca leite no café? Aliás, quem é que iria preferir café, me diga, quando poderia tomar uma bela Coca zero? Quando a pessoa começa a comprar leite, puxa... Isso é um sinal claro de que simplesmente desistiu do mundo.

— Meu Deus, Helen, senti falta de você e de suas ideias esquisitas. De qualquer jeito, Wayne pode muito bem ter comprado leite e jogado a embalagem fora, antes de fugir.

— Quer dizer que você encontrou uma caixa de leite vazia?

— Ainda não, mas... Olha só isso! — indignou-se. — Dê uma olhada nesse troço!

— Que foi?

— Bolo! — Parker mostrou-me os restos do que parecia um rocambole de chocolate suíço dentro da lata de lixo, em meio a restos de comida. — Ele recebeu ordem expressa minha para se livrar dos carboidratos. Ainda tinha três quilos para perder!

Olhou para mim fixamente, com a frieza e a irritação de um homem que nunca precisou se preocupar com o peso. Jay Parker tinha um metabolismo tão rápido quanto o de um velocista queniano, não importava o que comesse. E olhem que ele se sustentava à base de fast-food e podrões diversos, ou, pelo menos, costumava ser assim. E continuava sempre com a cintura fina, magro e esguio.

Eu estava examinando, em alta velocidade, todas as prateleiras da geladeira.

— Queijo, manteiga, cerveja, vodca, Coca-Cola, Coca zero, azeitonas, molho pesto. Não há nada suspeito aqui. — Bati a porta com força e comecei a analisar o freezer. — Como foi que você me encontrou?

— Bati na porta do seu vizinho. Ele me contou tudo sobre sua crise habitacional. Até achei que poderia ter ido morar com alguma amiga. Depois é que lembrei que você não tem nenhuma amiga. Então, telefonei para Mamãe Walsh, que me contou a história completa. Ela sempre gostou de mim, a Mamãe Walsh.

A bile me subiu pela garganta. Ele não tinha o direito de se referir à minha mãe pelo seu apelido de família. Eu não suportava o jeito como ele farejava os apelidos das pessoas — em geral demorava meio segundo para descobrir, pois estava constantemente alerta para qualquer informação que lhe pudesse ser útil; então, sem um pingo de vergonha na cara, passava a usá-los, de modo que todos pensavam que ele fazia parte da galera quando não fazia, de jeito nenhum.

E de quem era a culpa pelo fato de eu não ter nenhuma amiga?

Sombriamente, levei adiante minha busca. A gaveta de cima do freezer tinha um saco imenso com ervilhas congeladas. Por que sempre ervilhas? No freezer de todo mundo? Apesar de elas terem um gosto horrível? Talvez sejam guardadas apenas para tratar de ferimentos; por exemplo, quando a pessoa rola escada abaixo e quebra o osso da coxa em três lugares. "Sente-se e colocaremos um saco de ervilhas congeladas sobre sua perna, e na terça-feira você estará novamente praticando Zumba na academia." A gaveta seguinte tinha quatro pizzas. Continuando a descer, encontrei pão, filés de bacalhau, batata fatiada congelada. Nada suspeito.

Em seguida, os armários. Tomates enlatados, massa, arroz. Mesmo que tentasse, Wayne não conseguiria ser mais normal.

— Você ainda mantém sua Lista da Pá? — perguntou Jay.

— Claro.

— Ainda estou no topo dela?

— *Você?!* No topo? Você não está em parte alguma dela.

Minha amada Lista da Pá continha itens que eram importantes para mim. Itens que eu detestava, é claro. O suficiente para querer destruí-los ou bater na cara deles com uma pá, daí o nome. Mas eram *importantes*. Jay Parker não importava para mim.

— Sinto muito — disse ele.

— Pelo quê?

— Por tudo.

— Que tudo?

— Tudo.

— Não sei sobre o que você está falando.

— Escute, não poderíamos...?

Ergui a mão aberta para obrigá-lo a calar a boca. Precisava voltar para o quarto não usado. Alguma coisa ali havia me escapado. Eu não sabia exatamente o quê, mas meu instinto me dizia que voltasse lá. Como suspeitei, não houve dúvida: atrás da cortina (não me façam começar a falar sobre o quanto as cortinas de Wayne eram magníficas), encontrei-a. Uma fotografia. Virada para baixo. Wayne e uma garota. Suas faces estavam pressionadas uma contra a outra, e ambos sorriam sob o sol. Havia claridade no fundo; luz do mar, dunas e grama. A coisa toda lembrava um anúncio da Abercrombie & Fitch — só faltava eles estarem usando capuzes de caxemira em tom pastel —, mas não parecia que aquilo era encenado. Eu diria que eles próprios haviam tirado a foto, usando o timer da câmera. O sorriso de Wayne era autenticamente feliz. A garota exibia muitas sardas causadas pela exposição ao sol e ao vento, tinha olhos cintilantes, muito azuis, e cabelos emaranhados, desbotados nas pontas pela luz do sol. Era Gloria. Eu apostaria minha vida nisso!

Levei a foto para o andar de baixo e mostrei-a a Jay.

— Quem é ela? — perguntei.

Ele balançou a cabeça para os lados.

— Não faço a mínima ideia — confessou. — Será a misteriosa Gloria?

— É o que estou achando. — Joguei a foto dentro da bolsa. — Escute aqui: que tipo de carro Wayne dirige?

— Um Alfa Romeo.

— OK. Vamos dar um pequeno passeio a pé pela vizinhança, para ver se conseguimos encontrá-lo.

Mal tínhamos passado por três casas e Jay anunciou:

— Ali está ele!

— Tem certeza? Pode haver mais de um Alfa Romeo preto em Dublin, sabia?

Ele colocou as mãos em concha em torno do rosto e espiou para dentro do carro escurecido.

— Certeza absoluta. É este. Veja só, um dos livros idiotas dele está no assento do carona.

Dei uma olhada no livro. Era um thriller perfeitamente comum. Não havia nada de idiota nele, em absoluto.

Aprovei o carro de Wayne. Era italiano e, consequentemente, estiloso, mas fora fabricado oito anos atrás, portanto, não chamava tanta atenção. Era preto, a única cor verdadeira que existe para automóveis. Não vejo justificativa para a existência de qualquer outra das chamadas "cores". Tudo não passa de uma trama para nos fazer reduzir a velocidade. Pensem em todo o tempo desperdiçado pelos motoristas, pensando em quais automóveis do caminho eles devem ultrapassar antes, os vermelhos ou os prateados. Se eu governasse o mundo, meu primeiro decreto como déspota seria o de tornar ilegal todo e qualquer carro que não tivesse cor preta.

— Então, se o automóvel dele ainda está aqui, e se Wayne foi embora voluntariamente, há uma boa possibilidade de que tenha ido, seja lá para onde, de táxi. — Meu coração despencou no pé só de pensar no profundo tédio de ter de adular os controladores das dezenas de empresas de táxi em Dublin, tentando fazer com que divulgassem seus registros. — A não ser que... — (por um lado, este era um pensamento ainda menos agradável...) — A não ser que ele tenha ido de ônibus ou de Dart, o metrô de superfície. Porque Wayne gosta de transporte público, não é?

— Como é que você sabe disso?

— Não me pergunte como. Simplesmente sei. — (por outro lado, porém, isso significava que eu começava a penetrar a cabeça de Wayne.)

Jay me olhou com admiração e elogiou:

—Viu só? Eu sabia que você era a pessoa certa para o trabalho!

Capítulo Sete

— E agora? — perguntou Jay. — Já está muito tarde para interrogar os vizinhos?

— Com certeza!

— Poderíamos ir à casa de John Joseph.

— Mas é meia-noite! — falei. — Ele não está na cama, a essa hora?

— Claro que não! — garantiu Jay, em tom zombeteiro. — Os astros do rock'n' roll nunca dormem.

— Por isso mesmo. John Joseph tem tanto a ver com rock'n'roll quanto câncer de próstata... De qualquer jeito, a hora pela qual você me pagou já terminou. Se realmente deseja que eu vá a algum outro lugar, precisa me pagar mais uma graninha.

Jay suspirou, enfiou a mão no bolso da calça, tirou um grosso maço de notas e pegou várias delas.

— Aqui estão mais duas horas, pelo seu preço extorsivo.

— *Obrigada.* John Joseph, aqui vamos nós!

John Joseph morava num condomínio fechado recém-construído no subúrbio de Dundrum. Um portão eletrônico comandado por um segurança uniformizado numa cabine de acrílico bloqueou nossa entrada

— Alfonso! Qual é, abra logo! — reclamou Jay, batendo na capota e quase encostando o carro no portão.

— Olá, sr. Parker! O sr. Hartley sabe que o senhor está chegando para visitá-lo?

— Saberá em um minuto.

— Vou só dar uma ligada. — Alfonso pegou um fone marrom peculiar, do tipo que você encontraria em filmes dos anos 1970, e Jay acelerou o motor, frustrado.

— Pensei ter ouvido você dizer que tinha as chaves das casas de todos os artistas que trabalham sob suas ordens — disse eu.

— E tenho, mesmo! — garantiu Jay. — Mas só posso usá-las quando as pessoas estão fora.

— E quando isso acontece você faz o quê? Entra furtivamente e se esfrega todo com as luvas térmicas deles, só de sacanagem? Lambe o queijo e depois o coloca de volta na embalagem?

O portão deslizava, abrindo-se suavemente, e Alfonso nos acenava para passarmos.

— *Muchas gracias* — gritou Jay, enquanto passávamos voando. — Algum dia, Helen — disse ele, com ar ofendido —, você perceberá que eu não sou a pessoa desprezível que imagina.

— Isso aí é a garagem? — perguntei, ao passarmos por um prédio do tamanho de um depósito de mercadorias. A famosa garagem, entulhada com carros antigos, típicos de colecionador. — Podemos dar só uma olhadinha no Aston Martin?

— Nem me fale nesse Aston Martin!

— Por que não?

Jay enfiou o carro de frente numa vaga que ficava bem ao lado da gigantesca porta da frente.

— Porque não! Veja, seu celular está tocando novamente. Você é uma garota muito popular, hein?

Era Artie ligando novamente. Só que aquele não era o momento certo. Não com Jay Parker justamente ao meu lado, em meio a um caso de pessoa desaparecida que começava a ganhar contornos interessantes.

Não parecia correto, no entanto, deixar o celular se esgoelando até parar, ainda mais sabendo que era Artie. Mas me forcei a atirá-lo de volta para dentro da bolsa. Ligaria de volta para ele assim que tivesse chance.

Ergui a vista e deparei com os olhos escuros de Jay Parker fixos em mim. Recuei de leve.

— Pare de me olhar como um...

— Quem era no celular? Seu namoradinho, não é? Ele mantém você em rédeas curtas, não? Ou será o contrário?

— Jay, por favor, vá... — *à merda*, tive vontade de completar, mas não o fiz. Ninguém estava mantendo ninguém em qualquer tipo de rédea.

— A coisa é séria entre vocês dois, então? E eu achando que era o único homem que você amaria em toda a sua vida.

O sangue me subiu à cabeça, e minha boca se preparou para expelir um monte de chamas e desaforos violentos, mas havia tantas palavras lutando para sair ao mesmo tempo, como bêbados numa batida policial tentando fugir de um bar apinhado, que todas elas ficaram presas na saída, emaranhadas, e nenhuma conseguiu escapar.

— Estou só brincando! — Ele riu do meu rosto paralisado e sem voz, e depois pulou do automóvel. — Sei muito bem o quanto você me odeia. Vamos nessa!

Subiu aos pulos os íngremes degraus de granito, e uma mulher muito miúda, de origem hispânica, usando um vestido negro e um avental branco, nos recebeu no enorme saguão de entrada, que tinha um pé-direito altíssimo, da altura de um prédio de três andares, pelo menos.

— *Hola*, Infanta — disse Jay, com um rosto cheio de sorrisos. — *Cómo estás?*

— *Señor* Jay! — Infanta parecia encantada por vê-lo. Obviamente, era uma péssima avaliadora do caráter das pessoas. — O *señor* não veio me ver nos últimos três dias! Senti saudades!

— Também senti sua falta. — Jay a agarrou em um abraço de urso e então lançou-se com ela em uma animada valsa pelo saguão imenso.

Eu os observei enquanto dançavam. Minhas mãos tremiam levemente, e meu rosto dava a sensação de ter sido queimado pelo sol. Pura raiva, eu acho. Se eu aceitasse aquele caso, precisaria limitar minha exposição a Jay Parker. O homem à minha frente tinha um efeito terrível sobre mim.

— Aaahh, señor Jay! — Infanta fez parar o tonto rodopio. — O sr. John Joseph está à sua espera no salão de recepção.

— Antes, preciso apresentá-la a uma amiga. Esta é Helen Walsh — disse Jay, sem fôlego e corado por causa dos volteios.

Infanta me olhou com reverência.

— Todos nós adoramos o *señor* Jay Parker. Você é uma moça de sorte por ser amiga dele — garantiu-me ela.

— Ele não é meu amigo — expliquei, com firmeza, e Infanta deu um passo para trás, evidentemente chocada.

— Quanta simpatia! — disse Jay. — Isso mesmo, deixe a pobre mulher constrangida.

— Mas você não é meu amigo! — protestei, desviando o olhar para ela. — Infanta, sinto muito, mas ele não é meu amigo.

— Tudo bem — disse ela, quase num sussurro.

Tive de mergulhar profundamente dentro de mim mesma para encontrar minha força que estava em risco de ser enfraquecida. Agarrei-me a ela. Seria preciso mais que o rostinho magoado de Infanta para fazer com que eu, Helen Walsh, me sentisse culpada.

• • •

O chamado salão de recepção era *imenso*. Mal se podia ver John Joseph, na extremidade mais afastada. Ele estava em pé junto à lareira e repousava o cotovelo sobre ela, embora parecesse se esticar um pouco para fazer isso. Claro, não era uma lareira pequena, mas mesmo assim.

A decoração se inspirava (eu acho) num salão da nobreza medieval. Havia uma porção de painéis de madeira entalhados, tapeçarias de parede e um "gigantenso" candelabro de três andares, que parecia feito com chifres de algum animal pré-histórico. Dois cães wolfhound irlandeses se aconchegavam junto da lareira, e a luz de muitas velas se agitava em castiçais de chumbo presos nas paredes.

— Jay! — John Joseph veio pulando pela sala em nossa direção; por um momento, achei que ele iria montar e sair galopando um dos cães. Apesar de John Joseph ser uma espécie de piada nacional, não pude deixar de me sentir uma tiete diante de seu astro favorito. De perto, porém, ele parecia um duende idoso. Seu rosto de corça assustada, que funcionara tão bem aos dezenove anos, exibia um aspecto chupado e cadavérico agora que tinha trinta e sete.

— Você deve ser Helen Walsh. — Ele me deu um aperto de mão caloroso e firme. — Obrigado por subir a bordo tão rapidamente. Sente-se. O que deseja beber?

Tenho o hábito de cismar instantaneamente com as pessoas. Poupa tempo, entendem? Também não consigo aturar gente que fala "subir a bordo", a não ser que sejam marinheiros; o que nunca são, é claro. Mas eu não tinha tanta certeza com relação a John Joseph.

Ele era amável e simpático, tinha um ar de quem tem tudo sob controle. Percebi um jeito sagaz em seus olhos quando ele me avaliou de cima a baixo, mas não de um modo repulsivo, apenas absorvendo todos os detalhes. Definitivamente, não se mostrou o idiota que eu esperava que fosse.

Era baixo. Não muito mais alto do que eu, que sou baixinha. Mas o fato de alguém ser baixo não impede a eficácia, nem mesmo o poder de aterrorizar, segundo me explicaram uma vez.

Uma Coca zero surgiu de algum lugar, embora eu não tivesse lembrança de tê-la pedido, e um café foi colocado na frente de Parker. Uma máquina bem-conduzida, a residência da família Hartley. John Joseph sentou-se ao meu lado num dos quatro sofás muito compridos.

— Vamos em frente — propôs ele.

— OK. Primeiro, o básico — disse eu. — Wayne usa drogas? Ou pega dinheiro emprestado com figuras suspeitas?

— De jeito nenhum. Ele não é assim, nem um pouquinho.

— Há quanto tempo você o conhece?

— Quinze anos, pelo menos. Talvez vinte. Estivemos na Laddz desde a formação da banda.

— Parece que ele faz alguns trabalhos para você, certo?

— Uma porção de trabalhos. Geralmente na produção final. Desenvolvemos a maior parte das nossas atividades na Turquia, Egito e Líbano.

— Supondo que Wayne esteja usando caixas eletrônicos ou cartões de crédito, a maneira mais rápida de encontrá-lo seria entrar no computador dele. Faz ideia de qual é a senha?

John Joseph inclinou a cabeça de lado e assumiu uma expressão sonhadora, de quem olha fixamente um ponto longínquo.

— Não parece, mas *estou* pensando — informou. — É o botox que Jay me fez colocar que me deixa com esse aspecto de quem teve morte cerebral. Se pudesse, eu franziria minha testa.

Isso não foi o suficiente para me fazer rir, mas me *divertiu*.

Depois de algum tempo, balançou a cabeça.

— Não. Não faço a mínima ideia. Desculpe.

— É muito importante. Caso consiga pensar em alguma possibilidade, mais tarde, me informe. Vou deixar meu cartão com você.

—Tive de travar uma batalha corpo a corpo para me entender com a esferográfica. — Este número de escritório não existe mais. — Risquei-o, com um traço firme. — E o número de casa mudou. — Risquei também o telefone fixo (*ex-telefone fixo*). Meu Deus, aquilo era de partir o coração. Escrevi no lugar dele o velho número de telefone dos meus pais.

— Preciso mandar fazer cartões novos... — disse eu, vagamente, sem esperança concreta de que isso pudesse acontecer tão cedo. — Você pode me informar seu número?

Ele me deu um número de celular — só um. Pessoas como ele sempre têm quatro celulares diferentes, pelo menos, uma supera-bundância de contatos domésticos e no escritório, mas um número de celular foi tudo o que me ofereceu, e, para ser justa, acho que era tudo que eu precisava para entrar em contato com ele.

— Certo, John Joseph. Pelo que sabemos, você foi a última pessoa que falou com Wayne. Ligou para ele ontem à noite, não é? Faz vinte e seis horas. Como julga que ele estava?

— Nada bem... Achava muito difícil essa história de shows de reencontro. Disse que já se afastara de todo aquele negócio de *boy band*, sentia-se humilhado por cantar as velhas canções, não gostava de ser privado de carboidratos e achava impossível conseguir entrar nos antigos trajes.

— Então você não ficou surpreso por ele não aparecer para o ensaio desta manhã?

— Na verdade, eu *fiquei* surpreso, sim. Ele me fez uma promessa na noite passada. Disse que apareceria, e acreditei nele.

—Você está preocupado?

— Como assim? Preocupado com a possibilidade de ele ter...?

— Isso mesmo, sabe como é... posto um fim à sua vida. — Era melhor dar logo nome aos bois, porque eu não tinha a noite inteira.

— Por Deus, não! Ele não estava tão mal assim!

— Será que alguém o sequestrou?

John Joseph pareceu pasmo.

— Quem o sequestraria? Ele não é esse tipo de pessoa.

— Quais foram as últimas palavras que ele disse?

— "Até amanhã de manhã."

— Não chega exatamente a esclarecer nada. Uma pergunta óbvia, mas você tem ideia de para onde ele pode ter ido?

Ele balançou a cabeça.

— Não faço a mínima ideia. Certamente não seria um hotel de luxo, nem nada parecido. Wayne é um pouco... peculiar.

— Já perguntei a Jay, e ele não tinha certeza, mas você provavelmente sabe a resposta para a pergunta que vou fazer.

— Diga lá.

— Wayne tem namorada?

— Não.

Ele estava mentindo.

Eu não sabia como, mas estava certa de que não falava a verdade. Talvez por ele ter respondido depressa demais, ou porque suas pupilas se contraíram, mas houve algum tipo de dica subconsciente que captei no ar.

— Qual é o lance? — insisti.

— Nenhum lance.

Era difícil saber, naquela iluminação em estilo medieval, mas John Joseph parecia ter empalidecido. O silêncio se estendeu entre nós, e, indo contra todo o meu treinamento, fui eu quem o rompeu.

— Gloria.

— Quem é Gloria?!

Sua reação foi tão agitada e defensiva que cheguei a sentir pena dele.

— Você não sabe quem é Gloria?

— Não, não sei.

— E se eu lhe mostrar uma foto dela? Será que isso reavivará sua memória? — Remexi em minha bolsa e encontrei a foto de Wayne com a garota. — Aqui está!

Ele olhou para a foto durante meio segundo e então disse:

— Essa é Birdie.

— Quem?!

— A ex-namorada de Wayne, Birdie Salaman.

— Nunca ouvi falar dela.

— É uma civil. Está fora do que chamamos de "show business".

Não, por favor, não diga coisas desse tipo.

— Eles se separaram faz... Não sei, talvez uns nove meses.

Nove meses, hein? Tanto tempo depois e ele ainda escondia uma foto dela de cabeça para baixo no quarto vazio, irradiando tristeza.

— Você tem o celular de Birdie?

— Vou descobrir. Mandarei para você numa mensagem de texto.

— E você não tem *mesmo* nenhuma ideia de quem é Gloria?

— *Mesmo.* Não faço a mínima ideia.

Alguma coisa mudou em seu jeito: uma agitação qualquer, uma repuxada nos lábios, detalhes pequenos demais para o olho nu enxergar, mas estava ali. Eu teria de analisar tudo depois, porque naquele momento eu não conseguiria extrair mais nada dele. Depois de algum tempo nesse trabalho, a pessoa aprende quando pressionar e quando deixar a coisa quieta. Aquele era o momento de mudar de tática.

— Você esteve em contato com os pais de Wayne?

— A mãe dele me ligou hoje às seis da tarde, perguntando se eu sabia por que ele não atendia o telefone. Seus pais não têm a menor ideia de onde Wayne está. Ele tem uma irmã, Connie, que também mora em Clonakilty; e um irmão, Richard, que mora na parte norte de Nova York. Liguei para eles, mas Wayne também não está lá.

— Sim, mas... Se ele foi se esconder com sua família, certamente eles não revelariam isso a você, concorda?

John Joseph pareceu confuso.

— Mas por que a sra. Diffney me telefonaria? Você não entendeu as coisas. Eu os conheço há séculos e somos muito íntimos; sou quase como outro filho para eles. Não mentiriam para mim. Pode acreditar: ele não foi para a casa de ninguém da família, e eles estão tão preocupados com Wayne quanto eu.

Eu teria de verificar esta informação pessoalmente, mas ela me soava verdadeira; por enquanto, eu não precisaria embarcar na viagem épica até Clonakilty.

Também poderia descartar o irmão em Nova York; não haveria jeito de Wayne entrar nos Estados Unidos sem passaporte.

— Preciso dos nomes, endereços e números de celular de todo esse povo em Clonakilty.

— Tenho tudo — bradou Jay, da ponta mais distante do sofá. — Já estou enviando os números para você numa mensagem de texto.

Tornei a centralizar minha atenção em John Joseph.

— Wayne fuma?

— Não. Parou há vários anos.

Então os isqueiros na gaveta eram apenas para as velas perfumadas.

— Ele tem faxineira?

— Não. Carol... esse é o nome da mãe dele... o adestrou muito bem. Ele diz que até acha relaxante fazer faxina.

Jay Parker estalou a língua alto, com desprezo, e eu lhe lancei o meu olhar mais gélido, porque, na verdade, eu *também* achava relaxante o trabalho de casa. Tinha passado a maior parte da vida sem ligar para a sujeira. Teria vivido perfeitamente feliz num fosso, desde que tivesse TV a cabo, mas, no momento em que comprei meu apartamento, entendi, afinal, a sedução de passar o aspirador de pó e lustrar tudo — a sensação de satisfação, o orgulho... Mas voltemos a Wayne.

— Ele tem algum problema de saúde que possa ser relevante?

John Joseph encolheu os ombros com ar de desamparo.

— Somos homens! Não conversamos sobre esse tipo de coisa. Ele podia ter câncer nos testículos, podia ter perdido um deles e, mesmo assim, continuaríamos a conversar sobre futebol.

— Por falar nisso, para qual time ele torce?

— Liverpool. Mas de forma normal, não feito um fanático, entende?

— Escute, eu reparei que Wayne tinha umas... — mal consegui me forçar a usar a expressão, porque a odeio profundamente — coisas *espirituais* em seu quarto. Um CD chamado *As maravilhas do momento presente* e merdas desse tipo.

— Ah, ele sempre compra livros e coisas da Amazon, mas nunca lê nada.

— Escute, esta é uma pergunta terrível, mas preciso fazê-la...

John Joseph me olhou fixamente, muito alerta.

— John pratica... ioga?

— Meu Deus, não! — John Joseph pareceu horrorizado, e Jay ficou gaguejando alguma coisa, sem conseguir falar, em choque.

— Ele medita?

— Não! É um sujeito comum — garantiu John Joseph. — Esquece aqueles malditos livros!

Ah, meu Deus! Zeezah, a nova esposa de John Joseph, entrou na sala. De repente, perdi o interesse em todo o resto. Embora eu tivesse visto as fotos de casamento de Zeezah na capa da *Hello!*, estava muito interessada em vê-la em carne e ossos tão louvados. Banqueteei meus olhos com aquela mulher, e estoquei frases para repetir em ocasiões posteriores, em conversas com pessoas de quem gostava. Era empertigada e fazia biquinhos. Penteado internacional. Calça de equitação branca. Botas de montaria negras e reluzentes. Casaco curto e justo na cintura. Delineador de lábios tão forte que parecia um fino bigode. E, o melhor de tudo, um pequeno chicote negro de cavaleiro.

— Oi, Zeezah! — saudou Jay.

— Ah, oláá — respondeu ela, vagamente.

— Zeezah — disse Jay —, esta é Helen Walsh.

— Ah, oláááá... — disse ela, ainda mais vagamente. Depois, caminhou até a lareira e, a pretexto de uma coisa ou outra, virou as costas para nós e, juro por Deus, nunca vi, antes ou depois desse dia, uma bunda como aquela. Tamanha redondeza, uma perfeição branca! Fiquei hipnotizada por aquelas nádegas. *Verdadeiramente* hipnotizada.

No entanto, não me mostrei intimidada. Num esforço supremo, escondi um sorrisinho presunçoso. Ah, sim, Zeezah, você é muito sexy *agora*. Ah, sim, pode crer... *Nesse instante*, você é tão madura e luxuriante que parece que vai explodir. Mas daqui a dez anos terá obesidade no último grau. Terá a aparência de alguém que vai morrer sob anestesia geral, enquanto estiver se submetendo a uma lipoaspiração.

Em seguida, ela agitou seu chicotinho de montaria na direção dos cães; eles choramingaram e se afastaram dela, acovardados.

Não gosto de cães. Para dizer a verdade, detesto cães. Mas *até eu* achei aquilo um pouco demais.

John Joseph pareceu constrangido.

— Deixe os cachorros em paz, querida.

Ela se acocorou e disse, com tom de acalanto:

— Desculpem, cachorrinhos! — Ela os segurou com um carinho infinito e os acariciou; eles se babaram todos em torno dela, com amorosa gratidão. Idiotas!

— Não é estranho — espantou-se ela — que um pouco de crueldade faça com que eles me amem ainda mais?

Sorriu, com um aspecto jovem e travesso e, para minha grande surpresa (categoria: agradável), descobri que gostava dela.

—Venha conversar com Helen — chamou John Joseph. — Ela está aqui para nos ajudar e encontrar Wayne.

— OK. — Ela veio, sentou-se ao meu lado e (espanto!) pegou minha mão, colocando-a entre as dela. Com ar compenetrado, pediu: —Você precisa encontrá-lo. Wayne é um homem bom.

— Ninguém aqui diz que não é — acudiu Jay, na defensiva.

— *Você* diz. *Você* diz que ele é fraco.

— Não digo que Wayne é fraco. Digo que ele não tem nenhuma força de vontade.

—Você acha que Frankie Delapp não devora biscoitos recheados tarde da noite? — Zeezah lançou um ar zombeteiro. — Acha que Roger St. Leger não está bebendo cerveja neste exato momento?

— Ele não está bebendo cerveja. Está bebendo vodca, e tem permissão para isso, porque vodca tem baixo teor de carboidratos.

Outra vez aquela história de carboidratos.

— Zeezah, alguém desejaria fazer mal a Wayne?

—Wayne é um homem bom.

—Tem alguma ideia de onde ele possa estar?

—Não. — Ela suspirou e soltou minha mão. — Mas me dê seu celular e ligarei, caso me lembre de alguma coisa.

— Claro. — Remexi a bolsa em busca do meu cartão. Quando acordei, naquela manhã horrorosa, quem adivinharia que eu terminaria o dia dando meu número de telefone a uma superestrela, mesmo ela sendo grande apenas no Oriente Médio?

— Se eu precisar entrar em contato com você...? — perguntei, com delicadeza. — Farei isso através de John Joseph?

Ela fez uma expressão muito severa.

— Sou uma pessoa independente, com meu próprio celular. Estou passando meu número para você numa mensagem de texto, neste exato momento.

— Bom, ótimo... Tá bem, então.

Esperem só até eu contar para mamãe que consegui o número do celular de Zeezah. *Esperem só!* Não, melhor não. Ela pode roubar o número e começar a enviar mensagens de texto cheias de ódio.

— OK — continuei, depois dessa reflexão. — Quero pedir a vocês três que soltem a imaginação. Deixem que ela enlouqueça por instantes e me digam, em poucas palavras, para onde acham que Wayne foi. Podem viajar na maionese, é uma espécie de jogo. Começarei pensando que Wayne, neste momento, está... aprendendo a fazer pão no hotel Ballymaloe.

— Pão?! — gritou Jay, indignado.

— Sushi, se preferir. — John Joseph?

— Acho que Wayne está... internado numa clínica, fazendo lipoaspiração na pança.

— É mesmo? — Jay se animou. — Terá alta antes de quarta-feira à noite?

— Isto é só um jogo — lembrou Zeezah. — Acho que Wayne está... visitando seus pais em busca de afeto: beijos, abraços, apoio, esse tipo de coisa.

— Acho que Wayne está... — disse Jay — num centro budista em West Cork, aprendendo a meditar. — Ah! Que raiva!, mas ele continuou, depressa: — Não, não, mudei de ideia. Wayne participa de um concurso de comedores de torta em North Tiperary, e está derrotando todos os competidores. Vai ser um sucesso no concurso nacional.

— Zeezah — perguntei — você conhece alguma amiga de Wayne chamada Gloria?

— Gloria? — Juro por Deus que o rosto dela mais ou menos congelou. Apenas por um rapidíssimo momento, mas eu vi. — Quem é Gloria?

Eu não disse nada, esperei que ela rompesse o silêncio. Zeezah balançou a cabeça.

— Não conheço essa tal de Gloria.

Talvez não conhecesse. Talvez eu estivesse imaginando coisas. Afinal, estava meio fora de mim.

— Zeezah, vou lhe fazer a pergunta mais importante de todas: tem alguma ideia de qual possa ser a senha do computador de Wayne? Seis caracteres.

Enquanto pensava, seus olhos ficaram distantes e sua testa mostrou-se absolutamente lisa. Será que Jay também a obrigara a colocar botox? Não... Zeezah tinha só vinte e um anos. Talvez a testa sem franzir fosse devida à sua juventude, mesmo.

— Seis letras? — Ela ficou animada de repente, e meu coração deu um pulo. — Já sei! — declarou. — Que tal Zeezah? — Deu uma risada brincalhona e, como uma resposta cortês, meio de saco cheio, soltei algumas risadas semelhantes a ruídos, mais isso pode ter sido uma má ideia, porque o som que emiti parecia o de um leão-marinho estrangulado, e todos me olharam ligeiramente alarmados. Acabei me sentindo como se tivesse distendido um músculo do peito.

Capítulo Oito

— E agora?

Estávamos em pé do lado de fora da mansão de John Joseph. Eu me sentia cansada. É sempre penoso ir contra minhas inclinações naturais e tratar as pessoas com amabilidade, mas essa é a única maneira de conseguir informações e fazer com que elas gostem de mim.

— Vou levar você para casa — ofereceu Jay.

Diante das palavras dele, algo terrível me dominou. Eu passara o dia desejando que chegasse a noite, mas agora que o céu estava escuro, era ainda mais ameaçador. Senti medo de erguer os olhos, porque tinha certeza que veria duas luas penduradas nele. Minha impressão era a de que eu passara por alguma mudança cósmica catastrófica e vivia num planeta diferente, superficialmente parecido com a Terra, mas que não era de forma alguma a Terra. O planeta em que estava era todo errado, operava em vibrações diferentes. Sinistro e agourento, de uma maneira indefinível, mas pavorosa.

— Poderíamos tentar falar com Frankie — propus, desesperada.

— À uma da manhã?

— Ele e Myrna acabaram de importar gêmeos de Honduras. A casa inteira está provavelmente acordada.

— A palavra é "adotar". Eles não são um engradado de bananas. Como foi que você soube disso?

— Pelas revistas. Mamãe e Claire compram todas. Passe uma mensagem de texto para Frankie.

Frankie Delapp: o Gay. Desde que a Laddz se desfez, ele tivera uma vida movimentadíssima. Primeiro abriu um restaurante, que acabou falindo com uma dívida de milhões. Então, lançara um salão de beleza, que também fracassou. Depois, declarou falência pessoal. Mas o maior escândalo de todos foi quando descobriram que ele era hétero. A base dos seus fãs ficou horrorizada, e sua popularidade sofreu um grande golpe. Da noite para o dia, ele foi lançado ao limbo, onde passou muitos anos, evitado e ignorado, mas, nos últimos seis meses, sua vida gozara da mais extraordinária reviravolta. De algum modo, acertara em cheio no *A Cup of Tea and a Chat*, o programa vespertino de variedades da RTÉ. Frankie era o comentarista de cinema do programa. Ninguém sabia como ele tinha conseguido aquele espaço, já que não sabia praticamente nada sobre filmes e nem era considerado o mais inteligente entre os ex-astros de rock.

No entanto, numa dessas coisas estranhas que às vezes acontecem — como um surto localizado de tuberculose —, Frankie se tornou, de repente, o homem mais popular da Irlanda. Era caloroso e doce; os espectadores se identificaram com seu gosto populista. Tudo aquilo em que Jennifer Aniston aparecia ganhava cinco estrelas automaticamente, e os vencedores do Oscar ficavam apenas com uma ou duas. "Fiquei entediado, chuchu. Era muito *monótono*, e as roupas... horrorosas. Tive de largar o filme no meio para poder ver outras coisas."

Ele era profundamente amado por todos, de pedreiros a freiras, e "O que Frankie acha?" se tornou uma pergunta repetida a toda hora. Da noite para o dia, o país inteiro queria saber a opinião de Frankie a respeito de tudo. Quando menos se esperava, uma das principais apresentadoras do *A Cup of Tea and a Chat* desapareceu numa espécie de queima de arquivo em estilo soviético, e Frankie foi instalado em seu lugar. Depois, num salto audacioso, desconsiderando toda a rígida hierarquia da RTÉ, ele conseguiu o posto de apresentador do festival *The Rose of Tralee*, e começaram a circular boatos de que ele já tinha sido contratado para apresentar *Saturday Night In* assim que Mautrice McNice, o apresentador atual, batesse as botas. Não era exagero dizer que Frankie atropelou o mercado de entretenimento na Irlanda como um tanque bizarro com bronzeado artificial, e deixou os concorrentes comendo poeira.

Sua esposa era uma mulher talvez quinze anos mais velha que ele. Myrna Alguma Coisa. Nascida em Vermont, com cachos curtos grisalhos e vigorosos, um rosto desafiador, sem maquiagem e com roupas de menopausa; uma Adventista do Sétimo Dia, ou algo assim. Quando achava algo muito engraçado, ela o batizava de "ponto estourado".

Enquanto esperávamos para ver se Frankie responderia a mensagem, eu me afastei o bastante para Jay não ser capaz de me ouvir e liguei para Artie. Conversar com ele seria reconfortante. Porém, para minha surpresa (categoria: desagradável), o celular dele estava desligado. Eu deixara passar tempo demais e ele já devia estar na cama.

— Sou eu — disse baixinho, deixando um recado. — Desculpe por ligar tão tarde. Você nem vai acreditar, mas estou trabalhando num caso. Ligo de novo amanhã... — Agora, chegara o momento mais difícil. Como encerrar a ligação? Quase seis meses juntos e nenhum de nós dois usara a palavra "amor", mas tínhamos descoberto outras maneiras "sarcásticas" para transmitir o sentimento. — Assegure-se — declarei —, que o tenho na mais alta conta.

Então, ouvi a mensagem que ele deixara para mim.

"Querida, você está bem? Devia ter me contado sobre seu apartamento. Precisamos conversar sobre isso. Vonnie foi embora, as crianças já estão na cama... Você vai voltar?"

Ah, por um momento, essa ideia... Colocar minha chave em sua porta, andar na ponta dos pés através da casa silenciosa, tirar minhas roupas e deslizar para debaixo dos lençóis, me movimentar em sua cama, pressionar minha pele contra a dele. Mas eu estava trabalhando.

"O que você decidir, está bom pra mim", completou ele. "Despeço-me agora, atenciosamente."

Desliguei o celular e dei a volta, encontrando Jay Parker muito mais perto do que imaginava que estaria.

— Mensagem de texto de Frankie — avisou.

O que ele diz?

Jay me entregou seu celular e li:

Adorei mensagem, vem cá Jay chuchu, os bbs uma dádiva do cara lá de cima, mas tão esgoelando feito loucos. Nenhum sinal Wayne ainda? Se vc ñ conseguir achar tô fodido, desculpe o palavrão, mas preciso pagar escola, dois filhos, penso nisso toda hora, o povo acha que tô nadando em grana pq estou na tv, eles mais pão-duros que o Tio Patinhas, Deus abençoe vc, bjs, abs, carinhos e afagos.

— Vamos — reagi, alarmada. — Vamos lá.

Enquanto seguíamos no carro, Jay disse:

— Lembra-se da noite em que nos conhecemos?

— Não.

Foi numa festa. Eu não tinha sido convidada. Mais tarde, descobri que ele também não.

Quando o vi pela primeira vez, ele dançava ao som de uma canção de James Brown. Dançava pra caramba e a música era ótima. Só que, no meio dela, Jay berrou e pediu para o DJ trocar.

Era óbvio que tínhamos uma porção de coisas em comum: períodos curtos de atenção; irritabilidade constante; insatisfação existencial básica.

Um papo rápido estabeleceu novos pontos de convergência: desagrado por crianças e animais; desejo de faturar muita grana sem precisar ralar; adoração por bambolês.

Claramente, tínhamos sido feitos um para o outro.

Quando estávamos saindo, uma mulher cruzou nosso caminho, com o rosto iluminado de encantamento, e exclamou:

— Vocês dois são lindos. Parecem gêmeos, como João e Maria, só que do mal.

Gêmeos, até parece! Jay e eu ficamos juntos durante três meses recheados de diversões e gargalhadas, mas logo eu descobri como ele era de verdade, e isso foi o fim de tudo.

Frankie falava sem parar e fazia aquilo que os políticos fazem: pronunciar o nome da pessoa quinze vezes em cada frase. A apertada sala da frente do apartamento estava lotada até o joelho com fraldas, brinquedos e tralhas para bebês; Frankie usava um pano sobre o ombro direito, como os muçulmanos, e uma listra de leite vomitado lhe descia em filetes até chegar à perna esquerda.

Jay, cortês e descolado, estava deslocado (desculpem o trocadilho) com seu belo terno escuro e gravata preta estreita. Manteve-se com ar de desdém junto à porta, claramente horrorizado com o caos reinante.

Frankie agarrou minha mão e me conduziu até o sofá entulhado.

— Vamos jogar esses troços todos no chão para podermos sentar, Helen. Vá em frente, pode tacar tudo longe sem dó nem piedade, não me importo. — Com um movimento de quem ceifa o campo, varreu energicamente mamadeiras, babadores, biscoitos e fraldas de cima do sofá, fazendo com que tudo caísse sobre o tapete. Continuou a agitar o braço, dando golpes extras até abrir espaço suficiente para nós dois sentarmos.

— Venha, Jay, chuchu! — chamou ele. — Há espaço para todos, agora.

— Não se preocupe, estou bem aqui, Frankie — Jay se encolheu mais e ficou quase colado na porta de saída.

— Tudo bem, ninguém o forçará a sentar. — Frankie virou as costas para Jay e fixou toda a atenção em mim, fitando-me longamente com olhos arregalados. — Helen, recebi uma chuva de bênçãos, um verdadeiro toró, Helen! A televisão, os bebês, a volta da banda... O cara lá de cima está cuidando de mim. — Agitou os olhos na direção do teto, pescou um pequeno crucifixo de ouro no fundo da camisa, pendurado num cordão, e deu um beijo rápido na joia. — Mas eu adoraria uma boa noite de sono, Helen, mesmo que fossem só quatro horas ininterruptas! — Seus olhos se encheram de lágrimas e ele as limpou com rapidez. — Não ligue, é depressão pós-parto. — Girou a cabeça, flexionou os músculos do pescoço e gritou, por sobre o ombro: — Jay, chuchu, você está cantarolando mentalmente as músicas de Wilson Pickett?

Antes de Jay ter chance de responder, Frankie já tinha tornado a girar a cabeça, completando um círculo quase completo, centralizando a atenção novamente em mim.

— Ele não parece estar com canções de Wilson Pickett na cabeça? Ou quem sabe Otis Redding? Alguma coisa muito *emotiva*? Para se desligar desta devastação doméstica, talvez? Está se imaginando sentado na beira de um cais, Jay, chuchu? Eu faço isso o tempo todo, Helen, cantarolo mentalmente para escapar desta ZONA, mas prefiro Boney M. Meu refúgio são os rios da Babilônia. É lá que você vai me encontrar, como na canção.

Do outro cômodo veio o gemido queixoso de um bebê.

— Helen, eles são anjos, todos dois, mas não tenho certeza se adotar gêmeos foi uma boa ideia. Logo que um para de chorar, o outro começa. Myrna e eu estamos ambos destruídos, completamente detonados. Se não fosse o botox que Jay me fez colocar, eu estaria com cara de *quarenta anos*. Helen, chuchu, conseguiu alguma notícia de Wayne?

— Eu já ia perguntar a mesma coisa a você.

— Santa misericórdia! — Ele bateu com os nós dos dedos fechados contra as bochechas. — Meus nervos estão em frangalhos, Helen. Você precisa encontrá-lo. Dependo muito dessa grana. Devo uma fortuna, e agora sou um chefe de família. Acabamos de alugar este apartamento, e você pode ver que não é um lugar adequado para crianças. — Verdade pura. O espaço era minúsculo e entulhado de tralhas. — As pessoas acham que estou cheio da grana porque apareço na TV, mas, Helen, não é verdade, longe disso. O pessoal é tão sovina quanto Tio Patinhas. Um guarda de trânsito ganha mais que eu. É a pura verdade.

— Você tem alguma ideia, qualquer que seja, da senha do computador de Wayne?

Frankie fez uma expressão horrorizada.

— A senha de Wayne? A esta altura do campeonato, não sei nem mesmo a minha senha!

— Então nos diga, Frankie, que tipo de homem é Wayne?

— Um doce de coco, Helen, um chuchuzinho. Claro que ele é meio temperamental e tem seus dias de depressão, quando fala pouco. Às vezes, se recusa a fazer aqueles nossos gestos típicos de balançar as mãos no ar durante as canções; diz que preferia cortar os dois braços com uma faca de manteiga enferrujada a pagar esse mico. Além do mais, alguém precisa adulá-lo para ele voltar à boa forma. Isso tudo leva uma vida e toma tempo que poderíamos estar aproveitando melhor junto de nossos entes queridos... Mas certamente ele tem seus motivos para agir assim... É um chuchu, Helen, isso que ele é. Uma flor de pessoa.

— Alguma ideia de onde ele está agora?

— Nem desconfio... Mas imagino que não seja nenhum lugar óbvio.

— É o que todo mundo não cansa de repetir. Mas quais os lugares que não são óbvios?

Um segundo bebê começou a chorar. Havia uma sensação de histeria fracamente contida dentro das paredes do apartamento. Eu não gostava daquilo ali de jeito nenhum, estava me sentindo muito ansiosa.

Pedi a Frankie para fazer o mesmo jogo que tinha sugerido mais cedo a John Joseph e Zeezah.

— Imagine qualquer coisa ou lugar onde ele possa estar, por mais louco que parecer, não importa.

Porque mesmo quando as pessoas acham que estão imaginando e inventando coisas absurdas, há sempre um fundo de verdade nessas divagações.

— Acho que Wayne... — disse Frankie — alugou um trailer e está dirigindo pela região de Connemara, tirando fotos lindas dos tojos.

— Ele algum dia manifestou interesse por trailers? Ou fotos? Ou tojos?

— Não. Mas você mandou que eu soltasse as rédeas da imaginação.

— Quem é Gloria? — perguntei, esperando pegá-lo de surpresa.

— Gaynor? Ou Estefan?

Meu santo Cristo!

— Essas são as únicas Glorias que você conhece?

Não adiantava insistir. Eu não conseguia prender a atenção de Frankie. Sua energia estava por demais fragmentada, o contato visual era mínimo, apesar da suposta intimidade e de ele continuar repetindo meu nome o tempo inteiro. Talvez estivesse mentindo, exibindo um verniz barato de alienado e eu nem suspeitaria. Troquei números de celular com ele e fomos embora.

Capítulo Nove

Roger St. Leger — o Outro — foi uma surpresa (categoria: intrigante). Decadente. Namorador. Meio sexy, mas de um jeito caído e fracassado.

Morava numa propriedade fantasma, num subúrbio muito distante de Dublin. Se não estivéssemos no meio da madrugada, levaríamos horas para chegar ao local.

Convenci Jay de que devíamos ir até lá porque, mesmo exausta, eu estava muito acordada e ligadíssima. Não conseguia suportar o pensamento de ficar deitada numa cama, com a cabeça girando, cheia de pensamentos catastróficos. Era preferível ficar metendo o nariz na vida dos outros.

— Isto significa que você resolveu aceitar o trabalho? — perguntou Jay.

Eu ainda não tinha certeza. Gostava da ideia de ganhar dinheiro e amava o pensamento de ter algo para fazer, mas não pretendia entrar naquilo se fosse complicado demais.

— Só preciso... — Enviar alguns e-mails. Peguei meu telefone e digitei rapidinho dois. Se ninguém me desse retorno, eu decidiria.

— Pode deixar que eu resolvo em breve. Enquanto isso, me conte uma coisa — pedi, enquanto seguíamos no carro. — Todos eles são religiosos? Os cinco integrantes da Laddz?

— Não! — Ele pareceu ofendido.

— Mas e aquela presepada de Frankie beijar a cruz e agradecer ao cara lá em cima?

— Uma afetação. Não significa nada. Tudo bem, admito que John Joseph é religioso — confessou. — Mas Wayne não é. E Roger... — acrescentou, com certo tom de desafio na voz — com *certeza* não é.

De repente, a parte da via expressa por onde seguíamos começou a parecer um pouco... reconhecível. Não sei a palavra exata. Significativa. Familiar, talvez.

— Onde estamos? — perguntei.

Jay também estava sentindo o clima. Não quis olhar para mim e claramente não estava à vontade ao responder.

— Olhe para as placas de orientação. — Apontou para uma grande, azul, pendurada sobre as quatro vias de trânsito.

— Diz que a próxima saída é para Ballyboden — afirmei.

— Agora você sabe.

— É Scholarstown, não é?

Onde Bronagh mora. Ou morava. Não fazia a mínima ideia se ela continuava lá.

Todo o apartamento de Roger parecia ter sido construído a partir de placas pré-fabricadas. Era cambaleante, revestido de ripas, frágil e de mau gosto. O sofá estava inclinado para um dos lados e o tapete tinha manchas de café. Pelo menos eu *torci* para que fosse café.

— Adoro o que você fez com este lugar — disse Jay. — Como é que pode já estar acordado?

— É hora da minha corrida matinal.

O sarcasmo dos debochados, notei de cara; obviamente, ele ainda nem tinha ido para a cama.

— Bebendo sozinho? — Jay pegou uma garrafa de vodca meio vazia.

— Nesse instante, não — disse Roger. — Quem é essa gata? — Ele me olhou de cima a baixo de um jeito totalmente diferente daquela conferida básica de John Joseph. Na vida real, Roger transmitia uma eletricidade de bad boy que, curiosamente, não transparecia nas fotos das revistas nem na TV. Tinha os cabelos despenteados, muito pretos, e um corpo magro. Mas sua aparência era destroçada — difícil acreditar que só tivesse trinta e sete anos.

— Esta é Helen Walsh — disse Jay. — Detetive particular, e está à caça de Wayne.

— Ah, por Deus! — Roger afundou em seu sofá quebrado. — Você não vai deixá-lo em paz? Dê ao pobre coitado alguns dias. Ele voltará!

— Nem pensar. O relógio está tiquetaqueando sem parar. Estamos planejando uma turnê de reencontro da Laddz, e isso tem importância mundial. Aliás, ela começa na próxima quarta-feira, Roger, caso você tenha esquecido. Daqui a seis dias. *Daqui a seis dias!* — Jay repetiu para si mesmo. — Minha nossa! — Seu rosto ficou acinzentado. — Ainda há muita coisa para fazer. Os ensaios, os testes de som, os ajustes das roupas, a divulgação... Temos quarenta mil camisetas da Laddz vindas da China e chegando ao porto de Dublin amanhã de manhã. Mais vinte mil echarpes da Laddz. Sem falar nos folhetos, nos xales...

— Xales?! — Fui excessivamente mordaz. Imaginem uma criatura envolta num xale com fotos da Laddz. Não seria patético sair com um troço desses pelas ruas?

— Se Wayne não voltar, o que vamos fazer com tudo isso? — Jay perguntou, quase para si mesmo.

— Jogue tudo no mar — sugeri.

— Já foram pagos — explicou ele.

— Por que você fez isso? — Eu quis saber.

— Obviamente, os fabricantes não topariam entregá-los sem pagamento, não é? O que faremos com o encalhe dos xales Laddz? *Precisamos* vender essas merdas todas, já detonamos uma fortuna.

— Ah, relaxa e goza — resmungou Roger, mas até ele parecia suar frio.

— E a mídia? — lembrou Jay. — Meu Deus, a mídia! Temos rádio e TV marcados para todo o fim de semana. Como vamos explicar a ausência do Wayne Esquisitão?

— A essa altura, ele terá voltado — garantiu Roger. — Além do mais — continuou, virando-se para mim —, Wayne não é esquisitão. Essa é a expressão mais infeliz do mundo para descrever Wayne.

Fiz a Roger as perguntas costumeiras e obtive negativas para tudo — nenhuma droga, nenhum agiota, nenhuma namorada, nenhuma ideia de qual era a senha de Wayne.

— Onde você acha que ele está? — perguntei.

Ele suspirou.

— Provavelmente em casa, escondido debaixo da cama.

— Por que diz isso?

— Escute, somos todos homens adultos, agora. Esse papo de reencontro da banda... Nenhum de nós quer ficar dando pulinhos pelo palco vestindo ternos brancos de Primeira Comunhão, como fazíamos aos vinte anos.

— Frankie quer — informou Jay.

— Tudo bem, Frankie quer. Para o resto do grupo isso tudo é humilhante, mas não temos alternativa, temos? É uma oportunidade única de ganhar uns trocados e estamos todos completamente duros.

— Até John Joseph? — perguntei, com ar surpreso.

Ele deu uma risada amarga.

— Você o conheceu? Você o adorou? Já vi que ela o adorou — sentenciou, olhando para Jay. — Todos o adoram.

— Desculpe, eu realmente gostei dele, mas...

— E Zeezah? Encantadora, não é?

— De certa forma, realmente encantadora.

— Escute... Como é mesmo seu nome? Helen? Eu, provavelmente, tenho mais dinheiro do que John Joseph. Sim, sei que você está pensando "olhe o estado decrépito deste lugar". Mas acredite em mim, custa uma fortuna manter todo aquele espetáculo John Joseph Hartley para a plateia. Alfonsos atendendo o interfone e aqueles cães wolfhound irlandeses não saem barato. E agora com Zeezah dispensada pela gravadora e John Joseph investindo a própria grana na carreira dela... Olhe, a essa altura do campeonato ele já pôs tudo no prego, até o traseiro.

Demorei um momento para digerir essa informação.

— E o Aston Martin? — perguntei a Jay.

— Vendido — interveio Roger. — Junto com o Bugatti, o Lamborghini e as duas Corvettes. Tudo o que lhe restou foi o Evoque de Zeezah, mas esse carro também vai pelo mesmo caminho se não houver alguma reviravolta.

Meu Deus. Seria verdade? Lancei um rápido olhar para Jay, e seu rosto me disse que era. Por uns instantes fiquei bloqueada. Depois reuni forças, recolhi o espanto e decidi seguir uma linha diferente de interrogatório.

— Você gosta de Wayne? — perguntei a Roger.

— *Gostar* de Wayne? Eu *amo* aquele cara. Wayne é como um irmão para mim. Todos os integrantes da Laddz são.

— Que tal se você deixar de lado o sarcasmo por apenas cinco minutos...?

Roger pensou a respeito. Parecia a primeira vez em que ele considerava essa possibilidade.

— Na verdade, eu *gosto mesmo* de Wayne — confirmou.

— Você deve conhecê-lo muito bem, não é, depois de estarem na Laddz juntos, vivendo colados uns nos outros?

— Sim, mas... tudo aconteceu há bastante tempo. Não nos encontramos muitas vezes nos últimos... ahn, deixe ver... talvez dez anos. Ou quinze. Desde que a Laddz se separou, na verdade. Eu e Wayne não somos assim tão ligados, como é o caso dele com John Joseph. Mas Wayne é um sujeito decente. Tem *bons princípios*. — Pelo tom de sua voz, isso parecia uma doença. — Às vezes, ele demonstra *excesso* de bons princípios. A vida não é para ser tão dura.

— Acompanhe-me então em uma espécie de jogo — sugeri. — Consegue imaginar um lugar onde Wayne possa realmente estar, nesse exato momento? Deixe a imaginação correr solta.

— Tuuudo bem! Acho que Wayne está... Perambulando pelas ruas, em estado de fuga enlouquecida, tentando morder os transeuntes.

Na verdade, isso era bem plausível de acontecer. Algumas vezes, as pessoas dão reviravoltas estranhas e se esquecem de tudo, até do próprio nome. Mas é raro.

— Ou então ele foi preso e está jogado numa cela, em alguma delegacia — completou.

— Preso por qual motivo?

— Ora, por qualquer coisa que você imaginar; mijar na rua, embora isto não seja típico de Wayne; por se fazer passar por oftalmologista...

— Ah, não adianta eu lhe perguntar nada — sentenciei. — Sua visão das coisas é deformada demais.

Seria impossível um repórter de porta de cadeia não pescar o nome de Wayne. Se Wayne estivesse preso, o país inteiro saberia, a essa hora.

— Aqui está meu cartão — anunciei, entregando-o a Roger. — Telefone para mim se lembrar de alguma coisa, não importa que pareça insignificante. Pode me dar seu número?

— Claro! E não hesite em me ligar caso decida que eu posso... hummm... ajudar em alguma coisa. Isso mesmo, *qualquer coisa*. — Disse isso com um tom safado, e lançou um olhar sagaz para Jay Parker. — Ah, não estou pisando nos calos de ninguém, estou? Ou será que anda rolando algum clima entre vocês dois?

— Não — garanti na mesma hora. — Nada disso.

— Tuuudo bem! — Deu uma risadinha curta e sardônica. — Mais perguntas? Ou já estou liberado?

— Só mais uma. Por que Jay Parker não obrigou *você* a colocar botox?

Jay e Roger se entreolharam, espantados.

— Ora! Na verdade, eu obriguei — disse Jay.

— Você devia ver o estado da minha cara *antes* do botox — disse Roger, com outra das suas risadas amargas.

— Obrigada pelo seu tempo — agradeci. — Vamos embora, Jay.

Pouco antes de sair pela porta, eu disse, em tom casual, por cima do ombro:

— A propósito, Roger, Gloria mandou lembranças.

Ele pareceu chocado.

— Mandou?

Bingo!

Girei o corpo, tornei a entrar na sala e me sentei junto dele, sentindo-me confortável.

— Abra o bico — ordenei, com ar decidido. — Conte-me tudo sobre Gloria.

Ele pareceu meio enjoado.

— Será melhor *você* me contar qual é o lance — rebateu ele. — O que foi, dessa vez? A divulgação de um vídeo pornô? Talvez... Não pode ser mais uma maluca com outro processo de paternidade, não é?

— Do que está falando? — perguntei.

— Do que *você* está falando?

A confusão se estabeleceu entre nós e então entendi: *não era* bingo.

—Você não conhece ninguém chamada Gloria, certo?

— Não.

— Nem mesmo reconhece o nome da figura, mas acha que poderia ser pai de um filho dela?

Ele encolheu os ombros e disse:

— Seja bem-vinda ao meu mundo.

Enquanto seguíamos de carro na direção de casa, eu disse a Jay:

— Preciso do celular de Wayne.

—Vou passar uma mensagem de texto para você com o número dele, agora mesmo.

— E também preciso da chave da casa.

— Vou mandar fazer uma cópia para você e a entregarei de manhã.

— Basta me dar a que você tem.

— Não. Vou mandar fazer outra.

Eu avisei:

— Quero instalar uma câmera na casa de Wayne para sermos informados na mesma hora, caso ele volte.

Tecnologia de espionagem, eu adoro isso! Minha irmã Claire passa cada minuto que pode navegando em uma famosa loja online de acessórios femininos; namora todos os sapatos que não pode comprar, e sou um pouco assim com relação a sites de equipamento para espionagem. Não me entendam mal, adoro roupas, adoro sapatos, adoro bolsas e tenho um fraco por echarpes — não paro de comprá-las, ou, pelo menos, fazia isso até meu cartão ser bloqueado.

O engraçado é que tem muita gente que acha que só uma echarpe basta. Essas pessoas imaginam que se você vai de zero echarpe para uma echarpe, sua vida melhora consideravelmente. Para mim, no entanto, ter apenas uma só serviria para ressaltar o universo inteiro de echarpes que existem por aí e que eu não tenho. Eu *precisava* ter sempre mais. O pior é que quanto mais tenho, mais quero — sou desse jeito com relação a tudo.

Por isso é que continuava a comprá-las; e por mais linda que fosse cada uma delas, nunca eram em número *suficiente*. Então, um dia, tive a grande infelicidade de ver uma garota francesa dar um nó casual numa echarpe da grife Isabel Marant, em torno do seu elegante pescoço francês; bem que eu gostaria de ter sido poupada dessa cena, pois isso estragou meu caso de amor com as echarpes. Percebi que jamais seria capaz de alcançar o *élan* tranquilo e relaxado, a graça inata e a elegância genética daquela francesa. É claro que isso não me impediu de continuar tentando. Em vez de culpar a mim mesma e às minhas deficiências, culpava a echarpe: se pelo menos ela fosse um pouco mais larga, ou mais comprida, ou tivesse um pouco mais de seda, ou fosse uma autêntica Alexander McQueen, em vez de uma cópia vagabunda, funcionaria.

Mas vamos em frente...

— Você me escutou? — perguntei a Jay. — Preciso instalar uma câmera na casa de Wayne. E quero colocar um rastreador no carro dele.

— Agora?

— Quando poderia ser? Mês que vem? Cada segundo conta.

— Tudo bem... — Sua voz pareceu cansada e relutante.

— Antes, temos de passar na casa dos meus pais para eu pegar o material.

— Ahn... escute, Helen: são três da madrugada. Preciso estar no porto de Dublin às sete da matina para assinar os papéis das mercadorias da Laddz e fazer com que passem pela alfândega. É um trabalho hercúleo. Você nem acreditaria no tamanho da papelada; e há cães farejadores circulando por toda parte, deixando marcas de patas nos ternos das pessoas; e é preciso abrir caixas e mais caixas de camisetas para provar que não se está escondendo nenhuma pobre garota chinesa lá dentro. Vamos deixar esse lance de Wayne para depois, pode ser?

— Mas, e se ele voltar e nós o perdermos?

— No momento, estou detonado demais para me importar com isso.

— Mas...

— Sugiro pararmos por esta noite. Aliás, sou eu quem está pagando pelos seus serviços.

— Por falar nisso... Ainda não decidi se vou aceitar o trabalho. Caso resolva aceitar, tem de ser tudo conforme meus termos.

Expus as exigências a ele e, para minha surpresa (categoria: perturbadora), Jay aceitou sem esboçar a mínima reação. Nem mesmo pechinchou.

— Tem certeza de que entendeu meus termos? — perguntei. — Pagamento de uma semana. Adiantado. Em dinheiro vivo — enfatizei. — E com isso quero dizer dinheiro de verdade, e não vales para combustível.

Já caí nessa pegadinha, uma vez. Passei trinta e nove horas escondida na copa de uma árvore, em um caso de custódia de criança, e acabei com uma síndrome estranha no baço, provocada pela friagem. Por minhas dores lancinantes, fui recompensada com uma merreca de quinhentos euros.

Capítulo Dez

Mamãe apareceu no alto da escada, de camisola e bobs na cabeça, assim que coloquei a chave na porta.

— São três e dez. Da *madrugada*. — Desceu correndo a escada e fiquei quase cega com o brilho do seu rosto coberto de creme. — Onde é que você estava?

— Saí com Jay Parker. A propósito, obrigada por dizer a ele que poderia me encontrar aqui.

— Você está traindo Artie?

— Não saí com ele nesse sentido. Saí para trabalhar. A senhora jamais acreditará em quem conheci esta noite. Mas não deve contar a ninguém. Jure pela sua bolsa Gucci vermelha.

— John Joseph Hartley e Zeezah.

— Como é que a senhora sabe?!

— Jay Parker me contou que ele é o novo agente da banda Laddz, então eu somei dois mais dois.

— Estive nas casas dos componentes da banda.

Mamãe já sabia dos wolfhound e do candelabro feito com chifres. Tinha saído um exemplar inteiro da RSVP dedicado a isso. Não sei como eu mesma perdi esse babado.

— Jay prometeu me conseguir ingressos para o show de estreia.

— Ah, mamãe...

— *Que foi?*

— Isto me faz parecer pouco profissional. — Sem mencionar o fato de que não aconteceria nenhum show da Laddz se Wayne não aparecesse.

— Falei com Claire — (minha irmã mais velha) —, mas ela já avisou que não poderá ir comigo.

Ora, isso não era nenhuma surpresa. Claire andava ocupadíssima. E também, por natureza, relutava em fazer qualquer favor para as pessoas. Dizem que somos parecidas.

— Depois liguei para Margaret, e ela disse que virá, caso eu não consiga nenhuma companhia.

Margaret era a irmã seguinte depois de Claire. Também era muito ocupada. Tinha dois filhos, em comparação com os três de Claire. Mesmo assim, tem um apurado senso de dever.

— Não quero ir com Margaret — reclamou mamãe.

— Mas ela é sua filha favorita!

— Ela dança como um tio bêbado em festa de casamento. Eu passaria o maior vexame.

— Não se pode dizer que a senhora dance tão bem quanto Ashley Banjo, sabia?

— Sou idosa, ninguém espera que eu dance bem. Escute, não sei muito bem o motivo, mas preferiria ir com você.

— Peça a Rachel — sugeri. — Ou a Anna.

(Minhas outras irmãs. Somos cinco, no total.)

— Caso tenha esquecido, elas duas moram em Nova York.

— Mesmo assim não custa pedir. Quem sabe a senhora dá sorte?

— Quantas noites da minha vida eu perdi assistindo às horrorosas peças na escola, suas e de suas irmãs, às velhas e tediosas apresentações de balé, às pavorosas competições esportivas? Contando as cinco filhas, foram anos, muitos anos, *anos* que não voltam, sabia? Agora, tudo o que eu lhe peço é uma única noite...

Fiquei de saco cheio ouvindo aquela ladainha.

— Por mais que eu esteja curtindo continuar aqui no pé da escada, às três e quinze da madrugada, ouvindo suas lamúrias, tenho muito trabalho a fazer, mamãe.

— Muito bem, então — aceitou ela, com frieza. — Desculpe ter tomado tanto do seu precioso tempo. — Começou a subir a escada, com as costas rígidas de reprovação.

— A senhora não tem nenhuma amiga para acompanhá-la ao show da Laddz? — gritei.

— Estão todas mortas.

Desapareceu dentro do quarto, e senti o impulso de chamá-la de volta. Precisava de alguém com quem conversar sobre como tinha sido estranho encontrar Jay Parker novamente, como havíamos passado tão perto de onde Bronagh morava e de como eu me sentira triste. Mas mamãe nunca gostara de Bronagh, mesmo. Da primeira vez em que a encontrara, mamãe fizera uma cara estranhíssima, como se tivesse sido atingida por um raio. Olhara fixamente, com os olhos saltados, de mim para Bronagh e outra vez para mim, como alguém que levara um choque terrível. Quase dava para ler seu pensamento: "Pensei que tinha a filha mais difícil e insuportável que qualquer mãe poderia ter. Mas acabo de conhecer uma muito pior."

E Bronagh seria pior do que eu? Para mim, estávamos empatadas. Havia ocasiões em que eu conseguia fazer com que ela me olhasse com uma admiração explícita; mas não havia dúvida de que os parâmetros dela para ser desagradável eram muito elevados. Como, por exemplo, no dia em que nos conhecemos.

Foi numa tarde de verão, uns seis anos atrás, em que eu botava os bofes para fora, lutando para subir a rua Grafton, dando voltas para contornar as aglomerações, altamente irritada por cada pessoa que não se movimentasse exatamente na mesma velocidade que eu. "Pelo amor de Deus", resmungava, "que merda, quer *caminhar*? Será que é tão difícil assim?" Exibir abertamente meu mau humor era muito agradável; na verdade, *tão* agradável que cometi um erro fundamental: do nada, sem avisar, alguém me agarrou pelo braço. E não era qualquer um — era um sujeito com longas trancinhas louras, quase brancas, carregando um cartaz preso num ponche vermelho de plástico que anunciava uma obra de caridade qualquer.

Ele caminhou para trás, na minha frente, com os braços bem abertos.

— Fale comigo, dona. Ei, fale comigo! Dez segundos, pode ser?

Baixei a cabeça. Nessas horas, era fatal fazer contato olho no olho. Eu estava furiosa comigo mesma por ter sido sugada para dentro dessa órbita de caridade. Devia ter percebido o que ia rolar, e então agir de forma adequada e evitá-lo. No fundo, encarei como sinal de um fracasso pessoal extremo o fato de o sujeito ter sequer imaginado que eu era uma boa possibilidade.

Desviei para a direita e ele veio comigo, como se estivéssemos umbilicalmente ligados. Dei uma guinada para a esquerda e ele também deu, tão graciosamente como se estivéssemos dançando. Comecei a sentir um medo tipo pânico.

— OK, vamos fazer um acordo — disse o sujeito. — Converse comigo por cinco segundos, tá bem? Você está com uns calçados fantásticos, sabia? Está ouvindo? Esses seus tênis são *muito legais*. Por que não quer falar comigo?

Com um esforço monumental, arranquei-me do seu campo de força, escapei de lado e soltei algumas pragas de longe, mas ele berrou na minha direção, tão alto que Dublin inteira poderia ouvir:

— Quer dizer que você tem grana para comprar *mais um par* de tênis que nem precisa, mas não pode contribuir com dois euros por semana para ajudar os jumentos paralíticos? Sinto muuuita pena de você.

Lamentei amargamente não saber emitir aqueles ruídos grotescos que as pessoas fazem quando estão colocando mau-olhado em alguém. Devia ter prestado atenção nisso, quando aconteceu comigo (foi no dia em que me recusei a comprar um amuleto vendido por uma senhora de sorriso assustador, usando um lenço estampado na cabeça; ela me lançou um jorro de pragas perversas, ditas com uma voz hipnótica e gutural.)

Enquanto eu ainda me indagava se devia deixar aquilo pra lá, ou talvez cantarolar algo para disfarçar, ou fingir que cantarolava algum feitiço inventado, acompanhado de um olhar cruel para o carinha da caridade, ele já voltava sua atenção para outra pessoa. Por seus cabelos curtos e corpinho magro, eu pensei, de início, que a vítima era um garoto adolescente, mas logo percebi que era uma mulher mais ou menos da mesma idade que eu, e havia nela algo que me fez parar e acompanhar a cena.

— Ei! — arrulhou o sujeito, para ela. — Seus tênis são fantásticos.

— É mesmo? — perguntou a jovem. —Você acha?

— Acho, sim! Podemos ter uma conversinha rápida?

Fui chegando mais perto, mas as pessoas que esbarravam em mim e estalavam a língua de impaciência dificultavam a volta. Eu mal notei, porque minha atenção estava inteiramente focada na cena que se desdobrava. De algum modo, percebi que aquela garota iria fazer algo dramático e inesperado; talvez dar um chute de kung fu no sujeito ou agarrar os jeans dele, com o cós obscenamente baixo, e arriá-los até os joelhos.

Mas nem eu estava preparada para o que ela fez: atirou-se nele e passou seus braços com força em torno do homem, num grande abraço.

— Seus tênis são maravilhosos, também — elogiou ela.

— Ei... — Ele deu uma risadinha chocada. — Obrigado.

— E seus cabelos... — Ela pegou um punhado das trancinhas dele e lhes deu um bom puxão. — Isso é peruca?

— Não... é meu, mesmo. — Ele armou um sorriso constrangido e tentou dar uns passos para trás, a fim de se afastar dela.

— Não, não, não, nada disso! — Ela apertou os braços em torno dele com mais força ainda. — Você precisa de um abraço bem dado por ser tão doce a respeito dos meus tênis. — Os olhos dela reluziam e cintilavam de um jeito diabólico.

— Tá, mas...

Uma aglomeração já se formara e parecia curtir o desconforto do cara chato.

— Isso vai ensinar a ele — ouvi alguém dizer. — A ele e a outros iguais. Talvez pensem duas vezes, no futuro, antes de nos importunar.

— Importunar? O que eles fazem é *bullying*.

— Tem razão, é *bullying* — concordou uma terceira pessoa. — Eles são agressores, devia existir uma lei contra isso.

O sujeito da caridade tentava se soltar do abraço da mulher, mas ela se agarrava cada vez com mais força nele, parecendo uma macaca; eu já começava a sentir pena do cara quando ela, finalmente, decidiu libertá-lo. Ele se afastou correndo, seguindo pela rua Grafton, puxando seu cartaz vermelho onde se lia "cadeiras de rodas para jumentos!" e tentando desesperadamente dar o fora dali.

— Para onde você vai? — gritou a jovem, na direção dele. — Pensei que fosse meu amigo!

Uma inesperada rodada de aplausos inundou o ar, vinda dos transeuntes; ela riu, um pouco orgulhosa e um pouco embaraçada.

— Ah, não, parem com isso! — pediu.

Esperei até seus admiradores se dispersarem, então me aproximei dela como se estivesse no jardim de infância e disse:

— Meu nome é Helen. — Era uma patética tentativa de fazer amizade.

Ela me olhou por um minuto, avaliando-me com frieza de cima a baixo até decidir, obviamente, que gostava do que via, porque deu um sorriso muito bonito e anunciou:

— Meu nome é Bronagh.

Eu não tinha certeza do que fazer em seguida. Subitamente, queria que ela fosse minha amiga, mas não sabia como conseguir isso. Tinha alguma dificuldade para fazer novos amigos... Quer dizer, amigos de verdade. Durante a maior parte da minha vida, fui obrigada a sobreviver à minha família, por mais que os achasse inadequados, simplesmente porque nenhum deles tinha como fugir de mim. Por muito tempo, uma das minhas irmãs, Anna, tinha sido minha melhor amiga, embora eu me limitasse a zoar e zombar dela o tempo todo. De repente, ela colocou a perna no mundo e foi para Nova York, deixando um vazio imenso em minha vida.

— Você vai fazer algo importante agora? — perguntei a Bronagh. — Gostaria de ir tomar uma Coca zero?

Ela franziu a testa, meio preocupada.

— Você é sapata?

— Não.

— Ótimo, então. — Lançou outro daqueles sorrisos luminosos. — Vamos curtir essa Coca zero.

Capítulo Onze

Subi a escada e fui para o "escritório" de mamãe e papai (o antigo quarto de Claire), e liguei o computador e o scanner. Todas as minhas tralhas — meu equipamento de trabalho e ferramentas de vigilância — jaziam espalhadas ao acaso pela casa. Algumas coisas estavam no meu quarto, outras na sala de jantar, e havia mais ali no escritório. Talvez, quando eu organizasse tudo um pouco melhor, eu me sentisse — é difícil dizer a palavra, difícil até pensar nela; era tão terrivelmente desagradável... desagradável a ponto de entrar na minha Lista da Pá —, eu me sentisse mais *assentada*.

Pelo menos, aquela casa tinha internet com banda larga e wi-fi. Uns anos atrás, eu atormentara mamãe e papai para instalarem essas coisas, e nunca me senti tão satisfeita por ter feito isso. Fiz uma busca por "Gloria" e encontrei um milhão de resultados no Google, nenhum deles útil. Vocês sabiam que Van Morrison gravou uma canção chamada "Gloria"? Deve ter sido antes de eu nascer.

Chequei meus e-mails. Não havia nenhuma resposta para os dois que eu enviara antes, mas *estávamos* no meio da noite. Alguma coisa viria de manhã. E nenhum texto de John Joseph me dava o número de Birdie Salaman. Isto provavelmente também chegaria de manhã.

Em seguida, usei o Photoshop na imagem de Wayne e Birdie, fazendo-a desaparecer e tornando-o careca. Seria útil ter fotos dele com sua aparência atual, depois de ter raspado a cabeça. Para minha tristeza, não ficou tão bom (sua cabeça tinha ficado com uma forma meio engraçada), mas teria de servir. Eu imprimiria algumas cópias de manhã, quando conectasse minha impressora.

Tive mais sorte com Birdie Salaman — ali estava ela no Facebook. Pareceu-me cautelosa, sem deixar escapar nenhuma informação pessoal, mas havia uma foto; era realmente ela. Fiquei com o dedo coçando, com vontade de lhe enviar uma solicitação de amizade. Mas não seria melhor esperar até John Joseph me dar o número dela? Talvez ele até me facilitasse as coisas. Mas eu tinha tão pouca paciência que enviei o pedido de amizade de qualquer jeito, sim- plesmente não consegui me conter.

Enquanto fazia isso, encontrei Wayne no Facebook. Ainda mais cauteloso do que Birdie; não colocara nem mesmo uma foto sua no perfil. Enviei-lhe também uma solicitação de amizade, porque nunca se sabe.

Depois telefonei para o celular dele; era improvável que ele atendesse àquela hora da manhã, mas, novamente, nunca se sabe. Estava desligado e não deixei mensagem.

Enquanto isso, eu adoraria ter o endereço de Birdie, um ende- reço na vida real, não apenas um virtual — para a improvável even- tualidade de John Joseph não me repassar o número dela. Havia alguns sites em que eu podia tentar. Então, tive uma ideia luminosa: por que, pura e simplesmente, eu não procurava na lista telefônica? As melhores ideias são sempre as mais simples. Minha lista estava enterrada numa das muitas caixas de papelão dentro das quais eu embalara toda minha vida, mas provavelmente havia alguma lista telefônica naquela casa.

Acabei descobrindo a lista dentro do armário da cozinha, dividindo espaço com dezenas de latas de pera em calda e mais de duzentas barras de chocolate — mamãe e papai pareciam estar fazendo um estoque para o apocalipse. Em poucos segundos, localizei Birdie; consegui um endereço *e* o número do seu telefone fixo.

Morava em Skerries, pequeno município ao norte de Dublin, perto do mar. Que legal! Talvez fosse o lugar onde a foto do tipo "Abercrombie & Fitch" tinha sido tirada. Fiquei louca para ligar na mesma hora, mas a forma mais infalível de afastar uma pessoa é ligar para ela às quatro da matina.

Uma busca final. Fiz uma investigação — perfeitamente legal — no site do Registro de Imóveis e, a menos que ele estivesse escondido sob o nome de alguma empresa, Wayne não tinha uma segunda casa. Pelo menos, não na Irlanda e nem no Reino Unido. Então, ele não estava escondido nela.

Não havia mais nada que eu pudesse fazer naquela noite; teria de ir para a cama. Conectei meu telefone ao carregador de bateria, coloquei-o ao lado da cama — uma presença amigável — e fechei os olhos.

Capítulo Doze

Vamos lá: Artie Devlin. A primeira vez em que o encontrei fora há cerca de um ano e meio. Eu trabalhava num caso de litígio matrimonial e lutava para entender as complicadas transações financeiras de um marido que enganava a mulher. Foi quando alguém me sugeriu que eu conversasse com Artie Devlin.

— Ele trabalha em uma espécie de pelotão de alto nível contra fraudes fiscais; entende disso tudo e conseguirá lhe explicar a história de contas múltiplas.

Eu não estava muito interessada, porque preferia descascar sozinha os abacaxis do meu trabalho — de que adiantava ser uma operadora freelancer se tivesse de depender de ajuda externa em cada caso?

Alguns dias depois, o nome dele apareceu de novo, mas não prestei atenção nisso, pois não acreditava em coincidências... Aliás, nem em destino. Não acreditava num universo benigno movido por um grande plano.

Então, ele foi mencionado uma terceira vez, e eu perguntei:

— Que diabo é este tal de Artie Devlin, que todos não param de tentar empurrar para cima de mim?

Segundo me explicaram, ele era um policial. Porém — as pessoas foram super-rápidas em me tranquilizar —, bem distante das fileiras inferiores, um bando de tiras balofos de tanto se encher de comidas gordurosas. Trabalhava para um pelotão de elite contra fraudes, num setor com nome inócuo, mas que fazia jus à importância das suas responsabilidades. Trabalhava com altos montantes, investigava fraudes em grande estilo, do tipo evasão de impostos, lavagem de dinheiro e peculato, levando à justiça grandes investidores e criminosos de colarinho branco.

Não usava uniforme nem tinha cassetete. Em vez disso, seguia o rastro de papéis, entendia de balanços e cursara mestrado em direito tributário.

— É um grande sujeito — diziam para mim. E acrescentavam, acentuando a relevância da informação: — É um cara bonito e muito, muito sexy.

Na opinião geral, exibia classe e competência na área de aplicação de leis. É claro que, com tanto respeito e admiração em torno de sua figura, fiquei muito irritada e antipatizei com Artie antes mesmo de conhecê-lo.

Mas os dias se passavam e eu continuava sem entender bulhufas sobre a emaranhada estrutura financeira do marido corneador. Para encurtar a história, acabei ligando para o sr. Artie Devlin e informei-lhe que precisava de um grande favor. Ele me disse que tinha uma hora livre na agenda para quinta-feira da outra semana.

Encontramo-nos em seu local de trabalho, que não era uma delegacia de polícia nem nada parecido, e sim um grande escritório aberto, sem divisórias, repleto de tipos vestidos informalmente, que olhavam fixamente para telas cheias de números. Abundavam sobre as prateleiras pesados volumes de legislação fiscal, muitos manuais e equipamentos de contabilidade, mas aquelas pessoas (na maioria homens, devo admitir) estavam em boa forma, eram musculosos, uma espécie de super-heróis da contabilidade, do tipo "Mandem chamar o Planilhaman!", ou: "Se ao menos o Homem-Algoritmo estivesse aqui para nos ajudar!"

Artie tinha um escritório de esquina com paredes de vidro. Era um homem grande, bonito e reservado — *extremamente* específico com relação às palavras que usava para transmitir informações, do jeito como os policiais geralmente agem, mesmo os que não usam cassetetes. Apesar do ar profissional, havia algo de indomado nele, digamos, uma aresta áspera, um lado selvagem potencial, ou talvez ele simplesmente vestisse suas camisas sem passá-las a ferro.

Ele me perguntou se eu gostaria de tomar um café.

— Não acredito em bebidas quentes — afirmei. — E temos uma porção de coisas sobre as quais falar. Vamos em frente.

Ele ficou me olhando por um tempo.

— OK — concordou. — Vamos em frente.

Levantei e coloquei sobre sua mesa o meu grande arquivo de documentos. Ele, pacientemente, examinou tudo e me explicou o funcionamento das contas bancárias no exterior; falou de correntistas fantasmas e outras práticas nefastas.

Eram assuntos complicados, mas, depois de um tempinho, algo fez "clique" na minha cabeça e eu entendi tudo. Na mesma hora me senti ligeiramente tonta.

— Então me conte — pedi a Artie Devlin —, você sempre visita as ilhas Cayman?

Ele ergueu os olhos das páginas, fixou em mim seu olhar azul, muito azul, e, por fim, com certa relutância, confessou:

— Estive lá uma vez.

— Pegou um belo bronzeado?

Depois de uma pausa, ele respondeu:

— Não.

Dei uma boa e longa olhada nele. Não tinha aquele terrível desbotado irlandês de alguém que nunca se bronzeia e, quando tenta fazê-lo, consegue apenas aumentar seu já elevado número de sardas (falo por experiência própria, sou uma pessoa que entende do assunto). Ao contrário, tinha uma linda pele ao estilo sueco, a pele de quem consegue pegar uma cor dourada e uniforme.

— Não estava ensolarado, lá? — Eu quis saber.

— Eu estava trabalhando — replicou.

Nesse instante, fui distraída por uma foto em cima da sua escrivaninha. Três crianças de cabelos louros que se pareciam muito com ele.

— Suas sobrinhas e sobrinho? — perguntei.

— Não, são meus filhos.

Foi uma grande surpresa (categoria: muito desagradável) descobrir que ele tinha filhos. Ninguém me contara isso. E ele não parecia se encaixar nesse papel. Muito pelo contrário.

— Você se parece um pouco com os homens do... Médicos sem Fronteiras.

Ele não demonstrou nem sequer uma ínfima partícula de interesse por essa informação, mas fui em frente do mesmo jeito:

— Você sabe o que quero dizer: gente viciada em adrenalina, que se sentiria muito mais feliz numa tenda improvisada, no front de uma zona de guerra, amputando membros à luz de um lampião especial contra tempestades, em vez de morar num bairro afastado do centro, criando filhos.

— Não — garantiu ele. — Nunca amputei nada de ninguém.

Seguiu-se um silêncio engraçado, e eu já girava o corpo para ir embora quando ele se tornou inesperadamente tagarela.

— Para ser sincero — disse-me —, sempre achei que esse pessoal do Médicos sem Fronteiras deve sofrer de algum tipo de ânsia de autodestruição.

— Sério?!

— Não me entenda mal, é uma coisa maravilhosa o que eles fazem, algo muito bom para a humanidade, mas qual é o problema de querer morar num bairro tranquilo e criar filhos?

— Muitos problemas — garanti. — Ah, muitos mesmo!

— Não. — Ele me pareceu muito insistente. — Isso deve ser melhor do que passar a vida costurando pessoas e colocando membros novamente nos devidos lugares, enquanto balas passam zunindo por sua cabeça.

— Sim — concordei, finalmente cedendo. — É verdade.

Confesso que, ao conhecer a tagarelice dele e sua energia, de repente me senti encantada.

— Diga-me — pedi, porque *precisava* saber. — Qual é a situação entre você e a mãe dos seus filhos?

— Somos divorciados.

— Foi uma separação recente? — Tentei transmitir simpatia.

— Faz uns dois anos, eu acho.

— Ahhh... Um bom tempo. O bastante para as feridas sararem.

Ele olhou para mim. Olhou, olhou e olhou até que, finalmente, abanou a cabeça de leve e deu uma risadinha tranquila.

Eu realmente, realmente, *realmente* gostei daquele Artie Devlin. Teria adorado passar quarenta e oito horas trancada com ele num quarto de hotel. Mas só isso. Não desejava complicações. Não queria sessões angustiantes às duas da madrugada, tipo "discutindo a relação". E também não queria que as necessidades dos filhos dele fossem mais importantes que as minhas.

Porque é isso o que acontece quando se está com um homem que tem filhos.

(Uma coisa difícil para qualquer mulher admitir, por medo de parecer egoísta. Nossa, Deus me livre que uma mulher possa parecer egoísta!)

Eu havia limitado minha exposição a pais solteiros porque sabia *exatamente* como eles eram: preocupados com os filhos e sua estabilidade; sempre encucados, imaginando que não deviam apresentar novas namoradas a eles a cada cinco minutos. O tipo de quadro mental que não era nada divertido quando se está no mercado em busca da espontaneidade, livre de compromissos.

E, claro, havia apenas uma coisa pior do que um homem que se preocupava em não traumatizar os filhos: um que não dava a mínima para isso.

Então, agradeci a Artie por sua ajuda, garanti-lhe que, se pudesse algum dia retribuir o favor, eu o faria e — com um pouco de tristeza, confesso — segui meu caminho.

Ao longo das semanas que se seguiram, tive muitos motivos para pensar em Artie. As explicações que ele me dera revelaram-se extremamente úteis, porque abriram caminho para o meu entendimento do caso. Isso significa que fui capaz de informar à minha cliente quanto dinheiro o seu marido traidor verdadeiramente possuía; com esses dados na mão, ela poderia enfrentá-lo e conseguir tudo a que tinha direito. Basicamente, as coisas deram certo, e isso não teria acontecido sem a ajuda de Artie Devlin.

Quando recebi o pagamento final da minha cliente agradecida, decidi que o mais justo a fazer, no mínimo, era enviar um presente de agradecimento para Artie. Nada grande, nada luxuoso, mas algo que fosse, de algum modo, significativo. Pensei no assunto, tornei a pensar, e então descobri qual seria o presente perfeito: um bisturi.

Várias pessoas tentaram dissuadir-me disso. Uma garrafa de uísque talvez fosse mais apropriada, disseram, com tons de voz que variavam entre o atônito e o alarmado. Ou uma caixa de biscoitos finos, quem sabe. Mas fui insistente — um bisturi certamente era o presente mais adequado. Faria Artie se lembrar de mim e da nossa conversa sobre os Médicos sem Fronteiras. Tive certeza de que ele adoraria o simbolismo.

Comprei um pequeno bisturi reluzente e, num acesso pouco característico de consciência sobre saúde e segurança, coloquei-o numa caixa, embrulhei-o com um quilômetro quadrado de plástico bolha e ainda escrevi "Abra com cuidado!" num post-it amarelo fluorescente, que prendi no pacote. Com a certeza de que ninguém deceparia o próprio dedo por acidente, escrevi também uma carta curta, mas calorosa, agradecendo a Artie por sua ajuda; a despeito de Claire, Margaret e até Bronagh me perguntarem se eu estava boa da cabeça, além de me lembrarem a todo momento que não fazia muito tempo eu parara de tomar antidepressivos, tinha certeza de ter feito exatamente a coisa certa.

Porém, quatro dias depois, apareceu um pacote em minha escrivaninha e, quando o abri, descobri que o bisturi tinha sido devolvido.

Olhei-o fixamente, com surpresa e tristeza. Desapontamento era o que eu sentia; basicamente, desapontamento com Artie, por não ter entendido a piada, mas também me senti inesperadamente rejeitada. Depois, li o bilhete que acompanhava a caixa:

> Cara Helen,
> Por mais encantador que isto seja, tanto quanto as agradáveis lembranças que o objeto evocou do curto tempo que passamos juntos, infelizmente servidores públicos não podem aceitar presentes. É com grande pesar que o devolvo.
> Cordialmente,
> Artie Devlin

Gostei muito do tom do bilhete e também da caligrafia dele — especialmente do fato de ele não ter desenhado nenhuma carinha sorridente no lugar dos pingos nos "i"s. Tudo voltou num jorro de lembranças: como ele tinha me parecido tesudo, mesmo com aquele jeitão de cara reservado, abotoado de cima a baixo; como poderia ser divertido torná-lo um pouco mais descontraído. Então, apesar de ele ser pai de três filhos, considerei a possibilidade de ligar e, talvez, importuná-lo um pouco.

Mas aí o destino (embora eu não acreditasse nele) interveio. No dia seguinte — *no dia seguinte mesmo, vocês acreditam?* —, conheci Jay Parker e, por mais difícil que seja acreditar nisso nesse momento, todos os pensamentos envolvendo Artie Devlin foram banidos da minha cabeça.

Capítulo Treze

Uma informação para vocês: em meu trabalho, são raros os casos de pessoas desaparecidas. Claro que essa profissão pareceu loucamente glamorosa quando eu falei sobre Antigua e Paris, mas uma boa parte das minhas tarefas era muito rotineira, envolvendo uma quantidade fenomenal de simples verificação de dados e fatos. Na verdade, no ano passado mesmo, vivi dois dos meses mais monótonos da minha vida, ao ser contratada por um grupo de americanos ricos com ascendência irlandesa, que queriam que eu construísse sua árvore genealógica. Tive de passar incontáveis dias escuros e poeirentos no tédio do cartório de Registros de Nascimentos, Óbitos e Casamentos.

Se bem que, podem acreditar, por mais enfadonho que tudo aquilo fosse, me senti grata pelo trabalho.

Como a Irlanda tinha mudado! Antigamente, no apogeu do tigre celta, as pessoas catavam por toda parte, *desesperadas* por algo novo onde gastar dinheiro. Eu tinha uma porção de casos de investigação de traição naquele tempo: homens ou mulheres, mas principalmente mulheres, queriam saber se seu companheiro estava sendo infiel. Muitas delas tinham fundamentos autênticos para acreditar nisso, mas várias faziam isso só para participar da onda. Tinham cabelos com luzes, bolsas de mil euros, propriedades na Bulgária como investimento, e, se a vizinha estava contratando um detetive particular, por que diabos elas também não poderiam ter um?

Meu lema é usar meus poderes para o bem, não para o mal, de maneira que eu sempre dizia aos clientes que voltassem para casa e pensassem a respeito do assunto, porque, não importa o quanto estivessem seguros de estarem sendo chifrados ou chifradas, conseguir a prova poderia ser devastador. Mas eles sempre queriam ir em frente — nos casos de traição autêntica, por estarem de saco cheio de ouvir que imaginavam coisas e, nos casos de traição não comprovada, porque queriam, além da certeza, o que todos os demais tinham. Algumas vezes, a turma do "eu também" conseguia mais do que havia negociado, e se descobria com provas em vídeo dos seus maridos curtindo encontros amorosos com mulheres que não eram, oficialmente, suas.

Eu era apenas a mensageira. Não fazia parte do contrato segurar as mãos das minhas clientes e deixar que soluçassem em meu ombro, enquanto previam e lamentavam a dissolução das suas vidas confortáveis, com elas sendo deixadas de lado, trocadas por alguém mais bonita e mais jovem. Algumas vezes, elas agarravam minha roupa e me suplicavam para eu lhes dizer o que deveriam fazer a partir daquele momento. O fato é que, seja lá o que as pessoas possam pensar de mim (especialmente minha irmã Rachel, que uma vez admitiu achar que existe algo errado comigo, e que me falta uma pecinha qualquer no coração), não gosto de dar más notícias. Mas, em meu trabalho, a pessoa precisava endurecer o coração. Se eu fosse um tipo diferente de mulher, digamos, como minha irmã Anna, ficaria ali sentada, chorando ao lado das esposas traídas, servindo-lhes um chá de camomila e concordando que o marido delas era, de fato, um filho da puta que tirara os melhores anos das suas vidas e destruíra sua pelve.

Mas eu precisava manter o profissionalismo. Converse com suas amigas, eu geralmente aconselhava. Converse com sua mãe. Converse com seu terapeuta. Você podia até, eu sugeria, ligar para alguma organização que oferecesse apoio emocional. Mas não adiantava conversar comigo, porque chá (nem mesmo aquele normalzinho, sem ervas aromáticas) e simpatia não faziam parte do serviço. "Pagarei horas extras", algumas delas ofereciam. Eu sempre balançava a cabeça, não por não ligar para o pagamento adicional, mas porque, quando a pessoa começa a se sentir mal por causa de uma cliente, tem de se sentir mal por todas, e assim a gente se afoga, se arrasa, simplesmente fica deprimida com tanta tristeza.

Então, quando a crise financeira internacional estourou, fui uma das primeiras a sair de cena. Detetives particulares são peças de luxo. As bolsas caras de grife e eu acabamos levando a pior. Atualmente, se os maridos estão aprontando fora de casa, as mulheres nem querem saber, porque permanecer grudadas ao marido enquanto as finanças do casal sobem e descem como montanhas-russas (na maior parte das vezes, descendo), é a única chance que elas têm de salvação. De qualquer jeito, ninguém poderia arcar com as despesas de uma separação, porque da noite para o dia os imóveis residenciais das famílias não valiam mais nada. De repente, permanecer juntos se tornou a palavra de ordem.

Minha outra pequena fonte de renda muito cômoda, que era verificar, para grandes empresas, o passado profissional de funcionários em potencial, também foi pelo ralo quando a crise chegou, porque ninguém mais estava oferecendo empregos.

Por um tempinho, as quedas em meus casos matrimoniais e nas checagens de currículos foi compensada por um aumento de reivindicações falsas a pagamentos de seguros — como aquele caso do homem com a perna "paralisada" e que, apesar disso, conseguiu carregar uma banheira escada acima. Costas incuravelmente arrebentadas representavam a maioria dos casos. Geralmente, era apresentada uma reivindicação onde se afirmava que alguém precisava de repouso absoluto, na cama, durante seis meses; consequentemente, não poderia trabalhar, e os seguros das empresas contratadas que se virassem. Então, eu era devidamente despachada para me esconder numa vala com minha câmera de vídeo, na esperança de descobrir o paciente jogando uma animada disputa de "embaixadinhas" com seu neto, e verificar sua saúde.

Foi por essa época que um dos meus maiores empregadores foi à falência, e, então, comecei a ficar realmente assustada. Tive de ir atrás das companhias de seguros que eu tinha rejeitado durante os dias de glória, quando vivia atolada em trabalho. E como as pessoas na Irlanda são muito rancorosas, todos se lembravam bem demais de que haviam sido desconsiderados, e se mostravam encantados de ter a oportunidade de desprezar meus serviços e dançar *flamenco* na minha cabeça, para depois me mandar catar coquinhos.

Para ser sincera, os casos de verificações para os seguros eram os que eu menos gostava. Sempre apreciava o resultado de uma missão, mas as que envolviam seguros começaram a me provocar um ligeiro mal-estar, como se eu estivesse fazendo algo errado. Porque as companhias de seguros são umas filhas da puta, e todo mundo sabe disso. Jamais pagam o que está no contrato, e, nas raras ocasiões em que não lhes resta nenhuma opção a não ser deixar escapar uma merreca como pagamento, a grana nunca é suficiente. As pessoas que pagavam seguro residencial a vida inteira, na expectativa de que, se tivessem problemas, alguém estaria ali para ajudá-las, descobriam que tinham entendido tudo errado. Quando a casa era inundada, elas recorriam à companhia de seguros, e o pessoal de lá, miraculosamente, conseguia encontrar alguma pequena cláusula muito útil, concordando que, sim, está tudo perfeitamente certo, *estamos* sujeitos a pagamento por danos causados por enchentes, *mas apenas quando a água não é molhada*. Ou alguma merda parecida.

(Douglas Adams dizia que as reivindicações de dinheiro de seguro são a prova de que é possível viajar no tempo e que, na verdade, isso acontece o tempo todo. A maneira como a coisa funciona, dizia ele, é que, quando a pessoa apresenta sua reivindicação ao pagamento — pelo roubo de algo comum como sua bicicleta que, por acaso, é preta —, a companhia viaja de volta no tempo e altera o documento original, para torná-la responsável pelo reembolso no caso de roubo de todas as bicicletas, *com exceção das pretas.* A seguradora volta então para o presente e envia para a pessoa uma carta curta e grossa, dizendo: "Peço-lhe que verifique a cláusula tal e tal do seu documento, que nos isenta de responsabilidade pelo roubo de quaisquer bicicletas pretas e, em vista do fato de que sua bicicleta é tão preta quanto nossos corações, não estamos obrigados a lhe reembolsar um único centavo. Desejamos-lhe um bom dia, cara senhora." E lá fica você, enlouquecendo, perplexa diante do documento e perguntando a si mesma: "Mas como é que *não me lembro* dessa cláusula bizarra sobre bicicletas pretas? Jamais assinaria isso, se tivesse visto.")

Como eu disse, são todos uns *filhos da puta,* e havia ocasiões em que eu sentia vontade de sacanear as seguradoras e pensava seriamente em me afastar, na ponta dos pés, do cliente armador com as costas arrebentadas que disputava seu animado jogo de "embaixadinhas" com o neto e informar à corporação sinistra que o referido cliente estava caído na cama, espichado, pedindo morfina aos gritos. Mas o fato é que, quando a pessoa apresenta um excesso de relatórios favoráveis aos clientes, as seguradoras param de usá-la — só gostam das provas de que estão sendo enganadas —, e eu tinha um monte de contas a pagar. Então, diante da escolha entre ser sentimental ou ter Coca zero na minha geladeira, eu era obrigada a escolher a Coca zero. Não é uma coisa da qual me orgulhe, mas o que se pode fazer?

Sexta-feira

Capítulo Quatorze

Dormi durante três horas, o que parecia o máximo que eu conseguia dormir, ultimamente. Fui acordada com uma dor terrível entre as costelas. Isto acontecera da última vez também, quando eu senti um aperto insuportável no peito, tão forte que tive de deixar de usar sutiã por algum tempo. Depois, me lembrei das minhas desastradas tentativas de rir, na noite anterior, na casa de John Joseph e pensei, com um fio de esperança: talvez seja apenas uma distensão de algum músculo do peito.

Mas eu sabia que era mais que isso. Um negrume se elevava dentro de mim, rolando para cima a partir das minhas tripas como um veneno oleoso, e um negrume exterior ainda mais pesado me comprimia, como se eu estivesse descendo de elevador.

Tive pavor de encarar o que quer que estivesse lá fora — era uma horrível manhã de céu carregado, um tempo ridículo para junho —, mas eu sentia medo demais para ficar na cama.

Perguntei a mim mesma se deveria começar imediatamente a busca por Wayne, entrando direto em meu carro e dirigindo até Clonakilty, a umas boas quatro horas de distância. Não importava o que John Joseph achasse, visitar a família dele era a coisa óbvia a fazer. Não, espere... Pare um instante — a coisa *óbvia* a fazer, lembrei. Todos me diziam sempre que Wayne não estaria no lugar óbvio. Então, por mais que parecesse contrário à intuição, seria melhor adiar a visita a Clonakilty por um tempinho, porque era *demasiado óbvia*. A não ser que fosse um sofisticado blefe duplo da parte de Wayne, aquilo ser tão óbvio a ponto de não ser óbvio de jeito nenhum... Meu Deus, estava de manhã e ainda era cedo demais para esse tipo de ginástica mental.

Mamãe estava do outro lado do corredor do segundo andar, no escritório, sentada diante do computador.

— O que está fazendo? — perguntei.

— Espiando aquela prostituta suja no YouTube.

— Que prostituta suja?

Ela mal pôde dizer o nome, seus lábios estavam comprimidos demais.

— Zeezah. Venha aqui dar uma olhada — convidou. — É profundamente nojento.

Mas fascinante.

— Ela parece estar em pé numa prancha de surfe — disse mamãe, olhando fixamente para a tela. — E há um ginecologista deitado de costas na mesma prancha, tentando fazer um teste de Papanicolau nela, ou algo assim. Ela deixa que ele faça o exame, mas as ondas não param de chegar e ela se desequilibra, mas logo consegue se firmar e se abaixa novamente para ele fazer outra tentativa... Não entendo esse negócio de Islã... Achava que os camaradas mulás chegavam e arrancavam fora a cabeça da mulher com um bambu, se por acidente ela deixasse a burca escorregar e algum homem conseguisse dar uma rápida olhada em sua sobrancelha. Mas olhe para o comportamento dessa mulher... Não entendo isso!

Ficamos por mais algum tempo demonstrando nossa perplexidade diante das contradições do Islã. Bem, mamãe demonstrou e eu escutei, porque não parecia ter energia suficiente para falar.

— Ponho outra vez? — perguntou mamãe.

— Se quiser... — Ela já reiniciara o vídeo.

— Por que John Joseph se casou com uma moça muçulmana, se é um católico devoto? E por que tudo aconteceu tão depressa? Os jornais disseram que foi um romance-relâmpago. Quatro meses entre se conhecerem e se casarem. Ela devia estar precisando muito de um visto de residência.

— Mas ela não vai se converter ao catolicismo? Eles não foram passar a lua de mel em Roma? Eles não conseguiram uma bênção do "Santo Padre"? — Eu disse "Santo Padre" sarcasticamente.

— Pois eu lhe garanto que eles *não conseguiram* uma bênção do Santo Padre; e não diga "Santo Padre" dessa maneira. Dá para perceber o desrespeito em sua voz.

— Tudo que a senhora quiser, mamãe — concordei, submissa. — Está muito escuro aqui dentro. Não podemos acender a luz?

— Está acesa.

E estava mesmo.

— Gostaria de comer alguma coisa no café da manhã? — perguntou mamãe, depois de assistirmos ao videoclipe de Zeezah mais três ou quatro vezes.

Fiz que não com a cabeça.

— Ah, graças a Deus.

— Por quê?

— Não há nada em casa.

— Por que não? — Eu continuava sem vontade de comer, mas estava magoada por eles não cumprirem seus deveres de pais.

— Eu e seu pai vamos até a cafeteria CaffeinePeople todas as manhãs e comemos bolinhos de farelo de trigo acompanhados de café com leite desnatado. Lemos os jornais do dia, que ficam à disposição dos clientes em um varal. Você lê e depois devolve ao mesmo lugar. Afinal, somos como os europeus, certo? Você pode ir também, se prometer não roubar os jornais e nos envergonhar.

De repente, quase surpreendendo a mim mesma, tomei uma decisão radical.

— Na verdade, acho que vou ao médico.

— São os abutres?

Fiz um sinal afirmativo com a cabeça.

— E mais algumas coisinhas — expliquei.

— Como o que, por exemplo?

— Ah, a senhora sabe...

— Você se desfez da sua echarpe Alexander McQueen?

Balancei a cabeça.

— Então, a coisa não está assim tão feia.

Mordi o lábio. Não adiantava dizer a ela que eu já superara fazia algum tempo a minha fase de echarpes Alexander McQueen.

Manter-me ativa, esta era a maneira de ir levando. Encontrei minha impressora, conectei-a ao computador e imprimi cinco fotos de Wayne careca, para mostrar às testemunhas em potencial.

Quando terminei de fazer isso, decidi ligar para Artie. Então, hesitei. Eu me sentia tão estranha por dentro, tão desligada do mundo, que talvez não fosse uma boa ideia tentar conversar com ele. Eu não sabia até que ponto eu seria capaz de transmitir normalidade, e não queria assustá-lo com minhas esquisitices.

E se eu acabasse afastando-o de mim? E se ele não conseguisse lidar comigo do jeito como eu estava naquele momento? O que aconteceria conosco?

Esses pensamentos eram tão desagradáveis, que decidi fazer o que era mais seguro: deixaria de lado o celular e talvez conversasse com ele mais tarde. Mas não havia nada de bom na internet; nenhum rompimento amoroso empolgante entre celebridades, e ninguém famoso tivera ataques de fúria. Então, depois de uns poucos minutos, resolvi: "Ah, que se dane, vou ligar para Artie, de qualquer jeito." Decidi que ele simplesmente teria de aprender a me aturar do modo que sou, mesmo esquisitona.

Só que, depois de tanto drama, seu celular estava desligado. Talvez ele tivesse saído para uma corrida. Talvez já estivesse trabalhando ou em alguma reunião. Talvez estivesse passando bons momentos com as crianças, todos tomando o café da manhã juntinhos, provavelmente com panquecas que ele próprio teria preparado. Diante da visão que tive deles sentados em torno da mesa, com suas geleias de amoras e seus potes de mel, fui dominada por uma emoção desagradável, que identifiquei como "ciúme moderado". É muito complicado quando seu namorado é um pai amoroso e dedicado. Era definitivamente um desafio fazer minha cabeça aceitar o fato de que, não importava o quanto Artie gostasse muito de mim, eu jamais seria inteiramente a número um no coração dele.

Vamos lá, era hora de focar a atenção em outra coisa. Liguei novamente para o celular de Wayne; continuava desligado. E seu site oficial, será que me daria alguma pista sobre a pessoa que ele era? Mas o site era muito simples, com uma apresentação padronizada, e todas as informações não passavam de fatos conhecidos — os álbuns que havia lançado, os shows que tinha feito, esse tipo de coisa. Segundo o site, estava confirmado que ele se apresentaria no MusicDrome na quarta-feira seguinte, e também na quinta e na sexta-feira. Bem, o tempo diria.

Ainda eram sete e cinquenta e oito da manhã, cedo demais para eu ligar para Birdie Salaman, então procurei um monte de echarpes na internet para passar o tempo, minuto a minuto, de forma dolorosamente lenta. Afinal — até que enfim! —, deu oito e meia, uma hora aceitável para se ligar para alguém de manhã, mas, depois de três toques, a secretária eletrônica de Birdie entrou. Seria para filtrar ligações? Ou será que ela tinha ido trabalhar? Quem poderia saber? Deixei uma mensagem, respirei fundo, liguei para o dr. Waterbury e rezei para que ele tivesse despedido a chata da Shannon O'Malley, sua atendente, de quem eu tinha sido colega de escola.

Infelizmente, ela ainda estava lá, e ficou muito empolgada quando soube que era eu.

— Helen Walsh! Estava justamente falando de você, um dia desses! Eu me encontrei com Josie Fogarty, que já está com quatro filhos, e ela disse: "Lembra-se de Helen Walsh? Ela não era mesmo uma doida varrida?" E aí, você já se casou? Temos de nos encontrar uma hora dessas para beber uma taça de vinho, *preciso* ficar um tempo longe das crianças. *Que ótimo* ter notícias suas. Como você *vai*?

— No auge da minha saúde mental e física — respondi. — É por isso que estou querendo marcar uma consulta médica.

— Meu Deus, você é realmente hilária — disse ela. — Sempre foi! Você simplesmente nem liga para as coisas, não é?

Eu teria de mudar de médico, se tivesse de aturar abobrinhas sem sentido todas as vezes em que precisasse me consultar.

— Estou dando uma olhada na agenda — informou ela. — O dr. Waterbury está com clientes saindo pelo ladrão hoje, mas verei se posso encaixar você, como um favor especial para uma velha amiga. Por favor, me dê seu celular e eu ligo daqui a pouco.

A primeira vez em que eu fui procurar o dr. Waterbury tinha sido — fiz as contas de cabeça — em dezembro de 2009, dois anos e meio atrás. Eu me mudara para o novo apartamento uns seis meses antes, e ele era o clínico geral mais próximo de casa.

Shannon ainda não trabalhava como atendente dele nessa época. Era outra pessoa, uma mulher que eu não conhecia, e esperei por um bom tempo para ser atendida, mais de quarenta e cinco minutos.

Reconheço, porém, que era dezembro, um mês agitado para os médicos.

Quando, finalmente, fui conduzida para o santuário interno, o dr. Waterbury mal ergueu os olhos da mesa, diante do computador. Batucava com força no teclado, sem parar. Era carequinha e se comportava, de modo geral, como se alguém o estivesse importunando. Apesar da calvície, não era tão velho como normalmente os médicos costumavam ser. Disso eu gostei. Não conseguia aturar médicos muito velhos. Eles agiam como se fossem Deus, o que não são mais, pois hoje em dia podemos pesquisar no Google todos os nossos sintomas e fazer os próprios diagnósticos.

— Helen... ahn... Walsh. — Ele teclou minhas informações e me colocou em sua base de dados.

Depois, deixou tudo de lado, olhou-me fixamente e perguntou, como se estivesse realmente interessado:

— Como vai?

— O senhor é o perito, aqui — lembrei a ele. — É o senhor quem deve me dizer como eu vou. — Ora, o que ele estava pensando? Para que eu estava lhe pagando sessenta euros? — O caso é o seguinte: acordo todo dia exatamente às quatro e quarenta e quatro da manhã e não durmo mais; não consigo comer comida de verdade; nem me lembro de quando foi a última vez em que fui capaz de colocar para dentro um pedaço de frango; da noite para o dia, parei de me importar com o que vai acontecer em True Blood.

— Mais alguma coisa?

— Acho que tenho um tumor no cérebro. Suponho que ele está pressionando alguma parte do encéfalo e me tornando meio esquisita. O senhor não pode me mandar fazer uma radiografia, uma tomografia, sei lá?

— Sente tonturas? Nota luzes cintilantes? Tem problemas de visão?

— Não.

— Dores de cabeça? Lapsos de memória? Daltonismo?

— Não.

— Do que você gosta? O que lhe dá prazer, no momento?

— Nada — respondi. — Mas isso é normal, em mim. Por questão de temperamento, detesto tudo.

— Tudo mesmo? Até música? Até arte? E quanto a sapatos?

Fiquei surpresa (categoria: agradável).

— Essa foi na mosca, doutor — olhei-o quase com admiração. — Eu realmente adoro sapatos.

— Tanto quanto sempre adorou?

— Hummmm... Eu sempre compro sapatos novos para mim mesma em dezembro; modelos cintilantes para usar em festas e coisas desse tipo, mas, agora que perguntou, percebi que este ano eu nem me lembrei disso — confessei.

— E bolsas?

— Agora o senhor está sendo condescendente. — Então eu me lembrei de uma coisa. — Bem... Minha irmã Claire comprou uma bolsa nova da Mulberry; é numa espécie de tom cinza-escuro, quase preto, couro de pônei. Sei que o senhor não deve entender do assunto, mas trata-se de uma bolsa realmente fabulosa, e eu sempre peço emprestadas as coisas novas de Claire... Na verdade, eu nem peço, simplesmente tiro o que está dentro da bolsa nova dela, transfiro tudo para a minha bolsa velha e horrorosa, e a deixo lá para ela descobrir por conta própria; saio correndo com a bolsa nova da minha irmã como se fosse uma brincadeira, e mantenho-a comigo pelo máximo de tempo que conseguir. Só que dessa vez eu não fiz isso.

— E quanto ao seu trabalho? Vejo que você é... Ahn... — ele leu com atenção meu formulário — uma detetive particular. Ótimo! — Ele se animou. — Isso parece interessante.

— É o que todo mundo diz.

— E é realmente interessante?

— Hummm... — Já fazia um tempinho desde a época em que eu me empolgava com a ideia de me enterrar numa vala. Na verdade, o meu... perdoem-me, *perdoem-me* a expressão... *tesão* inicial parecia ter-se esvaído. O medo da pobreza, mais do que amor ao trabalho, era o que me fazia responder às ligações e aparecer nos encontros marcados. Só que, depois de levar um soco no estômago, alguns meses antes, dado por um homem que eu andava vigiando, sentia-me menos confiante com relação a espionar as pessoas metida em buracos.

— Acho que sua atividade deve ser muito estressante — sentenciou ele, surpreendendo-me com sua percepção aguçada.

— Na verdade, ela é, sim. — As horas intermináveis, a tensão de nunca saber se eu iria conseguir ou não um bom resultado, o medo por minha segurança física, a falta de oportunidades para ir ao banheiro fazer xixi, tudo se somava.

— Tem mais alguma coisa diferente acontecendo com você? — quis saber ele.

Havia uma coisa, e eu achei melhor contar.

— O senhor sabe aquela história que apareceu na imprensa inteira, dos quatro adolescentes que morreram no acidente de automóvel em Carlow? Sei que é vergonhoso dizer isso, mas eu desejaria ser um deles.

Ele tomou nota em seu bloquinho.

— Algum outro caso de idealização suicida?

— O que é idealização suicida?

— É isso que você acabou de descrever. Ter um desejo de morrer, mas não necessariamente um plano para provocar a própria morte.

— Puxa, é exatamente assim que eu me sinto! — reagi, quase empolgada ao ver alguém colocar em palavras meus pensamentos estranhos e assustadores. — Eu desejaria estar morta, mas não saberia o que fazer com relação a isso. É mais ou menos como dizer que eu adoraria ter um aneurisma, ou um AVC. — Várias vezes por dia eu desejava que isso acontecesse; conversava com os vasos sanguíneos do meu cérebro, como as pessoas falam com suas plantas, e insistia para que explodissem. "Vamos, rapazes", costumava pensar, tentando instigá-los. "Façam isso por mim. Explodam, explodam!"

— Muito bem — disse o médico. — É pouco provável que você tenha um tumor no cérebro.

— O senhor não precisa dizer isso só para me animar. Suporto a quimioterapia, aguento a cirurgia, não me importo com nada. Só quero saber do que se trata.

— Acho mais provável você estar sofrendo de depressão.

Foi o mesmo que ele me comunicar que eu tinha asas de fada brotando das costas.

Afinal, não existia essa coisa de depressão. Todos nós temos dias em que nos sentimos gordos, com frio, pobres e cansados; quando o mundo aparenta ser hostil e grosseiro; e parece mais seguro simplesmente não se levantar da cama de manhã. Mas a vida é assim mesmo... Nada disso era motivo para tomar um monte de comprimidos, tirar uma licença do trabalho ou se internar em um hospital psiquiátrico por algum tempo. Uns belos brioches doces, *essa* sim era a cura perfeita. Docinhos, batatas fritas, televisão durante o dia e algumas compras por impulso na internet.

De qualquer jeito, eu não me sentia deprimida, eu me sentia mais... *Com medo.*

— Vou lhe prescrever uma receita de antidepressivos.

— Não se incomode com isso.

— Por que não leva a receita, de qualquer modo? Não precisa usá-la, se não quiser, mas estará com ela caso mude de ideia.

— Não vou mudar de ideia.

Ah, meu Deus, se eu soubesse!

Capítulo Quinze

Enquanto eu esperava que Shannon O'Malley retornasse minha ligação, tentei falar com o Head Candy, o salão para o qual Wayne ligara três vezes, na véspera. Havia uma chance de eu cair novamente na secretária eletrônica, porque a maioria dos salões de beleza só abre às dez ou onze horas da manhã, mas alguns abriam às oito, para que as pessoas conseguissem secar os cabelos com um profissional antes de ir para o trabalho. Portanto, talvez eu tivesse sorte.

E tive mesmo, porque uma moça atendeu.

— Head Candy! — cantarolou ela.

Nesse momento, como é de praxe, ela me disse:

— Pode aguardar um momento, por favor?

Antes de eu ter a chance de dizer uma única palavra, ouviu-se um clique e eu tive de aturar noventa segundos de um *rhythm & blues* interpretado por um artista anônimo. O problema era que eu sabia que a atendente não estava em outra ligação nem dando atenção a alguma cliente; estava apenas olhando para o espaço, batendo suas unhas com estampa de pele de leopardo em cima do balcão. Mas é isso que acontece quando a gente liga para um cabeleireiro, certo? É tabu, para eles, tratar a pessoa de forma cortês, e não há jeito de escapar disso; eles têm um protocolo ou código secreto tão inabalável e sagrado quanto o dos samurais.

Depois que transcorreu o calculado longo período insultuoso, ela voltou.

— Sim? Em que posso ajudar? — Mentalmente, eu conseguia ver nitidamente a faixa fina em azul-pavão sobressaindo de seu topete duro, de um branco albino, com três centímetros de altura e assimétrico.

—Você, minha jovem — inundei minha voz com calor —, está atualmente encabeçando a minha Lista da Pá. — Depois disso, continuei a falar depressa, sem tempo de deixá-la reagir. É essencial ir em frente com rapidez quando acabamos de insultar alguém. Não dê a eles nenhum tempo para recuperação, este é o segredo. — Olá, meu nome é... — quem seria eu, hoje? — Ditzy Shankill, a assistente de Wayne Diffney. Wayne perdeu seu celular e acha que poderia tê-lo deixado aí no cabeleireiro. Ele esteve com vocês?

Vamos, cabeça de merengue; conte-me se você o viu.

— Mas ele não veio na hora marcada!... Não, está na outra prateleira, querida... Não, não, aquela outra, mais alta.

A cláusula 14 do Código de Recepcionistas de Cabeleireiros diz que é obrigatório levar adiante uma conversa com uma pessoa corpórea enquanto se está ao telefone falando com outra, incorpórea.

— O quê? — reagi. — Wayne não apareceu?

— São quarenta e cinco euros, querida. Vai querer algum produto hoje? Não? Nem o laser?... Não, Wayne marcou uma hora para ver Jenna ontem à uma hora em ponto, mas não veio.

— Quando ele marcou essa hora?

— Simplesmente enfie o grampo nesse buraco... Ontem. Às oito e meia. Logo que abrimos. Queria vir imediatamente. Quase suplicou. O mais cedo que Jenna podia atendê-lo era uma hora, e tivemos de desmarcar várias pessoas para encaixá-lo. No fim, ele nem apareceu.

— Por acaso telefonou para cancelar a hora marcada?

— Não. Jenna quase me matou, mas como é que eu poderia saber? Ele nunca faltou, antes!

— Wayne costumava pedir para marcar um atendimento de última hora?

— Não. É um sujeito tranquilo. Nada de confusão, geralmente.

— Obrigada. Você foi muito útil.

— Fui? — Ela me pareceu alarmada. Será que teria algum problema por causa disso?

Mamãe reaparecera, tentando me convencer a ir até o CoffeeNation com ela e papai.

— Não, obrigada, estou com a manhã muito ocupada — expliquei. — Além de ir ao médico, Jay Parker vai aparecer aqui para me trazer uma chave.

Os olhos dela pareceram ficar sonhadores.

— Eu não entendo por que você e Jay Parker romperam. Vocês eram perfeitos um para o outro.

Olhei-a friamente.

— Perfeitos de que maneira?

— Vocês dois são... você sabe... muito divertidos — disse isso meio sem graça. Doía-lhe dizer alguma coisa simpática sobre alguém da sua prole. É uma característica da sua geração; ela não queria que nenhum de nós tivesse autoestima normal. Acho que há uma lei aprovada pelo parlamento dizendo que as mães irlandesas poderiam até mesmo ser processadas, se alguma das suas filhas exibisse sinais de que valorizavam a si mesmas. O fato, porém, é que tenho bastante autoestima, mas tive de construir a minha própria, e, se algumas pessoas descobrissem isso, minha mãe poderia se meter em sérios apuros.

— Pensei que a senhora gostasse de Artie — retruquei.

Depois de uma longa pausa, ela explicou:

— Artie é um homem que vive sua própria vida.

— E por que a senhora faz isso soar como um insulto horripilante, mamãe? Certamente o que quer dizer é que ele não fica se derramando todo para cima da senhora, como Jay Parker sempre faz.

— Nem todos conseguem ser sedutores.

— Eu falei em "se derramar" e não em seduzir.

— É que com Artie... Ora, é mais complicado, não é? Com ex-esposas que não parecem muito *ex*, na minha opinião...

— Ela é ex. *Completamente* ex. — Eu me preocupava com muitas coisas, mas uma relação não resolvida e terminada entre Artie e Vonnie não estava entre elas.

— Mas essa mulher está *sempre* na casa dele.

— Eles são amigos, são muito civilizados, eles são... — encolhi os ombros, para explicar — *De classe média.*

— Nós somos de classe média e não nos comportamos assim.

— Acho que somos do tipo errado de classe média. Eles são liberais.

— Bem, liberais nós certamente não somos. — Ela disse isso com alguma satisfação. — Mas com três filhos a reboque, saiba que você vai ter de aturar muita coisa.

— Não estou "aturando" nada. Eu o vejo, simplesmente; curtimos maravilhosas sessões de sexo...

— Oh! — Ela uivou, puxando o casaquinho de lã para cobrir os olhos.

— Pare com isso, mamãe!

— E se você quiser ter seus próprios filhos?

— Não quero.

— Então, por que aturaria os filhos de outra pessoa? Ainda mais três? E um deles é neonazista!

— Ele não é um neonazista de verdade. Eu não devia ter lhe contado isso, sabia? Ele simplesmente gosta da aparência deles.

— E aquela mais nova, Bella. Ela é louca por você.

Bella *realmente* era louca por mim.

Isso era preocupante. Eu não queria que ninguém começasse a depender de mim.

Verifiquei meus e-mails. Boas notícias e más notícias. Não, é melhor chamar tudo de más notícias. Tive resposta dos meus dois contatos — o que era uma coisa boa —, mas ambos se recusavam a me ajudar, o que, obviamente, era péssimo.

Sabem o que acontece? Não fui totalmente honesta com Jay Parker, quando disse que ele andava assistindo a filmes demais. É *extremamente* possível ter acesso aos registros telefônicos particulares ou detalhes bancários de uma pessoa.

Desde que você esteja preparado para pagar uma grana preta.

E também se fica à vontade quando infringe a lei.

Houve um tempo em que as pessoas com acesso a informações confidenciais sobre outras as passariam para nós, mesmo a contragosto — em troca de dinheiro, favores ou "presentes", claro —, mas desde o Decreto de Proteção de Dados, tudo mudou. Às vezes, as pessoas são demitidas ou até processadas por repassar coisinhas bobas como a ficha criminal de alguém. Isto tornou meu trabalho muito mais difícil.

Alguns anos atrás, porém, fui apresentada a dois contatos que valem ouro — um que investigava telefones, o outro que investigava finanças; consegui isso através de um detetive de Dublin que era muito bem-sucedido, quilômetros acima de mim na hierarquia profissional. Tive a chance de ajudá-lo em um caso qualquer e, como recompensa, ele me fez as devidas apresentações. Não pessoalmente, é claro. Não sei quase nada sobre a vida pessoal desses dois contatos, a não ser que operam fora do Reino Unido e — provavelmente por causa da natureza altamente ilegal dos trabalhos que executam — são muito caros.

Não os uso com muita frequência, porque os clientes que tenho não costumam dispor de tanta grana assim.

No entanto, fazia mais ou menos um ano e meio, eu trabalhava num caso de traição conjugal e, para onde quer que me virasse, dava em becos sem saída; por fim, quase enlouqueci de frustração. Perdi o controle de mim mesma e, sem perguntar à cliente se ela aprovava ou não, consultei esses dois contatos.

Eles me apresentaram registros bancários e telefônicos que eram, para ser franca, *deslumbrantes*, pela história cabeluda que contavam. A cliente, porém, uma mulher que suspeitava que seu marido a enganava e desviava dinheiro, entrou em negação total. Veio com um papo de que não havia nada de errado com seu casamento, blá-blá-blá, tudo estava bem, e ela certamente não queria ter seu nome ligado a nenhuma daquelas "mentiras nojentas", conforme classificou as informações.

E se recusou a me pagar por tudo aquilo. Discutimos durante semanas, mas, quando ela ameaçou me entregar à polícia, eu tive de tirar o time de campo. O pior é que não tive condições de pagar minhas fontes. E, como tudo em meu ofício se baseia em confiança mútua, arruinei dois belos relacionamentos. Três, na verdade, porque até o detetive bambambã que fizera a apresentação não quis mais falar comigo.

Na noite anterior, enquanto estava no carro indo para a casa de Roger St. Leger, eu tinha enviado dois e-mails suplicantes, um para a fonte telefônica, o outro para a pessoa dos registros bancários. Nas mensagens, eu prometia honrar todas as minhas terríveis dívidas em aberto, bem como pagar adiantado pelo novo lote de informações. Mas as esperanças de que eles estivessem dispostos a me perdoar eram muito baixas.

Tinha razão de pensar assim. Isso, pelos meus padrões de ética, era muito justo: se alguém sacaneia você, não perca tempo com amarguras, mas nunca mais dê outra chance à pessoa.

Sim. Tudo muito bom, tudo muito bem, pelo menos em teoria. Porque a verdade, sejamos honestos, é que a amargura pode ser extraordinariamente prazerosa. No entanto, eu precisava *desesperadamente* que essas fontes me dessem uma segunda chance, e decidi mandar novos e-mails para eles, apresentando as mais extravagantes desculpas e, obviamente, oferecendo ainda mais dinheiro. Pressionei a tecla "enviar". Só me restava esperar para ver no que aquilo ia dar.

Em seguida, verifiquei se havia novas mensagens de texto, pensando que John Joseph Hartley poderia ter mandado os detalhes que prometera sobre Birdie Salaman, mas ele não fizera isso. Obviamente, porém, por meio de esforços próprios, eu tinha conseguido o endereço e o telefone fixo de Birdie, de modo que dispunha de alguma coisa com a qual trabalhar. Mesmo assim, achei, digamos, interessante o fato de não ter tido mais nenhuma notícia de John Joseph, nem sequer um torpedo para me comunicar que não conseguira achar nada.

Foi quando o celular tocou.

— Helen, aqui é a Shannon, do consultório do dr. Waterbury. Tenho boas notícias! Ele pode vê-la, se você conseguir chegar aqui em menos de quinze minutos.

Quinze minutos. Que maravilha! Isto significava que não havia tempo nem para considerar a possibilidade de tomar uma ducha.

Mas me vestir podia ser um problemão. Todas as peças de roupa que eu possuía estavam embaladas em caixas de papelão, e estas se achavam espalhadas de qualquer jeito pela casa. Eu não tinha a menor ideia do que se encontrava em cada uma delas, pois estava em um estado emocional lastimável quando colocara minha vida inteira dentro daquelas caixas.

Para minha lamentavelmente curta noite de sono, fora obrigada a vestir um pijama de papai que pegara no cesto de roupas para passar, mas não podia ficar o dia inteiro usando roupas que pertenciam a pessoas idosas. Afinal, não sou Alexa Chung.

Liguei para minha irmã Claire, mas a ligação caiu na caixa postal. Ela nunca atendia o celular, pois não conseguia encontrá-lo em meio ao emaranhado de tralhas que carregava para cima e para baixo em sua imensa bolsa Neverfull, da Louis Vuitton. Tentei calcular quanto tempo da sua vida ela gastaria ouvindo recados.

— Sou eu — falei. — Preciso de roupas. Você poderia trazer alguma coisa até aqui? Ahn... Dê uma procurada no quarto da Kate também.

Claire era quase trinta centímetros mais alta que eu, mas obviamente eu estava disposta a enrolar as pontas das mangas e enfiar o que sobrasse das blusas para dentro da calça, porque as roupas dela eram fabulosas. Como bônus maravilhosamente especial, Claire tinha uma filha de dezessete anos que também se vestia muito bem e tinha a minha altura.

Enquanto falava, abri uma caixa e puxei as camadas superiores de tecido, que quase transbordaram. Cores vivas se derramaram no chão: sarongues, biquínis. Pelo visto, aquela era a caixa com roupas de praia.

— Isso é o bastante para mais alguns dias — garanti, para mim mesma. — Pelo menos até eu me organizar.

Rasguei a tampa de outra caixa e me vi olhando para três cardigãs de caxemira que eu nunca deveria ter comprado. Não sou o tipo de mulher que usa cardigãs de caxemira. Muito pelo contrário. Só tinha comprado aquelas peças porque rolara um boato passageiro sobre a nova moda ser uma mistura de roupas de executiva com figurinos dos seriados *Mad Men* e *Glee*. O pior é que as cores eram absurdamente erradas para mim — um tom de manteiga com açúcar mascavo, o outro caramelo e o terceiro *toffee* (ou, para colocar em outros termos, marrom-claro, marrom-médio e marrom-escuro). Nunca uso marrom, nem variantes desta cor, mas acabei me seduzindo pelos nomes. Acho que não percebi que estava comprando roupa, e não sorvete.

Gosto de preto com cinza e, algumas vezes, azul-marinho ou verde-escuro, desde que sejam quase pretos. E sempre é possível colocar um toque casual de amarelo ou laranja, desde que o detalhe fique confinado a uma pequena área: nos tênis, por exemplo. Puxa... Se pudesse, eu me vestiria com as cores da casa de Wayne Diffney.

Explorando mais, encontrei um estranho vestido tricotado, da cor mais horrenda que se possa imaginar — por que me dei ao trabalho de *embalar* aquele troço? Devia simplesmente ter jogado fora. E por que eu trouxe *este* macacão? Uma gola rolê, a segunda mais horrorosa de todas as golas, ultrapassada em medonha impossibilidade de uso apenas pela gola larga com capuz.

Remexi mais fundo dentro da caixa e achei coisas ainda mais bizarras, à medida que continuava... Por fim, me obriguei a parar. Estava me sentindo esmagada pela esquisitice.

Liguei para minha irmã Margaret, que atendeu depois de uma chamada e meia. Ela sempre atende; é muito conscienciosa.

— Você está bem? — perguntou.

— Tive de me mudar para a casa de mamãe e papai.

— Ouvi dizer.

— Todas as minhas roupas estão embaladas. Não tenho nada para usar.

— Aguente firme — aconselhou ela. — Já estou chegando com umas coisas para você.

— Não, não, suas roupas são grandes demais — expliquei, depressa. Não poderia usar nada que pertencesse a Margaret. Como Claire, ela é uns trinta centímetros mais alta que eu; além disso, preferia resolver o problema com Claire, porque com Margaret não haveria jeito: nossos gostos são universos distantes um do outro, se é que dá para usar a palavra "gosto" para descrever o jeito de Margaret se vestir. Ela é uma dessas mulheres desconcertantes que acham que roupas servem apenas para a pessoa se cobrir com elas. Estilo chique-prático, por assim dizer. Por exemplo: se estivesse com frio e tudo que houvesse à mão fosse um macacão tricotado com cordas, em tom de mostarda acrílico, *Margaret o usaria*. Nem sequer pediria desculpas aos outros por isso. No entanto, qualquer pessoa sensata preferiria perder um membro congelado pela neve.

Algumas vezes já me indaguei o motivo dessa falta de interesse dela por roupas — até mamãe a acha meio desmazelada. Talvez Margaret saiba que é assim e esteja muito feliz com isso. O que é uma coisa boa, obviamente. De certa forma.

— Não precisa trazer nada — tranquilizei-a. — Estou ligando só para desabafar.

— Mais tarde eu apareço aí — ofereceu. — Vamos desembalar tudo, instalá-la em seu velho quarto, tornar as coisas agradáveis para você, mamãe, eu, e... Claire. — Ela hesitou no "Claire", porque Claire era o fator desconhecido em qualquer equação. Não por ser preguiçosa ou indigna de confiança. *Mais ou menos*. O problema é que ela era muito, muito, *muito* ocupada. Oscar de atuação em múltiplas tarefas. Tinha um emprego, um marido bonito e três filhos, inclusive aquela bomba sempre prestes a explodir: uma filha adolescente. Acrescentem a essa mistura um compromisso com o combate à tensão pré-menopausa e vocês terão a receita para uma mulher extremamente sobrecarregada.

— Até mais tarde — disse Margaret.

— Até mais... Obrigada.

Desliguei e encarei os fatos. Não havia escolha: eu teria de usar a calça jeans da véspera. E o bustiê da véspera. E o top da véspera. E os tênis da véspera. E a echarpe idem. Mas não a roupa íntima da véspera. Isto seria forçar demais a barra. Puxei mais mangas e pernas em outra caixa e, por um inesperado golpe de sorte, o conteúdo da minha gaveta de roupa de baixo foi caindo de dentro dela.

— Agora, a maquiagem — disse a mim mesma. — Você está de gozação — respondi também para mim mesma. — Vá escovar os dentes, e isso terá de bastar.

Capítulo Dezesseis

Cheguei à clínica em treze minutos, mas acabei tendo de esperar por mais vinte e sete. Por que eles sempre fazem isso? Por que simplesmente não tratam as pessoas como adultos e informam quanto tempo elas terão de esperar *de verdade?*

Pergunta: como é que você sabe que a atendente de um médico está mentindo? Resposta: os lábios dela estão se mexendo.

Quando ocupei meu lugar na sala de espera lotada de doentes, a horrível sensação de que eu afundava lentamente — algo que sentia desde que tinha acordado de manhã — aumentou de intensidade. Consegui ficar um passo adiante dela, fazendo ligações no celular e procurando coisas no Google, mas agora que eu estava sentada quieta e não havia nada para me distrair, fui atingida em cheio.

Era tão difícil me manter grudada na cadeira, em vez de fugir porta afora, que eu comecei a me contorcer.

Para piorar as coisas, a atitude de Shannon O'Malley mudou de repente, passando de histericamente amável para magoada e até mesmo um pouco agressiva.

— Sentimos sua falta no reencontro da turma da escola — afirmou ela, num tom acusador. — Por que você não apareceu?

Olhei-a fixamente, sem conseguir encontrar palavras.

— Foi ótimo — disse ela. — Muito bom ver todo mundo outra vez.

Fez uma pausa, uma espécie de chance para que eu comentasse algo; novamente, porém, meu cérebro não conseguiu providenciar uma única resposta.

— Depois do encontro da nossa turma, meu astral ficou elevado um tempão — informou, meio desafiadora.

Fui dominada pelo pensamento horrível de que pudesse ser minha culpa o fato de eu não ter nenhum amigo. Talvez, como disse Rachel, eu *tivesse* mesmo uma pecinha faltando. Por que será que eu não conseguia ser uma pessoa normal e ir à festa de reencontro da turma da escola? Em vez de sentir que seria mais agradável tacar gasolina no corpo e acender um fósforo? Só a *ideia* de brincar de "minha vida acabou sendo melhor que a sua" com aqueles idiotas com quem estudei por cinco anos intermináveis já era insuportável para mim.

Foi quando lembrei que eu costumava ter uma amiga. Uma amiga excelente, amigona de verdade.

— Você estava ocupada, imagino — disse Shannon, com um tom de voz quase agressivo (embora eu seja a primeira a admitir que minhas interpretações não são inteiramente confiáveis).

Na dúvida, olhei para Shannon. Quanto ela sabia a meu respeito? Será que tinha lido minha ficha? Claro que sim. Como alguém poderia trabalhar num lugar onde havia toneladas de informações confidenciais sobre pessoas conhecidas sem ler nada sobre elas?

— Mas — continuou ela — experimente ter três filhos para saber o que é estar ocupada. — Sua voz soou um pouco menos hostil. — Embora, claro, a experiência seja muito gratificante. Você devia conhecer o meu filho de dez anos; tem uma alma incrivelmente sábia. Está com dez anos, mas parece ter cinquenta...

É um porre total ouvir esse tipo de ladainha. Não era de admirar que eu odiasse ir a festas de reencontro da escola, se isso era uma amostra do que eu iria encontrar. Pensei em mudar de assunto, tentando me lembrar de alguma das brincadeiras de Bronagh, e uma ótima me veio à cabeça. Mas não adiantou muito, porque Shannon O'Malley jamais entenderia o motivo de a história ser tão engraçada.

Uma vez, Bronagh e eu estávamos numa festa quando Kristo Funshal apareceu. Você talvez nem se lembre de Kristo Funshal, porque sua carreira de ator desde então se extinguiu inteiramente. Por sinal, uma morte merecida. Na época, porém, ele fazia bastante sucesso e, apesar de ser casado, entrou atirando para todos os lados. Era bonito como um astro de cinema, e com isso quero dizer que parecia ser feito de mogno e látex.

A presença dele na festa provocou um bocado de agitação. Todas as garotas, menos eu e Bronagh, deslizavam para o seu lado com olhares de flerte, e davam risadinhas escondendo a boca com as mãos, e Kristo sorria de forma muito afetada, tão desavergonhada e maliciosa que senti vontade de vomitar. Quando eu menos esperava, ele fez sinal para que me aproximasse dele.

— Você viu isso? — comentei com Bronagh, indignada. — Mas que sujeito nojento!

Ela encolheu os ombros sem surpresa. Bronagh me chamava de "isca". "Você é uma mulher atraente", ela sempre dizia. "Isso é bom, pois conseguirá homens para nós duas. Eles virão por você, mas ficarão por mim." Sempre tinha razão.

Kristo fez sinal para mim novamente e, cheia de raiva, eu disse a Bronagh:

— Vá até lá e converse com ele.

— E depois...? — Eis a prova de que: ela sabia das coisas. Soube imediatamente que haveria um "depois...".

— Depois, pronuncie a palavra "seborreico" uma vez por frase em, no mínimo, dez frases. Nesse ponto eu apareço.

— O que é "seborreico"?

— Não é nada. Acho que a palavra nem existe. Você não precisa dizer "seborreico", pode escolher quaisquer palavras, desde que sejam ao acaso e o deixem cabreiro.

— OK, vou começar com "seborreico" e então improviso. Vamos lá! — Ela me puxou através do salão e ficou em pé, pequena e durona, na frente do sujeito.

— Olha só, você está aí! — Ignorou Bronagh por completo e me ofereceu um sorriso meloso.

— Você me parece estar muito seborreico hoje — declarou Bronagh, arrastando a atenção dele para ela.

— Estou, é?

— Sim, e também um pouco lamoso. Vi você olhando para este pequeno frisbee aqui ao meu lado.

— Frisbeeeeee... — Ele meio que lambeu os lábios. — OK.

— Tem um monte de alicates por aqui — explicou Bronagh, falando depressa. — Destinados a tirar um pouco as pessoas da sua voltagem. Quanta bandeja! — Bateu as mãos uma na outra com muita força, fazendo Kristo dar um leve pulo para trás.

Ele olhou para mim e disse, com um aceno de cabeça que expressava desprezo, na direção de Bronagh:

— Qual é o lance dela?

— Muita bandeja! — Bati as mãos com força uma na outra. — Não consegue sentir?

— Sentir em seus nimbus? — insistiu Bronagh. — Sentir em seus cúmulos? Um, dois, três, bandeja! Vamos, bata seus cocos, bata sua batina! Um, dois, três, bandeja!

— Que tal deixar sua amiga maluca de lado? — propôs ele, olhando para mim.

— Maluca? — respondi. — De que penugem você está falando? Todos juntos agora: um, dois, três, bandeja!

Foi o suficiente. Ele percebeu que estava derrotado. Deu a volta nos calcanhares e se afastou de nós.

Tornei a me concentrar em Shannon O'Malley. Seu papo tedioso continuava a pleno vapor.

— ... Sabe como são as crianças, elas precisam do próprio espaço — explicava, e eu desliguei o ouvido novamente.

Bronagh sozinha valia por mil Shannon O'Malleys e sua cambada de imbecis. Prefiro não ter amigo nenhum a ter de aturar esses papos idiotas.

Shannon continuou falando muito animada, sem parar, enquanto eu olhava fixamente para a porta fechada do consultório do dr. Waterbury e torcia ardentemente para que ela se abrisse. Por fim, Shannon pronunciou as palavras mágicas:

— Ele vai atendê-la. — Parecia que estávamos em um episódio de *O Aprendiz*.

— Oi, Helen, que bom ver você! — O dr. Waterbury parecia realmente feliz em me ver, o que é muito esquisito, vamos combinar, porque, quando um cara é médico, ninguém aparece para contar coisas boas. — Como você está? — quis saber assim que me viu.

— Vou lhe contar: ontem, pensei ter visto um bando de abutres sobre o posto de gasolina.

Ele me avaliou detidamente com os olhos.

— Abutres? — perguntou, por fim. — Pelo que me lembro, da última vez eram morcegos gigantes.

— Sua memória está ótima!

— Morcegos gigantes, abutres... não faz muita diferença, certo? Mas presumo que não eram abutres. Gaivotas, como da outra vez?

— Gaivotas. Preciso voltar às pilulinhas ensolaradas.

— Algum outro sintoma?

— Não exatamente. Estou com uma dor no peito. Às vezes, é difícil respirar.

— Algo mais? Como está seu sono?

— Estou mantendo minhas três horas de sono por noite.

— Dificuldade para dormir? Ou você está acordando cedo demais?

— As duas coisas, acho.

— Como vai seu apetite? Quando foi a última vez em que fez uma refeição completa?

— Ahn... — refleti a respeito. — Abril.

— Sério?!

— Sério. Mas eu nunca fui de fazer refeições completas, sentadinha e tal...

— Sim, eu me lembro — assentiu ele. — Sanduíches de queijo com salada de maionese e salpicão de repolho. Essa era a base da sua alimentação. O que mais está errado em sua vida?

A duras penas, fui abrindo o bico.

— Acho cada vez mais difícil conversar com as pessoas em geral. Na verdade, não tenho vontade de estar com ninguém. Mas também não quero ficar sozinha. E me sinto meio esquisita. *Assustadoramente* esquisita. O mundo todo me parece... esquisito. Não faço questão de tomar banho; não faz diferença que roupa vou vestir. Tudo me parece agourento e nefasto, como se algo terrível estivesse prestes a acontecer. Às vezes, acho que já aconteceu.

— Há quanto tempo você está assim?

— Alguns dias. — Fiz uma longa pausa. — Bem, já tem algumas semanas, para ser honesta. Por favor, doutor, me receite as pilulinhas ensolaradas e eu sigo meu caminho.

— Aconteceu algo que possa ter provocado essa recaída?

— Não é uma recaída. É só um solavanco.

— Alguma perda recente? Traumas?

— Bem, meu apartamento... Minha eletricidade foi cortada; minha cama foi retomada.

— Sua *cama*?

— Pois é, a coisa é complicada. Tive de voltar a morar com meus pais ontem. Isso conta como trauma?

— O que acha, Helen?

— Ah, não comece com isso. O senhor é meu médico, não meu terapeuta.

— Por falar nisso, você continua na terapia? Com Antonia Kelly, certo?

— Isso mesmo, mas parei de ir.

— Por quê?

— Porque melhorei.

— Talvez seja uma boa ideia entrar em contato com ela. Alguma idealização suicida?

— Ahn... Sim, agora que o senhor mencionou. Isto é, não tenho nenhum plano concreto, mas adoraria ser contaminada por um vírus desconhecido e morrer.

— Hummm... Certo. — Ele não gostou do que ouviu. — Isso não é nada bom. Você já pensou em voltar para...

— Não! — Nunca. Era impossível até mesmo pensar nisso. Gostaria que essa fase da minha vida nunca tivesse acontecido. — Diga-me, doutor... — Essa era uma pergunta difícil, mas eu precisava fazer. — Eu estou fedendo?

Ele suspirou fundo.

— Não passei sete anos na faculdade para responder a esse tipo de pergunta.

— Então a resposta é "sim".

— Não, você não está fedendo. Pelo menos daqui não dá para sentir. — Mas ele estava a mais de um metro de mim, longe demais para uma análise precisa. — Helen, escute... Pergunte isso a qualquer outra pessoa. Por que não pergunta à sua mãe?

— Ela é velha. Seu olfato não é mais confiável.

Emitindo outro suspiro, ele se virou para a tela.

— Vamos ver... Antidepressivos. Efexor não fez efeito em você na última vez. Nem Cymbalta. Nem Prozac. Mas você se deu bem com Seroxat. Vamos tentar esse. E começaremos com uma dose relativamente alta, para não perdermos tempo. — Começou a digitar algo no teclado.

— Já que está preparando as receitas... — pedi —, eu gostaria muito de algo para dormir melhor. Será que o senhor pode me receitar alguns comprimidos para dormir? Prometo não tomar uma overdose.

Principalmente porque eu sabia que não funcionava.

É espantoso o quanto conseguimos descobrir pesquisando na internet. Uma overdose de comprimidos para dormir, por exemplo — se você fizer uma pesquisa, descobrirá que esse é o método preferido da maioria das pessoas para acabar com a própria vida. Mas elas podem estar *erradíssimas*. Ah, se podem! As coisas não são mais como eram antigamente, quando se podia confiar que bastaria tomar um punhado de comprimidos para dormir, se a pessoa sentisse vontade de curtir um sono eterno. Hoje em dia, tempos litigiosos, as companhias farmacêuticas têm tanto medo de ser processadas, que todos os sedativos que fabricam têm um assento ejetor na fórmula. Tome um monte deles, se quiser, mas as chances de você *não apagar* de vez são altas. Pode ser que simplesmente vomite tudo. É claro que você poderia ter um engasgo mortal com o próprio vômito e alcançar o objetivo de forma indireta, mas não se pode *depender* disso. Para piorar as coisas, pode ser que você tenha se dado ao trabalho de escrever belos recados de adeus. Ou distribuído algumas das suas valiosas posses.

Resultado: você pode acabar na desagradável posição de ter de pedir à sua irmã que ela devolva sua echarpe Alexander McQueen.

Já imaginou o tamanho do *mico*?

Capítulo Dezessete

Fui direto à farmácia, peguei meus antidepressivos e tomei o primeiro na loja mesmo; engoli sem água, de tão desesperada para que fizesse efeito. Como sempre, o dr. Waterbury tinha ressaltado o fato de que levaria mais de três semanas antes de eu começar a sentir os primeiros resultados. Mas eu enxergava o remédio como um escudo defensivo que impediria minha volta àquele... horror... inferno... Chame como quiser. Também me apossei de doze pilulinhas para dormir, doze pequenos círculos de alívio. Tive vontade de tomar quatro ou cinco na mesma hora e dormir como uma pedra por dois dias... simplesmente deixar de existir... Mas elas eram preciosas demais, não deveriam ser desperdiçadas assim.

Entrei no carro e dirigi no piloto automático quase até o meu apartamento antes de perceber o que fazia; de repente, fiquei muito chateada com isso.

Meu antigo apartamento não era grande coisa. Tinha apenas um dormitório e ficava no quarto andar de um prédio em um quarteirão só de edifícios novos, mas o lugar havia significado muita coisa para mim. Não apenas pelo prazer de morar sozinha (algo que, para uma pessoa irritadiça como eu, vale mais que rubis). Também não era só o orgulho de conseguir pagar as prestações da minha casa própria.

O bom era ter um canto só meu, onde eu não precisasse ceder em nada. Tinha passado tanto tempo da minha vida ofendendo as pessoas sem querer e sendo obrigada a segurar minha onda para sobreviver, que ter meu próprio espaço e transformá-lo num lar era minha grande chance de ser eu mesma, de verdade.

Antes mesmo de eu me mudar, Claire me soterrou de revistas de decoração, e todo mundo dava palpites e ideias para "ampliar" os aposentos minúsculos e "trazer mais luz e ar" para o ambiente.

Papai, dominado pela felicidade por eu finalmente sair de casa, se ofereceu para pagar a van da mudança e sugeriu irmos à Ikea, rede de lojas de decoração em estilo sueco, para comemorar.

—Vamos fazer barba, cabelo e bigode! — sugeriu ele, o que quer que isso signifique. — Podemos almoçar no restaurante de lá e tudo mais. Ouvi dizer que as almôndegas suecas que eles servem são fantásticas. Podemos comprar tudo para a sua nova casa lá, eu lhe pago até um sorvete de casquinha como sobremesa.

Só que, em vez de mobiliar o apartamento com móveis em estilo escandinavo, lindos, claros e cintilantes, preferi o oposto. Fiz com que os ambientes se tornassem ainda mais fechados e escuros. Quis tornar tudo muito íntimo, interessante, e enchi os cômodos de antiguidades.

Quando digo "antiguidades", obviamente me refiro a trastes velhos, ainda mais com o dinheiro tão curto devido à prestação do imóvel. Caçava leilões de testamenteiros, onde dá para conseguir um caixote imenso de lixo quase de graça. Normalmente, vinham um monte de luminárias quebradas e muitas pinturas medonhas de cavalos correndo, mas, de vez em quando, tinha algo que prestasse. Foi assim que consegui um espelho de corpo inteiro com poucas e minúsculas manchas de ferrugem, daquelas que parecem cocô de mosca, e com um charmosíssimo conjunto de jarra e bacia que tinha só uma rachadura mínima. (Conjunto de jarra e bacia: uma tigela funda e um vaso de cerâmica com alça para as pessoas se lavarem ao acordar de manhã, do tempo em que ainda não tinham inventado o chuveiro. Dá pra *imaginar* isso?)

Minha cama veio de um convento que fechou; era em mogno, com ornamentos em laca preta nos pés e na cabeceira. Até que era bem estilosa, considerando que as freiras devem renunciar às suas posses mundanas ao entrar para o convento, mas talvez pertencesse à madre superiora. Eu gostava de imaginá-la recostada na cama suntuosa, de forma indolente, saboreando frutas cristalizadas lentamente, sorvendo vinho madeira, assistindo ao *America's Next Top Model* na TV, enquanto lá embaixo, na capela minúscula e gélida, noviças pálidas ajoelhadas em ervilhas congeladas sonhavam com um prato de sopa quente.

Ao longo dos meses, acumulei mais mobília. Instalei um feixe de penas de pavão ao lado da janela da sala para atenuar um pouco a luz e tornar o ambiente azul. Depois, num momento de feliz coincidência, encontrei uma cortina estampada com (adivinhem só!) penas de pavão num leilão de objetos usados; iria combinar maravilhosamente bem com a decoração. Infelizmente, a cortina era maior que a parede inteira e, quando eu a fechava, a sala parecia uma gruta. Uma pena...

Escolhi as cores das paredes com muito cuidado. Conforme já expliquei, não tinha grana para comprar nada na Holy Basil, mas fiz o que pude para encontrar imitações baratas e tive algum sucesso, porque Tim, o pintor, ficou com uma dor desesperadora no lado esquerdo da cabeça depois de passar a manhã pintando meu quarto de vermelho-escuro (a cor quase idêntica na Holy Basil tinha o nome de Fedor de Morte.)

— Estou tomando comprimidos contra enxaqueca um atrás do outro, como se fossem M&M's — declarou ele, durante o trabalho, e foi obrigado a tirar dois dias de folga.

Fiquei obcecada com a ideia de achar um jogo de cama preto, e passei horas pesquisando na internet.

Durante lgum tempo, tudo que fazia era circular pelo apartamento, pensando em como torná-lo cada vez mais fabuloso. Era como estar apaixonada; eu não conseguia pensar em mais nada. Eu um lampejo de inspiração, cobri o espelho com um véu, para meu reflexo parecer fantasmagórico, mas logo desisti da ideia. Obviamente as coisas tinham ido longe demais.

Isso deu início a uma fase de revisionismo. Joguei fora o conjunto levemente rachado de jarra e bacia porque... bem... era um conjunto de jarra e bacia. *Rachado*, ainda por cima. Depois, tive dúvidas sobre o banheiro pintado em cinza espacial e o repintei de amarelo (nome oficial: Manteiga.) (Na cartela de cores da Holy Basil, o nome era Gangrena.) O pesado aparador de teca estava cheio de cupim. E deu mofo na toalha de mesa em chenile cor de musgo.

Resumindo, meu novo espaço era um trabalho em andamento, e eu apresentava as pessoas a ele com bastante cuidado. Queria que todos adorassem minha casa nova tanto quanto eu, e tinha gente que gostava muito, mas alguns não curtiam o ambiente. Bronagh, obviamente, achou fabuloso. Claire também. Papai — inesperadamente —, também disse que tudo era fantástico, e Anna murmurou: "Vozes distantes ainda moram aqui." *Acho* que foi um elogio.

Margaret, por outro lado, não se mostrou tão empolgada. Em sua primeira visita, olhou com certa apreensão para as paredes verde-hera e declarou:

— Estou um pouco amedrontada, Helen. — Duas semanas depois, ligou para me informar, de forma direta: — Não quero que meus filhos voltem ao seu apartamento. Eles passaram a dormir muito mal depois da última vez.

Rachel avisou a todos que aquilo era a manifestação de uma mente doentia. Assim que pisou no corredor com paredes pintadas de azul-marinho, pôs-se a rir de forma descontrolada e zombeteira, para depois sentenciar, com voz sombria:

— Depois dessa, já vi de tudo na vida.

E quando Jay Parker surgiu na minha vida, disse que passar meia hora na minha sala de estar assistindo a *Top Gear* era como ser enterrado vivo.

Capítulo Dezoito

Assim que cheguei na casa de meus pais, mamãe estava à minha espera com um brioche recheado.

— É de banana com noz-pecã. Sei que a cor é esquisita, mas prove um pedacinho. Você está bem? Porque me parece um pouco...

— Estou ótima — garanti. — Só as nuvens é que estão me incomodando. Quando o tempo está nublado como hoje, minha cabeça sofre.

Uma expressão de estranheza invadiu seu rosto.

— O céu está azul.

Fui olhar pela janela; o céu *estava* azul.

— Quando foi que o tempo clareou?

— O céu está azulzinho desde que amanheceu.

Mas isso não levantou meu astral. Continuava me sentindo desconfortável, só que de um jeito diferente. O céu vazio me pareceu duro, frio e implacável. Não dava para pendurar algumas nuvens suaves nele, para ficar mais fofinho?

— O que o médico disse? — perguntou mamãe.

O quanto eu devia lhe contar?

Nada, decidi, na mesma hora. Lembrei-me de como minha mãe reagira mal quando eu relatei ter visto abutres; ela não queria que isso estivesse acontecendo.

Havia dois anos e meio, eu aprendera a parar de esperar consolo e conforto das pessoas à minha volta, porque elas não conseguiam me fornecer isso. Todos estavam apavorados demais. Eu estava aterrorizada e eles também. Ninguém parecia compreender o que acontecia comigo e, ao perceber que não podiam me ajudar, sentiam-se impotentes, culpados e, por fim, ressentidos. Sim, é claro que eles me amavam; minha mente sabia disso, embora o coração não conseguisse sentir esse amor, mas o fato é que uma parte deles estava zangada comigo. Como se fosse escolha minha ficar com depressão, ou eu estivesse resistindo de propósito à medicação que deveria me consertar.

Obviamente, todo mundo torcia para que eu melhorasse. Só que, quando eu melhorei — isso felizmente aconteceu depois de seis meses infernais —, ninguém queria me ver doente de novo.

— Ele me deu algumas pilulinhas ensolaradas. Vou ficar bem. Mãe, por acaso Jay Parker passou aqui para me deixar uma chave?

— Não.

Merda. Eu queria algo em que me concentrar; manter a mente ativa e os pensamentos maus bem longe.

Já passava das dez da manhã. Quando, exatamente, ele planejava me entregar aquela chave? Enviei-lhe uma mensagem de texto e ele me retornou avisando que estava a caminho. Isso poderia significar qualquer coisa, vindo de um mentiroso pouco confiável como ele.

— Andei matutando... — declarou mamãe.

Eu sabia muito bem sobre o que ela andava matutando.

— ... o que *exatamente* deu errado entre você e Jay Parker?

— Não tenho como contar para a senhora.

— Claro que tem!

— Não posso, me esqueci do motivo por completo. — Jamais falaria para ninguém o que acontecera com ele. Não contei a ninguém quando rompemos, e não seria agora que eu iria fazer isso.

— Foi há um ano — protestou mamãe. — Você não pode ter esquecido.

— Bani o lance todo da minha consciência — expliquei, com voz animada.

— Mas...

— Reprogramei meu banco de dados...

— Mas...

— ... e reescrevi minhas lembranças do passado.

— Não se pode fazer isso! Ninguém consegue.

— Tenho uma força de vontade incrível. — Sorri docemente para ela. — Sorte a minha! Vamos lá, mamãe... Enquanto eu espero, me obrigue a tomar um banho de chuveiro para eu lavar meus cabelos.

Ela hesitou por um momento, relutante em deixar escapar a chance de falar sobre Jay Parker. Por fim, determinou:

— Tudo bem, então. — Com ar severo, me agarrou pelo braço e me levou até o banheiro como se fosse a carcereira de uma prisão feminina.

Mamãe tem uma forte veia dramática. É muito teatral e se agarra com unhas e dentes ao papel que desempenha. Às vezes, quando algum caso meu se complicava, ela me ajudava a ficar de tocaia e se empolgava bastante com o lance todo, comportando-se como se fôssemos uma dupla de detetives em algum seriado de TV, dirigindo rápido demais e tomando distância para correr e arrombar portas com os ombros.

Para ser totalmente honesta, eu também era meio dramática. Mas, em minha defesa, devo esclarecer que isso só aconteceu no início, quando eu procurava escutas em salas de reunião e me perguntava quando é que a vida iria começar a ficar emocionante.

Para minha surpresa (categoria: não identificada), quando saí do banho, Claire tinha chegado.

— Roupas para você. — Ela jogou uma sacola na minha direção. — Fiz o melhor que pude.

Fazia algum tempo que eu não via minha irmã, talvez duas ou três semanas. Estava com ótima aparência. Seus cabelos pareciam mais longos e ondulados, seu bronzeado artificial estava em dia e ela vestia uma calça capri meio solta, uma camiseta justa com a imagem de um personagem de *Anime*, um par de sandálias com salto anabela altíssimo e um monte de braceletes de prata com preces hindus entalhadas. É isso que acontece quando a pessoa tem uma filha adolescente. Kate podia ser um pesadelo de hormônios descacetados, mas ajudava Claire a se manter sempre na última moda.

— Você está magérrima! — exclamou ela, sem conseguir esconder a inveja.

Sim, eu estava bem magra, mas isso não iria durar muito. Quando as pilulinhas começassem a fazer efeito, eu seria possuída por uma fome por carboidratos frenética e insaciável. Meu metabolismo iria desacelerar até quase o zero, meu rosto ia ficar redondo, rechonchudo, e grossas dobras de gordura iriam surgir na minha barriga da noite para o dia. Eu viraria uma mulher-molenga. Aquilo era uma bosta completa... *Tudo aquilo*, começando pela doença e terminando pela cura.

— Como é que você consegue manter a celulite longe dos braços? — Eu quis saber.

— Fazendo levantamento de pesos, mil vezes por dia. Bem... na verdade eu só faço cem. Às vezes. Mas estou tentando vencer a batalha. Não podemos nos render nunca!

—Alguma novidade?

— Sim, estou atolada em novidades. — Pegou uma pastilha de Nicorette e jogou na boca. —Vou parar de fumar; vou deixar crescer a franja; vou comprar uma luminária no eBay; estou tentando encontrar uma receita de tajine marroquino vegetariano; pretendo levar o cão para castrar; ando pensando em mandar Kate para uma dessas clínicas de adolescentes problemáticas... O de sempre. — Foi até a bolsa e fez surgir lá de dentro um livro que entregou a mamãe.

— Obrigada, querida.

— Não é presente, é o livro do meu clube de leitura. Dá para a senhora lê-lo até segunda-feira e me contar do que se trata?

— Posso tentar, mas com Helen avistando abutres em toda parte, sem comer nada o dia inteiro, e seu pai ficando surdo como uma porta...

—Ah, deixa pra lá. Não sei por que eu me dou ao trabalho de ler esses troços, afinal. Tudo o que fazemos nas reuniões é beber vinho e reclamar dos nossos maridos. Nunca falamos dos livros. E aí, Helen, vamos desencaixotar suas coisas?

Uma sensação ruim se apoderou de mim. Um desconforto estranho. Um mal-estar diferente daquele que eu sentia desde que tinha acordado. Vasculhei meus pensamentos e descobri a causa: em algum lugar daquelas caixas havia fotos. Fotos comprometedoras. De Artie. Pelado e de espada em punho, se é que vocês me entendem.

Eu não devia ter colocado essas fotos para imprimir. Devia tê-las deixado no celular e pronto.

Mas elas estavam bem escondidas. Envoltas em uma camiseta, dentro de uma sacola de compras enfiada no fundo de uma das caixas. Ninguém as encontraria.

— Preciso dar só uma saída rápida para comprar um pouco de farinha — informou Claire. —Vou receber convidados para jantar e pretendo preparar orecchiette com brócolis e anchovas; o problema é que é difícil conseguir uma farinha de boa qualidade neste país atrasado. De qualquer modo, tem uma mercearia italiana na estrada York. Volto em cinco minutos.

Com um balançar lento dos cabelos, ela desapareceu.

—Você acha que ela vai voltar? — perguntou mamãe, num tom queixoso.

— Não importa. Margaret vai chegar em algum momento do dia.

— Ah, que se dane! — declarou mamãe. — Jay Parker chegou!

Olhei pela janela.

Era realmente Jay Parker, em seu uniforme usual: terno apertado, gravata preta brilhante e tão metido a besta que caminhava empinado como um pavão.

— Olhe só para ele! — exclamou mamãe, com descarada admiração. — Tem uma tremenda... como é mesmo a palavra? Vitalidade, é isso?

Ela desceu a escada quase correndo para recebê-lo, e eu a segui num ritmo muito mais indolente. Para minha grande surpresa (categoria: alarmante), papai apareceu na sala. Em um evento que poderíamos chamar de "miraculoso", ele se desgrudara cirurgicamente da poltrona diante do canal de esportes só para vir dar um "olá" para Jay.

— Sentimos muito a sua falta por aqui. — Papai adorava Jay Parker.

— Sim, sentimos muito — concordou mamãe, entusiasmada como uma criança. Mamãe também adorava Jay Parker. Todos tinham adorado Jay Parker: minhas irmãs, Bronagh, o marido de Bronagh, Blake, *todo mundo*.

Depois de um rápido bate-papo, papai resolveu voltar para a TV. Não conseguia ficar longe da telinha por muito tempo, pois algo terrível poderia acontecer. Era como aquele sujeito que tinha de apertar os números na escotilha do seriado *Lost*.

— Volte uma hora dessas para nos visitar — convidou papai. Seguiu-se um momento terrível, em que me pareceu que papai iria tentar dar um abraço do tipo bem masculino em Jay, peito contra peito, com tapinhas nas costas. Porém, depois de um segundo de hesitação que me pareceu uma eternidade, eles se despediram sem tal incidente.

Jay Parker voltou a atenção para mim. Com floreios exagerados, me apresentou a chave acompanhada de um pedacinho de papel.

— Chave e senha do alarme da casa de Wayne.

Olhei para os números que Wayne escolhera como senha para ativar e desativar o alarme — 0809 — e matutei por alguns segundos sobre o significado daqueles números, porque ninguém escolhe senhas completamente aleatórias, mesmo quando tenta.

— E quanto ao meu pagamento? — perguntei a Parker.

— Já ia chegar lá. — Teve a audácia de parecer um pouco magoado, como se eu tivesse insinuado que ele era o tipo de cara que dá calote. Exibiu uma pilha fininha de notas de vinte euros. — Tem duzentos paus aí. Foi o máximo que o caixa eletrônico me permitiu sacar hoje.

Fitei-o com olhos de aço: afinal, ele tinha aceitado a condição de me pagar por uma semana de trabalho adiantado.

— Posso pegar mais duzentos euros amanhã — protestou. — E mais depois de amanhã. E no dia seguinte. O dinheiro não está curto, a culpa é da porcaria dos caixas eletrônicos.

— E quanto àqueles maços de dinheiro que eu vi ontem à noite?

— Entreguei a maioria para você. E tive outras despesas nessas últimas horas. Um monte delas.

Ele poderia ir direto ao banco e fazer um saque. Mas quem mais vai ao banco? Será que *existe essa possibilidade*, nos dias de hoje? Afinal, todas as atividades bancárias acontecem em *call-centers* localizados em *bunkers* subterrâneos do tamanho de estádios de futebol, não é?

— Eu poderia simplesmente fazer uma transferência da quantia integral para a sua conta — disse-me ele, me olhando de lado. — Mas eu meio que imaginei que você preferisse receber em grana viva.

Nessa ele me pegou. Eu *tinha* de receber em dinheiro. Minha conta estava tão estourada, que qualquer coisinha que pingasse lá desapareceria no mesmo instante para cobrir dívidas pendentes.

— Afinal, o que está acontecendo? — perguntou mamãe a Jay. — Que tipo de trabalho de investigação Helen está fazendo para você?

— É confidencial — expliquei.

— Se eu pudesse contar a alguém, Mamãe Walsh... — Ele balançou a cabeça para os lados, com tristeza — essa pessoa certamente seria a senhora.

Mamãe olhou para mim e para ele, lutando consigo mesma sobre se deveria ou não insistir no assunto. Por fim, resolveu desistir e comentou:

— Estou louca para ir a esse show na quarta-feira — declarou, com empolgação.

— Será uma noite inesquecível, Mamãe Walsh, uma noite realmente inesquecível.

Mamãe chegou mais perto de Jay, praticamente encostando-se nele.

— É verdade que Docker vai fazer uma participação surpresa no show de reencontro da banda?

— *Docker?* — perguntei, atônita. — Onde foi que a senhora ouviu esse papo?

— Está em todos os fóruns de discussão. Dizem que ele vem se apresentar em uma das três noites. É verdade?

Obviamente, aquilo era novidade absoluta para Jay. Mas ele entrou na pilha tão depressa que dava praticamente para ver as engrenagens de sua cabeça funcionando. Que jeito mais perfeito de fazer o país ferver de frenesi e esgotar os ingressos do que espalhar o boato de que Docker, o Talentoso do grupo, se apresentaria em um dos shows?

— Toda a Laddz reunida novamente! — murmurou mamãe, em êxtase.

— Hahaha! Pois é! *Quem sabe?* Não estou afirmando nada de concreto. Mas a senhora sabe que uma informação desse tipo seria sigilosa — disse Jay, dando uma piscada.

— Não faça isso — avisei para ele. — É cruel.

A probabilidade de Docker, ou Shane Dockery, como ele fora conhecido no passado, aparecer em um dos shows de reencontro da Laddz era a mesma de porcos voarem. Havia muitos e muitos anos, desde a dissolução da banda, que Docker se tornara um superastro. Ele nem era mais um cantor famoso; era um ator de Hollywood — ganhador de um Oscar, diga-se de passagem —, além de ser um grande diretor. Vivia num universo totalmente diferente dos outros integrantes da banda. Voava em jatinhos particulares; era padrinho de um dos filhos de Julia Roberts; sempre participava de campanhas de caridade; promovia produtores de edamame, favas verdes altamente nutritivas e saudáveis; defendia prisioneiros políticos e outras coisas desse tipo. Até mesmo John Joseph, com seu salão de nobreza medieval e uma bela carreira como produtor musical, era digno de pena perto de Docker.

— Preciso conversar com você sobre umas coisinhas. — Puxei Jay para além do saguão e fomos para a privacidade da sala de estar. — *Pode ser* que eu consiga os registros telefônicos de Wayne e sua movimentação bancária. Mas vai sair muito caro, pois precisarei pagar por dois pacotes de investigação; um deles é uma conta absurdamente alta, de um caso antigo, que ficou pendurada, e a outra é a tarifa da pesquisa atual.

— Por que eu deveria pagar pela investigação que você fez para outra pessoa?

— Porque essa outra pessoa não vai pagar e os detetives de registros exigirão o pagamento de todos os atrasados antes de toparem investigar algo novo para mim.

— Quanto é?

Eu lhe disse o valor.

— Santo Deus! — exclamou ele, claramente chocado. — Eu não sou feito de dinheiro, sabia?

— É pegar ou largar.

Ele pensou longamente, fazendo suspense.

—Tudo bem... — disse, por fim. — *Se eu conseguir* esse dinheiro, e não estou dizendo que conseguirei, mas *supondo que eu consiga*, quanto tempo levará para termos essas informações na mão?

— *Se for possível* consegui-las, e não estou dizendo que será, mas *supondo que seja possível*, três ou quatro dias.

—Tanto assim? — Ele contou os dias nos dedos. — Hoje é sexta. Então não teremos nada até segunda. — Olhou para mim apavorado. —Você realmente acha que Wayne não terá voltado até lá?

— Não faço a menor ideia.

Ele suspirou e propôs:

— Não dá simplesmente para invadir o computador dele? Hackear a senha? Puxa, fala sério... Você não tem nenhum hacker de estimação?

Costumava ter. Era um estudante comum de ciência da computação, que adorava me ajudar em troca de dinheiro para bebidas e baladas. Só que no último verão ele se formou, arrumou um bom emprego rapidinho e adquiriu um medo repentino de ser preso. E, até agora, eu não tinha conseguido um substituto satisfatório. Só Deus sabe o quanto tentei! Era um projeto em andamento. A cada dois meses, eu ia até a Technology College, em City West, pagava drinques para estudantes da área de TI e tentava avaliar sua inteligência e corruptibilidade, mas não tinha funcionado: os inteligentes não eram corruptíveis, e os corruptíveis não eram inteligentes.

Desesperado, Jay disse:

— Garanto que, se eu pegar meu carro e for até a Technology College, em cinco minutos eu consigo achar um estudante de ciência da computação que consiga hackear a senha de Wayne.

— Considerando que o semestre letivo terminou duas semanas atrás, eu duvido muito — afirmei, impassível. — Mas pode ir até lá. Boa sorte!

Sem responder, ele ficou me olhando.

— Ou então — continuei —, sinta-se à vontade para contratar outro investigador particular. Não dou a mínima. Para ser sincera, até gostaria de não precisar lidar com você.

Depois de outra longa pausa, ele perguntou:

—Você acha que algum dia vamos conseguir deixar o que aconteceu para trás? Será que algum dia você vai me perdoar?

— Eu? — A campeã das rancorosas, a inventora da Lista da Pá? — Não.

Ele recuou e apertou os olhos, como se eu o tivesse atingido. Uma mulher inferior talvez até sentisse um pouco de pena dele. Mas é claro que eu *não* sou uma mulher inferior.

Falando muito depressa, completei:

— Chegou a hora de decidir, Jay Parker. É sexta-feira, e precisamos planejar as transferências bancárias para os meus contatos hoje mesmo. Amanhã é sábado, e não conseguiremos fazer mais nenhuma transação financeira até segunda.

— Tudo bem — concordou ele, baixinho. — Vou transferir o dinheiro para eles em menos de uma hora.

Ainda não havia nenhuma garantia de que Tubarão ou o Homem do Telefone (esses eram os meus contatos misteriosos. Quer dizer, os nomes pelos quais eu os conhecia) topariam voltar a trabalhar para mim, mas a chance certamente aumentaria muito se eles recebessem a grana atrasada. E se eles não me ajudassem? Bem, Jay Parker iria perder um dinheirão, e isso seria ótimo.

— Muito bem — disse eu, para encerrar o papo. — Vou até a casa de Wayne para ver o que mais consigo descobrir.

Capítulo Dezenove

O carro de Wayne continuava exatamente no mesmo lugar em que estava estacionado da última vez. Eu sabia que ele não tinha saído dali porque colocara um pedaço de papel preso debaixo de uma das rodas traseiras — o velho truque do "fio de cabelo na porta". Wayne provavelmente ainda não havia voltado para casa, mas eu toquei a campainha oito vezes, para garantir. Só então entrei, usando a chave que Jay me dera. No mesmo instante o alarme disparou, fazendo um barulhão que quase me arrebentou os tímpanos. Eu obrigara Jay a ligá-lo quando fomos embora dali, na véspera; levemente em pânico, consultei o pedacinho de papel onde estava o código para desligar o alarme e digitei os números no painel.

Os barulhos agudos e irregulares cessaram e eu saboreei o súbito e gratificante silêncio que se instalou. Além, é claro, das maravilhosas cores da casa de Wayne, que novamente me levaram ao sétimo céu com sua magnificência, como se eu as estivesse vendo pela primeira vez. Gangrena... Sem dúvida a cor das paredes da sala era Gangrena, e eu me senti em completa paz por um instante.

Comecei a vasculhar o lugar. Nada de útil chegara pelo correio naquela manhã, e também não havia recados novos na secretária eletrônica. Repeti as últimas mensagens, ouvindo mais uma vez, com muito interesse, o recado de Gloria. Quem era ela? Qual seria a tal notícia ótima? Eu precisava encontrar essa Gloria, porque quando eu a encontrasse, também encontraria Wayne. Eu *tinha certeza* disso.

O recado de Gloria tinha sido o penúltimo da lista. A última mensagem que Wayne havia recebido no telefone fixo foi de alguém que desligou assim que a ligação foi atendida. O número era de um celular, e eu pressenti que pertencia a um motorista de táxi. Como Wayne não tinha ido embora de carro, havia uma grande chance de ter chamado um táxi, que o levou sabe Deus para onde. Supondo, é claro, que seu desaparecimento fora voluntário, ou que ele não tivesse sido levado dali por um amigo. Hoje em dia, os motoristas de táxi sempre ligam para avisar que estão parados em frente à porta, pois são preguiçosos demais para tirar a bunda do carro, dar quatro passos e tocar a campainha para anunciar sua chegada. Não é de espantar que este país esteja cheio de gordos.

Peguei meu celular e liguei para o tal número. Depois de tocar cinco vezes, a ligação caiu na caixa postal. A voz meio rouca de um sujeito provavelmente velho informou:

— Aqui fala Digby, deixe sua mensagem.

— Digby, aqui é a Helen. — Obriguei-me a sorrir enquanto falava, algo difícil de fazer na maioria das vezes, mas que sempre valia a pena. Quando você liga de forma inesperada para um estranho, aja como se já o conhecesse; isso geralmente serve para enganar as pessoas e fazê-las achar que vocês são amigos e elas precisam ajudá-lo. É uma farsa muito difícil para pessoas como eu, mas a verdade é que se eu tivesse uma personalidade *realmente* radiante, não seria detetive particular. Estaria trabalhando como relações públicas de uma companhia importante, usando saltos altíssimos, um sorriso branco como a neve, fazendo com que todos se sentissem especiais e ganhando um belo e polpudo salário por tudo isso. — Escute, Digby, quando você passou na quinta-feira de manhã para pegar Wayne Diffney aqui em Sandymount, na rua... ahn... — Qual era mesmo a porra do endereço? Tateei em volta, buscando a correspondência do dia. (A carta de uma fã estava endereçada ao "Maravilhoso Wayne, rua Perto do Mar, Dublin, Irlanda". Essa não servia. Encontrei outra, decentemente endereçada.)... Condomínio Mercy Close, número quatro. Fica perto do mar, em Sandymount. Sabe o que é, Digby...? Wayne está à procura de algo que talvez tenha esquecido no banco de trás do seu táxi, e ofereceu uma recompensa pela devolução. Não é nenhuma fortuna, não se empolgue demais nem comece a fazer as malas para se mudar para o Caribe... — soltei uma daquelas gargalhadas tipo leão-marinho e minhas costelas latejaram. Nossa, eu precisava aprender a rir de verdade, senão as gargalhadas falsas iriam acabar me machucando. — Por favor, me ligue de volta, sim, Digby? Você tem o número. — É claro que não tinha, mas eu falando assim ele iria pensar que certamente já nos conhecíamos e ele se esquecera disso por estar com Alzheimer precoce. — Caso você não saiba onde guardou, o meu número é... — ditei-o para ele e, então, só me restava esperar.

Talvez ele me ligasse de volta. A maioria das pessoas adora a ideia de conseguir uma recompensa. A não ser que Digby fosse esperto e conhecesse esses golpes. Ou soubesse que não havia nada no carro e ficasse com medo de ser acusado de ladrão. Ou ainda, quem sabe, Wayne tivesse lhe dado uma grana extra para que ele ficasse de bico calado sobre o lugar para onde o levou. Havia infinitas possibilidades, e todas elas partiam da suposição que Wayne havia desaparecido por livre e espontânea vontade. Mas talvez isso não tivesse acontecido. Nesse caso, era melhor eu descobrir rapidinho onde ele estava.

Dei mais uma admirada na sala de estar de Wayne. Linda! Eu não xingaria o ambiente de "aconchegante", mas certamente não se tratava de uma daquelas salas masculinizadas demais, cheia de quinas retas e poltronas Eames de couro castanho. (Essas poltronas clássicas Eames são de provocar bocejos, de tão *sem imaginação*.) Nada disso: aquele espaço perfeitamente ajustado era composto por um sofá magnífico, nem masculino nem feminino demais, e duas poltronas de braço largo estofadas em estampas diferentes, mas que combinavam muito bem. Havia uma lareira — *certamente* feita sob medida — e uma janela alta com moldura em metal — também feita sob medida — coberta por lindas persianas.

No lado direito da lareira havia uma prateleira embutida na parede e um conjunto de gavetas embaixo. Tudo era muito atraente, de elevada qualidade artesanal e pintado — estou chutando, mas apostaria minha vida nisso — na cor denominada Circulação Fraca na cartela da Holy Basil.

Entretanto, como sempre acontece com os homens, havia uma parede coberta de CDs do teto ao chão. Eu deveria tirar um por um para ver se conseguia alguma pista sobre o paradeiro de Wayne, mas não quis ter todo esse trabalho. Não tenho interesse por CDs; aliás, não tenho interesse por nenhum tipo de música. Qualquer canção me entedia a ponto de me provocar tendências homicidas. E vou lhes confessar um segredo: no fundo do coração, não acredito que alguma mulher goste de música. Sempre desconfio de mulheres que alardeiam por aí que "adoram música". Para ser sincera, não acho que seja verdade. Sempre assistindo a shows, lendo a revista *The Word* e falando de "guitarras estridentes", solos "consistentes" de baixo elétrico e outras merdas desse tipo. Acho que estão fingindo tudo só para arrumar namorado. No instante em que conseguem fisgar alguém, elas se enfiam debaixo da cama para recuperar o pôster de Michael Bublé, sopram a camada de poeira da foto, prendem o coitado na parede e lhes dão um grande beijo.

Circulei pela sala bem devagar. A situação era urgente, muito urgente, mas eu tentava *sentir* a atmosfera de Wayne. Nossa, a cozinha! O que era aquilo?!... Simplesmente tudo era fantástico; os armários pintados em Sinistro e as paredes em Frente Fria. O cara tinha um bom gosto impecável. Absolutamente *impecável*, mesmo.

As cadeiras da cozinha eram da Ikea, mas Wayne as escolhera muito bem, e elas pareciam *pertencer* àquele Mundo de Maravilhas da Holy Basil. Arrastei uma delas até a sala, perto da porta de entrada, e subi nela.

Por um instante, pensei na incrível possibilidade de despencar dali, bater com a cabeça em alguma quina, sofrer uma hemorragia cerebral e estar morta antes mesmo de alguém perceber que eu tinha desaparecido. A casa das pessoas é um lugar *muito, muito perigoso*, e você está infinitamente mais a salvo lá fora no mundo, saltando de aviões e dirigindo a toda velocidade em estradas sinuosas. O problema é que, com a minha sorte, era mais provável eu simplesmente quebrar o tornozelo de forma bastante dolorosa e passar quatro dias no pronto-socorro implorando por analgésicos e sendo solenemente ignorada por pessoas que se apressavam em atender aos tremendos sortudos que tinham prendido a língua na batedeira e corriam o risco de sangrar até morrer.

Fiquei firme na cadeira a instalei uma microscópica câmera no teto. Quando digo microscópica não é exagero: seu tamanho era o dc uma cabeça de alfinete. Quase invisível. Dotada de sensor de movimento. Uma delícia! Portanto, caso Wayne aparecesse em casa para pegar uma muda de roupas, ou sabe-se lá o que, no instante em que ele passasse pela porta — vejam só que máximo! —, uma mensagem de texto seria enviada automaticamente para o meu celular.

Houve um tempo, não muito distante, em que a investigação de um caso de pessoa desaparecida exigia que o detetive estacionasse o carro na porta da criatura que tinha tomado chá de sumiço e ficasse ali durante muitos dias, na esperança de que a figura desmaterializada finalmente aparecesse. Agora, temos essa belezinha.

Logo em seguida, saí da casa rapidinho e então, caminhando casualmente, assim como quem não quer nada — só para o caso de ter alguém espiando —, prendi um dispositivo de rastreamento na lateral do carro de Wayne, porque seria um mico realmente federal se ele voltasse e tornasse a se escafeder em seu lindo Alfa Romeo preto enquanto eu estava a poucos metros de distância.

Como no caso da câmera, o rastreador era uma coisinha minúscula dotada de um potente ímã, tão fácil de instalar quanto roubar doce de criança. Se o carro se movesse, ele me enviaria um torpedo — sim, mais uma mensagem de texto —, e eu conseguiria acompanhar *todos os movimentos de Wayne* na tela do celular.

Voltei para dentro da casa, e, menos de dez segundos depois, o celular me enviou um recado informando que uma pessoa acabara de entrar na casa de Wayne. Uma descarga de adrenalina invadiu minha corrente sanguínea, até que me dei conta de que *era eu* a invasora. Percebi que todas as vezes que entrasse lá, eu receberia a *porra* do recado. Pelo menos tive certeza que o sistema funcionava. Tecnologia de vigilância... Puxa, como eu adoro essas coisas! Novos inventos eram lançados nessa área o tempo todo, e quem trabalha com investigação precisa estar sempre atualizado. O problema é que havia mais ou menos dois anos, quando a situação começou a apertar, eu parara de acompanhar os lançamentos dos *gadgets* de tecnologia. Na época, eu concorria com duas companhias imensas e milionárias, e acabei perdendo vários trabalhos. Menos renda significa menos grana extra para aparelhinhos tecnológicos, que significa menos trabalho, que significa menos dinheiro... e lá fui eu para o buraco!

Mas, se quer saber, a recessão brutal não poupou nenhum trabalhador. Todo mundo precisou baixar o preço dos serviços que oferecia. Das firmas grandes aos operadores autônomos, todos foram afetados. Eu, porém, resisti bravamente e mantive a cabeça acima da linha d'água quando, faz mais ou menos um ano — não sou a única investigadora que passou por isso —, as coisas entraram em queda livre.

Nenhum dinheiro entrava, nadica de nada! Mesmo na época em que eu estive muito mal para trabalhar, dois anos e meio atrás, conseguia levantar uma graninha porque algumas companhias para as quais eu prestava serviços continuaram me oferecendo adiantamentos. Mas, de repente, da noite para o dia, eu fiquei duranga total, absolutamente quebrada! Comecei a cortar todos os gastos. Deixei o aluguel da minha sala vencer e, quando o boleto para renovação do seguro anual chegou, eu não paguei. Tudo em minha vida mudou de forma drástica: luxos do tipo cortes de cabelos, echarpes e maquiagem de qualidade tiveram de ser cortados; minha máquina de lavar roupa pifou e eu precisei desistir dela; minha escova de dente elétrica quebrou e eu não pude substituí-la. Tive uma infecção ocular e uma visita ao dr. Waterbury estava fora de questão. A solução óbvia seria colocar meu apartamento à venda, até que consegui uma avaliação e descobri que, mesmo devolvendo o imóvel, continuaria pagando o saldo devedor residual pelo resto da minha vida.

Como aconteceu com centenas de outras pessoas, procurei os serviços de assistência social do governo e me perguntei que desculpa eles teriam para me rejeitar. Eles alegaram que eu tinha um emprego autônomo. Para ser justa, porém, devo dizer que, se não fosse isso, eles certamente teriam encontrado outro impedimento — que eu tinha cabelos compridos, ou nascera numa terça-feira, ou que quando eu era criança achava que todos os gatos eram meninas e todos os cães eram meninos e se casavam entre si, ou alguma outra coisa. O único jeito de conseguir auxílio do governo é jamais ter tido um emprego. Meu conselho é sair direto da escola para a fila do desemprego e *nunca mais sair de lá*.

Qualquer merreca que eu ganhava, guardava para prioridades: eu *tinha* de pagar meu imposto de renda porque não queria ser presa; *precisava* manter o celular porque ele era minha tábua de salvação, mais até do que comida e Coca zero; se pudesse, eu também tentaria garantir meu carro, porque não dava para trabalhar a pé. Além do mais, na pior das hipóteses, eu poderia morar nele.

Fiz exatamente o que todo mundo é aconselhado a *não fazer*: Usei o cartão de crédito para pagar a prestação do apartamento. Quando alcancei o limite, tive de parar. Com um curto alívio, percebi que não existia perigo imediato de ser colocada na rua de uma hora para outra; havia tanta gente com prestações atrasadas que o governo oferecera uma anistia temporária.

No entanto, ficar sem teto seria apenas uma questão de tempo, porque eu devia uma quantia enorme no cartão e não conseguia nem mesmo pagar o valor mínimo do boleto. A coisa era tão assustadora que desisti de abrir as contas que recebia. Depois de um tempo, elas pararam de chegar, e uns envelopes pardos com aparência séria começaram a aparecer na caixa de correio. Ignorei os três primeiros, e então, num ímpeto de coragem, abri um deles, descobri que seria processada pelo não pagamento das dívidas e fui informada de que meu nome ficaria sujo.

Em pânico, pensei em pedir a alguém para me emprestar dinheiro. As únicas opções eram Margaret, meus pais, Claire e Artie. Mas o marido de Margaret tinha acabado de ser demitido do emprego; as aposentadorias de mamãe e papai haviam sofrido cortes pesados e eles estavam longe de nadar em grana. Claire conseguia fazer malabarismo com seu dinheiro, mas, se alguém somasse tudo, talvez chegasse a um valor mais alto que as minhas dívidas. Artie, provavelmente, tinha segurança financeira, mas isso não fazia diferença, porque eu *nunca* pediria dinheiro emprestado a ele. Estava sozinha nesse sufoco.

Embora minhas expectativas fossem muito baixas, fui a uma dessas sessões de aconselhamento financeiro organizadas pelo governo. Um sujeito de óculos me disse — não pude deixar de sentir um ar de julgamento nele — que eu tinha sido muito tola e que minha situação era terrível. Nesse momento, perguntou se eu possuía alguns bens que pudesse vender.

— Bens? — perguntei. — Ah, tem o iate. É pequeno, mas vale uns dois milhões. Tem também a casa à beira do lago Como, na Itália. Será que vão servir?

Ele pareceu se animar por um décimo de segundo, mas logo seu sorriso desapareceu e ele reagiu com deboche:

— Hahaha...

— Hahaha mesmo! — retruquei. — O senhor não acha que, se eu tivesse um monte de "bens", já teria pensado em vendê-los? Acha que sou demente?

— Por favor, não use linguagem de baixo calão — pediu ele, com recato.

— O quê? Demente? Isso não é palavrão, é definição médica, sabia? — Fiz um esforço imenso para não acrescentar com voz baixa e zombeteira: "Seu demente!"

Eu já tinha tentado vender meus equipamentos de vigilância no eBay, mas me ofereceram uma quantia tão risível que eu decidi manter todas as tralhas.

— Sugiro que você mande uma carta aos credores propondo o pagamento das dívidas em pequenas prestações — disse o careta de óculos. — Agora queira se retirar, por favor.

Ao sair dali, refleti sobre a velocidade espantosa com que faço inimigos. Eu nem tinha tentado irritá-lo e aquele sujeito já me odiava. De qualquer modo, fiz o que ele sugeriu, e a galera do cartão de crédito respondeu que as "pequenas prestações" não eram grandes o suficiente e que meu nome ficaria sujo do mesmo jeito.

Enquanto isso, continuava batalhando. Nunca desisti de correr atrás de trabalho, e conseguia uns biscates aqui e ali, mas o problema é que todo mundo falia antes de me pagar, e eu passei mais de um mês tentando rastrear as pessoas que me deviam dinheiro.

As coisas continuaram a se deteriorar. Minha TV a cabo foi cortada, e só me restava assistir aos programas de merda dos canais abertos. O lixeiro deixou de passar, porque eu não pagava mais a taxa obrigatória, e tinha de levar meu lixo para ser recolhido junto com o de mamãe e papai. O dia da audiência com os credores chegou e eu nem me dei ao trabalho de aparecer, porque não faria diferença.

Dez dias depois, um desastre definitivo aconteceu: o correio trouxe o último aviso de corte da companhia elétrica. Se eu não pagasse a conta em uma semana, minha luz seria desligada. Com ar de desafio, decidi que conseguiria viver sem eletricidade; era verão, eu não precisava de aquecimento nem de luzes acesas, e nunca cozinhava mesmo... Tomaria banhos frios e viveria sem geladeira. É verdade que também não conseguiria mais assistir aos meus DVDs e — o mais importante — teria de ir à casa de alguém para carregar a bateria do celular... Mesmo assim, valente até o fim, convenci a mim mesma de que daria um jeito.

A companhia não perdoou, e depois de exatos sete dias cortaram minha eletricidade. Apesar de tudo, foi um choque; no fundo, achava que eles tinham bom coração e fariam vista grossa, pelo menos por mais alguns dias. Mas não rolou. Portanto, nada de luz, nem água quente, nem energia mágica saindo da parede para dar vida ao celular.

Na manhã seguinte, fui acordada por pancadas fortes na porta. Três brutamontes estavam lá fora; um deles me entregou um papel. Li tudo por alto: um julgamento tinha acontecido no tribunal, à minha revelia, e eles estavam ali para recolher mercadorias que cobrissem a dívida do meu cartão de crédito. Tudo me pareceu perfeitamente legal.

Não havia motivos para resistir. Convidei os rapagões e lhes ofereci minha máquina de lavar enguiçada. Eles a desprezaram e também não se empolgaram com as pinturas a óleo de cavalos saltitantes. Na verdade, pareceram levemente assustados com tudo que viram no meu apartamento.

Eu poderia ter feito o que um monte de gente faz. Poderia tê-los atacado, cuspido na cara deles, ou tentado impedi-los. Só que me debater e distribuir socos a esmo não faria a mínima diferença.

Meu sofá, as poltronas e o aparelho de televisão foram carregados porta afora numa velocidade que me deixou tonta. Os homens continuaram olhando em volta, em busca do que levar em seguida, e subitamente se empolgaram — repararam na minha cama e gostaram dela. Nossa, gostaram *mesmo*. Decidiram que ela devia valer alguns trocados. Com extraordinária eficiência, fizeram surgir do nada uma caixa de ferramentas e desmontaram minha cama de madre superiora em tempo recorde.

Muda de humilhação, observei-os levar a cama embora. Carregaram a linda cabeceira e os pés laqueados, o colchão, o edredom e os travesseiros com fronha e tudo. Levaram até os lençóis pretos que eu tinha tido o maior trabalho para encontrar.

Tentando impedir as lágrimas, eu disse a um dos homens:

— Como é que vocês conseguem dormir, à noite?

— Com muita dificuldade, para ser sincero — confessou um deles, me olhando fixamente.

Então, do mesmo modo dramático que chegaram, eles se foram, e, no silêncio que ficou após sua partida, minha ficha caiu: vi que estava num apartamento que não tinha eletricidade, nem sofá, nem cadeiras, nem coleta de lixo, nem segurança e, agora, nem cama.

Esse foi o momento de decisão. Eu desisti, cedi, entreguei os pontos, podem chamar como quiser. Vinha gastando muita energia tentando evitar a catástrofe, batalhando para arranjar um novo trabalho e tentando ser otimista. De repente, porém, não consegui mais lutar.

Nem me dei ao trabalho de ligar para o banco que financiou o apartamento para avisar que tinha desocupado o imóvel. Eles iriam descobrir rapidinho, de qualquer modo, e preferi ocupar meu tempo contratando dois homens e uma van para encaixotar o pouco que havia sobrado da minha vida e levar tudo para um depósito.

Para afastar esses pensamentos sombrios, sentei-me no sofá de Wayne, e foi ótimo. Depois, fui me sentar em uma das poltronas com braços largos e adorei. Experimentei a do lado e vi que também era muito confortável. Percebi que começava a criar uma ligação sentimental com a casa, e isso poderia ser perigoso, pois eu estava na fossa por ter perdido meu lindo cafofo na véspera. Precisava tomar cuidado, porque, agora que eu tinha a chave e a senha do alarme da casa de Wayne, corria o risco de me mudar para lá "sem querer".

Muito bem. Havia uma lista de coisas para fazer.

1) Encontrar Gloria.
2) Conversar com os vizinhos.
3) Falar com Birdie.
4) Achar Digby, o possível taxista.
5) Dirigir até Clonakilty e conversar com a família de Wayne, mas só em último caso, depois que eu deixasse de considerar essa opção óbvia.

Entretanto, em vez de sair correndo pela porta com minha lista de tarefas, decidi me deitar um pouco no chão da sala, sobre um tapete muito sedutor, e olhar para o teto (pintado em uma cor ousada que se chamava Tédio). Em voz alta, perguntei:

— Onde você está, Wayne?

Boa pergunta... Onde ele poderia estar? Dirigindo um trailer pela região de Connemara para fotografar tojos? Ou será que tinha sido raptado? Até então, não levara essa opção muito a sério porque Jay e os outros integrantes da Laddz tinham a firme convicção de que ele tivera um chilique e estava apenas dando um tempo a si mesmo. Subitamente, porém, me veio à mente a imagem de Wayne sendo jogado em uma van de vidros escuros, com braços e pernas atados com fios elétricos.

Mas quem o raptaria? Por que alguém faria isso? Ele nem tinha muita grana. Ou *tinha*? Será que eu deixara escapar algum detalhe ao analisar suas finanças por alto? Precisava subir mais uma vez ao escritório para dar outra olhada, porque geralmente só existem dois motivos para uma pessoa desaparecer: dinheiro ou amor.

Mesmo que não tivesse sido por resgate, saquei que havia outros motivos para ele ser raptado. Talvez alguém estivesse sabotando o show de reencontro da banda. Alguém com mágoa de Jay (centenas, certamente?), ou com bronca de algum patrocinador? Mas não fazia sentido raptar Wayne quase uma semana antes do primeiro show, porque quanto mais tempo você mantém uma pessoa em cativeiro, maiores as chances de ser pego.

Se alguém estivesse realmente a fim de sabotar a apresentação, teria deixado para agarrar Wayne na quarta-feira, dia do primeiro show. Não haveria tempo de procurar por ele, nem de avisar à imprensa, nem de organizar a devolução dos ingressos... Seria um caos total.

É claro que sempre havia o fator *insanidade* a considerar. Uma fã enlouquecida — acho que elas têm até um nome especial: "lambedoras de janelas" — poderia ter entrado numa de devoção total *não correspondida* e agarrado Wayne. Nesse exato instante, talvez ele estivesse vestindo um terno branco apertado, algemado a uma larga poltrona cor-de-rosa instalada em um calabouço de paredes acolchoadas, cantando os maiores sucessos da Laddz sem parar, diante da misteriosa raptora (só poderia ser uma mulher), que gritava, alucinada:

— Cante mais!... Mais, mais, mais!

Ou tudo aquilo não passava de uma artimanha orquestrada por Jay para aumentar a procura pelos ingressos?

(Por falar nisso, como estaria a venda de ingressos? Eu precisava descobrir.)

Será que todo aquele circo era um blefe duplo de Jay? Será que ele havia "sumido" temporariamente com Wayne? E resolvido me contratar para "encontrá-lo"? E só fizera isso porque me considerava uma investigadora de merda?

Será que esse papo de esconder da imprensa o sumiço não passava de um golpe? E, em dois dias, "vazaria" a história do "desaparecimento de Wayne" em algum tabloide?! Seguida de uma corrida do público às bilheterias para ver se Wayne apareceria ou não, na noite do show?!

De repente, me lembrei de como Jay se mostrara relutante na noite anterior, quando eu tive a ideia de instalar câmeras na casa e no carro de Wayne. Tudo bem que era tarde e ele estava exausto, mas daria para aguentar por mais algumas horas. Se estivesse louco de preocupação, como alegava, não teria topado fazer isso na mesma hora?

O motivo de tanta desconfiança é que eu já caíra em ciladas desse tipo. Alguns anos antes, eu fora contratada para conseguir fotos de uma mulher traindo o marido. Entretanto (por motivos muito complicados para explicar aqui), a pessoa que me contratou não queria que a coisa fosse realmente descoberta, mas os amantes precisavam ser pegos em flagra. Basicamente, eu havia sido contratada por me considerarem novata demais para descobrir a trama.*

Doía pensar na possibilidade de Jay "Pilantra" Parker estar me manipulando do mesmo jeito. Eu seria capaz de... de... Nem sei!

---

* Ver em *Tem alguém aí?*. (N. T.)

A raiva se transformou em tristeza. Eu acharia um jeito de me vingar dele, mas não queria pensar nisso agora. Era melhor voltar a Wayne.

Não sabia exatamente por que, já que nunca tínhamos nos encontrado, mas eu queria ajudá-lo. Ele parecia um cara legal.

O que é sempre um jeito errado de julgar as pessoas. Pensem só em Stalin. Se você não souber o monstro que ele foi, pensaria, vendo suas fotos com bigode de paizão e olhinhos de urso carinhoso, que ele era um sujeito muito legal. Algo no jeitão de Stalin me faz lembrar um cara que tinha uma taverna onde eu e Bronagh costumávamos ir quando passamos férias em Santorini. Era uma espécie de tio fofo, que muitas vezes nos oferecia drinques por conta da casa.

É por isso que, sempre que vejo uma foto de Stalin, sinto um carinho esquisito por ele e penso "Oba, licor de anis grátis!" — em vez de recuar com cara de nojo e pensar "Déspota paranoico responsável pela morte de vinte milhões de pessoas".

Talvez eu estivesse tão errada sobre Wayne quanto sobre Stalin.

De qualquer modo, decidi que valia a pena explorar a possibilidade de Wayne não ter desaparecido voluntariamente; ele podia estar nas mãos de pessoas asquerosas.

Eu tinha um contato muito importante no mundo do crime: Harry Gilliam. Eu o conhecera alguns anos atrás, quando seu assistente me contratou para trabalhar em um caso (por coincidência, aquele que eu descrevi há pouco, em que fui contratada por ser uma merda de investigadora). Harry e eu saímos da história desgastados e arrasados; quase literalmente, no meu caso. Fui mordida na bunda por um cão, mas não era por isso que eu odiava cães. Eu *sempre* os odiei. Portanto, felizmente, não houve traumas.

Harry me devia um favor, de certo modo, mas tive receio de entrar em contato com ele. Favores são como dinheiro vivo: não dá para gastar tudo em coisas inúteis. É preciso ter certeza de que você realmente quer o que vai receber. Decidi, depois de avaliar a situação com cuidado, que Wayne valia o risco.

Liguei para Harry e, para minha surpresa, alguém atendeu no sexto toque:

— Sim?

— Harry? — perguntei, bastante surpresa. Ele nunca atendia o celular.

—Você sabe muito bem que não deve me chamar pelo nome no celular — reagiu ele, com voz zangada.

— Esqueci... Faz tanto tempo! — Deveria ter dado alguma resposta atrevida, mas não era uma boa ideia deixá-lo puto. Eu sempre o achei meio patético e ridículo, mas o fato é que suas conexões eram importantes. Ele obtinha informações que eu não conseguiria de nenhum outro modo. — Preciso conversar com você. São só algumas perguntas.

Ele não responderia a nada pelo celular. Eu costumava considerar isso uma paranoia sem sentido, mas, agora que conhecia tudo sobre grampos telefônicos, descobri que ele estava certo.

— Posso passar aí para ver você? — perguntei.

Mentalmente, calculei quanto tempo iria levar para conversar com os vizinhos de Wayne. Impossível saber. A triste verdade sobre interrogar os vizinhos — qualquer vizinho — é que geralmente isso era uma furada. Alguns se mostravam autômatos sem expressão que "não queriam encrenca"; outros fechavam a porta na sua cara e esmagavam seu pé; os piores eram os que se empolgavam com a chance de participar de uma investigação e, mesmo sem saber nada remotamente útil, gastavam seu precioso tempo com papo furado e fazendo conjecturas ("Será que ele é um membro da Al-Qaeda? Puxa, *alguém* tem de ser...").

Era melhor eu ir falar com Harry. Vocês sabem... Melhor um pássaro na mão...

— Posso passar aí? — tornei a perguntar.

— Não. Deixe que *eu* entro em contato. Alguém vai ligar para você.

Depois de desligar, me senti muito desanimada, muito *mesmo*. Subitamente me passou pela cabeça a possibilidade de Wayne nunca mais voltar; de ele já estar mortinho da silva. A maioria dos tiras sabe que, quando alguém sumido não reaparece nas primeiras quarenta e oito horas, isso significa que *já era*. Obviamente essa teoria se aplica a pessoas que não desapareceram de forma voluntária. E Wayne poderia estar simplesmente escondido em algum lugar, mas, mesmo assim...

Para tirar esses pensamentos depressivos da cabeça, liguei a TV instalada sobre uma elegante prateleira com acabamento artesanal que ficava num nicho ao lado da lareira.

E, numa tremenda coincidência — que me fez sentar que nem estátua na poltrona —, quem apareceu na tela? Docker! O noticiário anunciava que ele, Bono e uma meia dúzia de famosos benfeitores da humanidade iriam entregar uma carta na casa número dez da rua Downing, residência do primeiro-ministro do Reino Unido, em prol de alguma nação destruída. Estudei o rosto de Docker com muito interesse. Lindo, cintilante e com ótima aparência. Difícil acreditar que era irlandês.

Capítulo Vinte

Querem saber de uma coisa? Eu ainda não tinha tido notícias de John Joseph Hartley, e já era quase meio-dia. Qual era o lance? Ele *não queria* que Wayne fosse encontrado?

Desliguei a TV — por algum motivo, senti que assistir à TV na sala de Wayne me tornava uma espécie de "invasora de domicílios" — e liguei para John Joseph. Ele atendeu minha ligação no terceiro toque.

— Oi, Helen!

— John Joseph? E quanto a Birdie Salaman? Você ficou de me ligar informando o número dela, endereço e tudo mais.

— Desculpe, gata, não descobri nada sobre ela. O lance é que eu só me encontrei com Birdie umas duas vezes. Morava no Cairo na época em que Wayne saía com ela. Nunca fomos amigos.

— Você nem sabe onde ela mora?

— Em algum lugar na zona norte de Dublin. Swords, Portmarnock, um desses bairros.

Ah, *qual é?*, pensei, sem expressar minha indignação. Eu nunca a vi mais gorda, mas aposto que conseguiria achar pelo menos um endereço.

— Você faz ideia de onde ela trabalha? — perguntei.

— Nenhuma, desculpe.

— O que ela faz para ganhar a vida?

— Nem desconfio, gata. Desculpe.

— Que pena! — reagi, depois de algum tempo.

— Pois é. Preciso ir. Está na hora do almoço e acabou de chegar o queijo cottage. Qualquer outra ajuda, pode me ligar, de dia ou de noite.

Desliguei, pensando:

A) Não me chame de "gata".

B) Não pense que sou idiota.

C) Não me chame de "gata".

Ah, me lembrei de mais um:

D) Não me chame de "gata".

Obviamente, John Joseph Hartley não queria que eu conversasse com Birdie Salaman, e isso era uma pena, porque antes eu gostava dele, e agora não gostava mais. Suspeitava que estivesse... Fazendo o quê, exatamente? Não tinha certeza. As engrenagens do meu cérebro não estavam funcionando na velocidade normal. Só sabia que não era aconselhável reclamar de nada, por enquanto. Devia esperar mais um pouco e ver se Birdie me dava retorno. E se não desse? Bem, eu já sabia onde ela morava. Podia ir até lá perturbá-la no conforto do seu lar.

Quando terminei a conversa absolutamente inútil com John Joseph, percebi que tinha perdido uma ligação de Artie e liguei para ele.

— Sou eu — anunciei.

— Escute, você está bem, amor?

— Como assim? — Será que ele percebera o quanto eu andava esquisita?

— O seu apartamento. Você adora aquele lugar. Perdê-lo deve ter sido... Precisamos falar sobre isso.

— Claro. Faremos isso — disse, depressa. Sob nenhuma circunstância eu queria que essa conversa acabasse levando à possibilidade de eu ir morar com Artie. Não queria que essa ideia sequer passasse pelas nossas cabeças. Havia muitas mudanças acontecendo ao mesmo tempo, muitas distrações e lances estranhos, e eu pretendia me agarrar ao que tinha de bom na vida, sem correr o risco de estragar tudo. — Você acredita que eu arrumei um trabalho? — informei, com voz alegre.

Eu sabia que ele não ia embarcar no velho truque de mudar de assunto, mas certamente acharia falta de educação não celebrar minha vitória, depois de testemunhar o quanto as coisas estavam indo mal.

— Pois é, você me contou na mensagem. Isso é fantástico! O que aconteceu?

— Recebi uma ligação ontem à noite, depois que fui embora da sua casa. — Bem, de certo modo foi assim que a coisa rolou. — Um caso de pessoa desaparecida. Na verdade, estou meio atolada agora, é melhor desligar. Eu te ligo mais tarde... Ahn... Saudações.

— *Cordiais* saudações — corrigiu ele, com uma gargalhada, e desligou.

Olhei para o celular, pensando sobre o quanto a vida era imprevisível. Artie Devlin era meu namorado. E isso — como Bella fizera questão de lembrar na véspera — já havia quase seis meses.

Foi muito estranho nossos caminhos terem se cruzado uma segunda vez. Depois que Artie me devolveu o bisturi que eu lhe enviara de presente e, por um momento, decidi lutar para que ele fosse meu, conheci Jay Parker naquela festa para a qual nenhum dos dois tinha sido convidado e fiquei tão fora do prumo que me esqueci por completo de Artie. Mesmo depois de terminar com Jay, um ano depois, nunca mais pensei em Artie.

Foi então que, duas semanas antes do último Natal, promoveram um bazar no salão da paróquia que eu frequentava.

Puxa, eu realmente *adoro* bazares! As pessoas sempre se mostram surpresas por alguém amarga como eu curtir um evento tão tosco

— os bolos malconfeitados, as luvas tricotadas com lã áspera, de forma artesanal, daquelas que quando a gente observa de perto nota que as duas só servem na mão esquerda —, mas a verdade é que quanto mais tosco o bazar, mais charmoso eu acho. O que os torna muito atraentes é que, dura como eu andava, tudo era tão barato que dava para comprar qualquer coisa que eu quisesse. Isso fazia com que eu me sentisse muito rica e esnobe, como um oligarca russo.

Do lado de fora do salão, em pleno estacionamento da igreja, as árvores de Natal vendiam mais que banana em fim de feira. Estavam todas arrumadinhas, amarradas com arame de galinheiro e expostas nas portas traseiras das caminhonetes dos poucos homens musculosos que havia no comitê paroquial.

Dentro do salão, o clima era moderadamente festivo. Músicas de Natal saíam dos alto-falantes enquanto eu vagava de uma barraquinha para outra e para outra. Comprei um pedaço de bolo de chocolate caseiro e parei para inspecionar os prêmios da rifa. Nossa, eram ridículos: uma garrafa de chá de ervas; um rolo de fita adesiva; um maço de Marlboro Light. Mas, como era por uma boa causa, comprei uma fileira de números.

Na barraca de geleias e compotas, perguntei à mulher que atendia qual a diferença entre uma geleia e uma compota e, quando ela não conseguiu me dar uma resposta convincente, fui em frente sem comprar nada, deixando-a aliviada.

A mulher que cuidava da barraca de tricô estava, imaginem só... Tricotando.

— É um gorro para minha sobrinha-neta — informou, trico-traqueando com orgulho em uma velocidade espantosa. Acontece só comigo ou o barulhinho das pontas de duas agulhas de tricô batendo o tempo todo uma contra a outra é, na verdade, um dos sons mais sinistros que existem? E quanto aos estranhos objetos que surgem das agulhas, será que alguém realmente os usa? O medo dela me fez fingir que inspecionava seu arsenal de artigos que pinicam a pele, e juro que senti uma coceira súbita nos braços, tipo urticária instantânea.

— O que é isso? — perguntei, genuinamente atônita diante de um objeto que parecia um colar cervical ortopédico.

— É um capuz que também serve como protetor de pescoço — explicou ela com ar zangado, como se fosse óbvio. — Um objeto tricotado de forma artesanal e com muito amor. Experimente e veja como ele deixa seu pescoço quentinho e confortável.

Eu precisava dar o fora dali rapidinho.

— Acho que a senhora pulou um ponto aí nesse gorro da sua sobrinha-neta — avisei, falando depressa. Aproveitando o momento de pânico que se instalou, fui para a barraca seguinte, na qual estavam expostos centenas de livros de bolso em papel reciclado, todos amarelados pelo tempo.

— Cinco por um euro — ladrou a vendedora, assim que me avistou. — Doze por dois euros.

— Não sou de ler muito — expliquei.

— Nem eu — disse ela. — Mas você poderá usá-los para acender a lareira. Vinte por três euros. Parece que o inverno vai ser rigoroso. Cinquenta por cinco euros. Pode levar a mesa toda se me der dez euros.

Depois de ter me esforçado para deixar o melhor para o fim, segui na direção da minha barraca favorita: a de bugigangas. Ou merdigangas, que seria um nome mais adequado.

Por tradição, é uma barraca lotada de quinquilharias, todas inúteis: enfeites velhos e quebrados, pratos lascados, um pilão sem tigela, um patim solitário com fecho despencado. A mulher do comitê paroquial que é designada para tomar conta dessa barraca certamente deu alguma mancada imperdoável durante o ano. É uma humilhação cruel ser escalada para cuidar de uma pilha de lixo como aquela.

Em primeiro lugar, é impossível sentir algum tipo de orgulho por suas mercadorias; em segundo lugar, essa barraca sempre fica num lugar isolado e distante, uma verdadeira Sibéria. A maioria dos frequentadores de bazares desse tipo desvia subitamente de rumo ao constatar do que se trata. Por causa dos germes, entende? É o mórbido pavor dos germes! O que me traz à mente mais um item da minha Lista da Pá: pessoas que estremecem de forma dramática e dizem "EEEWWWWW", só de imaginar que outro ser humano pode ter tocado em algo que estão segurando. Essa expressão é uma frescura importada recentemente dos Estados Unidos e é muito, muito irritante. Não sei exatamente o que as pessoas querem transmitir ao dizer isso. Que têm um padrão de higiene mais alto que o seu? Que você é mais sujo que elas? O fato é que a raça humana conseguiu sobreviver durante muitos milênios (aliás, milênios demais, na minha opinião; o Fim dos Tempos pode chegar a qualquer momento, que para mim está bom) sem que os homens e mulheres das cavernas e seus descendentes, reunidos em bando, carregassem um tubinho de álcool em gel com perfume de romã, o frasco devidamente enfiado em suas tangas fedorentas.

Mas vamos em frente... Remexi pelos caixotes da barraca de merdigangas e senti um lampejo de empolgação ao ver um conjunto de saleiro e pimenteiro em formato de camelo. Até que eu o peguei e percebi o quanto era medonho. Recoloquei o monstrengo na mesa bem depressa.

Um cintilar de esperança surgiu nos olhos da vendedora atrás da mesa, mas logo se apagou.

Subitamente, no meio das tralhas, avistei algo que talvez não fosse um lixo total! Era uma escova de cabelos larga, com a parte de trás em metal trabalhado e um espelho de mão combinando. Havia algo de levemente triste e fantasmagórico nas peças, como se elas tivessem pertencido a uma criança do século XVIII que morrera de malária (talvez um tubinho de álcool em gel com perfume de romã tivesse salvado a pentelhinha). A escova e o espelho combinariam perfeitamente com meu quarto levemente triste e fantasmagórico.

Voei na direção deles — é meu e ninguém tasca! —, mas, para meu espanto e frustração, alguém chegou antes. Alguém com mãozinhas muito miúdas e unhas pintadas com esmalte rosa chiclete.

Era uma garotinha... Bem, não tão pequena, tinha uns nove anos. Ela agarrou o conjunto e o apertou contra a blusinha igualmente rosa.

— Mas eu queria isso! — protestei, tão surpresa que não pude me conter. Sei que, no estranho mundo moderno em que vivemos as crianças são reis e rainhas. Se querem alguma coisa, conseguem. Não devemos lhes negar nada. Não podemos sequer admitir desejos secretos ou necessidades pessoais diante delas. (Isso já é lei? Se ainda não virou lei, vai virar a qualquer momento, aguardem para ver...)

— A menina chegou primeiro — avisou a vendedora da barraca. Aquele provavelmente tinha sido o momento mais empolgante da manhã para ela.

Adiantaria eu dizer que não ligava para essa história de "chegar primeiro"? Estava preparada brigar pelos objetos.

— Oh... — exclamou a menina, olhando para mim fixamente e parecendo gostar do que via. — Por favor, fique com eles — Ela colocou a escova e o espelho na minha mão e eu (é claro!) agarrei-os na mesma hora.

— Não! — protestou a vendedora. Obviamente, a mulher tinha ficado com bronca de mim desde que eu rejeitara o saleiro e o pimenteiro de camelo. — Menininha, você os pegou antes, eu vi.

Quanto a você! — apontou um dedo acusador na minha direção. — Devolva à jovenzinha os produtos que ela escolheu.

— Não são meus produtos — replicou a "jovenzinha". — Nem sei se tenho dinheiro suficiente para comprá-los.

Acredite em mim, queridinha, pensei comigo mesma, você *certamente tem* grana suficiente. Essa tia velha com casaquinho de lã ordinária está disposta a lhe vender esse troço por qualquer preço, qualquer merreca, desde que eu *não fique* com ele.

A menininha pegou sua minúscula bolsa rosa chiclete.

— Estou comprando presentes de Natal para minha família — explicou. Tenho só cinco euros para gastar em cada presente.

— Perfeito! — exclamou a tia de casaquinho ordinário. — Cinco euros é *exatamente* o preço do conjunto!

— Qual a procedência dele? — quis saber a menininha, como se estivesse na Sotheby's.

— *Procedência?* — perguntou a tia de casaquinho. — O que significa essa palavra?

— De onde vieram os objetos?

— De uma caixa de papelão qualquer, junto com o resto das tralhas. — a tia de casaquinho girou o braço exibindo suas mercadorias decadentes com ar de muita amargura. — Como é que eu posso saber? Preferia estar na barraca de tricô.

Especulei comigo mesma o que a pobre tia teria feito para receber um castigo tão implacável. Será que não fornecera elogios abundantes ao bolo rainha Victoria preparado pela presidente do comitê? A famosa Guerra dos Bolos é uma forma de embate excessivamente selvagem. Criticar o bolo preparado por alguém é mais ofensivo que comentar que o bebê desse alguém tem cara de assassino em série. Nem tente imaginar a ira das trevas desencadeada por algo assim.

A menininha olhou para mim com olhos límpidos, muito puros, e perguntou:

— Você promete que vai dar um bom lar para a escova e o espelho?

— Prometo.

— Confio em você. Dá para ver que tem bom coração.

— Puxa... Muito obrigada. Você também tem bom coração, obviamente.

— Bella Devlin é o meu nome. — Ela estendeu a mãozinha de forma muito educada e eu coloquei minhas sacolas no chão para cumprimentá-la.

— Helen Walsh.

Paguei os cinco euros à vendedora, que me lançou uma careta azeda.

— Foi a coisa certa você ficar com eles — disse Bella. — Pensei em dar esse presente para o meu irmão, mas percebo agora que estava errada. Oh! — Ela viu alguém por trás do meu ombro e seu rostinho se acendeu. — Ali está papai. Ele foi comprar nossa árvore de Natal.

Eu me virei, e lá estava ele. Artie Devlin, o policial tesudo. O homem-bisturi.

— Papai! — Bella estava louca para compartilhar as novidades. — Esta é minha nova amiga, Helen Walsh.

Meu Deus! Ergui a cabeça e olhei de frente para Artie. Ele baixou a cabeça e me fitou longamente.

— Já nos conhecemos — dissemos, ao mesmo tempo.

— Sério mesmo? Como? — Bella estava atônita.

— No trabalho — expliquei.

— Puxa, mas então... Quantos anos você tem? — Bella parecia achar que nós duas tínhamos mais ou menos a mesma idade.

— Trinta e três.

— Uau, sério mesmo? Pensei que você tivesse uns quatorze. Talvez quinze. Não imaginava que... — Ela parou e pareceu se recolher em algum cantinho da mente; ao voltar, alguns segundos depois, já se ajustara à realidade. — Você tem trinta e três, e ele... — apontou com a cabeça para Artie — tem quarenta e um. Então, tudo bem. Vocês estão na mesma faixa etária. Você é casada, Helen? Tem marido, filhos, coisa e tal?

— Não.

Novos pensamentos pareceram correr na cabeça de Bella, mas logo seu rosto se iluminou e ela me propôs, alegremente:

— Que tal irmos até sua casa para vermos se o seu novo conjunto de escova e espelho vai combinar com a decoração?

— Pode parar, Bella — disse Artie, falando depressa e tentando dissuadi-la. — Deixe Helen em paz...

— Tudo bem — afirmei. — Podemos passar lá em casa, sim. Mas vou logo avisando que é um apartamento simplezinho.

— Ir lá quando? — Artie pareceu alarmado. — Como assim? Agora?!

— Sim, eu os convido para um copo de Coca zero. Vamos comemorar a chegada do Natal. — Oficialmente, eu estava mandando a cautela às favas. — Talvez eu também tenha um bolo, ou algo assim.

Bella insistiu em ir no meu carro. Explicou que não haveria lugar no carro de Artie, porque a árvore de Natal ocuparia o espaço todo.

— Isso foi uma artimanha — explicou ela, assim que eu saí dirigindo. — Queria conversar com você a respeito de meu pai. Ele trabalha demais. E não tem namorada. Ele se preocupa muito conosco, seus filhos. Sabe como é... Tem medo de ficarmos emocionalmente ligados a alguma namorada e depois o namoro terminar. É por isso que ele acaba sem namoradas. Mas é um cara muito legal e daria um bom namorado, caso esteja interessada. Além do mais, eu e você já temos muitas coisas em comum.

— Bem, ahn... — Caraca, o que eu poderia dizer? Tinha ido dar uma olhadinha sem compromisso na barraca das merdigangas e voltava para casa com uma família completa.

— O fim do casamento com mamãe foi bastante amigável, se é isso que a preocupa — esclareceu Bella. — Ela já tem um novo namorado, um cara bem legal. Ficamos juntos o tempo todo e nossa relação é muito boa.

— É mesmo?

— Bem... — Bella suspirou longamente, parecendo uma adulta. — Não é a situação ideal, mas precisamos fazer o melhor com as coisas que temos.

Bella adorou meu apartamento. Correu de um cômodo para o outro — o que levou pouco tempo — e declarou:

— É como se alguém tivesse morrido aqui, mas de um jeito bom. Halloween o ano inteiro! Mas não estou chamando você de gótica, nem nada desse tipo. A coisa é muito mais sutil. Mamãe ficaria interessadíssima no seu design, não é, papai? — Olhando para mim, completou: — Mamãe é designer de interiores, entende? Agora, vamos escovar seus cabelos com a escova nova. Dá para acreditar no quanto sua escova tem tudo a ver com esse apartamento? O destino dela era acabar aqui.

Bella me sentou no banco diante do espelho da penteadeira e começou a escovar meus cabelos lentamente. O lance todo era um pouco bizarro, se eu pensasse a respeito, então não fiz isso.

Sem dizer uma única palavra, Artie se encostou à parede do quarto e ficou observando meu reflexo com seus olhos muito, muito azuis. Nunca na vida, antes ou depois daquele instante, desejei um homem com tanta intensidade.

A agonia continuou por um longo tempo. Bella puxava meus cabelos com a escova, suavemente; Artie e eu continuávamos de olhos grudados um no outro, pelo espelho, em silêncio, esquentando o desejo lentamente em banho-maria.

De repente, Bella exclamou:

— Nossa, que horas são? — Pegou o pequeno celular rosa na bolsinha rosa e avisou: — Papai, você ficou de me deixar na casa de mamãe! É dia do coquetel de Natal dela, e fui convocada para servir as *époisse tuiles* feitas em casa! Vamos trocar nossos números de celulares. Helen, você me diz o seu e eu mando uma mensagem de texto com os nossos.

Enquanto Artie pegava o celular, Bella me agarrou pelo braço e informou, baixinho:

— Mamãe vai ficar com os filhos todos até o fim de semana. Ele estará livre como um pássaro, entendeu? Livre... como... um... pássaro! — sussurrou ela. Então, com a voz mais alta, completou: — Até logo, Helen, foi um prazer conhecer você. *Tenho certeza* de que tornaremos a nos encontrar.

Meio sem jeito, Artie me disse:

— Demora vinte minutos para eu chegar à casa da mãe dela.

Isso significava que ele levaria quarenta minutos para retornar, mais ou menos.

Conseguiu fazer ida e volta em trinta e um.

— Bella me disse que eu tinha de voltar — explicou Artie assim que eu abri a porta, deixando o frio daquele dia de inverno entrar com ele. — Confesso que é novidade ter minha filha de nove anos como intermediária de um encontro.

— Deixe-me tirar seu casaco — ofereci. — Acho que você vai demorar um pouco aqui.

Nós dois reprimimos um riso de pânico ao mesmo tempo, e percebi que ele estava tão nervoso quanto eu.

Ajudei-o a tirar o casaco, uma peça escura e pesada. Foi a primeira vez que nos tocamos.

— Tenho um porta-casacos — informei, com uma pontinha de orgulho. — Daqueles redondos, com vários ganchos. — Um porta-casacos sempre me parecera uma coisa civilizada e muito útil para se ter em casa. Eu tinha comprado a peça em Glasthule, de um cara morto... Quer dizer, na verdade, a família dele tinha vendido seus objetos pessoais num leilão.

Só que o peso do casaco de Artie fez o porta-casacos tombar. Simplesmente olhamos, atônitos, quando o troço balançou e lentamente desabou no chão.

— Que tal nos recusarmos a pensar nisso como um mau sinal? — propôs Artie.

— Aceito!

— Simplesmente jogue o casaco em cima do sofá — sugeriu Artie. — Ele vai ficar bem.

— O que achou do meu apartamento? — quis saber. — Não estou perguntando isso para puxar assunto — esclareci —, por mais terrivelmente esquisita que esta situação pareça.

Porque, se ele não gostasse da minha casa, as coisas não iriam funcionar entre nós.

Artie caminhou lentamente da sala para a cozinha e depois foi até o quarto, reparando silenciosamente em todos os detalhes e toques especiais. Por fim, sentenciou:

— Essa decoração não é para qualquer um — sentenciou ele, virando-se para mim. — Por outro lado — completou, com um olhar brilhante e sugestivo que me arrepiou por dentro —, você também não é.

Resposta correta!

Muito bem, chega de flerte, preliminares, sei lá como vocês chamam. Eu não aguentava esperar mais.

— Estou preocupada com minha cama — avisei.

— Ah, é? — Ele arqueou uma das sobrancelhas. Mais um arrepio.

— É muito pequena — expliquei. — E se você não couber?

— Ahn...

— Só há um jeito de descobrir — disse eu. — Roupas, fora!

Ele já despia a camisa.

Nossa, que cara lindo! Grande, com o corpo malhado e sexy. Eu o estiquei na minha cama e me deitei sobre ele, mas em poucos segundos seus quadris já estavam se erguendo e seu rosto se contorceu. Tudo aconteceu rápido demais.

— Desculpe — pediu ele, puxando-me em sua direção e escondendo meu rosto em seu pescoço. — Já faz muito tempo.

— Tudo bem — garanti. — Faz um bom tempo para mim, também.

Logo em seguida, partimos para o segundo round, dessa vez da forma apropriada. Ficamos ofegantes, exaustos e olhando para o teto, enquanto o céu de inverno, pesado com neve não caída, escurecia lá fora com uma rapidez incrível.

Depois de algum tempo, eu disse:

— Tudo bem, vá em frente.

— Como assim?

— Esse é o momento em que você pergunta: "O que acontece agora?"

— O que acontece agora?

— Não — retruquei —, não quero ter essa conversa. Não sei o que acontece agora. Não tenho bola de cristal. Nenhum de nós sabe. É claro que sua situação não é ideal. Sei que tem que pensar em seus filhos. Também sei que não existe seguro contra desastres desse tipo. Aliás, se fôssemos refletir sobre as coisas que podem dar errado em uma vida, nunca sairíamos de casa. Ou melhor: nos recusaríamos a sair da barriga da nossa mãe, para início de conversa!

— Você é muito sábia. — Ele fez uma pausa. — Ou muito "outra coisa qualquer".

— Não sei o que eu sou, mas estou a fim de você. E sua filha gostou de mim. E temos de viver nossas vidas, por mais arriscado que isso seja.

— O bem-estar de meus filhos é muito importante para mim.

— Eu sei.

— E minha ex-esposa é uma mulher... formidável.

— Eu também sou uma mulher formidável pra cacete, quando estou a fim.

— Eu não gostaria de colocar você em nenhuma situação que seja... Desconfortável.

— Por favor! — Fiz cara de nojo. —Você está me subestimando. *Demais.*

Pronto! Já tínhamos resolvido a questão sobre a ex-esposa, e a filha de nove anos era minha forte aliada; o filho de treze anos provavelmente começaria a me curtir em pouco tempo; o único obstáculo talvez fosse Iona, a filha de quinze anos. Mas tudo daria certo.

Capítulo Vinte e Um

De repente, percebi que continuava deitada de costas no chão da sala de estar de Wayne. Fiz um esforço para me levantar e subi até o escritório dele. Resolvi dar uma olhada mais detalhada no seu dinheiro, em busca de alguma retirada incomum ou, mais importante, de algum depósito estranho. Confesso que não estava abordando a história de forma sistemática, mas seguia meus instintos. Se eu tivesse interesse na informação, ela seria, por definição, interessante, certo?

Peguei no armário várias pastas de arquivos contábeis — extratos bancários, declarações de imposto de renda e notas fiscais emitidas. Algumas coisas foram fáceis de rastrear. Os direitos autorais chegavam duas vezes por ano, em setembro e em março. Eram das gravações da época da Laddz, dá para acreditar? *Continuavam chegando!* Depois de tanto tempo! É claro que entrava cada vez menos, conforme os anos passavam, mas ainda era uma boa graninha. Havia outros registros de direitos autorais, dos álbuns solo de Wayne, que também pingavam duas vezes por ano, mas os valores eram muito menores que os das vendas da Laddz. Uma merreca, para ser franca. Também havia pagamentos feitos pela Hartley Inc., que não precisava ser nenhum gênio para perceber que era a produtora de John Joseph. Eram esporádicos, mas os dados eram fáceis de cruzar com as faturas emitidas por Wayne.

Tudo estava muito claro e organizado com capricho, mas os valores eram modestos. Wayne não faturava nenhuma nota preta.

Embolsava mais ou menos tanto quanto eu costumava ganhar, nos anos bons. Só que, ao somar por alto todas as fontes de renda de cada ano, percebi que o total não batia com o que ele declarava no imposto de renda. Refiz as somas e, quando cheguei aos mesmos valores, meu primeiro pensamento foi que ele estava sonegando impostos — mas não. Na verdade, ele declarava cerca de cinco mil euros *a mais* por ano.

Estranho. Verifiquei novamente os extratos, e ali estava: em maio do ano anterior, um depósito de pouco mais de cinco mil dólares, que dava, aproximadamente, cinco mil euros.

Não tinha indicação de quem depositara, nem a que serviço o dinheiro se referia. Diferentemente do pagamento dos direitos autorais da Hartley Inc., tudo o que havia ao lado do registro era uma fileira de números.

Por que um valor redondo? E por que em dólares?

Busquei na pasta do ano anterior, e lá estava de novo, em maio: um depósito de pouco mais de cinco mil dólares. No ano anterior a esse, a mesma coisa. A essa altura, eu já tirara da prateleira outro conjunto de pastas, mas o valor sempre aparecia: cinco mil dólares. Todo mês de maio! Chegavam regularmente havia pelo menos dez anos; infelizmente, os extratos bancários de Wayne com mais de uma década não estavam ali.

Quem depositava aquilo? Tudo o que havia nos extratos era um número de referência, mas alguém — um contador? Um fiscal da receita? — tinha escrito, à mão, a expressão "Lotus Flower" ao lado de um dos depósitos. Uma rápida pesquisa no Google me informou que esse era o nome de um selo musical ligado à Sony.

Liguei para a Sony fingindo ser uma funcionária pública dedicada chamada Agnes O'Brien, da Receita Federal da Irlanda. Expliquei que fazia uma verificação de rotina nas declarações de Wayne Diffney. Quando você diz que trabalha para o imposto de renda, as pessoas geralmente se comportam muito bem. Mas eu fui jogada de um departamento para outro, ouvi várias musiquinhas e depois me transferiram para as áreas menos glamorosas da empresa — setores de contabilidade e buracos desse tipo — uma pessoa me atendeu em Dublin, depois no Reino Unido, até que fui transferida novamente para Dublin. Ainda levei algum tempo para perceber que não estavam sendo deliberadamente imprestáveis. Simplesmente estavam tão confusos e perdidos quanto eu, porque o número de referência não tinha correlação com nenhum registro da Lotus Flower Records.

Depois de algum tempo, desisti e me sentei no chão do escritório de Wayne, absolutamente desconcertada. O que fazer a partir dali?

Folheei de novo os extratos bancários, especialmente os mais antigos; reparei que, embora uma pessoa gentil tivesse escrito uma explicação ao lado do depósito de cinco mil dólares em um dos anos, as palavras não eram "Flower Lotus", e sim "Dutch Whirl".

Revigorada com essa informação, peguei novamente o telefone. Tornei a ligar para Maybelle, em Londres, porque ela me pareceu a menos burrinha de todas as pessoas com as quais eu tinha conversado. E também porque achei o nome dela muito legal.

— Maybelle? — disse eu. — Aqui é Agnes O'Brien novamente, da Receita Federal da Irlanda. O nome Dutch Whirl significa alguma coisa para você?

— Claro! Era uma gravadora, mas ela fechou faz alguns anos.

— Minha jovem, você teria acesso imediato aos registros da Dutch Whirl? — Fazia um tom de voz curto e pausado, no jeito monótono de falar da personagem Agnes O'Brien.

— Humm... Deixe eu ver... — Ela estalou a língua, e eu decidi que ela era fabulosa, talvez usasse um imenso penteado estilo afro, sombra nos olhos em tons de água-marinha e unhas pintadas em surpreendentes arabescos.

Eu, do meu lado do telefone (em minha fértil imaginação, como Agnes O'Brien), usava sapatos pretos masculinizados e casaquinho de lã azul-marinho, de abotoar.

— OK, encontrei! — anunciou ela. — Por favor, me informe o número de referência.

— Ze-ro — disse, bem devagar. — Zero-zero. — Articulava as palavras cuidadosamente, pois Agnes O'Brien só poderia ser metódica. — Ou, como vocês, jovens, falam... zzzzzero, zzzzzero, zzzzzzzero, nooove...

— Pagamento de direitos autorais — informou Maybelle quando, depois de algum tempo, terminei de recitar o número quilométrico. — Relativo à canção "Windmill Girl".

Windmill Girl! O quê? "Windmill Girl"? A canção que tinha levado Docker ao topo do estrelato mundial? Cantarolei a música mentalmente.

Windmill Girl, você me deixa louco...

Em meio à empolgação, quase me esqueci de fazer a voz monótona de Agnes O'Brien, mas lembrei a tempo.

— Isso não pode ser pagamento de direitos autorais — declarei. Porque não poderia ser, mesmo. Os valores relativos a direitos autorais variavam, dependendo das vendas. Eram depositados sempre duas vezes por ano, em setembro e em março. O mais importante, porém, era o seguinte: por que motivo Wayne Diffney receberia direitos autorais por uma canção que tinha sido composta por Docker?

— Realmente há algo estranho aqui — admitiu Maybelle, estalando a língua mais uma vez.

Exatamente, Maybelle, tem algo *muito esquisito* nessa história. Pesquise mais a fundo, enquanto eu espero.

Ela me ligaria depois de investigar os velhos arquivos empoeirados. Enquanto isso, aproveitei para procurar "Windmill Girl Wayne Diffney" no Google. Para minha surpresa (categoria: agradável), surgiram milhares de links para notícias de mais de dez anos antes. Rolando a página de resultados, notei uma coisa interessante: em meio à onda de empolgação por um irlandês (Docker) conseguir fazer sucesso nos Estados Unidos, e entre as dezenas de notícias sobre a separação da Laddz, havia um fato que pouca gente citou: Wayne tinha composto o refrão de "Windmill Girl". Eu já sabia, mas jamais atentara para esse detalhe, se é que me entendem. Isto é, eu sempre soube, mas isso nunca me parecera importante.

Uma das notícias informava que Wayne e Docker haviam feito alguns trabalhos juntos, dedilharam suas guitarras por aí e planejavam ser parceiros em uma canção. Docker fizera a maior parte, mas, em um momento de inspiração genial, Wayne fornecera o refrão. Sob circunstâncias normais, ambos receberiam direitos autorais sobre a música, mas Wayne resolveu dar sua parte a Docker como presente de aniversário.

Logo depois, Docker lançou "Windmill Girl" em um álbum solo e o sucesso foi estrondoso em todo o mundo; não havia nada que Wayne pudesse fazer, pois ele abrira mão dos direitos sobre a canção. O mais estranho foi que Wayne não processou Docker, nem exigiu reconhecimento financeiro ou artístico.

E ainda mais estranho foi o fato de ninguém comentar: "Puxa vida, Wayne Diffney não é um compositor brilhante?" Porque ele era. Podem pichar "Windmill Girl" à vontade — e tem gente que adora fazer isso... um crítico disse que a música era "tão saltitante que lhe provocava ânsias de vômito" —, mas a verdade é que o ritmo era irresistível e contagiante.

Suponho que Docker se tornou uma estrela de primeira grandeza tão inegável que Wayne simplesmente se apagou, quando comparado a ele.

O resto da história todo mundo já sabe: "Windmill Girl" foi só o primeiro passo para o sucesso mundial de Docker, enquanto o pobre Wayne continuou fazendo um monte de outras canções, mas nada que alcançasse o mesmo êxito.

Resumo da ópera: em nível cármico, Docker devia muito a Wayne.

E Docker sabia disso. Por que outra razão ele compartilharia os direitos autorais de uma canção que, oficialmente, era só dele?

O celular tocou. Era Maybelle confirmando tudo o que eu já tinha sacado: os cinco mil dólares depositados anualmente vinham diretamente de Docker. Ela tentou me explicar alguns dados técnicos sobre a Dutch Whirl ser uma subsidiária da Sony que fora cedida a Docker em sistema de leasing, e isso explicava o pagamento para Wayne vir através da companhia maior, em vez de Docker simplesmente pagar diretamente para Wayne, mas eu não me importava. Não estava interessada em compreender os aspectos legais do lance, porque tinha descoberto o mais importante.

— Obrigada, minha jovem — agradeci com gentileza, na última fala de Agnes O'Brien. —Vou me lembrar de você em minhas preces. Sou uma grande devota do Padre Pio.

Eu borbulhava de empolgação. Essa ligação com Docker abria um novo mundo de possibilidades. Docker tinha dinheiro, contatos e acesso a jatinhos particulares. Poderia tirar Wayne do país sem precisar de passaporte. Ele poderia estar em qualquer lugar do planeta nesse exato momento.

Portanto, eu precisava me comunicar com Docker *com a máxima urgência*. No entanto, a chance de conseguir bater um papo com o próprio Deus Todo-Poderoso era muito maior.

Talvez os registros de ligações telefônicas de Wayne pudessem me ajudar. Depois de procurar um pouco, descobri os arquivos certos na prateleira e analisei rapidamente as listas de chamadas para o exterior, à procura, especificamente, do número 310, código de área de Beverly Hills e Malibu. Nada...

CHÁ DE SUMIÇO 223

Mas havia várias ligações feitas para o código de área 212: Manhattan. Beleza! Para quem será que Wayne ligava em Manhattan? Só havia um jeito de descobrir...

Eram duas da tarde em Dublin. Portanto, ainda eram nove da manhã em Nova York. Certamente, as pessoas já estariam no trabalho a essa hora, especialmente na cidade que nunca dorme.

A ligação foi atendida no segundo toque. Seria o próprio Docker? Duvidei disso e me preparei para ouvir a voz de alguma recepcionista de voz alegrinha e quase cantarolada — vocês conhecem o tipo: "Docker Produtora, aqui é April falando, eu amo meu trabalho, acabei de tomar um delicioso chá gelado de manga com menta, o tempo está excelente em Nova York e estou louca para completar sua ligação."

Em vez dessa xaropada, porém, ouvi a voz de um homem, muito grave, rouca e (surpresa!) falando num idioma estranho. Obviamente, eu tinha ligado para o número errado. Desliguei rapidinho, teclei os números novamente, dessa vez com mais cuidado, e quem atendeu foi novamente o sujeito de voz rouca. Tinha algo errado ali...

Peguei outro número de Manhattan que vi na conta de Wayne, e, então, quem atendeu foi uma garota com a entonação alegre bem característica que todas as recepcionistas do mundo têm gravada na alma. Só que, assim como o homem, ela falava num idioma estrangeiro, uma dessas línguas guturais que parecem arranhar a garganta.

— Alô? — tentei, no meu idioma.

— Bom dia! — Levou menos de um segundo para ela trocar de marcha e engatar o inglês. — Aqui é do Funky Kismet Group. Meu nome é Yasmin. Com quem deseja falar?

— De onde você está falando? — perguntei.

— Da minha mesa.

— Em que cidade?

— Stamboul.

—Você quer dizer Istambul?

— Isso mesmo.

Istambul! Mas é lógico! Eles têm o mesmo código de área de Manhattan! Eu sabia disso, e, se minha cabeça estivesse funcionando no estado normal, eu certamente já teria sacado esse detalhe logo de cara. Obviamente, eram códigos de *países* diferentes, algo que teria me ocorrido se eu não estivesse tão zonza com a perspectiva de falar pessoalmente com Docker.

— Para quem devo encaminhar sua ligação? — quis saber Yasmin.

—Tudo bem — disse eu. — Conte-me só uma coisa...Você disse que esse número é da Funky Kismet. Que empresa é essa? Uma gravadora, por acaso?

— Exato.

— Obrigada. Ahn... *inshallah* — desejei, em árabe, e desliguei.

Merda! Quer dizer então que Wayne não andava ligando para Docker. Ele fazia ligações frequentes para a Turquia. Uma rápida pesquisa nos outros códigos de área estrangeiros me mostrou que ele também entrava em contato com pessoas no Cairo e em Beirute.

O único número norte-americano para o qual Wayne ligava com regularidade ficava na parte norte de Nova York, e eu imaginei que aquele fosse o telefone do seu irmão Richard. Só para me certificar disso, disquei o número. Uma voz de homem atendeu, e eu perguntei:

— Richard Diffney?

— Sim.

— Meu nome é Helen Walsh. Estou ligando para falar sobre Wayne.

—Ele está bem? — quis saber Richard, com urgência na voz. — Já apareceu?

— Não, ainda não. Suponho que você também não teve notícias dele.

— Não.

— E não faz ideia de onde possa estar?

— Não, sinto muito. — Nunca dá para saber ao certo pelo telefone, mas a voz dele me pareceu *bastante* preocupada.

— Escute, Richard — disse, em seguida. — Preciso entrar em contato com Gloria, amiga de Wayne.

— Gloria?! — Ele pareceu genuinamente atônito. — Não a conheço. Nunca o ouvi mencionar nenhuma Gloria.

Engoli um suspiro de decepção. Pelo menos fora um belo chute.

— Você não deveria estar no trabalho? — Foi o que me ocorreu dizer.

— Hoje eu pego no segundo turno.

— Em que você trabalha?

— Num restaurante. Sou chef.

— É mesmo? Antes você do que eu. Escute, se souber de alguma novidade sobre Wayne, poderia me dar uma ligada? Vou lhe passar meus dados. — Tagarelei tudo rapidamente e desliguei.

Seguindo um impulso de momento, resolvi ligar para os pais de Wayne. Não importa o quanto o lugar fosse óbvio, talvez ele estivesse lá. A ligação foi atendida rapidamente por uma mulher com fala mansa.

— É a sra. Diffney? — perguntei.

— Sim...

— Meu nome é Helen Walsh. Sou...

— Sim! John Joseph me contou. Alguma notícia de Wayne?

— Preciso falar com ele. Coloque-o na linha, por favor, é muito importante.

— Mas...

— Eu sei que a senhora o está escondendo, mas o que eu tenho a dizer para ele é importante demais.

— Mas ele não está aqui... — Ela pareceu atônita. — Não faço ideia de onde possa estar. Pensei que *você* tivesse sido contratada para encontrá-lo.

Acredito ter boa percepção para detectar mentirosos. É mais fácil quando estou cara a cara com a pessoa, mas mesmo com vozes dá para sacar as lacunas no ritmo do papo, os momentos de hesitação, as pausas curtas que indicam que alguém está bolando uma mentira. A sra. Diffney me pareceu tão honesta quanto meus dias eram longos (e olha que eles eram *muito* longos, ultimamente).

— Tudo bem, então. Escute... Se a senhora souber alguma coisa de Wayne, precisa me avisar na mesma hora.

— Vocês não têm nenhuma notícia? Alguma ideia de onde ele possa estar? Estamos preocupados. — Ela abafou o que me pareceu um espasmo de choro.

— Ainda é cedo, sra. Diffney. Não se preocupe.

— Sobre o que você precisa falar com ele?

— Ahn... Nada sério. Foi só um truque que eu uso para induzir as pessoas a me contar coisas que elas querem esconder.

— Ah, entendi. Muito bem, então...

— Até logo, sra. Diffney. Obrigada pela atenção.

Lentamente, comecei a recolocar as pesadas pastas de arquivos nas prateleiras. Estava imersa em pensamentos.

Convencida de que a família de Wayne realmente não sabia onde ele estava, voltei a suspeitar que Docker tinha alguma coisa a ver com aquela história. Talvez ele e Wayne mantivessem contato por e-mail. Olhei fixamente para o computador sem vida de Wayne; eu *precisava* entrar nele. Qual seria a droga da senha? Poderia ser Gloria? Poderia ser Docker? Poderia ser até mesmo Birdie? Todos esses nomes tinham seis caracteres. Mas não me pareceu seguro arriscar minhas três preciosas chances com eles. Precisava esperar mais e tentar entrar na mente de Wayne. Talvez algo útil acabasse pintando.

Dei uma ligada para Jay Parker.

— Escute, você tem o número do celular de Docker?

Eu sabia que ele não tinha, mas queria deixá-lo bolado.

— *Docker?* O superastro do pop internacional? *Esse* Docker?

— Acertou.

— Ahhhh... Eu te ligo daqui a pouco, pode ser? — E desligou.

Poucos segundos depois, contados no relógio, ele retornou a ligação.

— Quanta rapidez! — elogiei. — Mande por mensagem de texto.

Eu estava só tirando onda. Sabia que ele não tinha o número.

— Escute, Helen... Você não deve pedir o celular de Docker a John Joseph.

— Por quê?

— Porque ele não sabe. E tem certa mágoa com relação a isso. Não quero que ele fique de baixo-astral. A situação já está complicada demais.

— Rolou alguma animosidade entre eles?

— Não, nada disso. Eles simplesmente perderam contato um com o outro, anos atrás. Não é nada importante, só que John Joseph se sente...

Saquei na hora. John Joseph se julgava igual a Docker; achava que eles deveriam continuar juntos e amigos, participando de festas em iates e visitando bairros pobres em Gana. No entanto, apesar de John Joseph fazer certo sucesso, Docker nem se lembrava da sua existência.

— Adianta alguma coisa perguntar o número a Frankie? — tentei. Foi uma piada, é claro. Frankie estava sendo tão útil naquele caso quanto uma caneca de chocolate quebrada.

— Você pode tentar...

— E Roger?

— Ah, eu nem me daria ao trabalho. Mas por que você quer saber isso, afinal?

— Acho que Docker pode estar ajudando Wayne a se esconder.

— Docker? Você pirou? Ele vive num universo completamente diferente do de qualquer um de nós. Não sabe a diferença entre Wayne Diffney e um buraco na calçada.

— É aí que você se engana, meu amigo. — Meio sem graça, consertei: — Não quis dizer isso. Você não é meu amigo. Eu me expressei mal.

— Escute, Helen, nós não precisamos ser assim tão...

— Tenho de entrar em contato com Docker — insisti. — Converse com todo mundo que você conhece e não torne a me ligar até conseguir isso.

— Aqueles pagamentos que você me pediu foram feitos — informou Jay. — A grana para o pessoal que investiga ligações telefônicas e registros bancários já foi depositada.

Jay certamente esperava que eu lhe agradecesse por isso. Afinal, o caso era *dele*, mas isso não me comoveu.

Só para me certificar de que ele falava a verdade, dei uma olhada nos meus e-mails. Sim, havia confirmações das minhas duas fontes: eles tinham recebido o dinheiro e aceitavam trabalhar no caso. Foi um alívio, para ser sincera, saber que pessoas tão úteis e qualificadas haviam me tirado da sua lista negra. Cheguei a sentir um friozinho de empolgação na barriga. Aqueles caras eram *implacáveis* e não deixavam de revirar nenhuma pedra em busca de dados. Quem sabe o tipo de informação que conseguiriam desencavar? O número do celular de Docker poderia ser a menor das maravilhas à minha espera.

Capítulo Vinte e Dois

E agora? Eram dez para as três. Digby, o possível taxista — a última pessoa a ligar para o telefone fixo de Wayne — ainda não tinha me retornado exigindo a "recompensa", e meus instintos diziam que isso não iria acontecer. Eu havia percebido algo estranho em sua voz. Ele me parecera por dentro de algum segredo, e muito desconfiado.

De qualquer modo, resolvi ligar para ele novamente, mas dessa vez tive a brilhante ideia de usar o telefone fixo de Wayne; talvez ele achasse que era Wayne e atendesse na hora. Só que, mais uma vez, a ligação caiu direto na caixa de mensagens, e eu, mais que depressa, reuni cada pingo de energia que me restava para deixar uma mensagem jovial e agradável.

"Digby? Hahaha, aqui é a Helen de novo, amiga de Wayne. Por favor, dê uma ligada para nós. Você tem meu número também, mas, caso tenha perdido, aqui está novamente..."

Emiti mais algumas gargalhadas forçadas e exaustivas, então desliguei e resolvi dedicar toda minha atenção a Birdie Salaman — *mais uma* pessoa que não tinha me dado retorno.

Não se pode ser muito sensível nesse tipo de trabalho. Não é nada bom levar as coisas para o lado *pessoal*.

Birdie podia estar de férias, ou doente, mas eu tinha a leve impressão de que ela andava me evitando. Era melhor ir vê-la pessoalmente. Entretanto, eu relutava em dirigir até Skerries sem a certeza de que a encontraria em casa. Talvez ela fosse uma das poucas pessoas do país que ainda tinham emprego.

Resolvi procurar o nome dela no Google. Surgiram links e mais links sobre salamandras e reservas de pássaros, mas eu continuei clicando nas páginas seguintes e, de repente, achei! Enterrada no meio de centenas de artigos, havia uma pequena menção a Birdie Salaman em um jornal pouco conhecido chamado *Paper Bags Today*.

Só podia ser a mesma pessoa.

Era uma declaração feita numa reportagem: "Os impostos cobrados sobre as sacolas de plástico tiveram um impacto muito positivo em nossa indústria." Li o artigo com interesse e um pouco de satisfação. Quem diria que sacos de papel poderiam se tornar uma indústria em franca expansão? Algo animador nesses tempos de recessão. Embora negativo para quem fabrica sacos de plástico.

Segundo o artigo, Birdie era gerente de vendas de uma fábrica de sacos de papel chamada Brown Bags Please, que ficava — vejam só que sorte! — em Irishtown, um bairro de Dublin.

Antes de entrar no carro para ir atazaná-la, liguei para ver se ela estava no local.

Uma mulher atendeu de forma direta, sem recorrer às abobrinhas de sempre.

— Brown Bags Please. — Ela nem se deu ao trabalho de pronunciar direito o "Please". A palavra simplesmente deslizou depressa, como se ela não gostasse de pronunciá-la, o que me fez sacar que a empresa devia ser pequena.

— Eu poderia falar com a Birdie?

— Sobre o que se trata?

— Sacos de papel.

—Vou repassá-la.

Depois de alguns cliques, chiados e suspiros, a mulher voltou.

— Não consigo encontrá-la, mas ela está por aqui. Talvez tenha ido lanchar, porque falou nisso agora há pouco. Quer deixar recado? Espere que vou pegar uma caneta.

— Não precisa, não, está tudo bem. Eu ligo mais tarde.

É claro que não iria ligar. Apareceria de surpresa. Aliás, já estava a caminho.

Estava entrando no carro quando o celular tocou. Era Harry, o criminoso. Ou melhor, um dos seus "sócios".

— Ele poderá recebê-la daqui a vinte minutos — informou a voz.

Vinte minutos!

— Caraca, não dá para ser em meia hora, pelo menos? É sexta-feira, o tráfego está lento e...

— Vinte minutos. Depois disso, ele vai comparecer a uma briga de galo beneficente e...

— Já sei... Precisa passar o bronzeador artificial antes disso.

— Ei, *qual é a sua?*

— O escritório dele continua no mesmo endereço?

— Continua.

A base de operações de Harry era o Corky's, um salão de sinuca esquecido por Deus que ficava perto da rua Gardiner. Mesmo que você não tenha tendências suicidas, cinco segundos debaixo daquelas tóxicas luzes alaranjadas certamente seriam suficientes para sugar toda a sua vontade de viver. Como sempre, Harry estava nos fundos da espelunca, com ar sombrio, os ombros curvados para a frente e os cotovelos pousados na mesa de fórmica. Era um homem absolutamente comum — baixo e com um bigode muito eriçado, cor de gengibre, caído sobre o lábio superior. Difícil imaginar que era um fora da lei.

Trocamos cumprimentos curtos e me sentei no banco diante dele, tentando achar um lugar que não tivesse a espuma do estofamento para fora. Mesmo agora, vários anos depois, a ferida na minha bunda ainda doía quando eu me sentava de mau jeito.

— Aceita um drinque, Helen?

Aquele não era um convite exatamente empolgante — Harry sempre bebia leite. Como parte da minha personalidade "do contra", eu sempre pedia drinques que os *barmen* de Corky's nunca teriam ouvido falar — Gafanhoto, Sambuca Flamejante, B-52.

— Chave de Fenda, por favor. (Queria ver se eles descobriam que isso era um coquetel feito de vodca e suco de laranja.)

Ele fez sinais misteriosos para o barman e voltou seus olhos decepcionantemente suaves para mim.

— E então...? O que posso fazer por você?

— Preciso encontrar uma pessoa. Wayne Diffney.

O rosto impassível de jogador de pôquer que Harry sempre exibia não demonstrou nada.

— O ex-componente da Laddz? A antiga banda? Ele era o que tinha o cabelão? — Um lampejo surgiu por trás dos olhos de Harry — Sim, o cabelão, já sei quem é Wayne. Coitado do mané...

Ouvi o barulho de algo metálico sendo jogado na mesa diante de mim. Por um instante, tive medo de olhar — achei que talvez fosse um instrumento de tortura. Abrindo os olhos devagar, vi que era uma chave de fenda. A ferramenta, não o drinque.

— Beba tudo! — ordenou Harry, com um brilho estranho nos olhos.

— Ótimo, obrigada... Ahn... Saúde! — Eu já estava de saco cheio daquele jogo. Decidi que, da próxima vez, iria pedir uma Coca zero, numa boa.

Havia algo diferente. No passado, quando trabalhei para Harry, nunca tive medo dele. Basicamente porque nunca temi nada. Não acreditava em medo; achava que isso era apenas uma invenção dos homens para conseguir todo o dinheiro e os bons empregos. Mas o fato é que Harry me pareceu diferente, de certo modo. Mais durão. Talvez porque sua esposa o tivesse abandonado e fugido para Marbella com um sujeito que abrira um bar temático do U2. Ou pode ser que a mudança não estivesse em Harry, mas em mim.

— Quer dizer que Wayne, o do cabelão...? — disse Harry, me incentivando a continuar.

— Ele desapareceu, provavelmente ontem de manhã. Será que algum dos seus... ahn... amigos sabe onde ele possa estar? Esta é a aparência dele atualmente — completei, fazendo deslizar sobre a mesa a foto de Wayne totalmente careca.

Harry olhou para a foto durante um bom tempo, mas, se o tinha visto recentemente, conseguiu não demonstrar.

— Em que encrenca ele se meteu?

Até onde eu sei, nenhuma. Mas nunca se sabe.

— Vou perguntar por aí. Mas o jogo mudou. Há um monte de freelancers na área. Estrangeiros.

Entendi sobre o que ele falava. Ex-soviéticos, ex-militares. Alguns andavam se dedicando à investigação particular, mas eram menos que inúteis, piores até que os ex-tiras, para vocês terem uma ideia. Geralmente, esses sujeitos que passavam uma noite presos por bebedeira em Moscou e, de repente, achavam que eram Vin Diesel, o mais durão dos durões. Viviam num mundo de fantasia. Faziam parte daquele bando de idiotas que colocam no perfil do Facebook uma foto deles mesmos brandindo uma metralhadora de brinquedo numa montagem tosca em Photoshop, ao lado de um helicóptero de guerra.

— Eu também estou interessada em uma mulher chamada Gloria — informei.

— Gloria de quê?

— Só a conheço como Gloria. Mas pressinto que, se conseguir achá-la, também encontrarei Wayne.

— Quem lhe trouxe esse caso? — quis saber Harry.

— O agente da Laddz, Jay Parker.

— Como é que é?!

— Jay Parker.

Ele tamborilou com as unhas em torno do copo de leite de um jeito que me fez perguntar, atropelando as palavras:

— O que você sabe sobre Jay Parker?

— Eu, Helen? O que eu poderia saber? — reagiu, com a mesma voz suave. — Deixe esse assunto comigo. Tenho os números dos seus telefones.

— Obrigada.

— Estamos quites depois dessa? Nunca mais precisarei vê-la?

— Bem, nunca se sabe, Harry. Quem sabe você pode precisar de minha ajuda, uma hora dessas?

Ele me olhou com frieza, fixamente.

— Ahn... Está bem — admiti. — Talvez não.

Capítulo Vinte e Três

— Vim conversar com Birdie Salaman.

A mulher sentada atrás da mesa da recepção na Brown Bags Please era exatamente como eu a imaginara: uma tia com cara de irritada e que obviamente se ressentia de cada segundo passado no trabalho. Senti-me solidária. No lugar dela, eu estaria com a mesma cara.

— Seu nome é...?

— Helen Walsh.

— Marcou hora?

— Sim.

— Então, pode entrar direto. — Apontou para uma porta.

Adorei saber que Birdie ainda estava no trabalho. Eu tinha dirigido feito uma louca por toda a cidade, depressa e de forma irresponsável, indo do Corky's até Irishtown em tempo recorde e ilegal, porque, como já eram quatro da tarde de uma sexta-feira, temi que ela tivesse resolvido começar o fim de semana mais cedo.

Bati na porta e entrei. Birdie Salaman era linda, muito mais bonita em pessoa do que na foto. Seus cabelos estavam presos num coque quase solto, e ela vestia uma saia tubinho preta e uma blusa cor de limão em *chiffon*. Debaixo da mesa, vi que tinha tirado os sapatos — eram amarelos com bolinhas pretas.

— Srta. Salaman, meu nome é Helen Walsh. — Entreguei-lhe meu cartão. — Sou detetive particular. Poderíamos conversar sobre sacos de papel?

— Claro.

— Ótimo! Que bom! — Nesse ponto, percebi que não conseguiria nada com essa abordagem. — Desculpe — pedi, meio sem jeito. — Podemos falar sobre Wayne Diffney?

O rosto dela se petrificou.

— Quem deixou você entrar?

— A recepcionista lá fora.

— Não vou falar nada sobre Wayne.

— Por quê?

— Porque não. Poderia se retirar, por favor?

— Vim pedir sua ajuda. — Hesitei. Não deveria lhe contar nada confidencial, mas de que outro modo eu conseguiria que ela falasse comigo? — Wayne desapareceu.

— Estou pouco ligando.

— Por quê? Wayne é um cara legal.

— Muito bem, se você não quer sair, eu saio. — Ela já tentava achar os sapatos debaixo da mesa, com os pés.

— Por favor, conte-me o que aconteceu. Você e Wayne pareciam tão felizes.

— O quê? Como *você* pode saber disso?

— Vi uma foto. Vocês dois sorrindo, com jeito descolado, como em um anúncio da Abercrombie & Fitch.

— Você andou vasculhando fotos pessoais?

— Foi na casa dele — expliquei, depressa. Tinha ido longe demais. — Não ando espionando você nem nada desse tipo! — Na verdade, andava, mas não de um jeito ruim.

Ela já estava na porta, com a mão na maçaneta.

— Você tem meu celular — disse. — Ligue para mim se achar que...

Ela voltou voando pela sala apertada, rasgou meu cartão duas vezes e o jogou no cesto de papéis. Logo depois, já estava na porta de novo.

Eu precisava partir para o tudo ou nada, mas era um risco; ela poderia me agredir. Mesmo assim, tentei:

— Birdie, onde posso encontrar Gloria, amiga de Wayne?

Ela nem se deu ao trabalho de responder. Saiu ventando pelo balcão da recepção e quase arrancou a porta de entrada das dobradiças, de tanta força que usou para abri-la. Prosseguiu em alta velocidade, apesar dos saltos altíssimos.

— Aonde você vai? — perguntou a tia desanimada.

— Vou embora.

— Então me traga um Cornetto na volta!

Capítulo Vinte e Quatro

Aquilo não tinha corrido bem.

Meio desmoralizada, saí e me encostei no carro até passar a vergonha e a sensação de fracasso.

Depois de um tempo, peguei o celular. Mesmo que não houvesse nenhum recado, e-mail, mensagem de texto nem chamada perdida, algo iria acabar aparecendo. Era só esperar um pouco, e, então, meu celular sempre me trazia algum conforto. Acho que sem ele eu morreria.

Como não havia nada, tentei falar com Artie, mas caiu na caixa postal. Por puro desespero, precisando ouvir uma voz amiga, liguei para mamãe.

Ela me saudou de forma calorosa, o que significava que não tinha encontrado as fotos de Artie pelado.

— Claire não voltou, mas Margaret e eu estamos desencaixotando suas coisas loucamente — informou. — Vamos deixar tudo lindo e arrumado. Como vai o misterioso caso que Jay Parker lhe trouxe?

—Ah, sabe como é, devagar e sempre. Escute, mamãe... Por acaso a senhora sabe alguma coisa sobre Docker?

— Docker? — Ela ficou toda empolgada. — Sei muitas coisas! Você quer saber o quê, especificamente?

—Ahn... qualquer coisa. Onde ele mora?

— Ele é o que se pode chamar de "cidadão do mundo" — declarou mamãe, logo engatando a segunda. — É proprietário de casas espalhadas por todo o planeta. Tem um apartamento de oitocentos metros quadrados em uma velha fábrica de botões adaptada em Williamsburg. Se bem que o lugar é terrível. A revista *People* fez uma reportagem mostrando o espaço como se fosse a oitava maravilha do mundo, mas eu achei... Nossa Senhora que me perdoe... Achei tudo aquilo meio... Como é a palavra que você usa? Caidaço! Sim, essa é uma boa descrição. Paredes de tijolinho sem acabamento, como em um centro para refugiados, e pisos de tábuas corridas velhas e lascadas. É uma área única, sem delimitação de cômodos, então, algumas divisórias separam os diversos "aposentos", e o troço é tão grande, que seria preciso um skate para ir do "espaço para dormir" até o "espaço do toalete", passando por várias paisagens *desoladoras* pelo caminho. A privada é daquelas antigas, com caixa d'água elevada e *corrente com cabinho de madeira* para dar a descarga! Só de pensar em tocar naquilo me dá vontade de lavar as mãos. Puxa, com todo o dinheiro que ele tem... — Ela suspirou longa e pesadamente. — Em Nova York, ele mora numa suíte do Chelsea Hotel, em Manhattan, alugada por tempo indefinido, mas olhar para as fotos já faz você pegar piolhos. Estou me coçando só por falar nisso, você acredita? E tem outro lugar, que ele chama de "cabana" no meio das montanhas em Cairngorms, na Escócia. Um cômodo só, sem eletricidade nem água corrente. Ele diz que vai lá porque é onde consegue "arejar a cabeça".

— A senhora levantou tudo isso em revistas de celebridades?

— Estudo todas elas e tenho memória fotográfica!

— Não tem não!

Depois de um breve silêncio, mamãe aceitou:

— Você está certa, não tenho, não. Nem sei por que disse isso. É que pareceu bonito. Posso continuar? Docker também tem uma choupana de dois cômodos construída em chapa de metal ondulada. Fica em Soweto, na África do Sul. Sua casa favorita, diz ele.

"Uma ova", digo eu. Ah, quase me esqueci da mansão de quarenta e nove quartos em Los Angeles, que tem até seu próprio mercado de legumes e verduras orgânicos, para o caso de ele querer comer uma maçã torta...

Meu Deus, pensei. Wayne poderia estar escondido em *qualquer* um desses lugares. Não havia esperança de encontrá-lo.

— ... E ainda tem a propriedade em Leitrim, no norte do país.

— Espere um instante! Como assim? Ele tem uma propriedade em Leitrim, aqui na Irlanda?

— Claro! — Mamãe pareceu surpresa por eu desconhecer esse fato. — Fica perto do lago Lough Conn. Ele comprou o lugar faz seis ou sete anos. Se bem que nunca esteve lá, dá para acreditar nisso? Impressionante! Algumas pessoas, e estou falando com uma delas, nem sequer têm um teto sobre suas cabeças... Quer dizer.... É *claro* que você tem um teto sobre sua cabeça: o *meu* teto, mas não é um teto só seu, se é que me entende. Enquanto isso, Docker tem tantos tetos que nem teve chance de visitar todos — terminou mamãe, parecendo amarga.

— Pensei que a senhora gostasse dele — disse eu, falando depressa. Precisava desligar para entrar no site dos registros de propriedades *o mais rápido possível*.

— Eu também pensava — replicou ela —, mas já não tenho certeza.

— Escute, mamãe, obrigada pelas dicas. Preciso desligar.

Com meus dedos tremendo, entrei no site; realmente, uma casa em meio a uma propriedade de um acre à beira do lago Lough Conn tinha sido comprada por uma empresa com sede no estado da Califórnia. Docker era o único diretor dessa empresa.

Olhei para a tela fixamente, tentando assimilar essa informação inesperada.

Leitrim era um lugar estranho para um superastro da música comprar uma casa. Ou será que não? Difícil saber, porque, embora não ficasse tão longe de Dublin, mais ou menos duas horas de carro, eu nunca tinha ido até lá. Aliás, nem conhecia ninguém que tivesse ido. Talvez não existisse ninguém morando naquela região. Quem sabe era um local totalmente desabitado, como Marte?

Lagos. Isso era tudo que eu sabia sobre Leitrim. Era uma região com lagos. Um monte deles, segundo diziam.

O próximo passo era procurar a casa de Docker no maravilhoso Google Earth, embora eu hesitasse em usar esse recurso porque ainda morria de vergonha.

Quando lançaram o Google Earth, eu pensei que as imagens que ele exibia eram ao vivo. Supunha que era só entrar, espionar qualquer lugar do mundo e ver o que estava acontecendo lá em tempo real. Achava que dava para ver pessoas e carros entrando e saindo de todos os lugares. Não imaginava que eram apenas fotos. E esse mico passaria desapercebido se eu não tivesse compartilhado minhas impressões errôneas com uma cliente.

— Ah, mas é claro! — garanti, confiante. — É só me fornecer as coordenadas dessa casa na Escócia e, agora mesmo, no meu laptop, poderemos verificar se o carro do seu marido está lá. Talvez até peguemos esse traidor safado saindo furtivamente do ninho de amor que montou com a namorada.

— Tem certeza? — Ela parecia em dúvida.

— Cem por cento! — afirmei, puxando-a para perto da tela. — Veja só aqui — mostrei. — Aqui está a casa e aqui o... Ué, por que não há nada se movendo? — Apertei os botões para mover a imagem para a esquerda, para a direita, e voltei para o centro. — A tela deve ter travado. Espere um pouco que vou reiniciar o sistema. Leva só uns segundinhos...

Graças a Deus, a cliente era mulher. Podem me chamar de sexista, mas o fato é que as mulheres são muito mais compreensivas do que os homens, quando se trata de mancadas tecnológicas.

Relembrando a vergonha que experimentei naquele dia, localizei a imagem da casa de Docker. Um retângulo de telhado meio indistinto rodeado de verde, a não ser num dos lados, onde era tudo preto... Provavelmente o lago. Além do perímetro da cerca havia muito mais verde. Era uma casa remota, em um município ainda mais remoto.

Wayne tinha que estar escondido ali, certo? Wayne e Gloria, talvez? *Era isso!*

A história toda começou a ficar clara na minha cabeça. Wayne não aguentou o corte dos carboidratos da dieta rigorosa e o vexame de cantar as velhas canções da Laddz e precisou fugir por alguns dias. Em pânico, mandou um e-mail para seu velho camaradinha Docker, que lhe disse: "Eu lhe sou eternamente grato pelo refrão de "Windmill Girl". Faço questão de oferecer minha casa junto a um longínquo lago em Leitrim, e leve sua adorável Gloria com você."

Eles decidiram ir para lá no carro de Gloria porque... Ah, sei lá... Porque sim, pronto! Talvez Wayne estivesse com as mãos trêmulas devido à falta de açúcar no sangue e não confiava em si mesmo para dirigir até um lugar tão remoto. Foi quando aconteceu algo inesperado — pode ser que o pneu do carro de Gloria tenha furado quando estava indo buscá-lo... Isso mesmo! O pneu furou, e eles chegaram a pensar que não daria mais para ir. Mas logo ela conseguiu trocar o pneu, ligou para Wayne contando 'Tenho uma ótima notícia!', e lá foram eles.

Certamente, estavam na casa naquele exato momento. Tudo o que eu precisava era entrar no carro e dar um pulinho até lá. Faria isso naquele instante!

Mas espere um segundo... Será que eles estavam *mesmo* lá? Valeria a pena dirigir até Leitrim com base num palpite? Claro, argumentei. Minha intuição garantia que Wayne estava na casa de Docker.

— Só que existe uma diferença entre intuição e... e... Como é mesmo que se diz? Loucura, provavelmente. Eu não devia confundir as duas coisas.

Talvez eu estivesse simplesmente louca para conhecer uma das casas de Docker.

Fechei o punho com força e tomei a difícil decisão: iria esperar. Pelo menos duas horas. De qualquer modo, era o mais sensato a fazer. Era sexta-feira à tarde, e as estradas que saíam de Dublin deveriam estar muito engarrafadas.

Resolvi fazer o que deveria ter feito muitas horas atrás (estava quase lá, mesmo): Iria interrogar os vizinhos de Wayne.

Já os odiava por serem tão imprestáveis.

Capítulo Vinte e Cinco

O tráfego até que não estava tão ruim para uma sexta à noite. Enquanto dirigia, Claire me ligou, e eu a coloquei no viva-voz.

— O que aconteceu? — perguntei.

— É Kate — suspirou ela. — Minha filha é uma monstruosidade! Sei que não devemos falar isso dos próprios filhos, mas eu a odeio.

— O que ela aprontou dessa vez?

— Mordeu minha perna.

— Como assim? Por quê?!

— Porque sentiu vontade. É uma merdinha, mesmo. Consegue ser pior do que você quando tinha a idade dela.

— A coisa está ruim assim? — perguntei, solidária.

— Ela é tão cruel quanto Bronagh, para você ter uma ideia. Não é surpresa que elas duas se adorem tanto. Ai, merda! — Ao fundo, reconheci o som de uma sirene e alguém dando um esporro num alto-falante.

— O que está acontecendo aí?

— Avancei um sinal vermelho. Também, o que eles queriam? Estou morrendo de pressa! Agora a porra da polícia está atrás de mim com a sirene ligada.

— É melhor parar.

— Não vou parar porra nenhuma! Eu estou morrendo de PRESSA! Fodam-se eles! Não mandam em mim.

— Claire, pare o carro — repeti.

— Ah, merda, tá legal! — Ela desligou de repente, me deixando com o pensamento em Bronagh.

Quando a encontravam pela primeira vez, dava para perceber que as pessoas não sabiam exatamente o que pensar dela, porque Bronagh não fazia questão nenhuma de agradar a quem quer que fosse. Vou dar um exemplo: Bronagh tinha pernas muito curtas. Só que, ao contrário de qualquer mulher que tem pernas curtas, não passava a vida tentando disfarçar esse defeito circulando por aí em sapatos e sandálias de salto altíssimo; simplesmente usava desafiadores sapatos sem salto e sandálias rasteirinhas. Tudo o que fazia tinha um tom desafiador.

Havia um monte de gente que se apavorava com Bronagh a ponto de sair do seu caminho, mas também havia muitas pessoas que pareciam desesperadas para agradá-la e lhe provar seu valor. Na Grécia antiga, Roma ou um desses lugares, guerras provavelmente teriam início só porque algum idiota tentara impressioná-la.

As pessoas mais inesperadas gostavam dela. Margaret, por exemplo, falava alto e dava risadinhas quando estava com Bronagh.

— Ela é tão *divertida*! — dizia.

Mamãe queria distância.

— Já sofri uma vida inteira com você — costumava me dizer. — Sei qual é a jogada dessa aí. Tenta chocar as pessoas e perturbá-las de forma implacável até que enlouqueçam. E os idiotas riem das suas palhaçadas. Ficaram com os rostos mais iluminados que o Empire State quando ela olhou para a batina do padre e o chamou de 'minha senhora'. Aquele era o *meu* padre, fazendo visita na *minha* casa. Se alguém tinha direito de zoar com a cara dele era eu, e não ela.

Claire também não gostava de Bronagh, mas Kate a achava o máximo.

— Bronagh não tem medo de nada — disse-me ela, uma vez.

— Eu também não tenho! — retruquei.

Kate me olhou de cima a baixo, com os olhos marcados por um rímel forte, estilo *kohl*, e replicou por entre uma nuvem densa de fumaça de cigarro (tinha treze anos na época):

—Ahn... Você é meio... Tudo bem, você tem atitude, mas também demonstra algumas... vamos chamar de fraquezas.

— Fraquezas?!

— Pontos fracos, se preferir. Não é o caso de Bronagh. Ela é dura como pedra e aguenta até o fim.

Fiquei insultadíssima e declarei isso em alto e bom som.

—Viu só? — reagiu Kate, escorregadia como uma cobra, pegando um pedacinho de tabaco na ponta da língua e analisando-o com cuidado, antes de jogá-lo fora. — Você se importa com minha opinião a seu respeito. Bronagh provavelmente iria pouco se lixar.

Golpe baixo! Não havia como escapar dessa armadilha.

Voltei para Mercy Close em menos de vinte minutos, estacionei em frente ao portão de Wayne e olhei para as doze casas da rua do condomínio, que não tinha saída. Por qual delas deveria começar? As escolhas óbvias eram as duas residências vizinhas à dele, uma à direita e outra à esquerda. Era mais provável que alguém ali tivesse ouvido ou visto alguma coisa — mas nem sempre é assim que funciona. O que eu precisava mesmo era de alguém que ficasse em casa o dia todo e fosse xereta.

Não... O que eu realmente precisava era de uma pessoa velha à moda antiga.

É uma droga esse modismo de atividades para idosos! Tenho saudades da época em que, no segundo exato em que uma pessoa alcançava os sessenta anos, ela se enfurnava dentro de casa com artrite reumatoide, e a TV só começava a transmitir programas às seis da tarde. Os velhos não tinham escolha, a não ser ficar sentadinhos junto à janela em uma cadeira marrom horrorosa, com seus narizes xeretas bisbilhotando a vida alheia por trás de cortinas rendadas, espionando tudo e todos com sua visão surpreendentemente aguçada e se lembrando de detalhes espantosamente precisos, apesar do fato de que, supostamente, sua memória deveria ser mais furada que peneira, considerando a idade avançada.

Mas, hoje em dia? Nada disso... Era a saga das férias, das aulas de pintura em aquarela e da aeróbica para a terceira idade. Tai chi chuan no salão do clube, o programa da Oprah à tarde na TV e comprimidos de plâncton para manter a flexibilidade das juntas. Além de Imedeen para manter a textura da pele, fixadores de dentaduras confiáveis e discretas fraldas para incontinência urinária. Nossa, eles gozavam de toda a liberdade do mundo!

Nos bons e velhos tempos, as pessoas idosas eram verdadeiras bênçãos para quem precisasse de informações. E eles adoravam ter alguém — qualquer pessoa — com quem conversar.

Eu já estava tão desmoralizada que queria desistir. Pense em Wayne, repeti para mim mesma. Lembre-se que ele pode ter sido raptado por um gay gordo, superfã da Laddz, que já tinha comprado dois ternos brancos no eBay, dos tempos de ouro da banda — um para Wayne e outro para si mesmo, embora estivesse muito balofo para caber na roupa. Pense em Wayne com o fã maluco, cantando juntos num aparelho de karaokê, aos berros, "Miles and miles away", o maior hit da banda em todos os tempos; uma balada melosa, de arrancar lágrimas e suspiros, que precisava ser entoada sempre com os olhos fechados, bem apertados, e os punhos cerrados.

Pobre Wayne, ninguém merecia isso. Eu precisava ir em frente por ele.

• • •

Ninguém atendeu na casa vizinha à de Wayne, a de número três. Quem morava ali talvez tivesse emprego. Eu tentaria novamente mais tarde. Também não havia ninguém na casa seguinte, nem na outra. Atravessei a rua e escolhi, aleatoriamente, o número dez. A porta se abriu, e eu me vi diante de um exemplar magnífico de pessoa idosa. Era uma mulher muito enfeitada, magrinha e ágil, com cabelos curtos prateados, mas meio alourados. Vestia calça cinza claro e uma espécie de blusa com gola vistosa. Havia uma quantidade imensa de rugas em torno dos seus olhos, mas eles eram brilhantes e muito azuis. Ela devia ter uns sessenta anos... Ou noventa e três, quem sabe? Hoje em dia é difícil saber, com todas as cápsulas de óleo de peixe que esse povo toma.

Entreguei-lhe meu cartão.

— Será que eu poderia trocar algumas palavrinhas com a senhora? — Essa era a parte complicada: como fazer perguntas sobre Wayne sem contar que ele havia desaparecido?

— Estou de saída — avisou ela.

— A senhora vai à aula de ioga para idosos?

Depois de me analisar cuidadosamente, ela respondeu:

— Na verdade, vou pegar minha neta na creche.

Ah, me engana que eu gosto!, pensei. O mais provável era um encontro amoroso com o jardineiro. KY é um produto muito popular na lista de compras desses idosos travessos.

— Além do mais — informou ela —, tenho apenas sessenta e seis anos.

Atrás dela, em cima do sofá, havia um jornal dobrado. Ela acabara de fazer Sudoku. Obviamente, pretendia manter seu velho cérebro ativo com a ajuda de exercícios mentais.

— A senhora não aparenta mais de cinquenta! — Eu precisava, pelo menos, tentar segurar minhas observações rabugentas. Não ajudava em nada fazer com que testemunhas em potencial me tratassem com hostilidade. — Desculpe o que eu disse sobre a aula de ioga. Não foi por mal. Eu sou desajeitada mesmo.

A velha inclinou a cabeça para trás, com ar de soberba. Obviamente, eu estava muito abaixo dela.

— Eu realmente preciso ir — informou, pegando as chaves do carro em algum lugar e balançando-as na mão, alegremente.

— Por acaso a senhora estava por aqui na manhã de ontem? — perguntei. — Ou na quarta à noite? — Embora eu tivesse quase certeza de que Wayne ainda estava em casa na quinta-feira de manhã, não faria mal tentar descobrir se algo estranho tinha acontecido na quarta-feira.

A essa altura, ela já pendurava a bolsa no ombro e ligava o alarme da casa.

— Frequento o clube de degustação de vinhos às quartas-feiras e jogo golfe às quintas de manhã.

Entendem o que eu quero dizer? Isso não é de enfurecer qualquer cristão?

— Quer dizer que a senhora não viu, por acaso, se algum táxi veio pegar Wayne Diffney?

A porta da frente se fechou, e ela já passava por mim na direção do seu carro, um Toyota Yaris, naturalmente. A velharia toda do país dirige carros desse modelo. Acho que o governo oferece desconto para idosos. Só pode ser! Afinal, quem compraria um troço desses de livre e espontânea vontade? Fala sério!

— A senhora reparou se alguma mulher estranha veio visitar Wayne Diffney? Talvez o nome dela seja Gloria.

— Não vi nenhuma mulher estranha. — Então, enquanto caminhava, quase saltitando, pela trilha pavimentada de seu jardim, lançou a cabeça por sobre o ombro, na minha direção, e completou:
— Com exceção de você, querida.

Capítulo Vinte e Seis

A casa seguinte era a de número onze. Uma mulher de meia-idade e ar de preocupação atendeu a porta. Na sala, atrás dela, parecia haver várias TVs ligadas. Senti no ar a presença de adolescentes rebeldes e uma abundância de chapinhas.

Lancei minhas perguntas, mas ela me cortou logo de cara.

— Chegamos de férias há menos de dez minutos.

— Férias? — perguntei. — O país está em recessão, sabia? Ninguém mais viaja para lugar nenhum.

Ela me olhou como se eu a acusasse de alta traição. Como ela ousava sair de férias com o país à beira do colapso?

— Temos um trailer em Tramore — explicou, meio envergonhada. — Ele tem quatorze anos e é muito pequeno.

— Mesmo assim! — protestei. — Vocês não pagam taxas de manutenção pelo trailer, nem...?

— Tentamos vendê-lo, mas ninguém quis comprar. Escute, tivemos férias terríveis, se isso a faz se sentir melhor. Meus três filhos adolescentes preferiam estar na Tailândia. Voltamos mais cedo do que o planejado. Era para ficarmos em Tramore até amanhã, mas não conseguimos aguentar o lugar e... — De repente, ela caiu em si e completou: — Ei! Vê se cai fora daqui, não tenho satisfações a lhe dar. — E bateu a porta na minha cara.

Levei alguns instantes para me recuperar. Eu realmente precisava ser mais diplomática. Mas logo ergui a cabeça e fui bater na casa seguinte. A porta foi aberta por um sujeito grisalho de cinquenta e poucos anos, ombros caídos e cabelos saindo das orelhas.

— Eu estava trabalhando ontem de manhã — informou.

— E na quarta à noite?

— Às segundas, quartas e sextas-feiras, eu durmo na casa da minha namorada.

— O senhor tem uma *namorada*?

Dessa vez, a porta não só foi batida na minha cara como provocou um deslocamento de ar. O carinha fez um amplo arco com o braço, cheio de energia, e lançou a porta com força. Bam! Até as janelas balançaram.

Tudo bem. Para mim, aquilo foi o bastante. Resolvi cancelar os interrogatórios. Estava com o astral errado, estragando tudo, em vez de ajudar. Voltaria a procurar os vizinhos se... Não, nada de *se*... Era melhor pensar em termos de *quando* (eu precisava ser positiva). Voltaria quando me sentisse melhor. Por enquanto, iria até a casa de Wayne e ficaria deitada no chão da sala de estar, olhando para o teto e fingindo que a casa era minha. Talvez alguma idcia nova surgisse na minha cabeça.

Com jeito cansado, perambulei pela rua na direção da casa de Wayne, mas ouvi alguém me chamar.

— Ei!

Atônita, ergui a cabeça. O grito viera do número seis, a última casa do lado esquerdo.

— E quanto a nós?

Um "jovem casal" — ela e ele louros, na casa dos vinte e poucos anos — acenava para mim com muita empolgação, incentivando-me para que eu me aproximasse.

—Vimos você batendo em todas as portas! — informou a garota, com ar de alegria.

— Estávamos nos perguntando quando viria falar conosco!

— Acompanhamos suas investigações pela janela!

—Também reparamos em você ontem à noite!

— Ah, é? — reagi, já com o coração empolgado e aos pulos. Aquilo era ótimo! Eu acabara de encontrar, por acaso, o equivalente moderno dos idosos bisbilhoteiros de antigamente: um jovem casal de desempregados.

Eles se apresentaram como Daisy e Cain, e me receberam de forma calorosa. Estavam muito bronzeados — de tanto pegar sol no quintal, pelo visto. Cain era vendedor de programas de computador, mas perdera o emprego havia oito meses. Daisy era decoradora de banheiros e já estava sem trabalho fazia um ano e meio.

— Estávamos vivendo à base de antidepressivos — relatou Daisy, com uma leveza que me pareceu pouco apropriada —, só que agora não podemos mais comprá-los.

Eles me convidaram para sua sala de estar.

— Entre! Sinta-se em casa!

Para minha tristeza, reparei que a casa de Daisy e Cain não era tão atraente quanto os donos. Fora decorada na época em que os papéis de parede com figuras imensas estavam no auge da moda, mas seus aposentos eram pequenos demais para as imagens vivas e gigantescas.

— Só não lhe oferecemos um drinque... — disse Daisy

— Porque não temos nada para beber em casa — completou Cain.

Os dois caíram na gargalhada por vários minutos.

Quanta jovialidade! Que comportamento otimista e bizarro! Talvez eles praticassem a tal de Atitude Mental Positiva. Quem sabe — meus lábios quase se abriram em um sorriso de escárnio — eles ouvissem o CD *As maravilhas do momento presente*.

— Não temos grana nem para comprar comida, e nos alimentamos unicamente de sopa de tomate em lata. Nunca estive tão esquelética! — empolgou-se Daisy.

A padronagem do papel de parede começou a me provocar sensações estranhas; as imagens distorciam minha perspectiva, e, de vez em quando, a parede parecia ficar em 3D e pulava em minha direção.

— Pode nos perguntar o que quiser — assegurou Cain. — Espionamos os vizinhos o tempo todo.

— Nunca saímos de casa — confirmou Daisy. — Não vamos a lugar algum. Conhece a expressão, imóvel "como um dois de paus"? Somos nós dois!

Nesse instante, a parede resolveu tomar distância para pular em cima de mim. Recuei assustada e ergui os braços para me defender.

— Isso acontece o tempo todo! — explicou Daisy, com ar de quem pede desculpas. — Eu não queria esse modelo.

— Mas agora não temos grana para trocar — completou Cain.

— E então, qual é o lance? — quis saber Daisy.

— Tem algo a ver com Wayne Diffney? — cantarolou Cain.

— O que foi que ele aprontou? — quis saber Daisy, ávida. — Teve um caso com a esposa de alguém? Aposto que o marido chifrudo é um político. Na certa, os repórteres já estão atrás da história, e no domingo ela aparecerá em todos os tabloides, acertei? É por isso que ele está se escondendo?

— Ele está se escondendo? — perguntei, interessada.

— Pode apostar! — garantiu Cain, girando os olhos para mim. — Deve ser por isso que ele caiu fora naquele carrão preto, ontem de manhã.

Subitamente, meu sistema nervoso recebeu uma descarga elétrica tão grande que daria para iluminar Hong Kong.

— Esperem um instante! — Eu mal conseguia falar, de tão seca que minha boca estava. — Vocês viram Wayne entrando num carrão preto? Ontem de manhã?

— Vimos. Que horas foi isso, Daisy? Onze e meia?

— Onze e cinquenta e nove.

— Como é que você sabe o minuto exato? — perguntei.

— O primeiro *Jeremy Kyle Show* tinha acabado na TV. Ontem passou uma maratona de três programas. Onze da manhã, meio-dia e uma da tarde.

— Foi no próprio carro que Wayne entrou? — perguntei, para tentar esclarecer melhor as coisas. — Vocês sabem que ele tem um Alfa Romeo preto, não sabem?

— Não era o carro dele — garantiu Cain, balançando a cabeça. — Olha lá, ele continua estacionado no mesmo lugar. Foi numa caminhonete 4 X 4 preta que ele entrou.

— Entrou como? Simplesmente saiu dirigindo?

— Não era Wayne que estava ao volante. Havia outras pessoas lá dentro. Todos homens. Um deles dirigia o carro.

Homens! Meu coração batucava tão alto que eu mal conseguia me ouvir falar.

— Quantos homens?

— Pelo menos um — afirmou Cain, com muita certeza.

— Eram dois — garantiu Daisy.

Desgrudei a língua do céu da boca com muito cuidado e disse:

— Escutem... Prestem muita atenção para a próxima pergunta. Não me digam o que acham ou pensam que eu quero ouvir, simplesmente respondam com honestidade.

— Certo.

— Como é que Wayne estava quando entrou no carro?

Depois de refletir longamente, Cain se manifestou.

— Havia algo esquisito com os cabelos dele.

— Isso mesmo — confirmou Daisy. — Parecia meio... torto.

— O que eu perguntei foi como ele estava. Parecia feliz? Infeliz?

Os dois se entreolharam. A percepção de como aquilo poderia ser grave surgiu aos poucos. Cain engoliu em seco.

— Bem... Na verdade — tentou Daisy —, talvez ele estivesse meio apavorado.

Depois de alguns instantes, Cain balançou a cabeça e confirmou:

— Isso mesmo. Apavorado!

— Sério? Ele parecia estar sendo levado à força?

Eles tornaram a se entreolhar.

— Agora que você está falando... — Um ar de ansiedade tomou conta do rosto de Cain, que olhou para Daisy esperando confirmação.

— Parecia, sim — concordou ela.

Não acredito!

— Mas, então, por que vocês não ligaram para a polícia? — Minha voz estava mais aguda por causa do pânico.

Depois de um momento de silêncio, Cain confessou:

— É que nós plantamos *cannabis* no jardim dos fundos.

— E também não achamos que... — tentou Daisy. — Sabe o que é? Quando a gente vê um homem sendo ajudado para entrar num carro, não imagina coisas más...

Pelo amor de Deus! Um carrão preto e um homem amedrontado sendo obrigado a entrar nele. O que eles *acharam* que poderia ser?

— Vocês anotaram a placa? Pelo menos parte dela?

— Ahhhnnn... Não. — Obviamente, isso nem lhes passara pela cabeça. — Não acho que o carro estava emplacado — afirmou Cain, com ar de desafio.

Papo furado, é claro.

Que tipo de pessoas eram aqueles dois, afinal? Um casal de doidões que testemunham o rapto de um homem e voltam para dentro de casa alegremente, a fim de assistir Jeremy Kyle?

A ansiedade tomou conta de mim. Era hora de bater em retirada. Os tiras podiam assumir o caso a partir de agora. Eu não era páreo para homens assustadores em caminhonetes pretas 4 X 4.

Jay Parker e o seu pedido de sigilo que se danassem. Estava tudo muito bem enquanto eu achava que Wayne havia desaparecido de forma voluntária. Mas agora o jogo tinha mudado por completo.

Eu me levantei e pendurei a bolsa no ombro.

— O que vai fazer? — Daisy pareceu surpresa.

Foi minha vez de demonstrar surpresa.

— Um homem foi raptado — declarei, já me encaminhando para a porta.

—Você não pode sair daqui — avisou Cain.

Num movimento rápido, alertada por meus instintos aguçados, corri na direção do corredor, mas Daisy me puxou pela manga da blusa e tentou me arrastar de volta para a sala, o que me deixou chocada. Desvencilhei-me dela, mas logo vi que Cain se colocara em pé no meio do caminho, me impedindo de alcançar a saída.

Qual era a deles? O que queriam de mim? Fiquei confusa e apavorada, com medo de verdade.

—Você não pode fazer isso conosco — disse Cain.

— Pois espere e verá! — disse eu, numa resposta automática.

— Não acredito que você vai fazer isso conosco — disse Daisy. — Você é uma vaca, sabia? — Para minha perplexidade, ela teve uma crise de choro convulsivo, com soluços imensos que a faziam balançar. — É verdade, vocês são todas umas vacas!

Cain se colocou diante de mim, com as costas coladas na porta. Meu rosto estava a dez centímetros do dele, e nos encaramos sem medo. Procurei em algum lugar o meu velho jeito implacável e fiz um esforço para lançá-lo até minhas pupilas no instante em que ordenei:

— Saia da minha frente!

— Ah, deixa ela ir embora, Cain! — disse Daisy. — Ela que se foda! — Pegou o celular e o balançou na mão. — Está vendo isso aqui, sua vaca? — gritou, me olhando com raiva. — Vamos ligar para uma pessoa! Agora mesmo! Você está fodida!

— Mas...

— Não precisamos de você. Temos alternativas.

Cain saiu da minha frente, coloquei a mão na maçaneta e abri a porta com força — tudo isso pareceu acontecer como num filme, em câmera lenta. De repente me vi lá fora, sugando imensas quantidades de ar. Liberdade!

Na mesma hora, saí correndo, tentando chegar ao meu carro. Minhas mãos tremiam, meu coração estava disparado, e um formigamento estranho pinicava meu rosto. Que diabos fora aquilo? Será que eu tinha acabado de assistir a uma lição completa sobre os perigos da maconha? Ou era o desespero de estar desempregado há muito tempo que levava as pessoas à loucura?

Alcancei o carro e entrei o mais rápido que consegui. Não liguei a seta, não olhei para onde ia nem destravei completamente o freio de mão. Simplesmente saí dali a toda velocidade.

Capítulo Vinte e Sete

Logo eu me vi na estrada que margeava a praia, a caminho do centro da cidade. Um barulho agudo e estridente vinha do painel, me mandando destravar o freio de mão. Baixei o braço trêmulo, soltei a trava e o barulho irritante parou, graças a Deus.

Calma... Vamos por partes. Eu estava a salvo de Cain e Daisy, a dupla de malucos, não importava o que eles quisessem comigo. Estava a salvo, dentro do meu carro, dirigindo tranquilamente, e o barulho estridente tinha parado. Um monte de coisas boas. Só que Wayne Diffney fora raptado, e eu precisava avisar a polícia. A simples ideia de tentar explicar a história toda aos tiras me provocou uma onda de desespero que circulou pelo meu corpo inteiro. Vocês não fazem *ideia* de como é lidar com a polícia. Eles fazem tudo com uma tediosa lerdeza. Há centenas de formulários que devem ser preenchidos. Canetas nunca são encontradas. Mudanças de turno durante o depoimento acontecem sempre no meio de uma frase, e a pessoa tem de começar todo o processo do zero com o novo funcionário. As estações se passam e as calotas polares se derretem antes de alguém conseguir registrar o simples roubo de uma carteira. Wayne poderia estar morto umas cem vezes antes de eles resolverem toda a papelada.

Entretanto, havia um jeito simples e direto para escapar de todo esse processo absurdo e tedioso. Era antiético, mas eu pouco me lixava para a ética, mesmo. O jeito mais rápido de fazer a polícia assumir o caso era envolver Artie.

Ele não iria gostar disso nem um pouco. Bem, fazer o quê?

Peguei o celular e liguei para ele, que atendeu na mesma hora.

— Onde você está? — perguntei.

— No trabalho.

— Em sua sala?

— Isso mesmo.

— Não saia daí, porque estou a caminho para conversarmos.

Desliguei antes de ele ter a chance de me dizer para não ir.

Eu o encontrei atrás da mesa, em sua sala cercada de paredes de vidro. Sua camisa azul-clara estava toda amarrotada, com os punhos dobrados, e seus cabelos eram grandes demais para um tira. Um colírio para os olhos!

Fechei a porta. Muitos dos colegas de Artie tinham cara de maus e circulavam de um lado para outro pela sala de ocorrências; eu não queria que ouvissem nosso papo. Reparei que todos vestiam camisas amarrotadas idênticas; obviamente, não tinham mulheres que lhes passassem as camisas, mas talvez isso fizesse parte do "uniforme de tira".

— Vamos lá... — disse eu, puxando uma cadeira e olhando para Artie, que continuava sentado do outro lado da mesa. — Vou lhe contar a história completa. — Relatei o que sabia com detalhes... Falei sobre Wayne, Daisy e Cain, os homens na caminhonete 4 X 4 preta.

Artie ouviu tudo com a maior calma do mundo. Uma calma excessiva, até.

— Havia sinais de luta? — quis saber.

— Não sei. Não faço ideia de como a casa de Wayne é, normalmente.

— Vidros quebrados? Mobília revirada? Os vizinhos ouviram gritos?

— Você escutou direito o que eu contei, Artie? Homens, pelo menos dois, levaram Wayne embora de casa em um carrão preto.

— Então vá à polícia.

— Você *é* da polícia!

— Não sou, não.

Bem, a verdade é que ele era e não era.

— Não sou o tipo de policial de que você precisa — afirmou.

Olhei fixamente para ele, na esperança de fazê-lo se envergonhar e me ajudar na mesma hora. Ele manteve o olhar grudado no meu, e permaneceu completamente relaxado e firme na cadeira, com os braços colocados atrás da cabeça.

— Sei o quanto isso é "inadequado" — confessei. Diga-se de passagem, "inadequado" é outra daquelas palavras que eu detesto. Está no alto da minha Lista da Pá, pertinho de "assentada" e "espiritual". — Artie, se eu procurar os tiras comuns, eles não vão me levar a sério. São uns safados preguiçosos, para dizer o mínimo. E, quando descobrirem que sou uma investigadora particular, vão fazer de tudo para me atrapalhar. Além do mais, ao ouvirem o nome de Wayne, certamente se lembrarão do cabelão dele e vão se escangalhar de rir da história toda. Aposto que, por aí, existe alguém que lhe deve um favor.

— Helen, não faça isso.

— Você precisa me ajudar.

— Não, não preciso.

— Mas você é meu namorado!

Ele suspirou.

— Vou contar a Vonnie que você foi mau comigo — ameacei.

Ele olhou para o teto, irritado.

— Vou contar a Bella que você foi mau para mim — insisti.

Ele tornou a girar os olhos para cima, mas eu continuei fitando-o sem piscar, em um apelo mudo.

— Não, Helen. — Balançou a cabeça para os lados. — Essa história de "encarar" não funciona comigo.

Mesmo assim, continuei encarando-o. Eu conseguiria olhar fixamente para uma pessoa por toda a eternidade, e continuei firme, sem piscar nem uma vezinha. De vez em quando, me perguntava o que será que ele estava pensando e quanto tempo mais aquilo iria durar. Para ser sincera, estava muito impressionada com o fato de ele também conseguir manter aquele joguinho por tanto tempo. Por fim, ainda com os olhos grudados nos meus, ele pegou o fone do aparelho em sua mesa e disse, simplesmente:

— Aqui é Artie Devlin. Ligue-me com o sargento Coleman, por favor.

Alguns segundos depois, alguém importante atendeu — um homem, é claro —, e Artie falou num tom de voz autoritário por vários minutos, repassando todo tipo de informações: o endereço de Wayne, e também o de Daisy e Cain, o meu endereço, o número do meu celular, a minha data de nascimento e um monte de coisas estranhas.

Terminou assim:

— Espero que cuide disso com prioridade máxima.

E desligou.

— Muito bem — disse, continuando a olhar para mim. — Dois policiais já estão a caminho da casa de Daisy e Cain, para interrogá-los. Vou até lá, também.

— Estou lhe devendo uma — disse eu, agradecida.

— Ah, sim, está me devendo uma! — concordou ele, com um sorriso. Mas foi um sorriso tão safado e maldoso, que eu nunca lamentei tanto a sala dele ter paredes de vidro.

Capítulo Vinte e Oito

E agora, o que fazer? Bem, era melhor atualizar Jay Parker a respeito dos últimos acontecimentos. Só que, para ser sincera, eu ainda não me sentia preparada para que tudo aquilo acabasse. Tirando o episódio envolvendo Cain e Daisy, que me deixara morrendo de medo, curti muito aquele caso e a distração que me proporcionou. Já começava a sentir a escuridão que sobrevoava minha cabeça; ela só tinha sido mantida longe de mim por causa da busca implacável por Wayne, mas agora se aproximava cada vez mais. E, para alimentar essa sensação depressiva, havia minha preocupação com Wayne. Quem poderia tê-lo raptado? Onde ele poderia estar naquele momento?

Em um esforço para esticar o caso por mais uns quinze minutos, decidi contar pessoalmente todas as novidades a Jay.

Durante a semana, os integrantes da Laddz vinham fazendo ensaios no Europa MusicDrome, onde os shows da semana seguinte aconteceriam. Jay provavelmente estaria lá.

Com capacidade para quinze mil pessoas, o MusicDrome era gigantesco para os padrões irlandeses. Lá dentro, a maior parte das arquibancadas estava no escuro. Fileiras e mais fileiras de lugares vazios aguardavam no breu, como testemunhas encapuzadas e sinistras. A área em torno do palco, porém, estava iluminada como um dia de sol, e as pessoas em volta formavam um enxame: coreógrafos, iluminadores, senhoras responsáveis pelo figurino, técnicos, cabeleireiros, todos saracoteando de um lado para outro, parecendo ansiosos.

Sobre o palco gigantesco, em meio à multidão de ajudantes, os integrantes da banda ensaiavam alguns passos de dança, algo que, mesmo com meu baixo-astral, me fez sorrir. Frankie parecia estar focado, arregalando os olhos e dando socos no peito. Ao lado, Roger St. Leger mal se dava ao trabalho de mover um átomo, e deixava transpirar por todos os poros um desdém infinito por tudo aquilo. John Joseph se esforçava um pouco mais para executar os movimentos marcados, provavelmente por ser uma espécie de líder da banda, mas eu percebi que estava meio envergonhado.

O rapaz da ponta — obviamente algum técnico que mandaram ficar ali no lugar do desaparecido Wayne — era o único dos quatro que dançava bem. Era brilhante de verdade, com tanta fluidez, ritmo e energia que tornava patético o restante do grupo. Fiquei com os olhos grudados nele.

Então, para minha surpresa (categoria: muito desagradável), vi que se tratava de Jay Parker. Ele tinha tirado o paletó e a gravata, arregaçara as mangas e sacudia os quadris freneticamente.

Levei um tempo para readquirir o equilíbrio. É claro que Jay Parker era um grande dançarino — afinal, sempre foi um sujeito *escorregadio*.

Ele me viu, e parou de dançar na mesma hora. Veio correndo até onde eu estava, me levou para um canto e perguntou, baixinho:

— Você o encontrou?

— Não exatamente.

— Onde ele está?

Subitamente, o rosto de John Joseph apareceu ao lado do de Jay. Logo depois, Zeezah estava ali. De onde será que tinha surgido?

Fechei a matraca. Sigilo de clientes era coisa séria.

— Pode falar! — garantiu Jay. — Não é preciso guardar segredos aqui.

— Tudo bem. Testemunhas oculares relataram que Wayne foi raptado ontem de manhã.

— O quê?! — Até Jay pareceu chocado.

— Foi levado por dois homens numa 4 X 4 preta.

— Mas quem iria raptar Wayne Diffney? — quis saber Jay. — E por quê?

— Não sei, mas a polícia já entrou em ação. Estou fora!

— Como assim? Ei, espere um minuto! Você contou à polícia?! Eu disse para você não fazer isso. — O rosto de Jay ficou sombrio.

— Uma pessoa foi raptada — expliquei. — Isso é mais importante que os shows e as dancinhas que vocês estão ensaiando aqui.

Jay olhou para mim fixamente, quase com raiva, mas logo seu rosto se alterou e surgiu a percepção de que, se ele lidasse com aquilo do jeito certo, conseguiria gerar mais publicidade e venda de ingressos para os shows de reencontro da Laddz do que jamais sonhara ser possível. Dava para ver as engrenagens trabalhando em seu cérebro, enquanto ele tentava descobrir a melhor forma de moldar e trançar os novos acontecimentos de modo a produzir muita grana. Apelos emocionados dos pais de Wayne no noticiário das seis da tarde, em que eles apareceriam implorando: "Por favor, libertem nosso filhinho!" Ou, quem sabe, uma produção elaborada para manter um banco alto vazio no palco durante as baladas, "à espera" de Wayne, que poderia voltar a qualquer momento.

Logo minha atenção se voltou para John Joseph e Zeezah. Eles se afastaram alguns metros de Jay e conversavam aos cochichos, com um jeito tenso. Pareciam ansiosos, muito, muito ansiosos. Minhas ideias começaram a dançar flamenco, com castanholas e tudo.

E se John Joseph e Zeezah fossem responsáveis pelo "sumiço" de Wayne? E se o tivessem *assassinado*? E se o corpo de Wayne estivesse enterrado numa cova rasa, no jardim da casa deles, e amanhã fosse instalada uma fonte ornamental sobre o coitado, selando-o para sempre? Talvez Wayne estivesse estendido sobre a bancada da cozinha naquele exato momento, enquanto os obedientes Alfonso e Infanta o desmembravam calmamente com uma motosserra, preparando-o para ser lançado aos cães!

— O que está rolando aí? — quis saber, me aproximando deles.

— Estamos muito preocupados com Wayne — explicou Zeezah.

— Sério mesmo? — Não sei por que, mas não estava engolindo aquele papo. Talvez fosse melhor enxergá-los com novos olhos. Ela era muito bonita, mas um pouco peluda. Ao longo do seu maxilar havia costeletas quase tão grandes quanto as de Elvis em seus shows em Las Vegas. Ela devia arrancar aquilo a laser. Por falar nisso, depilei minhas pernas a laser e a dor foi horrorosa — pelo menos até eu comprar, ilegalmente, cremes anestésicos pela internet. A questão é que tirar aqueles pelos do rosto de Zeezah não levaria mais que cinco minutos. Eu até lhe cederia um tubinho do creme ilegal, pois tinha uns dois sobrando, mas só se conseguisse um jeito diplomático de oferecer isso.

— Por que alguém iria raptar Wayne? — perguntou Zeezah, aflita.

— Meu Deus! — Frankie Delapp entrou na conversa. — Wayne foi sequestrado? Mas por quê? E se alguém também resolver me raptar? Sou mais importante que Wayne. Tenho um programa na TV, certamente valeria mais para os raptores. Mas sou um homem de família. Tenho filhos para proteger! — Virou-se para Jay Parker e exigiu: — Você precisa contratar seguranças para nós, vinte e quatro horas por dia!

— Querem parar com essa porra? — explodiu Jay. — Segurem a onda! Vou falar com os tiras e saber o que realmente aconteceu. Ninguém vai raptar vocês.

Roger St. Leger se intrometeu:

—Vocês sabem que sou um cara de mente aberta. Estou sempre disposto a experimentar qualquer coisa pelo menos uma vez, incluindo incesto e cerveja sem álcool. Mas esse lance de ser sequestrado não me empolga nem um pouco.

— Vou cuidar de tudo. — Jay começava a entrar em pânico. — Ninguém vai ser raptado aqui! Continuem ensaiando. Vou conversar com a polícia e descobrir o que está rolando.

Meu celular tocou. Era Artie.

— Onde você está? — perguntou ele. — Em quanto tempo consegue chegar à casa de Cain e Daisy?

— Por quê? O que aconteceu? Esses dois são muito perigosos. Eles me apavoraram.

— Nada disso, eles são ótimos. Estou aqui com os dois, e junto com os policiais Masterson e Quigg. Mas acho melhor você vir até aqui, e depressa!

— Sério? — Artie não era de fazer drama. Não me chamaria lá com tanta urgência se não fosse algo grave. —Tudo bem, estou indo para aí agora mesmo!

Desliguei, e recuei ao me ver diante de um mar de rostos suplicantes: Jay, John Joseph, Zeezah, Roger e Frankie. Especialmente Frankie. Ele parecia Jesus em seus últimos minutos na cruz.

— Parem com isso! — pedi.

— O que aconteceu? — quis saber Jay.

— Sabe as pessoas que viram Wayne ser raptado? A polícia está na casa deles e quer falar comigo.

—Vou com você — decidiu Jay.

—Vamos *todos* com você — disse Frankie.

— Não podem! Tem muita gente.

— Talvez também estejamos em perigo! — reagiu Frankie, com ar de revolta. — Qualquer pessoa capaz de raptar Wayne certamente também iria querer me sequestrar. Afinal, estou sempre na TV, diante do *público*. Sou uma *celebridade*.

— Wayne é nosso irmão — declarou Roger St. Leger. Como é que ele conseguia fazer com que qualquer afirmação sua parecesse deboche? Até os sentimentos mais doces?! — Você não pode nos culpar por estarmos preocupados.

— Ah, tudo bem, então! — cedi. — Mas vamos todos no meu carro, nós seis. — Eu precisava manter algum tipo de controle sobre a situação; não queria que chegássemos na casa em grupos avulsos. — E vou logo avisando... Se os tiras não deixarem que vocês assistam ao interrogatório, não coloquem a culpa em mim.

— Combinado.

— E se eles deixarem que vocês fiquem, *só eu vou falar. Só eu*, entenderam?

John Joseph, Zeezah, Frankie e Roger se espremeram no banco de trás do meu Fiat 500. Jay Parker conseguiu um lugar de honra no banco do carona, e partimos para Sandymount. Percebi grandes batalhas, empurrões e reclamações na luta por espaço atrás de mim.

Dirigi a toda velocidade. Quando vi a luz amarela acender em um dos sinais da estrada Waterloo, pisei ainda mais fundo no acelerador e deslizamos por baixo do semáforo no instante em que ele ficou vermelho. Roger St. Leger berrou:

— *Wahay!*

— Caraca! — completou Jay Parker. — É como nos velhos tempos.

Foi exatamente o que me veio à mente. Um filme chamado *Quando Jay Parker era meu namorado* começou a passar em minha cabeça.

Vi a mim mesma ao lado de Jay, naquele mesmo carro, dirigindo em alta velocidade, a caminho de algum evento sobre o qual Jay não me avisara, e para o qual eu não tivera tempo de me arrumar.

— Você não pode marcar as coisas assim, em cima da hora! — Em minhas lembranças, eu vivia reclamando, mas, no filme, eu me vi exultante e empolgada.

Passávamos todas as noites circulando de um pub para outro, indo a boates, festas em casas de pessoas, fazendo e perdendo novas amizades a cada dia.

— Sou um homem de negócios — era o que Jay costumava dizer, para explicar sua imprevisibilidade. — Não tenho agenda fixa.

— Em que tipo de negócios você trabalha? — Eu vivia perguntando, e recebia uma resposta diferente a cada vez.

— Sou dono de restaurantes — contou ele, certa noite.

— Isso é hoje! Ontem, você estava intermediando a venda de setenta e seis máquinas de ceifar e debulhar.

— Pois é... — riu ele. — É preciso ampliar nossas áreas de atuação.

Eu costumava ficar fascinada com a diversidade de pessoas que Jay conhecia — fazendeiros, esteticistas, banqueiros, funcionários públicos, criminosos de baixa hierarquia. Ele vivia eternamente envolvido com coisas misteriosas. Tinha o dedo em um monte de atividades e participava de uma rede complexa e efervescente de contatos. Eu não conhecia nem metade dos seus mistérios e odiava me sentir no escuro; preferia ser a parte cheia de segredos em uma relação, mas Jay Parker era muito melhor do que eu nessa arte.

Descobria novos locais e pessoas interessantes com um estalar de dedos, e vivia me fazendo propostas inesperadas do tipo "Combinei de tomar um drinque com um cara que acabei de conhecer. É em Copenhague. Está a fim de ir comigo?"

Pois é... Como espetáculo, o filme chamado *Quando Jay Parker era meu namorado* foi um fracasso de público e crítica. Teve cenas de abertura muito promissoras, admito, e uma história envolvente até o meio. Mas o final foi amargo e decepcionante.

Capítulo Vinte e Nove

Toquei a campainha da casa de Cain e Daisy, e foi Artie quem veio abrir a porta. Ele olhou para o bando de pessoas que eu trazia comigo e suspirou longamente, mas não disse nada. Eu me senti ridiculamente orgulhosa dele — um homem alto, grande e bonito —, como se fosse pessoalmente responsável pela sua pinta de astro de cinema. Mesmo assim, decidi não apresentá-lo como meu namorado, para não comprometê-lo profissionalmente, de algum modo.

Nós o seguimos pelo curto saguão de entrada até a sala de estar, onde os policiais Masterson e Quigg — um homem e uma mulher — estavam sentados ao lado de Cain e Daisy, que pareciam muito envergonhados.

Ergueram os olhos, surpresos, quando os integrantes da Laddz, Jay, Zeezah e eu nos amontoamos na sala já lotada. Seus queixos caíram, literalmente, ao se verem frente a frente com rostos que até então só tinham visto nas páginas lustrosas das revistas de celebridades. Para ser sincera, os policiais Masterson e Quigg me pareceram quase tão estupefatos quanto Cain e Daisy.

— Eu poderia apresentar todo mundo, mas ficaríamos aqui a noite inteira — avisei.

— Você é... *Zeezah?* — Daisy estava tão desconcertada e fora do prumo que talvez desmaiasse a qualquer momento.

— É ela mesma, em carne e osso — confirmei. — Mas não vai falar nada com ninguém.

— E eu sou Frankie Delapp — apresentou-se Frankie. — Vocês devem me conhecer da TV.

— Silêncio! — gritei. — Fiquem aí atrás, todos vocês — ordenei ao meu rebanho, e fui me colocar frente a frente com Cain e Daisy, que continuavam sentados no sofá. Fiquei em pé para manter o controle da conversa. E também porque não tinha onde sentar, pois já havia onze pessoas na sala. O papel de parede, obviamente excitado por receber tantas visitas ao mesmo tempo, parecia se curvar para os lados e pular para a frente como se tivesse vida.

— Afinal, o que está rolando aqui? — dirigi a pergunta a Artie, ao perceber que ele seria minha melhor chance para receber uma resposta que fizesse sentido. — Onde está Wayne? Vocês já o encontraram?

— É melhor ouvir a história diretamente deles — disse Artie, apontando com a cabeça para Cain e Daisy. — Vamos lá, Daisy, você quer começar?

Daisy grudou os olhos nos pés, antes de começar a falar.

— Pensamos que você fosse repórter.

— Eu?! — perguntei. — Como assim?

— Vimos você circulando por aí e fazendo um monte de perguntas, como se fosse uma repórter, e decidimos que só podia ser alguma coisa ligada a Wayne, porque ele é o único que temos que chega perto de ser uma celebridade.

Cain continuou a partir desse ponto.

— Nós *realmente* vimos Wayne entrando em um carro, ontem de manhã... Mas foi de livre e espontânea vontade. Ele simplesmente saiu de casa com uma mala preta. Achamos que poderíamos... sabe como é... enfeitar um pouco as coisas, e contamos que ele foi forçado a entrar no carro e parecia assustado. Quem sabe assim você nos pagaria mais pela história?

— Não entendo — confessei.

—Wayne *entrou* num carro e saiu daqui ontem de manhã, minutos antes do meio-dia. Não mentimos sobre a hora. Só que ninguém o forçou, ele entrou no carro porque quis.

— Quantos homens estavam no automóvel, então? — perguntei. — Havia *algum* homem, afinal?

— Havia, mas só um. E ele parecia... sabe como é... muito ligado a Wayne. Talvez fosse um dos amigos dele, mas eu não o reconheci. No último segundo, Wayne pareceu ter esquecido algo em casa, porque tornou a saltar do carro, e o homem não tentou impedi-lo. Simplesmente viu Wayne entrar novamente na casa, esperou que ele saísse e, então, tomasse lugar do carona novamente. Depois disso, foram embora.

— Quer dizer que Wayne não foi forçado a entrar no carro? — repeti, para ficar bem claro.

— Não.

— Quer dizer que... Wayne não foi raptado?

— Desculpe — sussurrou Daisy. — Nós precisamos *tanto* de alguma grana que achamos que, se exagerássemos um pouco e lhe informássemos o que queria saber, você nos pagaria pela história. Não imaginamos que a polícia acabaria entrando em cena.

—Vocês reconheceram o outro homem? — perguntei.

Ambos balançaram a cabeça.

— E não foi uma 4 X 4 preta — disse Cain. — Inventamos essa parte também. Era um simples Toyota azul com uns cinco anos de uso.

— Um táxi, por acaso?

— Não, disso temos certeza. Era um carro comum.

— Mas, então, por que vocês tentaram me impedir de sair daqui?

— Pensamos que você fosse uma jornalista; que usaria a nossa história, mas não nos pagaria nada. Desculpe termos apavorado você.

— Vocês não me apavoraram. — Bem, tinham me assustado muito, mas não valia a pena dar bandeira.

— É preciso ser mais terrível do que vocês para deixar Helen Walsh apavorada — afirmou Jay Parker, quase com orgulho.

Artie apertou os olhos, demonstrando um súbito interesse na cena.

— Desculpe-me — disse ele. — Você é...?

Jay analisou Artie por alguns instantes. Depois, com frieza, informou:

— Sou Jay Parker, agente da Laddz. E você, quem é, afinal?

— Cale a boca! — ordenei, olhando para Jay. Ele estava interrompendo meu fluxo de pensamentos.

Muito bem... E agora? O fato é que Wayne continuava sumido, depois de desaparecer em companhia de um sujeito desconhecido. Eu tinha um palpite de quem poderia ser, mas precisava fazer a jogada certa.

— Cain e Daisy, vou lhes fazer uma pergunta e quero que reflitam com muito cuidado, antes de responder.

— Tudo bem — concordaram a uma só voz, solenemente.

— O outro homem, o que estava dirigindo o carro... Existe alguma chance de que ele pudesse ser... Docker?

— Docker?!

Essa simples palavra encheu a sala de energia. Cain e Daisy se sentaram eretos no sofá e olharam um para o outro, abismados. Atrás de mim, dava para sentir ondas de eletricidade saindo de Jay, John Joseph, Zeezah, Frankie e Roger. Até mesmo as expressões duras dos policiais Masterson e Quigg mostraram uma leve empolgação.

Mantive os olhos grudados em Cain e Daisy.

— Não me contem o que acham que quero ouvir, simplesmente descrevam o que viram. Era Docker?

— Você quer dizer *o Docker*? O astro de cinema?

— Sim, o Docker de Hollywood, o Docker que ganhou um Oscar. Pode ter sido ele? Talvez de óculos escuros e boné?

Eles olharam para mim quase em desespero. Queriam muito que aquilo pudesse ser verdade. Adorariam poder dizer que o homem que dirigia o carro era Docker.

— Mas ele não estava de óculos escuros — garantiu Daisy.

— Nem de boné. E parecia ter uns cinquenta anos...

— E era mais baixo que Docker, muito mais baixo.

— Mais corpulento, também.

— E careca. Demos uma boa olhada quando ele guardou a bagagem de Wayne no porta-malas.

— Além do mais, por que Docker estaria dirigindo um carro com cinco anos de uso?

OK, então não era Docker. Afinal, Docker tinha trinta e sete anos, mas aparentava vinte e sete. Media um metro e oitenta e cinco, e era magro como um cão de rua. Tinha muitos cabelos, e um jeito cintilante de estrela que daria para perceber a um quilômetro de distância. Era mais plausível ele chegar no condomínio em Mercy Close pilotando um hidroavião do que um Toyota azul com cinco anos de uso. De qualquer modo, foi importante perguntar. Sempre valia a pena perguntar.

Seguiu-se uma longa pausa.

— Isso é tudo que eles sabem — anunciou Artie.

— E quanto a Wayne? — perguntei. — Para onde ele foi?

— Isso só interessa a Wayne — retrucou o policial Masterson.

— Mas ele estava estranho — atalhou Daisy. — Como se estivesse aflito.

— Como assim?

— Raspou a cabeça.

— Com um cabelo daqueles, não podemos culpá-lo.

— Ele comeu bolo.

— Raspou a cabeça? Comeu bolo? Então, precisamos avisar o chefe de polícia e dar o alarme pela TV.

— Isso é sarcasmo, certo?

— Bingo!

— Mas ele andava chorando.

— Às vezes, os homens choram. Não é ilegal...

— Você faz ideia de quantas pessoas estão fugindo de casa neste exato momento? — perguntou-me Quigg, a policial. — Namoradas e esposas estão se dirigindo a todas as delegacias do país nesse instante para comunicar que seus companheiros não voltaram para casa. Homens tomam chá de sumiço porque não conseguem colocar em dia a prestação da casa ou não têm dinheiro para pagar seus empregados. É uma *epidemia nacional*.

— Mas Wayne não deve nada a ninguém. Sua prestação da casa está em dia e seus cartões de crédito não estão estourados.

— Não temos motivos para acreditar que ele esteja em perigo. — Masterson e Quigg já se erguiam do sofá com aquele jeito pesadão que os policiais parecem treinar na academia de polícia (uma versão do código de conduta ensinado em escolas de aperfeiçoamento). — Quanto a vocês dois — olharam para Daisy e Cain —, têm muita sorte por não precisarem encarar um processo pelo desperdício de tempo da polícia.

Também escaparam de um processo por plantar maconha no quintal, já que ninguém foi até lá.

Todos se amontoaram pelo corredor e saíram da casa. Isso levou um bom tempo. Masterson e Quigg entraram em sua patrulhinha e partiram. Eu estava louca para tocar em Artie, mas não queria ultrapassar os limites além dos quais já me atrevera.

— Obrigada por tudo — agradeci, simplesmente. — Ligo para você assim que tiver chance.

Ele balançou a cabeça para os lados e riu, quase irritado, mas logo entrou no carro e desapareceu.

Um homem de poucas palavras.

Quando começamos a sair juntos, *várias semanas* se passaram antes de Artie me contar os motivos de ele e Vonnie terem se separado. Toda vez que eu mencionava o assunto, ele assumia um jeito de "sujeito forte e caladão", mas eu continuava pentelhando, até que, por fim, arranquei dele a história completa.

Pelo que eu soube, ambos trabalhavam muito, até altas horas. Vonnie tornava as casas comuns maravilhosas, Artie investigava bandidos, e eles quase não se viam; em algum ponto do caminho, Vonnie conheceu outra pessoa. Um homem dez anos mais novo, que trabalhava na área de design — foi assim que se conheceram —, mas também era DJ em festivais e usava um estiloso chapéu panamá. *Tô falando sério!*

Eu o vi algumas vezes, e ele me pareceu um cara legal; tinha um ótimo senso de humor e era divertido. Só que eu não conseguia me imaginar desejando um homem como ele quando poderia ter Artie. Ele era muito... *peso-pena* pro meu gosto, digamos assim, para não parecer deselegante.

Artie sugeriu um terapeuta de casais para ele e Vonnie, mas ela recusou de cara. Sabia o que queria. Estava amarradona no Garoto de Chapéu Panamá Estiloso (cujo nome era Steffan) e não queria mais ficar casada.

— Como você se sentiu? — insisti com Artie.

— Foi meio... — Fez uma pausa. Como era tira, precisava sempre encontrar a palavra certa. — Foi devastador. Quando nos casamos, achei que seria para sempre. Sem Vonnie e sem nossa família, eu já não sabia quem era. Mas não havia nada que eu pudesse fazer. Tentei... Tentei de verdade convencê-la a dar uma nova chance ao casamento, mas ela se mostrou irredutível. O que pesou mais, no fim das contas, foram as crianças. Cuidar deles era a tarefa mais importante da minha vida.

—Tudo isso me parece muito civilizado — opinei. — Não houve gritos? Nada de objetos lançados nem pratos quebrados?

— Alguns gritos, sim — admitiu. — Mas nenhum prato quebrado.

Já imaginava isso. Eu, por exemplo, jamais ousaria quebrar um prato de Vonnie. As porcelanas dela eram peças exclusivas, pintadas à mão por Graham Knuttel, e toda a louça da casa fazia parte de algum raríssimo aparelho de jantar que, no passado, pertencera a um nobre da família do rei Gustavo, da Suécia.

Vonnie comprou uma casa nova, e o casal resolveu partilhar a guarda de Iona, Bruno e Bella, que tinham quartos nos lares do pai e da mãe. Quanto à nova residência de Vonnie... Nossa! Eu achava que a casa de Artie (decorada por Vonnie) era o lugar mais maravilhoso do mundo para se morar, mas isso foi antes de conhecer a dela. (Não vou entrar em detalhes, mas imaginem uma construção em estilo neogótico, toda de pedra; uma antiga residência vicarial, mas com os confortos do mundo moderno: pisos aquecidos e iluminação especial, por exemplo). Às vezes, eu acho que Vonnie largou Artie só porque queria uma casa nova para brincar de decoradora.

Jay Parker, John Joseph, Zeezah, Frankie, Roger e eu fizemos uma reunião improvisada na calçada da casa de Cain e Daisy.

— Que papo é esse de Docker? — quis saber Roger, lançando-me um olhar sagaz.

— Nada. Esqueçam! Eu estava blefando. Vamos ver se todos concordam com o meu resumo dos fatos: ontem de manhã, Wayne saiu com um cara. Um homem desconhecido.

— Ele é gay? — guinchou Frankie. — Só pode estar querendo me imitar!

—Você não é mais gay — lembrou Jay.

— Não sou *no momento*. Mas *posso* ser, se me der na telha.

—Wayne não é gay — garantiu Zeezah. — Por favor, respeitem ele.

— Não há nada de errado numa pessoa ser gay — protestou Roger. — Eu mesmo sou, às vezes, quando estou entediado.

— Por favor! — implorei. — Será que podemos nos restringir aos fatos? Um homem de cinquenta e poucos anos, foi o que eles disseram.

— Um papai urso — lamentou Frankie. — Grande e fofinho.

—Algum de vocês conhece um homem assim? — perguntei. — Essa descrição serve para alguém que vocês lembrem?

— Como poderíamos conhecer alguém com cinquenta e poucos anos? — reclamou Frankie, com ar de nojo.

—Tudo bem, então — concordei. — Estão me ajudando *muito*, todos vocês. Vamos raciocinar juntos. — Olhei para Frankie, depois para John Joseph, Zeezah, Roger e, finalmente, para Jay. — Sabem aquele cara lindo que estava sentado na sala, junto com os policiais? Repararam nele? Pois bem, ele é meu namorado. — Fiz uma pausa, para me certificar de que Jay tinha registrado o fato. Não tenho certeza, mas acho que ele empalideceu de leve. — O nome dele é Artie Devlin. Hoje é sexta-feira de tarde — lembrei. — Eu poderia estar indo neste momento para a casa de Artie, e passaríamos as próximas horas transando loucamente. — Não era verdade, estritamente falando, porque os filhos dele estariam lá, mas não valia a pena entrar em detalhes. — Vocês querem ou não que eu continue procurando Wayne?

John Joseph pareceu achar desagradável a ideia de Artie e eu fazendo sexo, mas se mostrou disposto a ir em frente.

— Precisamos encontrar Wayne — disse ele. — É claro que queremos que você continue a procurá-lo. Mas o que conseguiu até agora?

O que eu consegui? Tinha descoberto a ligação dele com Docker. E a casa em Leitrim.

Uma estranha troca de olhares rolou entre mim e Jay Parker, numa espécie de cumplicidade silenciosa. *Não lhe conte nada*, diziam seus olhos. *Seja lá o que for, não conte a ele.*

Mas eu já tinha decidido esconder os fatos de John Joseph, por mim mesma. Não confiava nele. Na verdade, ele também não me agradava como pessoa.

— Prefiro não divulgar nada agora, porque... pode ser que eu esteja errada.

—Vou com você — decidiu Jay Parker.

— Não! — repliquei.

— Sim.

— É ele ou eu — declarou John Joseph.

— Ou eu! — acompanhou Roger.

—Você porra nenhuma! — reagiu John Joseph, com inesperada selvageria, voltando toda a atenção para mim. — No momento, nós todos estamos pagando pelo seu tempo. Você nos pertence. Não vai escapar. Qualquer que seja a linha de investigação que tenha resolvido seguir, um de nós vai com você.

Olhei para John Joseph fixamente. Não pretendia passar várias horas aprisionada dentro de um carro com ele.

— Que tal Frankie? — sugeri.

— Eu?! — guinchou Frankie. — Não quero sair por aí à procura de Wayne. Sem querer ofendê-la, Helen, chuchu, você é uma flor de pessoa, mas não quero me meter em nenhuma situação que traga risco!

— Eu também prefiro evitar perigos em potencial — desculpou-se Zeezah, com muita educação.

— Muito bem — concordei, ainda com os olhos grudados em John Joseph. — Parker, entre no carro.

Jay saiu correndo na direção da porta do carona, como um cãozinho quando percebe que vai dar um passeio. Assim que eu girei a chave na ignição e segui rumo à autoestrada, houve um breve momento em que me vi como se estivesse saindo por aí, livre e sem destino, e me senti quase eufórica.

Capítulo Trinta

— Só para deixar bem claro — disse eu a Artie. — Nunca dormi com ninguém no segundo encontro.

Ele me lançou um sorriso curto e abriu a porta do restaurante para que eu entrasse antes dele. Era nosso primeiro encontro no mundo exterior; a primeira vez que nos víamos desde que eu conhecera Bella no bazar de Natal e acabara transando com o pai dela.

Quando Artie foi embora do meu apartamento naquele dia, avisou que ia me ligar, mas duvidei disso. Suspeitei que ele fosse me achar muito complicada, mas me enganei: ele ligou na manhã seguinte e perguntou se poderia me levar para jantar.

—Talvez seja bom nos conhecermos melhor, você não acha? — sugeriu.

— Puxa, pensei que ontem à noite já tivéssemos nos conhecido muito bem — brinquei.

—Acho que pulamos algumas etapas. Poderíamos tentar fazer as coisas de trás para frente. Que tal quarta à noite?

Por acaso, quarta à noite não ia dar para mim; eu tinha prometido ficar de *babysitter* dos pestinhas de Margaret.

— Que tal quinta? — propus. — Ou sexta?

— Não posso — disse ele. — São os meus filhos.

Logo de cara, os limites foram demarcados.

Concordamos em sair na terça-feira da semana seguinte. Ele reservou o restaurante, me pegou em casa e pareceu estupefato ao me ver em um vestido preto justo, saltos altíssimos e de cabelos escovados.

— Uau! — exclamou.

— Que foi? Você esperava me encontrar de tênis e camiseta? É melhor não me levar para comer pizza.

Ele também estava mais "uau" que nunca. Camisa azul-marinho justa no corpo, mangas arregaçadas que exibiam seus antebraços lindos, calças pretas sob medida e, a parte mais sexy: um cinto largo com uma fivela achatada, em prata. O modelo era simples, mas conseguia chamar muito a atenção. Fiquei com vontade de abrir aquela fivela. Mas talvez eu tenha sentido isso por já conhecer as coisas lindas que havia dentro da calça.

Eu estava usando meu casaco preto curto, em estilo *Mad Men*; eu adorava aquele casaco. Comprei ele por dez euros num bazar de caridade, mas era novinho em folha, nunca tinha sido usado.

Quando entrei no carro dele (um 4 X 4 preto, diga-se de passagem), ele me contou onde pretendia me levar. Era um restaurante bem legal. Apesar de não aparecer no guia Michelin, era famoso por ser um lugar aconchegante e caro. Fiquei intrigada pelo fato de ele ter conseguido reservar uma mesa ali a dez dias do Natal.

Pouco antes de entrar, perguntei, meio tensa:

— É você que vai pagar, certo?

— Vou, sim — acalmou-me ele, sorrindo. — Claro!

— Então espera que eu transe com você depois, certo?

— Espero, sim — disse ele, sorrindo novamente. — Claro!

— Só para esclarecer — disse eu. — Nunca dormi com ninguém no segundo encontro.

— Que droga! — Ele manteve a porta do restaurante aberta. — Nesse caso, não peça caviar.

— Você tem muita sorte — retruquei. — Prefiro atear fogo ao corpo a comer caviar.

Entramos e, com muita eficiência, fomos levados até uma mesa agradável. Os cardápios surgiram, os drinques chegaram e a comida foi pedida. Então voltei toda a minha atenção para Artie.

—Vá em frente — incentivei. — Diga alguma coisa. Ou, como as pessoas muito, muito chatas dizem: "Conte-me tudo sobre você."

— O que você gostaria de saber?

—Ah, qual é? — Eu estava um pouco impaciente. — Foi ideia sua nos conhecermos melhor. Para mim estava ótimo só transarmos.

— Muito bem, vamos lá... Eu trabalho. De forma excessiva, aparentemente.

Pouco a pouco, consegui arrancar tudo sobre sua vida. Ele corria sete quilômetros quase todas as manhãs, às vezes em companhia de um amigo chamado Ismael. Jogava pôquer uma vez por mês com seus colegas de trabalho.

O tempo que dedicava aos filhos era sagrado, e ele deixou isso bem claro. Para ser sincera, as coisas que eles costumavam fazer juntos me fizeram lembrar dos Walton, na antiga séria de TV sobre uma família que morava na montanha Walton. Questionei-o muito a respeito, tentando montar o quebra-cabeça de como seria a vida dele com os filhos.

Costumavam ir ao cinema.

— Iona também? — perguntei, surpresa. Em minha cabeça, eu imaginava Iona como Kate, a filha de Claire. Só que na única situação em que eu conseguia visualizar Kate num cinema, ela aparecia colocando fogo no lugar.

— Iona também vai, claro! — afirmou Artie.

Algumas semanas antes desse dia, eles tinham feito um curso sobre preparação de pães. No início de janeiro, planejavam fazer um curso de culinária vietnamita, todos quatro.

— Iona também? — tornei a perguntar.

— Sim, Iona. Por que não?

Eles também faziam caminhadas em Wicklow.

— Em grupo, como numa excursão? — Eu estava pronta para pegar minha bolsa de mão cintilante e cair fora. Não iria, nem sequer *conseguiria*, apresentar excursionistas ao pessoal lá de casa.

— Nada de excursão — tranquilizou-me Artie, rindo. — Apenas pessoas fazendo uma saudável caminhada.

Em algum momento, nossa entrada chegou, e eu comi tudo sem perceber. Depois veio o prato principal, e foi a mesma coisa.

— Sua vez, Helen — propôs Artie. — Como dizem as pessoas chatas, "conte-me tudo a seu respeito". O que você faz?

Pensei por alguns instantes.

— Nada. A não ser trabalhar, mas o movimento está fraco. Então, basicamente, eu não faço nada.

— Nada?

— Nadica de nada. Não malho, não leio, não curto videogames, não ligo para comida, vivo à base de sanduíches de queijo com salpicão de repolho. — Com uma pontada de medo, completei: — Nossa, não fazia ideia do quanto eu sou uma pessoa sem graça.

— Mas "sem graça" é a última coisa que você é.

Ao ouvir isso, eu me animei.

— Assisto a um monte de seriados. Adoro programas escandinavos sobre crimes. Às vezes, vou ao cinema, desde que seja um filme escandinavo sobre crimes. Também curto vídeos de burrinhos de carga e porquinhos sapateando no YouTube, esse tipo de coisa. E adoro comprar, especialmente echarpes de grife. Essa sou eu, Artie, num resumo bem realista.

— Gosta de animais?

— Na vida real? Quer dizer, fora do YouTube? Não, odeio bichos. Especialmente cães.

— Arte? Teatro? Música?

— Não. Não. Não. Odeio isso tudo. Especialmente música.

— Você é muito chegada à sua família?

Analisei a pergunta antes de responder.

— Somos unidos, sim — disse, com cautela. — Mas também somos perversos uns com os outros. Hoje mesmo, de manhã, avisei à minha mãe que, se ela não parar de agir como velha, eu iria lançar uma campanha a favor da eutanásia. Um ônibus passará toda segunda-feira de manhã e recolherá os velhos que vivem reclamando porque não conseguem ouvir a TV direito, não enxergam os botões do celular ou estão com terríveis dores nos quadris. Os sujeitos dos ônibus vão levá-los, e abater cada velho desses com uma bala na cabeça. Mas somos unidos, sim.

— E suas irmãs?

— Na verdade, sim, somos bastante chegadas. Apesar de duas delas morarem em Nova York.

— E amigos?

Esse era um tema complicado.

— Estou sem amigos, no momento, mas isso não é culpa minha. Qualquer hora eu lhe conto a história. E quanto aos seus filhos? Vou ter de conhecê-los, fazer esses cursos de preparação de pães e tudo o mais?

— Não. — Inesperadamente, ele ficou sério. — Sei que Bella a conheceu, e isso é um perigo em potencial, ainda mais porque ela vive me perguntando sobre você, mas o melhor é que você não os conheça.

— Enteeendo...

— Pelo menos por enquanto — acrescentou.

— Deixe eu ver se entendi direito: Você quer ser meu companheiro de trepadas, enquanto seus filhos recebem seu amor, seu afeto e a maior parte do seu tempo?

— Eu não descreveria as coisas de forma tão bruta — defendeu-se ele.

— Não, você me entendeu errado — repliquei. — Por mim, desse jeito está ótimo. Não quero ter filhos... Quer dizer, talvez eu tenha daqui a uns setenta anos, quando for um pouco mais madura, mas certamente não agora, e *obviamente* não quero assumir responsabilidades sobre os filhos de outra pessoa.

— Certo.

— Artie, vamos deixar algumas coisas bem claras. Você não é meu tipo de homem.

Uma máscara de educada curiosidade instalou-se em seu rosto.

— E *qual é* o seu tipo de homem?

Na mesma hora, pensei em Jay Parker; sua energia, seu modo efervescente de ser e seu jeito basicamente pouco confiável.

— Isso não importa — disse. — O que interessa é que você não faz meu gênero. E também não gosto da bagagem que você tem. Entretanto, analisando pelo lado positivo... — enumerei, usando os dedos: — A) Estou muito a fim de você; B) Estou muito a fim de você.

Ele me olhou por longos instantes e, por fim, disse:

— Você está esquecendo o C.

— Que é...?

— Estou muito a fim de você. — Ele grudou os olhos nos meus. — Estou muito, muito a fim de você — repetiu. Com a voz baixa, completou: — Não consigo pensar em mais nada desde que a conheci. Tudo o que quero é estar com você, tirar suas roupas bem devagar, saborear sua pele, tocar seus cabelos, beijar sua boca maravilhosa.

De repente, senti dificuldade para respirar.

Engoli em seco.

— Vou revogar minhas normas — comuniquei — sobre não ir para a cama com ninguém no segundo encontro.

Artie esticou o braço e o colocou no espaço entre a nossa mesa e a do lado. Surgindo, aparentemente, do nada, um garçom se materializou ao lado dele e pegou o cartão de crédito que aparecera na mão de Artie como num passe de mágica.

Em poucos segundos, o garçom já tinha voltado com a maquininha de pagamento. Artie digitou alguns números e, de repente, já estávamos em pé. Ele me ajudou a vestir meu casaco do bazar de caridade e começamos a caminhar depressa, muito depressa, quase correndo até o carro.

Antes de entrarmos, ele me agarrou e me puxou para um portal junto da calçada e começou a me beijar. Eu o beijei de volta, mas logo o repeli.

— Não.

Acabaríamos transando ali mesmo na calçada; isso realmente aconteceria se não parássemos.

— Espere um pouco — disse eu. — Seja forte. Arrume uma cama para nós.

Ele dirigiu, e não conversamos durante o caminho. Não havia nada a dizer. Foi quase horrível, tão tenso quanto uma ida à emergência de um hospital para levar uma pessoa muito doente. Tudo parecia atrasar nossa viagem: os sinais estavam fechados, todos os motoristas lerdos da cidade resolveram se colocar na nossa frente... Foi uma agonia!

Ele me levou para a casa dele. A beleza de Artie combinada com a beleza da casa me lançou numa espécie de encantamento, e eu mal consigo me lembrar de tudo o que aconteceu, a não ser que foi uma das noites mais sensacionais de toda a minha vida.

Na manhã seguinte, ele me acordou, mas ainda estava escuro lá fora. Ele já estava completamente vestido. Com ar de sono, perguntei:

— Preciso cair fora agora? Antes que seus filhos cheguem?

— Não. Eu é que preciso ir trabalhar. Desculpe, tentei desmarcar algumas reuniões para passarmos um tempo juntos agora de manhã, mas não foi possível. De qualquer modo, você pode ficar aqui em casa o quanto quiser. Por favor, bata a porta da rua quando sair. Preparei panquecas para o seu café da manhã.

— Panquecas? — perguntei, baixinho. Que curioso.

— E tenho algo especial para você.

— Ohhh, que lindo. — Obviamente eu esperava um pênis ereto, mas era apenas uma planta num potinho. Uma aspidistra num tom verde-escuro, quase preto. No limite do sinistro.

Sentei-me na cama e olhei para o vasinho. Era surpreendente.

— Você gostou? — perguntou Artie, com avidez.

— Se gostei? Puxa, nem sei o que dizer. *Adorei!*

— Eu mesmo escolhi — fez questão de dizer. — Bella não me ajudou. Achei que combinaria muito bem com o seu apartamento.

— Acertou, vai combinar mesmo. É absolutamente perfeito.

Foi assim que eu descobri que, apesar de todos os empecilhos — as exigências do trabalho dele e seus três filhos —, ele tinha me "conquistado", e talvez nós dois conseguíssemos chegar a algum lugar.

Voltei a dormir e, quando acordei, já era dia claro. Perambulei pela terra de fantasia que era aquela casa envidraçada, fazendo pesquisas minuciosas, quase periciais.

Como vocês devem imaginar, estava muito curiosa a respeito de Vonnie. O fato de ela ser responsável por uma casa maravilhosa daquelas só fez aumentar minha ansiedade para obter mais informações sobre a ex-mulher de Artie. Havia algumas fotos suas espalhadas pela casa, e ela era lindíssima. Bastava olhar para Vonnie para saber que ela era uma dessas mulheres que serão *sempre* magérrimas, mais esbeltas até mesmo que a filha de quinze anos, e sem se esforçar para isso. Ela tinha um ar de *boho chic* numa das fotos, vestida com um top de gaze de algodão pré-encolhido, sem sutiã, jeans desbotados e sandálias de dedo. Depois, vi uma foto dela de vestido Vivienne Westwood e batom vermelho Paloma Picasso. Estava tão linda e vistosa que eu precisei engolir em seco para abafar o medo.

Mas foram as fotos de Iona as que mais me interessaram. Peguei algumas e analisei longamente seus cabelos compridos, muito ondulados, seus lindos olhos com ar vago, e tentei controlar sua mente à distância. *Sou mais forte que você*, pensei, apertando os olhos com intensidade até eles se tornarem frestas. *Você não me apavora. Você não vai me meter medo.*

Capítulo Trinta e Um

Mamãe insiste em chamar o GPS do carro de "Mapa Falante", como se ela fosse uma camponesa medieval que acredita em bruxaria. Ainda bem que eu tinha um bom equipamento, porque nos mapas em papel, antigos e mudos, não aparecia estrada nenhuma no lugar onde a casa de Docker ficava. E eu suspeitava que, mesmo com a ajuda do diabólico Mapa Falante, a casa de Docker em Leitrim seria difícil de achar. Por outro lado, também seria um excelente esconderijo.

Já estávamos na estrada fazia mais de meia hora quando, finalmente, resolvi informar Jay Parker sobre o local para onde nos dirigíamos. Não havia por que esperar mais. Acho que pretendia ser cruel, mas, verdade seja dita, ele não me atormentou com perguntas; só ficou sentado, quietinho, jogando Angry Birds no celular.

Simplesmente, comuniquei:

— Estamos a caminho de Leitrim.

— Por quê?

— Porque Docker tem uma casa lá.

Ele se remexeu no banco do carona.

—Afinal, que papo é esse de Docker?

— Descobri alguns documentos secretos. Há uma ligação entre Docker e Wayne. Uma conexão antiga, desde os tempos de "Windmill Girl". — Eu estava dividida entre a necessidade de manter o mistério e o desejo de me exibir.

Jay tentava se controlar, mas sua empolgação preenchia o carro e era quase palpável.

— Como foi que você descobriu que Docker tem uma casa lá?

— Você não precisa saber dos meus métodos. — Eu não pareceria uma superdetetive se contasse que quem descobrira esse fato foi minha mãe, lendo a revista *Hello!*

— Onde fica a casa, exatamente?

— Dê uma olhada no mapa, aí.

Jay abriu o mapa de papel e, ao ver que a casa de Docker ficava num lugar tão remoto, exultou.

— Wayne está lá! Fim de jogo. Nós o achamos. Eu sabia que você andava farejando algo importante, mas... Puxa, você é boa mesmo, Helen.

— Por que você não queria que eu contasse nada a John Joseph?

— Mas eu *queria* que você contasse, sim...

— Seu mentiroso de uma figa!

— ... Só não queria que contasse tão cedo.

— Mas você e ele estão do mesmo lado?

— Ora, claro que estamos!

Seu tom de voz foi estranho, meio incerto, e na mesma hora eu percebi o que acontecia.

— Saquei tudo, agora. Você não gosta dele! — exclamei.

— Ah, qual é, Helen, você não pode dizer isso. Há muita coisa a admirar ali. Ele é um cara batalhador, um grande homem de negócios... É muito focado.

— Sei! — Desviei a atenção da estrada e lancei para Jay Parker um olhar do tipo "me engana que eu gosto". — Ele é muito *focado* — repeti, fazendo a qualidade parecer um defeito terrível. — OK, chega de papo porque vou ligar o rádio.

— Você continua ouvindo Newstalk, aquela estação só de notícias e esporte?

— Não diga "continua ouvindo" como se você me conhecesse.

Mas a verdade é que eu "continuava ouvindo" a Newstalk. Gostava de todos os programas da emissora; parecia que os radialistas de lá eram meus amigos.

Jay voltou aos Angry Birds, e eu comecei a escutar *Off the Ball*, o melhor programa esportivo do rádio. Em algum ponto da divisa entre Longford e Leitrim, as estradas ficaram mais estreitas e perdemos o sinal de rádio. Tentei outras emissoras e consegui sintonizar numa estação local que, com seus locutores de voz lenta e serena, me trouxe algum conforto.

Por volta das dez da noite, chegamos a Carrick-on-Shannon. A partir daí, a paisagem começou a ficar cada vez mais fantasmagórica. Lagos escuros apareceram de forma espantosamente súbita. Superfícies de água espelhada com juncos nas margens pareciam surgir da planície. Campos profundos, estranhamente imóveis, se posicionavam de tocaia nos dois lados da estrada, e o sol que nunca se punha por completo cobria a paisagem rural com uma luz lavanda medonha.

Já ouvi pessoas dizerem que ter depressão é como ser perseguido por um imenso cão preto. Ou como estar preso em uma redoma. Para mim era diferente. Eu me sentia envenenada. Como se meu cérebro quisesse e precisasse se livrar de toxinas marrons, muito escuras, que poluíam tudo: minha visão, minhas papilas gustativas e todos os meus pensamentos.

No meu primeiro episódio de depressão, dois anos e meio atrás, eu me sentia apavorada o tempo todo. Na maior parte das vezes, o medo era indescritível e infundado, mais parecido com uma sensação de catástrofe iminente. Era como ter a pior das ressacas. Cada dia que nascia parecia se seguir a uma noite interminável onde o medo alcançava o limite do insuportável. Pelo menos, no caso de uma ressaca, a pessoa pode jurar que nunca mais na vida vai tomar

Vodca Martíni, ou qualquer tipo de bebida alcoólica, e sabe que basta esperar até que a sensação ruim passe. Além disso, você pode culpar o álcool pelo estrago. Não você mesma.

Uma noite, na última vez em que tive depressão, tentei apagar o horror daquilo ficando muito, muito, *completamente* bêbada, mas não deu certo. Não consegui decolar de empolgação nem escapar da escuridão, e a manhã seguinte foi a pior de toda a minha vida. Senti que, da noite para o dia, tinha despencado mil andares abaixo da superfície. Por mais terríveis que as coisas tivessem sido antes, nunca imaginei que eu pudesse me sentir tão cruelmente amedrontada. É só uma ressaca, disse a mim mesma. Aguente um ou dois dias e ela desaparece, como todas as ressacas, e você vai voltar à sua confortável zona de terror em nível normal, em vez dessa sensação de catástrofe iminente.

Só que não desapareceu. Eu permaneci mil andares abaixo do solo. E, depois disso, passei a morrer de medo de ficar bêbada.

Apertei o volante com mais força e rezei para não voltar àquele inferno. Ficava apavorada só de pensar em tudo que acompanhava a depressão: os remédios que não funcionavam, o ganho de peso, os constantes pensamentos suicidas, as aulas de ioga. Pior que as aulas de ioga eram os carinhas que davam essas aulas de ioga, sempre vestindo calças largas de linho fino, daquelas de amarrar na cintura, e matraqueando um papo constante sobre o "chacra do coração"...

Passava um pouco das dez quando perdemos a rádio local. Continuei a dirigir em silêncio completo, até que chegou um ponto em que conversar com Jay Parker era menos desagradável do que aturar meus próprios pensamentos.

— O que andou fazendo de um ano para cá? — perguntei.

— Nada.

Dei uma risada de deboche. Era impossível para Jay Parker ficar sem fazer nada. Tudo era sempre "vambora, vambora, vambora!"

Ficar ao seu lado era como andar de montanha-russa — excitante, talvez, mas depois de um tempo a pessoa começa a enjoar.

— Estou falando sério! — garantiu ele. — Não fiz nada, mesmo. Não saí da cama por mais de um mês. — Olhou para a paisagem vazia e desolada. — Estava destruído, não conseguia fazer nada. Fiquei sem trabalhar durante nove meses. Essa atuação como agente da Laddz é meu primeiro trabalho desde aquela época.

Bem, se ele esperava que eu fizesse cara de pena, podia esperar sentado.

Voltei ao assunto que me incomodava.

— Por que você não quis que eu contasse a John Joseph sobre Docker? O que está aprontando?

— Nada! Estava sendo apenas... sei lá... infantil. Queria saber algo que ninguém mais soubesse. Nem que fosse só por algum tempo.

— Você está aprontando, sei disso. Tem alguma pegadinha nessa história. Esqueceu que eu conheço você muito bem? Está sempre armando algo.

— Não, eu mudei. — Ele me agarrou pela mão e me forçou a olhar para ele. Seus olhos me pareceram sombrios e sinceros. — Sério, Helen. Estou diferente.

Com raiva, me desvencilhei dele e recolhi minha mão, esbravejando.

—Você quer que eu bata com a porra do carro?!

Um prédio apareceu em meio à fantasmagórica paisagem rural.

— Aquilo é uma oficina? — perguntei. — Estou louca por uma Coca zero.

Mas a oficina estava fechada. Aliás, parecia fechada havia vários anos. Desde os anos 1950, pelo menos. A tinta estava descascada, o vermelho tinha desbotado e o ar de abandono era óbvio e chocante.

CHÁ DE SUMIÇO 295

Saltei do carro, mesmo assim. Precisava fazer uma ligação no celular e não queria Jay Parker bufando no meu pescoço. Tinha envolvido Harry Gilliam naquela confusão e, agora que me convencera de que Wayne sumira por decisão própria, era melhor avisar a ele.

Harry atendeu no terceiro toque. Havia tantos guinchos e cacarejos ao fundo que eu mal consegui ouvir quando ele disse "alô".

— Desculpe interromper sua briga de galo beneficente — declarei.

— Que foi, Helen?

— Sabe aquele lance sobre o qual conversamos? Não preciso mais que você investigue nada.

Seguiu-se um silêncio longo, pontuado por cacarejos distantes. Por fim, ele se pronunciou:

— Encontrou seu amigo?

— Não exatamente, pelo menos até agora. Mas descobri que seu desaparecimento não é motivo de preocupação.

Mais silêncio. Mais cacarejos. Não sei como, mas ele conseguiu transmitir seu jeito ameaçador apesar dos cacarejos ao fundo.

— Eu já mobilizei muitos recursos nessa caçada — informou.

— Foi mal — disse eu. — Desculpe mesmo!

— Cuide-se bem, Helen.

— Você está me ameaçando? Ou isso foi uma despedida comum? Hoje eu não estou boa para perceber mensagens ocultas.

— Preciso desligar — cortou ele. — Meu galo vai entrar.

Um crescendo de cacarejos me atacou o tímpano e então, de forma abrupta, ele desligou.

Olhei para o celular por um tempo enorme, até conseguir me mexer. Uma mensagem de voz acabara de chegar. Era de mamãe, e havia algo de estranho no seu tom.

— Eu e Margaret terminamos de desencaixotar suas coisas.

— Com terrível clareza, descobri o motivo do jeito de falar dela:

mamãe tinha descoberto as fotos. — Encontramos algumas fotos de Artie sem roupa. — Sua voz estava meio abafada. — Entendo agora... — Ela fez um esforço para continuar. — Entendo agora o que você viu nele.

Jesus Cristo! Jesus, Jesus Cristo! Jesus, Jesus, Jesus Cristo! O que ela fizera com as fotos? Será que as rasgara? Será que as acomodara cuidadosamente entre as minhas calcinhas? Ou será que colocara uma delas num porta-retratos com moldura de flores e o instalara na mesa oval, junto das fotos dos netos?

Nunca se sabe, em se tratando de minha mãe. Às vezes, ela se encrespa toda, solta fogo pelas ventas e dá uma de moralista, mas, outras vezes, gosta de se imaginar como uma moleca que tem a mesma idade das filhas.

De um jeito ou de outro, eu nunca mais poderia voltar àquela casa. Nunca mais!

—Vamos nessa! — comuniquei a Jay Parker. — Entre no carro.

Continuei dirigindo até que, finalmente, a noite caiu. O Mapa Falante foi nos guiando, cada vez mais longe, para o interior daquela estranha e rústica paisagem rural. Aquilo estava levando muito mais tempo do que as duas horas que eu havia previsto.

Passamos por estradinhas estreitas e sinuosas, com curvas fechadíssimas, assustadoras, que davam em atalhos cobertos de grama que acabavam, de repente, em trilhas de areia à beira do lago.

Por duas vezes dei ré no carro e tentei refazer o caminho, olhando pela paisagem nua e escura em busca de alguma entrada oculta que eu pudesse ter perdido. O breu se espalhava em todas as direções, e eu comecei a sentir que Jay Parker e eu éramos as únicas pessoas que haviam sobrado vivas em todo o planeta.

A desesperança começava a enfiar suas garras feias em mim quando, inesperadamente, o Mapa Falante anunciou:

"Você chegou ao seu destino."

— É mesmo?! — exclamei, surpresa.

Pisei no freio, dei ré para voltar mais alguns metros, com os pneus cantando, e freei novamente. Os faróis iluminaram um par de portões sólidos e intimidadores com três metros de altura, pelo menos. Estavam instalados no meio de um muro alto e pouco amigável e, embora não desse para ver direito por causa do breu, o local me pareceu muito privado e vigiado por profissionais.

Saltei do carro com Jay Parker nos meus calcanhares e tentei abrir os portões. Para minha frustração, porém, eles estavam muito bem-trancados. Não cediam de jeito nenhum, por mais que eu empurrasse. Certamente estavam fechados com tranca eletrônica, e não manual.

Frustrada, girei o corpo e olhei em torno, desesperada para ver algo que me ajudasse. Estava *tão perto* de encontrar Wayne... Eu *precisava* entrar ali.

Muito bem. Havia um interfone no muro. Cheguei perto dele, sentindo certo receio. Estava empolgadíssima, mas bastante nervosa, também. Não queria estragar tudo.

Olhei para Jay. Sob a luz alaranjada do poste ao lado do portão, vi que o rosto dele exibia a mesma mistura de triunfo e ansiedade que eu sentia.

Ele apontou com a cabeça para o interfone.

— Será que não devíamos... Tocar?

Minha cabeça estava a mil por hora. Precisávamos do elemento surpresa? Se Wayne descobrisse que Jay estava ali, será que não iria correr até o lago, pular nele e ficar com água até o pescoço, esperando que fôssemos embora?

Provavelmente não, decidi. Afinal, ele não era um criminoso em fuga nem nada desse tipo.

— Aperte o botão do interfone e vamos ver o que acontece — propus.

— Aperte você — disse Jay. — Não quero fazer isso.

O mais engraçado é que eu também não queria. Estava muito animada, ansiosa e achava tudo perturbador. Mas também não era ilegal tocar um interfone, certo? Então, apertei o botão com força e prendi o ar, ouvindo com atenção, tentando imaginar quem iria atender. Wayne? Gloria?

Acima da minha cabeça, ouvi um zumbido eletrônico e olhei para o alto na mesma hora. Uma câmera se movia lentamente e se posicionava melhor para dar uma boa olhada em mim.

— Minha nossa! — Aquilo era arrepiante.

— Tem alguém aí? — Jay me pareceu em pânico, ou talvez empolgado. — Eles estão nos vendo?

— Não sei. Talvez. Mas pode ser um equipamento automático, acionado pelo botão do interfone.

Recuei alguns passos para me colocar fora do alcance da câmera. Jay e eu esperamos num silêncio conspiratório, torcendo para que alguém atendesse o interfone.

Nada aconteceu. Pelo menos aparentemente.

— Tente novamente — sugeriu Jay.

Dei alguns passos à frente, tornei a apertar o botão e, mais uma vez, a câmera foi acionada, girando em busca de algo. Isso me fez perceber que ela se movimentava à base de sensores e era automática. Não sabia se isso era uma coisa boa ou ruim.

De qualquer modo, os portões continuaram imóveis e não houve resposta. Depois de algum tempo, tornei a tocar. Apertei o interfone mais umas quatro ou cinco vezes, mantive o dedo ali um tempão, mas ninguém atendeu.

— Se tem alguém aí dentro — disse —, acho que não quer nos deixar entrar.

— E agora, o que faremos? — quis saber Jay.

Bem... eu tinha uma pequena geringonça. Talvez ela abrisse os portões. Ou talvez não. Eu não manjava nada de eletrônica. Só sabia que, às vezes, aquele troço conseguia abrir portões, e, outras vezes, simplesmente não funcionava. Isso quando, ele não bagunçava o sistema completamente, e, então, nem senhas nem botões na casa eram capazes de abrir os trincos; um técnico precisava ser chamado para reprogramar o sistema todo.

Se isso acontecesse ali, teríamos de pular o muro.

Peguei meu aparelhinho na bolsa, apontei-o para onde imaginei que a fechadura estivesse e apertei o botão. Para meu grande alívio, os portões começaram a se abrir de forma lenta, suave e majestosa.

Voltamos correndo para o carro e entramos. Uma lâmpada fortíssima, tipo campo de concentração, foi ativada pelo movimento do carro, quando nos aproximamos, e quase nos cegou. Então, de repente, diante de nós, estava a residência.

Não me pareceu imensa. Tinha tamanho médio. Mas era muito impressionante. Uma construção com detalhes em madeira, no estilo Frank Lloyd Wright, com janelões de vidro, pé-direito altíssimo e um deque virado para o lago.

Estacionei o carro diante da varanda principal e saltei, tentando captar ao mesmo tempo tudo o que via. Nenhum sinal de carros. Na verdade, não havia sinal de vida no lugar. A casa estava totalmente às escuras, mas isso não era motivo para desânimo. Talvez Wayne e Gloria tivessem apagado as luzes. Talvez tivessem se escondido atrás do sofá quando nos ouviram chegar ao portão.

Novas lâmpadas foram ativadas automaticamente, e fomos banhados por luzes brancas e ofuscantes. Encostei o rosto numa das vidraças, tentando enxergar lá dentro, e me vi diante de uma sala de estar toda montada em castanho, vermelho e laranja. O decorador, pelo visto, adorava temas ligados ao Velho Oeste. As largas tábuas corridas do piso estavam cobertas por peles de animais que serviam de tapete, e a lareira alta fora construída com pedras rústicas. Havia cabeças de vaca penduradas nas paredes e muitos acessórios de montaria serviam de enfeite. Cobertores de colocar sob as selas tinham sido lançados sobre os estofados de couro natural, como se fossem mantas, e vi algo que me pareceram freios e focinheiras decorativas. Vários objetos de metal, todos relacionados com cavalos — rédeas, talvez? — estavam pendurados no teto. O objeto mais interessante do ambiente era um banco de três pés com o formato de sela.

No entanto, não havia nem sinal de Wayne. Aliás, não havia sinal de ninguém. Talvez numa sala tão desagradável quanto aquela não fosse estranho o fato de não haver seres humanos.

Eu não estava certa sobre o que fazer. Não tínhamos um plano. Afinal, ficamos tanto tempo perambulando pela paisagem rural vazia que eu certamente me convencera de que nunca encontraríamos a casa, nem sequer chegaríamos ao ponto em que estávamos.

Mas uma solução me veio à cabeça.

— Ligue para ele — sugeri. — Ligue para Wayne, vamos tentar contato com ele.

— Certo. — Mas quando Jay pegou o celular, avisou: — Não tem sinal.

Verifiquei o meu celular; nada se sinal, também. Que sensação horrível!

— Precisamos entrar para falar com ele — disse Jay. — Ele provavelmente está lá em cima, num dos quartos. Você acha que eu devo gritar para chamá-lo aqui para baixo?

— Deixe-me pensar um instantinho... Tudo bem, vá em frente.

— Wayne! — berrou Jay. — WAYNE. É Jay. — Sua voz pareceu ensurdecedoramente alta no ar puro e parado. — Escute, Wayne, está tudo bem, você não fez nada de ERRADO. Podemos consertar TUDO. Por favor, volte para casa conosco.

CHÁ DE SUMIÇO 301

O silêncio total — a ausência de resposta — reverberou na noite. O ar em torno de um lago sempre me pareceu anormalmente parado e assombrado, mas nunca tanto quanto naquele instante. Admito abertamente que não sou muito fã de lagos. Sempre os achei assim, meio... *Presunçosos.* Como se soubessem tudo a meu respeito e eu não soubesse nada sobre eles. Lagos tendem a sonegar informações. Jogam com as cartas sempre coladas ao peito. Nunca é possível saber o que rola dentro deles, nem os segredos que guardam em suas abissais profundezas azuis; podem estar aprontando qualquer coisa, como os *swingers* que moram em bairros elegantes. No caso do mar, dá sempre para ver o que estão armando; é como um cãozinho (não que eu goste deles, também). O mar é exuberante, aberto e não conseguiria esconder nada de você mesmo que quisesse.

— Precisamos entrar nessa casa — declarou Jay.

— Basta abrir a porta — ofereci, com um floreio.

Fomos até a porta da frente e tentamos a maçaneta, porque nunca se sabe... Mas estava trancada.

Puxa... Isso não foi nada legal.

— E agora? — perguntou Jay.

— Tocamos a campainha.

Só que não havia campainha.

— Batemos na porta, educadamente — sugeri, e bati os nós dos dedos com força no vidro da porta da frente até eles começarem a doer.

— E agora? — repetiu Jay.

— Arrombamos, obviamente!

Sei que parece divertido, mas não é nem um pouco legal arrombar uma casa. A parte prática da coisa pode ser desafiadora. Normalmente, é preciso achar algo pesado para quebrar uma das janelas, abri-la, penetrar por ela sem deixar que nenhuma de suas artérias importantes seja cortada por um dos cacos de vidro que sempre ficam com as pontas de fora, e, depois, vagar pela casa, o tempo todo com o alarme contra ladrões fazendo mais barulho que um milhão de castanholas enlouquecidas que tentam derreter seu cérebro.

Para facilitar minha vida, pelo menos dessa vez, a porta da frente era de vidro, e eu não precisei lidar com nenhuma janela. E tinha uma lata de morangos em calda no porta-malas.

— Por que você anda com uma lata de morangos em calda dentro do porta-malas? — perguntou Jay.

— Fica quieto!

Eu me senti meio enjoada. Era agonizante estar tão perto de Wayne e, apesar disso, encontrar tantos obstáculos no caminho. O pior era considerar a hipótese de ele nem estar lá...

Bati no vidro com toda força, usando a lata, mas ela quicou de volta. Bati novamente, com mais força e mais concentrada, e fui recompensada pelo som de vidro se quebrando. Um buraquinho apareceu no vidro da porta, e rachaduras perigosas se espalharam em todas as direções. Bati mais uma vez, e a maior parte do vidro simplesmente se soltou da moldura e caiu no chão da sala, lançando cacos para todos os lados.

Usei a lata de morangos para acabar de tirar os cacos protuberantes que continuavam presos em torno da fechadura. Só então enfiei a mão e abri o trinco por dentro.

— Assim que eu empurrar a porta — avisei a Jay —, o alarme vai disparar e nossos ouvidos vão vibrar de forma dolorosa por uma semana. Ignore o barulho e mova-se rápido. Você acha que ele está no andar de cima, então podemos começar por lá. Está pronto?

Empurrei a porta e entrei correndo, esmagando os cacos do vidro destroçado, mas nenhum alarme soou. O silêncio continuou, completo, inesperado e desconcertante. O que só podia significar duas coisas: Ou havia alguém na casa, o que era bom (mas também mau, porque obviamente eles não queriam nada comigo nem com Jay), ou o alarme fora disparado remotamente, e a delegacia local estava quase vindo abaixo naquele momento com tanta movimentação policial. Se fosse isso, em breve uma radiopatrulha lotada de tiras gordos e afoitos apareceria na alameda que dava na casa, e todos sairiam gritando como cães e brandindo seus cassetetes.

Ou, talvez, houvesse uma terceira opção. Já que de Docker nunca sequer visitara aquela casa, poderia não ter se dado ao trabalho de mandar instalar um alarme. Talvez imaginasse que os portões altos seriam uma barreira suficiente.

— Rápido! — ordenei a Jay.

Nós dois corremos para a escada. Algo estranho acontecia cada vez que nossos pés entravam em contato com os degraus de madeira. Chegamos ao topo, e procuramos de cômodo em cômodo com tanta rapidez — havia três quartos, todos em estilo Velho Oeste —, que levamos alguns minutos para perceber o que acontecia de tão estranho. Era poeira — um pó pesado e denso, com vários centímetros de espessura, que certamente jazia no chão havia um bom tempo —, elevando-se no ar a cada vez que nossos pés tocavam o piso.

Não havia ninguém em nenhum dos quartos, nem debaixo das camas. Nada, a não ser poeira. Perdendo as esperanças a cada instante, desci a escada novamente e direcionei meu restinho de otimismo para a cozinha.

Convenci a mim mesma de que ali encontraríamos sinais de vida. Certamente acharíamos um monte de comida fresca: leite, ovos, queijo, pãezinhos recheados de chocolate suíço. Mas não havia nada. E, quando percebi que a geladeira nem sequer fora ligada na tomada, foi como dar de cara na parede.

Não tinha ninguém ali. Ninguém pisava naquela casa havia muito, muito tempo.

Nem Wayne. Nem Gloria. Ninguém.

Capítulo Trinta e Dois

O anticlímax foi tão chocante que não consegui dar nem uma palavra. Jay também não.

O sentimento de urgência nos abandonou aos poucos enquanto caminhávamos, como pessoas em estado de choque, até o deque externo que dava para o lago. Ficamos ali parados observando a água, que continuava preta.

Por um longo tempo, permanecemos ali olhando, calados, as profundezas sombrias.

— O engraçado — comentei — é que essa água parece realmente tinta preta. E tem a mesma textura, quase viscosa.

— Dá para se afogar nela — disse Jay. — Existem vários avisos na TV que alertam sobre como é fácil isso acontecer.

— Eles estão errados — garanti. — É muito difícil se afogar.

Eu, mais do que ninguém, sabia bem disso.

Pensei em tudo daquela vez em que tentei me afogar, mas mesmo assim não consegui. Cheguei a preparar uma mochila só para o evento. Enchi-a com pequenos pesos de mão que eu comprara em outra vida, numa época em que estava interessada em trabalhar a musculatura dos bíceps. Também coloquei latas de morango em calda nos bolsos e calcei minhas botas mais pesadas. Esperei estar bem tarde da noite e um breu completo, e fui a pé até o fim do píer Dún Laoghaire, a mais de um quilômetro de distância da praia, tão longe da terra e das pessoas quanto eu conseguisse. Desci pelas pedras escorregadias, cheias de limo e algas, e me joguei.

Por sinal, a temperatura da água estava tão baixa que eu quase reconsiderei a ideia — só por um momento, — mas o choque maior foi perceber que era raso demais (não chegava nem na minha cintura). Eu esperava ser engolida imediatamente e levada para um lugar onde não existe dor.

Pelo amor de Deus! Será que a vida iria me humilhar até o último momento?

Com ar de desafio, lancei-me na direção do fundo da baía, onde era mais fundo — *tinha* de ser fundo, pois chegavam balsas gigantescas a toda hora —, mas o problema é que o excesso de peso atrasava meu avanço.

— Ei! — gritou uma mulher, do píer. — Você aí, na água, o que está fazendo? Está se sentindo bem?

— Estou ótima — disse. — Apenas nadando um pouco.

A mulher devia estar passeando com o cachorro. O que mais alguém poderia estar fazendo ali àquela hora da noite?

Continuei indo em frente, movendo-me de forma desajeitada e lenta, torcendo para chegar ao fim daquela parte rasa, quando eu seria tragada pelas profundezas. Só que a água continuava batendo na minha cintura. Tudo que eu conseguia era sentir cada vez mais frio. Meu queixo batia de forma descontrolada; minhas pernas e meus pés começaram a ficar dormentes. Talvez também funcionasse daquele jeito, pensei. Em vez de me afogar, eu começaria a sentir frio, muito frio, cada vez mais frio, até morrer de hipotermia. Não me importava a forma, desde que aquilo acabasse logo.

Palavras distantes me alcançaram em meio à noite fria e calma. Pessoas incorpóreas trocavam ideias a meu respeito.

— ... Está bem ali na água. Dê só uma olhada!

Então, uma voz masculina anunciou:

— Eu tenho uma lanterna.

Um cão latiu. Um raio de luz cortou a escuridão, através da água, e pousou sobre a minha cabeça. Pelo amor de Deus! Será que eles não podiam deixar eu me matar em paz?

— Você está bem? — O homem da lanterna parecia alarmado.

— Estou só nadando — gritei, com o máximo de autoridade que consegui reunir. — Deixem-me em paz, continuem a levar o cão para passear!

Um segundo homem se manifestou.

— Ela não está nadando. Está tentando se matar!

— Será?!

— Veja só... Está escuro, a água está congelando e ela está vestida da cabeça aos pés. Só pode estar tentando se matar.

— Então, precisamos salvá-la.

Quando dei por mim, os dois homens e — ó, suprema humilhação! — a *porra* dos seus cachorros desceram os degraus que iam dar nas pedras e pularam na água para me resgatar. Assim que chegaram onde eu estava, um dos homens soltou a mochila das minhas costas e a deixou afundar na água rasa.

— Deixem-me em paz! — implorei, quase em lágrimas. — Vão cuidar das suas vidas.

Juntos, porém, eles me puxaram de volta à força até os degraus, os cães ganindo, ofegando e formando uma alegre flotilha à minha volta.

A mulher que me avistara e dera início a toda aquela missão de resgate me ajudou a subir os últimos degraus.

— O que pode estar tão ruim na sua vida? — perguntou-me, com o rosto coberto de preocupação. — A ponto de você tentar fazer uma coisa dessas?

Eu sempre achei mesmo que as pessoas que gostavam de cães eram irritantes e sem um pingo de imaginação.

— Devíamos chamar a polícia — sugeriu um dos homens.

— Para quê? — perguntei. A essa altura, eu chorava muito, sem parar. Não estava morta. Continuava viva, apesar de desejar tão ardentemente ter morrido. — Não é crime nenhum tentar suicídio.

— Então você *realmente estava* querendo se matar!

— Devíamos chamar uma ambulância — sugeriu a mulher.

— Estou ótima — avisei. — Só molhada e com frio.

— Não é esse tipo de ambulância.

—Vocês estão falando na ambulância que traz homens de branco com camisas de força?

— Na verdade, sim.

— Ela está congelando — comentou um dos salvadores. — Ensopada até os ossos e tremendo de frio. Aliás, eu também.

Coitados... Depois de salvarem minha vida, não sabiam exatamente o que fazer comigo.

—Tenho um cobertor no carro — avisou a mulher.

— De qualquer modo, é melhor subirmos — disse um dos homens. Não adianta nada ficarmos aqui embaixo.

E lá fomos os quatro, três de nós tão ensopados que chegávamos a pingar. Levamos uns vinte minutos para fazer o caminho de volta, e formávamos um grupinho muito esquisito. Pelo que eu entendi, meus salvadores nem se conheciam; tinham saído para dar uma simples caminhada altas horas da noite, em companhia de seus cães, e deram de cara comigo tentado me matar. Agora, eram obrigados a puxar assunto e conversar abobrinhas com pessoas que nunca tinham visto mais gordas. Os cachorros, porém, se divertiam como nunca: novos amigos, um mergulho inesperado, a vida não poderia ser melhor.

—Você tem casa? — quis saber a mulher — Quer que avisemos alguém?

— Não, obrigada. Estou ótima. — As lágrimas continuavam a escorrer pela minha face.

— Quem sabe não seria uma boa você ligar para os Samaritanos, ou para alguma outra organização de apoio à vida?

— Sim, acho que vou fazer isso. — Eu morria de pena dos Samaritanos. Tenho certeza de que eles sentiam vontade de bater com o telefone na minha cara sempre que percebiam que era eu ligando mais uma vez, em busca de auxílio.

— Você perdeu o emprego recentemente ou algo assim? — quis saber um dos homens.

— Não.

— Seu namorado fugiu com outra garota? — perguntou o segundo.

— Não.

— Você pensou nas pessoas que iria deixar para trás? — quis saber a mulher, com um tom subitamente zangado. — Seus pais? Seus amigos? Por que não considerou os sentimentos deles? Como acha que se sentiriam se a maré não estivesse tão baixa e nós não estivéssemos na ponta do píer?

Olhei para eles com os olhos marejados.

— Sofro de depressão — informei. — Estou *doente*. Não resolvi fazer isso por diversão.

Além da vergonha, ainda tinha de aturar desaforos morais?! Puxa, quando uma pessoa tem lúpus ou câncer, não precisa aturar pessoas que as acusam de serem egoístas.

— Bem, acho — completou um dos homens — que você precisa ir para algum lugar onde possa descansar.

Capítulo Trinta e Três

Haviam se passado três meses, mais ou menos, entre minha primeira visita ao dr. Waterbury, quando eu caçoei da sua receita de antidepressivos, e minha tentativa de afogamento.

Uma semana depois de conhecê-lo, eu não só decidira tomar os medicamentos como voltava quase todo dia ao seu consultório implorando por uma dose mais elevada, desesperada para saber quando é que os remédios começariam a fazer efeito.

A descida ao inferno tinha começado três ou quatro dias depois do diagnóstico. Eu já não vinha me sentindo muito ensolarada, mas a trajetória descendente subitamente se acelerou. Talvez por ele ter colocado um rótulo nela.

Comecei a me sentir como se estivesse sendo partida ao meio.

Blocos imensos de ansiedade começaram a se desprender dentro de mim como se saíssem de uma geleira; esses blocos subiram até a superfície, formando icebergs que flutuavam soltos. Tudo me parecia horrível, pontiagudo e estranho. Era como viver dentro de um filme de ficção científica. Sentia como se tivesse feito um pouso de emergência em um corpo que era similar ao meu, num planeta que era similar à Terra, mas onde tudo era maligno e sinistro. Parecia que todas as pessoas à minha volta tinham sido substituídas por dublês delas próprias. Passei a me sentir muito, muito insegura. Desconfortável seria a descrição mais acurada de como eu me sentia... Desconfortável elevado à potência de um milhão.

Durante todo o dia meu estômago fazia barulho, mas eu não conseguia comer nada. Então, no meio da noite, uma fome voraz me assolava e eu devorava biscoitinhos, batatas fritas, tigelas e mais tigelas de cereais.

Comecei a tomar os comprimidos, mas em pouco dias estava de volta ao dr. Waterbury em busca de doses mais altas, e ele — sempre gentil, mas com firmeza — me avisava que eu deveria esperar três semanas, no mínimo, antes de os remédios começarem a fazer efeito. Não existia essa coisa de milagre instantâneo.

— Por Deus, não me diga uma coisa dessas. — Eu chorava e me retorcia diante dele. — Preciso de algo para me ajudar, e também preciso dormir um pouco. Por favor, me receite alguns comprimidos para dormir.

Com relutância, ele me receitou dez comprimidos de Stilnox, mas falou mil vezes que eles eram muito viciantes. Informou que, se eu criasse dependência dos remédios, não conseguiria mais dormir nem com a ajuda deles.

— Mas eu já não consigo dormir, mesmo! — argumentei.

— Algo de mau lhe aconteceu? — perguntou ele. — Para acionar esse... estado de espírito em que você está.

— Não. — Realmente não tinha havido nada. Nenhum trauma ou relacionamento rompido; ninguém próximo de mim morrera; eu não tinha sido roubada e minha casa não fora arrombada. Tudo acontecera de forma inesperada e muito repentina.

Bem que eu gostaria que tivesse acontecido algo grave. Porque, sem saber o que havia de errado comigo, como as coisas poderiam ser consertadas, para eu voltar ao normal?

— Alguma vez você já se sentiu assim? — quis saber o médico.

— Não. — Fiz um exame rápido de toda a minha vida. — Bem, para ser sincera, talvez... Algumas vezes. Mas nunca de forma tão avassaladora. Nem perto disso. E as crises não duravam muito, de forma que eu nem percebia direito, entende?

— Depressão é um evento ocasional repetitivo — concordou ele.

— O que significa isso?

— Que, se aconteceu uma vez, tende a se repetir.

— O senhor diz isso para que eu me sinta melhor? — perguntei, fitando-o longamente.

— Estou só lhe dando informações.

Fui para casa e esperei que as três semanas passassem. Nesse ínterim, passava horas e horas na internet, procurando no Google tudo sobre depressão, e fiquei alarmada ao descobrir que meus sintomas não se encaixavam completamente nos conceitos da doença. A depressão clássica, pelo que eu entendi, desacelera a pessoa e a domina por completo, a ponto de ela não conseguir fazer mais nada na vida. Li o blog de uma pobre mulher que estava deitada na cama, louca de vontade de fazer xixi, e levou sessenta e sete horas para conseguir se arrastar para fora das cobertas e caminhar até o banheiro.

Para mim não foi assim. Eu vivia energizada, precisava de coisas para fazer e tinha necessidade de continuar me movimentando. Não que eu pudesse de fato fazer algo, já que minha capacidade de concentração tinha sido totalmente aniquilada. Não conseguia ler mais nada, nem revistas. Se não fosse pelas minhas coleções de DVDs, não sei o que teria feito.

Não decidi, deliberadamente, parar de responder aos e-mails; o problema é que era mais fácil escalar o Everest do que construir uma frase que fizesse sentido. Também não tomei a decisão de nunca atender meu telefone. Na verdade, tencionava fazer isso mais tarde, ou no dia seguinte, assim que eu me lembrasse de como uma pessoa normal falava. Quanto ao trabalho, não precisei tirar licença médica, nada tão dramático. Foi o contrário: a licença de saúde é que me dominou. De algum modo, consegui me livrar dos novos casos nos quais vinha trabalhando e me deixei deslizar para um lugar onde não havia o que fazer. Foi uma situação que eu batizei de meramente temporária, mas o "temporário" acabou se instalando por várias semanas.

As pessoas me ligavam para me oferecer novos casos, mas eu não conseguia falar com elas direito, nem ligava de volta; depois de alguns dias, era tarde demais e eu sabia que os clientes tinham resolvido utilizar os serviços de outra pessoa.

Assistia à TV de montão, basicamente noticiários, nos quais eu nunca tinha me ligado muito. Ficava profundamente abalada por qualquer notícia ruim — especialmente desastres naturais e ataques terroristas —, mas não do jeito correto. Na verdade, essas tragédias me enchiam de esperança.

Nos fóruns sobre depressão que havia na internet, dava para ver que todo mundo ficava arrasado por eventos catastróficos. No meu caso, porém, eles me entusiasmavam. Meu raciocínio era que, se tinha acontecido um terremoto em algum outro país, talvez também acontecesse um ali na Irlanda, de preferência bem debaixo dos meus pés. Não desejava mal para ninguém, queria que todas as outras pessoas do planeta vivessem muitos anos e prosperassem lindamente em meio a momentos de pura felicidade. Mas eu queria morrer.

Sabia que meu estado mental não andava muito certo; estava desviado, errado e seguia contra as intuições normais. Afinal, o instinto humano básico era o de se proteger do perigo; em vez disso, eu desejava abraçá-lo. Na verdade, a única coisa que me animava e me fazia sair do meu apartamento todas as manhãs era a esperança de que algo terrível acontecesse comigo. Apesar de as estatísticas provarem que a maior parte dos acidentes acontece em casa, e não na rua, eu achava que havia mais chances de ser morta enquanto estivesse lá fora.

Os comprimidos eram meus bens mais preciosos. Eu os levava no bolso da calça jeans e, às vezes, os tirava só para ficar observando-os longamente, e então lhes lançava olhares de esperança. Esperava avidamente pelo bater das onze horas em algum relógio, para eu poder tomar meu próximo antidepressivo e aguentar mais um dia, a caminho da cura.

Meus troféus mais valiosos, porém, eram os comprimidos para dormir. No dia em que o dr. Waterbury cedeu e aceitou receitá-los para mim, cheguei a chorar de alívio. Bem, eu *acho* que era de alívio, mas o fato é que, nessa altura, eu chorava o dia todo, então, era difícil ter certeza. Naquela noite, eu consegui ver se aproximar a hora de ir para a cama sem o terror que geralmente acompanhava esse momento, e sem precisar assistir a quatro episódios do seriado *Curb Your Enthusiasm*.

De certo modo, os comprimidos funcionaram — eu apagava durante sete horas —, mas acordava com a estranha sensação de ter sido abduzida por alienígenas enquanto dormia. Com todo o cuidado, apalpava minha bunda. Será que eu tinha sido alvo de experiências estranhas? Será que eles tinham me submetido à famosa sonda anal?

O sono quimicamente induzido era muito melhor que as intermináveis horas de insônia cheias de horror, mas os comprimidos me proporcionavam sonhos elaborados e muito vívidos. Mesmo quando eu estava inconsciente, não me sentia a salvo. Era como se passasse cada noite sendo arremessada para cima e para baixo em montanhas-russas, enquanto pessoas horrendas me berravam desaforos. E todas as manhãs eu acordava e tropeçava no mundo, como se tivesse acabado de chegar de uma viagem muito longa, cansativa e tumultuada, enquanto continuava ausente de mim mesma.

Entretanto, por mais horríveis que esses primeiros dias possam parecer, ainda havia um pouco de inocência neles; a essa altura, eu acreditava que os remédios iriam me consertar. Se pelo menos eu aguentasse as necessárias três semanas, dizia a mim mesma, os comprimidos começariam a fazer efeito e eu ficaria legal. Só que as três semanas chegaram e se foram, e eu me senti pior, mais apavorada e menos capaz de agir.

Às vezes, tarde da noite, eu entrava no meu carro e dirigia sem rumo durante horas. Só que em duas ocasiões estourei o pneu dianteiro esquerdo do carro porque bati com força no meio-fio sem querer. Logo eu, que tinha tanto orgulho dos meus dotes de boa motorista, me tornara uma verdadeira ameaça nas ruas.

Voltei ao dr. Waterbury. Como eu passava a maior parte do tempo na internet, sabia mais sobre antidepressivos que o próprio médico. Seria capaz de recitar de cor as bulas de todos os comprimidos do mercado e suas diferentes famílias: os fármacos tricíclicos; os ISRSNs — que funcionam como inibidores seletivos de recaptação da serotonina e da noradrenalina; os ISRSs — inibidores simples de recaptação da serotonina; os IMAOs — inibidores de monoamina oxidase.

Propus ao médico que ele receitasse um tricíclico menos conhecido, e que minhas pesquisas na internet indicavam que poderia mitigar meus sintomas específicos. Ele precisou olhar num livro para saber do que se tratava e pareceu alarmado.

— Os efeitos colaterais desse medicamento são muito pesados — avisou. — Brotoejas, delírios, possibilidade de *hepatite*...

— Sim, sim, sim! — concordei. — Zumbidos nos ouvidos, convulsões, e ele também pode provocar esquizofrenia. Puxa, isso é o máximo! Não importam os riscos, desde que funcione e eu pare de achar que estou num filme de ficção científica.

— Esse medicamento raramente é prescrito — avisou ele. — Eu, pelo menos, nunca o receitei. Que tal tentarmos o Cymbalta? Muitos pacientes meus conseguem bons resultados com ele.

— Mas eu li sobre o outro na internet...

Ele resmungou alguma coisa que me pareceu "Essa porra de internet!"

— ... Uma mulher do blog que eu acompanho apresentava esses mesmos sintomas, se sentia dentro de um pesadelo, e os comprimidos a ajudaram muito.

Ele balançou a cabeça e decidiu:

—Vamos tentar o Cymbalta. É mais seguro.

— Se eu aceitar, o senhor me dá a receita para novos comprimidos para dormir?

Ele refletiu um pouco e retrucou:

— Só se você concordar em procurar um terapeuta.

— Combinado!

— Então está certo.

— O Cymbalta vai levar três semanas para começar a funcionar?

— Receio que sim. — Ele escreveu alguns garranchos num pedaço de papel. —Aqui estão dois terapeutas que eu recomendo.

Eu mal olhei para os nomes; estava interessada unicamente nos comprimidos e peguei a receita com avidez.

— Quer dizer que daqui a três semanas eu estarei melhor?

— Bem...

Mas as três semanas se passaram e eu tive de voltar nele.

— Piorei — avisei, logo ao entrar.

—Você ligou para algum daqueles terapeutas?

— Liguei! Claro que sim. — Eu teria feito qualquer coisa se achasse que poderia ajudar. — Fui me consultar com uma delas, Antonia Kelly. Ela é muito simpática. Mostrou-se solidária. —

E tinha um carro lindo: um Audi TT, preto, obviamente. Eu estava pronta para empenhar minha fé numa mulher com gosto tão excelente para carros. —Vou me consultar com ela todas as terças-feiras, já combinamos tudo. Só que vai levar décadas; terapia geralmente leva *séculos* para funcionar. Foi o que ela me disse. Falou em meses. A situação ainda é pior porque eu tive uma infância feliz. — Com os olhos arregalados, fitei o médico. — Isso esculhambou com as minhas chances de um bom tratamento!

— Mas certamente você já teve algum trauma na vida...

— Não, não tive! Bem que eu gostaria de ter tido! — Forcei-me a permanecer calma. — Eu juro, dr. Waterbury, juro que vou trabalhar todos os meus problemas existenciais, mesmo sem ter nenhum. E apesar de detestar essa expressão. Só que preciso de algo neste momento. Posso tomar algum remédio diferente? Por favor, posso experimentar aquele sobre o qual eu lhe falei?

— Tudo bem — cedeu ele. — Mas vai levar pelo menos três semanas para o medicamento começar a fazer efeito, assim como os outros.

— Ai, meu Deus! — reagi, quase gemendo. — Não sei se vou durar mais três semanas.

— O que quer dizer com isso?

— Quero dizer que se desse para eu traduzir o estado da minha mente em dor física, o senhor colocaria um travesseiro na minha cara, por pura compaixão. E se eu fosse um cão, certamente me daria um tiro, para me sacrificar.

Depois de uma longa pausa, ele disse:

— Acho que você deveria considerar a ideia de ir para algum lugar para repousar.

— Algum lugar? Como assim?

— Um hospital.

— Para quê? — Eu realmente não entendi. Lembrei-me da vez em que fui internada para retirar o apêndice. — O senhor está falando num hospital *psiquiátrico*?

— Isso mesmo.

— Mas a situação não pode estar assim tão ruim! Precisamos apenas encontrar o remédio certo! Por favor, me receite os comprimidos perigosos, aqueles que me darão convulsões e esquizofrenia. Garanto que vou ficar ótima!

Com relutância, ele me deu uma receita para os tricíclicos que provocavam todos aqueles terríveis efeitos colaterais. Apesar de eles me darem urticária e um tinido no ouvido que durou alguns dias (provavelmente imaginário), não me fizeram sentir nem um pouco melhor.

Foi quando percebi que não havia mais nada que me animasse a ir em frente.

Capítulo Trinta e Quatro

Jay Parker e eu passamos toda a viagem de volta de Leitrim em silêncio completo. A palavra "desalento" não serve nem para começar a descrever nosso estado.

Eu estava tão certa, tinha convicção *absoluta* de que encontraríamos Wayne. Para ser justa, tenho umas tendências do tipo pensamento monomaníaco, também conhecido como "ideia fixa", sabem como é? Obsessão total! Uma vez alguém me disse que, quando eu enfio uma ideia na cabeça, sou feito um cão agarrado a um osso, e não o largo de jeito nenhum. Talvez por isso fosse difícil processar o quanto eu estava enganada sobre Wayne.

No fim das contas, além de *não ter* encontrado Wayne, eu arrombara a casa de um ícone mundial. Apesar de Docker não morar lá. E apesar de ele nunca sequer ter visitado o lugar. De qualquer modo, a coisa ia pesar para o meu lado se ele decidisse vir atrás de mim com ordens de restrição, sem falar na vergonha pública e atos de ódio extremo vindos de seus devotados fãs.

Tentei me tranquilizar, argumentando comigo mesma que ele nunca descobriria que tinha sido eu. O problema é que pessoas como ele, ricas e poderosas, conseguem descobrir qualquer coisa que queiram. E havia as imagens da câmera dos portões. O equipamento provavelmente fizera um longa-metragem, comigo como estrela principal.

Meu Deus, *os portões!* Jay e eu tivemos de ir embora deixando-os escancarados, porque minha maquininha mágica, que nos ajudara a abri-los de forma tão condescendente, se recusou terminantemente a fechá-los. O pior é que tínhamos deixado o vidro da porta da frente casa de Docker completamente destroçado, em mil pedacinhos. Talvez devêssemos, pelo menos, ter consertado o buraco gigantesco com papelão e fita isolante — se ao menos tivéssemos acesso a papelão e fita isolante. O problema é que nos sentimos tão desolados e desapontados que tal ideia nem passou pelas nossas cabeças. Agora, a meio caminho de Dublin, eu percebia que, se o vidro não fosse recolocado no lugar, a vida selvagem dos campos em volta faria residência permanente dentro da casa e destruiria tudo. A porta precisava ser consertada com urgência, mas eu não conseguiria fazer isso sozinha. Mesmo que eu fosse uma vidraceira experiente, nem por todo o ouro do mundo eu voltaria a Leitrim; aquele lugar era sinistro demais.

Eu precisava avisar a alguém sobre a porta, mas quem? Eu não sabia o celular de Docker, e não tinha como entrar em contato com ele. Talvez eu devesse contratar um vidraceiro de Leitrim para fazer o conserto, mas como conseguiria manter o anonimato?

Quando nos aproximamos dos arredores de Dublin, o sol se preparava para nascer. A casa de Docker ficava tão enfiada nos confins de Leitrim que já passava de três da madrugada.

Falei pela primeira vez em várias horas.

— Jay, onde quer que eu deixe você?

Ele estava com a cabeça encostada na janela e nem pareceu me ouvir.

— Jay?!

Ele se virou para mim. Parecia tão deprimido quanto eu. Logo ele, que sempre se mostrava empolgado e positivo. Por um décimo de segundo, senti pena dele.

—Você estava dormindo? — perguntei.

— Não. Estava matutando... Onde, diabos, ele está? Pensei *de verdade* que ele estaria lá.

— Eu também. — A mais terrível das fadigas me acometeu por dentro quando percebi que teria de voltar à estaca zero. Precisaria interrogar os vizinhos com quem ainda não tinha falado. Teria de dirigir até Clonakilty, a famosa região produtora de chouriço de sangue de porco, só para conversar com a família de Wayne.

Mas resolvi encarar o desafio. Iria continuar investigando os fatos até algo aparecer. Ainda faltava chegar aquele monte de relatórios sobre as despesas do cartão de crédito de Wayne, sem falar na lista completa das ligações que ele fizera pelo telefone fixo e pelo celular. Quer dizer: a coisa não estava tão mal.

—Vamos encontrá-lo — garanti a Jay.

—Você acha mesmo?

— Claro! — Bem, talvez.

Essa resposta firme o deixou mais animado.

—Você é o máximo! — elogiou. — Simplesmente o máximo! Nós dois sempre formamos uma bela equipe, você e eu.

— Ahn... Não, Jay. Não formamos, não. — Ele acabara de usar contra mim a minúscula parcela de boa vontade que eu erroneamente lhe lançara. — Onde você quer que eu te deixe?

— Continuo morando no mesmo lugar.

Subitamente, me bateu um sentimento de muita raiva dele, por despencar novamente em minha vida, por agir como se pudéssemos ressuscitar nossa velha intimidade, por presumir que eu certamente me lembraria de tudo a seu respeito.

Com gélida polidez, avisei:

—Você vai ter de me ensinar o caminho para onde mora, para eu tentar chegar lá.

— O quê? — Ele mostrou-se atônito. — *Você sabe* onde eu moro.

— Receio que não.

— Mas você já esteve lá um milhão de vezes.

— Qualquer detalhe relacionado com você foi empacotado em caixas e estocado bem longe, em distantes prateleiras localizadas numa parte inacessível do meu cérebro, muito tempo atrás.

Isso o impediu de insistir. Dava para senti-lo lutando bravamente para argumentar alguma coisa, mas se viu preso em meio a tantas emoções que não conseguiu emitir uma única palavra. De repente, sua empolgação simplesmente apagou, como se tivesse sido tirada da tomada.

— Tá legal. Por mim, está ótimo — disse ele, com a voz sem expressão. — Vou lhe ensinar o caminho.

No instante em que chegamos ao prédio dele, já eram quatro horas e havia acabado de amanhecer, como acontece na Irlanda por essa época. O sol adora aparecer, vive em busca de atenção. É como uma criança que quer porque quer participar do seriado *Glee* e fica o tempo todo cantando e dançando, insinuando, sem parar: "Olhem para mim! Olhem para mim!"

Jay saltou do carro, me lançou um sorriso curto que mais parecia uma careta e disse:

— Mande lembranças minhas para Mamãe Walsh, quando chegar em casa.

— Mamãe Walsh? Vou para a casa do meu namorado, ora! Lembra dele? Um metro e noventa? Absurdamente lindo? Bom emprego e excelente salário? Basicamente um ser humano decente?

— Isso, aproveite bastante, mas não se esqueça de que continua à procura de Wayne.

— Falaremos disso amanhã.

— Já é amanhã.

— Deixa pra lá. — Pisei fundo no acelerador, e meu carro partiu com um cantar de pneus agradável e desrespeitoso.

O céu estava claro como se fosse meio-dia. O sol parecia uma inclemente bola branca em um céu muito azul, mas as ruas ainda estavam vazias. Era como se uma bomba tivesse explodido ali — uma daquelas que mata as pessoas, mas deixa os prédios intactos. Pareceu-me que eu era a única criatura que escapara com vida em todo o planeta.

Quando vi, ao longe, duas garotas cambaleando para casa, tentando se equilibrar em saltos altíssimos, quase esperei que elas perseguissem o carro, rosnando e com jeito de zumbis. Mas elas nem se deram ao trabalho de olhar para mim; estavam concentradas demais em tentar se manter em pé.

Por algum bizarro golpe de sorte, consegui uma vaga para estacionar a duas ruas da casa de Artie.

Entrei silenciosamente na casa e escovei os dentes; sempre carrego minha escova comigo, mesmo no tempo em que ainda não tinha virado uma sem-teto. Devido aos fatores de imprevisibilidade do meu trabalho, eu sempre levava tudo comigo: maquiagem, carregador de celular, até meu passaporte. Era como um caracol, carregando a vida inteira nas costas.

Entrei pé ante pé no quarto de Artie, que estava completamente às escuras — ah, como eram maravilhosas as cortinas com blackout. Comecei a me despir em silêncio. No breu total, dava para sentir o calor do seu corpo adormecido e cheirar sua pele linda. Então, eu me enfiei devagarzinho na cama, debaixo das suas deliciosas cobertas, e me permiti começar a me livrar das dores e relaxar os músculos.

Subitamente, o braço de Artie se ergueu, ele me agarrou na ponta da cama e me puxou para junto dele.

— Pensei que você estivesse dormindo — sussurrei.

— E estou mesmo.

Mas não estava.

Artie adorava dar umas rapidinhas de manhã cedo.

Começou me mordendo o ombro — mordidinhas curtas, mas fortes o bastante para machucar e me provocar arrepios. Em seguida, ele desceu lentamente até minha clavícula, depois mais um pouco, e começou a mordiscar, agora de leve, primeiro um mamilo e então o outro. Estávamos sob o manto da escuridão completa quando, entre mordidas e beijos, ele continuou por toda a extensão do meu corpo, até chegar aos pés e saudar cada um dos dedos, inclusive o dedinho; depois, começou a subir de novo, lentamente.

Não houve conversa, só sensações puras e fortes, até chegar a um ponto em que eu pensei que fosse explodir; então, ele se lançou dentro de mim com rapidez e fúria. Esperou até eu gozar duas vezes. Era um alívio saber que pelo menos aquela parte de mim continuava funcionando perfeitamente bem. Em seguida, o senti estremecer com força e arquear o corpo, enquanto tentava abafar um imenso grito de prazer, para o caso de as crianças ouvirem. Poucos instantes depois, sua respiração estava firme e estável novamente. E ele tornou a pegar no sono.

Canalha sortudo. Eu não consegui dormir. Estava exausta, mas minha cabeça continuava a mil. Resolvi me forçar a respirar de forma pausada e profunda, e ralhei comigo mesma, dizendo mentalmente: "É hora de dormir. Estou na cama ao lado de Artie e está tudo bem."

Não funcionou. Eu me senti terrivelmente inquieta. Meus comprimidos para dormir estavam a poucos metros de distância, na minha bolsa, e bem que desejei tomar um deles e apagar por completo durante algum tempo.

Mas não ali. Um comprimido para dormir era algo precioso demais para desperdiçar. Queria ir para algum lugar onde eu pudesse dormir sem interrupções, e Artie normalmente acordava às seis da manhã.

Percebi que o que eu queria mesmo era ir para casa, mas, assim que essa ideia entrou em minha cabeça, o alívio que ela me proporcionou explodiu como uma bomba, porque eu me lembrei, com uma nova pontada de dor pela perda, que não podia mais ir para o meu apartamento. E a ideia de voltar para o quarto de hóspedes da casa dos meus pais não tinha os mesmos atrativos.

Mas a sensação de pânico aumentava. Eu não conseguia mais ficar deitada ali, com Artie me abraçando.

Escorreguei lentamente da cama e me vesti no escuro, com um mínimo de barulho de roupas. Mesmo no meu péssimo estado de espírito, ainda sentia muito orgulho do meu conjunto de habilidades, e me vestir sem fazer barulho era uma delas. Saí do quarto em silêncio e fechei a porta atrás de mim sem fazer ruído.

Sem emitir um único som, quase flutuei pelos degraus de vidro. Sou um fantasma, pensei. Sou um espectro. Sou um zumbi...

— Helen! Você está aqui!

— Jesus Cristo! — Pensei que meu coração fosse sair pela boca, com o susto.

Era Bella, parada no corredor, vestindo pijama cor-de-rosa e carregando um copo de bebida igualmente cor-de-rosa.

— Você veio para o churrasco? — quis saber ela.

— Que churrasco? São cinco da manhã.

— Vamos fazer um churrasco. Mais tarde. Vai ser à noite, na verdade. Sete horas em ponto. E também vamos ter refrigerante de gengibre feito em casa.

— Puxa, que legal! Mas agora eu preciso ir...

— Aceita um cálice de vinho?

Para ser sincera, eu adoraria tomar um cálice de vinho, mas eu realmente precisava dar o fora dali.

— Posso arrumar seus cabelos?

— Tenho que ir embora, querida...

— Por que não veio aqui em casa ontem à noite? Assistimos a um filme fantástico sobre Edith Piaf. Nossa, a história foi tão triste, Helen. A personagem principal tinha uma pequena corcunda e acabou se viciando em drogas por causa disso.

— Sério mesmo? — Eu não tinha certeza de Bella ter entendido os fatos muito bem, mas ela só tinha nove anos, então deixei que continuasse a alimentar seus delírios.

— Quando ela era menina, sua mãe fugiu e ela teve de morar em um... Como é mesmo o nome daquelas casas de prostituição?

— Um bordel.

— Isso mesmo, um bordel. Só que ela não virou prostituta, embora isso pudesse ter acontecido. Amava um único homem, mas, no dia seguinte após o casamento com ele, o pobrezinho morreu num desastre de avião.

Sério? No primeiro dia depois de casar?, pensei. Se aquilo era verdade, pensei, era muita desgraça, uma infelicidade completa.

— Ela era uma figura trágica, Helen.

— Sim, uma figura trágica, certamente. — De quem ela tinha ouvido aquelas palavras? Pareciam ser de Vonnie. Será que ela havia assistido ao filme com eles?

— Foi isso que mamãe comentou a respeito da personagem.

Com isso, minha pergunta silenciosa foi respondida.

— Preciso ir agora, Bella.

— Ah, precisa mesmo? Que triste! — Ela pareceu arrasada. — Queria preencher um pequeno questionário com você. Eu inventei as perguntas sozinha, tendo você em mente. Quero saber tudo sobre suas cores prediletas e suas coisas favoritas. Mas a gente se vê mais tarde, certo? Não esqueça, teremos refrigerante de gengibre feito em casa!

Capítulo Trinta e Cinco

Refrigerante de gengibre feito em casa... Quem iria imaginar que eu acabaria envolvida com um homem que se presta a isso? Ou, pelo menos, que tem filhos que curtem esse tipo de coisa? É mesmo muito estranho como as pessoas mais improváveis acabam juntas.

Vejam só, por exemplo, a história de Bronagh e Blake. Ninguém jamais diria que eles tinham algo a ver um com o outro. Quando se envolveram, uns quatro anos atrás, eu fiquei chocadíssima, e não só porque sempre achei que sempre seríamos só eu e ela. Foi também porque Blake era um cara que adorava rugby, tinha voz de trovão, bancava o macho Alfa louco por dinheiro e era o tipo de sujeito que automaticamente se casa com uma loura rebolante de pernas muito compridas, mesmo que o cérebro dela tenha sido declarado clinicamente morto. Nem em um milhão de anos eu imaginaria que ele se interessaria por Bronagh.

E seria capaz de apostar que Blake também não fazia o tipo de Bronagh, mas, de repente, ali estavam eles, loucos um pelo outro.

Na época, Blake era corretor de imóveis, mas avisava depressa que isso era apenas uma atividade temporária. Era um homem com altos planos: tencionava se tornar um consultor de projetos imobiliários, seria incrivelmente bem-sucedido, teria carrões, uma mansão em Kildare e outra em Holland Park, além de um jatinho em sistema de tempo compartilhado, no qual a propriedade do bem é repartida entre várias pessoas.

Quando tentei curtir com a cara dele, perguntando:

— *Compartilhado*, Blake? Que coisa pobre! Por que não um jatinho só seu o tempo todo?

Ele rapidamente me cortou, explicando:

— E pagar pela manutenção da aeronave, taxas de estadia em aeroportos e os custos de um hangar? Tá de sacanagem comigo, Helen? O homem esperto escolhe o tempo compartilhado, porque obtém todas as conveniências sem pagar nenhum custo fixo.

Bem... eu não era exatamente fã dele, mas certamente admirava seu bom gosto: ele realmente entendeu Bronagh. Permitiu que ela fosse tão maluca quanto sempre foi. Bronagh jamais seria uma esposa do tipo troféu — estou tentando ser delicada. Mesmo que vivesse até os mil anos, Bronagh nunca conseguiria planejar jantares formais com perfeição. E, ainda assim, Blake a incluiu como peça-chave em suas saídas para seduzir clientes em potencial.

Houve uma noite célebre em que Blake comprou um monte de ingressos para uma peça no teatro Abbey, um dos mais importantes da Irlanda. Os convidados eram um bando dos seus glamorosos possíveis clientes, e eu não me recordo exatamente a razão de isso ter acontecido, só sei que acabei sendo convidada para assistir à peça com eles. Tudo começou de um jeito fino e civilizado — champanhe rosé no bar, apertos de mão vigorosos e muitas saudações formais do tipo "muito prazer em conhecê-lo". Porém, assim que nos acomodamos nas poltronas e as luzes se apagaram, a elegância foi toda para o espaço. Logo nos primeiros minutos, Bronagh começou a comentar em voz alta sobre os "diálogos de merda" da peça. Imaginei que Blake fosse lhe dar umas cotoveladas discretas e mandá-la calar a boca, dizendo:

— Silêncio! Olha o mico diante dos clientes!

Mas ele não disse uma única palavra.

Em uma fala particularmente ruim do texto, Bronagh não se conteve e protestou com a voz muito, muito alta:

— AH, PELO AMOR DE DEUS!

Quando olhei para Blake, ele estava quase se mijando de rir.

Durante o intervalo — momento que os atores no palco certamente rezaram durante todo o primeiro ato para chegar bem depressa —, Bronagh liderou o grupo até o bar e comunicou:

— Estou organizando uma fuga em massa. Vamos abandonar esse monte de merda e sair para tomar drinques em cada pub daqui até Rathmines. Quem topa?

Em vez de os glamorosos clientes em potencial recuarem indignados, se puseram a aplaudir, gritar e sapatear no chão como uma alcateia de lobos sob a lua cheia. E lá fomos nós! Lançamo-nos no Grande Circuito dos Pubs de Dublin em grande e etílico estilo. Sapatos foram perdidos na empreitada; um cartão de doador de órgãos foi enfiado na maquininha errada e só foi recuperado nas Filipinas; três membros do alegre grupo acordaram, na manhã seguinte, em Tullamore, sem fazer a mínima ideia de como tinham ido parar lá; um sujeito chamado Louis doou seu carro (um BMW) para um sem-teto que encontramos pelo caminho, e perambulou a pé pelas ruas no dia seguinte em busca do sem-teto, a fim de pedir o carro de volta; uma garota chamada Lorraine acordou deitada no chão de sua sala de estar, de barriga para cima e as pernas abertas, vestindo um casaco Prada novinho, ainda com a etiqueta da Brown Thomas onde se lia o preço — 1.750 euros. A única explicação possível foi que ela invadira a loja na calada da noite para roubar o casaco.

Apesar dos pesares, cada um dos glamorosos clientes em potencial, sem exceção, declarou que haviam curtido a melhor noite de sua vida. Até mesmo o pobre Louis, que nunca mais viu o carro.

(Naturalmente, Lorraine tinha muito a agradecer pela noitada; conseguira um casco Prada novinho. Mesmo assim, passou os seis meses que se seguiram morrendo de medo de a polícia bater na sua porta a qualquer momento.)

Sábado

Capítulo Trinta e Seis

Eu não me deitaria no sofá, decidi. Muito menos — Deus me livre! — na cama. Isso seria invasão de domicílio. Mas deitar no chão podia. Desde que me limitasse ao chão da sala de Wayne, eu ainda estaria, tecnicamente, trabalhando.

Depois de sair da casa de Artie, decidira dirigir até Clonakilty para visitar os pais e a irmã de Wayne. Pareceu-me que esse seria um bom modo de passar o tempo; eu não conseguia dormir, e teria de ir até lá em algum momento. Portanto, por que não agora?

Só que, depois de quarenta minutos na autoestrada vazia, comecei a ter algo parecido com alucinações. Estava dirigindo quase sem parar desde as oito da noite do dia anterior, e certamente seria uma ameaça nas estradas, no estado deplorável em que me encontrava. Por mim estava tudo bem colocar em risco minha própria vida — na verdade, era quase um prazer —, mas a ideia de machucar outras pessoas era horrenda.

Peguei o retorno seguinte e voltei para Dublin. Porém, quanto mais perto da cidade eu chegava, mais me vinha à cabeça a lembrança de que eu tinha perdido meu apartamento. Não havia mais casa para eu chamar de lar. Nossa, que esquisito! Para onde eu poderia ir?

Decidi dar uma passadinha na casa de Wayne, porque isso contava como atividade profissional.

Mercy Close estava calma e vazia às seis da manhã de um sábado. Entrei silenciosamente na casa número quatro e desliguei o alarme.

Depois, senti uma imensa calma se infiltrando em meus músculos, como se eu pertencesse àquele lugar. Isso não era nada bom. Aquela não era minha casa. Eu não morava ali; nunca teria condições de morar ali. Era importante manter esses fatos em mente.

Dez segundos depois de eu entrar, uma mensagem de texto apareceu no celular, me alertando da chegada de alguém ao local (eu mesma). Excelente, as coisas estavam funcionando bem.

Circulei pela casa de Wayne por algum tempo, observando todas as coisas nas quais não tinha reparado antes. Havia um desenho preso na geladeira, feito com giz de cera, mostrando um homem num carro. Numa escrita falha, alguém escrevera "Eu amo o tio Wayne", acompanhado por uma fileira de beijos desenhados.

Em seguida, admirei a lareira da sala de estar por quase sete minutos. Linda! *Só podia* ser um projeto original. Tinha maravilhosos ladrilhos pretos de cerâmica em um estilo meio anos 1930, com flores verdes e roxas desenhadas.

Que cara legal Wayne devia ser! Que coisas lindas ele tinha em sua casa. Nesse momento, um bocejo monumental lançou minha cabeça para trás e quase me deslocou o maxilar.

Senti-me subitamente exausta e fiquei com vontade de deitar. Um tapete tão lindo, pensei, já me agachando. Um piso em tábua corrida tão vistoso! Em seguida, posicionei meu corpo no chão, me recostei devagar e me deitei de costas, porque, enquanto eu me mantivesse naquela posição, olhando para o teto, continuava trabalhando. Se eu me virasse de lado e ficasse em posição fetal, já viraria "repouso"; isso era invasão de domicílio e, portanto, errado. Por causa desse detalhe técnico, continuei ali, deitada de barriga para cima, analisando o lindo teto de Wayne. Resolvi desligar o celular só por alguns minutinhos...

Algum tempo depois, acordei com um solavanco terrível. Meu coração estava disparado e minha boca, completamente seca, mas uma parte de mim se orgulhou por eu ainda estar deitada de barriga para cima. Atitude profissional até o fim! Peguei meu celular e o liguei — era uma e quinze da tarde. Eu conseguira apagar por mais de cinco horas. Fabuloso! Assim, haveria menos tempo pela frente para enfrentar, naquele dia.

Tinha de tomar meu comprimido lindo, minha gracinha. Cambaleei até a cozinha, me servi de um copo de água da torneira e rezei para que alguma bactéria poderosa estivesse de tocaia no líquido. Antes de tomar o antidepressivo, levei um papo rápido com o comprimido. "Funcione!", incentivei-o. "Leve para bem longe de mim essa sensação medonha e pavorosa."

Imaginei o remédio circulando rapidamente por todo o meu corpo, acelerando os níveis de produção de serotonina enquanto a substância se movia. Puxa, como eu gostaria de ter um coágulo pulmonar! Tentei visualizá-lo, do mesmo jeito que os pacientes com câncer aprendem a visualizar suas células cancerosas sendo destruídas. Em minha mente, via o coágulo florescendo e se desenvolvendo sem parar, até ficar agarrado nas minhas coronárias, bloqueando a circulação do coração, deixando o sangue se amontoando atrás dele como água em uma represa, inundando tudo e transbordando por todos os lados enquanto eu perdia a consciência...

Será que seria errado eu beber uma das Cocas zero de Wayne?

Estava morrendo de sede, precisava de algo para me estimular e havia uma garrafa bem ali, na geladeira. Tecnicamente seria *errado* eu beber aquilo, uma espécie de roubo. Mas eu poderia repor o líquido depois. Beberia a garrafa toda agora e compraria uma novinha. Quando Wayne voltasse, jamais perceberia a diferença.

Sempre presumindo que Wayne *iria* voltar. Olhei para fora, pela janela da cozinha, admirando o pequeno jardim dos fundos, e um pensamento começou a surgir em minha cabeça: talvez Wayne nunca mais voltasse e eu pudesse simplesmente me mudar para aquela casa. Quem sabe minha vida não estava prestes a se transformar num filme estranho? Eu começaria dirigindo o carro de Wayne e depois usaria suas roupas. Em seguida, passaria a comer seu macarrão e tomar seu Cymbalta. Talvez, no fim de uma semana, eu mesma, Helen Walsh, estivesse vestindo um terno branco, cantando para milhares de pessoas nos shows de quarta, quinta e sexta-feira da semana seguinte, e ninguém notaria a diferença. Aos poucos, eu acabaria *me transformando* em Wayne. Na verdade, talvez isso já estivesse acontecendo.

OK, agora eu estava ficando assustada comigo mesma.

Prometendo ao universo que iria comprar uma Coca nova na loja mais próxima dali a minutos, servi-me de um copo de refrigerante e peguei meu amado celular. Muitas mensagens de texto haviam chegado enquanto eu dormia.

Uma delas era da minha irmã Claire, me convidando para um churrasco em sua casa, mais tarde. Havia vinte — não é exagero, eram vinte — mensagens de Jay Parker me perguntando, de vinte maneiras diferentes, se eu já tinha encontrado Wayne, e depois dizendo que John Joseph iria fazer um churrasco e contava com minha presença. E também havia uma mensagem de Artie.

Eu sonhei que vc esteve aqui? Vai rolar um churrasco mais tarde. Vc vem?

— Que história é essa? — reagi, em voz alta. — Hoje é o Dia Nacional do Churrasco?

É decepcionante gastar uma observação sarcástica tão excepcional quando não há ninguém para ouvir você.

Liguei para o celular de Wayne e, mais uma vez, o aparelho estava desligado. Mesmo assim, mantive a esperança de que, se continuasse ligando em momentos aleatórios, de repente ele poderia atender.

No banheiro do andar de cima, escovei os dentes, e, depois, pouco à vontade, olhei para o chuveiro antes de entender, com

CHÁ DE SUMIÇO 337

grande alívio, que eu *não poderia* usar a água quente de Wayne, certo? *Isso* seria uma espécie de invasão terrível de domicílio.

Além do mais, eu não tinha me deitado na cama e, portanto, não poderia me levantar; tecnicamente, nem precisaria tomar banho. É claro que o pequeno cochilo de cinco horas no chão de Wayne não contava. Uma boa lavada no rosto e nas mãos teria que bastar, por enquanto.

Voltando ao andar de baixo, forcei-me a fazer algo desagradável e assustador: escrevi um longo e-mail para Docker. Durante meu sono improvisado, tinha tomado a decisão de que era melhor encarar de frente o fato de que eu arrombara a casa dele e abrir o jogo, em vez de viver sob o domínio do medo, olhando por cima do ombro o tempo todo, esperando que ele fosse me encontrar a qualquer momento.

Na linha de assunto do e-mail, coloquei "Preocupada com Wayne", e contei tudo a Docker — desde o desaparecimento até minhas suspeitas de que Docker o estava protegendo, chegando no ponto em que descobri sobre a casa em Leitrim e me convenci de que Wayne estava lá. Contei sobre ter quebrado o vidro da porta da frente e da minha volta para Dublin, deixando a casa aberta aos elementos da natureza; falei também da minha preocupação de que centenas de esquilos saqueadores pudessem formar uma colônia na sala de estar da casa, assistindo às reprises de *Meerkat Manor* na TV e se recusando a abandonar o local. Não mencionei que qualquer esquilo que se preze certamente odiaria a decoração de Velho Oeste, pois talvez isso o deixasse confuso. O e-mail terminava com múltiplas desculpas e a promessa de que eu mandaria consertar a porta.

Como eu não tinha como entrar em contato diretamente com Docker, enviei o e-mail para o seu agente: um sujeito chamado Currant Blazer, da William Morris (pelo menos foi o que encontrei na internet); um cara que provavelmente recebia zilhões de e-mails todos os dias e nunca leria o meu. Pelo menos, fiz a coisa certa.

Estava convencida de que não havia vidraceiros em Leitrim — aliás, tinha quase certeza de que ninguém sequer morava lá —, mas uma rápida pesquisa no Google revelou-me um tesouro de artesãos e comerciantes; não só vidraceiros, mas também serralheiros, praticantes de reiki, manicures, todos trabalhando na região de Leitrim! Quem diria!?

Escolhi um vidraceiro ao acaso, um sujeito chamado Terry O'Dowd. Liguei para ele e contei a novela inteira: portão aberto, porta quebrada...

— Sei... — disse ele, respirando perto demais do fone. — Estou anotando tudo. — Pela voz, imaginei que tivesse sessenta e poucos anos; um cara lento e pacato, com uma barriguinha de cerveja, mas do tipo fofinho, não com obesidade mórbida. — Esquilos, você disse?

— Sim, ou talvez texugos.

— Te-xu-gos — repetiu ele, escrevendo metodicamente. Dava até para ouvir o barulhinho do lápis sobre o papel. — Um nome esquisito, não acha? Os texugos são animais adoráveis, e mereciam um nome mais bonito. Qual é o endereço?

Informei.

Subitamente, sua voz demonstrou empolgação.

— Essa é a casa de Docker! Ele vem aqui?

— Não.

— Esperamos por ele há sete longos anos!

— Pois é, mas ele não vai aparecer.

— Ele está em Londres no momento, ou a caminho de lá. Vai se encontrar com Bono. Planejam apresentar uma petição na casa do primeiro-ministro britânico em benefício de algum lugar. Darfur, talvez.

— É o Tibete.

— Não, acho que não é o Tibete. Puxa, Tibete é muito 1998. Já ficou esquecido lá atrás, não é?

Talvez ele tivesse razão. Tibete andava meio *passé*.

— Acho que Darfur não é — garanti. — Pode ser a...

— *Síria!* — dissemos, ao mesmo tempo.

— Graças a Deus nós lembramos! — exclamou ele. — Eu ficaria louco se não tivéssemos lembrado.

— Era só procurar no Google.

— É verdade. Como é que as pessoas faziam quando não existia o Google? Acho que o povo era obrigado a saber de tudo, não acha?

— Sábia observação, sr. O'Dowd, sábia observação!

— Pode me chamar de Terry, Helen.

— Então é isso, Terry. — Engoli em seco. Estávamos nos dando tão bem, Terry e eu, mas as coisas iam começar a ficar esquisitas naquele momento. — Quanto ao seu pagamento, Terry... É que meu cartão de crédito está meio... Como dizer? Bem, para ser sincera, o banco o cancelou. Mas eu posso fazer um depósito na sua conta na segunda-feira de manhã. Eu poderia lhe enviar um cheque, mas ele iria voltar por falta de fundos, então é melhor o depósito na conta. — Graças aos céus pelos maços de dinheiro que Jay Parker colocara na minha mão.

Se bem que seria complicado eu ir pessoalmente ao banco, e até suspeitava que isso não era mais possível no estranho mundo em que vivemos atualmente. Nesse caso, o que eu poderia fazer? Talvez me sentisse tão frustrada que iria acabar invadindo um daqueles *bunkers* de concreto onde funcionava um *call-center*, quarenta e nove andares abaixo do solo. Milhares, milhares e milhares de empregados estariam sentados ali, usando *headsets* e competindo entre si para ver quem conseguia deixar uma pessoa esperando por mais tempo. Certamente ficariam horrorizados ao me ver em carne e osso no seu local de trabalho... Uma cliente da vida real ali, em pessoa, em vez dos idiotas sem rosto do outro lado da linha telefônica. Luzes vermelhas de alerta iriam se acender, uma sirene iria disparar e todos os alto-falantes espalhados pelo local ganhariam vida, avisando em altos brados: "Alerta de invasão, alerta de invasão! Contaminação, contaminação! Isto não é uma simulação. Repito, isto não é uma simulação!"

Nossa, que pensamento bizarro! Talvez fosse mais fácil simplesmente pedir que mamãe preenchesse um cheque, e eu daria o dinheiro a ela. Não... Era melhor não pedir nada a mamãe, ainda mais depois daquele lance com as fotos de Artie.

— Então, Terry, quanto é que eu lhe devo?

— Considerando que é a porta da frente da casa de Docker, e levando em conta o fato de que eu gostei muito do som da sua voz e de conversar com você, Helen, o único custo será o do material, a mão de obra é grátis. Vou lhe repassar o valor por mensagem de texto. Só lhe peço um favor... Na próxima vez que você estiver com Docker, peça que ele venha até aqui para nos ver. Docker poderia fazer muita coisa boa por Leitrim... Quem sabe ele conseguiria até nos colocar no mapa.

—Terry, você é bastante simpático e estou muitíssimo grata por sua gentileza, mas eu não conheço Docker. Provavelmente nunca terei a chance de conversar com ele.

— Pelo menos me dê sua palavra de que, se algum dia você o conhecer e falar com ele, vai lhe contar sobre nós.

— Certo, farei isso. Dou minha palavra. E prometo fazer o depósito na segunda-feira de manhã; então, no máximo na terça-feira o dinheiro estará na sua conta.

— Não se preocupe — garantiu-me ele. — Vou consertar a porta hoje mesmo. E tenho um amigo que vai cuidar do portão. É uma coisa a menos para você se preocupar.

Ele desligou e eu fiquei olhando para o telefone. Às vezes, as pessoas eram tão gentis que isso quase me matava de emoção.

Capítulo Trinta e Sete

Liguei para Artie.

— Eu sonhei que você esteve aqui? — quis saber ele.

— Eu estive aí de verdade, por algum tempo, mas não consegui dormir... — respondi, rindo. — Estou um pouco obcecada com Wayne, você sabe como são essas coisas.

É claro que ele sabia. Era igualzinho a mim. Não conversava comigo sobre o seu trabalho, ainda mais por tratar de assuntos altamente sigilosos e confidenciais, mas eu sabia que ele se envolvia com os casos em que trabalhava, tanto quanto eu.

— Suponho que ele ainda não foi encontrado, certo?

— Acertou na mosca! — Contei-lhe tudo sobre o fiasco de Leitrim. — Artie — perguntei, subitamente —, onde *você* acha que Wayne pode estar?

Ele demorou a responder. Estava pensando. Em seu campo de atuação, já tinha visto de tudo. Pessoas que simulam o próprio suicídio e se escafedem com malas cheias de dinheiro. Gente que monta armadilhas para seus sócios, filmando-os com prostitutas para depois chantageá-los com os resultados gravados em vídeo.

— Não faço ideia, amor... Tudo é possível, tudo *mesmo*. Os extremos do comportamento humano são... Na verdade, não existe limite para o que as pessoas fazem consigo mesmas e umas com as outras. Mesmo assim, vou continuar pensando sobre o assunto. E quanto a você? Como está se sentindo a respeito do seu apartamento e tudo o mais?

— Estou ótima. — Meu tom era de desafio, até mesmo de confrontação, porque aquilo tinha de parar.

Depois de outra longa pausa, ele continuou a falar.

— Essas conversas não deviam acontecer pelo telefone. — Ele me pareceu triste. — É uma pena que, muitas vezes, essa pareça ser nossa única oportunidade para um pouco de privacidade... Temos essa espécie de meia-vida juntos, na qual nos vemos regularmente, mas não nos encontramos de verdade, porque meus filhos estão sempre por perto.

— Artie, esse papo está se tornando uma daquelas conversas terríveis sobre "fazer a relação dar certo", e você sabe muito bem qual é minha posição a respeito desse assunto.

— É que, às vezes, essas conversas são inevitáveis.

— Vamos simplesmente deixar a coisa rolar por enquanto. Pode ser?

— Combinado, então... Por enquanto. E hoje, você vem? Vou estar com as crianças, mas você poderia aparecer por aqui... Vamos fazer um churrasco.

— Já soube. Encontrei Bella no corredor às cinco da manhã. Ela me contou do "refrigerante de gengibre feito em casa".

— Isso mesmo. Temos grandes planos em andamento.

— Estarei lá.

Desliguei o celular.

Devia ligar para Jay Parker em seguida. Em vez disso, porém, subi mais uma vez a escada, segui para o escritório de Wayne e liguei o computador. Olhei fixamente para a tela durante um longo tempo, tentando descobrir a senha por simples intuição.

De repente, descobri qual era: "Gloria". *Só podia ser*. Uma palavra de seis letras e uma pessoa obviamente importante para Wayne.

Mas... E se eu estivesse errada?

Não, eu não podia estar errada. Gloria era a chave para tudo aquilo. Eu tinha certeza disso.

Com dedos trêmulos, digitei o G. Depois o L. Depois o O. Então, parei. Tive medo de ir em frente; caso não fosse "Gloria", eu iria perder uma das minhas três preciosas oportunidades. Mas estava sem opções e tinha de tentar isso. Mais que depressa, digitei as três últimas letras e apertei "enter".

Depois de dois segundos agonizantemente longos, uma mensagem apareceu: Senha Incorreta.

Olhei para a tela por um longo, longo tempo. Desejei desesperadamente não ter feito aquilo. Antes de digitar, eu ainda podia ter esperança.

O sofrimento me invadiu em ondas, e esperei que o choque fizesse seu estrago. Mas Gloria continuava sendo uma peça importante no caso, disse a mim mesma. *Muito* importante. Eu só não sabia de que modo, ainda. Mas iria descobrir, em algum momento. Iria, sim. E quando eu encontrasse Gloria, também encontraria Wayne.

Bem... E eu ainda tinha duas chances de digitar a senha correta. Nem tudo estava perdido.

Lentamente, levantei-me e fui para o lindo banheiro de Wayne. Abri o armário e peguei seu frasco de comprimidos para dormir, perguntando a mim mesma se poderia roubar alguns. Será que aquilo era importante para ele? No meu caso, por exemplo, eu sabia exatamente quantos comprimidos tinha e quantos me restavam, até o último miligrama. Mas talvez ele nem ligasse, ou nem se perguntasse para onde eles tinham ido. Mesmo assim, me obriguei a colocar o frasco de volta na prateleira, fechei o armário e voltei para a sala de estar.

Retomei minha posição já familiar (deitada no tapete de barriga para cima) e tentei organizar os pensamentos sobre Wayne. O que eu tinha de certezas, exatamente? Quais eram os *fatos* do caso?

Gloria era um beco sem saída. Docker também não dera em nada. Em termos de *fatos*, tinha me restado muito pouco. O que eu sabia com certeza é que, na quinta-feira de manhã, alguém chamado Digby ligou para o telefone fixo de Wayne. Isso era um fato. Visualizei um carimbo escrito "FATO", em letras pretas, sendo batido sobre um documento confidencial. Gostei disso! Também era um fato que Wayne saíra de carro alguns minutos depois, em companhia de um cara corpulento de cinquenta e poucos anos e careca. FATO! Imaginei uma nova carimbada.

Provavelmente era seguro supor que Digby e o tal cinquentão corpulento e careca fossem o mesmo cara. Portanto, Digby era a última pessoa, até onde eu sabia, que tinha visto Wayne. Portanto, a linha mais elementar de investigação me dizia que era importante falar com ele. Só que eu já ligara duas vezes para o seu celular — quando foi, mesmo? Será que foi ontem? Nossa, tanta coisa tinha acontecido depois disso... Ele não me retornou, e eu sabia que isso não iria acontecer, mas precisava saber mais a seu respeito. O que Digby era de Wayne? Apenas um motorista que ele contratou? Ou um amigo?

Para quem eu poderia fazer essa pergunta? As pessoas óbvias eram os integrantes da Laddz. Todos haviam negado de forma veemente conhecer algum cinquentão corpulento e careca. Mas eu não tinha perguntado se conheciam alguém chamado Digby. Ou se tinham ouvido, alguma vez, Wayne comentar sobre tal pessoa.

Para ser justa, tudo isso eram apenas lucubrações mentais, porque, assim que eu recebesse os relatórios dos hackers do cartão de crédito e das ligações telefônicas, Wayne estaria na palma da minha mão. Saberia exatamente onde ele está. Só que não teria essa informação até segunda-feira — ainda faltavam trinta e seis horas. Nesse meio tempo, precisava de algo para fazer... Qualquer coisa!

Peguei meu celular. Pensei em ligar para Jay Parker e pedir para que ele me colocasse em contato com cada um dos integrantes da Laddz, mas hesitei. Talvez não fosse uma boa fazer esses mini-interrogatórios por telefone. Havia um monte de "bandeiras" visuais que não dava para perceber sem ver a pessoa. Eu tinha de perguntar sobre Digby pessoalmente.

Nossa, isso ia ser difícil! Para interrogá-los, eu precisaria me levantar dali. E abandonar a linda casa de Wayne. Mas talvez fosse melhor assim, porque eu estava muito ligada àquele lugar, quase dependente dele.

De um jeito ou de outro, não poderia ficar ali deitada no chão eternamente. Se não conseguisse ir falar com os integrantes da Laddz, teria de continuar a conversar com os inúteis vizinhos de Wayne ali em Mercy Close, e não me sentia nem um pouco a fim disso.

Um pensamento insistente surgiu à superfície da minha mente; algo em que eu já andava pensando e "despensando" desde a viagem infrutífera a Leitrim: talvez eu devesse deixar Wayne cuidar da própria vida. Ele obviamente não desejava ser encontrado. E estava claramente bem; saíra num carro com uma mala cheia, tudo normal. A coisa mais decente seria deixá-lo em paz, e ele que voltasse quando resolvesse fazer isso, ou se sentisse pronto.

Só que eu estava sendo paga para encontrá-lo. Trabalho era trabalho. Além disso, precisava desesperadamente de algo para fazer. Ademais, estava curiosa. Realmente queria descobrir onde Wayne havia se enfiado. Apesar do meu desprezo por Jay Parker, da minha antipatia por John Joseph Hartley e do medo que sentia de Roger St. Leger, tinha de admitir para mim mesma que estava levemente *infectada* pelo drama do reencontro da banda — o relógio que tiquetaqueava sem parar rumo à quarta-feira à noite; os ensaios, os milhares de fãs que já haviam comprado ingressos na esperança de ver o prédio da ópera de Sydney esculpido nos cabelos de Wayne...

OK... voltemos aos fatos. Digby. Eu iria perguntar aos integrantes da Laddz a respeito dele.

Provavelmente, todos estavam no MusicDrome ensaiando, mas liguei para Parker só para me certificar disso.

— Bom-dia — cumprimentei.

— Bom-dia? São dez para as três da tarde!

Não é que ele tinha razão? Excelente!

— Você está com a banda? — perguntei.

— Você quer saber se eu estou com a banda? — reagiu ele, com um tom que me alertou que uma observação sarcástica estava a caminho. — Bem que eu gostaria, Helen, bem que eu gostaria. No entanto, estou só com *três quartos* da Laddz, porque, apesar da grana preta que está recebendo, você ainda não conseguiu encontrar o quarto componente da banda.

— Não tenho tempo para disputas com você, Parker. Onde vocês estão? No MusicDrome?

— Sim, ensaiando o número de abertura. As fantasias de cisne acabaram de chegar.

Fantasias de cisne?

— Faltam cinco dias para o primeiro show e as fantasias de cisne só chegaram hoje! Deu um trabalhão prender as armações de aço nelas, disseram. Essas roupas já deviam estar aqui há uma semana. Correndo o risco de falar que nem o Frankie, "meus nervos estão em frangalhos".

— Tudo me parece fantástico — brinquei. — Conte-me mais.

— Esse vai ser o número de abertura do show. Os rapazes vão voar como cisnes. Entendeu agora por que precisamos de Wayne? Essas coisas precisam ser muito *bem-ensaiadas*.

— Vou já para aí.

Lá fora, no mundo exterior, o dia estava quente. Senti um cheirinho de comida no ar. Hambúrgueres, linguiças, esse tipo de coisa. Alguém ali perto obviamente preparava um churrasco. Por um momento extraordinariamente estranho, realmente acreditei que o governo da Irlanda tivesse aprovado uma lei para aumentar nosso quociente de felicidade, obrigando todo mundo no país a fazer churrasco e se divertir muito naquele Dia Nacional do Churrasco. Talvez enviassem inspetores às casas; eles se certificariam de que as pessoas demonstravam níveis aceitáveis de convivência. Os que falhassem nesse quesito seriam levados para um acampamento de reeducação, decorado no estilo de um pub, onde eles teriam de passar seis meses se alimentando apenas com café da manhã tipicamente irlandês e aprendendo a "se entrosar" de forma satisfatória. E não valia "se entrosar" apenas no sentido clássico da expressão, embora isso já fosse um desafio, mas "se enturmar por completo", o que era uma situação arriscada e não recomendada para mães que estivessem amamentando e pessoas propensas a episódios psicóticos.

Cristo Todo-Poderoso, para quantos lugares terríveis meu cérebro me levava!

Confirmei que o carro de Wayne não tinha se movido do lugar. É claro que, se ele tivesse voltado sorrateiramente para dar uma volta com o automóvel, eu receberia uma mensagem de texto na mesma hora. Só que, às vezes, é bom verificar as coisas com os próprios olhos. O Alfa Romeu continuava no mesmo lugar e nada mudara.

Enquanto seguia para entrar em meu carro, ouvi alguém chamar.

— Oi, Helen!

Virei-me na direção do som. Eram Cain e Daisy, que vinham em minha direção como zumbis. Pareceu-me que não passavam uma escova nos cabelos havia um ano. Talvez mais tempo. O que, na véspera, tinha me parecido um penteado tipo "vim de moto e sem capacete" ou "surfista-chique", agora me transmitia um ar de pura insanidade.

— Desculpe por termos assustado você ontem — disse Daisy.

— Podemos conversar? — pediu Cain.

— Não se aproximem! — reagi. — Deixem-me em paz!

Minhas mãos estavam trêmulas enquanto abria a porta do carro e saía dali, depressa, quase cantando pneu, deixando-os em pé, olhando para mim como um par de malucos fugidos do hospício.

Capítulo Trinta e Oito

As ruas estavam quase vazias — o que só serviu para aumentar minhas suspeitas de que todo mundo no país participava de algum churrasco obrigatório. Cheguei ao MusicDrome em quinze minutos.

Como na última vez em que eu tinha estado lá, a maior parte do lugar estava às escuras, mas o palco gigantesco cintilava de luzes. Pessoas andavam de um lado para outro, atarefadas, parecendo resolutas e ansiosas, muitas com pranchetas na mão.

Não consegui enxergar os rapazes, mas pressenti que algo de importante rolava naquele momento. Subi a escada que levava ao palco e circulei por amontoados de coreógrafos, figurinistas e técnicos com rabos de cavalo, até alcançar o foco central de toda aquela energia. Em uma pequena clareira de pessoas estavam John Joseph, Roger e Frankie. Suas pernas estavam muito brancas e expostas (exceto a de Frankie, que estava exposta, mas era laranja); seus torsos vestiam malhas de ginástica cobertas com plumas brancas como neve. Pareciam patéticos e ridículos, como crianças que ainda mal aprenderam a andar, mas têm quase dois metros de altura. Até mesmo Roger, o exibido e indecente, lutava para transcender a humilhação da cena que protagonizava.

Quando olhei mais de perto, vi que uma armação de metal parecia ter sido montada em cada uma das malhas de ginástica emplumadas. Dois cabos de aço saíam das costas de cada fantasia e desapareciam entre as sombras infinitas do teto, muitos quilômetros acima. Tentei acompanhar os cabos com os olhos, mas eles subiam, subiam e subiam, cada vez mais longe. Lancei o pescoço para trás com tanto empenho que quase caí de costas.

Assim que ajeitei o corpo e me recompus, alguém gritou:

— Aqui estão as partes de baixo!

Três pares de calças feitos de plumas foram trazidos com muita ostentação por um pequeno exército de pessoas, e os rapazes precisaram de ajuda para entrar nelas.

— Tenho um problema com plumas — avisava Frankie, olhando para a figurinista com certa apreensão. — Sinto um medo irracional delas.

— Ora, mas o que uma pluma poderia fazer contra você? — perguntou a figurinista, com um tom de voz amigável e tranquilizador.

— É medo irracional. — A voz dele foi se tornando mais aguda e estridente. — É por isso que recebeu esse nome! É irracional!

Jay Parker apareceu do nada, bem do meu lado. Dava para sentir sua tensão.

— Onde está Wayne? — perguntou.

— Estou trabalhando para descobrir — informei-lhe. — Preciso fazer a cada um dos rapazes uma pergunta rápida.

— Espere alguns minutos — pediu ele. — Essa é a primeira vez que eles experimentam a fantasia de cisne. Vamos só...

Zeezah também tinha surgido do nada, vestindo uma calça jeans amarela agarradíssima no corpo — quem usa jeans amarelos? —, e circulava alegremente pelo palco, ajeitando os cabelos ondulados, fazendo biquinhos com os lábios cheios demais, ajeitando e prendendo as calças de cisne nos rapazes. Passou as mãos ao longo das pernas de John Joseph, suavemente alisando-lhe as plumas de um jeito quase maternal. Depois, foi para Roger St. Leger e, diante dos meus olhos atônitos, agarrou o volume que ele exibia entre as pernas e o apertou de leve, de forma breve e descarada; foi tudo tão rápido que perguntei a mim mesma se aquilo tinha realmente acontecido. Espantadíssima, olhei para Jay e para as outras pessoas que estavam junto de mim, mas ninguém registrou a surpresa — nem o choque — que eu senti. Ninguém vira nada!

Será que aquilo era fruto da minha imaginação? Será que eu já tinha começado a ver coisas que não existiam?

Zeezah seguiu até Frankie, que lhe contou, muito ansioso, que tinha medo de plumas.

—Você deve ser forte — disse ela, ajeitando o cós da malha dele dois centímetros para um dos lados — Precisamos de um herói, aqui.

Por fim, Zeezah terminou de oferecer seus serviços de ajudante de palco e recuou. Todos, então, se viram frente a frente com a verdade: os integrantes da Laddz se pareciam mais com bonecos de neve do que com cisnes. Com as pernas nuas, já estavam bisonhos e patéticos, mas, agora, tinham piorado muito.

— Cristo Todo-Poderoso! — exclamou Jay, engolindo em seco. — Você não faz ideia do quanto essas porras de fantasias de cisne custaram. — Lançou os ombros para trás e chamou a figurinista: — Lottie, prenda as asas! — Num tom mais baixo, explicou-me: — Eles ficarão com aspecto melhor quando as asas forem pregadas na roupa.

Pares imensos de asas brancas foram trazidos para o palco. Lottie e seus subordinados puseram-se a prender os adereços nas costas de John Joseph, Roger e Frankie.

Um quarto par de asas ficou largado num canto. À espera de Wayne, percebi. Era aconselhável que eu o encontrasse logo. Ou não. Talvez o melhor a fazer fosse protegê-lo de tudo aquilo.

Aquele pensamento insistente voltou: eu devia deixar Wayne em paz. Não havia nada de sinistro em seu desaparecimento.

Ele simplesmente não queria mais fazer parte da Laddz e, para ser sincera, quem o culparia por isso?

Mas bloqueei o pensamento. Não poderia me permitir pensar nisso, porque, se não estivesse em busca de Wayne, talvez pirasse de vez.

— Vamos terminar por volta das cinco da tarde — avisou-me Jay. — John Joseph vai fazer um churrasco. Disse que todo mundo aqui precisa de um tempo para relaxar, tomar umas cervejas e sair um pouco da dieta dos carboidratos. Ele quer que você vá. Eu diria que essa é uma boa oportunidade de você conversar com Roger e com Frankie sobre Wayne.

— Como é que ele sabe que os outros vão ao churrasco? — Roger St. Leger parecia ser um sujeito que iria preferir gastar suas preciosas horas de folga curtindo algum fetiche erótico leve baseado em autoasfixia, algemado em uma masmorra escura, em vez de comer asas de frango quase cruas e participar de um papo sobre cortadores de grama.

— John Joseph me garantiu que eles vão — disse Jay. — Comentou que, assim tão perto do show, é preciso "conter o excesso de energia".

— Então, John Joseph resolveu lhes oferecer algumas horas de folga, mas todos têm de ir ao churrasco que ele vai dar? Ele é meio maníaco por controlar as pessoas, não?

— Está apenas tentando manter tudo em ordem — explicou Jay, com um jeito tenso. — Já estamos com um homem a menos.

— Hummm — reagi, com ar de mistério. Ainda não tinha conseguido descobrir se John Joseph era simplesmente um cara extremamente controlador ou estava atolado em algum negócio suspeito. Seu jeito passivo-agressivo para informar — na verdade, *não informar* — o celular de Birdie Salaman continuava a parecer bastante suspeito. E ele tinha feito uma cara muito esquisita quando eu lhe perguntei sobre Gloria. Zeezah também. Qual era o lance, afinal?

— Eles vão aparecer na TV hoje à noite.

— Quem? A Laddz?

— No *Saturday Night In*.

Saturday Night In era um programa de entrevistas muito popular na Irlanda. Digo "muito popular", mas, pessoalmente, eu não assistiria àquilo nem que me pusessem um garrote e me obrigassem a isso, mas reconheço que grande parcela do público parece curtir. Era apresentado por Maurice McNice (Maurice McNiece era seu nome verdadeiro), um velhote que estava à frente do *Saturday Night In* fazia tanto tempo, que a casa de apostas Paddy Power andava lucrando com os palpites sobre o dia exato em que ele iria cair duro e ter um derrame ao vivo na TV. Aliás, em minha opinião, esse era o único motivo de as pessoas ainda assistirem ao programa.

— Portanto, se você conseguir encontrar Wayne até as nove horas da noite, eu agradeceria muito — disse Jay.

— Não conte com isso — avisei.

Meu celular apitou, avisando que acabara de chegar uma mensagem de texto. Era da minha irmã Claire.

Tô no cabeleireiro, atrasadíssima. Esse povo é lerdo D+, bando D idiotas inúteis. Preciso que vc compre frango p/ churrasco. Fui!

Ela que fosse à merda e comprasse o frango no caminho, porque eu estava ocupada. Mesmo assim, era de admirar sua cara de pau.

— Posso lhe fazer uma pergunta? — disse, olhando de frente para Jay. — Virou lei federal essa história de todo mundo na Irlanda ser obrigado a fazer um churrasco hoje?

— Haha — disse ele, sem expressão.

O que isso significava? Era um haha do tipo "sim" ou do tipo "não"?

Um sujeito com um *walkie-talkie* na mão veio em nossa direção, atropelando todo mundo. Jay me apresentou a ele. Era Harvey, o diretor de palco.

— As armações já estão presas aos cabos — avisou Harvey, olhando para o palco e para Jay. — Podemos ir em frente?

— Por que não? — replicou Jay.

Harvey acenou com a cabeça para outro cara, que estava no comando de uma mesa repleta de monitores e teclados.

— Positivo, Clive! — disse ele, e berrou para os integrantes da banda: — OK, rapazes, estão prontos?

— Estamos! — garantiu John Joseph. Roger e Frankie permaneceram calados.

— Todo mundo, liberar a área! — berrou Harvey, e a multidão no palco se dissolveu às pressas, deixando John Joseph, Roger e Frankie sozinhos naquele espaço imenso, parecendo pequenos e vulneráveis.

— Aguentem firme! — avisou Harvey. — Vamos! Pode puxar!

Subitamente, os três rapazes começaram a ser erguidos do palco, de forma meio cômica e desajeitada. Um metro, dois metros, três, quatro. Subiam e subiam sem parar. Aplausos espontâneos e muitos gritos explodiram entre a galera dos bastidores.

— Batam as asas! — ordenou Jay. — Batam as asas!

— Não estou gostando disso! — exclamou Frankie, com o rosto vermelho de ansiedade.

— Você está ótimo! — incentivou Jay.

— Não estou, não!

Eles subiam cada vez mais alto, mais e mais alto. John Joseph estendeu os braços e apontou para os dedos dos pés de forma graciosa, entrando de fato no espírito da coisa. Entretanto, Frankie parecia aterrorizado e Roger conversava com alguém no celular.

— Muito bem, podem parar! — decidiu Jay, quando os cisnes estavam a seis ou sete metros do chão. Eles ficaram pendurados no meio do caminho, com suas pernas balançando, gordinhas por causa das plumas, e as asas enormes parecendo sinistras e ridículas, como se os três fossem uma instalação de arte moderna. Aquele tipo de obra que as pessoas param em frente e dizem: "Não entendo nada de arte, mas isso aqui não passa de um monte de merda."

— *Tenho medo de altura!* — Frankie já estava gritando.

—Você está ótimo — repetiu Jay, aos berros. —Vai se acostumar. Tente cantar, que isso afasta a mente do medo.

— *Tenho medo de altura! E tenho pavor de plumas. Quero descer! Tirem esse troço de cima de mim!*

—Você está ótimo! —gritaram várias pessoas para ele. —Frankie, você está ótimo. Segure as pontas, Frankie, você é o máximo!

— *Eu quero descer!*

—Traga-o para baixo — ordenou Zeezah.

No instante em que ela falou, o clima no lugar se modificou por completo. Na mesma hora, todos correram para obedecer à sua ordem. Foi fenomenal testemunhar o poder que ela detinha, e eu tentava analisar a cena, perguntando-me de onde viera toda aquela força. Era da sua bunda, decidi, algo magnético e hipnotizador. Tão redonda e perfeita que parecia lançar um encanto sobre as pessoas. Ela conseguiria controlar o mundo por meio daquela bunda.

—Traga-o para baixo! — disse Jay a Harvey.

—Traga-o para baixo — ordenou Harvey para Clive, o carinha do computador.

— É para já! — Clive começou a teclar e pressionar botões, mas nada aconteceu, e os três cisnes continuaram suspensos no alto.

— Traga Frankie para *baixo* — repetiu Harvey, com urgência na voz.

— Não *consigo*. Tem algo errado com as roldanas. O programa não está respondendo. Ele ficou preso lá em cima

— Jesus Cristo! — exclamou Jay. — E quanto aos outros dois?

— Vamos ver. — Clive clicou no mouse. John Joseph e Roger começaram sua suave descida até o chão.

— O que está acontecendo? — guinchou Frankie. — Vocês não podem me largar aqui em cima. Não sei lidar com abandono!

— Fique calmo! — gritou Jay. — Estamos resolvendo isso.

— *Não posso ficar calmo. Não estou calmo. Preciso de um Xanax. Alguém aí tem um Xanax?*

— Preciso reinicializar o equipamento de Frankie — avisou Clive, apertando e clicando freneticamente. — Vai levar um tempinho.

— *Preciso de um Xanax!*

John Joseph tinha pousado de volta na Terra.

— Tirem-me dessa porra de armação! — ordenou ele, e um enxame de técnicos cabeludos se agitou para cumprir sua ordem.

— Essa merda toda é ridícula! — decretou John Joseph, em um tom baixo de fúria contida. — Isso tudo é uma tremenda farsa. — Conseguia transmitir raiva e, ao mesmo tempo, manter os maxilares cerrados, o que era uma maravilha que merecia ser admirada, pelo menos em termos anatômicos. Era muito, muito eficiente, e bem mais assustador do que se ele tivesse um ataque e sapateasse no chão.

John Joseph direcionou sua fúria primeiro para Jay, depois para Harvey, e, por fim, para Clive, o técnico de computação. Eles não passavam de incompetentes preguiçosos, amadores idiotas que colocavam vidas em risco. Lançou olhares de acusação para todos os lados, como se fossem facas, enquanto Frankie continuava pendurado lá em cima, chorando e implorando em desespero:

— Por favor, pelo amor de Deus, me ajudem. Eu preciso de um Xanax!

Só que ele corria o risco de ser esquecido, pois sua cena estava sendo roubada pelo acesso de raiva de John Joseph.

— Roger! — A sra. Zeezah Mandachuva marchou na direção de Roger, que também já voltara à terra firme e se livrava da armação metálica, ajudado por mais técnicos cabeludos. — Quero um Xanax para entregar a Frankie.

— Ah, é? E onde é que eu vou conseguir um Xanax? — Oh, a bravura daquele homem!

Zeezah estalou os dedos — de verdade, ela estalou os dedos! (Acho que nunca tinha visto isso pra valer na vida real.) Manso como um cordeirinho, Roger trotou até uma jaqueta que fora largada no canto do palco. Fez surgir uma carteira de um dos bolsos e, depois de remexer lá dentro, colocou um comprimido branco na mão de Zeezah.

— Obrigada — disse ela, com rispidez, fechando sua pequena palma da mão sobre o tesouro. Então, ergueu os olhos e anunciou: — Tenho um Xanax para você, Frankie.

— Mas como conseguiremos entregar isso a ele? — perguntou um membro da equipe.

— Alguém precisa ser erguido até lá em cima — informou Harvey.

— Farei isso! — decidiu Zeezah, já prendendo a armação com o cabo em si mesma. Provou que tinha cabeça espantosamente fria e era muito capaz. Corajosa, mesmo. John Joseph era sortudo por tê-la ao seu lado, apesar da calça jeans amarela.

Admirei sua ascensão rápida e suave até o instante em que alcançou Frankie e lhe entregou o comprimido. Só que, em vez de descer de imediato, ela ficou lá em cima, sussurrando algo no ouvido dele, obviamente tentando acalmá-lo. Quanta integridade! Que mulher impressionante!

John Joseph saiu subitamente de cena e foi se sentar na primeira fileira do teatro. Foi sozinho, mas a sua energia o acompanhou. Dava para ver que a equipe estava apavorada. Reparei inúmeras olhadas de soslaio na direção dele, e todos torciam para que seu ataque de raiva terminasse para tudo voltar ao normal.

Acima de nós, o Xanax claramente começara a fazer efeito, porque os gritos de Frankie lentamente diminuíram e sua cabeça tombou para um dos lados. Outra instalação de arte moderna. Essa poderia ser batizada de *Execução sumária*. Estremeci.

Jay Parker continuava parado ao meu lado. Senti uma diminuição de sua força vital. Para descrever de outro modo, ele me pareceu muito deprimido.

— Posso fazer minha pergunta a John Joseph e a Roger agora?

Ele olhou para o breu que cobria as poltronas da plateia. Não dava para ver John Joseph, mas era possível percebê-lo.

— Boa sorte — desejou-me Jay. — Por falar nisso, aqui está um pouco mais de dinheiro. Duzentos euros. — Ele me entregou um maço de notas.

— Não gosto de fazer as coisas assim, Parker — afirmei. — Nesse estilo conta-gotas. Por que você não me paga tudo de uma vez? Vá ao banco e saque o valor total.

— Tudo bem. Farei isso, se conseguir, na segunda-feira. Mas é que estou sem tempo...

Enfiei os dedos nos ouvidos e comecei a fingir que cantava.

— Lá-lá-lá-lá-láááá! Não consigo ouvir seu choramingo. OK, vou lá falar com John Joseph.

Desci pelos degraus do palco e penetrei no formidável campo de força de John Joseph.

Não tenho medo de John Joseph Hartley.

Ele digitava furiosamente alguma coisa no laptop. Ergueu a cabeça ao ver que eu me aproximava e, de forma civilizada, disse:

— Olá, Helen.

Esperei até chegar bem diante dele e joguei a pergunta de forma direta.

— Wayne tem algum amigo chamado Digby?

Observei-o com muita, muita atenção. Estava alerta à menor das suas reações — um estremecer dos cílios, uma contração das pupilas, qualquer coisa. Esperava ver algo parecido com sua resposta inconsciente quando eu lhe perguntei sobre Gloria.

Mas ele balançou a cabeça para os lados. Nada. Nenhum desvio súbito no olhar. Nenhuma contração muscular involuntária. Ele estava em sua zona de conforto.

— Você nunca o ouvir falar de um sujeito chamado Digby? Tem certeza absoluta?

— Cem por cento.

— Tudo bem. — Acreditei nele.

Fui até Roger, que observava enquanto Lottie, a figurinista, ajeitava sua fantasia de cisne. Ela estava de joelhos, com a boca cheia de alfinetes, e ele usava uma pluma solta para acariciar de leve o seio esquerdo dela.

— Quer parar com isso? — Os alfinetes pularam da boca de Lottie. — Passe essa pluma para cá, preciso colá-la de volta no lugar.

— Roger? — chamei. — Podemos trocar uma palavrinha?

— Mas claro! — Ele indicou a lateral do palco. — Vamos ali para o escurinho — convidou, fazendo um floreio com a pluma.

Nada de escurinho. Precisava ver seu rosto na claridade.

— Venha aqui — disse eu, trazendo-o para debaixo do foco de um refletor.

— Roger, alguma vez você ouviu Wayne mencionar alguém chamado Digby?

— Não. — Ele acariciou meu rosto com a pluma.

— Quer parar com isso?

— Não consigo — explicou. — Estou sexualmente fora de controle. Como você já deve ter ouvido por aí.

— Digby? — repeti.

— Nunca ouvi esse nome. Eu lhe contaria se tivesse ouvido. E aí... ainda nenhum sinal de Wayne?

— Não.

De repente, toda a fanfarronice desapareceu do seu rosto e gotas de suor frio lhe brotaram na testa.

— Escute, nós realmente precisamos achá-lo. Você viu a piada em que esse show está se transformando. Sem Wayne, estamos fodidos.

— Estou fazendo tudo o que posso. Fico aqui me perguntando... — cantarolei, sem completar. Não sabia exatamente o que dizer.

— Fica se perguntando o quê?

— Sobre John Joseph. Se ele não tem algo a esconder.

— Algo a esconder? — Roger olhou para mim como se eu fosse uma idiota. — É claro que tem. John Joseph tem um monte de coisas ocultas.

— Tem mesmo? Como o quê, por exemplo?

— O que estou dizendo é que todo mundo esconde alguma coisa dos outros.

— O que você não está me contando?

— Nada. Pode acreditar em mim, não estou lhe escondendo nada. Quero que Wayne seja encontrado.

Suspirei.

— Tudo bem. Ligue para mim caso se lembre de alguma coisa.

— Talvez eu ligue mesmo sem me lembrar de nada — disse ele, com um tom levemente sugestivo.

— Ah, pode parar!

— Não consigo — explicou, quase com orgulho. — Estou sexualmente fora de controle.

Afastei-me dele e corri de volta até onde Jay estava.

— É melhor lhe perguntar também, aproveitando que estou aqui. *Você* sabe se Wayne tem algum amigo chamado Digby?

— Não. Por outro lado, conforme eu sempre disse, não conheço Wayne tão bem assim. O que Roger tem a dizer sobre o assunto?

— Não estou afirmando que Roger St. Leger seja um assassino em série — declarei, com ar pensativo. — Sério, não estou nem insinuando uma coisa dessas. Mas que ele tem a mesma vibração de um, ah, isso tem!

Os olhos de Jay se acenderam.

— Entendo o que você quer dizer. Roger é o tipo de cara que poderia estar no corredor da morte, e, mesmo assim, centenas de mulheres estariam apaixonadas por ele.

— Isso mesmo! Elas ficariam lhe enviando fotos sugestivas de si mesmas...

— ... Ou escrevendo para o governador, pedindo para sua sentença de morte ser cancelada. Olhe só, lá vem Frankie!

Finalmente, o pobre Frankie estava sendo trazido de volta ao solo, e Zeezah descia suavemente ao lado dele.

As pessoas correram para ajudá-lo a se livrar da armação de metal, mas ele estava num estado muito, muito relaxado e não conseguia nem se manter em pé. Pelo visto, o Xanax que Roger providenciara era mais forte que o normal.

— Pensei que ia morrer — sussurrou Frankie, deitando-se no chão. — Todos os bronzeadores artificiais que passei na pele ao longo da vida desfilaram diante dos meus olhos.

Eu me ajoelhei ao lado dele.

— Frankie, abra os olhos. Você sabe se Wayne tem algum amigo chamado Digby? Alguma vez você o ouviu comentar sobre alguém com esse nome?

— Não — garantiu ele, com voz fraca.

— E você, Zeezah? — perguntei. — Já ouviu Wayne citar alguém chamado Digby?

— Não — declarou ela, com firmeza, olhando-me fixamente, sem piscar, parecendo verdadeira, pura e decente. Foi diferente de quando eu lhe perguntei sobre Gloria; naquela vez, ela ficara abalada, mas, dessa vez, eu acreditei nela.

Isso encerrava tudo.

E agora, o que eu poderia fazer?

Capítulo Trinta e Nove

Considerei a possibilidade de dirigir até Clonakilty, mas não fazia sentido ir até lá, já que eu precisaria voltar em menos de duas horas para o churrasco de John Joseph. Pensando nisso, voltei a Mercy Close. Pelo visto, eu não conseguia me afastar durante muito tempo daquela casa. No caminho, parei num posto de gasolina e comprei uma lata de Coca zero para pôr no lugar da que eu tinha roubado de Wayne — sim, roubado; era melhor dar às coisas o nome certo. Aproveitei e comprei quatro litros para mim mesma. Eu gostava de Coca zero.

No posto de gasolina, forcei minha mente a focar em comida. Havia alguns sanduíches caidaços por lá, com cara de anteontem, em um armário refrigerado. Exibiam umas fatias de carne acinzentada que garantiam, na etiqueta, ser presunto. Eu sabia que meu estômago não conseguiria encarar aquilo. Foi quando vi uma caixa de cereais Cheerios. Aquilo iria servir, especialmente acompanhado por algumas bananas, que não encontrei. Tudo bem, só a caixa de Cheerios já servia.

Consegui uma vaga para estacionar bem diante da casa de Wayne. Entrei, desliguei o alarme, inspirei e expirei fundo. Puxa, como aquele lugar era agradável!

Dez segundos depois, recebi um alerta de mensagem no celular avisando sobre minha própria chegada.

— Sim, já sei que estou aqui, muito obrigada. — Era tudo muito legal.

Na cozinha, recoloquei a Coca zero no lugar da outra, dentro da geladeira, e guardei minhas duas garrafas de dois litros ao lado dela. Então, perguntei a mim mesma se não estava sendo muito abusada. Estava me beneficiando do frio perfeito da geladeira de Wayne, o frio que ele estava pagando através da conta de eletricidade, que eu sabia, com certeza, que ele mantinha em dia. Sentindo-me um pouco desrespeitosa, tirei minhas garrafas e deixe-as do lado de fora.

Fui para a sala, sentei-me no chão e comi sete punhados de Cheerios. Depois, agitada por causa do açúcar, levantei-me do chão e me preparei psicologicamente para vasculhar a casa mais uma vez. Não sabia exatamente o que procurar, mas tinha certeza de que precisava ir em frente. Decidi que, provavelmente, minha melhor chance de descobrir algo novo e empolgante era ali mesmo, na sala de estar, já que, até então, eu não tinha feito quase nada além de me deitar no tapete e olhar fixamente para o teto.

O local mais óbvio para começar era a estante embutida ao lado da lareira. A peça era dividida em duas partes; a de cima era composta de prateleiras (onde ficavam a televisão, o aparelho de TV a cabo e outros equipamentos tecnológicos de som e vídeo). Na parte de baixo havia cinco gavetas. Eu tinha quase certeza de que já verificara todas elas. *Certamente* olhara na primeira — foi onde encontrei o passaporte de Wayne —, mas será que me esquecera de vasculhar as outras quatro? Um erro básico desses não era do meu feitio, mas talvez a empolgação de achar o passaporte e a alegria de me vangloriar dessa façanha, balançando-o diante de Jay Parker e saboreando seu fracasso em encontrar algo tão na cara, tivesse feito com que eu pisasse na bola.

Abri e fechei as gavetas rapidamente, e descobri alguns fios e cabos, carregadores de pilhas e outros itens tão comuns que davam tédio. Mas, na última gaveta, a mais próxima do chão, encontrei uma filmadora. Bem quietinha ali, solitária, conseguindo parecer inocente e tremendamente culpada ao mesmo tempo.

O inesperado da descoberta me fez recuar até o centro da sala, mas logo eu voltei, pé ante pé, e olhei com mais atenção. Era uma filmadora comum, pequena e inexpressiva, mas fiquei nauseada diante dela, mesmo assim. Câmeras de vídeo são o equivalente ao Santo Graal para uma investigação. Pelo menos, têm o potencial de ser. Nunca se sabe o que pode ser encontrado nelas. Até filmagens de gente nua em posições incriminadoras e bizarras — se confiarmos nas imagens que supostamente "vazam" na internet.

Eu gostava de Wayne e não queria descobrir que ele já tinha sido filmado pelado, em posições incriminadoras e bizarras, mas precisava executar meu trabalho.

Peguei a filmadora na gaveta, abri a tela e apertei o *play*. Uma lista de arquivos apareceu, todos organizados por data. Escolhi o mais recente, que tinha sido filmado fazia menos de dez dias, e fechei os olhos quando a tela se acendeu. Por favor, nada de Wayne pelado, implorei ao universo. Por favor, poupe-me de um vídeo caseiro de Wayne nu.

Também não queria ver pentelhos. Sentia-me fraca demais, naquele momento, para me ver frente a frente com os pentelhos de um estranho. Foi então que me pus a pensar em como seriam os pelos pubianos de Wayne. Imediatamente, minha imaginação tomou um atalho para bem longe e viajou na maionese. E se as "regiões pudendas" de Wayne também tivessem sido aparadas no mesmo estilo do prédio da ópera de Sydney? Tipo assim... para combinar com o penteado na cabeça de cima... É claro que eu sabia que os penteados esquisitos que ele exibia no passado tinham sido abandonados havia algum tempo, mas, talvez, de vez em quando, ele fizesse algum corte especial na cabeleira de baixo, como uma surpresa especial para Gloria...

Entretanto, a julgar pelos ruídos que vinham da filmadora, não havia nudez. Parecia mais uma alegre reunião familiar. Podia ouvir risos, muitas vozes falando ao mesmo tempo, e, quando eu abri um dos olhos, vi que a lente estava dando um zoom na mãe de Wayne — eu a reconheci pelas fotos espalhadas nas prateleiras. A voz de Wayne dizia:

— Esta é Carol, a aniversariante do dia. Tem alguma coisa a declarar nessa ocasião tão festiva?

Carol riu muito, abanou a mão para a câmera e disse:

— Pare com isso, leve esse troço daqui.

— Tudo bem — concordou Wayne. — Rowan, quer segurar um pouco a filmadora?

Depois de uma cena rápida e borrada do chão, Wayne apareceu na tela ao lado de um menino com cerca de dez anos.

— Estamos nos filmando agora — disse uma voz, talvez a de Rowan. — Meu nome é Rowan. Este é meu tio Wayne. Ele é meu tio favorito, mas não contem isso para o tio Richard.

Como Richard era o irmão de Wayne, Rowan devia ser filho da sua irmã.

— Hoje é o aniversário da vovó Carol — informou Rowan. — Ela está completando noventa e cinco anos.

Noventa e cinco?, pensei, tomada de surpresa. Ela parecia *décadas* mais nova. É que eu digo sobre esses velhos que se entopem de óleo de peixe.

— Nada disso! — protestou uma voz incorpórea. — Estou fazendo *sessenta* e cinco.

— Sou disléxico — desculpou-se Rowan.

— Você é *abusado*, isso sim.

— Pode assumir a gravação — ofereceu Wayne a Rowan. Fui agraciada com outra rápida visão do piso enquanto a filmadora trocava de mão, fato que foi seguido por uma sensível piora na estabilidade das imagens.

Com Rowan no comando, avançamos pela casa — eu imaginava que aquela era a residência dos pais de Rowan.

— Esta é minha mãe — apresentou Rowan. — Ela está conversando com tia Vicky.

Duas mulheres — Connie, a irmã de Wayne, e Vicky, sua cunhada — estavam sentadas à mesa da cozinha. Bebiam vinho, inclinadas uma na direção da outra, e a filmadora chegou perto o bastante para suas vozes serem ouvidas. Uma delas dizia:

— De modo que ela não consegue escolher entre um dos dois.

— Subitamente, Connie se sentou reta na cadeira e olhou direto para a filmadora. — Nossa, você está gravando?

— Desligue isso — avisou Vicky. — Podemos ser processadas!

Mas disse isso de forma natural e com ar de brincadeira.

E lá fomos nós! Conhecemos o vovô Alan (pai de Wayne), que vestia um avental, usava luvas de forno e tirava linguiças lá de dentro, mas fez uma pausa nos trabalhos para interpretar o refrão de "When I'm Sixty-Four", dos Beatles, só que ele o adaptara para "When I'm Sixty-Five".

Conhecemos a bebê Florence, que não era mais um bebê, na verdade, pois já dava seus primeiros passinhos e atirou um pequeno barco de plástico na direção da lente. Vimos Suzie e Joely, duas meninas mais ou menos da idade de Bella, e igualmente cor-de-rosa. Bem, não as vimos direito, porque, assim que avistaram Wayne e Rowan, elas gritaram "Nada de garotos aqui!", e a filmadora recuou rapidamente.

Em seguida, conhecemos Ben, o irmão um pouco mais velho de Rowan, que estava entrando na adolescência e mantinha um ar distante enquanto lia um livro. Wayne ensinou a Rowan como dar zoom na lente — não conseguia vê-lo, mas podia ouvir sua voz —, até colocar o título do livro em foco.

— O *estrangeiro*, de Albert Camus — recitou a voz de Rowan. — Que livro idiota. Tudo que Ben faz agora é ler *livros*.

O desprezo em seu tom de voz não conseguia esconder sua decepção e mágoa pelas mudanças em seu irmão.

— Essa fase vai passar — garantiu Wayne, de um jeito compassivo.

— A sua não passou — contrapôs Rowan.

— Ah, passou, sim. Eu só finjo que não.

Depois, houve o bolo, muitas velas e todo mundo reunido na cozinha cantando "Parabéns pra você". Várias palmas e gritos de "Discurso". Quando a gravação acabou, eu estava comovida, quase em lágrimas. Compreendi uma coisa muito importante. Percebi que Wayne era um homem decente. Era gentil com as crianças, a ponto de deixá-las soltas pela casa com uma filmadora caríssima na mão, e não ficava supervisionando tudo de perto. Amava muito a família e estava claro que todos ali também o adoravam.

Por motivos pessoais, Wayne simplesmente não queria mais participar da banda Laddz, e esse era um direito seu.

Resolvi cancelar a busca pela casa.

Capítulo Quarenta

Eu teria de lidar com Jay Parker pessoalmente. Se eu lhe contasse pelo celular o que tinha acabado de decidir, ele iria ficar me atormentando. Porém, quando visse a determinação em mim, olho no olho, entenderia que eu falava sério.

Juntei minhas coisas, inclusive minha caixa de Cheerios e, pouco antes de ativar o alarme pela última vez, disse adeus à linda casa de Wayne. Já sentia falta do lugar, de um jeito quase doloroso.

Dirigi com determinação até o condomínio de John Joseph, e tive de responder a todas as perguntas inconvenientes de Alfonso antes que ele permitisse minha entrada. Uma criada uniformizada, que não era Infanta, me levou pela casa até os fundos, através das maiores portas duplas de vidro que eu já tinha visto na vida. Cheguei a um elaborado jardim decorado em vários níveis.

Fiquei em pé no pátio e observei as trinta e poucas pessoas que havia no local, até que as palavras de Artie me vieram à mente: "Tudo é possível, tudo *mesmo*. Os extremos do comportamento humano são... Na verdade, não existe limite para o que as pessoas fazem consigo mesmas e umas com as outras."

Mas tudo ali me parecia dentro do aceitável. Qualquer má impressão que eu tivesse estava apenas em minha própria mente, e não tinha nada a ver com Wayne. Onde quer que ele estivesse — e que a sorte o guardasse —, devia estar bem. Era melhor para Wayne que não o procurasse mais. Eu não estava abandonando-o a um destino terrível.

Ninguém tinha começado a comer até aquele momento, não pude deixar de perceber. Pelo visto, não estavam conseguindo acender o carvão. A churrasqueira já estava montada no pátio. Clive, o técnico em computação, e Infanta, posicionada ao seu lado, tentavam desesperadamente fazer com que o fogo se acendesse.

Afastei-me deles depressa, porque a sensação de medo apavorante que transmitiam era terrível até para mim. Mais cedo ou mais tarde, John Joseph iria perceber o problema na churrasqueira e apareceria ali para gritar com eles.

No momento, porém, ele balançava uma garrafa de cerveja pelo gargalo, fingindo não ser um déspota. Conversava algo em voz baixa com o pobre Harvey, e eu diria que o tema não era futebol. *As falhas e fracassos de Harvey* parecia ser o tópico da conversa.

Continuei analisando as pessoas no jardim. Se eu fosse o inspetor de churrascos do governo irlandês, diria que os níveis de convivência e amizade estavam apenas no grau do "adequado". Muito distante do "perigosamente desordenado" (o nível mais elevado, que envolvia urinar em público. Teoricamente, se você chegasse a esse patamar, receberia uma medalha do presidente da Irlanda, mas, no último verão, tantas pessoas tinham alcançado esse nível que, segundo dizem, houve uma debandada frenética durante a premiação e eles tiveram de cancelar o evento).

O grupo reunido no jardim de John Joseph, no entanto, precisaria demonstrar mais empolgação no quesito "troca de ideias", a não ser que aquelas pessoas quisessem ser se jogadas em uma verde e levadas para o acampamento de reeducação no Temple Bar, onde aprenderiam a "se enturmar por completo". Eles não pareciam nem um pouco empenhados em se entrosar. Na verdade — apertei os olhos para enxergar melhor —, pensei ter visto alguém bebendo água. Água! Nada de álcool! Puxa, aquilo ficaria péssimo no relatório, péssimo mesmo. A bebedora de água era Zeezah, e talvez ela tivesse seus motivos para se manter afastada da cerveja... Razões religiosas, quem sabe? Se bem, que, analisando de forma objetiva, nós, os irlandeses, formamos uma nação muito religiosa, mas isso não nos impede de encher a cara e beber até cair.

Zeezah conversava numa boa, jogando o maior charme para cima de um dos técnicos cabeludos (aliás, verdade seja dita, os técnicos *estavam fazendo* um esforço supremo para se entrosar. Cada um segurava uma cerveja em cada mão, e um deles tinha até pendurado uma garrafa extra no rabo de cavalo. Resolvi que anotaria seus nomes para lançá-los candidatos ao nível de "altamente recomendados" na arte do entrosamento). Zeezah ergueu os olhos, notou minha presença, e acho que percebi um ar sombrio em seu rosto, mas logo ela me acenou alegremente, lançou-me um sorriso doce, e eu não pude evitar sorrir de volta.

E ali estava Frankie, ainda com os olhos vidrados pelo efeito do Xanax. E também Roger St. Leger, lançando seus encantos sobre uma pobre mulher que vestia um short jeans curto demais e botas de caubói. Ela jogava os cabelos descoloridos pelo sol para trás e exibia a garganta bronzeada cada vez que ria de forma escandalosa. Senti vontade de ir até onde ela estava para avisar: "Olhe, você está rindo *agora*. Certamente está encantada com tudo *agora*, mas espere umas seis semanas. Bastam seis semanas para ele deixar você completamente louca. Logo, logo você vai aparecer no canal A & E, depois de ter tentado cortar os pulsos com a linda lâmina descartável que comprou especificamente para raspar as pernas e agradá-lo."

Mas, o que eu poderia fazer? É preciso deixar que as pessoas cometam os próprios erros.

Por falar em erros, ali estava Jay Parker. Estava enrolando Lottie e uma das assistentes de figurino com suas conversas fiadas. Balançava a garrafa de cerveja com charme, em movimentos amplos, e gesticulava muito, com as mangas da camisa arregaçadas.

Lancei os ombros para trás, reuni minhas forças e caminhei em sua direção. Como se pressentissem minha determinação, as pessoas à minha frente foram se afastando como as águas do Mar Vermelho.

Quando eu estava bem perto de Jay, ele girou o corpo, apoiando-o em um dos pés ágeis, como se fosse um integrante do Jackson Five, e exclamou:

— Helen! — Parou a rotação do corpo com uma pisada forte do outro pé. Bela noção de tempo. Pareceu empolgado por me ver.

— Escute, Parker, estou fora.

— Como assim? — Ele percebeu tudo, pude ver isso com clareza. O sorriso permaneceu em seus lábios, mas os olhos se tornaram furtivos e firmes, já em busca de uma solução.

— Não quero mais procurar por Wayne.

— Por que não? Estou pagando você direito.

— Eu não me importo com o dinheiro. — Puxa, essa é uma frase que eu nunca imaginei me ouvir dizendo. — Aqui está a chave de Wayne. — Entreguei-a com muito cuidado, para não tocar a pele de Parker. Com certa relutância, ele a pegou.

— Mas talvez Wayne esteja em alguma encrenca — argumentou. —Talvez ele *precise* ser encontrado.

— Não está em encrenca e não precisa ser encontrado. Simplesmente não quer fazer os shows. Deixe-o em paz.

— Não é assim tão simples. — Parker acenou com a cabeça na direção de Frankie e depois na de Roger. Ambos me olhavam fixamente. — Eles precisam do dinheiro. — Seus olhos se desviaram para John Joseph e Zeezah, que também me observavam com atenção. —Todos precisam da grana. — Muitos lares dependem da volta de Wayne.

— Então, arrume outra pessoa.

— Não quero ninguém, só quero você.

CHÁ DE SUMIÇO

— Mas não pode mais contar comigo.

Ele estendeu o braço e olhou para a mão, como se perguntasse a si mesmo se teria a ousadia de me tocar.

— Helen... — Ele me pareceu tão desesperado, que eu considerei a possibilidade de ceder. Mas só por um momento.

— Espero que as coisas deem certo para vocês todos — disse, virando-me para ir embora.

— Espere!

Eu me virei e olhei para ele.

Jay engoliu em seco, depois afastou uma das mechas de cabelos que lhe haviam despencado na testa.

— Escute, esqueça Wayne. Será que não poderíamos nos encontrar? Você e eu?

Olhei para ele durante um tempo longo, muito longo.

— Sinto falta de você — disse ele, quase num sussurro.

— Sente? — Subitamente, eu me senti terrivelmente triste. — Pois eu sinto falta de Bronagh.

Quando me virei para sair, tive um momento de paralisia, em que me perguntei se estaria abandonando Wayne a um destino medonho, mas sabia que não era o caso. Estava fazendo a coisa certa.

Então, por que me sentia tão arrasada?

Não haveria com o que ocupar minha cabeça agora, essa era a verdade.

Não me restava nada a fazer, exceto ir para a casa dos meus pais e reconhecer que já não tinha mais um lar só meu.

Não me restava nada a fazer, a não ser reconhecer que eu não tomava banho havia mais de vinte e quatro horas e não poderia continuar adiando isso.

A onda de escuridão que subiu pelo meu corpo quase me cegou. Foi como um eclipse do sol. Mas eu já me sentira daquele jeito antes. Sabia exatamente o que precisava fazer. Tinha de ir em frente sem parar, colocando um pé na frente do outro. Até, talvez, não conseguir mais fazer isso.

Capítulo Quarenta e Um

Enquanto dirigia para a casa de mamãe e papai, lembranças de Bronagh me assaltaram a mente.

Ela nunca usava joia de nenhum tipo — nem brincos, nem pulseiras, nada. Foi por isso que, no dia em que apareceu no meu apartamento recém-comprado, achei que estava sofrendo de alucinações.

— Bronagh! — exclamei. — Por que está usando esse anel?

Ela olhou para a mão esquerda, onde se instalara um imenso diamante quadrado, como se pertencesse a outra pessoa.

— Ah, pois é... Blake me pediu em casamento.

— E... você aceitou?

— Acho que sim.

— Sei... Bem... não deveríamos, então, gritar e pular feito loucas pela casa toda?

— Sim. E você precisa me abraçar, chorar e dizer o quanto está feliz por mim.

— Muito bem, vamos lá.

Demos as mãos uma à outra, saltitamos algumas vezes e eu tentei soltar guinchos de empolgação, mas isso é mais ou menos como rir sob as ordens de alguém: muito difícil de conseguir que soe natural.

— Agora o abraço — disse eu.

Com toda pompa e circunstância, eu a abracei e disse:

— Estou tão feliz por você!

— Onde está o choro? — perguntou Bronagh.

— Sei lá. Talvez eu esteja em estado de choque — admiti.

— *Você* está chocada?

—Venha comigo — propus. —Vamos nos deitar na minha cama de barriga para cima e reclamar de tudo para retomar nosso estado de equilíbrio.

Uma ao lado da outra, nos deitamos na minha cama de madre superiora, e comecei a reclamar sobre pessoas que usam bandejas de chá.

— Sei que é um modo eficiente de levar as xícaras e o resto das tralhas de volta para a cozinha, mas é um troço afetado demais para o meu gosto.

— Pois é... Muito anos 1950 do século passado!

— Prefiro fazer uma viagem para cada colher a carregar uma daquelas bandejas pomposas.

—Vou precisar usar um vestido? — perguntou ela.

— Para carregar uma colher? — Por um instante, não entendi sobre o que ela falava. — Ah, para se casar... Ora, você não precisa fazer nada que não esteja a fim de fazer. Você é Bronagh Keegan!

— Não por muito tempo.

— Como assim? Você vai passar a usar o sobrenome de Blake?

— Suponho que sim.

— Droga! Você não é obrigada a fazer isso, sabia?

— Mas acho que eu quero. E então, terei de usar um vestido?

—Vai ser na igreja, tudo como manda a tradição?

— Sim, mas acho que vou parecer um poste usando vestido. Vou me sentir uma idiota.

Acho que eu nunca tinha visto Bronagh de vestido, mas suspeitei que ela realmente iria parecer esquisita.

— Ora, simplesmente use uma calça jeans e o velho moletom de capuz — sugeri.

— Talvez, mas a roupa deve ser branca.

— É... Talvez.

— Você topa ser minha madrinha?

— É claro que eu topo! Obrigada. Quer dizer, estou honrada. Haverá outras madrinhas? — Perguntei isso, mas não me ocorreu o nome de mais ninguém.

— Não. Só você.

— Você vai ser a única madrinha dela? — declarou Margaret, mais tarde. — Bota honra nisso!

— Ah, não, o motivo é outro — apressei-me em explicar. — Ela não tem nenhuma outra amiga.

— Eu sou amiga dela! — protestou Margaret, magoada. — E nos damos superbem.

— Sim, claro, eu sei. Não estou insinuando que... O problema é que ela não tem outras amigas íntimas.

— Quer dizer que eu não sou uma amiga íntima dela? — insistiu Margaret, parecendo que ia chorar a qualquer momento.

— Claro que é. Estou só dizendo... Quer dizer, não estou insinuando que...

Dizem que toda noiva é linda.

Mas não dava para dizer que Bronagh estava *linda* no sentido real da palavra. Entrou na igreja com o vestido de noiva mais simples que alguém já usou na vida — pediu à costureira para simplesmente jogar um pano branco por cima dela e fazer um buraco para a cabeça passar. Embora isso tenha traumatizado a pobre figurinista, ela fez praticamente o que lhe foi ordenado.

Bronagh apareceu na porta da igreja com o mais louco dos olhares estampado no rosto, como se tivesse algum truque inesperado guardado debaixo da manga. (Assistir a tudo em DVD, depois, foi como nos primeiros instantes de um filme de horror, quando a pessoa enterra as unhas no braço da poltrona com a expectativa de que algo tenebroso está prestes a acontecer. Principalmente porque a cara de Blake parecia uma mistura de amor e gratidão.) Até o último segundo, eu achava que Bronagh daria as costas para todo mundo e voltaria por onde entrara, ou faria algo escandaloso, do tipo dar um beijo de língua no pai de Blake. No fim, porém, tudo deu certo e nada de estranho aconteceu.

Capítulo Quarenta e Dois

De volta à casa de mamãe e papai, notei que minhas tralhas tinham sido desencaixotadas e guardadas. As roupas estavam penduradas de forma harmoniosa no armário, roupas de baixo cuidadosamente dobradas e colocadas nas gavetas, e as fotos de Artie pelado foram escondidas, com muito cuidado, debaixo de um montinho de pares de meias, dobrados um a um.

No chão do armário, mais de vinte pares dos meus sapatos e sandálias muito lindos e muito altos tinham sido enfileirados com capricho: uns eram cintilantes, outros eram de pele de lagarto, havia peep-toes, os com tiras e os sem... uma variedade imensa. Todos eram lindíssimos, mas, naquele momento, me pareceram extremamente problemáticos. Como é que eu conseguiria me manter em pé em cima de qualquer um deles? Era difícil acreditar que um dia, em um passado não muito distante, eu tinha sido capaz de correr pela rua, *correr de verdade*, usando aqueles sapatos de salto alto.

No tempo em que eu saía com Jay Parker, costumava usar saltos altíssimos sempre, praticamente todos os dias. Era muito glamorosa, na época. Estar com Artie era um lance diferente, bem mais sóbrio e comedido. É claro que, de vez em quando, fazíamos uma "noite de encontro" (embora tanto a expressão quanto o conceito figurassem nos primeiros lugares da minha Lista da Pá), mas o fato é que o tempo que passávamos juntos e a forma como o aproveitávamos era determinado, basicamente, pelos filhos dele.

Pelo menos naquele momento que já tínhamos nos conhecido, eles sabiam oficialmente que eu existia.

Artie e eu enfrentamos águas muito turbulentas em nosso relacionamento logo no início do ano, quando ele ainda tentava impedir que seus dois mundos colidissem. No começo, tudo funcionara direitinho. Saímos durante os meses de janeiro e fevereiro. Às vezes, ele vinha ao meu apartamento, outras vezes, eu ia à casa dele. Mas não conseguíamos navegar livremente, nem dava para ficarmos juntos quando nos desse na telha. Se as crianças estivessem com Vonnie, nos encontrávamos, mas, quando elas ficavam na casa de Artie, isso era impossível. Eu não curtia essa situação, mas gostava dele, e toda a estrutura era frágil demais para suportar análises mais profundas. Decidi não pensar no assunto, pelo menos por algum tempo.

Admito que me sentia levemente obcecada por Iona. Muitas vezes — quando Artie não estava na sala —, eu observava suas fotos com muita atenção e tentava fazer transferência de pensamentos para ela, dizendo baixinho: "Meta-se comigo e vou fazer com que seu pai ame mais a mim do que a você." É claro que não admitiria isso para ninguém, nem mesmo sob tortura; nem mesmo se tivesse de ouvir a frase "vá em frente" sendo repetida um milhão de vezes; nem mesmo se alguém fritasse cem mil ovos diante de mim, com aquele barulhinho horrível, um depois do outro.

Quando março chegou, porém, minha "inexistência" começou a me deixar puta, e a coisa explodiu um dia, de manhã. Eu tinha passado a noite com Artie, acabara de me vestir e estava pronta para ir embora.

— Muito bem. — Avisei. — Fui!

Ele me entregou um sutiã, o mesmo que eu usava na véspera.

— Não se esqueça disso.

— Obrigada — agradeci, com tom de sarcasmo.

— Que foi? — Artie percebia todas as minhas variações de humor.

— É melhor não deixar nenhum vestígio meu para trás.

Ele olhou para mim, com uma expressão séria.

— Você sabe que as coisas são complicadas.

— Sei, você diz isso o tempo todo, mas estou começando a ficar de saco cheio.

Peguei meu sutiã com um puxão, enfiei-o dentro da bolsa e saí sem dizer uma única palavra. Ele que se fodesse. Eu estava cansada de não ser ninguém.

Decidi não atender às suas ligações. Só que ele não ligou. Eu também não liguei e isso foi difícil, muito mais difícil do que eu supunha. À medida que os dias passavam sem que eu tivesse notícias dele, comecei a perceber que estava tudo acabado. OK, eu nunca imaginei que aquilo fosse adiante, mesmo; éramos completamente inadequados um para o outro.

O engraçado foi que, quando comecei a pensar a respeito, notei que nenhum dos meus relacionamentos tinha durado mais de três meses. No dia em que Artie e eu brigamos por causa do sutiã, fazia exatamente três meses desde que nos encontramos no bazar de Natal.

Será que o problema era comigo? Será que eu tinha escolhido, deliberadamente, a marca dos três meses para decidir que não queria mais ser a namorada invisível? Mamãe sempre dizia que, quando eu era criança e ganhava algum brinquedo novo, não sossegava enquanto não o quebrasse. Pelo visto, mesmo depois de adulta, nada mudara.

Com aquele tipo de atitude, eu iria acabar sozinha. Mas o que eu poderia fazer a respeito? Era assim que eu era! Comecei a encaixotar meus sentimentos por Artie, minha tristeza e o quanto sentia falta dele. Apertei e comprimi, transformando tudo num cubo bem pequeno, como eles fazem com carros velhos. Um cubo pequeno o bastante para ser estocado em algum lugar empoeirado e raramente visitado da minha cabeça. Eu sempre fazia isso com coisas que não queria sentir, mas aquilo era muito mais difícil do que eu esperava.

Depois de oito dias horríveis, ele me ligou.

— Podemos nos encontrar? — perguntou.

— Por quê? Para você devolver minhas coisas? Ah, esqueci... Não deixei *nada* aí para ser devolvido

— Podemos nos encontrar? Para conversar?

— Existe alguma coisa para conversarmos?

— Vamos ver. Vamos tentar descobrir. Quer dar um passeio comigo?

— Como assim, um passeio? No campo? — Achei um convite estranho, mas talvez fosse melhor do que nos sentarmos em algum canto para conversar frente a frente. — Tudo bem — aceitei. — Podemos fazer isso. Alguma recomendação?

— Calce tênis. Você tem uma capa impermeável?

— Não.

— Deixe-me adivinhar... Você não acredita em capas impermeáveis?

— Acertou, não acredito.

— Pode deixar que eu levo algo para você, e vou preparar um piquenique.

—Ahn... Escute, Artie, a palavra "piquenique" está lá em cima na minha Lista da Pá. Você se importa de não pronunciá-la?

— Tudo bem. Que tal então eu simplesmente avisar que vou levar a comida? Vamos ter comida portátil.

Era um lindo dia de março, o tipo de dia em que, quase em choque, as pessoas percebem que o inverno não vai durar para sempre, afinal de contas, e nosso corpo nota, de repente, que existe uma coisa chamada verão.

Artie me pegou. Quando entrei no carro, rapidamente trocamos um "oi", mas não nos beijamos nem nos tocamos. Ele levou o carro até uma parte deserta e estranhamente arborizada de Wicklow, um lugar chamado Vale do Diabo, e quando saltamos do carro, eu o analisei: ele usava botas de caminhada, jeans, uma jaqueta azul feita de algum material tecnológico moderno e carregava uma mochila.

— A palavra "mochila" também está na sua Lista da Pá? — perguntou ele.

Estávamos precisando tanto quebrar a tensão, que eu disse:

— Não curto muito essa palavra. Porém, para sua sorte, você está bonito demais para ser agredido com uma ferramenta. Diga-me uma coisa: e se chover? — O sol brilhava no céu, mas... estávamos na Irlanda.

— Você pode vestir isso aqui. — Artie fez surgir do porta-malas uma peça de roupa.

— O que é isso? — perguntei, desconfiada.

— Uma jaqueta.

— Relutantemente, peguei a peça nas mãos e a analisei. Era preta e pesava menos que um saco de balinhas, daqueles pequenos, que nem vale a pena abrir porque só vêm com meia dúzia de jujubas.

— Esse é um daqueles novos tecidos cheios de tecnologia? Daquelas grifes caras? — Um pensamento horripilante me passou pela cabeça. — Isso não era da Vonnie, não é?

— Não.

— Nem da Iona?

— Não. — Ele riu.

— Então, de onde veio?

— Eu comprei.

— Para mim?

— Para você.

— Tipo assim... um presente?

— Isso mesmo — concordou ele, pensativo. — Um presente. Você não quer experimentá-la?

— Não sei, acho que sim. — Enfiei os braços na jaqueta e ele puxou o zíper. A roupa tinha um caimento ótimo, era certinha na cintura e se ajustava perfeitamente aos meus os quadris, sem ficar muito larga nem justa demais. Tinha pontas com velcro nos punhos e um capuz pequeno e lindo. Para minha surpresa (categoria: surpreendente), descobri que gostei do presente.

— Coube em mim direitinho! — encantei-me. — Ficou *perfeito*. Como conseguiu?

— Existem três tamanhos: pequeno, médio e grande. Você é pequena. Comprei tamanho pequeno.

— Obrigada por não dizer que era óbvio.

— De nada.

— E obrigada pela jaqueta.

— De nada.

Ele me levou por uma trilha que entrava floresta adentro, passava por um vale estreito e acompanhava um riacho agitado. A luz do lugar era estranha e verde. Raios de sol penetravam por entre as árvores de vez em quando. Os únicos sons eram o do vento sacudindo os galhos e o da água correndo e tropeçando nas pedras. Parecia que éramos as únicas pessoas em todo o planeta.

Para minha surpresa (categoria: cativante), nós víamos, de quando em quando, mensagens peculiares entalhadas nas pedras ao longo do caminho. Diziam coisas como "Nos esconderemos aqui depois da batalha", "Dá para ver cavalos-marinhos no lago; ao longe, é possível ouvir ursos e lobos" e "Estou tão cansada que não consigo mais andar; vamos dormir aqui esta noite?"

— O que são essas mensagens? — perguntei a Artie.

— Apenas palavras. Uma forma de arte, se preferir.

Ao lado de uma pequena escada rústica feita de degraus cortados na pedra coberta de musgo, estavam entalhadas as palavras "Preciso limpar estes degraus". Isso me fez rir.

Estranhas esculturas em madeira apareciam de forma intermitente, ao longo da trilha: uma bola maciça feita de toras; uma peça sinistra que parecia um corpo pendurado de cabeça para baixo; uma janela entalhada em uma árvore, mostrando a vista do vale, que se descortinava dali.

Depois de caminharmos por quase uma hora, alcançamos uma cascata e a trilha acabou. No lago formado na base da cascata estava mais uma frase: "Quando encontrarmos o anel, pedirei você em casamento."

Essa eu não mostrei para Artie.

Ele fez surgir da mochila uma espécie de toalha ou tapete, e também sanduíches de queijo com salpicão de repolho, barras de chocolate e uma garrafa de prosecco. Apesar de ele ter se dado todo aquele trabalho para preparar meus sanduíches favoritos, não consegui comer nada. Bebi um pouco de prosecco em um copinho de plástico e esperei calada. Não sabia o que Artie iria me dizer, e também não fazia ideia de onde aquilo iria nos levar, mas pressenti que ele planejava algo. Era a hora do "ou vai ou racha".

Sem nem mesmo me olhar de frente, ele disse:

— Senti sua falta.

Eu não comentei nada. Não iria facilitar as coisas, e, se ele me pedisse mais tempo, não pretendia dar.

— Bella sempre me pergunta sobre você — comentou.

Eu encolhi os ombros.

— Ela contou aos irmãos a seu respeito.

— E daí?

— Daí que eles querem conhecer você.

— E...?

— Você quer?

Fiquei calada por um tempão. Por fim, perguntei:

— Você quer que eu faça isso?

— Quero, sim.

— Sei... — Levantei-me e peguei o copinho que usava para beber o prosecco. Carreguei-o na mão por vários metros, pousei-o com todo o cuidado sobre a grama, voltei até onde Artie estava e coloquei em sua mão a rolha da garrafa.

— O que está fazendo? — perguntou ele.

— Um teste. Jogue a rolha; se você conseguir acertar dentro do copo, eu topo conhecer seus filhos.

Ele olhou para mim, tentando descobrir se eu falava sério.

— Não. — reagiu ele. Seu tom era quase de deboche.

— Não o quê?

— Nada de atirar rolhas em copos de plástico. Aceite conhecer meus filhos ou não aceite, mas não faça esse tipo de joguinho.

Comecei a rir.

— Era *esse* o teste. Você passou com honra ao mérito, o que quer que isso signifique.

— De que está falando?

— Você preencheu os requisitos de aprovação.

— Sério mesmo? — Ele rolava a rolha entre o polegar e os outros dedos da mão direita, girando-a sem parar.

— Vou conhecê-los — cedi. — Marque o dia para nos reunirmos.

— OK.

— Nada comprido demais, para o primeiro dia. Nada de jantares longos, compostos por oito pratos saborosos — exigi. — Não quero me sentir numa armadilha. Arrume um encontro que seja rápido.

— Combinado. — Então, casualmente, arremessou a rolha. Ela voou pelo ar formando um arco gracioso e acertou direitinho no meio do copo, balançando-o e fazendo-o tombar.

A reunião oficial com a família de Artie aconteceu na sala de estar da casa dele, num sábado à tarde. Para todos os efeitos, eu estava só "dando uma passadinha" (Lista da Pá) para uma xícara de chá. Na realidade, seria muito mais fácil eu fazer uma peregrinação até Santiago de Compostela usando meus Louboutins de salto quinze do que "dar uma passadinha na casa de alguém para uma xícara de chá", mas todos estavam lá à minha espera, inclusive Vonnie.

Bella colocou a mão no peito e me saudou, muito agitada:

— Helen, faz taaanto tempo!

Vonnie foi ainda mais simpática comigo do que Bella. Juntas, deram gritinhos e soltaram exclamações de encanto sobre o quanto eu era linda, como se eu fosse uma boneca.

— Olha só, mamãe! — gritou Bella. — Eu não disse que ela era adorável?

— A — do — rá — vel! — concordou Vonnie.

Senti um *pouquiiiinho* de condescendência, só um pouquinho, mas ninguém poderia acusá-la de ser fria ou pouco amigável.

Para minha surpresa (categoria: agradável), Iona também foi um docinho de coco, embora não se mostrasse terrivelmente interessada em mim. O grande choque foi Bruno.

Ele não se parecia nem um pouco com o garoto das fotos espalhadas pela casa. Nelas, ele parecia ser alto, desajeitado, um pré-adolescente muito sorridente. Só que, obviamente, ele havia crescido, e vestia, da cabeça aos pés, roupas pretas muito agarradas no corpo; seus cabelos estavam tão oxigenados que por pouco ele não perdera o cérebro; usava rímel e quase fervilhava de hostilidade.

— Quer dizer que você é a *amiga* do papai? — perguntou ele, com um jeito arrogante.

— Isso mesmo — confirmei.

—Você já esteve aqui antes? Nesta casa?

—Ahn... Já.

Ele fez surgir do bolso uma linda calcinha fio dental cor-de-rosa e a colocou na minha mão, dizendo:

— Acho que você esqueceu isto.

Olhei fixamente para o objeto e balancei a cabeça para os lados.

— Não é minha.

— Bem, da mamãe é que não é. Também não é de Iona, e muito menos de Bella. Então, quem é a dona? Papai talvez tenha outra... *amiga.*

Sim, talvez Artie tivesse outra amiga. Talvez ele andasse trepando com outra mulher. Aquele foi um pensamento tão horrível, que senti vontade de vomitar. Bem, se esse era o caso, tudo bem. Eu resolveria isso mais tarde.

— Ou talvez — joguei a calcinha de volta para Bruno — ... ela seja sua.

Bella ofegou de forma teatral. Vonnie e Iona tropeçaram nas palavras, apressando-se em insistir que a calcinha era delas.

Bruno e eu ignoramos todo mundo e ficamos olhando fixamente um para o outro: aquilo era guerra.

Para preservar a harmonia familiar, eu deveria ter tirado o time de campo e deixado Bruno vencer. Em vez disso, porém, me comportei tão mal quanto ele. Mas tenho de admitir que até eu — que já passara muito tempo com Kate, a filha desagradavelmente selvagem de Claire — fiquei chocada com a hostilidade dele.

— Que papo é esse? — perguntou Artie, olhando para Bruno. — Onde conseguiu isso?

— Ah, que se dane! — disse Bruno para Artie, e saiu da sala visivelmente nervoso. — E *você* — parou na porta, lançou-me um olhar venenoso e completou: — ... vá se foder.

Na investigação subsequente feita por Artie e Vonnie, Bruno admitiu que tinha comprado a calcinha ele mesmo, para provocar o máximo de estrago.

O tom desse embate serviu de parâmetro para todos os encontros futuros entre mim e Bruno.

Capítulo Quarenta e Três

Liguei o carregador do celular na tomada e me forcei a pensar no quanto era sortuda por ter eletricidade, um teto sobre a cabeça e uma cama onde dormir. Só que estava quase com trinta e quatro anos e, depois de imaginar que tinha feito a transição para a vida adulta, estava novamente morando com meus pais. A dor de me lembrar disso foi terrível.

Queria escalar a cama, tomar todos os meus comprimidos para dormir de uma vez só e me deixar dissolver no esquecimento, mas mamãe surgiu no quarto.

Deu uma boa olhada em mim, e dava para ver seu maxilar travado; ela não estava disposta a deixar meu barco afundar.

— Depressa, já para o banheiro! — ordenou ela. — Temos um churrasco para ir.

— Não, mãe, não posso...

— Nada desse papo de "não, mãe, não posso...". Ande logo... Vamos até lavar seus cabelos.

— Não, mãe...

— Sim, mãe...

Com jeito suave, mas ao mesmo tempo com muita, muita firmeza, ela me convenceu a despir minha roupa e entrar no banho. Eu me senti uma menininha novamente. Foi igualzinho, até a parte onde ela deixava escorrer xampu no meu olho e eu berrava a plenos pulmões.

— Pare com esse escândalo! — ordenou ela, envolvendo-me com a toalha. — Pelo menos você está limpa. Agora, vou vestir você. Vamos lá! Roupas bonitas e limpinhas... Levante os braços.

Ela me ajudou a vestir uma camiseta curta e o jeans leve e macio que Claire tinha levado para mim. Devemos dar crédito a Claire. Apesar de ser pouco confiável, ela às vezes me surpreendia nos momentos mais inesperados. Aquelas roupas — certamente surrupiadas do armário de Kate — eram perfeitas para o tímido (entenda-se "fajuto") verão irlandês.

Mamãe insistiu para que eu passasse um protetor solar tom de bronze e pusesse rímel, blush e brilho labial. Por fim, exigiu que eu pegasse minha echarpe Alexander McQueen, a mesma que eu dera a Claire antes de tentar acabar com a vida pela primeira vez.

— Pendure-a na janela, onde eu possa vê-la — ordenou mamãe. — Assim, vou saber que você está aqui e a salvo.

Com ar cansado, fiz o que ela me ordenou. Não adiantava contar a mamãe que minha echarpe Alexander McQueen, mesmo na moda, não me empolgava tanto quanto antes. Na verdade, ao pensar sobre o assunto, percebi que não tinha nenhum produto precioso para deixar de herança, dessa vez. Isso me provocou um arrepio. Eu estava assim tão mal, para pensar em termos de "dessa vez"?

— Vamos combinar uma coisa... — começou mamãe.

— Lista da Pá — reagi eu, de forma automática. — A senhora usou a expressão "vamos combinar".

— Mil desculpas. — Ela não desistiu. — Fique no churrasco por dez minutos. Depois, você pode voltar ao trabalho.

— Não tenho mais trabalho. Acabou.

— Boa menina! Caso encerrado!

— Ahn... — Puxa, o que eu poderia dizer a ela?

— Conte-me como tudo acabou — pediu.

— Não posso.

— Não existe essa coisa de "não posso" entre nós — disse ela, tentando me persuadir.

— Sério mesmo, mamãe, não posso contar.

— Mas os ingressos para o show da Laddz estão garantidos, certo?

— Certo. — Eu daria um jeito. Compraria os ingressos, se fosse preciso.

— Quer dizer, então, que Jay Parker não vai mais aparecer por aqui?

— Jay Parker *definitivamente* não vai mais aparecer por aqui.

— Ooooh — reagiu ela.

— Ooooh o quê?

— Sinto no ar uma... Como é que se diz mesmo? Situação mal-resolvida entre você e Jay Parker.

— Não existe nenhuma situação mal resolvida entre mim e Jay Parker. Estou... — A questão das fotos de Artie pelado teria de ser abordada em algum momento. Era melhor resolver logo. — Tenho um namorado.

— Aquilo não é apenas um *namorado*, sua boba. Aquilo claramente é um tremendo *homem*!

— Por que está falando desse jeito? Que programas de TV a senhora anda assistindo?

— Ah, os de sempre. *America's Next Top Model*. Sei lá, o que estiver passando.

— OK, esquece. Quero deixar uma coisa bem clara. Artie... Eu... — hesitei. — Tenho muita consideração por ele.

— Consideração, hein? Você anda lendo Jane Austen? Muito bem... Se não está trabalhando, certamente pode ir ao churrasco de Claire.

— Dez minutos — cedi. — Mas só se eu for no meu carro. — Assim, eu poderia escapar de lá, se precisasse.

CHÁ DE SUMIÇO 393

· · ·

No jardim dos fundos da casa de Claire, o grau de convívio e confraternização já estava em níveis apropriados para ganhar prêmios em todos os quesitos. Não havia perigo de alguém ser levado pela van verde de reeducação social do governo. Muitas das amigas de Claire estavam ali, ignorando os filhos, cintilando para todos os lados e usando óculos escuros Versace falsos (*Versace*, vê se pode!); entornavam vinho alegremente e insistiam em chamar a bebida de *vino*. Isso foi direto para o topo da minha Lista da Pá.

Claire circulava com garrafas do citado *vino*, enchendo taças até a borda, de modo que o vinho acabava transbordando um pouco em unhas recém-chegadas da manicure, todas pintadas em coral, cor da moda. Claire levava seus deveres de anfitriã muito a sério. Em suas festas, quando pelo menos três pessoas não acabavam hospitalizadas, em coma alcoólico, ela se achava um fracasso.

— Ah, aí está você! — disse, ao me ver. — Bom, muito bom, estávamos um pouco preocupadas.

— Tudo bem, eu estou legal — garanti.

Quatro ou cinco crianças, cacarejando e deslocando pedaços de grama enquanto corriam, passaram ventando entre mim e Claire, esbarrando nas duas. Depois que os pestinhas sumiram, perguntei:

— Como é que ficou seu lance com a polícia, ontem?

— Perdi três pontos na carteira e ganhei uma multa... Acho que eles falaram em duzentos euros. São uns sacanas!

— Ah, isso mesmo... Sacanas. Escute, obrigada por ajudar a desencaixotar minhas coisas.

— De nada. Mas, na verdade, não fui eu. Foram mamãe e Margaret. A história completa é a seguinte: só voltei lá quando soube das fotos de Artie. Meu Deus, o que é *aquilo*?! — Ela fez uma pausa nos elogios ao tamanho dos "países baixos" de Artie para berrar com as crianças. — Cuidado aí, seus pentelhos! Vocês estão entornando as bebidas! — Depois, voltou a atenção para mim. — Puxa, Helen, *nota dez* para as fotos!

— Ahn... obrigada. Escute, me conte uma coisa, Claire... Por que você resolveu fazer um churrasco hoje?

— Sei lá. É sábado, o tempo está firme, é verão. Qualquer pretexto é válido para curtir o velho *vino* com os amigos.

— Ninguém forçou você a dar este churrasco?

— Não.

— Não fizeram uma lei sobre isso nem nada?

Ela respirou fundo por um momento, sem saber o que dizer.

— Você está bem? — perguntou, por fim.

— Estou, sim. Estou ótima.

— Beba alguma coisa — ofereceu, falando mais depressa.

Era muito tentadora a ideia de encher a cara, mas tive medo. Do jeito que estava me sentindo, sabia que, se eu tomasse um cálice de vinho, acabaria entornando cem, e não aguentaria os horrores de uma ressaca. Era melhor permanecer seca.

— Você tem Coca zero?

— Para quem? Para você? — Claire pareceu atônita diante da ideia de um adulto beber algo que não fosse alcoólico. — Bem, se tem certeza disso... Acho que coloquei umas garrafinhas de Coca zero sobre a mesa ao lado da churrasqueira. Tivemos de comprar esse troço porque há crianças aqui, mas, se dependesse de mim, eles teriam apenas a mais refinada água das torneiras de Dublin. Pentelhinhos!

Abri caminho na direção da mesa onde havia Coca zero, mantendo a cabeça baixa para evitar abordagens e conversas. Fui bem-sucedida.

Como regra em todos os churrascos, a churrasqueira estava sendo pilotada por um homem. Nesse caso, era Adam, o marido de Claire.

CHÁ DE SUMIÇO 395

Ele vestia — isso era outra regra — um avental de plástico onde se lia algo muito idiota para eu lembrar agora, e era auxiliado pelos maridos das amigas de Claire. Eles andavam em volta da churrasqueira como vespas, bebendo cerveja e parecendo bem mais velhos que suas esposas bebedoras de *vino*. O engraçado é que eles não eram mais velhos que as mulheres, tinham aproximadamente a mesma idade; mas haviam descuidado da aparência, como geralmente acontece com os homens irlandeses. (A exceção era Adam. Ele parecia ter a mesma idade de Claire, mas só por ter cinco anos menos que minha irmã.)

Alguém me entregou um prato de papel com um hambúrguer e eu recuei assustada. A aparência era terrível: um pequeno círculo de morte, ainda por cima chamuscado. A carne fora colocada dentro de um pão grande e largo; eu, tentando parecer o mais normalzinha possível, dei uma cuidadosa dentada no pão. Tinha gosto de algodão. A bola seca girou e rolou na minha boca, parecendo algo muito estranho que se recusava a se transformar em comida. Será que eu parara de produzir saliva? Ou será que o pão realmente era feito de algodão? Seria algum tipo de brincadeira comigo? Nunca se sabe, em se tratando da minha família.

Lancei um olhar discreto à minha volta, por todo o jardim, mas não vi um punhado de pessoas rindo para mim feito idiotas, prontos para gritar: "Pegadinha!"

O que vi foi um monte de gente se entupindo de hambúrguer, deixando escorrer ketchup e mostarda pelo queixo. Subitamente, pareceu-me que o jardim estava cheio de pessoas que não eram exatamente humanas; pareciam mais o resultado de um cruzamento estranho entre seres humanos e porcos.

Fechei os olhos com força para bloquear seus medonhos rostos de aspecto suíno e, quando tornei a abri-los, estava diante da churrasqueira, onde as linguiças pareciam trouxas cartilaginosas gordas e repulsivas; os frangos de pernas abertas me fizeram pensar em bebês mortos e sem cabeça. O ketchup era vermelho demais e a mostarda exibia um tom ameaçadoramente amarelo.

Virei as costas para aquilo, e meus olhos foram atraídos para a janela do andar de cima. Kate estava lá, observando tudo com um ar malévolo que me pareceu aterrorizante. Foi como um filme de horror.

Decidi dar o fora dali.

Não precisava me despedir de ninguém. Há vantagens em pertencer a uma família de gente rude. Comecei a forçar passagem através dos híbridos suíno-humanos para alcançar o santuário representado pela casa, para então escapar sorrateiramente para a misericordiosa liberdade, quando uma mulher apareceu no meu caminho. Simplesmente surgiu no chão, como a mão que saiu debaixo da terra do cemitério no filme *Carrie, a estranha*.

— Helen Walsh! — declarou.

Olhei fixamente para ela. Quem seria essa mulher?

— Josie Fogarty! — apresentou-se. — Da escola, lembra? Que coincidência! Outro dia mesmo eu me encontrei com Shannon O'Malley. Você sabe quem é... A recepcionista do dr. Waterbury. Pois então... Estávamos falando sobre você. Comentávamos o quanto era louca naquela época, absolutamente *hilária*. Deveríamos marcar um encontro com a turma toda. Meu filho mais velho faz aulas de judô no mesmo horário do filho mais novo de Claire, e foi por isso que eu acabei sendo convidada para vir aqui hoje. De vez em quando vejo um monte de gente dos tempos da escola. Quem você costuma encontrar?

O fluxo de palavras que jorravam de sua boca parou, e percebi que ela esperava algum tipo de resposta.

— Eu... — Foi tudo o que saiu. Tentei novamente: — Eu... — olhei para ela com ar de súplica. Algo horrível estava acontecendo.

Eu não conseguia responder. Sentia-me muito longe dali. Jazia enterrada em algum ponto longínquo. *Responda o que ela perguntou*, ordenei a mim mesma. *Responda!* Mas minha mente estava a treze mil quilômetros do meu rosto, uma distância grande demais para minha voz percorrer em poucos segundos.

— Eu... — Não consegui controlar meu rosto. Estava me esforçando bastante para parecer normal e agradável, mas os músculos haviam se tornado espasmódicos, como num show de bonecos articulados. Sabia que meus olhos tinham ficado vidrados, e não havia nada que eu pudesse fazer.

Josie Fogarty olhava para mim de forma estranha. Confusa. Depois, temerosa. Subitamente, ela parecia louca para se ver longe dali. Desesperada para que eu dissesse algo que a liberasse, que livrasse nós duas do terrível e interminável impasse no qual havíamos nos metido.

— Foi bom encontrar você — disse ela, atropelando as palavras, e saiu rapidinho dali, quase correndo.

Quanta humilhação! Mas o caminho estava livre; eu podia ir embora!

Capítulo Quarenta e Quatro

Dizem que o que não mata a pessoa torna-a mais forte, mas isso não é verdade. Torna-a mais fraca. Torna-a mais apreensiva.

É comum ver isso em atletas profissionais, por exemplo. Eles quebram o tornozelo, fazem cirurgia, passam um tempão com a perna numa esquisita câmara de oxigênio que acelera a recuperação, fazem fisioterapia com equipamentos dotados de tecnologia de ponta e os médicos declaram que eles estão novos em folha novamente. Mas nunca mais voltam a ser tão bons quanto eram antes. Não conseguem se lançar no jogo com abandono total, nem com a mesma garra.

Não porque o tornozelo esteja mais fraco do que antes, mas sim por terem experimentado a dor. Por terem descoberto, chocados, a própria vulnerabilidade, não conseguem afastar essa lembrança e tentam se proteger. Isso é um instinto básico. A inocência se foi.

Eu tinha "sobrevivido" a um episódio de depressão, mas morria de medo de aquilo tudo se repetir. No entanto, tinha começado a acontecer novamente.

Eu estava afundando depressa demais. Procurar por Wayne tinha me mantido na superfície. Agora, porém, não havia mais nada.

Talvez, ver Artie ajudasse a me estabilizar. Ou talvez não. Artie gostava de mulheres fortes, e eu não era forte. Pelo menos, não naquele momento.

• • •

Sem sombra de dúvida, o churrasco na casa da família Devlin era um forte candidato à medalha de ouro. Eu não ficaria surpresa se os inspetores mandassem distribuir um folheto com fotos do evento, para servir de exemplo de como a coisa deveria ser feita.

Embora o churrasco já estivesse num ritmo de "fim de festa" — afinal, passava das oito da noite —, o clima era perfeito. O astral era alto, as pessoas estavam alegres sem parecer agitadas nem briguentas. Os convidados eram, basicamente, vizinhos, colegas de trabalho e amigos dos filhos. Alguém um pouco mais sarcástico poderia se perguntar se aquelas pessoas tinham sido convidadas com base em sua beleza física, mas eu sabia que não era esse o caso. Na improvável casualidade de alguém feio ser atraído, acidentalmente, para a órbita dos Devlin, certamente essa pessoa receberia o mesmo grau de calorosa cordialidade dos muito atraentes. De algum modo, porém, isso nunca acontecia.

O jardim propriamente dito, com o deque arrojado e o gramado impecável, parecia, como sempre, pertencer a uma revista de decoração. Mas um esforço extra tinha sido feito para preparar o céu. A cor de fundo era azul forte, mas eles haviam conseguido espalhar algumas nuvens incomuns, que pareciam plumas — muito brancas, com um leve tom de rosa nas pontas. O arranjo ficara magnífico.

Era como se alguém, provavelmente Vonnie, tivesse pego um punhado daquelas nuvens com a mão e espalhado de forma aleatória sobre o céu, deixando-as ficar onde pousassem, mas dava para perceber que o conjunto era muito mais artístico que isso. Vonnie jamais deixaria algo assim ao acaso.

Por falar nisso, ali estava ela. Movia os condimentos um nano centímetro para a direita, para que todos ficassem perfeitamente alinhados.

— Você aqui novamente? — perguntei. — Há algum momento em que você *não esteja* aqui?

Ela riu e me abraçou com força.

— Venha comigo até onde Artie está — convidou.

No fundo do jardim, ao lado dos ciprestes, Artie cuidava da churrasqueira. *Não vestia* um avental onde se lia "Rei dos Churrasqueiros". Isso é que era classe!

— Olhe só para ele — disse Vonnie.

— Estou olhando.

— Ele precisa cortar os cabelos.

— Não precisa, não.

— Diga a ele para cortar os cabelos — insistiu ela. — Ele certamente vai ouvir você.

— Mas eu não quero que ele corte os cabelos.

— Mesmo assim, diga para ele cortar.

— Não. — Girei o corpo para poder fitá-la de frente, olho no olho. — Não! — repeti.

— Puxa, essa doeu. — Ela me deu uma piscadela. — Você é durona, sabia? — E foi embora, me deixando a sós com Artie.

— Que papo estranho foi esse? — perguntei a ele.

— Ela quer que eu corte os cabelos.

— Mas... — O comprimento dos cabelos de Artie não era da conta de Vonnie. Eles estavam divorciados. Se ele cismasse de deixar os cabelos crescerem até o meio das pernas, isso continuaria não sendo da conta dela. Mas era melhor manter a boca fechada.

— E então? — Artie apontou para a churrasqueira. — Posso tentar você com alguma coisa?

— Você sempre faz isso — garanti. — Mas não com um hambúrguer. Além do mais, já passei em dezessete churrascos só hoje. — Não precisava mencionar que não tinha comido nada em nenhum deles.

— Olhe, acho melhor você saber logo que Bella está à sua espera — avisou-me. — Ela criou um teste de personalidade específico, tendo você em mente.

— Tudo bem. — Eu me distraí por alguns instantes analisando o salpicão de repolho. Parecia *desconcertantemente* delicioso. Olhei para a tigela com mais atenção. Ora, aquilo era apenas repolho, um vegetal que eu normalmente odiava quando estava cru, mas a imagem era linda demais. O que eles *tinham feito* para aquilo parecer tão bonito?

Iona veio quase flutuando em minha direção com um cálice de vinho branco e um copo do muito alardeado refrigerante de gengibre caseiro. Aceitei o refrigerante e dispensei o vinho.

— Quer um pouco de Coca zero também? — ofereceu.

Assenti com a cabeça, agradecida.

— Volto em dois segundos — prometeu.

Bruno passou perto de mim com suas roupas pretas, maçãs do rosto em carmim e a franja gigantesca.

— O que *ela* está fazendo aqui? — perguntou baixinho, para ninguém em especial.

— Chupando seu pai — sussurrei de volta.

Eis que chegou Bella, carregando uma prancheta temática da Hello Kitty e um ar de pessoa muito importante.

— Helen! Fico tão feliz de ver você. Já experimentou o refrigerante de gengibre? É feito em casa, te contei?

— Está delicioso. Iona foi buscar uma Coca zero para mim.

Bella lançou um olhar perspicaz na direção da cozinha. Iona já vinha flutuando lentamente em nossa direção, trazendo um copo.

— Iona! — ralhou Bella. — Traga logo essa Coca para Helen!

Iona me entregou o copo.

— Obrigada, Iona — agradeceu Bella, com um pouco de impaciência, e voltou toda a atenção para mim. — Vamos precisar de privacidade para isso, Helen.

Ela me conduziu até o escritório, ponto alto de toda a decoração da casa. Um cômodo envidraçado que se projetava para fora apoiado em uma viga de aço que saía do bloco principal da residência.

Todas as paredes, e o chão também, eram de vidro. Era uma obra de engenharia tão impressionante e bem-bolada que eu tinha medo de pensar demais em como aquilo fora feito, pois minha cabeça poderia explodir.

Bella me convidou a sentar em um *beanbag* — um pufe imenso recheado de bolinhas — revestido de lamê prateado, enquanto ela se posicionava na poltrona diante de mim. Debaixo dos meus pés, eu podia ver o jardim, os convidados e até o salpicão de repolho perfeito. As pessoas já começavam a ir embora. Ótimo. Talvez eu conseguisse ficar a sós com Artie dali a mais algum tempo.

— Nervosa? — perguntou Bella. — Sobre o que a pesquisa vai revelar a seu respeito?

— Um pouco.

— Isso é normal — disse ela, com tom gentil. — Deixe-me explicar como vai ser: Eu vou lhe fazer uma pergunta e haverá quatro opções possíveis: A, B, C ou D. Responda o que acha que está certo para você. Devo assinalar, Helen, que não existem respostas erradas. Não reflita demais em cada uma delas, simplesmente responda. Entendeu tudo?

Fiz que sim com a cabeça. Já estava exausta.

— Vamos começar, então. O que você prefere: — Sua caneta (cor-de-rosa, é claro) estava posicionada sobre a prancheta, mas ela protegia as perguntas com a mão em concha. — Rosa, pintas, listras ou paraquedas?

— Paraquedas.

— Pa-ra-que-das — disse ela, bem devagar, ticando a resposta D. — Exatamente o que eu imaginava. Está pronta para a próxima pergunta? Se você pudesse ser um vegetal, gostaria de ser, fervida, gratinada, cortada em forma de nabo ou cortada em palitos?

— Cortada em palitos. Sem dúvida.

— Como eu supeitava — disse Bella. — É a escolha mais elegante. A próxima pergunta também é inspirada em vegetais: se você pudesse ser um repolho, seria crespo, roxo, com as folhas abertas ou branco?

— Nenhum deles, porque...

— ...Você detesta repolho. Excelente! Essa pergunta era uma pegadinha! Eu conheço você muito bem. O que pesa mais: um quilo de penas, um quilo de rímel, um quilo de estrelas ou um quilo de quilos?

— Um quilo de estrelas.

— Estrelas? Você ainda tem a capacidade de me surpreender, Helen. Você preferiria nadar com golfinhos no mar do Caribe, pular de *bungee jump* da ponte Golden Gate, atravessar o Grand Canyon de tirolesa ou comer dez barras de chocolate Mars dentro de uma tenda em Carlow?

— As barras de chocolate Mars.

— Eu também. Como você gostaria de morrer? Dormindo, em um spa de luxo, pisoteada durante a abertura de uma filial da Topshop ou em um desastre de avião?

— Todas as opções.

— Você tem de escolher uma delas.

— Então tá... Desastre de avião.

— Muito bem, o teste acabou.

Nossa, graças a Deus tinha sido curto.

— Pode relaxar agora — cedeu Bella. Vou somar seus pontos.

Ela emitiu muitos murmúrios enquanto somava os pontos de todas as respostas. Depois de algum tempo, comentou:

— A maioria das respostas foi D. Vamos lá... Você sabe dançar, mas prefere não fazê-lo. Uma das suas ambições é andar a esmo por aí, apesar de não saber exatamente o que essa expressão significa. É inclinada a ser brusca com as pessoas, mas tem um coração gentil. Não tem medo de misturar moda de rua com *prêt-à-porter*. Muitas vezes é malcompreendida. E talvez sofra de gota quando ficar mais velha.

O resultado era de uma precisão impressionante, e fiz questão de comunicar isso a Bella.

— É que eu conheço você muito bem, já fiz um estudo a seu respeito. Agora, Helen, posso lhe pedir um favor? — Seu rostinho ficou sério. — Você se importaria se eu descesse para passar um tempinho com minha mãe? Acho que ela está se sentindo um pouco solitária.

— Ahn... Pode ir, claro que eu não me incomodo.

Por mais que eu gostasse de Bella, ela às vezes conseguia sugar toda a minha energia. Assim que fiquei sozinha, fui tomada pela velha sensação de escuridão interna. Fiquei chocada por isso, e também por perceber que a coisa havia piorado bastante em menos de vinte minutos. Parecia crescer dentro de mim como um animal horrendo. Eu precisava me distrair. Talvez, se eu conseguisse ficar um pouco a sós com Artie, esses sentimentos assustadores desaparecessem. Outra opção era eu sair por aí, dirigindo sem parar, estrada afora.

Eu continuava espalhada no pufe gigante quando Artie apareceu.

— Ouvi dizer que você é inclinada a ser brusca com as pessoas, mas tem um coração gentil.

Sentei-me rapidamente, aliviada por ele ter chegado e eu não precisar mais ficar sozinha com a minha cabeça.

— Como é que pode ela conhecer palavras como "brusca"? Que bando de esquisitos são vocês, os Devlin?

— Suponho que Wayne já apareceu, senão você não estaria aqui.

Balancei a cabeça para os lados.

— Não apareceu, não. Eu que desisti do caso.

— Por quê? Espere... Deixe para me contar essa história daqui a um minuto. — Ele se agachou ao meu lado. — Isso significa que você vai estar livre amanhã de tarde? Porque acho que eu consegui despachar meus três filhos ao mesmo tempo. Bella vai brincar com amigas, Iona vai participar de um protesto e Bruno vai à festa de uma marca de cosméticos. Quem sabe você pode aparecer aqui?

— Já topei!

Baixinho, tão baixinho que mal dava para ouvir, ele disse:

— Ótimo. — Acariciou meu rosto com o dedo e se pôs a olhar para mim tão fixamente — quase com angústia —, que eu tive de dizer:

— Artie, não me jogue esse olhar pidão, porque eu não consigo aguentar.

Ele se levantou, aceitando a situação.

— Tem razão. Não há nada que possamos fazer a respeito disso, no momento.

— Quem sabe — propus — eu consiga tirar o tesão de nossas cabeças lhe contando tudo o que aconteceu com Wayne?

Artie se sentou na poltrona que Bella acabara de deixar vaga, enquanto eu continuava esparramada no *beanbag*.

— Primeiro, preciso lhe contar sobre o ensaio no MusicDrome. Caraca, Artie, foi um *pandemônio*. — Relatei a triste história; falei sobre as fantasias de cisne, as falhas do sistema de computação, a ira de John Joseph, o terror de Frankie... — Mesmo que Wayne volte, não vejo jeito de eles conseguirem arrumar tudo para quarta-feira. Não tem como dar certo. Sabe de uma coisa? Não me surpreenderia nem um pouco se eles forem obrigados a cancelar os três shows.

Uma estranha expressão tomou conta do rosto de Artie.

— Que foi? — perguntei.

— Nada. É que... Isso está me parecendo uma armação contra a seguradora.

— Como assim?

— Quem está bancando os shows?

— OneWorld Music é a promotora principal. — Eu tinha ouvido Jay Parker comentando sobre isso.

— Eles certamente injetaram uma grana pesada nesse reencontro — disse Artie. — Só que, obviamente, não são os únicos investidores. Você sabe quem são os outros?

Fiz que não com cabeça.

— Normalmente se espera que a banda participe da produção com uma parte substancial.

Refleti a respeito. Acreditava piamente que Roger St. Leger não tinha um tostão furado, nem Frankie. John Joseph, porém, embora talvez não tivesse muita liquidez no momento, possuía vários bens. Poderia ter levantado uma boa grana, de algum modo. Quanto a Jay Parker, ele certamente teria conseguido espremer grana de algum pobre perdedor.

— Bem... — disse Artie — Quem quer que esteja financiando essa turnê, certamente está protegido. Em termos leigos, está bem-segurada. De modo que, se os shows não acontecerem, os produtores terão seu dinheiro de volta e, dependendo da apólice contratada, podem até conseguir todo o lucro que haviam projetado.

— Quer dizer que, se os shows forem cancelados, eles recebem uma indenização do seguro? Que pode ser maior até do que o investimento inicial? Nesse caso, os investidores se darão melhor ainda se os shows não acontecerem, certo?

— Talvez, mas são só conjecturas. — Artie me olhou com cautela. — Pensei ter ouvido você dizer que tinha abandonado o caso.

— Onde é que eu posso descobrir os detalhes das apólices de seguro?

— Não dá para descobrir. É um contrato privado e secreto.

Várias ideias não verbalizadas flutuaram no ar entre nós. Provavelmente, Artie *poderia* descobrir tudo por meios legais. Desde que provasse que havia uma causa justa para a investigação. Mas eu não pretendia pedir isso a ele.

Levantei-me do *beanbag* e fui até o computador de Artie.

— Por algum motivo, acho que devia continuar acompanhando essa história — disse. — Deixe-me ver como andam as vendas de ingressos para os shows.

Entramos no site do MusicDrome. Metade dos ingressos para quarta-feira já tinha sido vendida, e também metade do show de quinta, mas para sexta ainda havia quase dois terços disponíveis. Nada de empolgante.

— Quer dizer que se eu fosse uma das pessoas que investiu nesses shows — perguntei —, estaria *torcendo* pelo cancelamento dos três espetáculos, certo?

Artie balançou a cabeça para os lados.

— Ainda não. É cedo demais. Um monte de publicidade pode fazer com que a venda de ingressos decole. Eles vão aparecer hoje à noite no programa de Maurice McNice.

— Como explicarão a ausência de Wayne?

— Inventarão uma desculpa. Aquele tal de Jay Parker me parece ser um cara com muita lábia e bom jogo de cintura. — Afirmou isso com tanto desprezo que eu estranhei. Artie não era dessas coisas. — De qualquer modo, certamente amanhã teremos alguma novidade nos jornais, você vai ver.

— Novidade como?

— Ah, pode ser qualquer coisa. Uma matéria comovente sobre os novos bebês de Frankie. Zeezah apresentando uma nova coleção de biquínis. *Alguma coisa vai aparecer.*

Nesse instante, o meu celular tocou. Olhei quem era. Harry Gilliam. O que ele queria comigo? Além de me provocar calafrios de medo que me deixavam gelada por dentro?

Atendi, pois ele certamente insistiria e continuaria a ligar.

— Oi, Harry — saudei, tentando transmitir alegria na voz. — Como vão as coisas? Como o seu galo se saiu?

Depois de uma longa pausa, ele me comunicou:

— Cecil não resistiu.

— Puxa, sinto muitíssimo em saber. — Engoli em seco.

— Pois é... — continuou. — Ele me decepcionou.

Tive uma visão súbita e perturbadora de uma blitz noturna cruel feita em um galinheiro. Vi toda a família de Cecil ser arrebatada para, em seguida, ter seus pescoços cortados. Minha nossa!

— Ouvi dizer por aí — disse Harry — que você desistiu de procurar pelo seu amigo.

— Isso mesmo.

— Continue as buscas, Helen.

Minha pele pinicou toda de medo, interesse e empolgação. A maior parte era medo.

— Como assim?

— Foi exatamente o que eu disse, Helen. Não poderia ser mais direto. Continue procurando por ele.

— Por quê? Wayne está em apuros? O que está acontecendo?

— Estou com cãibra na língua, Helen. Vou repetir só mais uma vez: continue procurando por ele.

— Mas se você sabe de mais alguma coisa que possa me ajudar, poderia ao menos me contar!

— Eu? Como é que eu poderia saber de alguma coisa, Helen?

E desligou.

Embasbacada, olhei para o celular. Harry Gilliam me assustava. Muito. Não sabia exatamente por que razão. Não costumava ter medo dele, mas agora tinha. De algum modo, ele conseguira desenvolver uma habilidade incrível para fazer ameaças veladas. Talvez tivesse feito um curso.

— Que foi? — quis saber Artie.

Continuei olhando para o celular. Estava muito confusa. Será que Harry estava tentando me dizer que sabia que Wayne corria perigo e precisava ser resgatado? Ou o recado é que não sabia onde Wayne estava, mas, se ele não fosse encontrado, eu iria pagar por isso? Será que eu deveria me preocupar com Wayne? Ou deveria me preocupar com minha própria segurança?

— Helen? — disse Artie, com voz suave.

O quanto eu deveria lhe contar? Havia um monte de barreiras pessoais e profissionais espalhadas à nossa volta.

— Harry Gilliam — disse eu.

Artie assumiu uma atitude de tira ao ouvir aquele nome e, subitamente, ficou bastante sério.

— Eu o conheço. Foi muito abalado pela recessão. As pessoas não estão comprando tanta droga como antes.

— Pois é, a ligação foi dele. Ele sugeriu que eu continuasse a procurar por Wayne.

— Por quê?

— Não me disse. E também não sei como, mas ele conseguiu me convencer a mudar de ideia.

Depois de uma longa pausa, Artie disse:

— Acho que não vai adiantar nada se eu lhe pedir para não fazer isso, certo?

Olhei para ele, e não precisei nem responder.

— Sei cuidar de mim mesma — garanti. — Esse é um dos motivos de você me amar.

Atônitos, olhamos fixamente um para o outro. Por algum motivo, eu deixara escapar, sem querer, a palavra com "a".

— Foi um acidente — desculpei-me, depressa. — O mais decente a fazer é ignorar isso e seguir em frente, e depressa.

Ele continuou me olhando. Nenhum dos dois sabia o que fazer. Depois de algum tempo, ele disse:

—Tome cuidado, Helen.

Percebi que eu não sabia exatamente sobre o que ele estava me alertando, mas não queria pensar nisso naquele momento.

—Vou tomar — concordei. — Bem, preciso ir.

Capítulo Quarenta e Cinco

Assim que saí da casa e me vi na calçada, liguei para Parker. Ele atendeu no primeiro toque.

— Helen?

— Em que porra de lugar você está?

— Nos estúdios da rede RTÉ de televisão.

— Estou a caminho daí para pegar a chave da casa de Wayne novamente. Agite as coisas para que eu tenha um passe de entrada à minha espera na recepção dos estúdios.

— Mas que diabo...

Desliguei. Não sabia exatamente o que estava rolando entre Harry Gilliam e Jay. Sentia medo e raiva, o que era muito desagradável, mas, por estranho que pareça, aquilo era melhor do que o que eu sentira quando abandonei o caso.

Para minha surpresa (categoria: boa), eles já estavam à minha espera na recepção dos estúdios de TV e sabiam de tudo a meu respeito. Eu previra um cansativo cabo de guerra com algum burocrata metido a poderoso, mas um crachá plastificado me foi entregue com meu nome nele — escrito errado, obviamente; eu virei "Helene Walshe" (alguém na área adorava palavras terminadas com "e"). Depois de um breve contato telefônico, um empregado vestido de preto dos pés à cabeça apareceu para me conduzir à "Sala de Hospitalidade", nome talvez pomposo demais para uma simples sala de espera.

Eu nunca tinha estado numa sala de espera de TV antes, e, para minha decepção, o lugar não passava de uma imensa sala onde os convidados ficavam esperando. Havia um monte de estofados e um bar no canto. Mais ou menos vinte pessoas estavam sentadas em pequenos grupos distintos, mantendo distância das outras panelinhas. Além dos integrantes da Laddz, eu não fazia ideia de quem poderiam ser os outros convidados. Mas dava para chutar. Um chef que acabara de lançar um livro de culinária, provavelmente? Uma mulher de imensos seios siliconados e unhas igualmente imensas e falsas que tinha dormido com alguma figura pública? Um dos campeões da equipe de hóquei da GAA, que tinha vencido a final Munster? Uma banda decadente de rock que viera lançar um novo CD ou promover um show? Ah, mas essa era a Laddz, é claro.

O grupo formado por eles parecia mais compacto que os outros. Jay estava lá, obviamente; John Joseph e Zeezah levavam um papo privado muito sério, entre murmúrios. Roger St. Leger estava com a loura pernuda e bronzeada do churrasco. Ambos pareciam bêbados, largados no sofá quase morrendo de rir e prestes a fazer sexo a qualquer momento.

Frankie estava sentado de forma rígida e muito calado, o que não era do seu feitio. A princípio, eu achei que estava assim por se sentir enojado com as descaradas travessuras de Roger — o "cara lá de cima" certamente *não* aprovaria. Mas logo percebi que a situação de Frankie era bastante complicada. No momento, sua carreira como apresentador de TV estava no auge. Do jeito que as coisas iam, assim que Maurice McNice morresse, o seu lugar seria ocupado por Frankie. Nesse meio-tempo, enquanto Frankie esperava Maurice morrer, devia ser estranho ir lá para cantar no programa. Poderia parecer *urucubaca*, sei lá.

Jay estava imerso numa conversa com um sujeito que parecia ser um dos produtores do programa.

— Mas Wayne está doente — explicava Jay. — Sua garganta o está matando. Ele não pode cantar de jeito nenhum.

— Ninguém está esperando que ele cante! — explicou o produtor. — Ninguém canta ao vivo no *Saturday Night In*. É sempre com *playback*.

— Wayne está de cama, com trinta e nove de febre — insistiu Jay. — Mal consegue ficar em pé. Uma entrevista com John Joseph e sua linda nova esposa seria muito melhor.

Captei toda a situação de imediato: antes de Wayne sumir sem avisar, a Laddz tinha sido convidada para ir ao programa e "cantar". Agora, Parker estava tentando evitar qualquer publicidade negativa, oferecendo John Joseph e Zeezah como entrevistados.

Mas o produtor não parecia nem um pouco satisfeito com esse arranjo, porque a grade do programa já incluía uma entrevista com um astro de hóquei da GAA, que se casara recentemente.

— Já temos uma "nova esposa linda" — explicou o produtor. — E estamos *sem* números musicais. Existem regras para os programas de TV de entretenimento! Assim, o programa vai ficar completamente desequilibrado.

— Aquela mulher — argumentou Jay, apontando para Zeezah — é uma superstar global. É uma proeza você conseguir entrevistá-la.

O produtor exibiu um brilho nos olhos e propôs:

— Talvez *ela* possa cantar.

— Não! Jay viu a oportunidade de publicidade na TV para a Laddz escorregando-lhe pelos dedos. — Ela não está com as roupas que usa nos shows. Zeezah não pode simplesmente se sentar num banquinho e começar a cantar. Ela não é Christy Moore.

O *walkie-talkie* do cara da produção fez um barulho irritante, e alguém deu um comando urgente que o fez dar um pulo.

— Preciso resolver um problema — avisou a Jay. — Mas nosso papo ainda não acabou.

Assim que o cara caiu fora, dei um tapa no ombro de Jay, com força. Ele se assustou e olhou para mim.

— Você voltou, afinal? Qual foi o lance?

— Simplesmente me entregue as chaves de Wayne.

— Então me conta... O que está rolando?

— Seu amigo Harry me convenceu a continuar procurando por Wayne.

— Harry? — Jay me pareceu verdadeiramente confuso. Mas era difícil de saber, em se tratando dele. — Quem é Harry?

— Ah, corta essa! Não estou no clima para seu papo furado. Saiba apenas de uma coisa: você continua me pagando, não importa qual seja a história entre você e Harry.

— Não faço a menor ideia de sobre o que você está falando — garantiu Jay. — Fico feliz por ter voltado, mas tem uma coisa que você precisa saber: quando você desistiu, hoje à tarde, John Joseph contratou outro investigador particular...

— Quem é?

— Walter Wolcott.

Eu o conhecia. Um cara mais velho, com um estilo de trabalhar muito diferente do meu. Metódico. Pouco imaginativo. Com tendência a usar um pouco de violência. Ex-tira, nem precisava dizer.

— Ele analisou todas as listas de passageiros das companhias aéreas, até mesmo dos jatinhos particulares. Temos certeza absoluta de que Wayne continua no país.

— Mas já sabíamos disso. Eu achei o passaporte dele, lembra?

— Wolcott também verificou barcas, pequenos portos e locais que alugam lanchas. Wayne não uso nenhum desses serviços.

O tal de Wolcott certamente conseguira todas essas informações com seus velhos camaradinhas da polícia sem gastar um centavo. Essa "ação entre amigos" é uma instituição muito poderosa.

— Wolcott também verificou em todos os grandes hotéis — informou Jay.

Outra informação que alguns de seus ex-colegas conseguiu para ele.

— Até agora, nenhum sinal de Wayne — lamentou-se Jay. — Wolcott está tentando lugares menores agora, pousadas e locais desse tipo, mas isso vai levar tempo.

Especialmente porque os detalhes dos clientes não são mandados para nenhum banco de dados.

— Quem sabe vocês poderiam unir suas forças... — sugeriu Jay.

Sem chance de eu formar dupla com um velho tira de pé chato como Wolcott.

Eu não queria que ele trabalhasse no caso *nem de longe*. Era pouco provável que seguíssemos as mesmas pistas, mas as coisas poderiam se complicar se nós dois resolvêssemos conversar com a mesma pessoa, por exemplo. Principalmente se ele fosse na minha frente.

— Como é que ele está se saindo no quesito registros financeiros e telefônicos? — perguntei. — Isso era o que realmente interessava, e eu achava pouco provável que os policiais camaradinhas de Wolcott lhe conseguissem isso. Levantar listas de passageiros em linhas aéreas sem mandado é um pouco ilegal; no caso de registros telefônicos e extratos financeiros, a coisa é ligeiramente diferente: é muito ilegal.

Jay balançou a cabeça.

— Wolcott não conseguiu esse tipo de informações pelos canais normais. Precisava de muito dinheiro para isso, e John Joseph não autorizou. Na verdade, ele quase enlouqueceu quando descobriu a quantidade de grana que eu já coloquei na sua mão.

— Ah, é mesmo? — Como John Joseph era *esperto*. — Por acaso ele pagou alguma coisa a Wolcott? Ou conseguiu que ele aceitasse o caso na base do "se não encontrar o desaparecido, não recebe nada"?

— Foi isso.

Por alguns instantes, quase senti pena de Walter Wolcott. Os tempos andavam dificílimos para os investigadores particulares, como eu bem sabia. Estávamos com pouquíssimo poder de barganha. O lado bom é que eu continuava à frente de Wolcott. Os registros telefônicos e financeiros iriam chegar às minhas mãos na segunda-feira. E eu continuava levando duzentos euros por dia, ainda que isso fosse uma mixaria.

O produtor voltou.

— OK — disse a Jay, concordando com a cabeça. — Você não me deixou escolha. Vamos colocar no ar a sua "linda nova esposa".

— Obrigado, cara...

— Mas nunca mais me procure para nada. Nunca! Não importa que artista você represente.

— Ei, também não precisa ficar desse jeito — protestou Jay.

O produtor o ignorou.

— Vocês dois! — Apontou para John Joseph e Zeezah. — Direto para a sala de maquiagem.

Jay me entregou a chave da casa de Wayne, mas eu resolvi dar mais um tempinho na sala de espera. Disse a mim mesma que era pesquisa, mas, na verdade, eu estava fascinada por aquele mundo.

— Parker — quis saber —, e se Wayne não for encontrado e os shows não acontecerem?

— Os shows vão acontecer! Nem que eu tenha de subir no palco e cantar por ele. Garanto que vão acontecer.

— Estou falando sério. Além da OneWorld Music, quem está financiando as apresentações? Se tudo der errado, quem leva a grana do seguro?

Ele pensou um momento antes de falar.

— Essa é uma informação que você não precisa ter.

— Quem fica com a grana?

— Repito: você não precisa dessa informação.

Olhei para ele fixamente.

— Você é um deles, certo?

Ele nem me olhou nos olhos. Virou-se para o outro lado.

— Escute, simplesmente continue em busca de Wayne. É para isso que você está sendo paga.

Quinze minutos mais tarde, John Joseph e Zeezah voltaram da sala de preparação. Com o rosto praticamente engessado de tanta massa e maquiagem. *Engessado.*

— Então, que história é essa? — perguntou John Joseph, olhando para mim. — Soube que você desistiu de desistir, é isso?

— Exatamente. Pode se livrar de Walter Wolcott.

Naquele momento, era difícil para John Joseph aterrorizar as pessoas de forma eficiente, como costumava fazer. Especialmente por estar usando brilho labial rosa perolado. Apesar disso, ele bem que tentou.

— Não vou dispensá-lo por enquanto. Ele já apresentou mais resultados em três horas do que você em dois dias, e não nos custou um centavo. Acho que é de *você* que devíamos nos livrar.

— Seu amigo Harry Gilliam faz questão que eu permaneça no caso.

Será que eu vi uma piscada reveladora?

— Quem?

— Harry Gilliam.

— Nunca ouvi falar.

— É claro que não.

— Escutem — interveio Jay, tentando dar uma de pacificador —, o relógio está correndo depressa rumo à quarta-feira. Quanto mais recursos tivermos, melhor.

John Joseph me lançou um olhar duro.

— Que seja! — disse, por fim. Quando se afastou de mim, fixou seu olhar de aço em Roger e avisou: — Não beba mais nada, você está nos fazendo passar vexame.

Todos nos sentamos em um silêncio desconfortável, até que dois ajudantes chegaram para levar John Joseph e Zeezah. Eles eram os primeiros convidados. Isso era um péssimo sinal, uma indicação de que eram as pessoas menos importantes no programa daquela noite.

Do camarim, assistimos ao programa em um monitor. Pouco antes de a entrevista entrar ao vivo, John Joseph se benzeu, o que fez Roger St. Leger gargalhar de deboche. Nisso eu concordei com ele.

Maurice McNice descreveu John Joseph como "um homem que dispensa apresentações", mas recitou tudo a respeito dele, mesmo assim.

— Contem-nos como vocês se conheceram — pediu Maurice, sorrindo ao olhar de John Joseph para Zeezah, e depois novamente para John Joseph. — Era um apresentador da velha escola. Lançava perguntas fáceis. Quem estava a fim de controvérsias, era melhor procurar em outro lugar.

— Em Istambul — respondeu John Joseph. — Zeezah estava se apresentando na festa de aniversário de um amigo. Eu não fazia ideia de quem ela era.

Ao meu lado, Roger St. Leger tornou a rir de deboche, dizendo:

—Você não tinha a mínima noção de quem era ela, não é?

Na tela, Maurice perguntou:

— Então você não fazia ideia de que ela era uma superestrela?

— Nenhuma — conformou John Joseph, o que gerou em Roger uma nova rodada de risadas bêbadas e descontroladas.

— A vida segundo John Joseph Hartley — disse Roger, e canta-rolou a canção "What a wonderful world".

— Cale a boca! — reclamou o campeão de hóquei da GAA. — Estou tentando ouvir a entrevista. Minha esposa também.

— Desculpe, cara, foi mal. Mil perdões, sra. Hóquei.

CHÁ DE SUMIÇO 419

O jeito bem-comportado de Roger durou meio segundo. Assim que John Joseph começou a falar novamente, ele quase se jogou no chão de rir.

— Eu não sabia que ela era uma superestrela — tinha acabado de dizer John Joseph.

— E eu não sabia que *ele* era um superastro — gorjeou Zeezah.

— Porque não é, mesmo! — disse Roger.

Maurice ignorou Zeezah. Como eu disse, pertence à velha escola. Provavelmente ainda acha que as mulheres nem deveriam ser permitidas na telinha.

— Pelo que eu me lembro, você adora colecionar carros clássicos — disse Maurice para John Joseph. — Eu também gosto muito desse assunto. Conte-nos do seu Aston.

— Ah, é uma máquina maravilhosamente linda — disse John Joseph, derretendo-se todo.

— "Mas não tão linda quanto minha esposa" — disse Roger, em seguida.

— Mas não tão linda quanto minha esposa — repetiu John Joseph no monitor, e Roger novamente quase caiu no chão de tanto rir.

Virando-se para a tela, Roger perguntou:

— Você vai contar ao sr. McNice que teve de vender o Aston para financiar a carreira da sua "linda esposa"? Não, acho que não.

A entrevista estava quase acabando.

— Anuncie os shows, seu velho gagá — murmurou Jay, olhando fixamente para Maurice McNice, como se pudesse controlar sua mente.

Verdade seja dita, Maurice não apenas mencionou os shows de reencontro da banda com muita empolgação, como também recitou os dias, os horários e o local das apresentações. E disse tudo corretamente, o que era pouco comum.

— Acho que ainda há alguns ingressos sobrando — completou Maurice McNice. Em seguida, deu uma inesperada risadinha de ironia, como se insinuasse que nenhum ingresso tinha sido vendido até o momento.

Com isso, a entrevista acabou, entraram os comerciais e, alguns minutos depois, John Joseph e Zeezah estavam de volta à sala de convidados, com adrenalina a mil, sendo abraçados por todos e ouvindo:

— Vocês foram *surpreendentes! Fantásticos de verdade.*

Até eu entrei nessa pilha.

Zeezah me abraçou com força, dizendo:

— Fiquei tão feliz quando soube que você mudara de ideia sobre encontrar Wayne. Por favor — pediu —, você precisa achá-lo o mais rápido possível.

Para onde eu deveria ir? Eram dez e meia da noite, um pouco tarde para dar início a qualquer coisa nova. Decidi ir para a casa de Wayne — a Fonte, como eu começava a pensar nela. Eu me instalaria lá, me reorganizaria e torceria para me vir alguma ideia.

Dirigi a curta distância até Mercy Close e estacionei mais ou menos a três casas da de Wayne. Saí do carro, bati a porta com força e mal percebi o som de alguém que corria em minha direção, antes de sentir o golpe. Algo pesado me atingiu na parte de trás da cabeça, fazendo com que meu cérebro se engavetasse na parte da frente do crânio. Caí para a frente, e o cimento da calçada pareceu se erguer para me dar uma pancada na testa. Quando estrelas começaram a cintilar em torno dos meus olhos e uma vontade de vomitar me subiu pelo estômago, uma voz sussurrou em meu ouvido, de forma quase inaudível: "Fique longe de Wayne."

Tudo aconteceu muito depressa. Eu sabia que era urgente — impe-rativo — que me virasse para dar uma boa olhada no meu agressor, mas fiquei petrificada demais para me mexer. Os passos se afastaram, novamente correndo, cloc-cloc-cloc, ficando mais distantes até o som desaparecer por completo.

Quis — tentei, pelo menos — me mexer devagar para me colocar em pé e correr atrás dele, mas meu corpo não conseguiu fazer isso. Fiquei de quatro no chão e tossi muito, mas não vomitei.

Pelo fato de aquele ser um momento tão dramático, tinha certeza de que um dos vizinhos de Wayne sairia de casa para me perguntar se eu estava bem, mas nada disso aconteceu. Depois de um tempo, fiquei de saco cheio de esperar pela aparição do "vizinho preocupado" e, ainda tremendo, fiquei em pé e tentei verificar o quanto estava ferida. Quantos dedos eu enxergava diante de mim? Três. Acertei, mas isso não valia, porque eu sabia a resposta. A mão era minha.

Que dia era? Com quem Beyoncé era casada? Eu estava sangrando?

Sábado. Jay-Z. Estava sangrando, sim.

Havia um galo na parte de trás da minha cabeça e outro na testa, além de sangue entre os cabelos.

Alguém me atingira. Que ousadia! Que tremenda *ousadia*!

Não fora um golpe para me machucar, exatamente, mas sim para me assustar.

Só que eu não me assustara.

Sendo uma pessoa sempre do contra, aquilo teve o efeito oposto ao esperado. Se o desaparecimento de Wayne era tão importante para alguém a ponto de tentarem me dar um susto — puxa, *me agredir*, qual é?! —, então, agora mesmo é que eu iria encontrá-lo.

Capítulo Quarenta e Seis

O Santa Teresa era o hospital de referência para todo mundo que "sofria dos nervos" — pelo menos todo mundo que morasse em Dublin e tivesse plano de saúde. Era para lá que eles iam quando precisavam de "um lugar para descansar". Era um sonho branco, um refúgio envolto em Xanax que aparecia em muitas das fantasias de Claire e de suas amigas — sem que nenhuma delas tivesse estado lá, é claro.

Todos diziam que parecia um hotel, mas era mentira. Parecia um hospital. Um hospital muito legal e tudo o mais, bastante agradável, mas certamente um hospital. Havia janelas de verdade por onde a luz entrava, mas as camas eram indubitavelmente hospitalares — estreitas, com ajustes de inclinação e altura, além de cabeceiras de metal. Também não havia como disfarçar a função das medonhas cortininhas que corriam a partir de um trilho no teto, entre uma cama e outra: fornecer privacidade quando o médico vinha examinar sua bunda (pensando bem, por que um médico precisaria examinar bundas num hospital psiquiátrico, a não ser nos casos de pessoas que parecem falar pelo traseiro?).

Eu sabia que o Santa Teresa tinha enfermarias com portas trancadas, alta segurança e um ritual de chaves e cadeados para entrar ou sair, mas o acesso à ala denominada Flores, para onde fui encaminhada, era bem simples: bastava pegar o elevador e subir direto até o terceiro andar.

Quando as portas se abriam, um corredor comprido, revestido com madeira de alta qualidade — provavelmente nogueira —, ia até o balcão da enfermagem. Pelas portas abertas de alguns quartos, dava para ver que cada cômodo tinha duas camas. Cheia de uma curiosidade irresistível, "espiei" cada quarto pelo qual passei. Alguns estavam vazios, eram muito claros, as camas arrumadas com capricho. Em outros, as cortinas estavam fechadas e pessoas encurvadas e com ar frágil descansavam de lado, debaixo de cobertores azuis, de costas para a porta.

Foi muito estranho e terrível me ver em um hospital psiquiátrico, mas, depois que o plano de me afogar tinha falhado de forma tão humilhante, eu estava no fim da linha e aberta a sugestões. Quando um dos meus salvadores, o passeador de cachorro, sugeriu que eu fosse a algum lugar "para descansar", senti uma pontinha de esperança.

No dia seguinte, logo cedo, liguei para o dr. Waterbury e ele entrou em contato com o Santa Teresa, mas não havia quartos disponíveis na ala simpática, aquela que parecia hotel. Ofereceram uma vaga na enfermaria Narcisos, que não era tão agradável. Lá, as portas tinham trancas e os pobres pacientes ficavam presos à cama por correias. É claro que eu não quis ir para lá.

Quase enlouqueci: eu *tinha de* ir para algum lugar onde pudesse "descansar" — era a única opção que me restara. Entrei na internet e busquei outros hospitais irlandeses que parecessem hotéis. Havia dois ou três, mas todos lotados. Ampliei a busca para incluir o Reino Unido, mas fui informada que meu plano de saúde não cobria internações lá. Eis que, de repente, uma notícia maravilhosa chegou do dr. Waterbury: uma vaga acabara de surgir na ala das Flores. Ou alguém se curara numa velocidade espantosa ou — o mais provável — o plano de saúde do paciente se recusara a continuar bancando a mordomia. Foi assim que, menos de doze horas depois do meu malsucedido mergulho noturno, vi-me diante de mamãe, pedindo para que ela me levasse de carro até o hospício (expressão dela, não minha).

Depois que toda a papelada no setor de admissão foi preenchida, uma jovem simpática nos acompanhou à ala Flores, onde uma enfermeira chamada Mary me deu calorosas boas-vindas e mandou mamãe cair fora, explicando que ela poderia voltar mais tarde, no horário de visitas.

Mamãe se lançou pelo corredor sem vacilar, aliviada e quase correndo. Mary me informou:

— Vou levá-la. Sua companheira de quarto se chama Camilla. Vocês se encontrarão mais tarde. Sua cama é a que fica perto da porta.

Mary vasculhou minha bagagem e confiscou o secador de cabelos, o carregador de celular, a faixa do meu roupão (qualquer coisa com a qual eu pudesse me enforcar, basicamente). Levou também minha lâmina de depilação, meu frasco de vitamina C e — muito mais preocupante — meus antidepressivos. Apesar de não estarem ajudando nem um pouco, senti-me aterrorizada sem eles.

— Está tudo bem — tranquilizou-me Mary. — O médico vai rever sua medicação para montar um esquema personalizado. — Puxa, gostei disso: um *esquema personalizado*. — Você ficará sob os cuidados do dr. David Kilty — completou. — Ele virá vê-la em breve.

— E o que eu faço até ele chegar?

Ela olhou para o relógio de pulso.

— Está meio tarde para Terapia Ocupacional. Você pode assistir à TV, a sala de estar é logo ali. Ou pode se deitar na cama e esperar.

Resolvi me deitar na cama estreita, pensando sobre como o milagre da cura iria acontecer. Na verdade, não sabia exatamente o que esperar daquele lugar — o que acontece em hospitais psiquiátricos é sempre um mistério —, mas obviamente eles me consertariam, certo? Fora um passo corajoso admitir para mim mesma que eu precisava me internar. Sabia que os médicos respeitariam isso e iriam recompensar meu espírito de colaboração com remédios altamente eficazes. Porém, quando recordei os acontecimentos que me haviam levado até ali, já não senti tanta certeza sobre como eles iriam proceder.

O ambiente fora do quarto era calmo e acolhedor. Não se ouvia ruído nenhum de pessoas passando nem barulhos vindos dos outros quartos. Puxa, eu já estava deitada ali havia quanto tempo? Olhei para o celular e vi que tinha quase uma hora desde que Mary me levara para lá. O que será que estava atrasando o médico? Uma familiar sensação de pânico começou a me assaltar por dentro, mas lembrei a mim mesma que um plano de resgate seria montado por *especialistas*, e eu devia tentar me acalmar. Eu estava OK... Tudo estava OK.

Para me distrair um pouco, resolvi violar a privacidade de Camilla. Havia um ursinho de pelúcia sobre sua cama perfeitamente arrumada e uma pilha de cartões do tipo "fique boa depressa" sobre uma prateleira. Abri seu armário e vi quatro caneleiras para malhação, além de um tapetinho de ioga e dois pares de tênis. Nosso banheiro comum estava cheio com as coisas dela — meu sagaz olhar de detetive me levou a deduzir que ela sofria de "cabelos fracos e quebradiços" —, e uma inspeção em suas roupas me revelou que ela vestia tamanho 34.

Ouvi uma batidinha na porta, que interrompeu a minha violação de privacidade, e vi um menininho de onze anos entrar no quarto.

Para meu espanto, ele se apresentou como o dr. David Kilty. Juro que eu pensei que ele fosse outro paciente, um daqueles que sofrem de ilusões estranhas. Depois de questioná-lo minuciosamente, porém, fui informada de que o menino tinha trinta e um anos, havia passado com mérito em todas as provas da faculdade e já trabalhava no hospital psiquiátrico havia quase três.

— Não sei, Dave... Você se importa se eu o chamar de Dave?

— Se preferir. Embora eu seja um médico.

Ele leu as anotações que o dr. Waterbury lhe encaminhara e passou a fazer perguntas detalhadas sobre minha tentativa de afogamento.

— Você continua se sentindo suicida?

— Não...

— Como é que sabe?

— Sei porque... — Tinha tentado fazer isso e falhara. *Duas vezes.*

Na verdade, meu mergulho noturno da véspera fora minha segunda tentativa de suicídio. Dez dias antes, eu dera minha echarpe Alexander McQueen para Claire, escrevera um bilhete de desculpas e tomara dez comprimidos para dormir de uma só vez. Para meu horror, tinha acordado vinte e nove horas mais tarde, sem vestígios de passar mal e sem problemas. A não ser o fato de continuar viva. Ninguém sequer reparara na minha ausência, e ser obrigada a explicar a Claire que ela teria de devolver minha echarpe fora o menor dos problemas. ("Eu só dei para você porque achei que iria morrer e isso seria desperdício de uma echarpe tão boa, mas continuo viva e a quero de volta.") Puxa, eu realmente tinha acreditado que os velhos e confiáveis remédios para dormir dariam conta do recado, e fora um profundo choque descobrir que me matar não seria tão fácil quanto eu previra. Fiquei tão desmoralizada, que achei que não havia sentido em tentar me matar novamente.

Mas, alguns dias depois, meu velho espírito de "sim, eu consigo" estava de volta, e eu resolvi que, dessa vez, a coisa iria dar certo. Passei vários dias na internet, planejando tudo.

Lançar-se de um prédio alto ou de um penhasco era o método mais popular, segundo a mitologia do suicídio. O problema — conforme eu logo descobri — era que isso era diabolicamente difícil, na prática. As autoridades locais e as organizações de prevenção ao suicídio tinham inventado vários tipos de medidas e proibições para impedir as pessoas de mergulharem para a morte.

A regra básica era: se um lugar não tinha uma rede de proteção em torno, não era alto o bastante. Eu bem que poderia me arriscar; talvez tivesse sorte e fosse desta para a melhor. Por outro lado, era mais provável que eu quebrasse algum osso importante do corpo e tivesse de passar o resto da vida em uma cadeira de rodas, sendo alimentada por um canudinho. Esse risco eu não podia correr.

Uma overdose de paracetamol era outra furada: nem sempre matava, mas destruía o fígado, de modo que o candidato à morte tinha de passar o resto dos seus dias com dores horríveis, desconforto e sofrimento.

Basicamente, sobraram dois métodos: cortar os pulsos ou me afogar. Escolhi o afogamento e planejei tudo *meticulosamente*. Comprei um monte de latas de morango em calda e outros apetrechos. Mesmo assim, o objetivo fora impossível de alcançar.

Naquele instante, com Dave diante de mim com seu rostinho pré-adolescente, fitando-me com interesse, eu me senti mais arrasada do que jamais imaginei ser possível. Aquilo era pior que as tendências suicidas. Continuar viva era como estar numa armadilha, e achei que minha cabeça fosse explodir de tanto horror.

Mas agora eu estava num hospital e eles iriam me curar de um jeito rápido e mágico, então aceitei a situação e disse:

— Acho que tenho coisas que preciso colocar para fora do meu organismo. Continuo me sentindo meio louca. Mas estou aqui e vocês vão fazer com que eu me sinta melhor, certo?

Dave chegou ao diagnóstico de ansiedade e depressão, e desempenhou um papel bom na história: dobrou minha dose de antidepressivos e, por pura piedade, receitou-me comprimidos para dormir.

— Voltarei para examinar você daqui a dois dias — avisou, levantando-se para sair.

— O quê?! — Em pânico, pulei da cama e tentei impedi-lo de sair do quarto. — Isso é tudo? Não pode ser! O que mais vocês vão fazer por mim? Como pretendem me curar magicamente?

— Você pode passear pelos jardins — disse ele. — Contato com a natureza ajuda a curar. Também pode participar das aulas de relaxamento e ioga, ou fazer terapia ocupacional.

— Você está brincando comigo, não está? — perguntei. — Terapia ocupacional? Tipo assim... artesanato em madeira? Tricô?

— Ou mosaico. Pintura... Temos um programa completo para você escolher. As pessoas acham muito útil.

— Só isso e *pronto*?! — Estava fora de mim de tão agitado.

— Temos um CD chamado *As maravilhas do momento presente*. Estamos obtendo resultados excelentes com ele.

— Do que se trata?

Dave tentou me explicar. Tinha algo a ver com aproveitar cada um dos momentos especiais do presente, mas eu estava distraída demais para entender, ou mesmo ouvir.

— Preciso de remédios — implorei. — Comprimidos e tranquilizantes muito fortes. Xanax! Por favor, me receite Xanax.

Ele se recusou. Parece que Xanax só era receitado em situações de emergência, e por curtos períodos.

— Mas eu tentei me matar! — argumentei. — É preciso uma situação mais extrema que essa?

— Você está bem o bastante para aceitar um tratamento especializado.

— Mas eu me internei num hospital psiquiátrico! — insisti. — Isso prova, por definição, *que estou muito mal da cabeça*. Portanto, preciso de Xanax.

Ele simplesmente riu, disse que eu era boa em argumentação e devia considerar a ideia de fazer carreira como advogada. Estar num hospital era uma boa oportunidade de eu encontrar formas de tranquilizar a mim mesma. Repetiu que eu deveria seguir o caminho da terapia ocupacional e, subitamente, descobri o porquê de as pessoas mentalmente incapacitadas serem conhecidas, em inglês, como *artesãos de cesta*: essa é uma das atividades oferecidas na terapia ocupacional. Puxa, eu me tornei uma artesã de cesta, pensei. Virei artesã de cesta com carteirinha e tudo.

Camilla era anoréxica. Ela não era difícil. Acho que lhe faltava energia até para isso. Não comeu nada o dia todo, até anoitecer, quando encarou um substancioso prato de salada. Pelo visto, também adorava salpicão de repolho. *Tinha* de comer isso. Muito estranho. Eu sempre achei que as anoréxicas não comiam nada. Camilla comia pouco, mas comia, e parecia adorar esse momento.

Na primeira noite, ela me perguntou:

— Por que você veio para cá?

— Depressão.

— De que tipo? — quis saber, mostrando grande interesse. — Bipolar? Pós-parto? — A depressão pós-parto era a mais empolgante de todas, porque uma das suas variantes provocava sintomas psicóticos muito extremos. Além disso, tinha mais divulgação pela mídia e estava na moda.

— Não, só o tipo comum — respondi, meio envergonhada. — Quero morrer quase o tempo todo.

— Ah, esse tipo...

Exatamente... Eu sofria da mais desvalorizada das depressões.

Para minha surpresa (categoria: *extremamente* desagradável), não senti camaradagem nem apoio por parte dos outros pacientes. Não foi como na vez em que minha irmã Rachel esteve internada numa clínica de recuperação para viciados. Pelo que eu pude acompanhar no caso dela, todos ajudavam uns aos outros.

No lugar onde eu estava, porém, as pessoas se mantinham trancadas em seu próprio inferno particular. Cada um estava ali por um motivo diferente: anorexia, TOC, transtorno bipolar, depressão pósparto e o famoso, simples e antiquado "esgotamento nervoso".

Apesar do fato de "esgotamentos nervosos" não existirem, clinicamente falando (foram rebatizados de "grandes episódios depressivos"), o Santa Teresa estava lotado de gente que sofria disso. Eram homens e mulheres que se viam soterrados por problemas com filhos, pais, bancos e empregos — especialmente esses últimos. Pessoas com muitas responsabilidades na vida, que foram se acumulando sem parar até a situação chegar num ponto em que seu sistema nervoso ficou sobrecarregado, "queimou um fusível" e elas não conseguiram mais funcionar.

O hospital era uma espécie de santuário para toda aquela gente. Muitas pessoas estavam internadas havia várias semanas, até meses. Elas não queriam receber alta porque ali ninguém poderia lhes telefonar, nem enviar e-mails, nem lhes remeter cartas ameaçadoras com detalhes sobre o valor que elas deviam na praça. Enquanto estavam no hospital, elas não precisavam pegar as mães desorientadas pelo Mal de Alzheimer em delegacias de polícia; não precisavam lidar com agentes judiciários aparecendo em seu local de trabalho; não precisavam cuidar da casa, trabalhar em horário integral, fazer horas extras e dormir apenas quatro horas por noite.

Muitos dos internados com "esgotamento nervoso" eram ex-donos de negócios que haviam falido, deixando-os com dívidas de centenas de milhares de euros, e até milhões, dinheiro que nunca poderiam pagar. Eles se sentiam aterrorizadas pela perspectiva de serem lançados de volta no mundo exterior, onde todos estavam à espreita para sugar seu sangue. Ali, no Santa Teresa, eles poderiam dormir, olhar para fora da janela, assistir à TV e deixar a mente vazia e calma. Ali, eles conseguiam paz, quietude, tranquilizantes e três refeições por dia (terrível, mas real).

A coisa que mais os apavorava era a avaliação semanal com o psiquiatra, pois poderiam ser declarados sãos o bastante para receber alta e ir para casa.

Só que eu não era como os outros pacientes. Minhas pressões e as fontes das minhas agonias — quaisquer que fossem elas — eram internas. Não importava o lugar para onde eu fosse, elas certamente me seguiriam.

A outra coisa que assustava os pacientes com esgotamento nervoso era a possibilidade de seu plano de saúde se recusar a continuar pagando a conta do hospital, o que os obrigaria a ser expulsos e a encarar novamente suas vidas infernais.

Mas nem essa preocupação me assaltava. Alguns meses antes, eu tinha assinado na linha pontilhada de um contrato de plano de saúde completíssimo, que me garantia internação por tempo indeterminado num hospital. Não sei como isso pôde acontecer, logo comigo, uma pessoa que sempre gastava seu dinheiro de forma tão irresponsável. Ser prudente certamente não era do meu feitio, mas, enfim, foi o que aconteceu.

Depois de minha vexaminosa e desordenada tentativa de afogamento, percebi que estar viva era quase insuportável, mas logo descobri que estar internada no Santa Teresa era muito pior. No mundo lá fora, pelo menos, eu tinha a liberdade de pegar meu carro e dirigir, dirigir e dirigir sem destino. Os dias demoravam demais a passar antes de eu ir para o hospital, mas, confinada ali dentro, o tempo simplesmente parou por completo.

Não havia nada para fazer. Todas as manhãs e tardes, os pacientes mais animadinhos se dedicavam a preparar bolos, fazer mosaicos e curtir as outras aulas de terapia ocupacional. Os anoréxicos prendiam pesos nos tornozelos e nos pulsos e se lançavam pelas trilhas em volta dos gramados, andando ou correndo sem parar até completar seis quilômetros, nove quilômetros, doze quilômetros, dependendo do objetivo extremo que tinham em mente. Às vezes, uma enfermeira entrava na pista e arrastava alguém para dentro, sob protestos.

Os mais catatônicos estacionavam a bunda na sala de TV e permitiam que suas cabeças arrasadas se inundassem durante vinte e quatro horas por dia com diversas bostas televisivas. Enquanto isso, as pessoas realmente destruídas ficavam na cama o dia todo, faziam as refeições e tomavam os remédios sem sair do quarto.

Eu não me encaixava em nenhuma dessas categorias. Para piorar, sentia-me inquieta, tensa, aterrorizada e terrivelmente sozinha.

A única coisa que eu realmente curtia no hospital era meu comprimido para dormir. A hora para receber a medicação era dez da noite, mas as pessoas começavam a rondar o balcão da enfermagem a partir das oito e quinze. Eu achava humilhante ficar em uma fila de perturbados esperando remédios, como no filme *Um estranho no*

CHÁ DE SUMIÇO 433

ninho, e sempre me obrigava a ficar no fundo do corredor, meio de longe. Mas... Nossa, como eu era grata pelo remedinho!

Mamãe, papai, Bronagh e todas as minhas irmãs foram me visitar, alternando níveis diversos de perplexidade, horror e desconsolo, mas se mostravam totalmente incapazes de oferecer ajuda. Era como se estivessem nadando, meio perdidos, num lugar onde não dava pé.

Mas todos concordavam que era horrível eu ter chegado ao ponto de tentar me afogar.

—Você não estava tentando se matar de verdade, certo? — perguntou Claire. — Foi uma espécie de pedido de socorro, não foi?

Será?

—Ahn... É, pode ser — respondi.

— Os comprimidos para dormir também, não é? — insistiu ela.

—Ahn... Certo — disse eu.

Mamãe e papai insistiram em conversar com o jovem Dave, mas saíram da reunião mais confusos do que quando haviam entrado.

—Você precisa desacelerar um pouco — sugeriu mamãe, sem convicção. — Tirar um tempo para sentir o perfume das rosas; e tentar não se estressar tanto.

Bronagh foi me visitar uma única vez.

—Você não tem nada a ver com um lugar desses — afirmou. — Essa não é a Helen Walsh que eu conheço. Esta não é uma ala isolada, certo? Por que não volta para casa? — Disse isso e se mandou.

Bronagh tinha razão. Eu não estava em isolamento e era livre para sair do hospital na hora que bem quisesse. Só Deus sabe o quanto eu *queria* ir embora, pois detestava o hospital. Teve um dia em que o mesmo episódio de *EastEnders* foi exibido três vezes seguidas, somente eu notei. Ao mesmo tempo, achava que devia haver algo de bom para mim ali, em algum lugar, e eu não percebia. Tentava descobrir o código certo para entender o hospital. Afinal, as pessoas chegavam ali desmontadas e saíam bem melhor... Qual seria o segredo?

Foi por isso que eu tentei de várias formas. Experimentei ficar na cama o dia todo; assisti à TV durante horas e horas a fio; peguei emprestados os pesos de Camilla, que se mostrou muito relutante em se afastar deles por algum tempo, e marchei vigorosamente em torno dos jardins, flexionando os braços. No fim, tentei até fazer artesanato em madeira. Construí uma casa para passarinhos. Todo mundo ali fazia casas para passarinhos.

Perguntava constantemente a Dave:

— Quando é que eu vou melhorar?

Mas ele continuava me enrolando e dizia:

— Enquanto você estiver aqui, ficará segura.

— Mas não me sinto segura. Eu me sinto assustada e ansiosa.

— Já tentou ioga? Já participou de alguma das aulas de relaxamento?

— Ah, Dave...

Depois de duas semanas, resolvi:

— Dave, sinto muito. Preciso me consultar com um médico de verdade. Alguém mais velho, com mais experiência.

— Mas eu sou um médico de verdade! — espantou-se ele. — Tudo bem, pode deixar que vou conversar com meus colegas.

Algumas horas depois, a porta do meu quarto foi aberta por uma mulher decidida, que trazia minha ficha na mão.

— Sou a dra. Drusilla Carr. — Ela me pareceu meio irritada e distraída. — O dr. Kilty me disse que você está procurando um médico mais velho e mais experiente que ele. Eu certamente me encaixo nessa descrição. Trabalho como consultora em psiquiatria há vinte e dois anos — gabou-se ela, sem olhar para mim diretamente.

Continuava analisando as anotações em minha ficha. — Entretanto, devo dizer que o dr. Kilty é um profissional muito competente. O esquema de tratamento que montou para você é exatamente o que eu teria sugerido. Não tenho nada a mudar ou acrescentar.

— Vocês não vão tentar me tratar com terapia de choque?

Finalmente, ela olhou para mim. Parecia ter sido pega de surpresa.

— Terapia eletroconvulsiva é uma forma de tratamento usada apenas como último recurso. Geralmente, usamos isso... e muito raramente, quero deixar claro... em casos pesados de esquizofrenia, psicose, obsessão extrema e depressão catatônica crônica resistente à medicação.

— Mas minha depressão é resistente à medicação! — argumentei. — Os antidepressivos que tomava não impediram que eu tentasse me matar.

— Você está sob medicação há menos de quatro meses — disse ela, com uma cara que era quase de deboche. — Estamos falando de gente que convive com a depressão por muitos *anos*.

Anos! Meu Jesus Cristinho! Eu não conseguiria aguentar aquilo durante *anos*. Quem conseguiria?

— Além do mais, terapia eletroconvulsiva ocasiona muitos efeitos colaterais, especialmente perda de memória. — Sem querer ser irônica, mas sendo, completou: — Pode esquecer.

— Pode esquecer?

— Vamos continuar com os medicamentos. Ainda estamos no início do tratamento.

Por fim, aceitei o fato de que o hospital não era o Santo Graal e curas mágicas não aconteciam ali. Não era culpa de ninguém. Na verdade, a culpa era da minha própria ignorância e das minhas expectativas elevadas demais. Curas "milagrosas" simplesmente não acontecem com tanta facilidade.

Passei a encarar o hospital como ele realmente era: um local de isolamento para pessoas frágeis. A única função do lugar — pelo menos para mim — era me manter a salvo caso eu tentasse me matar novamente.

Esperei três semanas e quatro dias — até terminar minha casa de passarinhos. Depois, sem grandes alardes e tão doente quanto no dia em que tinha me internado, fui embora.

Não me sentia consertada nem a salvo, mas, pelo menos, podia assistir aos programas de TV que eu quisesse. Desconfiava que não tentaria me matar nem tão cedo. Senti ter recebido uma mensagem do universo, embora não acreditasse nesse tipo de coisa.

Dave pareceu desolado ao me ver partir.

— Não se esqueça de que você poderá voltar sempre que quiser — garantiu-me. — Estaremos aqui de braços abertos.

— Obrigada — disse, pensando que, se um dia eu achasse que voltar para lá seria uma boa opção, certamente estaria em péssimo estado.

Verdade seja dita: assim que me vi de volta no mundo, fiz tudo o que me sugeriram para me sentir melhor. Tomei meus antidepressivos, frequentei as sessões de terapia com Antonia Kelly todas as semanas, dançava zumba às quartas e sextas-feiras, participei de oficinas de ioga — por falar nisso, achei horrível aquele povo da ioga. São autocentrados demais, muito "espiritualizados". Também tentei homeopatia. Comprei o CD favorito de Dave, *As maravilhas do momento presente*, que me deixou indignada. Sua mensagem básica é que não importa se você está sofrendo de alguma dor insuportável, porque o que conta é o agora. Não entendi como é que isso poderia tornar suportável uma dor insuportável. Afinal de contas, como o nome já indica, a dor insuportável *é impossível de suportar*. Pensando bem, o fato de ela estar acontecendo no momento presente não a torna pior? Fiquei tão irritada com aquilo que pensei em lançar meu próprio CD: *Quatorze excelentes formas de evitar o momento presente*, mas só me vieram à cabeça dois métodos:

Beba até cair.
Tome sedativos fortes.

Lamentavelmente, abandonei esse projeto, mas logo me animei com a ideia de tacar o CD *As maravilhas do momento presente* na lata de lixo. Fiz isso com tanta força que a caixinha de plástico se quebrou em mil pedaços. Beleza!

Voltei a trabalhar, mantendo-me afastada dos casos mais estressantes, e continuei em busca de uma cura para mim mesma. Fiz reiki, tentei EFT — uma espécie de acupuntura emocional sem agulhas — e participei de seis sessões de Terapia Cognitivo-comportamental (uma conversa fiada sem tamanho). Acabei em sucessivos becos sem saída, como num labir into, sempre entrando em busca de conserto e saindo desapontada. Mas o tempo passou e, depois de algumas semanas, comecei a me sentir mais normalzinha. Percebi que não era a mesma de antes... Não era tão resistente aos trancos quanto antigamente. Também deixei de ser otimista, e talvez nunca mais voltasse a ser. Era bem provável que a pessoa que eu tinha sido até então tivesse desaparecido para sempre. Porém, mais ou menos um ano depois de eu tentar me afogar, o dr. Waterbury declarou que eu estava melhor e mandou que parasse de tomar os antidepressivos. Um mês depois disso, Antonia Kelly me libertou e me incentivou a voar pela vida por conta própria.

Domingo

Capítulo Quarenta e Sete

A chegada de uma nova mensagem de texto me acordou. Onde eu estava? Percebi que estava deitada de lado no chão da sala de estar de Wayne. Peguei o celular e vi que eram nove e trinta e sete da manhã.

Por que será que eu dormira ali, toda encurvada? Por que me permitia um comportamento tão pouco profissional? Descobri o motivo, depois de tocar a cabeça de leve: havia um galo gigantesco na parte de trás.

Ai! E outro na testa. E um inchaço no joelho.

Na noite anterior, depois de conseguir me levantar, tinha mancado até a casa de Wayne — o joelho foi o mais atingido pelo tombo. Entrei na casa e fui direto para o banheiro, a fim de cuidar dos ferimentos. Havia curativos adesivos e Merthiolate no armário.

— Wayne, sinto muito — desculpei-me para as paredes vazias. — Lamento terrivelmente ter de ultrapassar todos os limites desse jeito, roubando seus suprimentos de primeiros socorros e, mas isso tudo é por uma boa causa: encontrar você.

Tateei a cabeça com as pontas dos dedos até a parte de trás, tentando avaliar a extensão dos danos. Um galo grande já havia se estabelecido no local, mas o couro cabeludo parecia não ter sido rompido, porque não fiquei com marcas de sangue na mão.

A testa estava pior. O inchaço vermelho se abriu em uma ferida, a pele estava muito vermelha e tinha sangrado um pouco. Mas, quando limpei o sangue já coagulado, decidi que não precisaria levar pontos.

Passei uma boa quantidade de Merthiolate, mas logo me arrependi de ter usado o antisséptico, pois isso diminuiria minhas chances de pegar gangrena e ser obrigada a ter a cabeça amputada. Não me importaria de colocar alguns curativos adesivos, mas me sobrara um pouco de orgulho, e os únicos que achei eram infantis, com imagens de Ben 10 — imaginei que aquilo tivesse algo a ver com os sobrinhos de Wayne. Mesmo assim, tomei quatro comprimidos de Nurofen e mais um de Stilnox, um sedativo.

Não devia ter feito isso. Estava *roubando*. Uma *vergonha*!

Sedativos e comprimidos para dormir eram muito difíceis de conseguir, e eu tinha doze na minha bolsa, mas isso prova o meu estado: já não conseguia controlar meus atos. Em seguida — não sei exatamente por que... talvez para lavar a culpa, ou por estar diante de uma pia de banheiro —, escovei os dentes. Já que eu estava ali, era melhor fazê-lo, pensei. *Carpe diem* e toda aquela história.

Muito trêmula, o que me surpreendeu, desci a escada de volta para a sala, apoiando-me na parede a cada degrau.

Artie tinha enviado uma mensagem de texto me perguntando se eu estava bem. Respondi dizendo que estava ótima, apesar de não estar; tornei a deitar devagarzinho no chão e esperei a chegada da morte por concussão profunda.

Enquanto aguardava que algum fluxo incontrolável de sangue inundasse meu cérebro, fiquei imaginando quem poderia ter me atacado.

Walter Wolcott, talvez? Isso não me surpreenderia, mas refleti que ele era velho para isso e gordo demais para fugir correndo e tão depressa.

Poderia ser John Joseph? Mas por que motivo ele me atacaria? Só por não gostar de mim? É claro que eu não me surpreenderia que ele fosse capaz disso, mas será que teria tido tempo para sair dos estúdios da RTÉ e chegar a Mercy Close antes de mim?

Aliás, já que estava pensando no assunto, sempre havia a possibilidade de a pessoa que me atacou ter sido o próprio Wayne. Porém eu gostava de Wayne. Não conseguia acreditar que ele fosse o tipo de cara que fica por aí dando raquetadas na cabeça de pessoas bem-intencionadas.

Poderia ter sido Gloria?

... Digby?

... Birdie Salaman?

... forças ocultas ligadas a Harry Gilliam?

... *Cecil, o galo de briga...? Não... Ele estava morto.*

... *o Agressor misterioso da velha Dublin...?*

O Stilnox começava a atuar, com sua magia maligna, e acabei caindo num sono leve e muito perturbador.

Quando acordei novamente, notei que não tinha morrido de concussão, o que foi uma grande decepção. Para piorar, alguém acabara de me enviar uma mensagem de texto. Com os olhos meio embaçados, tentei ler. Era de Terry O'Dowd. *Quem?!* Ah, o simpático vidraceiro de Leitrim que tinha ficado de consertar a porta da frente da casa de Wayne. Ele me garantiu que a porta estava nova em folha, bem como o portão, e ligara para cobrar um valor ridiculamente baixo pelo serviço. Prometi a mim mesma que, ainda que conseguisse resolver apenas uma coisa durante o dia todo, isso seria depositar um cheque de mamãe para ele.

Era hora do meu antidepressivo. Engoli o comprimido sem água. *Funcione!*, implorei mentalmente para o remédio. *Funcione!*

Percebi que precisava comer alguma coisa. Não fazia uma refeição decente desde... Desde quando, mesmo? Desde a caixa de Cheerios, na véspera. Decidi ir até o posto de gasolina mais próximo para comprar outra caixa de Cheerios. Talvez tomar um pouco de ar fresco me ajudasse a sentir menos estranha.

Antes de sair, fui conferir minha aparência no espelho do banheiro de Wayne e levei um choque. Minha testa estava inchada e cheia de sangue seco, e meu olho esquerdo estava muito vermelho. Usei as unhas para raspar o máximo de sangue seco que consegui sem fazer com que a ferida tornasse a abrir. Depois, peguei minha bolsinha de maquiagem. Era hora de usar o armamento pesado: meu creme para disfarçar olheiras profundas, da Clinique. Passei várias camadas generosas, até o estrago parecer bem menor.

Depois, penteei os cabelos, o que ajudou bastante. Eu tinha uma franja muito comprida, que me cobria a testa quase por completo. Desde que os cabelos ficassem no lugar, ninguém iria achar que eu tinha levado uma porrada na cabeça ou "sofrido um golpe na fronte", como os tiras costumavam dizer. O que eu precisava mesmo era de um pouco de laquê. Vasculhei por entre os produtos para cabelos de Wayne, porém não achei nada. Isso era inconveniente para mim, mas fez com que o respeitasse. Gel, especialmente aqueles que deixam os cabelos duros como pedra, pode ser aceitável em homens, mas laquê dava um ar de mulher idosa.

Percebi, subitamente, que sentia dores horríveis. Meu crânio todo — parte de trás, testa, olhos, dentes — latejava de agonia, a ponto de eu ter vontade de vomitar. A dor certamente já estava ali desde que eu acordara, mas só naquele momento percebi a extensão da desgraça. Em pé, diante do armário de remédios de Wayne, achei que a coisa mais fácil e sensata a fazer seria tomar mais quatro comprimidos de Nurofen. Mas, assim que os engoli com um pouco de água da torneira, senti-me envergonhada. Isso não estava certo. Tinha acabado de ultrapassar mais um limite. Já errara antes, quando tomara um dos remédios para dormir que pertenciam ao dono da casa. Isso era péssimo. Tão terrível que achei melhor não pensar mais naquilo, pelo menos por enquanto.

O celular apitou, alertando-me para a chegada de outra mensagem de texto. Era de Artie; ele me lembrava que sua casa estaria vazia no domingo à tarde. Escrevi de volta, explicando que, depois de decidir retomar o caso, não tinha certeza de conseguir aparecer por lá. Mesmo assim, pedi para ele me avisar assim que os três filhos saíssem.

No mundo lá fora, a manhã estava terrivelmente bela e cintilante. Eu me senti esquisita. Remexi na bolsa até encontrar óculos escuros e um boné de beisebol, que ajudariam a diminuir o brilho medonho das coisas. Não conseguia sentir meus pés tocando no chão. Talvez isso fosse resultado da pancada na cabeça. Ou do ferimento no joelho. Ou, simplesmente, o problema era eu.

Continuei caminhando, sem sentir os pés. No momento em que entrei na área de acesso à loja do posto, vi uma manchete imensa. Em letras pretas e garrafais, as palavras pareceram pular do papel em cima de mim:

ZEEZAH ESTÁ GRÁVIDA?

Quase ri alto. Artie estava certo.

Corri na direção dos jornais abertos para o público, do lado de fora da loja. Numa segunda manchete, em letras vermelhas de tabloide, li a frase:

ZEEZAH VAI SER MAMÃE?

Havia uma foto dela, meio desfocada. Obviamente, ela havia comido algo pequeno e redondo — um bombom, talvez —, porque dava para ver um carocinho minúsculo em sua barriga, alardeado como prova de que esperava um filho. A história completa estava nas páginas quatro, cinco, seis e sete.

Numa olhada rápida nos outros jornais, que não eram tabloides, percebi que *todos* traziam alguma matéria sobre a Laddz. Era uma verdadeira overdose midiática. Jay Parker desempenhara bem o seu papel de agente da banda.

Peguei uma braçada de jornais e entrei na loja. Eles tinham laquê e Nurofen, mas nada comestível, com exceção de caixas e mais caixas de Cheerios. Será que o mundo tinha pirado?

Capítulo Quarenta e Oito

De volta a casa de Wayne, espalhei os jornais pelo chão da sala e me fartei de informações sobre a Laddz. A "gravidez" de Zeezah tinha sido veementemente negada pelo porta-voz da banda (Jay Parker, imaginei), mas isso não impediu as especulações de que ela já estaria na décima semana de gestação. Mais de meia página, em uma das publicações, era dedicada às declarações de um médico obstetra, que explicava, em detalhes, como Zeezah deveria estar se sentindo nesse momento: bastante náusea, especialmente de manhã (Não diga!). Talvez ela também estivesse um pouco mais cansada do que o normal. Em seguida, ele dava dicas de alimentação: muitas frutas e vegetais, carne vermelha pelo menos duas vezes por semana e uma recomendação para ela tomar suplementos de cálcio. Ele sugeria ainda exercícios leves — ioga, talvez, ou caminhadas em ritmo acelerado. Ah, e havia páginas e mais páginas de coberturas completas sobre o recente casamento de John Joseph com Zeezah, e toneladas de informação sobre os shows de reencontro da banda, que começariam dali a três dias.

Exatamente como Artie previra, também havia histórias sobre os outros integrantes da Laddz. Uma entrevista feita "em casa" com Frankie, Mirna e os gêmeos. Porém, o local da entrevista "caseira" era, provavelmente, um hotel, porque o lugar era amplo, lindo, claro e sem tralhas espalhadas, muito diferente do abismo infernal invadido por fraldas e brinquedos que eu tinha visitado.

Havia uma matéria do tipo "valores familiares", com uma entrevista de Roger St. Leger e sua filha mais velha, uma jovem de dezoito anos que pretendia ser atriz. "Eu me dou muito bem com as namoradas de papai", dizia um destaque no meio do texto, "porque geralmente elas já eram minhas amigas antes!".

Também havia fotos glamorosas de Wayne, obviamente feitas antes de ele tomar chá de sumiço. Ali estava ele, sentado na mesma sala de estar linda em que eu me encontrava naquele momento, parecendo meio triste. Será que somente eu percebia isso?

Liguei para Artie, e rimos muito quando eu lhe contei os detalhes da volumosa cobertura jornalística sobre a Laddz.

Decidi não mencionar o ataque do *Agressor misterioso da velha Dublin*. Eu mesma ainda não sabia como encarar aquilo, e não queria pensar muito no assunto porque poderia ficar apavorada. Isso iria me travar, e eu precisava ir em frente.

Na véspera, quando decidira parar de procurar por Wayne, ficara muito claro, em minha cabeça, que ele estava a salvo e eu deveria deixá-lo em paz. Naquele momento, porém, as coisas me pareciam meio turvas. Superturvas. Já não tinha ideia se vinha sendo manipulada para descobrir o paradeiro de um homem que não queria ser achado ou se tentava salvar uma pessoa boa de uma situação ruim. De um jeito ou de outro, estava do lado de Wayne.

—Você está bem? — quis saber Artie.

Hesitei. Como assim? Será que eu estava me comportando de forma estranha? Artie sabia do meu episódio de depressão e da minha passagem pelo hospital. Eu tinha lhe contado tudo pouco depois de começarmos a sair. Mas foi como se eu relatasse um tombo antigo da escada, de quando eu era criança e esfolei o joelho; um evento do passado distante, uma ocorrência incomum que dificilmente tornaria a acontecer.

Naquele momento, eu não queria descrever o quanto estava me sentindo esquisita. Não sabia exatamente o motivo, simplesmente não queria. Então, respondi apenas:

— Estou ótima!

— Muito ocupada? — quis saber Artie.

— Acho que sim. Mas mande uma mensagem de texto assim que as crianças tiverem saído daí, para eu ver o que podemos combinar.

Desliguei. Eu realmente queria continuar investigando. O relógio não parava, rumando de forma implacável na direção de quarta-feira à noite. E eu corria contra Walter Wolcott. O orgulho profissional não me permitia ser derrotada por um palerma como ele. Mas isso bem que poderia acontecer. Wolcott era teimoso como uma mula, e muito paciente. Era capaz de visitar pessoalmente todas as pousadas da Irlanda vestindo sua capa de chuva bege e surrada, se tivesse de fazer isso. E poderia acabar achando Wayne desse jeito, simples assim. Quanto a mim? Eu precisava esperar por um golpe de sorte ou uma ideia genial, e essas coisas são incertas e raras.

Liguei para mamãe e expliquei que precisava de um cheque dela para fazer o pagamento a um sujeito de Leitrim.

— Por que Leitrim? — quis saber mamãe.

— Escute, isso não importa. Se eu passar aí mais tarde e lhe entregar dinheiro vivo a senhora me passa esse cheque?

— Claro! Escute... — Ela baixou a voz para esconder a empolgação. — Você os viu ontem à noite na TV?

Nem precisei perguntar de quem ela falava. Era engraçada a quantidade de pessoas que assistiam ao *Saturday Nighy In*. Todo mundo se desculpava, dizendo: "Normalmente, eu não assistiria a esse programa nem que fosse a única coisa que passasse na TV... Aquele Maurice McNice me provoca coceiras só de olhar, mas a TV estava ligada na RTÉ por acaso, e eu acabei assistindo..."

— Hoje de manhã apareceu nos jornais que ela está grávida. — A voz de mamãe gotejava desdém.

— A senhora não acredita nisso?

— Claro que não! Eu não me surpreenderia nem um pouco se ela, na verdade, fosse um homem. Como aquela tal da Lady Gaga! Ela pensa que somos tolos. Pobre John Joseph — suspirou. — Poderia estar casado com uma linda moça irlandesa e agora tem de aturar essa criatura árabe... Um *homem*, ainda por cima! Escute, estamos confirmadas para o show de quarta-feira, não estamos? Consiga-nos pelo menos seis ingressos, sim? Claire e algumas amigas se empolgaram muito depois de assistir ao *Saturday Night In*. Sei que seu lance com Jay Parker é coisa do passado, mas consiga isso para a gente.

— Meu lance com Jay Parker, na verdade, não é coisa do passado.

— Eu sabia!

— Não desse jeito. Pelo amor de Deus, mamãe, pare de falar essas besteiras. O que estou dizendo é que continuo *trabalhando* para ele. Portanto, estou muito ocupada. Mas prometo arrumar essas porcarias de ingressos para vocês, e mais tarde eu passo em casa para pegar o cheque do sujeito em Leitrim.

Desliguei. Não queria pedir a Jay Parker ingressos para o show da Laddz. Não seria capaz de me rebaixar a esse ponto. Mas também não sabia como conseguiria comprá-los sem ter um cartão de crédito desbloqueado. É claro que eu poderia ir pessoalmente até a bilheteria e pagar tudo em dinheiro, mas os ingressos eram caríssimos e eu estava dura de grana, muito dura mesmo.

Meu orgulho disputou uma queda de braço com minha pobreza, até eu perceber que teria de pedir os ingressos. Para adiar essa humilhante conversa com Jay por mais alguns minutos, fui até o site do MusicDrome e, para minha enorme surpresa (categoria: altamente alarmante), vi que *todos* os ingressos para quarta-feira tinham sido vendidos. Tentei na quinta-feira e foi a mesma história. O show da sexta também estava com lotação esgotada. Todos os ingressos para os três shows da Laddz tinham sido vendidos! Quinze mil lugares por noite, quarenta e cinco mil ingressos esgotados!

Como assim? O que tinha acontecido? E tão depressa? Na véspera mesmo eu estava olhando as vendas com Artie e elas estavam baixíssimas.

Na mesma hora, liguei para Jay Parker.

Ele me pareceu exultante, quase histérico.

— A publicidade é tudo na vida! A coisa ganhou um impulso tremendo, é espetacular. O evento vai ser enorme! Já marcamos um quarto show em Dublin. E eles também vão gravar um álbum de Natal. Recebi ligações de produtores do Reino Unido que estão muito interessados na Laddz. — De repente, Jay caiu num estado de puro terror. — E então, onde está Wayne? *Precisamos* de Wayne!

— Estou fazendo o melhor que posso. — Eu mesma começava a ficar um pouco histérica diante da perspectiva de quarenta e cinco mil pessoas esperando ver Wayne Diffney cantando e dançando para seu deleite na próxima quarta, quinta e sexta-feira. — Olhe, eu preciso de ingressos, Parker. Não para mim — acrescentei, depressa. — Não faço a mínima questão. Mas são para sua boa amiga, Mamãe Walsh. Pelo menos seis ingressos. De preferência para quarta à noite. Você deve ter alguns lugares separados para amigos e familiares, certo?

— Se encontrar Wayne, prometo conseguir um lugar reservado só para vocês.

— Obrigada, eu... — Parei de falar. Não havia motivos para lhe agradecer, a não ser que soubesse exatamente o que ele estava oferecendo. Como assim, um lugar reservado só para nós? Poderia ser a última fileira quase atrás do palco. — Que lugar reservado é esse? Quantas pessoas cabem nele?

— Doze. Cabem doze. É um camarote. E vocês ainda vão ganhar amendoins grátis.

Certamente era uma pegadinha. Devia haver alguma cláusula oculta por trás daquela oferta. Para lidar com Jay Parker, a pessoa tem de se comportar como um jogador de xadrez. É preciso pensar várias jogadas adiante.

— Diga-me, Parker: quem me agrediu ontem à noite?

— O quê?

— Ah, não me venha com essa!

— Helen, do que você está falando?

— Ontem à noite, quando voltei aqui para Mercy Close, alguém me deu uma cacetada na parte de trás da cabeça.

— Uma cacetada? Usando o quê?

— Sei lá, um rolo de pastel ou algo assim. Uma daqueles brancos e compridos, que mais parecem um cassetete.

— Ficou ferida?

— O que você acha? — respondi, atropelando as palavras.

— Estou indo para aí. — E desligou.

Fiquei ali sentada, olhando para o celular. Pus-me a pensar em todos os milhares de pessoas que haviam desembolsado cem euros cada para ver a Laddz e fiquei tonta de medo. Meu senso de responsabilidade e o peso das expectativas deles eram tão avassaladores que, por um momento, pensei que fosse pirar.

Com os dedos trêmulos, enviei e-mails para Tubarão e para o Homem do Telefone, implorando para que eles me enviassem os extratos bancários e os registros das ligações telefônicas de Wayne o mais rápido possível — ou pelo menos me dessem uma dica de quando eu os receberia. O fato é que eu sabia que meus "agentes", fossem quem fossem, não estavam sentados em algum canto brincando de videogame e decidindo, por capricho, se iriam ou não me enviar as informações. Levantar os registros pessoais de Wayne era ilegal, uma verdadeira operação de guerra, e altamente delicada. Não conhecia os bastidores da ação, mas imaginava que alguns pagamentos tinham de ser feitos por minhas fontes para os *seus* contatos, e tais contatos precisavam esperar a oportunidade certa para acessar os dados de Wayne e depois apagar os próprios rastros.

Também sabia que suplicar não iria adiantar muito para acelerar as coisas.

De qualquer modo, achei que não fazia mal perguntar.

Depois disso, subi mais uma vez ao escritório de Wayne, liguei seu computador e decidi tentar "Birdie" como senha. Tinha me convencido de que era uma possibilidade real, pois tinha seis caracteres e era uma palavra obviamente importante para Wayne, a julgar pelo modo como ele guardara a foto dela no quarto vazio. Teclei as seis letras e, após dois agonizantes segundos, apareceu o alerta de "senha incorreta". Impulsionada por um medo frenético, mal tendo tempo de absorver o golpe, digitei "Docker". Para meu horror, apareceu "senha incorreta" novamente. Porra. Porra, porra, porra, porra, porra!

Lá se foram minhas três chances naquele computador. Tinha tentado Gloria, Birdie e Docker, mas nenhuma das três era a senha certa. Agora não me restava mais nenhuma tentativa.

Tudo bem. Resolvi pegar meu carro *naquele minuto, naquele instante exato* e ficar de tocaia nas ruas até achar um adolescente com cara de nerd em computação. Pretendia raptá-lo e acorrentá-lo ao computador de Wayne até ele hackear a máquina. Estava com tanta adrenalina que *precisava* fazer alguma coisa, *qualquer* coisa.

Acalme-se, aconselhei a mim mesma. Isso é só um caso de desaparecimento. Nada mais. Não é questão de vida ou morte — espero. É apenas trabalho. Lembrei a mim mesma que profissionais implacáveis já estavam se empenhando em conseguir os registros de Wayne. A informação chegaria às minhas mãos em mais um ou dois dias; não era preciso raptar nenhum adolescente.

Lentamente, minha respiração voltou ao normal e a onda de pavor começou a recuar.

Liguei para o celular de Wayne. Continuava tentando regularmente, mas sempre caía na caixa postal. Obviamente, no lugar onde ele estava, se é que tinha desaparecido por livre e espontânea vontade — e eu nem sabia se era esse o caso ou não —, ele teria de ligá-lo em algum momento para receber os recados. Porém, nas vezes em que liguei, nunca o peguei numa dessas oportunidades. Também nunca tinha deixado recado, mas dessa vez resolvi fazer isso. "Wayne, meu nome é Helen. Estou do seu lado, pode confiar em mim. Por favor, me ligue de volta."

Talvez ele ligasse. Quem sabe? As coisas mais estranhas já me haviam acontecido na vida.

Desci mais uma vez para o primeiro andar, e, quando cheguei à porta da rua, para minha surpresa (categoria: chocante), Jay Parker apareceu. Usou a chave que tinha para entrar, o que me deixou irritada até eu me lembrar que, na verdade, aquela casa não era minha.

Seu rosto estava branco de choque.

— Mostre-me! — ordenou.

— Mostrar o quê? Ah, meus ferimentos... — Com todo o pânico do momento, tinha me esquecido deles.

Fui da sala para a cozinha, onde a luz era melhor. Puxei a franja para o lado e revelei minha testa inchada e cortada.

— Minha nossa! — Ele pareceu arrasado. — Se você foi atingida por trás, como é que machucou o rosto?

— Porque a porrada me derrubou e eu caí de cara na calçada.

— Foi tão brabo assim? — Ele parecia horrorizado.

Eu o analisei com muito cuidado.

— Que foi? — perguntei. — Você mandou que eles me espancassem, mas não muito?

— Não tenho ideia de quem agrediu você. Aliás, não faço a mínima ideia do que está rolando aqui! — Por um instante, achei que lágrimas iriam escorrer pelo rosto dele. Jay aproximou-se mais e moveu a cabeça para muito perto da minha.

— O que está fazendo? — reagi.

— Vou dar um beijinho para melhorar.

Por alguns rápidos instantes, rapidíssimos, os lábios dele roçaram a pele ferida da minha testa e aquilo me pareceu um bálsamo. Deixei que o alívio me inundasse, mas abruptamente voltei a ter noção das coisas e o empurrei com força.

— Desculpe! — pediu.

Olhei fixamente para ele. Seu rosto continuava quase colado ao meu; seus olhos estavam sombrios, pesarosos, e eu mal consegui conter a respiração.

Senti a velha atração por ele. Lembrei-me de como nos divertíamos e de como as coisas eram descomplicadas.

Ele estendeu os braços, numa tentativa de me puxar mais para junto dele.

— Não faça isso!

Ele pareceu congelar, e eu me afastei com determinação, para me manter fora do seu campo de força, até haver espaço de sobra entre nós. De uma distância segura, nos olhamos com cautela.

— Desculpe — repetiu ele. — É que eu... — Abriu os braços, sem defesa. — Isso é péssimo. O que está acontecendo? Wayne desapareceu. Alguém a atacou...

— Jura que não foi você?

— Como é que você pode perguntar uma coisa dessas? — Com uma sinceridade convincente, ele me garantiu: — Eu nunca, *jamais*, iria machucar você.

Pois é, mas ele tinha feito exatamente isso, não tinha?

— O que está fazendo com aquele cara velho?! — exclamou. — Alguém me disse que ele tem até filhos! Isso não combina em nada com você, nunca vai combinar.

— Ei, pode parar! Você não o conhece.

— Mas conheço você, Helen — disse Jay. — Nós dois somos iguais. Eu nunca mais vou encontrar alguém como você, e você nunca mais vai encontrar alguém como eu. Somos perfeitos.

— Somos mesmo?

— Veja só como acabamos nos reencontrando.

— Isso aconteceu porque você me contratou!

— E você abandonou o caso... Mas acabou voltando! Não há motivos para brigar contra isso, fomos feitos um para o outro.

— Fomos mesmo?

Será que *éramos*, afinal?, perguntei a mim mesma.

O contato olho no olho estava se tornando intenso demais, então eu fechei os olhos para quebrar a conexão. Mergulhei dentro de mim mesma, busquei minha força interior e a usei para focar novamente no que era mais importante naquele momento: o trabalho.

Tornei a abrir os olhos e perguntei:

— Zeezah está grávida mesmo?

— Não, mas isso nos conseguiu duas manchetes de capa.

— Que lindo! Sua mãe deve estar orgulhosa do filhinho. Você trouxe minha grana?

Ele pegou um maço de notas e as estendeu com cautela, dizendo:

— Duzentos euros. Desculpe, é que...

— Sim, já sei, isso é o máximo que o banco permite que você saque por dia. — Lancei o corpo para a frente, peguei o dinheiro e novamente recuei para a zona de conforto. — Conte-me uma coisa: qual é o lance entre você e Harry Gilliam?

Observei-o cuidadosamente. Se havia um momento em que Jay seria completamente honesto, era esse.

Mas ele simplesmente balançou a cabeça para os lados, garantindo:

— Juro para você que não conheço nenhum Harry Gilliam.

Uma onda de desapontamento me invadiu. Talvez ele estivesse dizendo a verdade. Mas podia ser que não. Impossível saber.

— Quero que você aceite isso. — Jay pegou um pedaço de papel no bolso. — É um contrato. Vou lhe dar uma porcentagem da bilheteria.

— Do que está falando?

— Exatamente o que você ouviu. Vou lhe repassar uma porcentagem da bilheteria dos shows de quarta, quinta e sexta, e também de qualquer show posterior que venha a acontecer.

— Essa é alguma tentativa patética de me dar um calote? Se for isso, pode esquecer.

— Você não entendeu! Isso é um valor *adicional* ao que você está cobrando.

— Mas não depende de você tomar esse tipo de decisão — argumentei, com desdém. — São os produtores dos shows, John Joseph e Só-Deus-sabe-mais-quem, que devem ser consultados sobre isso.

— Nesse caso, não, porque eu estou lhe repassando uma porcentagem do *meu* lucro. Isso ficará entre nós dois. Se você encontrar Wayne, eu lhe dou vinte por cento da minha parte do lucro com os shows.

— Quer dizer que você *investiu* nisso, afinal?

— Investi — confessou ele.

— E quem mais está entre os produtores?

— Não é disso que estamos falando — reagiu ele, balançando a cabeça.

— De quanto é a sua parte?

—Três por cento.

Soltei risadas de deboche diante dessa participação tão pequena.

— Presumo que esse valor seja líquido. Então, você está me oferecendo um quinto de uma participação de três por cento, é isso? Não aceito menos que a metade.

— Ah, Helen! — reagiu ele. — Eu lhe dou trinta por cento, pronto. Trinta é o máximo que eu posso chegar.

— Cinquenta por cento — insisti. Aquilo era uma negociação de brincadeira, porque o contrato não tinha validade jurídica. Nada que levasse a assinatura de Jay Parker tinha valor. Ele sempre arrumava um jeito de distorcer as declarações para se esquivar das responsabilidades. Havia sempre uma cláusula desconhecida ou algo oculto.

—Trinta e cinco — propôs ele.

—Aumente para quarenta e estamos combinados. — Eu já estava ficando entediada com aquele joguinho.

— Aceito! — Jay escreveu algumas coisas no "contrato". — Quarenta por cento! — Ele me entregou o pedaço de papel meio amassado e eu o enfiei, de forma descuidada, dentro da bolsa. Na mesma hora esqueci o lance.

Jay pareceu alarmado.

—Você não percebe o que rolou aqui? — perguntou. — Se você localizar Wayne e os shows acontecerem normalmente, vai conseguir embolsar uma grana preta!

— Lista da pá! — adverti. — "Grana preta". Nunca mais use essa expressão perto de mim!

Logo depois que ele foi embora, meu celular tocou e eu atendi correndo.

— Sra. Diffney?

— Sim. Aí quem fala é Helen Walsh? — Ela me pareceu quase em lágrimas. — Desculpe incomodá-la. Estou querendo saber se você já teve alguma notícia do paradeiro de...

— Desculpe, não tive, não. — Eu estava justamente pensando em ir até Clonakilty, mas acabara de perceber que não valia a pena. — Ele realmente não está aí com vocês, certo?

— Bem que eu gostaria que estivesse. — Sua voz estava embargada de emoção.

— Assim que eu souber de alguma coisa, eu aviso.

Capítulo Quarenta e Nove

Depois que ela desligou, comi nove punhados de Cheerios e, subitamente, bateu em mim uma disposição forte para enfrentar a mais ingrata das tarefas: interrogar o resto dos vizinhos idiotas e inúteis. Pelo lado positivo, aquele era um bom momento para fazer isso. As pessoas geralmente ficavam em casa de bobeira nos domingos de manhã. Pelo menos os que eram sortudos e tinham uma casa onde morar, é claro.

Impulsionada pela glicose, comecei pela residência número três, a que ficava à esquerda da casa de Wayne. Não tinha obtido resposta ali na sexta-feira, mas hoje um homem usando uma camisa xadrez veio atender a porta. Era mais novo que eu. Avaliei sua idade em vinte e cinco anos, e especulei comigo mesma como era possível ele ter condições de morar numa casa tão linda em Mercy Close. Era como terminar um relacionamento e, durante algum tempo, só conseguir enxergar casais felizes, não importa para onde olhe ou aonde vá. Eu estava tão fragilizada pela perda do meu apê que o mundo me parecia cheio de pessoas morando em casas maravilhosas, vestindo descontraídas camisas xadrez vermelhas, sem ter a mínima noção do quanto eram felizardas.

Eu me apresentei, mas não entrei em muitos detalhes; disse apenas que estava investigando algumas coisas para Wayne. Embora o carinha tenha me olhado com cara de riso, analisando atentamente meu olho vermelho, não me convidou para entrar, mas pareceu amigável e disposto a cooperar. Encostou-se no portal, sempre um bom sinal, pois mostra que a pessoa está disposta a bater papo. Já reparei que, quando alguém permanece com as costas retas, duro como um dois de paus, o meu trabalho é muito mais difícil.

Talvez o Garoto da Camisa Xadrez Vermelha dividisse aquela casa com outros oito rapazes, pensei. Talvez fosse isso que lhe desse condições de viver ali. Só que, quando eu perguntei, ele me disse que morava sozinho. Como?, especulei comigo mesma. *Como?*

Forcei-me a focar a atenção no caso. Nossa, fazer isso era um esforço terrível.

— Você percebeu alguma coisa diferente por aqui, nos últimos dias? — perguntei.

— Diferente como?

— Diferente do tipo... — Talvez eu devesse especular sobre Gloria. — Alguma mulher visitando Wayne.

— Sim — confirmou. — Vi uma mulher.

— Sério?

— Vi, sim. Uma baixinha, com cabelos pretos, muito compridos. Vestia jeans, tênis laranja e... — Os olhos dele se fixaram nos meus tênis laranja. — Na verdade, pode ter sido você.

Engoli um suspiro de decepção.

— Quando foi que você viu essa mulher? Mês passado? Semana passada?

— Hoje de manhã. Faz umas duas horas. Ela estava saindo da casa de Wayne.

— Então fui eu mesma. Alguma outra mulher circulou por aqui nos últimos tempos?

— Sim.

— *Tá falando sério?*

Ao se sentir analisado com tanta determinação, ele pareceu murchar.

— Não. Na verdade, não sei por que razão disse isso. Acho que não queria desapontá-la. Sinto muito.

— Tudo bem, isso acontece o tempo todo. Obrigada, de qualquer modo. Quer dizer que você não viu nada incomum?

— Não.

— Diga-me uma coisa... Essa sua casa é própria ou alugada?

— Ahn... O que isso tem a ver com Wayne?

— Humm... Nada, nadinha — apressei-me em dizer, para tranquilizá-lo. — Só perguntei por curiosidade.

— É alugada.

Ouvir isso fez com que eu me sentisse um pouco melhor, pois significava que ele não conseguia pagar uma prestação de financiamento imobiliário. Eu não era um fracasso completo, afinal.

Continuei minha busca. A casa de número dois abrigava mais uma daquelas idosas ativas. Uma mulher muito parecida com a que eu conhecera na sexta-feira. Exatamente como a outra, ela foi logo avisando que estava ocupada demais para ter reparado em alguma coisa e me despachou com eficiência brutal.

Na casa número um morava uma adolescente, estudante da Universidade Católica de Dublin, dessas que vivem à custa do papai e da mamãe. Ela se mexia o tempo todo, girava o corpo para os lados, evitava me olhar de frente, sugava as pontas dos cabelos e parecia incapaz de começar qualquer frase sem dizer "Tipo assim..." com sotaque da Califórnia, embora tivesse nascido em Tubbercurry. Não me pareceu esconder informações deliberadamente. Simplesmente era jovem demais, e eu percebi que sempre que seus olhos batiam em alguém com mais de vinte anos, ela devia experimentar um fenômeno neurológico que a deixava virtualmente cega. Isso acontecia com todos os adolescentes. Mesmo assim, ela me irritou tanto que decidi colocá-la na minha Lista da Pá. Escolhi a dedo o seu lugar no ranking: determinei que ela ficaria abaixo do CD *As maravilhas* do *momento presente* e de bebedores de leite ou *vino*, mas estava bem acima de neve, cães, a voz do Urso Fozzie nos Muppets, recepcionistas de consultórios médicos, recepcionistas de cabeleireiros e cheiro de ovos fritos.

O ranking da minha Lista da Pá era bastante variável, e eu me divertia muito reorganizando-o constantemente.

Atravessei a rua para continuar minha investigação. No número doze morava o tal iludido de cinquenta e poucos anos, com cabelinhos saindo do ouvido, que dizia ter uma namorada. Desviei de rumo na hora. Fiz o mesmo com a casa número onze — aquela da família com cabelos de chapinha que tinha acabado de voltar das férias —, e também com a número dez, a da idosa ativa original.

A casa número nove abrigava outra idosa ativa! É mole?! O que estava acontecendo com o mundo? Não era de espantar que a economia estivesse toda esculhambada, já que tínhamos de pagar aposentadoria para um bando de desocupados. E com essa onda de idosos fazendo exercícios físicos e se alimentando só com vegetais, eles iam viver até os cento e trinta anos.

Essa mulher não parecia tão energizada quanto as outras duas do seu tipo que moravam em Mercy Close; era mais calorosa e simpática, mas tão inútil quanto as outras. Mal via Wayne, segundo declarou. Pelo visto, jogar bridge era a atividade que mais tomava o seu tempo.

— Além do mais, passei quase a semana toda em Waterford, com meu namorado — completou.

Como já estava escolada desde sexta-feira, quando falei com o homem de cabelinhos nascendo nas orelhas, eu me segurei e não perguntei, com cara de espanto: "*Namorado?* Mas a senhora tem oitenta e sete anos!"

Segui para a casa seguinte, já começando a me sentir desanimada. O reforço de energia fornecido pelo açúcar dos Cheerios estava acabando, e a adrenalina não apareceu para tomar seu lugar. Ninguém tinha me informado nada de empolgante com que eu pudesse trabalhar.

A porta da casa número oito se escancarou abruptamente um décimo de segundo depois de eu tocar a campainha.

Era um homem. Mais ou menos. Tinha um aspecto neutro, assexuado, como se sua região genital fosse de plástico, sem órgão sexual. Vestia roupas casuais, mas elas pareciam novinhas, estreadas naquele dia.

— Sim? — ladrou ele. Nada de se encostar no portal, dessa vez. Ah, não mesmo! Esse era o verdadeiro dois de paus, de corpo rígido e tenso.

Comecei meu discurso.

— Meu nome é Helen Walsh. Sou amiga de Wayne Diffney e...

— Não quero me envolver — disse ele.

— Por que não?

— Porque sim... Simplesmente não quero me envolver nessa história. Mas não diga a ninguém que eu declarei isso — acrescentou.

— Tá legal, então — disse eu, de forma descontraída, tentando compensar a rigidez dele com um jeito calmo e relaxado, só para irritá-lo um pouco. — Tem mais alguém nessa casa com quem eu possa conversar?

— Não — respondeu, curto e grosso. — Além do mais, ele também não quer se envolver.

Fascinante. Comecei a achar que aquela talvez fosse uma relação gay sem sexo. Era capaz de apostar que os dois carinhas se pareciam muito um com o outro, usavam roupas quase idênticas, mas ficariam indignados com a ideia de dividi-las entre si. Certamente, tinham um daqueles aparelhos para tirar bolinhas de roupas de *cashmere*, e também uma complicadíssima máquina automática de engraxar e escovar, que usavam para cuidar de seus caríssimos sapatos de couro preto.

CHÁ DE SUMIÇO 465

Tive uma forte suspeita de que aquele sujeito trabalhava em alguma profissão ligada à advocacia, e decidi testar isso, perguntando:

— De que cor é o céu?

Ele esticou a cabeça para fora alguns centímetros e deu uma boa olhada no firmamento.

— Para não pré-julgar — disse —, devo declarar que isso é algo aberto a várias interpretações.

Para ser justa, talvez ele tivesse razão. Naquele momento, o céu estava azul, mas dali a cinco segundos ficaria completamente cinza, pois na Irlanda é assim.

— Obrigada por sua ajuda — agradeci.

— Eu não ajudei — apressou-se em dizer. Dava para ver as palavras circulando por sua mente. — Qualquer indicação que você possa julgar ter recebido e a partir da qual resolva agir, saiba que esta ação estará sujeita a processos por tudo que daí resultar e blá-blá-blá...

— Quer *relaxar*, por favor? — tranquilizei-o, afastando-me dali. Sabia que ele não estava me escondendo nada sobre Wayne. A gente desenvolve instinto para essas coisas. Ele simplesmente não queria se envolver em nenhum tipo de problema.

Quando abri o pequeno portão e caminhei pela trilha que dava na porta da casa número sete, os cabelinhos da minha nuca subitamente se arrepiaram. Girei o corpo na mesma hora, e vi Cain e Daisy em seu jardim de frente, do outro lado da rua, observando-me silenciosamente.

— Xô! — gritei, acenando com o braço na esperança de enxotá-los. — Parem de olhar para mim.

— Sinto muito por termos apavorado você na sexta-feira — berrou Daisy.

— Podemos conversar, só um instantinho? — pediu Cain.

— Não! Vão embora. Xô! Caiam fora!

Com um ar resoluto, dei as costas para eles e apertei a campainha da casa sete. Ninguém atendeu.

— Não mora ninguém aí! — informou Cain aos berros, do outro lado da rua.

Ignorei-o solenemente e toquei a campainha mais uma vez.

— Eles se mudaram faz alguns meses — informou Daisy.

Toquei a campainha uma terceira vez. Decidi que não ia dar ouvidos àquela dupla de lunáticos. Entretanto, não pude deixar de reparar que o pequeno jardim diante da casa número sete estava cheio de arbustos de dente-de-leão secos, e uma atmosfera de abandono permeava o local. Aposto que as pessoas que moravam ali não conseguiram mais pagar as prestações do financiamento da casa. Como eu. Por falar nisso, quem será que iria morar no meu apartamento, agora que fora retomado pelo banco? Será que alguém iria se mudar para lá? Se aquele espaço ficasse sozinho e abandonado, isso seria ainda mais angustiante do que a ideia de alguém se mudar para lá e ser muito feliz.

Toquei a campainha mais uma vez, embora já tivesse certeza de que a casa estava vazia.

— Não adianta! — gritou Cain. — Não tem ninguém aí.

Virei de frente para eles.

— Não me ajudem — avisei, irritada. — Não quero a ajuda de vocês.

Sobrara apenas uma residência para investigar em Mercy Close: a de número cinco, localizada entre a casa de Wayne e a de Cain e Daisy. Com ar arrogante, sabendo perfeitamente que cada movimento meu estava sendo acompanhado com muita atenção pelos dois doidinhos, segui em frente, impávida e determinada.

— Quem mora aí é o Nicolas — gritou Daisy —, mas ele foi passar o fim de semana fora. Está surfando em Sligo.

Apertei a campainha e os ignorei.

— Vai voltar hoje à noite — informou Cain. — Talvez amanhã. Ele é nosso amigo, um cara legal. — Isso certamente era o código para dizer: "Ele compra seus baseados conosco."

Ninguém atendeu a porta. Tornei a tocar.

— Podemos pedir que ele ligue para você assim que voltar. Se preferir, ele pode ligar *agora mesmo*.

A porta continuava fechada. Não acreditava em mais nenhuma fantasia vinda daqueles dois, mas me pareceu claro que não havia ninguém na casa número cinco, pelo menos naquele momento. Resolvi tentar de novo mais tarde.

— Deixe-nos ajudá-la! — suplicou Cain.

Absorta em pensamentos, voltei para a casa de Wayne. Entre sexta-feira e a manhã de domingo, eu conversara com nove dos seus dez vizinhos. Analisei mais uma vez, com muita atenção, cada uma daquelas conversas. Será que eu deixara de captar alguma vibração diferente? Não tinha nada de esquisito, ali? Ou suspeito?

Por fim, fui forçada a admitir que não havia nada.

Capítulo Cinquenta

Meu celular emitiu um bipe súbito e melancólico, como um passarinho implorando por comida — a bateria estava quase no fim! Como foi que eu tinha deixado aquilo acontecer? Depois de uma busca minuciosa em todos os recantos da minha bolsa, percebi, em pânico, que o carregador não estava ali; eu devia tê-lo esquecido na casa de mamãe e papai. Erro de principiante! Na mesma hora, recolhi minhas tralhas, saí correndo da casa de Wayne e entrei no carro. *Não conseguiria trabalhar sem celular!*

No instante em que saía de Mercy Close, sabe quem eu vi entrando de carro? Walter Wolcott! Parecia um boi gordo usando capa de chuva bege. Vinha debruçado sobre o volante com muita determinação, ocupando quase todo o assento da frente de um carro cuja marca eu não reconheci. Obviamente, ele estava ali para interrogar a vizinhança. Quase ri alto. Eles fariam picadinho dele, especialmente os idosos ativos. Toda a sua pouca paciência tinha sido gasta comigo. Quem sabe Cain e Daisy jogariam sobre ele as mesmas ameaças estranhas de mantê-lo sob cativeiro doméstico? Esperança não faz mal a ninguém, certo?

Wolcott estava tão focado na tarefa que tinha diante de si que nem me viu saindo do local. Um grande detetive!

Especulei comigo mesma se poderia ter sido ele quem me atingira. Será que era esse tipo de concorrente?

Era difícil saber sua idade. Cinquenta e sete, talvez. Ou sessenta e três. Uma dessas idades estranhas. Gordo, de um jeito compacto.

Eu já o tinha visto antes — não me perguntem em que circunstân-cias, pois eu certamente não conseguiria lembrar —, mas, então, eu o vi uma vez num evento (pode ter sido um casamento) e reparei que ele era um excelente dançarino, algo totalmente inesperado. Tinha pés superleves para um cara assim, pesadão, e conduzia habil-mente sua acompanhante pela pista (presumi que fosse sua mulher). Dançavam de forma antiquada, mas com muita confiança e um jeito quase saltitante.

Alguns segundos depois, meu celular tocou com uma mensagem de texto. Mesmo dirigindo, peguei-o para ler o recado: o sensor de movimento que eu instalara na sala de Wayne acabara de ser ativado. Puxa, Wayne tinha voltado para casa! Senti uma onda de adrena-lina tão grande que achei que meu cérebro ia pular do crânio para dançar flamenco. Logo depois, porém, senti o coração afundar como uma pedra, pois me toquei que, provavelmente, era Walter Wolcott.

Eu me senti violada. Como se minha própria casa tivesse sido invadida.

Com o celular agonizante na mão, liguei para Jay Parker.

— Por acaso Walter Wolcott tem a chave da casa de Wayne?

— Foi John Joseph quem a entregou para ele.

Para expressar sua repugnância diante daquilo, meu celular morreu de vez.

Ao chegar à casa dos meus pais, vi que mamãe havia convocado Margaret e Claire. Depois de pegar o carregador e espetá-lo no celular, aceitei seus comentários chocados sobre meu estado, minha cara cheia de marcas roxas e os cortes na cabeça. Deixei que elas me perturbassem à vontade, ouvi seus conselhos para tomar uma ducha e lavar os cabelos, consegui que mamãe preenchesse um cheque para Terry O'Dowd e o colocasse num envelope selado.

— Leitrim — reagiu ela, com espanto. — Acho que nunca encontrei ninguém que morasse em Leitrim. Você conhece alguém de lá, Claire?

— Não.

— E você, Margaret?

— Não.

— E você, Hel...

— Não.

— Acho que você deveria ir ao pronto-socorro para alguém examinar sua cabeça, Helen — sugeriu Margaret.

— Examinar a cabeça dela? — perguntou Claire, com uma risada de deboche. — Para quê? Não tem nada lá dentro! O que pretende fazer hoje, Helen? Está sentindo algum desejo louco e irresistível de se lançar no mar?

Tuuudo bem.

Da última vez em que eu estive em crise, com depressão suicida ou sei lá o nome que dão, a reação da minha família tinha se estabelecido em várias diferentes categorias:

Os que resolveram levar na brincadeira: Claire era a líder desse grupo. Eles imaginavam que fazer piadas sobre o meu estado mental ajudaria a reduzir o problema a um nível controlável. Frase mais usada: "Está sentindo algum desejo louco e irresistível de se lançar no mar?"

Os que negavam a depressão — os Negadores: esses eram os que assumiam a posição de que, considerando que não existia tal coisa denominada depressão, nada poderia estar realmente errado comigo. Um dia, no passado longínquo, eu mesma tinha pertencido a esse time. Uma subcategoria derivada dessa era a dos partidários do Amor Duro. Frase mais usada: "O que lhe falta na vida para que você se sinta deprimida?"

O grupo dos Egoístas: eram aqueles que choramingavam, dizendo que eu não poderia mais tentar me matar porque eles sofreriam terrivelmente se eu conseguisse. Era muito frequente eu acabar consolando-os. Minha irmã Anna e Angelo, seu namorado, tinham voado quase cinco mil quilômetros, de Nova York, só para eu poder enxugar suas lágrimas. Frase mais usada: "Você faz ideia de quantas pessoas a amam?"

Os Desertores: Um monte de gente, um monte mesmo, simplesmente parou de me ligar. Para a maioria deles, eu pouco me lixava, mas algumas dessas pessoas eram muito importantes para mim. Sua ausência era provocada por puro medo; eles receavam que o que eu tinha pudesse ser contagioso. Frase mais usada: "Eu me sinto tão impotente diante disso... Nossa, já está na hora de ir embora!" Bronagh — apesar de que, na ocasião, isso me machucasse tanto que eu demorei a reconhecer — foi a principal integrante dessa categoria.

O bando dos Holísticos: eram aqueles que propunham curas alternativas. Olhem, para falar a verdade, esses eram a maioria. Eles me incentivavam a fazer reiki, ioga, homeopatia, estudos da Bíblia, dança mística sufi, duchas geladas, meditação, EFT (a tal da acupuntura por pressão dos dedos, sem usar agulhas), hipnoterapia, hidroterapia, retiros de silêncio, cabana de suar (a sauna mais antiga do mundo e também tradição do xamanismo), feltragem (uma arteterapia), comunicação espiritual com os anjos e ingerir apenas comida azul. Todo mundo me trazia uma história linda sobre alguém que havia conseguido curar a tia/chefe/namorado/vizinho de porta... Minha irmã Rachel foi a pior de todas — ela me *atormentou* com isso. Não se passava um único dia sem que me enviasse por e-mail pelo menos um link para um charlatão desses. Seguido de uma ligação feita dez minutos depois, para ter certeza de que eu tinha marcado uma consulta. (O pior é que eu estava tão desesperada que tentei várias dessas opções.) Frase mais usada: "Esse cara faz milagres!", seguida de: "É por isso que ele é tão caro. Milagres não são mercadoria barata."

Algumas vezes, acontecia polinização cruzada entre pessoas de diferentes grupos. Os vamos-levar-na-brincadeira se juntavam com o povo-do-Amor-Duro para me comunicar que a recuperação da depressão é simplesmente uma questão de "poder da mente sobre a matéria". Basta *decidir* que você já está melhor. (Do mesmo jeito que faria se tivesse enfisema, por exemplo.)

Outras vezes, o grupo dos Egoístas se misturava com o dos Holísticos. Os Egoístas enchiam minha cabeça com mimimis diversos sobre o quanto *eu* só pensava em mim mesma, e os Holísticos concordavam, já que eu tinha me recusado a pagar dois mil euros por uma cabana de suar em Wicklow.

Ou um dos Desertores voltava na ponta dos pés para dar uma espiadinha em mim e, então, logo em seguida, convocava alguém dos Negadores para fazer um ataque duplo e me convencer do quanto eu já estava melhor. Na verdade, essa era a estratégia mais terrível, a pior coisa que poderiam fazer comigo, porque uma pessoa no estado em que eu estava sempre parece uma "coitadinha que se finge de incapacitada" quando diz: "Mas eu não me sinto bem, estou tão infeliz que não dá nem para descrever."

Ninguém que me amava compreendeu como eu me sentia naquela época. Não *faziam ideia*, e eu não os culpo, porque, até acontecer comigo, eu também não tinha a *mínima noção* do quanto a coisa era braba.

— Não, Claire, estou ótima — respondi à minha irmã. — Nenhum desejo louco e irresistível de me lançar no mar.

Enquanto esperava meu celular carregar na tomada, subitamente me senti inundada por um sentimento de exaustão. Não conseguia pensar em nada produtivo que pudesse fazer para encontrar Wayne.

Decidi relaxar por duas horas e enviei uma mensagem de texto para Artie:

Seus filhos já foram embora?

Ele me respondeu em segundos:

Bella ainda está aqui. Aviso assim que ela sair.

Enquanto isso, a casa de meus pais estava cheia de jornais e guloseimas.

— Que tal comermos uns biscoitinhos? — sugeri.

— Pegue alguns biscoitos para ela — ordenou mamãe a Margaret.

— De chocolate! — berrei, quando ela saiu da sala.

E foi assim que ficamos ali, comendo muitos biscoitos de chocolate e folheando vários alqueires de jornais, entre infindáveis observações de deboche sobre a "gravidez" de Zeezah. Ninguém acreditava naquela história, nem mesmo Margaret, que é uma das pessoas mais crédulas que eu já vi na vida.

— Como é que ela poderia ficar grávida, já que é um homem e não tem útero? — massacrou mamãe, sem piedade.

— Exatamente! — concordei, com entusiasmo, embora tivesse quase certeza de que Zeezah *era* mulher.

— Olhem só esse monte de mentiras! — protestou mamãe erguendo a revista que mostrava a entrevista de Frankie Delapp "em casa". — Essa não é a casa dele nem aqui nem na China. É uma suíte do Merrion que todos os artistas usam para matérias de divulgação. Já vi esse lugar mais de... Nossa, *nem dá para saber* quantas vezes. Billy Ormond já fingiu que esse cenário é sua casa. Amanda Taylor apresentou esse espaço como sendo dela. Perdi a conta do número de vezes em que vi essa "mesa de jantar em carvalho maciço para doze pessoas".

— E quanto a essa casa de Wayne? — perguntou Margaret. — Será que também é um hotel?

Mamãe observou as fotos demoradamente.

— É verdadeira — sentenciou. — Nenhum hotel que se preza teria paredes pintadas com cores tão estranhas.

Cristo santo, foi difícil, dificílimo, beirando o *impossível*, manter o bico calado sobre o quanto eu conhecia a casa de Wayne.

— Um lugar de aspecto muito peculiar — voltou mamãe, inspecionando com cuidado as fotos da casa de Wayne, tão linda e maravilhosa. — Na verdade... — ergueu os olhos e me encarou com ar de suspeita — Esse é o tipo de ambiente que você iria adorar, Helen.

— Ahn... É mesmo?

— Wayne Diffney me parece... — disse mamãe, olhando as fotos.

— O quê?

— Um sujeito de alma boa.

— Não *tão* boa — reagiu Claire, por trás de uma revista. — Vocês não se lembram daquela vez em que ele agrediu Bono com um taco de hóquei irlandês?

Isso era *verdade*. Eu me esquecera dessa história! Tinha acontecido muitos anos atrás, e, por algum tempo, Wayne Diffney fora considerado um herói nacional. Durante várias semanas, ele foi visto por todos como o *campeão do povo*. Bono era uma figura tão icônica na Irlanda, que, *atacá-lo*... no joelho!... com um *taco de hóquei irlandês!* Puxa, isso quebrava todos os tabus do país. Foi o equivalente a lançar uma calcinha fio dental vermelha para o papa.

Eu tinha de reconhecer que Wayne Diffney me intrigava. Sua casa era decorada com cores personalizadas e quase desafiadoras. Ele não comprava leite. Atacara o Bono. Depois que Hailey, a esposa de Wayne, o abandonou, ele foi buscá-la de volta e enfrentou a situação sozinho, como um pequeno Davi contra os Golias representados por Bono e por Shocko O'Shaughnessy, para tentar reconquistá-la. (A estratégia não funcionou, mas eu lhe dei nota dez pelo esforço). Ele era passional, impulsivo e romântico. Pelo menos tinha sido um dia, e eu estava quase certa de que isso não desaparecera dele por completo.

Foi então que me lembrei dos livros que encontrei sobre sua mesinha de cabeceira... Puxa, o cara lia o *Alcorão*! Obviamente, um monte de gente da elite intelectual do mundo lia o Alcorão para tentar compreender o jeito de pensar dos homens-bomba com toalha enrolada na cabeça. (Tenho quase certeza de que a elite nunca iria se referir a essas pessoas como "homens-bomba com toalha enrolada na cabeça". Por outro lado, certamente ninguém iria me incluir na elite intelectual do mundo.)

Além do mais, Wayne desenvolvia muito do seu trabalho em países onde seria útil conhecer tudo sobre as setenta virgens do Paraíso e esse tipo de coisa...

Meu celular apitou, avisando que a carga estava completa. Peguei-o e o apertei com força junto do peito. Talvez eu estivesse dependente demais dele. Segundos depois, uma mensagem de Artie apareceu:

TODO mundo foi embora, TODO mundo! Venha imediatamente!

Hesitei, por um instante; certamente havia algo que eu pudesse estar fazendo para encontrar Wayne, certo? Por outro lado, aquela oportunidade com Artie era rara e preciosa demais para desperdiçar.

— Muito bem! — anunciei, recolhendo minhas coisas depressa. —Vou nessa. Obrigada pelos biscoitinhos.

— Nada de se lançar no mar, ouviu? — zoou Claire, alegremente.

— Hohoho! — foi minha resposta.

Capítulo Cinquenta e Um

Artie estava à minha espera sentado no primeiro degrau da escada, e assim que entrei pela porta da frente ele se levantou, me tomou nos braços e me beijou. Entrelacei meus dedos no emaranhado dos cabelos da sua nuca — eu adorava esse pedaço dele — e depois deslizei a mão pela parte da frente do seu corpo até alcançar o espaço entre suas pernas. Ele já estava duro como pedra.

— Onde eles estão? — perguntei.

— Saíram. — Disse isso enquanto abria o zíper da minha calça. — Saíram todos. Não fale neles, quero esquecer que existem.

— Quando vão voltar?

— Daqui a muitas horas.

— Eu comecei a me despir no carro. Vim tirando os tênis e as meias em cada sinal vermelho do caminho, só para poder tirar os jeans com mais facilidade.

— Que mulher esperta você é!

Abri o botão e o zíper da calça dele e enfiei minha mão por baixo do cós da sua cueca Calvin Klein. Depois, fechei os dedos com carinho sobre a pele macia em torno da sua ereção.

— Nossa! — gemeu ele. — Faça isso novamente.

— Nada disso. Você vai ter de esperar.

— Puxa, você é cruel. — Ele tomou meu rosto entre as mãos e afastou os cabelos da minha testa com os lábios, pronto para me beijar, mas parou de repente. — Caraca! O que aconteceu com você?

— Nada. Quer dizer... Uma pessoa me atacou, mas estou bem. Não pare!

—Você não me parece bem. — Sua ereção começou a murchar.

— Estou bem, sim, Artie, estou ótima. — Implorei, arrastando-o comigo escada acima, na direção do quarto. — Juro que a coisa parece pior do que é. Podemos falar disso depois, mas não pare. Olha só, já estou começando a tirar o resto das roupas. — Quando cheguei no alto da escada, rebolei lentamente para acabar de tirar a calça jeans. — Preste atenção, Artie, porque agora vou tirar a calcinha.

Ele tinha um tesão especial pela minha bunda, apesar da cicatriz da mordida do cachorro. Costumava dizer: "Ela é redondinha e linda."

— Mas você está ferida — protestou ele. — Não podemos fazer isso.

Eu me virei, segurei o rosto dele com as duas mãos e disse, com ar feroz:

— Vou lhe dizer uma coisa, Artie: se pararmos agora, eu vou *morrer*. E vou *matar você*.

— Certo, então.

Chegamos ao quarto dele, junto da sua imensa cama branca, e nos jogamos nela, saboreando a oportunidade de sermos tão barulhentos quanto quiséssemos. Tirei a calcinha e a lancei no outro lado do quarto. Logo depois, arranquei a camiseta e o sutiã. Em poucos segundos, ele também estava completamente pelado e eu o puxei para cima de mim, curtindo a maravilhosa sensação da sua pele contra a minha.

Não conseguia ficar parada. Queria senti-lo por inteiro. Engatinhei por cima dele até que minha barriga e meus seios ficaram grudados nele. Se eu pudesse entrar em sua pele, certamente o teria feito.

— O seu cheiro é delicioso! — exclamei. Encostei meu rosto no seu púbis, onde o "cheirinho de Artie" era mais concentrado, e inalei profundamente, pensando: se eu pudesse guardar esse aroma num frasco...

Tomei-o na boca e deslizei uma das mãos sob seus testículos, enquanto a outra mantinha seu membro erguido. Lentamente, fui pegando ritmo, a língua explorando cada cantinho do seu órgão, enquanto a mão o empurrava em direção à minha boca, e sua respiração começou a ficar entrecortada.

Olhei para ele por um instante. Seu maxilar estava fechado com firmeza e ele me observava com tamanha intensidade que parecia quase amedrontado.

— Não! — decidiu, depois de algum tempo, erguendo minha cabeça com carinho para afastá-la do seu pênis.

— Não?

— Assim eu vou gozar muito depressa — explicou, com um brilho travesso nos olhos. — Quero que isso dure bastante.

Com um gesto rápido, ele me virou de barriga para baixo, deixando o antebraço na base das minhas costas e me prendendo na cama com o seu peso.

— Você consegue respirar? — perguntou.

— Consigo.

— Vamos resolver isso.

Com lentidão tortuosa, começou a beijar a parte de trás dos meus joelhos, a região interna das minhas coxas e a minha bunda. As sensações eram tão maravilhosas que, depois de algum tempo, eu pedi — quase implorei:

— Por favor, Artie.

— O que foi que você disse? — sussurrou ele, com o hálito quente me invadindo a orelha, seu peso ainda me mantendo grudada na cama.

— Por favor, Artie — repeti.

— Por favor, Artie... o quê?

— Por favor, Artie, me foda.

— Você quer que eu foda você?

— Sim, quero que você me foda.

Por trás, ele encostou a ponta do seu membro ereto na entrada da minha vagina.

— Assim? — quis saber ele.

— Mais — implorei.

— Até aqui? — perguntou, entrando mais um pouquinho.

— Mais! — Eu estava quase chorando de frustração.

— Até aqui está bom? — perguntou, penetrando-me de uma vez só com toda a força, até o fundo, preenchendo-me por completo.

— Deus, sim, obrigada! — concordei, quase sem ar. Mas o alívio foi curto. Eu precisava que ele continuasse me bombeando.

— De novo — pedi. — Mais uma vez... Com força!

Ele se apoiava nos braços como se fizesse flexões, entrando e saindo de mim sem gentileza, com um pouco de rispidez e fúria, do jeitinho que eu gostava, mais rápido, cada vez mais depressa, até que ondas de prazer arrebentaram dentro de mim e eu gemi com a cara enterrada no travesseiro.

Ele deu alguns minutos para eu conseguir me recuperar, mas logo informou:

— Agora... — disse, com um brilho muito sexy nos olhos — é a minha vez.

Ele se deitou de costas e eu o montei com muito cuidado, colocando as mãos espalmadas em sua barriga. Minha pele parecia eletrificada em contato com a dele.

— Dá para sentir seus músculos da barriga — disse eu. — Deve ser por causa das corridas e dos abdominais que você faz todo dia. Dá para sentir tudo com tanta... *intensidade*. — Uma fileira de pelos mais escuros que os do resto do seu corpo desciam do seu umbigo até o púbis, e eu acompanhei essa trilha com os dedos, quase em êxtase.

Acabei de descer até o fim, sentindo-o por inteiro dentro de mim, enquanto ele segurava minhas nádegas com as mãos. Enquanto eu rebolava lentamente em cima dele, fixamos os olhos um no outro e eu mantive o olhar nele durante muito tempo. Eu adorava a intensidade de tudo aquilo e curtia demais aquela intimidade. Pelo menos, enquanto eu estava nos espasmos da paixão, absorvendo-o daquele jeito, eu me sentia uma pessoa melhor, e sabia que não era uma esquisita completa.

Ele me esperou gozar pela segunda vez e, então, largou-se por completo, estremecendo, muito ofegante e quase gritando. Normalmente, ele era um homem controlado demais — discreto no trabalho, superprotetor com os filhos —, e vê-lo se entregar de corpo inteiro àqueles momentos de loucura era algo que me excitava muito.

Ele me puxou para junto dele e, por alguns instantes, pegou no sono. Quando acordou, dez minutos depois, parecia meio confuso e entorpecido.

— Quer café? — ofereci. — Gosto tanto de você que me proponho a descer e preparar um café fresquinho só para lhe trazer.

— Apesar de você não acreditar em bebidas quentes. — Soltou um longo bocejo.

— Como assim?

— Essa foi uma das primeiras coisas que você disse naquele dia, no meu escritório: "Eu não acredito em bebidas quentes."

— E o que você achou de mim? — Já tínhamos tido aquela conversa um milhão de vezes, mas eu adorava ouvir tudo de novo.

— Achei você a mulher mais fascinante que eu tinha conhecido em toda a minha vida.

— E então, vai querer meu café ou não? A oferta continua de pé.

— Não, deixa pra lá, depois eu tomo... Não quero que você vá embora agora.

— Posso usar seu laptop um instantinho? Está bem ali, no chão.

Ele se esticou todo para pegar o aparelho e quase caiu da cama, mas voltou triunfante. Eu nem precisei dizer o que ele devia fazer em seguida. Eu queria ver o vídeo no YouTube com a ganhadora do prêmio Booker daquele ano, que tinha um penteado superbizarro.

Com cara de sono e relaxados, assistimos a várias entrevistas com a escritora de penteado engraçado. Rimos sem parar dos cabelos dela. Em seguida, vimos alguns cães fazendo a famosa dança de "Thriller", de Michael Jackson. Depois, assistimos aos gatinhos cantando "Noite feliz", seguidos por alguns cavalos reencenando a cena do "Você me acha divertido?", no filme *Os bons companheiros*. Por fim, voltamos à escritora de penteado bizarro.

Fazia algum tempo desde a última vez em que estivemos juntos daquele jeito. Devido ao trabalho de Artie e aos seus filhos, já tinha mais de duas semanas que isso não acontecia, e uma pontada de ressentimento me fez dizer:

— Gostaria que pudéssemos fazer isso sempre que desse vontade.

Depois de um longo silêncio, Artie disse:

— Pois é...

Esperei pelo resto e, quando não veio nada, perguntei:

— Isso é tudo que você tem a dizer? "Pois é?"

— Bem, eu disse "Pois é" porque isso significa: "Pois é, eu também gostaria que pudéssemos fazer isso sempre que desse vontade."

Não sei exatamente a razão, mas aquela resposta me pareceu insatisfatória.

Continuamos deitados lado a lado, mas num silêncio que já não era tão agradável.

Por fim, ele perguntou, com um tom de voz diferente, como se tratasse de negócios:

— Então...? Quem é Jay Parker?

— O agente da Laddz.

— Quem é ele?

Uma lança de culpa — talvez fosse medo — me atravessou o coração. Era como se Artie conseguisse ver através da minha alma; era como se ele soubesse que, um pouco mais cedo, naquele dia, Jay Parker me beijara a testa e, por um instante, eu quis que ele fizesse isso. Girei o corpo e olhei de frente para Artie, garantindo:

— Ele não é ninguém.

— Claro que é alguém! — O tom de Artie era quase frio, e eu me senti envergonhada e tola por tentar enganá-lo.

Esperei alguns instantes, antes de falar.

— Rolou um lance entre mim e ele. De curta duração. Três meses. Terminamos há mais de um ano e a coisa não acabou nada bem. Qualquer dia eu lhe conto a história completa, mas não agora.

— Quando, então?

— Não sei.

— Tudo bem.

— Tudo bem o quê?

— Isso significa que você também não quer conversar sobre ter perdido seu apartamento.

Eu *definitivamente* não estava a fim de falar sobre a perda do meu apê.

— Escute, Helen, talvez fosse melhor nós...

Nesse instante, exatamente, a campainha da casa tocou. Artie ficou petrificado.

— Ignore a campainha! — disse ele. — Deve ser um daqueles pobres diabos tentando vender assinaturas de TV a cabo.

— Talvez fosse melhor nós... o quê? — perguntei.

Então veio o som da porta da frente da casa sendo aberta e alguém — provavelmente Bella — soluçando.

— Merda — sussurrei, pulando da cama e tentando recolher minhas roupas. — Bella voltou!

Uma coisa era Bella suspeitar que Artie e eu às vezes passávamos a noite juntos, mas nos descobrir na cama no meio do dia era uma história muito diferente.

— Paaai! — choramingou Bella.

— Sr. Devlin! — chamou uma voz masculina. — O senhor está em casa?

Artie já estava enfiando as calças e seu rosto estava rígido, com uma espécie de desgaste. Como se perguntasse a si mesmo se todo aquele trabalho valia a pena.

Bella tinha caído de uma árvore. O pai de sua amiguinha resolveu trazê-la de volta para casa.

— Ela está bem — garantiu ele. — Não sofreu fratura nem nada desse tipo. Talvez apareçam apenas marcas roxas amanhã, mas o pior foi o susto.

Fiquei escondida no andar de cima, ouvindo tudo. Certamente não pretendia descer para ser apresentada ao visitante. Com meu rosto ferido, isso não seria correto. Aliás, não seria correto de qualquer jeito: eu não era mãe de Bella, nem esposa de Artie. Como ele conseguiria explicar minhas roupas amassadas e meu jeito des-cabelado para um estranho? Tudo ficaria óbvio demais. Se estivés-semos no deque lendo os jornais de domingo na hora em que eles chegaram, tudo bem, mas não naquele momento, quando havíamos acabado de pular da cama, ainda com cheiro de sexo.

Resolvi não me demorar mais por ali. De qualquer modo, eu deveria estar trabalhando. Não sabia exatamente o que fazer em seguida, mas não me pareceu certo ficar. Disse um "oi" rápido para Bella, despedi-me de Artie com um aceno, entrei no carro e comecei a dirigir sem destino.

Capítulo Cinquenta e Dois

Não queria voltar para Mercy Close, porque havia a possibilidade de encontrar Walter Wolcott ainda por lá. Diante disso, dirigi sem rumo por um bom tempo. Até descobrir que minha falta de rumo, na verdade, tinha um objetivo: eu estava seguindo para o norte, na direção de Skerries e Birdie Salaman.

Uma mensagem de texto de Zeezah acabara de chegar. Jay lhe contara que eu tinha sido agredida. Ela demonstrava solidariedade, muita preocupação, e sugeria que, se a procura por Wayne estava me colocando em perigo, talvez fosse melhor parar. Na mesma hora, fiquei com suspeitas de seus motivos.

Graças ao Mapa Falante, encontrei a casa de Birdie com facilidade. Era uma residência pequena, recém-construída, em um condomínio de casinhas iguais. De algum modo, porém, a de Birdie parecia mais bonita e arrumada.

A porta da frente era amarela, e dava para ver que fora pintada havia poucos dias. Vasinhos pendurados dos dois lados transbordavam de flores multicoloridas que desciam em cascata.

Antes mesmo de estacionar, meus instintos me avisaram que ela não estava em casa. Não vi sinal do seu carro. (Eu tinha descoberto, por meio de buscas levemente ilegais, que havia um veículo registrado em nome dela, um Mini amarelo. Esse era um carro que receberia meu selo de aprovação, apesar de não ser exatamente preto.)

Mesmo assim, saltei do carro e toquei a campainha. Como já imaginava, ninguém atendeu; a casa irradiava quietude. Realizei uma rápida missão de reconhecimento pela janela da sala da frente. Tábuas corridas *lindíssimas*, bonitas de verdade. Eram três ambientes, mas os outros dois não estavam à altura das tábuas corridas da sala principal. Não eram horríveis, nem nada desse tipo, mas tudo me pareceu meio "não fede nem cheira". Obviamente, ela estourara o orçamento quando instalou o piso da sala da frente. Mesmo assim, a impressão geral foi positiva. Havia lâmpadas graciosas em torno de um espelho e, espalhadas de forma aleatória, várias plantas em verde brilhante tinham sido colocadas em vasos com padrão de bolinhas.

De forma casual, torcendo para não chamar a atenção dos vizinhos, passei pela lateral da casa e fui até os fundos. As janelas da cozinha eram altas, como de hábito, e eu tive de dar alguns pulos para conseguir ver alguma coisa. Móveis da Ikea. Armários brancos. Não fabulosamente lindos, mas simpáticos.

Dei mais um pulo e vi uma mesa oval revestida de madeira laminada e quatro cadeiras amarelas combinando. Pelo visto, Birdie era fã do amarelo. Em se tratando de cores, até que não era das piores. No encosto de uma delas fora largado um avental de bolinhas.

Um terceiro pulo revelou um vaso de cerâmica trabalhada sobre uma prateleira e uma pintura a óleo de um bolinho apetitoso. A decoração era *feminina* demais para o meu gosto, mas já vi pessoas fazerem coisas muito piores com suas casas, *muuuito* piores.

Nesse momento, decidi que tinha dado pulos suficientes. Meu joelho estourado não aguentava mais e, na verdade, não havia mais nada de interessante para ver.

Especulei como seriam os cômodos do andar de cima. Será que ela enlouquecera de vez e cobrira os espaços com florezinhas e temas femininos demais? Será que sua cama tinha um dossel de princesa em musselina cor-de-rosa? Ou eu entendera tudo errado? Será que seu quarto era fino, elegante e adulto?

Eu realmente gostaria de saber. Só que, para isso, teria de arrombar a casa num domingo à tarde, num bairro residencial, diante de várias crianças nos gramados em volta brincando com fósforos, e fatalmente seria pega. (Qual é a *psicose* desses meninos de onze anos, com seu desejo incontrolável de tacar fogo nas coisas?) Estava intrigadíssima com o restante da casa de Birdie, mas não a ponto de me arriscar a ser presa, se é que me entendem.

Antes de ir embora, escrevi um pequeno recado para Birdie, contando que eu tinha "dado uma passadinha" para vê-la. Comentei sobre o quanto lamentava não tê-la encontrado em casa e, se ela estivesse disposta a conversar comigo, seria ótimo... Também disse que não queria colocar sal nas feridas de ninguém, mas, se ela pudesse me contar como achar Gloria, eu ficaria gratíssima, aqui está meu celular, etc. e tal.

Não tinha muita esperança de resultados, mas... quem não arrisca não petisca, certo?

Voltei para o carro, entrei, bati a porta e recostei a cabeça no encosto. Ela latejava de dor, e eu me senti exausta. Era preciso uma dose extra de energia para superar um episódio de depressão. Eu sabia que parecia estar perambulando por aí sem fazer nada de útil, mas o tormento interno era torturante.

Engoli quatro analgésicos e fechei os olhos. Comecei a pensar numa mulher, amiga da minha mãe, que tinha tido câncer de mama. Não havia histórico da doença em sua família, ela não fumava, não se submetera a terapia de reposição hormonal, não levava uma vida estressante demais nem tinha lutado na Operação Tempestade no Deserto. Não encontraram nenhuma das *possíveis* causas do seu câncer, que só servem para fazer com que as sofredoras desafortunadas se sintam culpadas, além de aterrorizadas. Nem no mais intolerante dos universos alguém poderia insinuar que ela "provocara a doença em si mesma". Enfim... Ela se submeteu a quimioterapia, ficou enjoada e vomitava o dia inteiro. Seus cabelos caíram, assim como seus cílios, e ela ficou tão fraca que mal conseguia assistir a *Countdown*.

Depois da químio, ela passou por um tratamento de radioterapia, que deixou seu seio tão queimado que quase não suportava se cobrir com um lençol à noite, além de deixá-la tão frágil que ela precisava se arrastar — literalmente se arrastar — pelo quarto até o banheiro. Seus cabelos voltaram a crescer — muito diferentes, o que foi estranho: antes, eles eram encaracolados, e, depois, nasceram lisos. Isso aconteceu vinte anos atrás. Ela continua viva e parece cada vez mais forte. Adora bridge e é uma excelente jogadora. Há pouco tempo, ganhou um voucher para uma estadia de dois dias em um hotel de três estrelas em Limerick. (Mamãe ficou em segundo lugar, ganhou apenas uma lata de biscoitos e ficou arrasada.)

Então, lembrei-me de outro caso, uma amiga da minha irmã Claire. Ela também teve câncer de mama. Como no caso da amiga de mamãe, não havia histórico da doença em sua família, ela não fumava, não se submetera a terapia de reposição hormonal, não levava uma vida estressante demais nem tinha lutado na Operação Tempestade no Deserto. Não encontraram nenhuma das *possíveis* causas do seu câncer, que só servem para fazer com que as sofredoras desafortunadas se sintam culpadas, além de aterrorizadas. Nem no mais intolerante dos universos alguém poderia insinuar que ela "provocara a doença em si mesma". Enfim... Ela se submeteu a quimioterapia, ficou enjoada e vomitava o dia inteiro. Seus cabelos caíram, assim como seus cílios, e ela ficou tão fraca que mal conseguia assistir a *Countdown*. Depois da químio, ela passou por um tratamento de radioterapia, que deixou seu seio tão queimado que ela quase não suportava se cobrir com um lençol à noite, além de deixá-la tão frágil que ela precisava se arrastar — literalmente se arrastar — pelo quarto até o banheiro. Essa mulher — Selina era seu nome — também seguiu um monte de orientações do pessoal da Nova Era, além de tomar os medicamentos. Lutou uma guerra em várias frentes, pode-se dizer. Descobriu-se grande entusiasta do pensamento positivo e decidiu que iria "derrotar aquele câncer". Fez ioga, enemas de café e visualização. Gastou uma fortuna com um especialista do Peru que prometeu dissolver seu câncer com práticas de xamanismo. Adivinhem o que aconteceu... Ela morreu. Tinha trinta e quatro anos e deixou três filhos. Algum tempo depois de sua morte, encontrei sua mãe em um shopping em Blackrock, em um estado que, agora entendo, pode ser descrito como "luto enlouquecido". Ela mal me reconheceu e não se lembrava de eu ter conhecido sua filha. Olhou para mim com uma intensidade anormal, mas, ao mesmo tempo, parecia completamente ausente.

— Selina lutou como uma tigresa — disse ela, apertando meu braço com tanta força que doeu pra caramba. — Ela lutou como uma tigresa pela própria vida.

Mas tinha morrido.

É isso que eu queria transmitir. As pessoas ficam doentes; às vezes elas melhoram, às vezes não. Se a doença é câncer ou depressão, não faz diferença. Às vezes os medicamentos funcionam, outras vezes não. Às vezes funcionam por algum tempo e subitamente o efeito benéfico é interrompido. Às vezes as terapias alternativas dão certo, outras vezes dão errado. E as pessoas se perguntam se as interferências externas fazem alguma diferença nessa história toda; ou se uma doença é como uma tempestade; se ela simplesmente precisa seguir seu curso e, no fim desse ciclo, você escapará com vida ou estará morto.

Caraca, Walter Wolcott está chegando!

Tinha acabado de saltar do carro. Estava batendo na porta da frente da casa de Birdie e olhava lá para dentro, pelas janelas. Era sutil como uma marreta.

Olhei para ele no instante em que analisava o cano que saía da calha do telhado e descia até o chão. Certamente, considerava a possibilidade de subir pela parede e dar uma boa olhada pelas janelas dos quartos do segundo andar.

— O cano não vai aguentar seu peso! — gritei. — Você vai acabar colocando a casa abaixo.

Ele olhou para mim com um jeito furioso, mas eu lhe dei um adeusinho alegre, entrei no carro e caí fora do lugar.

Continuei rumo ao norte. Por algum motivo, pensei em Antonia Kelly, minha terapeuta.

Ela não era nem um pouco parecida com o que eu esperava. Não fez eu me deitar num divã para me interrogar sobre minha infância e meus sonhos. Não rebatia cada pergunta que eu fazia questionando o que eu achava disso.

Ela acabou se tornando uma coisa que não deveria ser: minha amiga. Minha única amiga, diga-se de passagem. Não havia outra pessoa no mundo com quem eu pudesse ser brutalmente honesta e que não me julgasse.

Antonia perguntava "Como você está, Helen?", e eu respondia "Ando pensando em pegar a faca de pão da cozinha para arrancar fora minha barriga, pois imagino que, se eu cortar minhas entranhas, essas sensações terríveis talvez desapareçam".

Ela não explodia em lágrimas. Nem me dizia que eu precisava ser forte. Muito menos que ficaria devastada se eu morresse. Também não ligava para uma das minhas irmãs para contar o quanto eu era egoísta, uma tagarela reclamona e autoindulgente.

Eu não precisava protegê-la o tempo todo do meu desespero, ou de como me sentia horrível. Ela já tinha visto de tudo na vida, e nada mais conseguia chocá-la.

Logo no início do nosso "relacionamento", eu estava em sua sala de espera e, aleatoriamente, peguei um dos livros que estavam nas prateleiras. Abri uma página ao acaso, e uma frase se destacou:

"Em algum momento da sua carreira, muitos terapeutas vão perder um cliente para o suicídio."

Naquele instante, eu soube que Antonia Kelly tinha passado por isso: perder um cliente para o suicídio. E pensei: excelente, essa aqui sabe com o que está lidando.

Ela não me "consertou". Não forneceu possíveis razões para minha vontade de morrer. Ainda assim, conseguiu a tarefa quase impossível de me oferecer, ao mesmo tempo, distanciamento e compaixão. Com relação ao distanciamento, isso era fácil de entender: eu não era nada para ela, não era ninguém. Duas vezes por semana, passávamos uma hora juntas, que era quando eu podia lavar, com a máquina de lavar da minha mente, a roupa suja dos meus pensamentos terríveis, falar em voz alta o que bem queria e me ouvir falando aquilo tudo sem me preocupar no impacto que isso poderia causar nela.

Mas, ao mesmo tempo, sabia que ela gostava de mim. Não conhecia exatamente os sufocos que ela havia enfrentado na vida — bem que eu perguntei, mas ela não me contou, e lógico. Ela nunca falou comigo nem sobre o seu lindo Audi TT preto, que eu a vi dirigindo um dia, por acaso — mas sabia que ela já vira pessoas se contorcendo por dentro com agonias similares às minhas. Eu não estava sozinha. Não era a única.

Embora eu lhe pagasse cada sessão religiosamente, nunca soube de detalhes que normalmente acabamos descobrindo sobre as pessoas que nos são chegadas — se elas têm um namorado, ou filhos... Se o sorvete faz seus dentes doerem... Se elas adoram cães da raça setter irlandês —, mas ela era minha amiga de verdade. Caminhou comigo lado a lado, com firmeza, ao longo da névoa escura, densa e pedregosa do meu pesadelo. Não conseguia me impedir de tropeçar e cair, nem me dava nada para parar a dor, mas me encorajava a ir em frente.

CHÁ DE SUMIÇO 491

Resumindo: ela me manteve viva.

Refleti longamente sobre se deveria ligar e perguntar se ela poderia me receber. Mas algo me impediu de fazer isso. Depois de algum tempo, identifiquei o que era: orgulho. Eu tinha ficado muito orgulhosa quando, depois de mais de um ano de terapia, fui declarada mentalmente sã e recebi alta. Quando nos despedimos, ela disse que sua porta estaria sempre aberta, e eu respondi, com ar alegre, que era muito bom eu saber disso. Mas falei por falar; tinha certeza de que minha cura era permanente. Então, pensar em reaparecer lá do nada e com a cabeça descacetada me pareceu um tremendo fracasso. Claro que essa era a forma errada de encarar as coisas, como ela certamente me diria, porque terapia é um relacionamento em que a maioria das pessoas "se envolve" várias vezes ao longo da vida.

Pensando sobre tudo isso, fui dirigindo quase até Belfast, dei uma volta no anel rodoviário que envolve a cidade e voltei para o sul. Quando cheguei aos arredores de Dublin, nos bairros da parte norte, à beira-mar, era quase meia-noite. Passei novamente pela casa de Birdie Salaman, mas ainda não havia sinal dela nem do carro. Suas cortinas não tinham sido fechadas; não vi nenhuma mudança no cenário.

Puxa, onde é que ela estava? Será que sua ausência significava algo? Teria ligação com o desaparecimento de Wayne?

Talvez tivesse ido passar o fim de semana fora, visitando uma amiga — quem sabe um novo namorado? Por que não? Por que não simplesmente aceitar a explicação menos sinistra?

Ainda insegura sobre o que pensar, voltei para Mercy Close e entrei na casa de Wayne. Tranquei a porta por dentro e passei a corrente. Não queria que Walter Wolcott surgisse na minha frente sem ser anunciado. Eu tinha todo o direito de estar ali. Afinal de contas, estava... Bem, era isso mesmo: eu estava *trabalhando*.

Além do mais, ele provavelmente estava a duzentos e trinta quilômetros dali, em algum buraco em North Antrim, acordando a mulher do balcão na pousada Hyacinth e exigindo que ela lhe informasse se Wayne Diffney estava dormindo em um dos quartos do lugar, debaixo de um edredom cor de pêssego. Muito meticuloso, aquele sr. Walter Wolcott. Ninguém poderia acusá-lo de não ser meticuloso.

No celular, vi uma chamada perdida de Artie, porém não havia recado. Liguei de volta para ele, mas a ligação caiu na caixa postal. Obviamente era muito tarde e ele já devia estar na cama. O problema é que naquela tarde as coisas tinham ficado meio inacabadas, de um jeito áspero, quase hostil, e eu não tivera mais nenhuma oportunidade de conversar com ele. De qualquer modo, deixei uma mensagem solidária, dizendo que torcia muito para que tudo estivesse bem com Bella. Depois, sentindo-me ligeiramente desconfortável, desliguei o celular e tomei um comprimido para dormir. Um dos meus, dessa vez.

Não seria nada bom para Wayne se eu não estivesse com o sono em dia. Precisava estar ligada e esperta, porque algo iria acontecer na manhã seguinte. Dava para sentir na pele. Percebi que alguma coisa importante estava para surgir.

E algo realmente grande *aconteceu* logo cedo. Assim que amanheceu, eu recebi um e-mail.

Segunda-feira

Capítulo Cinquenta e Três

Bem cedinho — às seis e quarenta e sete da manhã, para ser precisa —, acordei na sala de estar de Wayne. Tinha me permitido o luxo de uma almofada para repousar a cabeça dolorida, mas essa foi a única liberdade que tomei.

Algum tipo de intuição me fez acordar de repente do sono profundo induzido pelo remédio e liguei o celular. Quando vi o e-mail com o relatório de Tubarão, o hacker financeiro, cheio de detalhes sobre a movimentação dos cartões de crédito de Wayne e extratos atualizados de sua conta bancária, senti-me totalmente desperta e trêmula de expectativa. Eu iria descobrir onde é que Wayne estivera nos últimos quatro dias, onde havia dormido, o que comprara, quanto dinheiro tinha sacado de sua conta. Minha boca quase salivou só de pensar naquele banquete de informações.

Tubarão avisava no e-mail que os detalhes estavam atualizados até a meia-noite de domingo. Se algo tivesse acontecido nas últimas sete horas, não apareceria nas listagens, mas para mim estava ótimo. Informações sobre os últimos quatro dias eram tudo que eu precisava.

Para meu choque total, não tinha acontecido nenhuma movimentação nos cartões de Wayne. Nada! Tubarão havia incluído todas as transações dos últimos dois meses, mas a lista acabava abruptamente na noite de quarta-feira da semana anterior.

Minha cabeça começou a latejar de dor enquanto eu olhava para o celular, rolando as páginas para cima e para baixo, para ver se tinha perdido algo importante. Mas não... Nadica de nada acontecera nos últimos dias.

Tudo bem que dois dos cartões de crédito de Wayne tinham sido usados até o limite e ele não poderia contar com eles para mais nada, mas havia um terceiro com crédito de sobra, sem falar no cartão de débito.

Sua última compra tinha sido uma pizza às nove horas e trinta e seis minutos da noite de quarta-feira. Desde então, não apareciam mais lançamentos em seus três cartões de crédito ele não comprara nada no cartão de débito e não sacara sequer um centavo de nenhum caixa eletrônico.

Era como se ele tivesse despencado pela borda do planeta.

Eu me senti perplexa e imobilizada. Meu cérebro congelou.

O próximo passo óbvio seria verificar se tinha havido algum saque monumental nos dias anteriores ao desaparecimento de Wayne. Não encontrei *nada*. Ele sacara cem euros no domingo, mas esse era o seu padrão: sacar cem euros a cada três ou quatro dias; dinheiro para despesas do dia a dia, obviamente.

Então, para onde ele fora? Um lugar onde não precisaria de dinheiro nenhum? Como tinha conseguido chegar lá? Não dá para a pessoa alugar um carro, nem se hospedar num hotel, nem fazer uma refeição. Não dá para se fazer *nada* sem um cartão de débito ou de crédito.

Por um instante, tive a mesma impressão que havia sentido logo no comecinho do caso: Wayne estava morto. Eu *sentira* isso. Naquele dia, eu achei que estava confundindo o que andava pela minha cabeça com o estado de espírito de Wayne. Agora, porém, diante do branco completo dos seus extratos e levantamentos dos cartões, ele realmente me pareceu estar morto. Aquele buraco financeiro, sua conta bancária sem movimento algum — para mim, isso só podia significar morte.

Senti uma espécie de golpe forte, como se algo terrível tivesse me atingido as entranhas. Fechei os olhos, tornei a abri-los; olhei para a pele fina da parte de dentro do meu pulso e notei as pequenas veias azuis que serpenteavam por ali.

Não. Eu devia ter passado por cima de algum detalhe. Será que Wayne tinha um cartão de crédito secreto? Se fosse assim, ele destruíra toda a papelada e os extratos antigos, o que tornava a coisa muito elaborada. Aliás, elaborada demais para parecer plausível.

E quanto às informações de Tubarão? Elas eram realmente confiáveis? Certamente! Não apenas ele (poderia ser "ela") tinha uma reputação inabalável, como havia incluído toneladas de dados em seu relatório, e eu consegui confirmar tudo por referências cruzadas com os extratos e boletos que encontrara no escritório de Wayne, no segundo andar da casa. Tubarão listara os pagamentos do financiamento imobiliário de Wayne, contas de luz, gás e telefone, bem como outros pagamentos que cobriam os dois meses anteriores ao seu sumiço, sempre com os valores exatos e nas datas certas. Ele até incluíra no relatório o débito do plano de saúde de Wayne, e eu *sabia* que esse pagamento realmente ocorrera, porque Jay Parker tinha aberto o recibo que veio na correspondência.

O que andava rolando ali, afinal? Será que Wayne se envolvera em alguma atividade legalmente duvidosa? A ligação aterrorizante de Harry Gilliam apontava nessa direção. Mas Wayne não me parecia esse tipo de pessoa.

E quanto à possibilidade de ele ter desaparecido por vontade própria? O problema é que ninguém "desaparece" por completo, mesmo querendo. Há sempre alguém que sabe onde o sumido está. Alguma pessoa, em algum lugar — possivelmente a esquiva Gloria —, estava ajudando Wayne.

Tentei me lembrar do que as pessoas tinham falado quando pedi que dissessem a primeira coisa que lhes surgisse na cabeça, a respeito de onde Wayne poderia estar. Sempre existe um fundo de verdade no que as pessoas dizem, mesmo que seja inconsciente e elas não percebam. Na verdade, eu provavelmente já sabia *exatamente* onde Wayne estava. Pelo menos, tinha todas as informações. Só não conseguia separar o que era relevante do que não era.

Com uma fisgada de medo, percebi que estava perdendo o ritmo; meu estado mental piorava a cada instante. Minha bateria estava fraca, e eu tinha de encontrar Wayne antes que ela descarregasse por completo.

Vamos lá... Será que ele estava dirigindo um trailer pela região de Connemara, tirando lindas fotos dos tojos, como Frankie havia sugerido? Bem, se era isso, boa sorte para ele; Connemara era uma região enorme, com muitos tojos, e de jeito nenhum eu pretendia me despencar até lá a fim de conferir isso. Jay Parker dissera que Wayne participava de uma competição de comedores de torta em North Tipperary, mas uma pesquisa rápida pelo Google revelou que não existiam competições desse tipo na região.

Roger St. Leger, quando parou com as brincadeiras, tinha dito que Wayne provavelmente estava em sua casa mesmo, escondido debaixo da cama. E Zeezah... O que ela dissera?... Uma observação nada a ver sobre Wayne estar recebendo carinho, afeto e afagos de seus pais.

Alguma coisa encaixou ali. Não importava o quanto afirmassem que Wayne jamais se esconderia num lugar tão óbvio. Não importava o fato de a sra. Diffney ter me ligado em lágrimas. Eu *já sabia* o quanto sua família era amorosa, e, se ele estava realmente com problemas, era muito provável que tivesse ido procurá-los.

Foi então que mais uma pecinha pareceu se encaixar no lugar. Preste atenção ao que Zeezah disse.

Então eu pensei: Ela *realmente* acariciara Roger entre as pernas? Tinha feito isso *de verdade*?

CHÁ DE SUMIÇO · 499

. . .

Clonakilty ficava a trezentos quilômetros dali, o que significava que eu tinha uma longa viagem pela frente, obviamente ouvindo Tom Dunne no rádio. Por um instante, eu me convenci de que existia um Deus misericordioso pendurado lá em cima. Eu *adorava* Tom Dunne. Sem exagero... Realmente *adorava* ele. Estava em perigo real e imediato de me transformar numa retardada lambedora de janelas, quando se tratava de Tom Dunne.

Antes de embarcar em minha odisseia, fui dar uma olhadinha na minha cara, no espelho do banheiro de Wayne; precisava verificar o estado dos meus ferimentos. Meu olho esquerdo ainda estava muito vermelho e injetado, e, apesar da minha testa ter piorado — a pancada assumira um tom roxo-escuro —, eu a cobri com a franja. Quem olhasse para mim não perceberia, de imediato, que eu tinha sofrido um corte profundo no alto da cabeça. Isso era bom. Eu ia interagir com gente da classe média alta, e esse povo costuma desconfiar bastante de pessoas que parecem se envolver em brigas com regularidade.

Quis ligar para Artie, mas ainda era muito cedo. Provavelmente, ele iria me telefonar logo, porém Jay Parker também devia estar para ligar a qualquer instante, em busca da primeira atualização do dia, e eu não conseguiria dar a ele as péssimas notícias sobre a inatividade dos cartões de crédito de Wayne; então, desliguei o telefone.

Comi alguns punhados de Cheerios, tomei quatro analgésicos e o meu amado antidepressivo, com a ajuda de alguns goles generosos de uma garrafa gigante de Coca zero. Em seguida, entrei no carro. Saí dirigindo com confiança, pois sabia que Tom Dunne iria entrar no ar daqui a pouco, e isso provavelmente me ajudaria a enfrentar o novo dia.

Capítulo Cinquenta e Quatro

Obrigada, Mapa Falante! Ele encontrou a casa dos Diffney numa boa. Era uma residência em estilo bangalô, construída no centro do terreno. Um jardim de respeito, com rosas enormes. Carol estava ali fora, vestindo uma saia florida, e usava tamancos. E luvas de jardinagem. E uma tesoura de podar. Ajoelhada num tapetinho de borracha feito para quem futuca na terra (dá para comprar isso em catálogos de jardinagem). Não é preciso descrever mais nada, já dá para vocês fazerem uma ideia.

Ao ver que eu me aproximava, ela se levantou. Foi minha imaginação ou ela pareceu ligeiramente cautelosa? Uma mulher com algo a esconder; um homem adulto debaixo da cama do quarto de hóspedes, talvez? Ou, quem sabe, ela achou que eu era a portadora de alguma má notícia sobre seu filho Wayne?

Eu me apresentei.

— Imaginei que fosse você. Soube de alguma novidade? — perguntou, ansiosa.

— Ainda não.

— Por um instante, achei que você tinha vindo até aqui para me contar... algo terrível.

— Podemos conversar sobre isso lá dentro?

— Sim, vamos entrar. — Ela me levou até a cozinha. Um lugar simpático, claro e alegre: tudo o que eu esperava. Um bule de chá, uma prateleira de condimentos, fotos das crianças, um pequeno quadro de cortiça com um lembrete do exame periódico de mama. Nada ligado a Wayne.

— O sr. Diffney está em casa? — perguntei.

— Está no trabalho.

Isso foi inesperado. Uma pessoa idosa em um emprego de verdade.

— Você gostaria de uma xícara de chá? — ofereceu Carol.

Eu preferia colocar fogo nos globos oculares a beber uma xícara de chá, mas conhecia as regras.

— Puxa, adoraria, sim, obrigada. Forte e com pouco açúcar, por favor.

Acompanhei o movimento dela à minha volta, mexendo com chaleiras e potinhos.

— A senhora teve alguma notícia de Wayne?

Com ar perplexo, ela me olhou.

— Não. Se soubesse de algo, teria entrado em contato com você ou com John Joseph.

— Afinal, onde ele está?

— Bem que eu gostaria de saber...

Será que ela estava mentindo? Com permanente leve nos cabelos e seu jeito educado, não conseguia ver nela outra coisa, a não ser uma mulher fundamentalmente honesta. Uma avaliação totalmente prejudicada, é claro. Se ela estivesse bebendo cerveja Dutch Gold e usando roupa de ginástica, certamente minha avaliação seria diferente.

— Conte-me tudo que a senhora sabe. Quando foi a última vez em que conversou com ele?

— Quarta-feira da semana passada, me parece. No início da tarde.

— Como a senhora achou que ele estava?

— Muito ocupado, certamente, ensaiando para os shows. Um pouco estressado, mas isso era de esperar.

— Alguma vez ele já fez isso, antes? Desaparecer desse jeito?

— Nunca.

— A senhora não deveria avisar a polícia?

— Mas John Joseph me garantiu que a polícia não se interessaria pelo caso!

— Quem sabe não seria melhor tentar?

Ela olhou para a toalha de mesa de algodão listrada em amarelo e branco e disse:

— Antes, eu teria de conversar sobre isso com o pai de Wayne. — Ela parecia prestes a cair no choro!

Com seus brincos de ouro discretos e sua caneca de Melhor Avó do Mundo, Carol Diffney parecia tão inocente quanto um cordeiro. Mas quem poderia ter certeza? Amor de mãe e todo aquele papo; elas fariam qualquer coisa para ajudar os filhos — vocês se lembram de Dot Cotton* e de tudo o que ela fez por aquele filho ingrato, certo?

— A senhora está preocupada de que Wayne possa estar envolvido em alguma atividade criminosa? — perguntei.

— Certamente que não! — Senti uma fagulha da velha indignação de classe média alta, do tipo "nunca um filho meu etc".

— Tudo bem. Mas a senhora não deseja que ele seja encontrado? Não está preocupada com esse sumiço? Ele desapareceu já faz quatro dias.

Depois de um logo silêncio, ela ergueu os olhos para mim.

— Wayne é um bom menino, um bom rapaz. Nós, a sua família, sabemos que ele estará naquele palco na quarta-feira à noite. Temos certeza de que ele não vai desapontar seus amigos.

---

* Dot Cotton é uma personagem da novela *East Enders*, da BBC. Na história, ela sempre perdoa os crimes cometidos por seu filho.

Aproveitei as palavras dela e perguntei:

— Como é que a senhora pode ter certeza? Ele lhe disse isso?

— Não. Sabemos disso simplesmente porque conhecemos o jeito dele. Wayme jamais decepcionaria seus amigos.

— Certo... — Será que ela se cobrira com o manto da negação ou falava a verdade?

— Sei que você está sendo paga para encontrá-lo, mas, se começar a acusá-lo de estar envolvido em algo criminoso, talvez seja melhor que você fique longe de Wayne.

Fique longe de Wayne. Essas eram exatamente as mesmas palavras que o *Agressor misterioso da velha Dublin* sussurrara no meu ouvido. E aquela mulher diante de mim, uma acolhedora dona de casa, talvez tivesse um rolo de pastel por ali, um daqueles brancos e modernos, que mais parecem um cassetete.

— A senhora! — disse, apontando o dedo para ela. — Foi *a senhora* que me agrediu! — Afastei os cabelos da frente da testa e revelei o corte fundo com marca escura em toda a sua glória roxa. — Veja só o que fez comigo!

— O que está insinuando? — Ela ficou tão horrorizada que pareceu que ia desmaiar. — Eu nunca bati em ninguém, em toda a minha vida. A não ser nos meus filhos, quando eram pequenos, porque era assim que as coisas funcionavam naquela época. Agora eles me acusariam de agressão e abuso, mas, antigamente, dar uns bons tabefes nos filhos era considerado perfeitamente normal.

— Mas foi exatamente isso que a pessoa que me atingiu disse: "Fique longe de Wayne."

Com a voz trêmula, ela me garantiu:

— Pois eu posso lhe assegurar com toda a certeza que não fui eu.

Eu não me convenci por completo. Arregalei os olhos e encarei Carol fixamente por um bom tempo, e ela pareceu murchar diante de mim, mas não disse nada. Resolvi mudar de tática.

— Quem é Gloria?

— Gloria? — Sua voz hesitou. — Nunca ouvi falar de nenhuma Gloria.

— Pois, para mim, parece que ouviu.

— Fique sabendo que nunca ouvi.

— Por favor, conte para mim onde Wayne está.

— Eu não sei onde ele está, dou-lhe minha palavra! Por favor, não me faça mais perguntas — pediu, com serena dignidade —, ou vou ser obrigada a pedir que se retire.

— Sra. Diffney... — Eu não sabia se era melhor demonstrar respeito ou apelar para a intimidade, chamando-a pelo primeiro nome, e resolvi fazer as duas coisas. — Sra. Diffney... Carol, posso chamá-la de Carol? Tem mais uma pessoa procurando por Wayne, outro detetive particular. É um homem pouco gentil, não é nem um pouco como eu. Ele pode encontrar seu filho e, seja lá o que Wayne está aprontando, certamente vai expô-lo. Se eu conseguir achar Wayne antes, talvez possa ajudá-lo.

Mas Carol não cedeu. Se sabia de algo, realmente não dava para se ter certeza, e isso era uma sensação estranha e perturbadora. Mais uma vez, pediu que eu fosse embora.

Esse impasse foi quebrado pelo som da porta da frente que se abriu. Ouviu-se uma voz avisando:

— Mamãe, sou eu. Estava passando por aqui. Quem é o dono do carro preto parado aí na porta?

Na cozinha, entrou uma mulher que eu reconheci do vídeo do aniversário de sessenta e cinco anos de Carol. Era Connie, a irmã de Wayne. Era ela que tomava vinho e conversava com Vicky, a cunhada de Wayne, quando Rowan entrou com a câmera e as gravou no instante em que diziam alguma coisa aparentemente confidencial sobre uma de suas amigas... algo como "ela não consegue escolher entre um dos dois".

— Olá, querida! — Carol abraçou Connie, virou-se e apontou para mim. — Esta jovem é Helen Walsh, a investigadora particular que está à procura de Wayne.

Para mim, ela disse:

— Esta é Connie, irmã de Wayne. Ela mora aqui perto.

Connie olhou para a minha testa com uma expressão de aflição, e, mais que depressa, ajeitei a franja com os dedos, cobrindo os ferimentos.

— Prazer em conhecê-la, Connie. Por acaso você não sabe onde Wayne pode estar?

Ela balançou a cabeça para os lados.

— Eu estava justamente contando à sua mãe que tem outro detetive procurando por Wayne. Um homem, ex-policial, e ele não é tão gentil e simpático quanto eu. Seria muito melhor para Wayne se ele fosse encontrado por mim, em vez dele. Portanto, se alguma coisa lhe vier à cabeça, por favor, você poderia entrar em contato comigo?

Entreguei-lhe meu cartão. Ela olhou para os números riscados e viu os novos, reescritos à mão.

— Então, Helen Walsh, para quem você está trabalhando? Quem, exatamente, está pagando pelos seus serviços? — Essa tal de Connie era muito mais direta e objetiva que a mãe.

— Jay Parker, agente da Laddz. Suponho que John Joseph também.

— John Joseph?

— Isso mesmo.

— Você leu os artigos nos jornais de ontem sobre ele e Zeezah? Parecem *tão* apaixonados. E agora, com um bebê a caminho, acho que sua felicidade não poderia ser mais completa.

Connie me pareceu perfeitamente civilizada. Não pareceu falsa nem maliciosa como Roger St. Leger, por exemplo. Apesar disso, senti algo muito estranho em seu tom de voz. Era como se ela estivesse me enviando mensagens em código.

Com bastante cautela, perguntei:

— Você está querendo dizer que Zeezah não está grávida? Bem, todos nós já sabíamos disso. — Tentei criar laços com ela através do humor. — Minha mãe diz que ela, na verdade, é um homem. Como Lady Gaga.

— Ora, mas eu não estou insinuando nada disso — garantiu, e eu olhei fixamente para ela. Tinha certeza de que tentava me dar alguma dica, mas meus neurônios não estavam sendo rápidos demais para captar a mensagem.

— Então, o que *está* querendo dizer, exatamente?

— Nada! Só isso: com um bebê a caminho, a felicidade deles não poderia ser mais completa.

Desisti. Meu pobre cérebro de brechó não estava preparado para mensagens subliminares.

— Por favor, permita-me que eu a acompanhe até a porta — ofereceu Connie.

Rá, nem pensar! Depois de dirigir por tantas horas, elas não iriam se livrar de mim tão facilmente.

— É uma longa viagem de volta até Dublin. Será que eu poderia usar o toalete, antes de ir embora?

Carol e Connie trocaram olhares temerosos. Pareciam desconfortáveis em me dar permissão para usar o banheiro, mas eram educadas demais para recusar. O banheiro ficava no fim do corredor e Connie me acompanhou, mostrando o caminho. Dei uma boa espiada nos quartos pelos quais fomos passando — a sala de estar, a sala de jantar, um escritório, um quarto com duas camas, depois um quarto com uma cama só. Porém, não havia nenhum sapato largado nem frascos de gel para cabelos — isso teria me indicado que Wayne estava em uma das dependências.

CHÁ DE SUMIÇO 507

Quando chegávamos ao banheiro, eis que surge mais um quarto. A porta estava entreaberta e, pelo que pude ver, era um quarto masculino: duas camas de solteiro e pôsteres de coisas vermelhas na parede (relacionadas com futebol, certamente). Antes de Connie dar por si, eu pulei dentro do cômodo, lancei-me no chão e comecei a olhar debaixo das camas.

Nada. Nem mesmo bolas de poeira.

Connie me ajudou a levantar do chão de forma brusca e com uma rispidez inesperada. Com cara de zangada, repetiu:

— Eu *disse* que ele não estava aqui. Já *tinha dito* na cozinha.

Mas então, o que foi que ela tentara me dizer? O que eu tinha deixado de perceber?

— Essa situação já é difícil demais para a mamãe. Ela não precisa de pessoas como você aparecendo aqui em casa sem avisar — reclamou, quase num sussurro.

— Estou tentando ajudar. Estou tentando encontrá-lo.

— Mas *não encontrou*. Estamos subindo pelas paredes de preocupação e você me chega aqui com um papo de ex-policiais assustadores. Podíamos passar sem isso!

— Pelo menos me diga o que está tentando transmitir — implorei.

— Desculpe por ser tão burra, não é culpa minha. Normalmente, não sou tão tapada...

Ela me empurrou na direção do banheiro.

— Faça o seu xixi e deixe nossa família em paz.

Assim que saí dali, dei instruções para o Mapa Falante encontrar a casa de Connie. Realmente, era ali perto, num condomínio com terrenos grandes e casas geminadas.

Estacionei do lado de fora e analisei a casa. Parecia absurdamente quieta, como se fosse impossível haver uma pessoa respirando lá dentro. Mesmo assim, dei uma boa olhada em torno para ver se conseguia entrar.

Foi quando notei um carro estacionando bem atrás do meu.

Meu Jesus Cristinho! Era Connie, e parecia furiosa!

—Vamos lá — berrou ela, saltando do carro e pegando as chaves da residência na bolsa. —Vamos comigo, pode entrar. Venha admirar minha casa em toda a sua glória imunda.

Eu não poderia recusar o convite. Se bem que, pelo jeito receptivo de Connie — não, a palavra certa não é essa —, a possibilidade de Wayne estar lá dentro era quase zero.

Ela escancarou a porta da frente, desligou o alarme e informou:

— Este é o saguão, como pode ver. — O lugar estava cheio de tênis jogados, agasalhos com capuz, brinquedos e um desagradável cheiro de adolescente por perto.

— Aqui é a sala de estar — continuou. — Vamos em frente. Algum sinal dele? É melhor você se agachar para verificar debaixo do sofá.

— Não, está tudo óti...

—Vá em frente! — ordenou ela, com ódio na voz. —Agache no chão!

Eu obedeci e me agachei no chão, porque parecia o mais seguro a fazer.

Connie me guiou pela cozinha em desordem, pelo escritório mais desarrumado ainda, e descemos até o porão. Ela foi abrindo armários e gavetas ao longo do caminho. Depois, levou-me até o quintal e insistiu para que eu olhasse no depósito. Logo eu, que odeio depósitos de fundo de quintal. Não a ponto de colocá-los na Lista da Pá, mas confesso que eles me dão arrepios com seus cheiros penetrantes de mofo, bicicletas estranhas e velhas latas de tinta.

— Vamos voltar lá para dentro, precisamos ir ao segundo andar — propôs, marchando na minha frente ao longo de quartos desarrumados, obrigando-me a olhar dentro de armários de roupa para inspecioná-los devidamente, e também checar debaixo de cada cama. Em seguida, ela me levou até o banheiro e abriu a cortina do chuveiro com tanta força que eu achei que o trilho fosse despencar do teto.

— Obrigada — disse eu, recuando e tentando descer para o andar de baixo. — Ele não está aqui. Desculpe por eu ter incomodado vocês.

— Ora, mas ainda não acabamos — avisou. — Não se esqueça do sótão. — Antes de eu entender o que estava acontecendo, ela pegou uma vara comprida com um gancho na ponta e a usou para puxar uma abertura do teto, de onde desceram degraus acionados por uma mola. — Pegue esta lanterna — ofereceu. — Pode subir! Dê uma boa olhada lá em cima.

Meio relutante, fiz o que ela mandava. Também não gosto muito de sótãos, ainda mais depois que Sean Moncrieff falou sobre uma família de morcegos que tinha feito um ninho no sótão da sua casa.

— Consegue enxergar alguma coisa? — berrou Connie lá de baixo, enquanto eu tropeçava em meio à escuridão quase completa. — Um colchão velho, talvez? Uma vela com uma caixa de fósforos e um exemplar muito velho de *Os Irmãos Karamazov*?

Nossa, ela sabia ser sarcástica!

Desci a escada, e, mal coloquei o pé no chão, Connie olhou para os degraus com raiva, soltando a mola e fazendo com que eles se recolhessem novamente para dentro do sótão.

— Não quer fazer xixi aqui também? — perguntou. — Afinal, será uma longa viagem de volta até Dublin.

· · ·

Depois dessa insatisfatória visita à família de Wayne, comecei minha pesarosa volta para casa. Minha cabeça latejava de dor; o programa de Tom Dunne tinha acabado e Sean Moncrieff só entraria no ar mais tarde. Nesse meio-tempo, tive de ouvir a programação da hora do almoço, que eu detestava. Eles só falavam de negócios, fracassos e pessimismos. "Blá-blá-blá problemas nos bancos, blá-blá-blá países em crise, blá-blá-blá tempos difíceis..."

Eu estava no fundo do poço.

Capítulo Cinquenta e Cinco

Mais ou menos vinte minutos depois de eu começar a dirigir, fui tomada por uma sensação de pânico que me deixou tonta: era segunda-feira de manhã — como é que a segunda-feira de manhã havia chegado *tão depressa*? O primeiro show da Laddz seria dali a pouco mais de quarenta e oito horas, e Wayne continuava muito, muito desaparecido. Todas as possibilidades que eu tentara tinham terminado num beco sem saída. A única esperança que me restava eram os registros telefônicos de Wayne, mas ainda não havia sinal deles.

Eu precisava parar em algum lugar do acostamento para enviar outro e-mail para o Homem do Telefone, suplicando por uma indicação de quando chegaria o relatório.

Tive receio de analisar minhas chamadas perdidas — vinte e quatro no total —, porque sabia que Jay Parker devia estar ligando para mim a manhã toda. Eu ficaria felicíssima em simplesmente apagar os avisos todos sem nem olhar para eles, mas fui obrigada a rolar a tela para analisá-los um por um, pois talvez Artie tivesse ligado. E ligara mesmo, uma vez só, às onze da manhã, mas não tinha deixado recado. Tentei entrar em contato com ele, mas a ligação caiu direto na caixa postal.

Desliguei o celular, dei partida mais uma vez no motor do carro e continuei a caminho de Dublin.

Enquanto dirigia, decidi dar outra olhada na casa de Birdie Salaman. Só para me certificar de que ela não havia desaparecido, como Wayne. Nossa, só me faltava essa!

Coloquei o celular em viva voz — sim, segurança sempre em primeiro lugar, esse é meu jeito — e liguei para a Brown Bags Please.

A mesma tia desanimada da outra vez, aquela que gostava de Cornetto, atendeu com voz de pesar e tédio:

— Brown Bags Please.

— Posso falar com Birdie Salaman, por favor?

— Estou transferindo! — Nada de "Quem deseja?" nem "é para falar a respeito de quê?" Quanta falta de profissionalismo!

Depois de um clique, uma voz jovial e agradável atendeu:

— Olá, aqui é Birdie Salaman, em que posso ajudá-la?

Tudo bem, se ela apareceu para trabalhar é porque estava bem. Fiquei louca para perguntar onde é que tinha estado no domingo, mas desliguei sem dizer nada.

Quase na mesma hora, o celular tocou. Era Bella.

— Helen? Aqui é Bella Devlin.

— Eu sei, querida. Vi seu nome no celular; você não precisa se apresentar com o nome completo todas as vezes que ligar. Como está, depois do que lhe aconteceu ontem? Muito machucada?

— Estou ótima. Foi apenas um choque, um susto. Estou ligando porque queria lhe contar uma coisa muito legal. Ontem à noite, quando mamãe estava aqui...

— Vonnie foi aí *de novo*? — As palavras saíram antes de eu conseguir me segurar. Não era adequado falar daquele jeito com Bella, não era bom. Só que Vonnie tinha ido à casa de Artie todas as noites desde... Quantas noites, mesmo? Quatro. *Todas as noites* desde quinta-feira. Puxa, será que não estava na hora de levar os filhos para a casa dela por alguns dias?

— Sim — confirmou Bella, com voz pensativa. — Agora que ela e Steffan terminaram o namoro, acho que ela se sente solitária.

— Ela e Steffan terminaram? Quando? — E por que ninguém me disse nada?

Uma fisgadinha de medo, tão pequena que eu mal percebi, circulou por dentro de mim.

— Não sei exatamente quando foi que eles terminaram. Recentemente, eu acho. Mamãe só me contou ontem à noite. Mas eu já vinha sentindo um jeito estranho nela há algum tempo, uma espécie de vazio. Agora, posso lhe contar minha história legal?

— Claro, Bella, desculpe. Vá em frente.

— No maleiro do armário do quarto, mamãe e eu encontramos um pijama cor-de-rosa perfeito, novinho em folha. O pacote nunca foi aberto! Acho que alguém o deu de presente para Iona, mas, como você sabe — o tom de voz de Bella se tornou desdenhoso —, Iona nunca foi uma pessoa que gosta de cor-de-rosa.

Não sei de onde Bella tinha tirado a ideia de que *eu* era uma pessoa que gostava de cor-de-rosa. Acho que simplesmente enfiara isso na cabeça.

— Sabe qual é a melhor parte, Helen? O pijama é tamanho quinze e dezesseis anos, então você vai caber certinho nele! Poderá usá-lo sempre que vier dormir aqui em casa!

— Fantástico! — exclamei, mas o esforço de parecer tão loucamente entusiasmada quase me destruiu por dentro. — Estou dirigindo agora, querida, é melhor desligar, mas obrigada pela notícia! Mais tarde a gente se vê!

Ultrapassei todos os limites de velocidade durante o caminho de volta, mas cheguei a Dublin exatamente às três e vinte da tarde. Pensei por um instante em marcar uma consulta com o dr. Waterbury, mas de que serviria? Ele me receitara antidepressivos em altas doses; não havia mais nada que pudesse fazer por mim. Eu gostava do dr. Waterbury. Não era sua culpa ele ser tão inútil; *todos* os médicos. As pessoas pareciam não compreender algo tão claro, mas eles eram realmente inúteis. *Até eu* conseguiria fazer o que eles fazem. Tudo é uma questão de adivinhação — vamos tentar esse comprimido para ver se funciona; se não der certo, tentamos outro; se esse outro também não funcionar, passamos para um terceiro, e, quando acabarem as possibilidades, diremos que a culpa é sua.

Não. Resolvi que não me adiantaria de nada ir ao médico.

Em vez disso, voltei a Mercy Close, animada pela vaga esperança de que Nicholas, o último vizinho que faltava ser interrogado, estivesse lá. E ele estava! Encontrei-o diante da casa, descarregando tralhas de seu jipe. Havia uma prancha de surfe presa no teto do veículo.

Eu me apresentei e, da forma mais vaga possível, disse que estava investigando algumas coisas para Wayne e perguntei se poderíamos levar um papo rápido.

—Você chegou na hora certa — informou ele. — Se aparecesse aqui dez minutos atrás, não me encontraria. Acabei de chegar de Sligo, onde passei alguns dias.

Não era o surfista idiota que eu imaginara quando Cain e Daisy me falaram dele. Tinha quarenta e tantos anos e sua pele era queimada de sol, com muitos vasinhos do rosto arrebentados; seus cabelos eram encaracolados e estavam ficando grisalhos.

Reparei quando ele fixou os olhos na minha testa estourada, por curtos segundos, mas não precisei explicar nada. Pessoas como ele não se preocupavam com aparências (pelo menos, não com a própria aparência).

— Por favor, espere só alguns minutinhos — pediu. — Preciso guardar minhas coisas.

— Posso ajudá-lo em algo? — ofereci. Naturalmente, eu não pretendia carregar nada, mas conhecia os requisitos básicos para fingir que era uma pessoa normal.

CHÁ DE SUMIÇO   515

Para minha surpresa (categoria: fatigante), ele disse:

— Carregue isso. — E me entregou um traje de mergulho. *Molhado*, ainda por cima. — Leve até os fundos da casa e coloque no varal para secar.

Dei uma boa olhada na casa quando passei pelas janelas laterais. Vi muitos móveis de pinho nodoso alaranjado, nem um pouco confortáveis. Havia futons por toda parte. Obviamente, Nicholas não era muito ligado em decoração de interiores. Que desperdício terrível de uma bela casa!

Ele seguiu atrás de mim, carregando a prancha de surfe. Estava descalço. Provavelmente porque não queria encher a casa de areia — uma ambição louvável —, mas o caso é que eu tinha problemas sérios com pés masculinos descalços; eles sempre me faziam lembrar tubérculos, tipo "pares de nabos muito deformados". Eu nunca conseguia me concentrar diante de homens descalços. Na cama, tudo bom e tudo bem, mas no dia a dia eu sempre me sentia desconfortável e louca para dizer: "Vá colocar meias, pelo amor de Deus!"

Depois que todas as tralhas foram descarregadas do jipe, ele calçou suas sandálias Birkenstock (Lista da Pá — e como!). Para meu desagrado total, levou-me para sentar no quintal, a fim de conversarmos. Pessoas que curtem vida ao ar livre... ahn... Eu não as acho tão irritantes a ponto de colocá-las na Lista da Pá, mas simplesmente não tenho afinidade nenhuma com elas.

Nicholas tinha cadeiras reclináveis de madeira e apoios para os pés; pelo visto, passava muito do seu tempo livre ali, no quintal.

Ele se reclinou e fechou os olhos.

— Ahhh! — gemeu ele, quase num orgasmo. — Sinta esse sol no rosto.

Fiz isso por cinco segundos, para parecer educada. Depois, eu me sentei reta, abri os olhos e perguntei:

—Você conhece bem o seu vizinho Wayne?

— Só de "bom-dia" e "boa-tarde". De vez em quando, batemos um papo casual e rápido.

— Só isso? Mas vocês são vizinhos de porta!

— Pois é, mas eu passo muito tempo fora de casa, na região oeste. Surfo, faço trilha e também escaladas. Wayne viaja bastante, geralmente a trabalho. É até engraçado... — Soltou uma risadinha estranha, para mostrar o quanto aquilo era divertido. — Nunca percebi que morava ao lado de uma celebridade, um superastro. É claro que eu sabia que Wayne tinha feito parte da Laddz, muitos anos atrás, mas desde sábado à noite, com a notícia dos shows de reencontro da banda, o país inteiro foi à loucura! Só se fala nisso! As pessoas se mostraram empolgadíssimas quando souberam que eu moro ao lado dele. Até mesmo gente que eu supunha que odiasse essa história de boy band. Quem poderia imaginar que as pessoas curtem tanto coisas assim?

— Sei o que quer dizer. Até minha irmã Claire ficou a fim de ir ao show, e ela nunca curtiu esse tipo de música.

— Soube que eles até marcaram shows extras...

— Shows? No plural? — perguntei, sentindo-me em pânico. — Eu pensei que fosse só um show a mais.

— Não! — garantiu. — Acabei de ouvir no rádio do carro, voltando para casa. Eles vão fazer oito shows extras. Isso só na Irlanda. Marcaram mais alguns no Reino Unido. Também vão gravar um DVD de Natal. É um fôlego renovado para a carreira do grupo. Puxa... — refletiu, com ar pensativo. — Talvez eu mesmo vá a um desses shows. Vou ver se Wayne me consegue dois ingressos de cortesia. Tenho certeza que ele dá, porque é um cara decente.

Ser lembrada do quanto estava em jogo ali, dependendo unicamente do reaparecimento de Wayne, deixou-me horrivelmente ansiosa, e eu decidi retomar a busca por Gloria.

CHÁ DE SUMIÇO 517

— Sei que essa parece um pergunta maliciosa, mas você sabe informar se Wayne recebeu alguma visita feminina, ultimamente?

— Recebeu, sim.

— Sério?

— Uma garota vinha regularmente visitá-lo há... deixe ver... Não sei dizer desde quando, com precisão, mas já faz algum tempo. Vários meses.

— Consegue descrevê-la? — Eu mal ousava respirar de tão esperançosa.

Ele refletiu longamente e decidiu:

— Não exatamente. Pensando bem, ela estava sempre de óculos escuros. E um boné de beisebol. Mas tivemos uma primavera de tempo bom e um verão quente e ensolarado até agora, então isso não é de espantar, certo?

Viram só? Pessoas que curtem a vida ao ar livre reparam em tudo a respeito do tempo e do clima. Coisas pelas quais eu passo batida.

— Ela era baixa? — perguntei. — Alta? Gorda? Magra?

— Não sei. Tamanho médio.

Médio. Grande ajuda! Mas eu não devia esperar nada de útil. Nicholas simplesmente não era o tipo de pessoa que repara na aparência dos outros.

Mostrei-lhe a foto de Birdie.

— Era ela?

— Não. Essa é a ex-namorada dele. Não conheço os detalhes, mas eles terminaram o namoro há muito tempo.

— Bem, e em que tipo de carro essa mulher misteriosa chegava?

— Não vinha de carro. — Ele balançou a cabeça. — Se vinha, não estacionava aqui em Mercy Close. Talvez viesse de Dart, pela linha que acompanha a costa.

— Por acaso você estava aqui na noite de quarta-feira passada ou na quinta de manhã, certo?

— Estava na quarta à noite. — Ele pensou um pouco no assunto. — Fui para Sligo na quinta de manhã.

— E reparou algo estranho na quarta à noite?

Eu esperava que ele fosse perguntar o clássico "Estranho como?", mas, para minha surpresa (categoria: assombrosa), ele disse:

— Reparei, sim. Ouvi vozes alteradas vindas da casa de Wayne. Ele e outra pessoa, provavelmente uma mulher, tiveram o maior arranca-rabo.

— Sério?

— Sim.

— E você ouviu alguma coisa específica? — Oh, meu Deus, era agora!

Mas ele balançou a cabeça lentamente para os lados, com cara de arrependido.

— Perguntei a mim mesmo se devia ir até lá para ajudar, mas depois de algum tempo eles pararam. Na verdade, fiquei aliviado com isso. É que... Sabe como são esses lances... Não é legal invadir a privacidade dos outros. Se alguém está brigando em voz alta, ninguém tem nada com isso, certo?

— Sim, você tem razão, lógico. — Aquele não era o momento certo para discussões filosóficas sobre responsabilidades sociais. — E você acha que pode ter sido essa tal mulher misteriosa?

— Não dá para ter certeza. Pode ser, sim.

— Muito bem, deixe eu analisar as coisas sob outro ângulo. Você realmente acha que era Wayne?

Nicholas pensou longamente na pergunta.

— Acho, sim. Conheço bem a voz dele.

— E tem certeza que Wayne estava brigando com uma mulher?

Mais considerações. Ele coçou a testa, sobre os olhos cheios de rugas provocadas pelo sol excessivo.

— Tenho.

— E você não ouviu nenhuma palavra específica? — Eu estava quase implorando. — Uma palavrinha qualquer já seria muito útil.

— Nada. — Ele balançou a cabeça. — Desculpe. Isso é tudo o que eu sei. Você aceita um pouco de chá de urtiga?

— Não! — Um segundo depois, percebendo que fora rude, acrescentei: — Obrigada, mas não. Agradeço a gentileza.

Assim que saí da casa de Nicholas, Cain e Daisy subitamente apareceram na rua, como se tivessem acabado de sair de algum túmulo, e avançaram como zumbis na minha direção.

— Helen! — berraram. — Helen!

Mas eu entrei no carro correndo e saí cantando pneu. Meu Jesus!

Capítulo Cinquenta e Seis

Assim que percebi que minha próxima parada só poderia ser o MusicDrome, o pânico bateu com força dobrada. Se Wayne planejava apenas tirar uma folga, já tivera tempo suficiente para isso. Estava mais que na hora de voltar. E se eu me sentia em pânico, isso não devia ser nada em comparação ao que Jay, John Joseph e os outros deviam estar sentindo.

Liguei o celular e, dois minutos depois, ele tocou. Número desconhecido, mas eu atendi mesmo assim. Não podia me dar ao luxo de perder nada, a essa altura do campeonato.

— Helen Walsh? — disse uma voz feminina.

— Quem quer saber? — perguntei, cautelosa.

— Aqui fala Birdie Salaman.

Jesus Cristo!

— Sim, sou a Helen! — reagi, quase engasgando de empolgação.

— Quero conversar com você a respeito de Gloria. — Sua voz me pareceu estridente, quase agressiva.

— Espere um instantinho, preciso apenas... — Eu procurava em torno, desesperada por um lugar onde pudesse parar o carro. Não acreditava que ela finalmente tinha resolvido abrir o jogo. Isso prova que, às vezes, botar pressão realmente funciona.

Estacionei num ponto de ônibus recuado. Se passasse algum nos próximos minutos, ele teria de parar em outro lugar.

CHÁ DE SUMIÇO 521

— Pode falar, Birdie. — Eu estava quase com crise de asma, de tanta expectativa. — Sou toda ouvidos.

— Não. Pelo telefone eu não vou dizer nada. Venha ao meu escritório.

Saí novamente com o carro, mergulhei no tráfego pesado e fui direto até o trabalho de Birdie Salaman. Estacionei do lado de fora e acenei para a tia desanimada, avisando:

— Birdie Salaman está à minha espera.

Passei rapidamente e entrei na sala.

Birdie usava um vestido clássico, estampado com cerejas pretas. Seus cabelos eram longos e soltos, em um penteado típico dos anos 1940. Sua boca estava pintada de forma perfeita com um batom vermelho, forte e brilhante. Querem saber? Ela era muito estilosa, muito mesmo.

Ergueu os olhos. Não se mostrou loucamente empolgada pela minha presença.

— Entre e sente-se — convidou, apontando com uma caneta para a cadeira diante dela, e eu obedeci.

— O que houve com sua testa?

— Ahn... — Toquei a testa de leve. — Alguém me agrediu.

— Quem? Aquele imbecil, o tal de Walter Wolcott?

— Hummm... Talvez. Vocês já se conheceram, então?

— Ele surgiu na minha porta às sete e meia da manhã, querendo bater papo. Muito insistente. — Ela acenou para o ar, como que desejasse enxotá-lo da conversa. — Não quero saber dele, quero falar de Gloria. Quem é ela?

Atônita, talvez perplexa, perguntei:

— *Você* está perguntando isso *a* mim?

— Eu não deveria me importar — informou ela. — Mas isso está me deixando louca. Quero realmente saber quem é ela.

— Não faço a menor ideia. Você me disse que a conhecia. Foi *você* que ligou *para* mim.

— Mas não disse que a conhecia — reagiu, olhando para mim com irritação. — Nunca tinha ouvido o nome dela até sexta-feira, quando você veio aqui para saber onde poderia encontrá-la. Supus que ela fosse a nova namorada de Wayne.

— Ela não foi a mulher pela qual Wayne largou você? — perguntei, timidamente.

— Não! — Ela pareceu exasperada e confusa. — Wayne terminou comigo por causa de Zeezah.

— O quê? Wayne e Zeezah? *Zeezah?* E *Wayne?*

— Pensei que você soubesse.

— Mas como é que eu poderia saber? Nem desconfiava! — garanti, num sussurro ofegante. — Quando foi isso? O que aconteceu? É coisa recente?

— Não sei a data exata em que ele começou a me chifrar. — Ela me pareceu um pouco amarga. — Mas aposto que eles estavam juntos desde outubro ou novembro do ano passado, mais ou menos.

— O que aconteceu? — Eu estava absolutamente surpresa. Irrequieta de tanta impaciência. Louca para saber. — Você vai me contar?

Inesperadamente, seus olhos se encheram de lágrimas.

— Wayne e eu éramos felizes de verdade, sabia?

— Sim, eu sei. Dava para ver pela foto.

— Você não devia ter visto essa foto. É coisa particular.

— Sim, eu sei. Sinto muito, muitíssimo. — Não podia bater de frente com ela. — O problema é que ele está desaparecido desde quinta-feira e estou fazendo todo o possível para encontrá-lo. Desculpe por ter invadido sua privacidade, mas é que... Bem, você estava me contando sobre você, Wayne, e o quanto estavam apaixonados...

Com impaciência, ela enxugou as lágrimas.

— Ficamos juntos por mais de um ano e meio. Ele vivia viajando para vários lugares, a trabalho... Turquia, Egito, Líbano... e vinha se dando muito bem. Foi quando conheceu Zeezah. Contra uma bunda como a dela, é claro que eu não tinha a mínima chance.

— Ora, mas sua bunda também me parece linda e redondinha — elogiei.

— Que nada... — Ela balançou a cabeça, penosamente. — A bunda de Zeezah é de classe internacional. Fui sobrepujada e comi poeira no quesito bunda. Aliás, em todos os outros quesitos, também — acrescentou. — Wayne percebeu o talento dela, seu potencial e todo o resto. Caiu de quatro, se apaixonou completamente e voltou com um projeto de lançar a carreira de Zeezah fora do Oriente Médio.

— Mas essa ideia foi de John Joseph, não foi?

— O primeiro a ter a ideia foi Wayne.

— Co-como é que é?! Você está falando sério? Quando foi que isso aconteceu?

— Começou em outubro do ano passado, eu acho. Toda vez que ele ligava para mim, falava do assunto, para você ver como ficou empolgado. Em novembro, eu fui a Istambul e a conheci. Embora, oficialmente, eles fossem apenas colegas de trabalho, Wayne não conseguiu esconder o quanto já estava louco por ela.

— E aí?... O que aconteceu? Você terminou com ele? Ele terminou com você?

— Foi ele quem terminou — confessou, com rancor na voz. — Eu ainda tinha a esperança de que conseguiríamos superar tudo. Afinal, nos dávamos muito bem. O problema é que Wayne estava... sabe como é... *totalmente de quatro* por ela.

— Mas, se isso aconteceu em outubro ou novembro, como é que... — contei nos dedos — quatro meses depois, em março, John Joseph Hartley trouxe Zeezah para a Irlanda e se casou com ela?

— Quando Wayne contou ao amigo seus planos para Zeezah, John Joseph roubou tudo dele: a ideia, a protegida, se você quiser chamá-la assim, e a namorada.

— Caraca! — reagi, levando um momento para que a notícia bombástica se instalasse em meu cérebro. — Caraca! — repeti.

— Quer dizer que todo aquele papo de que quando John Joseph conheceu Zeezah não fazia ideia de que ela era uma grande estrela... Toda aquela história de que a viu pela primeira vez quando ela cantava na festa de aniversário de um amigo... — Não era de espantar que Roger St. Leger tivesse sido tão sarcástico. — Então, tudo aquilo foi conversa fiada!

— Eu sei. Você os viu no programa de Maurice McNice, sábado à noite? Não sei como eu assisti, acho que foi por acaso, porque prefiro que me espetem agulhas nos olhos a assistir àquele lixo. Mas aconteceu... Eu estava zapeando com o controle remoto e, de repente, caí ali. Quase vomitei ao ouvir tantas *mentiras*.

Nesse instante, eu me lembrei da farsa de John Joseph, quando eu pedi o número de Birdie e ele fingiu não fazer ideia de onde ela morava ou trabalhava.

— Não é nenhum espanto que John Joseph não quisesse que eu conversasse com você.

— Não, nem um pouco... Chuchu.

— Chuchu? — reagi. Só então saquei. — Ah, claro, *chuchu*. Mas isso quem fala é Frankie. John Joseph também chamava você de chuchu?

— Claro, chuchu. John Joseph Hartley é um sujeito arrogante, condescendente, rouba namoradas e expressões dos amigos. Você não acha, chuchu?

— E como, chuchu! Teve a cara de pau de me dizer que não fazia ideia de onde você morava, chuchu.

— Nossa, chuchu, que mentiroso filho da mãe! Ele esteve na minha casa trocentas vezes.

— Também me disse que não sabia onde você trabalhava, chuchu.

— Mas é claro que ele sabe onde eu trabalho!

— Chuchu. Você se esqueceu de dizer "chuchu".

— Mas é claro que ele sabe onde eu trabalho, chuchu!

— Chuchu...

— Chuchu!

Repetimos a palavra mais umas vinte vezes até que, inesperadamente, estávamos sorrindo abertamente uma para a outra.

Ao sentir que a *entente cordiale* fora perfeitamente estabelecida, eu disse:

— Agora eu saquei o motivo de eles não quererem divulgar que Zeezah estava com Wayne antes de se casar com John Joseph.

— Pois é. Essa mulher tem uma imagem difícil de vender para o público irlandês, ainda mais porque John Joseph é o favorito das mamães e titias de todo o país e Zeezah é muçulmana. Se bem que ouvi dizer que ela está se *convertendo* ao cristianismo.

— Mas, afinal, por que Zeezah dispensou Wayne e o trocou por John Joseph? Pelo que ouço por aí, Wayne é um cara muito mais legal. Será porque John Joseph tem mais grana e mais Aston Martins?

— Pode ser. Não sei se ela enrolou Wayne por mais algum tempo, só sei que garantiu a ele que se sentia muito dividida. Disse que não conseguia escolher com qual dos dois iria ficar.

Disse que não conseguia escolher com qual dos dois iria ficar.

Onde foi que eu tinha ouvido essa frase, mesmo?

Talvez eu me lembrasse depois.

— De qualquer modo, acabou decidindo, porque se casou com John Joseph — disse eu. — Uma decisão muito rápida, por sinal.

— Zeezah precisava de cidadania irlandesa para poder trabalhar aqui. Foi por isso que ela e John Joseph se casaram. Ou talvez se amem de verdade, quem sabe?

— Para ser sincera — disse eu —, eles agem como se realmente se amassem. Vivem grudados um no outro. Sabe de uma coisa? — Eu me senti obrigada a dizer algo importante. — Wayne ainda gostava muito de você e se sentiu culpado.

— Por que diz isso? — perguntou Birdie.

— Dá para sentir — garanti, surpreendendo a mim mesma. — De verdade. As pessoas dizem que eu não tenho empatia, mas talvez isso não seja verdade. Admito que não expresso muita *simpatia*, mas acho que é só para me proteger. Wayne guardou aquela foto de vocês no quarto vazio. Juro por Deus, Birdie, aquele quarto é terrivelmente triste. O lugar mais triste que eu já vi. Ele não era um traidor e um trapaceiro, afinal de contas. Concorda?

— Por que você fala dele empregando os verbos no passado?

— Não sei. — Parei um pouco para pensar. — Escute... Posso lhe perguntar quando foi a última vez em que você falou com Wayne? Se for coisa recente, tipo há poucos dias, eu lhe imploro que você me conte.

Ela balançou a cabeça para os lados.

— Não falei mais com ele desde março. Desde o dia em que saiu a notícia do casamento surpresa de Zeezah e John Joseph.

Olhei fixamente para ela, de mulher para mulher.

— Pare com isso! — pediu Birdie. — Estou lhe contando a verdade. Liguei para Wayne e ele estava arrasado, então pensei em lhe dar algum tempo... Sei que parece patético, mas Wayne e eu éramos apaixonados *de verdade*. Pensei que Zeezah fosse apenas uma dessas paixonites passageiras; achava que o que eu e Wayne tínhamos era real, e que ele iria acabar retomando o bom senso e voltando ao normal. E, quando você apareceu falando de uma mulher chamada Gloria, eu não aguentei... Fiquei louca de curiosidade para descobrir quem era.

— O problema é que eu também não faço ideia. Só sei que ela foi a última pessoa a deixar um recado no telefone fixo de Wayne, antes de ele desaparecer na quinta-feira. Talvez não seja ninguém.

— Ora, mas ela não pode ser *ninguém*.

Mas talvez fosse. Poderia ser apenas uma dessas funcionárias de telemarketing tentando convencer Wayne a trocar de provedor em algum serviço. Elas sempre vêm com aquela voz alegre: "Tenho uma ótima notícia para você!" Todas falam do mesmo jeito.

Só que ela avisou que iria ligar para o celular de Wayne em seguida, e uma funcionária de telemarketing não teria o número. Eu estava frustrada. Não sabia o que pensar.

— Conte-me uma coisa, Birdie — pedi. — Onde é que você estava ontem? Passei pela sua casa e não vi sinal de ninguém por lá.

— Nossa, você é uma tremenda espiã, mesmo! — Mas ela disse isso numa boa. — Fui visitar uma amiga em Wexford. Não que seja...

— Da minha conta, já entendi. Desculpe — completei. — Mais uma coisinha, Birdie. Não pude deixar de notar que você ainda se sente muito amarga com relação a Wayne. Talvez eu possa ajudar.

— Como? — Ela me pareceu tão esperançosa e linda que isso só serviu para ressaltar o quanto estava tensa o resto do tempo.

— Eu inventei uma coisa chamada Lista da Pá.

— Como assim?

— É uma coisa conceitual, uma lista de todas as pessoas e coisas que eu detesto tanto que adoraria ter a chance de dar com uma pá na cara delas.

— Uma lista...? — Ela pareceu interessada.

— Eu chamo de lista, mas fica tudo guardado na minha cabeça. É lógico que você pode escrever num papel, se achar mais divertido. Arrume um caderninho de notas e uma caneta de marca famosa.

Você também pode usar cartelas escritas à mão para embaralhar e colocar tudo na ordem certa, conforme o momento. Obviamente, Wayne ficaria em primeiro lugar na sua lista. Ou talvez Zeezah. E pode haver outras coisas ou pessoas de quem você tenha bronca; em alguns dias, elas poderiam encabeçar a lista. Por exemplo, eu não aguento os estalidos metálicos do fecho de uma pasta executiva. Ou cheiro de pepino. Ou a voz de David Cameron. Por isso é que, às vezes, uma dessas coisas encabeça a minha lista.

— Puxa, obrigada pela dica. — Ela pareceu realmente grata, embora ligeiramente perplexa. Quanto a mim, depois de ter oferecido conforto para uma alma em sofrimento, resolvi que tudo acabara bem.

Capítulo Cinquenta e Sete

Não havia mais como escapar: agora eu *precisava* ir ao MusicDrome. Acabara com minha reserva de coisas para fazer e Jay Parker já tinha deixado trinta e nove mensagens no celular.

Assim que entrei no local, fiz mentalmente uma prece fervorosa para que Wayne estivesse no palco com a cabeça raspada e os pneuzinhos na barriga, ensaiando uma das danças da Laddz. Pedi para que tivesse voltado e estivesse aprendendo a nova coreografia para acompanhar o restante do grupo. Tudo ficaria bem!

Só que não vi sinal dele. Debaixo das luzes ofuscantes, vi Frankie, Roger e Zeezah. De repente, surgindo do nada, alguém pulou na minha frente como um leopardo que ataca do alto de uma árvore.

— Onde ele está? — urrou a voz. — Onde foi que ele se enfiou, porra?

Era John Joseph.

Jay deu um passo à frente e, depois de uma briga rápida, empurrou John Joseph para longe de mim, reclamando:

— Caraca, dá para você pegar *mais leve*? — reclamou, claramente alarmado.

John Joseph estava histérico. Suor lhe escorria pela testa e seus cabelos estavam desgrenhados.

—*Você o encontrou? Descobriu onde ele está?*

— Dê um passinho atrás, por favor — pedi. Tinha de lhe dar as más notícias sobre o relatório do cartão de crédito, e não estava com disposição para aturar mais empurrões.

Da forma mais sucinta possível, relatei as informações e observei enquanto John Joseph absorvia as implicações.

— Isso não pode ser verdade — reagiu. De repente, estava novamente aos berros. — Não pode estar *certo*!

— Acalme-se, pelo amor de Deus — disse eu. — Está certo, sim. Mas ainda faltam chegar os relatórios dos telefonemas. E estou seguindo outras linhas de investigação. E também temos o seu Walter Wolcott no caso.

— Quando vão chegar os registros das ligações dele?

— Provavelmente amanhã.

— Mas precisamos deles hoje. Precisamos disso *agora*.

A coisa não funcionava daquele jeito, mas acho que John Joseph não aceitaria uma explicação; então, eu simplesmente informei:

— Já mandei um e-mail para meus contatos, e vou escrever outro, ressaltando o quanto o caso é urgente.

— Pagaremos taxa de urgência!

— Ótimo. Perfeito. Vou avisá-los disso.

Eu precisava dar o fora. Não sabia para onde ir nem o que fazer, mas ali é que não pretendia ficar.

Dei uma rápida olhada em Zeezah. Ela mordia o lábio inferior, pequeno e carnudo, e parecia arrasada — quem poderia culpá-la? Imagine só ser casada com John Joseph Hartley, aquela usina de raiva reprimida? Ela deveria ter ficado com Wayne. Enquanto eu a observava, ela saiu do local devagar, de forma furtiva, e seguiu em direção aos bastidores. Decidi segui-la. Não importava para onde ela ia, certamente era melhor do que ficar ali.

Fui atrás dela sem ser notada. Zeezah se movia depressa e seguia com determinação ao longo de um corredor cimentado, até que entrou numa pequena sala onde havia algumas mesas e cadeiras. Subitamente, pegou o cesto de lixo, levou-o para perto do rosto e... vomitou lá dentro. Devia estar tentando chegar ao toalete feminino,

CHÁ DE SUMIÇO 531

mas não conseguira segurar o enjoo. E achava que ninguém tinha visto.

Ela vomitou mais três ou quatro vezes e, depois, cuspiu na cesta. Deixei que ela procurasse um lenço de papel na bolsa para limpar a boca, antes de denunciar minha presença.

— Zeezah?

— He... Helen!

— Quer dizer que você realmente está grávida, afinal de contas!

— Estou. — Ela endireitou o corpo e me olhou fixamente.

— Por que o porta-voz da Laddz negou a informação?

— Porque é assim que as pessoas fazem com a mídia. Deixam o público especular por conta própria.

— Nenhuma de nós, na minha casa, acreditou que você estivesse realmente grávida. Pensávamos que fosse um golpe de publicidade. Minha mãe diz que você, na verdade, é um homem.

— Bem... — reagiu ela, com um sorrisinho maroto. — Você já viu com os próprios olhos que eu não sou. Tem uma bala de hortelã?

— Tenho algo melhor. Posso lhe dar uma escova de dentes novinha e um pouco de pasta. — Comecei a remexer na bolsa.

— Obrigada. — Ela aceitou meu presente improvisado. — Se bem que eu acho que até uma coisa simples como escovar os dentes anda me provocando vômito.

— Puxa, que sufoco. Deve ser duro se sentir tão enjoada em meio a todas as merdas que andam acontecendo. Quer dizer que foi por isso que você não bebeu nada no churrasco? Eu pensei que o motivo era você ser uma muçulmana devota.

— Você reparou que eu não bebi nada e especulou sobre isso? Veja só!... — Seu espírito brincalhão estava de volta. — Eu não estava bebendo porque nunca bebo. — Ela acenou com a mão diante do corpinho extraordinariamente miúdo e belo. — Você acha que eu tenho esse corpo com tudo no lugar por ter metabolismo acelerado e só vinte e um anos? Bem, na verdade eu tenho vinte e quatro, mas isso será nosso pequeno segredo. Não, Helen Walsh. Eu tenho esse corpo porque me permito ingerir apenas novecentas calorias por dia. Com um regime desses, não posso gastar nenhuma caloria com cerveja.

— Novecentas calorias por dia? — Puxa, isso era pouco mais que uma maçã, não era? — Mas mesmo grávida você continua fazendo esse regime? Não deveria estar comendo por dois?

Com um ar pesaroso, ela balançou a cabeça.

— Suplementos de cálcio vão ter de ser suficientes. Preciso conseguir entrar no meu jeans amarelo tamanho trinta e quatro e fazer uma sessão de fotos meia hora depois de dar à luz. Sou uma celebridade, conheço minhas responsabilidades.

Ela era muito engraçada, era mesmo.

— Com quantas semanas você está?

— Treze.

— Bem, ahn... Meus parabéns. — Era isso que as pessoas normais diziam a uma grávida, certo?

— Obrigada. Agora eu preciso me recompor. Embora ninguém tenha certeza se os shows vão mesmo acontecer, Jay Parker me disse que eu devo dar entrevista para uma rádio, no programa de um sujeito chamado Sean Moncrieff. Você o conhece?

— Conheço. Para ser sincera, gosto muito dele.

— E se eu vomitar dentro do táxi, a caminho do estúdio?

— Espere por mim cinco minutinhos, que eu vou pegar duzentos euros com Jay Parker e posso lhe dar uma carona até lá.

Eu não estava apenas querendo ser gentil. Havia uma pergunta que eu precisava fazer a ela.

• • •

CHÁ DE SUMIÇO 533

Esperei até estarmos na rua, a caminho da rádio. Dizem que todas as conversas estranhas devem acontecer dentro de um carro, para não haver perigo de contato olho no olho, além do fato de que possíveis silêncios constrangedores são sempre disfarçados pelo barulho do tráfego.

— Zeezah... sabe o outro dia, naquela hora em que as fantasias de cisne chegaram? Eu poderia jurar que vi você acariciando e dando um apertão carinhoso entre as pernas de Roger. Como ando meio prejudicada da cabeça, adoraria se você confirmasse que eu não estou sofrendo de alucinações.

— Um apertão?

— Sim, e carinhoso.

— Entre as pernas dele?

— Entre as pernas dele.

— Nossa, você está realmente me perguntando isso? — Zeezah me lançou um sorriso travesso, meio de lado. — O que eu posso lhe dizer é que um pouco de flerte sempre faz com que as pessoas se sintam especiais. Além do mais, como vocês dizem aqui na Irlanda... Mal isso não faz, certo?

Capítulo Cinquenta e Oito

Zeezah saltou na porta da estação de rádio.

— Quer entrar comigo? — convidou.

— Não, preciso resolver umas pendências.

—Tudo bem.

Assim que ela entrou, me arrependi por não ter aceitado o convite. Sempre que cometia o erro de parar para pensar na vida, começava a ter ideias sobre como seria morrer. Aquela trajetória parecia muito mais acentuada, dessa vez. Fiquei sentada no carro, diante do volante, fechei os olhos e me perguntei se não seria melhor ligar para Antonia Kelly. A quarta-feira se aproximava de forma rápida e inexorável diante de mim, e não importa o que iria acontecer, não fazia diferença se Wayne iria aparecer ou não... A realidade é que, depois de quarta-feira, não havia mais nada para mim, a não ser o vazio total.

Minha cabeça doía. Abri os olhos e observei atentamente a pele fina na parte de dentro dos meus pulsos, acompanhando os pequenos rios formados pelas veias azuis. Certamente iria doer, e tive receio de que a dor interferisse no resultado.

No fundo da minha mente pairava a lembrança do creme anestésico que eu tinha usado para depilar as pernas a laser. Um dos tubos havia sobrado. Talvez, se eu passasse uma camada generosa da gosma no pulso, quem sabe uma hora antes, não doeria tanto? Talvez não doesse nada!

Resolvi parar de pensar nisso. Não devia estar com essas coisas na cabeça.

O que realmente me apavorava é que eu nunca tinha me encaixado por completo no diagnóstico clássico de "depressão". Portanto, não havia como saber onde tudo aquilo iria dar, ou aonde iria me levar. Algumas pessoas, com casos comprovados de depressão, começavam a desacelerar lentamente, dia após dia, até chegarem à apatia total. Ficavam entorpecidas ou catatônicas. Outras faziam o percurso inverso: enlouqueciam de ansiedade, lutavam para conseguir respirar e se sentiam invadidas pelo terror, incapazes de comer, dormir ou sentar quietas em algum canto. Eu me sentia exatamente desse jeito, de vez em quando. Muitas vezes, para falar a verdade. Por outro lado, sofria de vários sintomas adicionais, como a estranha suspeita de que tinha aterrissado de forma inesperada em outro planeta; ou o conforto que me trazia ouvir notícias sobre desastres naturais; ou a forma como eu odiava a luz forte; ou a sensação de que minha alma estava girando em um espetinho sobre chamas crepitantes.

Acho que não aguentaria passar por tudo aquilo novamente. Dessa vez ainda era pior, porque eu jurava que tinha me curado. Também era pior por eu saber o quanto a coisa ainda poderia ficar mais horrível. E também porque era pior, mesmo.

Resolvi pegar o celular para me sentir melhor — e descobri que já estava com ele na mão. Talvez eu devesse comprar um aparelho extra. Enquanto eu olhava para o telefone, ele tocou. Ligação de Harry Gilliam. Uma sensação de medo me invadiu. Era muito esquisito, tudo aquilo. Eu pensava em morrer, já via a mim mesma me desembaraçando da vida e do mundo, e algumas partes de mim estavam num estado de inexpressividade e impotência. Outras coisas, sentimentos e situações, porém, pareciam amplificadas. Como o medo de Harry Gilliam, por exemplo.

Não iria falar com ele de jeito nenhum. Teria de confessar que ainda não tinha descoberto nada sobre Wayne, e me senti apavorada demais para fazer isso.

Ao mesmo tempo, percebi que não tinha escolha: se Harry Gilliam queria falar comigo, eu teria de atender.

O telefone parou, mas, dois segundos depois, voltou a tocar. Sentindo-me péssima, atendi.

— Alô.

— Não faça isso comigo, Helen — ordenou ele.

— Fazer o quê?

— Quando eu ligo para alguém, gosto de ser atendido logo da primeira vez.

— Hum, tá legal. — Suspirei. Não havia como negar, ele me pegara no flagra.

— Sou um homem ocupado, não tenho tempo para esse tipo de joguinhos.

— Desculpe.

— Que novidades você tem para me dar?

— Há várias pistas, e estou investigando todas com muita dedicação.

— Quer dizer que ele estará no palco para o show de quarta-feira?

— Isso mesmo.

Fez-se uma pausa. Uma pausa longa. Com tom ameaçador, ele perguntou:

— Você está me enrolando?

— Não.

— Não mesmo?

— Estou. Na verdade, eu estou enrolando, sim. Disse o que você queria ouvir porque seu poder me dá medo, Harry. Mas você poderia fazer algo para ajudar a nós dois.

— Como assim?

— Você conhece fatos que não está me revelando.

— Eu? Como é que eu poderia saber de alguma coisa, Helen? Sou um simples treinador de galos de briga.

Desisti de insistir e concordei.

— Claro, claro... Por falar nisso, *como vão* os negócios com suas aves?

— Movimentados.

— É mesmo?

— Estou investindo num novo galo. Tenho muitas esperanças nele. Não me desaponte, Helen.

Com isso, desligou.

Levei vários minutos para me recuperar do papo com Harry. Fiquei imóvel no carro, agarrada ao celular como se ele fosse a ponta de uma pedra sobre o abismo, e esperei que os sentimentos horríveis se dissipassem. Quando consegui voltar a um estado suportável, a primeira coisa que fiz foi olhar com esperança para a tela do aparelho. Adorei saber que um e-mail acabara de chegar. Minha gratidão se ampliou de forma exponencial quando eu vi que a mensagem era do Homem do Telefone. A lista de ligações de Wayne tinha chegado! Isso poderia abrir todos os caminhos! Finalmente, Wayne seria encontrado.

Quando comecei a ler o e-mail, porém, mordi o lábio inferior, de puro desespero. Era apenas um relatório preliminar, em resposta à mensagem de pânico que eu enviara mais cedo. Registros detalhados chegariam na manhã seguinte. Enquanto isso, porém, o Homem do Telefone me dizia que o celular de Wayne tinha sido desligado na quinta-feira — meio-dia e três —, e *não fora mais ligado em nenhum momento, desde então.*

Horrorizada, olhei para a tela. Isso era mau. Era *péssimo.*

Fiz alguns cálculos: três ou quatro minutos depois de ter sido levado por Digby, Wayne desligara o celular. Ou será que outra pessoa tinha feito isso?

Essa situação era ainda mais sinistra do que Wayne não ter usado os cartões de crédito. Quem consegue sobreviver sem celular? Eu não consigo! Simples assim.

A não ser que Wayne *não tivesse* sobrevivido...

Escapei desse pensamento funéreo ao ouvir a voz de Zeezah no rádio. Aumentei o volume. Era melhor ouvir sua entrevista.

Sean Moncrieff perguntava sobre a gravidez e Zeezah confessou, com um jeito recatado, que era verdade, sim; ela esperava um filho.

— Vocês já sabem se é menino ou menina?

Esse tipo de conversa fiada não era do feitio de Sean. Normalmente, ele interagia com os melhores cérebros do país e transformava assuntos acadêmicos elevados e enigmáticos em papos acessíveis e interessantes.

— Ainda não. Decidimos não descobrir o sexo do bebê antes de ele nascer.

— Vocês não se importam se será menino ou menina; o importante é que nasça com saúde, certo?

"O importante é que nasça com saúde"? Diante de uma afirmação banal dessas, eu poderia jurar que Sean estava sendo sarcástico.

— Isso mesmo — concordou Zeezah. — O importante é que nasça saudável.

— Então, suponho que vocês ainda não escolheram o nome, certo?

— Escolhemos, sim. — Zeezah soltou uma risadinha charmosa.

— Se for menino, vai se chamar Romeo; se for menina, vamos chamá-la de Roma.

— Pelo fato de a criança ter sido concebida em Roma? — Nada escapava à sagacidade de Sean.

— Isso mesmo. — Mais risadinhas tímidas. — Foi durante nossa lua de mel.

Ei, *espere um instante...* Roma?, pensei.

Roma?

Ah... *Roma.*

Capítulo Cinquenta e Nove

Por um momento, achei que era melhor não ligar e fazer outra viagem, a segunda em vinte e quatro horas, até Clonakilty. Um assunto desses deveria ser conversado pessoalmente, mas, como o tempo não estava do meu lado, escolhi a opção mais cômoda. Talvez tenha sido um erro.

Connie atendeu na mesma hora.

— Alô! — Ela me pareceu impaciente. Puxa, aquela mulher era osso duro de roer.

— "Ela não consegue escolher entre um dos dois"? — foi minha frase de abertura para o papo.

— Quem está falando?

— Desculpe, Connie. Aqui é Helen Walsh. Hoje de manhã, nós nos conhecemos e você teve a gentileza de me levar por um tour pela sua casa. Deixe que eu explique a pergunta: é sobre Zeezah. Ela não conseguia escolher entre o seu irmão, Wayne, e John Joseph Hartley, certo? Porque estava com os dois ao mesmo tempo. Isso continuou depois de casada? Responda apenas sim ou não.

Depois de uma longa pausa, ela confessou, num tom de voz muito mais humilde do que seria de esperar:

— Eu devia ter ficado calada. Só que não aguentei o que aquela... *vadiazinha* manipuladora fez com Wayne. E fiquei enojada ao ver a cena linda do casalzinho feliz no programa do Maurice McNice. Aliás, nem sei como acabei assistindo ao *Saturday Night In*. Nunca faço isso.

— Você e Wayne são muito ligados?

— Somos sua família. Nós o amamos. Ele confia em nós... em mim e em nosso irmão. O que você acha? Como descobriu que eu disse essa frase?

— Ouvi sua voz num vídeo do aniversário de sessenta e cinco anos da sua mãe. Você estava falando com sua cunhada. Conversavam sobre uma mulher que "não conseguia escolher entre um dos dois". Logo me ocorreu que estavam falando de Zeezah e que os dois entre os quais ela não conseguia escolher eram Wayne e John Joseph.

— Ah, pois é...

— Agora, Zeezah está grávida e acaba de dizer no rádio que o bebê foi concebido em Roma.

— Como é que ela pode ter certeza?

— Sei lá. O que sei é que, quando examinei a casa de Wayne na quinta-feira à noite, encontrei um isqueiro do Coliseu, em Roma, na mesinha de cabeceira. Pode ser que Zeezah o tenha trazido como um presente para Wayne, hehe... Por favor, não me venha com duas pedras na mão, estou só brincando. E pode ser que Wayne simplesmente tenha aparecido na lua de mel deles...

— Ele não "apareceu" lá — disse Connie, visivelmente irritada.

— Ela o atormentou, ligava para ele dia e noite. Dizia que não devia ter se casado com John Joseph, que isso tinha sido um erro terrível e precisava ver Wayne. Foi por isso que ele pegou um avião e foi até lá. Mesmo assim, ela não conseguiu se decidir. E continuou enrolando meu irmão. Aliás, pelo que eu sei, ela até agora não decidiu de quem gosta.

— Quer dizer que Wayne pode ser o pai do bebê que Zeezah está esperando?

— Pode.

— Wayne sabe disso?

— Claro que sim! Como é que eu saberia da história toda se ele não desconfiasse disso? Só que John Joseph também pode ser o pai. Pelo menos, Zeezah nunca tentou jogar para cima de Wayne a velha história de que ela e John Joseph não transavam. Wayne sabia o tempo todo que ela pulava da cama de um para a do outro.

— John Joseph também sabia?

— Suponho que sim. — Connie soltou um longo suspiro.

Cristo! Quais eram as implicações de tudo aquilo? John Joseph não me parecia o tipo de homem que aceitasse numa boa o fato de sua esposa ter sido engravidada por um subordinado. Mas será que eu acreditava que John Joseph seria capaz de matar... De *assassinar* Wayne?

Entretanto, um detalhe me veio à cabeça. *Alguém* naquela história não hesitava em ser violento.

Lembrei-me do medo descontrolado de John Joseph naquela mesma tarde. Até que ponto isso mostrava que ele poderia ter matado Wayne? Ou será que John Joseph estava fingindo? Pode ser que sim, pois normalmente era um cara muito controlado.

— Desculpe não ter percebido suas dicas antes, quando você falou sobre as notícias do jornal de domingo, com aquele papo sobre a gravidez tornar completa a felicidade de Zeezah e John Joseph. Normalmente, não sou tão burra. Só preferia que você tivesse sido clara. Se eu soubesse de tudo antes, isso nos pouparia algum tempo.

Passaram-se alguns segundos antes de Connie responder.

— Não sei se eu deveria ter dado qualquer palpite. Só me faz ter mais raiva da história. — Depois de outra pausa, disse: — É óbvio que eu não sei quem é o pai do bebê. Mas, já que você é detetive particular, tinha esperança de que descobrisse coisas que ninguém mais poderia saber. Você poderia investigar os registros do médico de Zeezah, conseguir testes de DNA ou algo do tipo...

— Não dá para fazer teste de DNA sem a criança ter nascido.

— Oh.

De repente, lamentei não ter ido pessoalmente até Clonakilty para ver Connie. Ela era tão ligada a Wayne que a pergunta certa poderia desvendar tudo.

Pesei com bastante cuidado o que iria dizer em seguida.

— Connie, estou muito preocupada com Wayne. Desesperadamente preocupada. Seu celular está desligado desde quinta-feira e ele não usou nenhum cartão de crédito.

— Merda! — A voz dela estremeceu. — Nós também estamos morrendo de preocupação. Estamos com os nervos à flor da pele. Aquele sujeito apareceu, o detetive sobre o qual você nos avisou.

— Walter Wolcott? O que foi que ele disse a vocês?

— Nada. Sujeito horrível! Gritou com mamãe.

— Escute, você não acha que deveríamos ir à polícia comunicar o desaparecimento de Wayne e colocá-los no caso?

— Não sei. Essa história de Zeezah é tão nojenta que, se vier a público, vai tornar Wayne o vilão de tudo.

— Mas... E se ele realmente estiver em apuros?

— Não sei. — Ela pareceu arrasada. — Tenho de conversar com mamãe e papai. Posso pensar até amanhã?

— Connie, é de fundamental importância que você me conte tudo o que sabe.

— Já contei.

— Alguma vez você ouviu Wayne se referir a uma garota chamada Gloria?

— Não, nunca.

Engoli em seco, mas fui em frente.

— Connie, você sabe onde Wayne está, neste exato momento?

— Com toda a sinceridade? Não.

Quase enlouqueci, mas acreditei nela.

Capítulo Sessenta

Não tive coragem de contar a Jay e a John Joseph, cara a cara, a péssima notícia sobre o celular de Wayne. De forma covarde, enviei uma mensagem de texto para eles e voltei a Mercy Close.

Quando estacionei o carro, as cabeças de Cain e Daisy apareceram na janela de sua casa. Dois segundos depois, eles estavam na rua, vindo em minha direção. Só que eu já não tinha mais medo nenhum deles. Percebi sobre o que queriam conversar. Era algo que vinham tentando me contar havia vários dias.

— Por favor, podemos conversar? — pediu Cain. — Temos informações para você.

— Não estamos atrás de dinheiro nem nada desse tipo — garantiu Daisy.

— Vão em frente — assenti.

— Não seria melhor falarmos dentro de casa? — perguntou Cain, olhando furtivamente por sobre os dois ombros. — Um cara gordo vestindo capa de chuva bege anda por aí fazendo um monte de perguntas sobre Wayne.

Só que eu não queria voltar à triste casa de Cain e Daisy, porque o papel de parede poderia me atacar. Também resolvi que não iria recebê-los na maravilhosa casa de Wayne. Ela era minha.

— Ahn... Vamos conversar aqui mesmo na rua. — Eu me encostei no carro e, fazendo um gesto largo com a mão, indiquei que eles também deveriam assumir uma atitude igualmente relaxada.

— Não contamos nada ao carinha com a capa de chuva — afirmou Cain. — Guardamos essa informação para você.

— Obrigada.

— O que aconteceu com sua testa? — quis saber Daisy.

— Alguém me agrediu.

— Quem? O cara da capa de chuva?

— Não sei. O ataque aconteceu bem ali — apontei para o lugar na rua onde eu fora derrubada. — Foi no sábado à noite, pouco antes das onze horas. Vocês não viram nada, viram?

— Ah, não — afirmou Cain, com bastante segurança. — Sabe o que é...? Costumamos consumir muita erva à noite, porque isso nos ajuda a dormir. Estávamos apagados bem antes das onze. Desculpe. Então, não quer ouvir a notícia que temos?

— Sim, claro, desembuchem.

— OK. — Ele se balançou para a frente e para trás, apoiado nas solas dos pés, como se estivesse se preparando para dar a largada e correr cem metros rasos. —Você não prefere contar, Daisy?

— Não, conte você, Cain.

— Tudo bem. Essa é uma informação da pesada, Helen. Está pronta para eu lançar a bomba?

— Espero que sim. —Tentei exibir um pouco de temor.

— Vamos lá, então. Há uma mulher que anda frequentando a casa de Wayne há muito tempo. Meses, na verdade. É Zeezah!

— O quê? Continue.

— Isso mesmo. Nós a reconhecemos naquele dia em que todos vocês apareceram em nossa casa. Quer dizer, já sabíamos como ela era, costumamos vê-la na TV e nas revistas, mas, quando nos encontramos frente a frente, notamos que era a mesma garota que vivia visitando Wayne.

— Ela sempre vinha com boné de beisebol e óculos escuros — explicou Daisy. — E usava roupas largas. Camisetas tamanho GG, calças baggy...

— Para tentar disfarçar o tamanho da bunda — completou Cain.

— Sim, uma tremenda bunda, diga-se de passagem — atalhou Daisy, com uma ponta de inveja. — Aquele traseiro entrega qualquer mulher. Ela era obrigada a disfarçá-la, mesmo.

— Nossa, essa é uma notícia muito significativa! — reagi. — Preciso de tempo para processar a informação.

— Não se preocupe, não contaremos isso a mais ninguém — assegurou Cain. — Ficamos nos sentindo péssimos pelo jeito como assustamos você naquele dia.

— Desejávamos nos desculpar — disse Daisy. — E queríamos ajudar de verdade.

— Sou muito grata a ambos — afirmei, com ar solene. —Vocês foram de grande ajuda.

Bem, na verdade, não tinham sido, mas não me custava nada ser simpática.

De volta à linda casa de Wayne, subi a escada e fui direto para o andar de cima. Precisava fazer uma nova visita à sua mesinha de cabeceira. Apesar de Connie ter confirmado que Wayne aparecera de penetra na lua de mel de John Joseph e Zeezah, senti que precisava colocar os olhos mais uma vez no isqueiro que dera início à minha — francamente — genial linha de raciocínio. Ali estava ele. Em meio às miudezas que sempre se encontra nas mesinhas de cabeceira, havia um isqueiro branco com uma imagem em relevo do Coliseu de Roma. Peguei-o e senti o peso do objeto na palma da mão. Cheguei até a acendê-lo. Sim, o fluido era novo. O objeto era verdadeiro; eu era mesmo o máximo como investigadora! Será que havia mais alguma coisa por ali que ajudasse a esclarecer outras coisas?

Moedas, recibos velhos, canetas que vazavam, elásticos de borracha. Pilhas velhas, adaptadores de tomada, um tubinho de Omcilon e algumas cartelas de medicamentos: Gaviscon, Claritin, Cymbalta.

O Omcilon era um creme para aftas; o Gaviscon, para indigestão; o Claritin era um antialérgico e o Cymbalta — eu já consumira por algum tempo e não fez efeito —, para depressão.

Eu deveria ter prestado mais atenção aos medicamentos na primeira vez que olhei a gaveta.

Pobre Wayne.

A presença do Alcorão ao lado da cama fazia mais sentido, agora. Até mesmo o CD *As maravilhas do momento presente*. Tentar conseguir paz de espírito devia ser dificílimo, diante do que ele estava passando.

Na verdade, muita coisa começava a fazer sentido. Naquele momento, eu sabia que John Joseph havia mentido ao negar que Wayne tinha uma namorada. Antes, eu achava que Wayne estivesse saindo com a misteriosa Gloria. Como é que eu poderia imaginar que a namorada de Wayne era a esposa de John Joseph?

O mesmo aconteceu com Zeezah. Ela me pareceu meio estranha quando eu falei de Gloria. Ficou como se tivesse... Ciúmes. Talvez não fossem exatamente ciúmes, mas algo da mesma família de emoções. Uma reação territorial, talvez. Ou de desconfiança. Sabia que Wayne era louco por ela e deve ter ficado se perguntando que diabos ele andava aprontando com a tal de Gloria.

Boa pergunta: que diabos Wayne *estava* fazendo com a tal de Gloria? Nossa, como eu *adoraria* saber!

Fui para o escritório de Wayne na esperança de que, estando rodeada de tantas pastas com arquivos e informações, algum tipo de iluminação acenderia meu cérebro, nem que fosse por osmose. Especulei se deveria começar a arrancar as pastas das prateleiras e espalhar tudo novamente, para analisar seus registros financeiros, rezando para que algo que eu deixara passar pulasse na minha frente e mudasse tudo. Mas me sentei no chão, de costas para a porta, e deixei minha mente pegar caminhos diferentes.

Havia muitos detalhes a considerar. Como eu era destra, comecei a mexer nos papéis com a mão esquerda, pois diziam que isso ativava os neurônios. Além do mais, segundo uma informação que peguei na internet, para ativar a mente era fundamental tomar banhos bem quentes; algo a ver com a temperatura na qual os coágulos se formam ou algo assim.

Estava cansada demais para analisar o cerne da questão, mas isso tinha de ser encarado. Eu estava com um caso complicado nas mãos, com muitas pontas soltas — como um assalto. Cada etapa precisava ser analisada com bastante cuidado.

Meu celular tocou algumas vezes, mas eu nem olhei para o aparelho. Estava tão absorta em meu planejamento que mal registrei um ruído distante. Só quando o barulho se repetiu foi que eu identifiquei o primeiro ruído como sendo o de uma chave sendo girada na porta da frente da casa de Wayne. Será que estava ouvindo coisas?

Ou alguém realmente acabara de entrar na casa? Tive quase certeza de ouvir passos na sala. Alguém *realmente* poderia estar ali, porque eu tinha me esquecido de passar a correntinha na porta, ao entrar. Nesse instante, o celular tocou, fazendo com que meu coração quase pulasse pela boca. Era uma mensagem de texto, avisando que movimentos haviam sido detectados no saguão de entrada da casa de Wayne.

A adrenalina correu solta pelo meu sangue. Eu não estava imaginando coisas. Alguém realmente estava ali. Agachei-me no chão, tentando descobrir o que poderia estar acontecendo lá embaixo.

Seria aquele bode velho, Walter Wolcott?

Ou o *Agressor misterioso da velha Dublin*?

Poderia ser... Wayne? Será que ele, finalmente, tinha resolvido voltar para casa?

CHÁ DE SUMIÇO 549

Fiquei suspensa, imersa em uma paralisante mistura de medo e expectativa. Uma pessoa tinha me atacado no sábado à noite. Ela me avisou para eu me manter longe de Wayne, mas eu não fizera isso. Será que viera me atacar novamente? Será que me quebraria alguns ossos? Como eu me sentia, diante de tal possibilidade?

Em paz. Esperava ser morta. Se não chegasse a tanto, eu poderia passar um longo período no hospital, inconsciente, cheia de morfina. Havia algo na ideia de transmutar minha dor emocional em dor física que me parecia muito atraente.

Alguém subiu a escada. E entrou no quarto de Wayne. Saiu para o corredor e, então, foi até o quarto vazio. Depois, foi a vez do banheiro, e eu me levantei, para que a pessoa pudesse me ver.

A porta do escritório se abriu de forma abrupta e uma pessoa entrou no quarto, com ímpeto. Zeezah.

Ela guinchou de susto quando me viu ali e disse um monte de palavras de pavor numa língua estrangeira. Percebi a palavra "Alá" várias vezes. Apesar de imersa naquele momento dramático, saboreei meu evidente dom para aprender idiomas.

Por fim, Zeezah voltou a falar a minha língua.

— Helen! Helen Walsh! — Parecia ofegante e mantinha a mão sobre o coração. — Você me pregou um tremendo susto, sabia? O que está fazendo aqui?

— Estou trabalhando. E você, por que está aqui?

— Vim procurar Wayne.

— E achou que ele poderia estar tranquilamente aqui em sua casa, sentado, enquanto metade do país está à sua procura?

— Estou desesperada. *Todos nós* estamos. E pessoas desesperadas fazem coisas idiotas e sem sentido porque precisam fazer algo, em vez de ficar paradas. — Começou a chorar.

— Como você reagiria se eu lhe dissesse que John Joseph talvez tenha... ahn... se livrado de Wayne?

— John Joseph não fez nada com Wayne, posso lhe garantir. Precisa que Wayne volte mais do que você possa imaginar. Estamos sem dinheiro, Helen Walsh, completamente duros. John Joseph está... Qual é mesmo a expressão?... *Se cagando* nas calças.

—Você nunca me contou sobre você e Wayne — reclamei.

—Você não perguntou.

Mocinha descarada, já vem com uma resposta pronta.

— Qual foi a última vez em que você viu Wayne?

— Quarta-feira à noite. Vim até aqui.

—Vocês brigaram?

Ela fez que sim com a cabeça.

Deve ter sido a discussão com gritos que o vizinho do lado, Nicholas, o surfista, ouvira.

— Ele me disse que eu tinha de escolher entre ele e John Joseph. Garantiu que, mesmo que John Joseph seja o pai do bebê, ele me aceitaria, mas eu precisava decidir de uma vez por todas. Eu disse que não conseguia fazer isso. Amo Wayne, mas estou sem gravadora e assinei um contrato com John Joseph. Só que ele não tem dinheiro e continuará duro, a não ser que a... — Fez uma pausa, tentando descobrir a palavra exata... *Porra* dessa temporada de shows de reencontro da banda aconteça. Mas ela não vai acontecer sem Wayne. Então, eu estou... *Fodida*. Todos nós estamos. — Refletindo sobre o que dissera, completou: — Pelo menos, temos uma palavra excelente para descrever nossa situação.

Eu já estava enjoada de repetir aquela pergunta, mas... vamos lá, mais uma vez:

— Zeezah, onde você acha que Wayne pode estar?

— Acho que ele foi procurar sua família. Adora Connie, aquela sua irmã mandona.

Obviamente, elas se odiavam.

— Ele não está com a família — informei.

— Então, eu sinto muito, mas não tenho mais sugestões, Helen Walsh. Vou embora. Voltarei para a casa, onde provavelmente não ficarei morando por muito tempo, e tentarei acalmar meu marido. Para conseguir essa façanha, vou pegar um Xanax com Roger St. Leger.

Capítulo Sessenta e Um

Aquele dia tinha sido tão longo e tumultuado que eu ainda não conseguira falar com Artie. Havia uma chamada perdida dele, mas sem recado. Liguei de volta. Mais uma vez, a ligação caiu na caixa postal, e eu digitei um texto curto, avisando a ele que estava bem e pedindo para que me ligasse.

Depois, localizei o número de Antonia Kelly na minha lista de contatos e fiquei olhando para ele por um longo tempo, especulando comigo mesma se devia ou não telefonar. E se ela atendesse? O que eu lhe diria? Ela sabe que eu não iria telefonar só para bater papo.

Meu dedo ficou pairando sobre a tela por séculos, mas acabei fazendo a chamada.

— Antonia Kelly falando... — Por um instante, achei que era ela mesma, mas logo percebi que se tratava de uma gravação da caixa postal. Antonia tinha uma voz linda, a voz de uma mulher com carro preto e um gosto impecável para echarpes. — Por favor, deixe um recado detalhado e ligarei de volta assim que for possível.

Desligue, desligue, desligue!

— Antonia, aqui é Helen falando. Helen Walsh. Será que você pode me dar uma ligadinha, quando tiver chance...?

Desliguei. Quem poderia saber quando ela me daria retorno? O único número que eu tinha era o do celular, mas suspeitava que aquele não era seu número pessoal. Ela devia deixar o celular de trabalho desligado quando chegava em casa. Era provável que não recebesse minha mensagem até a manhã do dia seguinte, no mínimo.

Eu estava completamente tensa antes de fazer a ligação, e o anticlímax de não conseguir falar com a terapeuta abriu um abismo dentro de mim.

Para afastar a escuridão, desci para a sala e percorri com os olhos os títulos da imensa coleção de CDs que Wayne tinha, com a leve esperança de achar algo útil para me distrair, mas não achei nada e voltei a atenção para as gravações da sua SkyHDTV. Para minha surpresa (categoria: decepcionante), ele gostava de programas de culinária — Jamie Oliver, Hairy Bikers, Nigel Slater, esse tipo de coisa. Aquilo não era para mim. Vou ter todo o tempo do mundo para cozinhar depois de morrer.

Continuei analisando a lista de programas gravados, mas nada me chamou atenção, até descobrir que ele tinha uma série completa ali... *Bored to Death*, uma comédia sobre um detetive particular do Brooklyn. Eu adorava aquela série! Assisti a um episódio, mesmo já o tendo visto quando passou na TV. Comecei a assistir a outro até me tocar que aquele comportamento estava virando pura vagabundagem, e me obriguei a parar.

Verifiquei o celular para ver se Artie tinha ligado de volta. Não tinha, e já era tarde da noite. Aquilo era esquisito; geralmente, nos falávamos várias vezes por dia, mas naquela segunda-feira não tínhamos ouvido a voz um do outro nem uma vezinha. Acho que o clima estranho e não resolvido da véspera continuava nos assombrando. Mas não havia nada que eu pudesse fazer a respeito, porque já era quase meia-noite. Tomei um Nurofen acompanhado de um comprimido para dormir e me acomodei no chão da sala de estar de Wayne, usando uma almofada como travesseiro.

Caí num estado de repouso tumultuado, e meu último pensamento consciente foi: "Amanhã você vai voltar para casa, Wayne."

. . .

Em algum momento da noite, acordei sobressaltada, com a cabeça me matando de dor. A primeira luz da manhã já se insinuava no céu, mas, quando olhei para o celular, vi que eram só três e vinte e quatro da madrugada. Ai, cacete! Era isso que geralmente acontecia: os comprimidos para dormir me apagavam nas primeiras noites, mas depois iam ficando cada vez menos eficazes.

Era cedo demais para a terça-feira começar. Não era possível aguentar isso. Inaceitável! Eu precisava tomar uma providência.

Poderia tomar outro comprimido para dormir, só que isso não era uma boa... Poderia assistir a outro episódio de *Bored to Death*... Ou poderia ir para a casa de Artie. Teria o conforto do seu corpo junto ao meu, seu calor, seu cheiro másculo.

Decisão tomada, eu me levantei, engoli o último dos meus analgésicos e saí dirigindo pelas ruas desertas. Achei uma vaga para estacionar algumas casas depois da de Artie.

Sem fazer barulho, entrei e subi os degraus da escada na ponta dos pés. A luz perolada da manhã já entrava, em raios oblíquos, pelas janelas. Assim que coloquei o pé no segundo andar, colidi com outra pessoa: Vonnie!

Fiquei ali, boquiaberta, diante dela. Pela primeira vez, não me ocorreu nenhuma das zoações despreocupadas que usávamos uma com a outra. Ela também ficou muda. Na luz difusa, parecia tão chocada quanto eu.

Vestia uma camiseta minúscula e uma calça de ioga, que poderiam ser usadas como roupas comuns ou roupas de dormir.

— No quarto de quem você está dormindo? — perguntei.

— De ninguém — respondeu.

— Muito bem, continue assim — retruquei, com uma leveza que certamente não sentia.

CHÁ DE SUMIÇO 555

Silenciosamente, ela desceu depressa a escada e eu segui pelo corredor. Parei do lado de fora do quarto de Artie. Fiquei parada na porta um tempão, paralisada pela indecisão, com medo de entrar e descobrir alguma prova de que Vonnie dormira ali com ele. Talvez não fosse nada disso e, ao entrar, meus receios poderiam desaparecer. Mas, e se ela tivesse estado lá...?

O mais seguro era ir embora. Voltei para a casa de Wayne e tomei outro comprimido para dormir, porque não consegui me impedir de fazer isso.

Terça-feira

Capítulo Sessenta e Dois

Acordei no chão da sala de Wayne às dez e trinta e sete da manhã. Havia dois recados de Artie pedindo para eu ligar para ele, mas não fiz isso. Também havia uns oitenta recados de Jay Parker, mas agi da mesma forma e não respondi. Tomei um gole de Coca zero, engoli meu antidepressivo, mas não me dei ao trabalho de comer nem sequer um punhado de Cheerios. Fui direto para o carro e dirigi até uma grande loja de ferragens que ficava num pequeno shopping em Booterstown.

— Por favor, gostaria de um estilete.

— Um estilete? Muito bem — disse o balconista. —Temos vários modelos para lhe mostrar.

Aquele era o lugar mais completo que eu já tinha visto na vida. Havia pregos, parafusos, dobradiças, chaves diversas e inúmeras coisas estranhas em metal. Milhões e milhões deles em milhões e milhões de tamanhos diferentes. Era uma espécie de caverna de Aladim, mas daquelas que a pessoa encontra no inferno.

Eu preferia manter minha aquisição discreta e anônima, mas não consegui achar os estiletes e, enquanto procurava, coisas terríveis ficaram me olhando o tempo todo — motosserras, furadeiras e ameaçadores catálogos de cores da Dulux. Um lugar horrível, horripilante!

Por fim, desisti, procurei o balconista e disse o que procurava. Ele me atendeu com entusiasmo. Era evidente que eu estava diante de um homem que adorava seu trabalho.

— Este é o modelo básico — explicou ele, mostrando-me uma espécie de estilete com uma lâmina embutida. Ele vem só com uma, mas dá para comprar lâminas extras.

— Ah, então tá...

— Este outro é um modelo mais sofisticado. Vem com três lâminas! Está vendo este botãozinho aqui? — Eu me inclinei para ver melhor. — Basta apertá-lo e surge outra lâmina, um pouco maior, viu? Aperte outra vez e surgirá uma lâmina ainda mais comprida.

— OK.

— E esse outro aqui... — Ele obviamente tinha orgulho do produto. — Vem num estojo próprio. — Pegou uma caixinha de madeira a abriu-a, com um floreio. — Um pouco mais caro, é claro, mas é muito melhor.

Nesse instante, outro cliente, um homem, interveio.

— Não o deixe enganá-la — avisou ele num tom jocoso, mas não muito. — Sou especialista em "faça você mesmo". Não existe nada sobre o tema que eu não conheça. Estou lhe dizendo que você só precisa do produto básico.

— É mesmo?

— Para que você precisa desse estilete? — perguntou o vendedor.

— Ahn... Para cortar coisas.

— Ah, entendo. — Ligeiramente decepcionado, ele apontou para o modelo básico. — Aquele mais simples certamente vai servir.

— Vou levar.

— Você gostaria de lâminas extras?

— Sim. — Tinha esperança de uma única lâmina dar conta do recado, mas por que correr o risco de arruinar tudo por falta de planejamento adequado?

— São cinco euros — disse o vendedor.

Fiquei surpresa com o preço tão barato.

O homem embrulhou o produto com muito cuidado, em plástico-bolha, explicando:

— Não queremos que você decepe a mão por acidente, certo?

— Não, claro que não! — ri, estendendo os cinco euros e voltando para o carro.

Fiquei sentada um tempão ali, só pensando. Uma coisa eu sabia, com certeza: não poderia fazer aquilo na casa de mamãe e papai. As lembranças e associações seriam terríveis para eles. Talvez nunca mais conseguissem entrar no banheiro. Eu precisava fazer num hotel, e até já tinha um em mente. Era um prédio cinza, quadradão e muito abrutalhado em Ballsbridge, o lugar mais inóspito que alguém poderia imaginar. Era tão sombrio que me causava espanto saber que ali funcionava um hotel; mais parecia uma prisão. Bronagh e eu sempre o descrevíamos como "o tipo do lugar para onde alguém iria se planejasse tirar a própria vida".

Mas... e quanto à pessoa que limpava os quartos? Devia ser uma jovem, quase sempre era assim. Sem dúvida, ela ganhava apenas o salário mínimo; provavelmente viera de um país estrangeiro e estava muito longe dos amigos e da família. Decidi que ela só poderia ter vindo da Polônia. Talvez se chamasse Magda.

Ser camareira era um empreguinho de merda mesmo nas melhores circunstâncias — imagine só ser tratada como um acessório do lugar por um monte de homens de negócios que deixavam a toalha escorregar "sem querer querendo", a fim de revelar suas partes íntimas —, e eu queria proteger Magda de uma vida inteira de traumas desencadeados pela visão do meu cadáver dentro de uma banheira. Não seria justo que meu falecimento fosse apenas uma chance do universo passar adiante, para outra pessoa, o meu horror ao mundo, como se estivéssemos numa diabólica brincadeira de "passar o anel".

Tentei imaginar formas de contornar esse problema. Obviamente, eu trancaria a porta do banheiro por dentro, mas Magda poderia entrar mesmo assim. O melhor a fazer seria escrever cartazes e prendê-los com fita adesiva na porta do banheiro, pelo lado de fora, avisando para que ela não entrasse. "PARE", eu poderia escrever, em letras garrafais. Então, fiquei especulando sobre como seria a palavra "pare" em polonês. Poderia pesquisar isso no Google. Eu escreveria:

PARE!
POR FAVOR, NÃO ENTRE.
EU ME SUICIDEI.
VOCÊ FICARÁ TRAUMATIZADA.

Talvez fosse melhor escrever isso em inglês e em polonês. Eu também deixaria um dinheiro a mais para a limpeza completa do banheiro.

Olhei pela janela do carro e, quase como se fosse um sinal dos céus, vi que havia uma papelaria duas portas depois da loja de ferragens.

Entrei lá e comprei fita adesiva, uma caneta preta de ponta grossa e um punhado de folhas de papel A4 — a menor quantidade que a loja vendia eram cem folhas. De volta no carro, guardei o estilete no saco de compras, junto com o restante das coisas, e o coloquei no colo. Aquilo tinha um peso confortável, e fez com que eu me lembrasse das trouxinhas que as futuras mamães preparavam antes de ir ao hospital para ter seu bebê.

Só precisava agora do creme anestésico que estava na casa dos meus pais. Aí, sim, o kit suicídio ficaria completo.

Capítulo Sessenta e Três

Em um estranho exercício de autopunição, fui até o MusicDrome, onde o caos de sempre rolava solto. Dezenas de pessoas corriam de um lado para outro, com objetivos específicos. No palco, John Joseph, Roger, Frankie e Jay estavam sendo colocados em seus lugares pelo coreógrafo, que berrava os movimentos em *staccato*:

— ... Um, dois, três e *gira*. De *volta*. Passo para *trás*. Passo para a *frente*. *Mais um*. E *para*. E *rebola!* Tente sorrir, John Joseph. Vamos lá, tente sorrir!"

O número estava muito bom. Eles faziam os movimentos juntinhos, com leveza; era rápido e divertido. Trabalhavam com vontade.

Perdiam tempo ali, enquanto Roma ardia em chamas.

Quando eu parei na linha de visão deles, os quatro pararam de dançar na mesma hora e olharam para mim como um bando de cervos assustados, exibindo no olhar esperanças lamentáveis e patéticas. Balancei a cabeça para os lados. "Sem novidades."

Meio que esperei outro bote raivoso de John Joseph, mas ele simplesmente assentiu com a cabeça. Parecia ter viajado para um lugar de aceitação, algo que muitas vezes acontece com pessoas na iminência de enfrentar um desastre. Talvez estivesse recebendo algum tipo de consolo de sua fé católica. Pensei melhor e quase ri da minha ingenuidade. Obviamente, o que o impedia de espumar pela boca e arrancar minha cabeça fora com uma patada era o Xanax fornecido por Roger St. Leger.

Jay se afastou do grupo. Alguém jogou uma toalha em sua direção e ele enxugou o suor do rosto. Veio até onde eu estava. A camisa branca estava colada em seu torso estreito.

— Helen, nos dê sua opinião. Você os viu com as fantasias de cisne no sábado. Devemos mantê-las ou é melhor nos livrarmos delas?

— Livrem-se delas — afirmei. — Simples assim.

— Helen acha que devemos desistir das fantasias — gritou ele para os rapazes.

— Mais um motivo para as mantermos — disse John Joseph, lançando um sorriso de triunfo na minha direção. Obviamente, o Xanax não melhorara seu péssimo humor.

Baixinho, Jay disse:

— Pode deixar que vamos nos livrar delas. Aquilo é um desastre. — Remexeu no bolso da calça, pegou um maço de notas e entregou tudo para mim. Uma mecha de seus cabelos, brilhante de suor, caiu em sua testa. — Quer dizer então... — prosseguiu. Até agora mais nada sobre seu agente das ligações telefônicas?

— Ainda não. Talvez mais tarde ele me traga novidades. Wolcott conseguiu algo novo?

Com cara de enjoo, Jay balançou a cabeça.

— O que acontece se o registro dos telefonemas não der em nada? — perguntei. — Até quando você vai levar essa farsa em frente? Quando vai interromper os ensaios?

— Você realmente acha que não conseguirá encontrá-lo?

Pela primeira vez, permiti a mim mesma dizer o que pensava.

— Não, eu realmente acho que não vou encontrá-lo. Vou continuar tentando, mas...

— E você acha que ele não vai aparecer? Que vai nos deixar nessa tremenda furada?

— É possível que ele não tenha escolha.

— O que quer dizer com isso?

— Não sei exatamente, para ser sincera. — E também não queria pensar nas possibilidades. — E vocês, o que pretendem fazer?

Ele ficou calado. Depois de algum tempo, cedeu.

— Resolvemos dar mais um tempo, até amanhã às dez horas da manhã. Se ele não aparecer até lá, emitiremos um comunicado para a imprensa cancelando o show. Todos receberão de volta o dinheiro dos ingressos. Os produtores ficarão furiosíssimos. Processos serão abertos e a coisa vai virar um pesadelo jurídico. E financeiro.

— Para quem?

— Aqueles três — disse ele, girando a cabeça sobre o ombro na direção do palco. — Ironicamente, Wayne também se ferra. Além de mim.

— Eles não podem fazer o show só com os três?

— Não. É claro que já pensamos nessa possibilidade, mas...

— Haveria revolta entre os fãs.

— Não só isso. A questão é que os quatro assinaram o contrato. São obrigados, por lei, a apresentar o show com os quatro integrantes da banda. É tudo ou nada.

— Que pena — disse eu. — Se não fosse por essa cláusula, você poderia entrar no lugar dele. Você dança muito bem.

— Ah... Danço?

— Você sabe que sim. É um ótimo dançarino, eu sempre disse isso. Além de todas as outras coisas que você também é.

O lampejo de algo terrível surgiu em seu rosto.

— Helen? Podemos conversar um instantinho, só nós dois?

Não, pensei

— Está bem — aceitei.

Ele foi para os bastidores e eu fui atrás, acompanhando-o ao longo do comprido corredor cimentado. Ele abriu uma porta e eu o segui até um camarim minúsculo. Ele fechou a porta com força às nossas costas.

— Precisamos conversar — começou.

— Ahn... Tá bom.

— Sei que eu já lhe falei antes, sei que já disse mais de um milhão de vezes, mas gostaria de repetir o quanto eu sinto pelo que aconteceu — continuou ele. — Sinto muito pelos problemas que eu lhe causei. E sinto muitíssimo por Bronagh.

— Bronagh era a minha melhor amiga — disse, engolindo em seco. — Você não podia ter feito aquilo.

— Sim, é algo pelo que vou me arrepender pelo resto dos meus dias — confessou. — Mas eu lhe imploro que entenda que foram *eles* que sugeriram o lance; eles me procuraram e forçaram a barra.

— Você os enganou...

— Não, nada disso, eu não os enganei.

Tudo bem, ele não os tinha enganado.

Mas arruinara ambos.

E também tinha arruinado nós dois.

— Eu me recusei — explicou Jay. — Mas eles queriam *de verdade* fazer aquilo. Especialmente Blake.

Talvez fosse verdade, e eu reconhecia o fato. Blake era louco por dinheiro; dava para ver símbolos de euros brilhando em seus olhos em todas as coisas que envolviam lucros. Ele se considerava uma espécie de investidor, um homem de negócios. Aliás, essa era uma das razões de ele e Jay se entenderem tão bem. Um dos muitos motivos de termos nos ligado tanto, formando um quarteto unido.

— Estávamos nos divertindo tanto, nós quatro — lamentei.

Era verdade. Nós quatro — Bronagh e Blake, Jay e eu — nos dávamos muito bem. Curtíamos tudo juntos, badalando pela cidade, aloprando geral. Até que, sem que ninguém me consultasse, Bronagh e Blake investiram em um dos esquemas infalíveis de Jay. Um investimento que era totalmente à prova de recessão; na verdade, era um novo ramo de negócios que tinha sido *gerado* pela recessão (o nome era Pacote de Débitos) — embora eu nunca tenha compreendido bem o negócio todo.

A base de tudo era a garantia oferecida por um grande banco, numa época em que os bancos já não ofereciam garantia para nada. Porém, algo completamente inesperado aconteceu: o supersólido banco dinamarquês que estava por trás do negócio caiu com a crise. Na derrubada que se seguiu, em estilo castelo de cartas, a emplumada empresa de Jay também sucumbiu, e Bronagh e Blake perderam tudo. O pior é que eles haviam conseguido dinheiro emprestado para investir (o nome disso era "alavancagem"); além de perderem toda a poupança, saíram da crise devendo milhares e milhares e milhares de euros. Eram tantos milhares que eu pedi, pelo amor de Deus, para eles não me informarem o valor total. Foi um pesadelo para o casal, e eles me culparam pelo que aconteceu porque eu os tinha apresentado a Jay.

Eles nunca me perdoaram. E eu fiquei *aflita à enésima potência* por Jay ter destruído meus amigos, financeiramente, e nunca *o perdoei*.

Nós quatro nos separamos. Bronagh e Blake não falavam mais comigo e eu não falava com Jay. Isso tinha acontecido cerca de um ano atrás.

— Eu não fiz nada de desonesto, como você vive insinuando — protestou Jay. — Não sou trapaceiro. Aquilo foi um negócio que parecia muito seguro. Tínhamos apoio de um banco com boa reputação no mercado e ninguém imaginou que tudo pudesse ruir.

Fechei os olhos. Inspirei fundo e, por fim, me livrei daquela imagem amarga, a velha convicção de que Jay Parker era um patife. A verdade é que tudo fora uma tremenda falta de sorte.

E Bronagh e Blake não eram idiotas; entraram no esquema de Jay Parker com os olhos bem abertos.

Outra coisa que eu precisava admitir, já que estava colocando as mágoas para fora, é que talvez Bronagh e eu não fôssemos tão amigas quanto eu imaginava. No passado, sim; antes de ela se casar, éramos unha e carne. Mais tarde, porém, quando eu tive o primeiro episódio de depressão, ela não ofereceu exatamente um ombro amigo. Foi me visitar no hospital apenas uma vez. Eu a desculpei, dizendo a mim mesma que ela estava casada havia pouco tempo e ainda estava em fase de lua de mel.

Mas talvez tenha sido nesse ponto que nossa amizade degringolou: eu a apavorei demais quando fiquei mal, e nunca mais voltei a ser a pessoa que era.

— Por favor, me perdoe — pediu Jay.

Uma paz estranha me invadiu; era um alívio me livrar daquelas mágoas.

— Eu perdoo você — disse. — De coração.

— Talvez pudéssemos... — tentou ele, com um brilho de esperança nos olhos.

— Não — reagi, com delicadeza. — Tire isso da cabeça. Não há volta.

— É o seu novo namorado? A coisa é séria?

— Humm... — murmurei. Não valia a pena entrar em detalhes. A paz que eu sentia subitamente se desfez, mas, logo, nada disso importaria.

Capítulo Sessenta e Quatro

Chegou uma mensagem de texto de Artie, pedindo que eu ligasse para ele, mas eu a ignorei. Falar com Artie me levaria a comentar o fato de que, enquanto eu passava as noites no chão da sala de Wayne, a ex-esposa dele andava dormindo em sua casa. Talvez em sua cama. Aliás, isso era o mais provável, a julgar pela cara de choque dela ao esbarrar em mim no alto da escada.

Já tinha tomado uma decisão: investigaria até o fim o caso o desaparecimento de Wayne. Meu kit suicídio era um conforto, uma espécie de paraquedas. Até Jay Parker emitir o comunicado para a imprensa na quarta-feira de manhã, cancelando os shows, eu continuaria a procurar por Wayne. Depois, sairia de cena.

De forma diligente, prossegui na minha pesquisa, seguindo as pontas soltas que deixara. Liguei para Connie, irmã de Wayne, mas a ligação caiu direto na caixa postal. Podem de chamar de paranoica, mas suspeitei que ela resolvera me evitar. Depois, liguei para Digby, o possível taxista, mas seu celular também estava na caixa postal.

Será que todos andavam me evitando?

Decidi tentar Harry Gilliam; iria me lançar à sua mercê. Inesperadamente, ele atendeu.

— Que foi?! — Grosso como sempre.

— Preciso falar com você.

— Estou ocupado. — De fato, os sons no fundo eram cantos e cacarejos. — Pretendo treinar novas aves para uma briga.

— Podemos levar esse papo pelo telefone? — Eu sabia que ele não aceitaria. — Ou então eu passo aí, no campo de treinamento.

Ele ficou mudo por alguns segundos.

— Não vou permitir que você veja meu galo. Encontro você no escritório daqui a meia hora.

Desligou antes de eu ter a chance de dizer que não queria ver o galo dele, mesmo. Não gostava de aves. Elas têm olhos estranhos, muito parecidos com bolinhas de gude.

Como sempre, Harry estava nos fundos do Corky's, com uma garrafa de leite à sua frente.

Sentei-me diante dele, no compartimento.

— Aceita um drinque, Helen? — ofereceu.

— Sim — respondi, surpresa por aceitar o desafio. — Quero um Orgasmo na Bicicleta. — É claro que não existe tal bebida.

Ele fez um gesto para o barman, virou-se e deu uma boa olhada em mim.

— O que houve com sua testa?

—Tapas de amor — respondi.

Meu crânio parecia estar rachado, mas eu nem notava mais... Só que... Ei, espere um minuto. Percebi algo na expressão de Harry. Ele estava... *Rindo de deboche?*

— Que foi? — quis saber, colocando a cabeça de lado.

— É que... — Ele continuou rindo! Rindo de verdade, agora!

— Foi você?

— Não eu... *pessoalmente* — disse, deixando que o sorriso lhe inundasse a cara toda. Era a primeira vez que eu o via rir tão abertamente.

— Não foi você *pessoalmente* — insisti. — Mas...

— ... Um dos meus associados.

— Por ordem sua?

— Por *instruções* minhas — corrigiu, com certa rispidez. Harry Gilliam nunca mandava, ele *instruía*.

— Mas... Por quê?

— Você começou a se acovardar e eu queria que continuasse a busca por Wayne, e acontece que sei qual é o melhor jeito de conseguir que Helen Walsh faça alguma coisa: basta mandá-la fazer o contrário.

— Mas você poderia ter me ferido seriamente!

— Que nada! — Com casualidade, ele dispensou minhas preocupações. — Meu associado é um artista. Tem maravilhosas habilidades para analisar qualquer situação de forma adequada. E — parou de falar para curtir outra risadinha fria —, considerando que ele usou a coronha de uma arma para atacá-la, você poderia ter sofrido muito mais.

Fiquei calada, mas meu queixo caiu. Meu cérebro registrava uma lista de emoções — indignação, choque, descrença, vontade de vingança — e, então, de repente, não senti mais nada. Quem se importava? Não tinha como desfazer as coisas. Era melhor ir direto ao assunto.

— Então, onde está Wayne?

Depois desse corte inesperado, ele tomou um longo e desolado gole de leite. Por fim, confessou:

— Não faço a mínima ideia de onde Wayne possa estar.

— Mas... — Não entendi. — O que está rolando por aqui? Qual é o seu interesse nessa história toda?

— Eu investi — admitiu ele, com um ar tímido.

— Você?! Por acaso colocou dinheiro nos shows da Laddz? Um criminoso como você?

— Os tempos mudaram, Helen, mudaram muito. Hoje em dia, as coisas não são mais tão fáceis como eram antigamente para um simples e decente homem de negócios. Estou sendo obrigado a diversificar os investimentos.

— Quer dizer que você não tem nenhuma informação útil? — Olhei para ele com espanto, percebendo que Harry Gilliam estava tão desesperado e sem pistas quanto todo mundo. A única diferença é que ele era um pouco mais sinistro.

— Erga a cabeça, Helen! — disse ele, tentando me animar. — Você precisa voltar e tentar encontrá-lo. É bom que Wayne Diffney esteja naquele palco amanhã à noite.

— Senão...?

— Vou ficar muito chateado.

Lancei um sorriso de superioridade para ele. Quando a noite de amanhã chegasse, eu não iria mais estar por aqui e ele podia ficar tão chateado quanto quisesse.

Visivelmente agitado, ele quis saber:

— De que você está rindo?

— Até logo, Harry.

Para minha grande surpresa, ao fazer o caminho de volta até o carro, adivinhem quem eu vi correndo pela calçada como um boi ansioso, vestindo uma capa de chuva bege... Walter Wolcott! Muito concentrado, ele conferia os nomes de cada loja, obviamente em busca de um estabelecimento em particular. Observei-o de perto quando passou por mim; estava tão afobado que nem me reconheceu. Ao achar o luminoso em néon, meio quebrado, onde se lia Corky's, empurrou a porta com sua patinha gorducha e entrou quase marchando. Não dava para saber se tinha um encontro marcado ou estava atirando às cegas. Pelo seu jeito impaciente, supus que estava apenas lançando iscas pela área. Mesmo assim, ele conseguira, de algum modo, descobrir uma ligação entre Wayne e Harry Gilliam, e isso me impressionou. Talvez ele acabasse encontrando Wayne.

CHÁ DE SUMIÇO 573

Puxa, talvez ele encontrasse Wayne, e eu não.

Nossa, que vergonha! Tudo bem que eu planejava me matar, mas ainda me restava um pouco de orgulho pelo meu trabalho.

Minha fixação por Wayne era tão grande que, quando o celular tocou, assim que entrei no carro, e vi que era uma tal de Antonia Kelly, tive um branco: quem era ela, mesmo? Então me lembrei!

— Olá, Helen. Você me ligou dizendo que queria bater um papo comigo.

— Oi, Antonia. Pode ser qualquer hora, eu sei que você anda muito ocupada...

— É urgente, Helen?

Pensei na minha visita à loja de ferragens.

— Não. — Tinha um plano e não pretendia desistir dele. Talvez na véspera Antonia pudesse ter revertido a situação, mas já decidira que rumo tomar, e isso me agradava. — Eu não devia ter incomodado você. Tive um momento de fraqueza.

— Foi muito pesado, Helen?

— Não, nem um pouco. Desculpe incomodar...

— Helen — disse ela, gentil como sempre —, está se esquecendo de que eu a conheço. Você é a pessoa mais autoconfiante que eu já vi na vida. Não teria me ligado se não estivesse desesperada.

Algo no que ela disse me tocou fundo. Ela *me conhecia* muito bem. Puxa, alguém me conhecia. Eu não estava completamente sozinha.

— Você está vivenciando impulsos suicidas?

— Estou.

— Já preparou algo com base nesses impulsos?

— Comprei um estilete. E outras coisas. Vou resolver tudo amanhã.

— Onde você está, nesse momento?

— Dentro do carro. Parada na rua Gardiner.

— O estilete está com você?

— Está.

— Tem alguma lata de lixo à vista? Continue falando comigo, Helen. Consegue ver alguma lata de lixo à sua volta? Olhe pela janela do carro.

— Sim, estou vendo uma.

— Muito bem, continue conversando comigo. Saia do carro e jogue o estilete no lixo.

De forma obediente, peguei a sacolinha no chão do carro e saltei. Era muito agradável ter outra pessoa controlando minha vida por algum tempo.

— Aqui na lata diz "coleta seletiva: apenas plásticos" — avisei.

— Eles abrirão uma exceção para esse caso.

Joguei dentro do lixo o estilete, a fita adesiva, as folhas de papel A4, as canetas — o kit completo.

— Pronto. Já me livrei de tudo!

— Muito bem. Agora, retorne para o carro.

Voltei, entrei e bati a porta.

— Isso resolve o problema imediato — disse ela. — Obviamente, não há nada que a impeça de comprar o estilete. Você acha que consegue passar o resto do dia sem fazer isso?

— Bem, já que eu não pretendia levar a ideia a cabo até amanhã, consigo, sim.

— Existe alguém com quem você possa dormir esta noite? Alguém com quem se sinta segura?

Precisei pensar nisso por algum tempo. Poderia dormir na casa de Wayne, pois me sentia segura lá. Provavelmente, não era exatamente isso que Antonia queria dizer, mas concordei.

— Existe, sim.

— Temos uma opção, então — declarou ela. — Infelizmente, estou fora do país, mas volto amanhã à tarde e poderei atendê-la.

CHÁ DE SUMIÇO

Será que você aceitaria uma sugestão minha? Sei que odeia o lugar, mas quem sabe você toparia ir até o hospi...

— Vou pensar nisso — interrompi, antes de ela acabar de pronunciar a palavra.

— Você é uma pessoa forte. Mais forte e mais corajosa do que imagina que é.

— Sou mesmo?

— Pode ter certeza!

Fiquei quase chateada por ela me dizer isso, porque agora eu precisava justificar sua fé em mim. Não poderia decepcioná-la.

Depois que ela desligou, fiquei sentada no carro durante muito, muito tempo. Eu me senti... não em paz, exatamente... A sensação não era tão agradável quanto estar em paz, mas foi uma espécie de resignação. A compulsão de acabar com a própria vida me abandonara, pelo menos por ora. Podia ser que voltasse — da outra vez acontecera isso —, mas naquele momento eu sentia que precisava enfrentar o caminho mais árduo: tinha de sobreviver à crise. Faria tudo o que fizera na outra vez: tomar milhões de comprimidos, ir às consultas com Antonia duas vezes por semana, fazer ioga, tentar correr, comer apenas comida azul e talvez ir para o hospital por algum tempo, a fim de me manter longe de inclinações suicidas. Eu poderia construir outra casa para passarinhos. Casas para passarinhos nunca são supérfluas. Puxa, eu adoraria ter uma camiseta com essa frase.

Meu celular tocou. Era Artie. De novo.

Eu poderia dispensar o papo com ele. Por que me submeter a algo tão doloroso? Porém — acho que realmente não curtia deixar pontas soltas —, acabei atendendo.

— Preciso vê-la — disse ele.

— Pois é, imaginei que sim.

— Não podemos conversar isso pelo telefone. — Ele parecia pouco à vontade. — Preciso vê-la pessoalmente.

Eu me rendi por completo. Era melhor resolver logo o problema.

— Quando? Agora?

— Agora seria ótimo. Estou no trabalho.

— Tudo bem. Chegarei aí em vinte minutos.

Capítulo Sessenta e Cinco

Assim que liguei o carro e saí dirigindo, comecei a chorar. De forma passiva, a princípio. Lágrimas silenciosas me escorriam pelo rosto sem que eu forçasse. Depois, os pedaços maiores de mágoa e pesar foram se despregando da minha alma e flutuaram para a garganta; os soluços ganharam ritmo até eu quase me engasgar com eles. Parada num sinal fechado, eu não precisava manter meu corpo reto no banco, e pude repousar a cabeça no volante, dando passagem livre para as convulsões e o choro. Percebi que alguém me observava — um rapaz no carro ao lado. Ele baixou o vidro do carona e, parecendo muito preocupado, fez mímica com os lábios, perguntando "Você está bem?".

Enxuguei o rosto com o braço e fiz que sim com a cabeça. Sim, estou bem, estou ótima!

Artie estava à minha espera diante das portas duplas que davam na seção onde sua sala ficava. Parecia um homem atormentado. Seus olhos pousaram no meu rosto vermelho de chorar, mas não fez comentários.

Tomei a iniciativa de seguir em frente, rumo à sala envidraçada, mas ele me impediu.

— Não, aí não. Tem muita gente olhando.

— Onde, então?

Ele me levou até uma sala especial, sem janelas.

— Podemos nos sentar? — convidou.

Concordei com a cabeça, muda de pesar, e me larguei sobre uma cadeira comum de escritório. Artie sentou-se em outra e ficamos um de frente para o outro.

— Pensei com muito cuidado sobre tudo — afirmou. Certamente que sim.

— Não queria fazer isso — continuou ele.

— Então não faça.

— É tarde demais. Já fiz. Não posso voltar atrás. O dano está feito. Foi uma decisão dificílima. Fiquei dividido, mas... — Ele se lançou num silêncio deprimente, os cotovelos pousados nos joelhos e a mão cobrindo a boca.

— Tudo certo, diga logo o que tem a dizer — incentivei-o, porque não aguentava mais a espera.

— Certo. — Ele parou de fitar um canto vazio da sala e me olhou de frente. — Dei uma olhada naquele contrato. Obviamente, não tirei cópia dele. Se algum dia vier ao conhecimento público que eu vi esse documento... Enfim, resumindo tudo, posso lhe dizer que John Joseph Hartley está enterrado nisso até o pescoço.

— Enterrado? Pescoço? Enterrado em quê?

— Na grana que investiu nos shows da Laddz — disse Artie, parecendo surpreso. — E não fez seguro do investimento, pois não teve condições de pagar. Se os shows forem cancelados, ele ficará destruído, falido. Precisa desesperadamente que Wayne Diffney volte.

Demorei alguns segundos para recuperar a voz. A informação sobre John Joseph era muito útil — embora não exatamente reveladora —, mas não foi isso que me tirou a voz. Foi o fato de Artie ter se arriscado tanto para pesquisar aquilo para mim.

— Foi por isso que você me trouxe para essa sala feia e assustadora? Para me contar que colocou sua carreira em risco para examinar um contrato confidencial e me ajudar?

— Há outras questões — avisou.

Sim, imaginei que houvesse.

— Seu amiguinho Jay Parker também está implicado.

— Meu amiguinho?

— Sim, seu amiguinho.

— Ele não é meu *amiguinho*.

— Ah, não? — Artie me encarou sem dizer nada. Não era tolo. — Eu andava preocupado, pensei que fosse. Achei que vocês tinham assuntos pendentes do passado.

— Não há nada pendente — balancei a cabeça. — Meus assuntos com Jay Parker estão completamente... — Qual era a melhor palavra? — *Encerrados*.

— Puxa, sinto-me aliviado por saber. — Havia tantas mensagens não ditas entre mim e Artie. Éramos como um livro de Jane Austen, como mamãe vivia dizendo.

— Tem mais uma coisa — continuou.

— Vá em frente...

— Harry Gilliam também investiu bastante grana. Certamente, está por trás de alguma empresa de fachada. A coisa é muito bem articulada e confusa, mas os detalhes não são importantes. A questão principal é que ele é uma pessoa perigosa, Helen. Não cabe a mim lhe dar conselhos nem me meter em seus assuntos, mas você precisa ficar longe desse cara.

— Certo, farei isso. Que mais?

— Que mais o quê?

— Era só isso que você tinha para conversar comigo?

— Ahn... era! — Pareceu um pouco surpreso. — Devia haver mais alguma coisa?

— Eu pensei que você tinha me chamado até aqui para terminar comigo.

— Por que eu faria uma coisa dessas? — Ele me encarou por um longo tempo. — Por que faria isso se eu amo você?

Capítulo Sessenta e Seis

— Você me ama? — Nossa, por essa eu não esperava. Ele me olhou com cautela, porque agora era minha vez de falar. — Eu também amo você. — Puxa, até que foi fácil falar.

— Sério?

— Sério, de verdade.

— Jesus Cristo! — Ele pareceu quase desmontar de tanto alívio. Então, um sorriso surgiu lentamente em seu rosto. Por Deus, como Artie era lindo!

— Só tem uma coisinha... — disse eu.

— Vonnie. Eu sei — concordou ele, com honestidade. — Já conversamos sobre o assunto. Ela tem de parar com essa história de entrar e sair de lá como se ainda morasse naquela casa. Conversei com meus filhos também. Contei a eles que amo você e precisamos acabar com a farsa de fingir que não dormimos juntos. Agora, poderemos nos ver mais vezes.

— Não se trata disso. Embora você saiba o quanto eu gosto dos seus filhos, talvez precisemos de mais tempo juntos, só nós dois. O que estou querendo lhe dizer é que não ando me sentindo muito bem. Estou falando da cabeça.

— Já reparei.

— Você reparou? — espantei-me.

— Eu amo você. É lógico que reparei. Você parou de comer. Não dorme. Tentei conversar sobre tudo isso, mas você anda tão fechada...

— É o cheiro? — perguntei, depressa. — Estou fedendo? Tentei tomar algumas duchas nos últimos dias. O problema é que eu preciso de uma ajudinha para isso...

—Você está com um cheiro maravilhoso. O que quero saber é de que modo poderia ajudá-la.

— Não sei — admiti. — Não sei se você poderá me ajudar. É como estar numa terrível montanha-russa. Não sei aonde tudo isso vai me levar e não sei o quanto ainda vou piorar. Conversei com uma terapeuta que me ajudou no passado. Acho que você teria de aguentar muita coisa comigo.

— Eu aguento.

— Mesmo que eu tenha de ir para o hospital? Quer dizer... É um hospital psiquiátrico.

— Sim, mesmo que você tenha de ir para um hospital. Qualquer tipo de hospital.

— Por que você é tão bondoso comigo?

— Conforme eu já lhe expliquei... Tenho você na mais elevada estima.

Isso me fez rir.

— Escute, agora eu preciso ir.

— Precisa mesmo? — Ele se levantou de um salto; parecia alarmado.

— Preciso desvendar esse caso do desaparecimento de Wayne. Vou continuar trabalhando até as dez horas da manhã de amanhã. Esse é o momento em que eles emitirão um comunicado à imprensa cancelando os shows. Depois disso, eu poderei focar minha atenção nos meus outros interesses... o hospital e tudo o mais.

— Não sei se...

— Não se preocupe, Artie, está tudo bem. Não vou... fazer nada. Pensei em fazer, mas toda a urgência que eu sentia desapareceu por completo.

— Para onde você vai agora?

— De volta à casa de Wayne, provavelmente. Não sei mais o que fazer. Sinto um pouco como se... como se nada de novo fosse acontecer, mas irei para lá mesmo assim.

Tinha acabado de entrar na casa de Wayne quando John Joseph Hartley me ligou. Puxa, isso era novidade. Ele não se deu ao trabalho de me cumprimentar.

— Os registros do celular dele já chegaram?

— Não.

— Que tipo de babaca inútil você contratou?

— Cuidado com o palavreado! — ralhei. — Logo você, um homem tão religioso!

— Quando eles chegarem, quero que você repasse as informações para Walter Wolcott.

— Tudo bem. — Nem morta! Eu simplesmente iria dar a desculpa de que não tinha chegado nada.

— E não adianta mentir e dizer que não chegou nada. Jay Parker pagou por essa informação. Por direito, os registros pertencem a ele, não a você.

Tudo bem. Eu editaria o relatório e repassaria para Wolcott apenas os números óbvios.

— E você deve enviar um e-mail para Walter Wolcott com tudo o que você receber.

— Não posso fazer isso. Preciso proteger minha fonte.

— Não tente me sacanear. Sei que você pode muito bem enviar as informações sem precisar dizer de onde elas vieram.

— Sim, tem razão. De qualquer modo, elas ainda não chegaram.

Esperei que John Joseph começasse a gritar e exigir ação urgente, mas ele não disse nada. Acho que percebeu que já era tarde demais.

CHÁ DE SUMIÇO   583

· · ·

Então, menos de dez minutos depois, as informações chegaram!

Toneladas e mais toneladas. Minha nossa, era uma quantidade imensa e esmagadora de dados. Enquanto as informações não paravam de rolar na tela do celular, pensei em dirigir até a casa de mamãe para baixar tudo num computador de verdade e ter a chance de analisar os dados com calma, mas fiquei empolgada demais. Não conseguiria aguentar a espera e certamente não dirigiria com o devido cuidado e atenção.

O Homem do Telefone me mandara *uma transcrição completa* de todas as mensagens de texto que Wayne recebera e enviara nos últimos trinta dias antes de desaparecer. Eram milhares, e ler as trocas de mensagens entre ele e Zeezah era tão fascinante quanto acompanhar uma novela. Havia centenas de outros textos, também — encontros marcados, "olás" rápidos e infindáveis, papos aleatórios do tipo "q tal o avental", "hahaha, qm comeu meu queijo?", "guenta só ouvir o q vou contar, pq e inacreditável!" "Mary Poppins dv star se revirando no túmulo!", "axo que é 17" e "puta merda, lol".

Por fim, me obriguei a parar, porque a informação mais importante era o número de onde Gloria havia ligado. Um telefone de Dublin cujos três primeiros dígitos indicavam ser da região de Clonskeagh ou Dundrum.

Liguei para lá e uma voz eletrônica avisou: "A pessoa do ramal seis-quatro-sete não se encontra disponível." Depois, uma gravação também automática entrou e informou: "Nosso atendimento está encerrado, mas voltaremos amanhã às dez da manhã."

O quê? Puxa, que horas eram? Olhei no celular: seis e quinze da tarde. O dia passara voando!

Muito bem. Basicamente, tudo continuava ótimo. O que eu precisava fazer era procurar em um dos sites de números telefônicos.

Bastava informar o telefone de Gloria e, então, seu nome completo e seu endereço iriam aparecer. Fiz isso, mas nada aconteceu.

Nesse instante, eu fiquei preocupada de verdade, porque percebi o que estava acontecendo: os provedores de serviços telefônicos forneciam um número para uma empresa. A partir daí, cada companhia criava um grupo de ramais e sub-ramais, a fim de distribuir entre os setores e fornecer números privados aos funcionários. Obviamente, a empresa podia informar esses telefones ao público, mas isso não era obrigatório. Só acontecia quando publicavam anúncios específicos do departamento de vendas, de recursos humanos ou algo desse tipo. Então, se a empresa resolvesse não tornar público telefone nenhum, não apareceria nada numa pesquisa reversa como a que eu fazia naquele momento. O único número que me informaria a que empresa pertencia o telefone era o "geral", a partir do qual saíam todos os ramais. Se eu descobrisse pelo menos isso, chegaria ao nome da empresa de onde Gloria tinha ligado naquele dia. Meus instintos indicavam que poderia ser um negócio relacionado a automóveis ou telefonia. Talvez Wayne tivesse comprado um celular novo na manhã do dia em que sumiu, certo? E quais seriam as implicações disso? Eu ainda não sabia, pelo menos por enquanto.

Peguei os primeiros três dígitos do número de Gloria e acrescentei quatro zeros — geralmente, esse era o formato do número geral de uma empresa. Só que ele não tinha sido designado para ninguém. Por Deus! Mais uma vez, teclei os primeiros três dígitos e depois um, zero, zero, zero. Esse também não fora designado para nenhuma companhia. Continuei tentando: dois, zero, zero, zero; três, zero, zero, zero, e assim por diante até o nove, zero, zero, zero. Nada! Tudo o que eu pude sacar sobre aquele número era que Gloria ligara do ramal de uma empresa grande.

Depois, comecei a pensar da forma inversa: *Wayne* poderia ter ligado para Gloria e isso motivara o retorno dela. Bingo! Na quinta-feira de manhã, às nove e dezessete, Wayne ligara do celular para um número que tinha os mesmos três dígitos iniciais do telefone de Gloria. Os quatro últimos eram diferentes, mas eu calculei que *só podia* ser a mesma empresa. Liguei para lá, e outra vez ouvi uma mensagem gravada, informando que o atendimento estava encerrado, mas voltaria amanhã, às dez da manhã. Como eu temia, a pesquisa reversa não tinha dado em nada.

Durante horas, eu quebrei a cabeça tentando fazer pesquisas reversas com diferentes combinações de dígitos, na esperança de descobrir o número geral que iria me revelar a identidade de Gloria, mas isso não aconteceu.

Em algum momento da noite, John Joseph me ligou.

— Os registros telefônicos já chegaram?

— Sim, mas não tem nada de novo neles. Isto é, obviamente há um monte de informações, mas nada de importante.

— Não acredito em você.

— Hum... Então tá.

— Envie tudo para Walter Wolcott.

— Certo.

Eu faria isso, mas só no dia seguinte.

Quarta-feira

Capítulo Sessenta e Sete

Fui acordada às sete e um da manhã pelo som do celular tocando. Era mamãe. Ela quase nunca me ligava. Alguém devia ter morrido.

— Mamãe?

— Helen, onde você está? — Sua voz parecia tensa e empolgada ao mesmo tempo, como se estivesse préstes a estourar.

— Perto de casa.

— Você precisa vir para cá agora mesmo.

— Por quê? Alguém morreu?

— Não. — Ela me pareceu espantada e, ao mesmo tempo, indecisa. Muuuito esquisito. — Não se trata disso, mas você precisa vir aqui em casa agora mesmo!

— A senhora está em apuros? — Tive uma súbita visão de um dos "associados" de Harry Gilliam apertando a garganta de mamãe com uma faca.

— Quer fazer o favor, pelo menos essa vez, de fazer o que sua mãe pede, pegar o carro e vir para cá?

— Posso ultrapassar os limites de velocidade?

— Sim, claro! — Em seguida, completou: — Mas não seja pega pela polícia. Se isso acontecer, explique aos guardas que é uma emergência.

Uma emergência! Puxa, que informação tranquilizadora!

— Mamãe! Conte logo!

— Tem uma pessoa aqui em casa à sua procura.

Wayne. Oh, obrigada, Senhor! Finalmente, ele apareceu, e bem a tempo!

— É um homem? — perguntei, só para ter certeza.

— É.

— Entre trinta e quarenta anos?

— Isso mesmo.

— Trabalha na área de shows e espetáculos?

— Não tenho tempo para essas brincadeiras, Helen!

— Tudo bem. Fui!

Dirigi como uma alucinada, "com o pé na tábua", como diz mamãe, mas faria isso de qualquer jeito. Não acredito em limites de velocidade. Especialmente em estradas decentes. Em condomínios fechados, tudo bem, é aceitável. Em locais onde moram crianças, fico satisfeita, diria até feliz, em dirigir placidamente, a dez por hora. Acham que quero a culpa solta, circulando sem rédeas dentro da minha psique já escangalhada, por ter matado uma criança? Não, claro que não. Mas em estradas bem-pavimentadas, e num dos raros dias em que não há engarrafamentos nem nós no trânsito de Dublin, é óbvio que eu me senti com permissão de dirigir a uma velocidade decente.

Essa história de limites de velocidade é uma merda. Um conceito inventado pelos guardas de trânsito, que adoram sair para as ruas com seu brinquedinho favorito: o radar de excesso de velocidade. Escondem-se em recuos nas ruas ou em esquinas, especialmente de manhã cedinho, farejando o ar em busca de motoristas sem sorte que estejam curtindo uma oportunidade atípica de se lançar alegremente por ruas sem tráfego. Isso é uma espécie de esporte para os guardas; eles jogam isso em vez de golfe. Têm até uma confederação para ver quem "pega" mais motoristas em um determinado espaço de tempo. Reúnem-se todas as semanas com seus líderes de equipe na sala dos guardas, e o vencedor ganha um barril de cerveja

Smithwicks. Uma vez por mês, fazem uma farra e torram o dinheiro das multas. Pegam um envelopão com toda a bufunfa lá dentro, colocam-no atrás do balcão e dizem para o barman "Sirva chopes para todos até o dinheiro acabar". Sei disso com certeza.

Bem, talvez não seja uma certeza absoluta, mas eu *sei*. Todo mundo sabe.

Um carro desconhecido estava estacionado do lado de fora da casa dos meus pais. Um veículo desses elétricos, com baixa emissão de carbono ou algo assim. Só por essa dica, eu deveria ter identificado o visitante.

Mamãe abriu a porta da frente antes mesmo de eu pegar a chave na bolsa. Seu rosto estava estranho. Ela parecia ter tido uma visão paranormal e ainda não se recuperara disso. Talvez a Virgem Maria tivesse feito uma aparição especial para ela.

Agarrou-me pelo braço, com força, e me puxou para dentro de casa.

— O que está acontecendo? — perguntei.

— Ele está aqui! — Ela me empurrou até a sala de visitas, o melhor aposento da casa. Não conseguiu passar pelo portal, mas me incentivou: — Vá em frente!

— A senhora não vai entrar?

Não era típico de mamãe perder um momento de drama.

— Não consigo. Não estou preparada para tanta emoção. Tenho medo de sofrer um derrame. Seu pai foi se deitar um pouco, porque sua pressão foi parar nas alturas. Nós dois já tomamos comprimidos betabloqueadores.

— Hummm. Então tá...

Empurrei a porta com cuidado e entrei na sala. Sentado em uma poltrona de estofamento florido, tomando chá em uma das xícaras do aparelho caro de mamãe, estava um homem. Não era Wayne.

Era Docker.

Um dos mais famosos, mais bonitos e mais carismáticos homens do planeta estava diante de mim. Aquilo era tão incompatível com o ambiente, tão inesperado, tão surreal, que quase desmaiei, mas isso não seria dramático o bastante. Subitamente, tomei consciência de cada célula do meu corpo, de cada círculo de energia, girando e correndo loucamente por dentro de mim. Perdoem minha chocante falta de classe, mas devo confessar que, por alguns segundos apavorantes, corri o sério risco de perder o controle do meu intestino normalmente tão travado.

— Helen? Helen Walsh? — De repente ele estava em pé, com a aura radiante transbordando e se espalhando pela sala. Estendeu-me a mão e se apresentou:

— Meu nome é Docker.

— Eu sei — disse, baixinho, erguendo os olhos para analisar seu rosto bronzeado e famosíssimo.

— Desculpe aparecer de repente, sem avisar, mas seu e-mail chegou e eu estava aqui perto, no Reino Unido...

— Eu sei. Saiu no noticiário.

— Um amigo estava voando para Dublin e eu consegui uma carona com ele.

Aquela era a frase mais cheia de significados que eu ouvi em toda a minha vida. O "amigo" de Docker era Bono, obviamente, e é claro que algum jatinho particular fora acionado para aquela viagem.

— Eu me sinto um pouco... — sussurrei, de forma vaga.

— Sim, é claro — acudiu ele. — Venha e sente-se aqui. — Ele me guiou até o sofá.

— Você pode se sentar ao meu lado? — perguntei. — Só para eu poder contar a todo mundo que me sentei no mesmo sofá que Docker?

CHÁ DE SUMIÇO 593

— Claro!

— Desculpe — pedi, num súbito acesso de sinceridade. — Deve ser terrível, as pessoas entrando em estado de choque o tempo todo quando colocam os olhos em você.

— Tudo bem — afirmou. — O espanto passa depois de um tempo e elas se acostumam comigo.

— Como foi que você descobriu onde eu morava?

— Perguntei por aí.

— Perguntou? — Simples assim. Nossa, como deve ser bom ter tantas ligações importantes!

— Então... Onde ele está? — perguntei.

— Wayne? Não sei. Não faço a menor ideia.

— Como assim?

— Não vejo Wayne há muito tempo. Anos, na verdade. Nunca mais falei com ele.

— Mas... você deposita cinco mil dólares na conta dele todo ano, no mês de maio!

— Ah, é?

— Tenho certeza. O depósito é feito pela sua empresa. É uma ordem de depósito automática. É o pagamento pelo refrão de "Windmill Girl".

— Puxa, tinha me esquecido disso — exclamou, olhando para mim fixamente. — Mas você tem razão.

Meus olhos continuavam grudados nele. Como devia ser a vida de uma pessoa tão rica que nem notava que cinco mil dólares tinham saído da sua conta?

— Ahn... Se não sabe onde Wayne está, por que veio até minha casa? E por que tão cedo?

— Ainda é cedo?

— Ahn... Muito. São sete e meia da manhã.

— Desculpe. Certo, entendo seu espanto. Mas é que eu passei a noite acordado e talvez ainda esteja no fuso horário da Síria... Você sabe como são essas coisas...

— Nem um pouco. — Olhei para ele com a admiração sincera que sinto por figuras internacionais. — Mas, se você não sabe onde Wayne está, por que veio aqui?

— Quero ajudar. Wayne sempre foi bom para mim. Devo muito a ele. Sinto um pouco de culpa por tudo ter dado tão certo em minha vida.

Era a pura verdade.

— Você subiu muito na carreira, desde os tempos do terno branco e das dancinhas sincronizadas.

— Sim, mas isso sempre fará parte de mim.

— Sei que você deve dizer isso — comentei —, mas é o que realmente sente?

Ele ficou meio abalado.

— Bem... Já faz muito tempo, mas era divertido. Há noites, talvez uma vez por ano, em que eu sonho com aquela época, com as músicas, as danças, a antiga rotina da banda. A vida era tão simples!

Minhas pálpebras se fecharam e eu abri um sorriso de euforia. Parecia ter entrado num estado de êxtase. É claro que tudo isso se devia ao choque.

— O primeiro show está marcado para hoje à noite — avisei. — Os outros três rapazes precisam desesperadamente desse dinheiro. Se Wayne não aparecer, o reencontro será cancelado. Portanto, se você sabe de alguma coisa, se está protegendo Wayne de algum modo, este seria um bom momento para abrir o jogo.

— Honestamente, eu não faço a mínima ideia de onde ele possa estar — garantiu. — Não falo com Wayne nem com nenhum dos meus amigos da Laddz há mais de dez anos. Vou lhe deixar o número do meu celular particular, Helen.

— Obrigada.

Fiquei um pouco decepcionada, porque não era burra. Sabia que o número "particular" que ele ia me dar era falso, um daqueles números que os ídolos dão a milhões de fãs. Era óbvio que Docker nunca atendia chamadas nele. Quem fazia isso era um dos seus empregadinhos.

— Estou falando sério — assegurou ele, percebendo minha desconfiança. — Este é meu telefone pessoal de verdade, e não o que eu informo à maioria das pessoas.

Ele me fez digitar o número na minha lista de contatos e me mandou ligar. Era verdade. O bolso da frente da sua camisa tocou! Ele pegou o aparelho e disse, alegremente:

— Oi, Helen! — Em seguida, lançou-me um daqueles sorrisos de derreter corações, pelos quais era tão famoso, e senti gotas de suor me brotando da testa. Tudo aquilo era muito estranho, muito estranho...

—Viu? — voltou ele. — Sou de carne e osso.

— Oh, meu Jesusinho — murmurei para mim mesma. —Tenho o celular pessoal de Docker!

— E eu também tenho o seu — completou ele, alegremente. — Trocamos números um com o outro. — Até parecia um evento comum entre pessoas iguais. — Então é isso... — completou, indicando por sua linguagem corporal que a minha audiência pessoal chegara ao fim. — Se houver algo que eu possa fazer por Wayne, ligue para mim e eu aparecerei num estalar de dedos.

— Para onde você vai agora? — perguntei. — Voltar para Los Angeles?

— Só amanhã. Pretendo passar a tarde com amigos aqui em Dublin e volto para Los Angeles amanhã de manhã. Nesse meio-tempo, se souber de alguma coisa sobre Wayne, prometo avisá-la na mesma hora.

— Docker... — perguntei, insegura. —Você é uma pessoa boa?

— Como assim? — quis saber ele, espantado.

—Você é um homem bom, Docker? Sei que você faz um monte de caridade, mas o foco de tudo é você e seus amigos famosos voando pelo mundo todo e visitando lugares exóticos só para receber demonstrações de amor das pessoas ou... você realmente está disposto a fazer algo de bom por alguém?

— Sou um homem bom. Estou sempre disposto a fazer algo de bom por alguém. — Em seguida, ele riu. — Puxa, que outra resposta eu poderia dar?

— É uma bênção ter a chance de ajudar alguém, não é, Docker?

Sua atitude mudou, e ele se mostrou meio desconfiado. Especulava consigo mesmo se eu não lhe preparava alguma armadilha. E estava certo.

— Isso realmente é... — mostrou um ar de resignação — uma bênção.

— Você recebe mais da vida do que consegue retribuir, não é verdade?

— É verdade — concordou ele, com ar amargo.

— Ótimo! Agora que já esclarecemos essa parte, tem uma coisa que você precisa saber. É necessário que você vá até Leitrim.

—Tudo bem.

— Cancele sua tarde com os amigos em Dublin e ligue para este número. Quem vai atender é um homem chamado Terry O'Dowd. Ele consertou a porta da sua casa no vilarejo praticamente de graça e me fez prometer que, se eu algum dia conseguisse falar com você, iria pedir para que você fosse fazer uma visita a ele e aos amigos dele em Leitrim, que são seus fãs.

—Tudo bem.

— Não vai ser nada sofisticado, só chá e sanduíches em sua casa, com todos convidados. Você não precisa ir aos confins do planeta para ajudar as pessoas, Docker. O moral desse pobre país esta baixíssimo no momento, por causa da crise. A vida está difícil para todo mundo, mas, se você for até Leitrim, vai fazer com que este seja o melhor ano da vida dos moradores. Você realmente... — eu não queria parecer sarcástica, juro que não — você vai realmente *fazer uma grande diferença.*

Capítulo Sessenta e Oito

Mamãe desceu a escada na ponta dos pés.

— Ele já foi embora?

— Já.

— Isso foi real? Aconteceu de verdade?

— Aconteceu, sim.

— Essa foi uma das piores experiências de toda a minha vida. Nunca mais serei a mesma.

— Eu também. Acho que vou me deitar um pouco.

Sentindo-me estranha, subi lentamente os degraus da escada e rastejei até a cama sem tirar a roupa. Resolvi que iria matar o tempo até dez da manhã, quando o tal "local" para onde Wayne ligara no dia em que desapareceu estaria aberto. Se o lugar, como eu suspeitava, fosse uma empresa de telefonia, eu ligaria para Jay Parker e o incentivaria a divulgar um comunicado à imprensa cancelando os shows.

Fechei os olhos e entrei num peculiar estado de pausa por duas horas. Então, mais ou menos cinco para as dez, comecei a me remexer de leve.

Sentei-me na cama lentamente e coloquei os pés no chão. Decidi que, antes de fazer qualquer coisa, tomaria meu antidepressivo. Peguei a cartela no compartimento interno da minha bolsa, onde eu o guardava para ter acesso fácil, seguro e imediato. Sentia-me tão feliz pelo remédio que só faltou beijá-lo. Pensei no Cymbalta na mesinha de cabeceira de Wayne, e também no Stilnox no armário do banheiro, e espantei-me com a forma desapegada como ele simplesmente havia se mandado, para onde quer que tivesse ido, deixando tudo para trás.

No meu caso, eu não conseguiria, naquele momento, ir a lugar nenhum sem levar a medicação comigo — só a possibilidade de ficar sem ela me deixava aterrorizada.

E foi assim que eu, do nada, num dos meus raros e ofuscantes momentos de brilho, descobri tudo: sabia onde Wayne Diffney estava.

Liguei para Artie.

— Preciso de um favor — pedi.

Depois, fiz uma ligação para Docker, que atendeu após quatro toques.

— Helen?

— Docker? — Havia um barulho ensurdecedor por trás da voz dele. Mal conseguia ouvi-lo. — Nossa, Docker, que barulhão é esse? Onde é que você está?

— Sobrevoando Roscommon, no momento. Estou num helicóptero. Chegaremos à minha casa em Leitrim daqui a quinze minutos.

Um helicóptero? Puxa, isso não poderia ser mais perfeito!

— Conversei com seu amigo Terry O'Dowd — berrou ele, tentando se fazer ouvir e competindo com o barulho do motor e das hélices. — É um sujeito fantástico. Já está tudo arranjado. O hotel da cidade vai me fornecer trezentos conjuntos de xícaras e pires, além de muitos bules. Terry está providenciando os sanduíches e bolos, parece que conhece alguém que faz isso. Sua esposa e seus amigos já estão na minha casa, fazendo uma faxina geral. O convite foi feito publicamente pela rádio local.

Tudo aquilo era maravilhoso de ouvir. E as coisas ainda poderiam ficar melhores para Docker, o viciado em altruísmo.

— Escute, Docker, tenho uma novidade *fantástica* para lhe contar.

— O que foi? — Mesmo com o barulhão das hélices e do motor, percebi certo receio em sua voz.

— Hoje você terá uma segunda oportunidade para fazer a diferença.

—Ah, é...? De que jeito?

Precisei berrar minhas explicações e instruções, mas Docker ouviu e compreendeu cada palavra.

Depois, enviei para Walter Wolcott os relatórios completos sobre as ligações feitas pelo celular de Wayne nos últimos meses, porque isso deixara de ter importância.

Capítulo Sessenta e Nove

Todos diziam que parecia um hotel, mas era mentira. Parecia um hospital. Um hospital muito legal e tudo o mais, bastante agradável, mas certamente um hospital. Havia janelas de verdade por onde a luz entrava, mas as camas eram indubitavelmente hospitalares — estreitas, com ajustes de inclinação e altura, além de cabeceiras de metal. Também não havia como disfarçar a função das medonhas cortininhas que corriam a partir de um trilho no teto, entre uma cama e outra: fornecer privacidade quando o médico vinha examinar sua bunda.

Eu sabia que o Santa Teresa tinha enfermarias com portas trancadas, alta segurança e um ritual de chaves e cadeados para entrar ou sair, mas o acesso à ala denominada Flores, para onde fui encaminhada, era bem simples: bastava o elevador e subir direto até o terceiro andar.

Quando as portas se abriam, um corredor comprido revestido com madeira de alta qualidade — provavelmente nogueira —, ia até o balcão da enfermagem. Pelas portas abertas de alguns quartos, dava para ver que cada cômodo tinha duas camas. Cheia de uma curiosidade irresistível, "espiei" cada quarto pelo qual passei. Alguns estavam vazios, eram muito claros, as camas arrumadas com capricho. Em outros as cortinas estavam fechadas e pessoas encurvadas e com ar frágil descansavam de lado, debaixo de cobertores azuis, de costas para a porta.

Caminhei pelo corredor balançando a bolsa, tentando parecer casual. Verifiquei todos os quartos por onde passei, mas ninguém me deu muita bola. Talvez eu fosse visitar algum paciente.

Cheguei ao balcão da enfermagem. Era lindo, feito em madeira e arredondado, semelhante aos balcões de recepção em hotéis chiques. Fui em frente, passei pela ampla sala de estar, depois pela cozinha, segui pela saleta designada para fumantes e entrei no salão da TV.

Havia um homem ali. Estava sozinho, imóvel diante de um tabuleiro de xadrez. Parei na porta. Ele ergueu os olhos e, subitamente, assumiu um ar de desconfiança.

Foi nesse momento que eu disse:

— Olá, Wayne.

Capítulo Setenta

Ele deu um salto da cadeira.

— Que foi? — perguntou, meio perdido. Parecia em pânico.

— Está tudo bem — apressei-me em dizer. — Tudo bem, tudo ótimo. Fique calmo. Não chame as enfermeiras, apenas me dê um minutinho.

— Quem é você?

— Meu nome é Helen. Não sou ninguém. Isso não é importante.

— John Joseph? Jay?

— Escute...

— Não vou voltar. Não vou fazer aqueles shows. Não vou...

— Você não tem de fazer nada. Eu não estive aqui. Nunca vi você.

— Mas então, o que está...

— Você só precisa fazer uma ligação. Pode deixar que eu digito os números no celular.

— Não quero falar com ninguém. — Fez gestos largos e desesperados para o salão à sua volta, apontou para as roupas largas demais e a cabeça raspada. — Estou num *hospital*. Tenho tendências *suicidas*. Olhe só para mim!

— Wayne, você precisa fazer isso. Há outro detetive à sua procura. Ele recebeu o rastreamento das suas ligações telefônicas, e é só uma questão de tempo para descobrir que está aqui. Ele não vai se importar com o fato de você não estar bem de saúde. Vai contar a John Joseph onde você se escondeu, e John Joseph está desesperado. Nesse instante, ele seria capaz de fazer qualquer coisa, até de colocar você dentro de um cesto de roupa suja e levá-lo embora pela calha de transporte da lavanderia, se tiver chance. De um jeito ou de outro, você acabaria em cima daquele palco, vestindo um terno branco e fazendo as velhas danças sincronizadas, e teria de desempenhar seu papel com muita garra, porque John Joseph colocaria alguém nos bastidores com uma arma apontada para você.

Talvez eu estivesse dramatizando demais a situação. Ou talvez não. Wayne me fitou longamente, sem falar nada. Parecia prestes a cair no choro.

— Desculpe, de verdade — pedi. Eu mesma estava quase chorando.

— Tudo bem — cedeu. — O que eu preciso fazer?

Peguei meu celular e fiz a ligação. Esperei alguém atender e anunciei:

— Wayne vai falar com você.

Entreguei o celular para Wayne e, depois de um papo curto, ele me devolveu o aparelho.

— Tudo resolvido? — perguntei.

— Sim, tudo resolvido.

— Só preciso que você assine um papel dizendo que autoriza o que vai acontecer.

Ele passou os olhos rapidamente no contrato simples que Artie redigira e o assinou.

— Antes de eu ir embora... — continuei — será que você se importaria de confirmar alguns detalhes comigo? Não vou contar para ninguém, nem mesmo minha mãe. É só uma questão de orgulho profissional.

— Pode ser — reagiu ele, com cautela.

— Você conheceu Zeezah em Istambul, certo? Vocês dois se apaixonaram e Birdie descobriu tudo...

— Eu a magoei muito — lamentou-se. — Ela não merecia aquilo...

— Não se preocupe — tranquilizei-o, depressa. Não queria perdê-lo num lamaçal de culpa. — Vamos em frente. John Joseph conheceu Zeezah e a roubou de você. Decidiu que era ele quem iria cuidar da sua carreira de cantora e se casar com ela. Zeezah era muito ingênua e, ahn... — Como dizer "terrivelmente superficial" sem ofender? — ahn... Era *jovem* demais e achou que John Joseph seria uma escolha melhor que você. Eles se casaram e ele a trouxe para a Irlanda. Mas ela não deixou você em paz, não foi? Na própria lua de mel, ela lhe disse que cometera um erro terrível ao se casar com John. A ponto de pedir para que você fosse até Roma, certo? Mas continuou com John Joseph. De volta à Irlanda, vocês dois continuaram se encontrando. Você é um sujeito decente, pelo que eu pesquisei. Tanta falsidade não combina com seu jeito. Você passava os dias ensaiando ao lado de John Joseph e a situação começou a ficar pesada. Era muita culpa, muita raiva, e você tem tendência à depressão. Como estou me saindo?

— Muito bem.

— De repente, você soube que Zeezah estava grávida e havia uma grande probabilidade de você ser o pai do bebê. Isso fez você se lembrar de momentos terríveis do seu passado, quando sua esposa ficou grávida e o pai era Shocko O'Shaughnessy. Você ficou abaladíssimo. Usando suas próprias palavras, tem impulsos suicidas, de vez em quando. Na quinta-feira de manhã, ligou para seu médico, seu... — Tossi discretamente, porque não queria insinuar que ele era maluco; afinal, eu mesma estava longe de ser normalzinha da cabeça. — Ligou para o seu, ahn, *psiquiatra*, e ele sugeriu que você viesse para cá. Apesar de as camas aqui serem tão difíceis de conseguir quanto vagas para estacionar o carro em véspera de Natal, seu médico lhe garantiu que iria mover céus e terras, e não descansaria até conseguir um lugar para você neste hospital. Avisou que alguém ligaria para seu telefone fixo assim que ele tivesse a confirmação. Você recebeu a ligação e apareceu um motorista para pegá-lo... Digby. Era esse o nome dele?

Wayne fez que sim com a cabeça.

— Você jogou algumas coisas numa mala pequena. Não precisava levar os remédios para depressão, porque haveria muito disso no hospital. Digby chegou, você saiu de casa, jogou a bagagem no porta-malas e, no último instante, voltou correndo para casa, a fim de pegar algo. Não tenho certeza do que seria... — Então, como se uma lâmpada se acendesse sobre minha cabeça, eu descobri. — Foi sua guitarra. Acertei?

— Isso mesmo. — Ele pareceu impressionado com minha reconstituição dos fatos. Para ser honesta, eu mesma fiquei espantada.

— Digby o trouxe e você foi internado.

— Foi exatamente assim que tudo aconteceu.

— Mais uma dúvida... Qual é a senha do seu computador?

— Adivinhe! — Ele estava quase sorrindo.

De repente, eu me senti muito burra. Eu já sabia a senha, porque ela mesma tinha dito.

— Por acaso é... Zeezah?

— Claro que sim!

Na primeira noite em que a conheci, na sala de estar com decoração de nobreza medieval de sua casa, ela tinha sugerido logo de cara que a senha do computador de Wayne era "Zeezah", mas eu achei que tudo era pura megalomania. Na verdade, ela mesma não sabia, pelo menos não de forma consciente (ou teria me contado, pois precisava que Wayne fosse achado, tanto quanto o restante do grupo); mas não... Zeezah simplesmente *achou* que estava sendo engraçada.

É como eu costumo dizer: há sempre um fundo de verdade em tudo que as pessoas dizem, mesmo que elas não saibam disso.

— E a senha do alarme da casa? Zero, oito, zero, nove?

— Meu aniversário — confessou ele. — Oito de setembro.

Fiz uma careta e ralhei:

— Você não devia fazer isso. Todos sabem que é perigoso usar o próprio aniversário como senha, porque é óbvio demais. — Parei de falar, para não aumentar a ansiedade do paciente. Mudando de assunto na mesma hora, comentei: — Puxa, adorei sua casa!

— Você é a única, então. Todo mundo acha aquele ambiente muito depressivo. Odeiam as cores das paredes.

— Você está brincando, não está? Cores exclusivas da Holy Basil? Elas são fabulosas!

De repente, tudo começou a fazer sentido. O que dizer de um sujeito que pinta o próprio quarto nas cores Roxo-pancada, Decadência e Déspota Local? No mínimo é alguém que sofre de melancolia pesada, certo? Não era de espantar que eu me sentisse tão à vontade naquela casa.

— Conte-me uma coisa — pedi. — Até que ponto sua família sabia de tudo isso? Sua mãe, Connie?

— Eles sabiam de tudo.

— Sabiam que você está aqui?

— Claro! São minha família.

— Até mesmo seu irmão, que mora em Nova York?

— Sim, ele também sabia.

— Mas sua mãe me ligou no domingo, muito aflita, perguntando se eu tinha notícias sobre seu paradeiro.

Ele assentiu com a cabeça.

— Ela estava aqui comigo quando fez essa ligação. Achou que a melhor forma de manter você longe de nós seria fingir que estava quase louca de preocupação.

Senhor!

— Ela estava me enrolando, então? Fingindo?!

— Simplesmente tentou cuidar de mim.

— Bem, eu... Puxa vida, tenho de admitir que eles são atores fantásticos! — A dócil sra. Diffney e a mal-humorada Connie... até Richard, o irmão distante. Todos tinham feito um grande trabalho para proteger Wayne.

Era hora de ir embora.

— Wayne... Torço muito para que fique bom logo. Tome os remédios, faça tudo o que eles mandarem você fazer, apesar de várias coisas não servirem para merda nenhuma, especialmente a Terapia Cognitivo-comportamental. E a ioga. E o... — Obriguei-me a parar; o que serve para uma pessoa pode ser péssimo para outra. De repente, a ioga poderia funcionar para ele. — Vá com calma e não saia daqui até ficar completamente curado.

— Você já vai? — Agora que eu ia embora, pareceu que ele desejava que eu ficasse.

— Preciso ir. Só quero dar uma palavrinha com uma pessoa, antes.

O setor de internação ficava no primeiro andar. Eu já tinha estado ali, em outra vida. A sensação era quase essa, porque eu mal me lembrava do lugar, para vocês verem o estado em que estava quando fui internada.

Bati na porta de leve e entrei. Havia três pessoas ali dentro, duas mulheres e um homem. As garotas trabalhavam em computadores e o carinha arrumava um arquivo com gavetas enormes.

— Estou procurando Gloria — declarei.

— Sou eu.

CHÁ DE SUMIÇO 609

Ela era completamente diferente da imagem que eu construíra. Eu a imaginei alta, loura, com olhos azuis e cabeça emoldurada por muitos cachos. Mas a Gloria verdadeira era baixinha e morena.

— Meu nome é Helen Walsh — anunciei. — Sou amiga de Wayne Diffney, que está na ala Flores.

Ela assentiu com a cabeça. Sabia quem era Wayne.

— Eu queria lhe agradecer.

— Como assim?

— Por conseguir uma vaga tão depressa para ele. Wayne estava desesperado, e sei muito bem o quanto é complicado arrumar uma vaga aqui num espaço de tempo tão curto. Sua ligação pode ter significado a salvação da vida dele.

Ela ficou enrubescida de prazer com o elogio.

— Ah, não foi nada — disse ela, com jeito tímido. — Fazemos de tudo para ajudar alguém com problemas. Mas... — acrescentou, depressa: — Não podemos discutir casos específicos de nenhum paciente.

Capítulo Setenta e Um

— Por Deus, quer parar de me empurrar?

— Não estou empurrando ninguém, só quero enxergar direito!

— Vamos segurar a onda, pessoal, pode ser? — propôs Artie.

— Para você é fácil dizer isso! — Mamãe quase cuspiu as palavras. — Tem quase um metro e noventa de altura!

Mamãe, Claire, Kate, Margaret, Bella, Iona, Bruno, Vonnie, até papai, continuavam de empurra-empurra na parte da frente do nosso camarote no MusicDrome. Cada um tentava garantir o máximo de visibilidade do palco.

Jay Parker não me enganara — tinha realmente conseguido um camarote de doze pessoas para mim, e havia amendoins grátis.

Mas a empolgação contagiara todo mundo. A atmosfera do estádio, com a plateia — composta quase inteiramente por mulheres e rapazes gays —, estava eletrificada. As quinze mil pessoas que se reuniram no local já haviam se tornado amigas umas das outras, unidas sob um toldo de amor pela Laddz, mas a euforia exacerbada começava a dar lugar à irritabilidade.

— São nove e quinze! — reclamou Bruno. De uma hora para outra, ele havia se transformado no meu "melhor amigo para sempre". A inesperada e maravilhosa amizade começara de forma instantânea, poucos segundos depois de ele descobrir que eu lhe conseguiria um ingresso para o show da Laddz. — Eles já deviam ter entrado no palco há quinze minutos!

CHÁ DE SUMIÇO 611

— Quinze minutos! — ecoou Kate, fazendo beicinho. Sua transformação era impressionante: nas últimas horas, Kate se transformara de "monstro devorador da própria mãe" em "adolescente chorosa e frágil".

— Eles vão entrar a qualquer momento — garanti.

— E se não aparecerem? — Bella começou a soluçar. — E se tiverem desistido de fazer o show?

— Eles vão fazer o show, sim, querida! — Vonnie e Iona se revezaram no papel de confortar Bella. Mamãe aproveitou a distração de ambas para se aboletar no lugar de Vonnie. Virou-se para mim e piscou um olho, com uma expressão de "isso vai mostrar a ela quem manda aqui".

Percebi que a multidão estava a ponto de explodir. O povo não aguentava mais de tanta expectativa.

Sem nenhum aviso, as luzes diminuíram de intensidade, o estádio mergulhou numa escuridão completa e a gritaria, já enlouquecedora, se assemelhou à de uma alcateia de quinze mil lobos que tinham prendido a pata numa armadilha ao mesmo tempo.

— Eles vão entrar! — Claire pressionou os nós dos dedos contra o rosto. — Jesus, meu Jesus!

Kate parecia correr sem sair do lugar. A descarga de adrenalina era elevada demais para ela.

— Vou vomitar — anunciou mamãe. — Eu vou. VOU MESMO!

Um profundo lamento de violoncelo soou pelos alto-falantes; o piso, as paredes e o teto pareciam vibrar com o som. O berreiro se intensificou muito mais quando um holofote solitário iluminou o palco e no centro do foco entrou... John Joseph.

— JOHN JOSEPH, JOHN JOSEPH, JOHN JOSEPH! — uivava e guinchava mamãe, erguendo os braços e balançando-os no ar como uma alucinada. — OLHE PARA CÁ, OLHE PARA CÁ, OLHE PARA CÁ!

John Joseph, vestindo um terno preto sóbrio, permaneceu imóvel, com a cabeça baixa.

O lamento queixoso do violoncelo se intensificou e, depois de vários segundos, quando as pessoas já prendiam a respiração sem perceber, outro foco de luz se acendeu e, no círculo do chão, surgiu... Frankie.

— Frankie, Frankie, Frankie!

Na fileira atrás do nosso camarote, as pessoas choravam de forma descontrolada.

Frankie ficou na mesma pose de John Joseph, imóvel como uma estátua e com a cabeça baixa.

— Quem vem agora? Quem vem agora? Quem vem agora?

A plateia caiu num silêncio respeitoso. O único som que se ouvia era o lamento do violoncelo; o estádio estava tão quieto que deu para ouvir o clique do holofote seguinte se acender. No círculo de luz que se formou no chão estava... Roger.

— É Roger! — As pessoas se viravam umas para as outras e berravam, bem diante delas: — É ROGEEERRR. É ROGEEERRR!

Roger se manteve imóvel, com a cabeça baixa, como os companheiros. Por fim, os uivos da plateia cederam, o violoncelo executou um crescendo arrebatador e a expectativa aumentou ainda mais, alcançando níveis quase insuportáveis.

Quando o clique do holofote finalmente se fez ouvir, o estádio entrou em erupção num urro fenomenal.

— É WAYNE... É WAYNE... É WAYNE!

Mas no círculo de luz entrou... Docker.

Os gritos diminuíram de intensidade, a plateia envolta em confusão.

— Esse não é Wayne! Não é Wayne! Não é Wayne!

Inesperadamente, como se atendendo a um pedido irresistível, a gritaria voltou redobrada e continuou cada vez mais alta e mais histérica. Todos perceberam o que estava acontecendo.

Mamãe girou o rosto para mim e guinchou no meu ouvido:

— É Docker! É Docker! PORRA, é Docker! — Seu maxilar se abriu tanto que deu para ver suas amígdalas.

Por alguns segundos, o primeiro pensamento de todos foi: "Eles voltaram completos. Vieram os CINCO."

Mas as luzes em néon arrebentaram em cores deslumbrantes e ofuscantes, a música explodiu em um agudo ensurdecedor e os quatro rapazes começaram a cantar "Indian Summer", um dos maiores hits da Laddz — um número animado, dançante e de altíssimo astral.

De repente, o público também estava dançando. Raios laser em tons de azul e rosa circulavam por toda a plateia, e a atmosfera foi de transcendência, quase uma experiência religiosa. Tudo estava tão arrebatador, impecável e perfeito que ninguém se incomodou com o fato de que Wayne não estava no palco e quem dançava em seu lugar era Docker.

Depois de "Indian Summer", eles emendaram "Throb", outro sucesso muito dançante; em seguida, veio "Heaven's Door". Provavelmente, eu era a única daquelas quinze mil pessoas a reparar que a coreografia de Docker não era tão elaborada quanto poderia ser, e que ele estava um segundo atrasado em relação ao restante do grupo; às vezes, se atrapalhava e não girava o corpo por completo. De qualquer modo, eu devo ser justa: em nenhum momento ele se esqueceu de sorrir.

Depois da quarta música seguida, eles finalmente pararam para respirar.

— Boa-noite, Dublin!

— Como podem ver, Wayne não pôde vir se apresentar conosco — informou John Joseph.

— Mas ele mandou que pedíssemos desculpas em seu nome — completou Roger.

— Espero que eu sirva como substituto — disse Docker. — A próxima canção é para Wayne...

Seis meses depois

Do lado de fora da igreja, no estacionamento, os negócios estavam bombando. Árvores de Natal imensas eram embrulhadas com arames finos e levadas para os porta-malas abertos dos carros; muito dinheiro trocava de mãos numa velocidade espantosa.

Dentro do salão paroquial, enfeites brilhantes tinham sido grudados com fita adesiva em todas as paredes, e canções de Natal tocavam ao fundo. Felizmente, os alto-falantes eram velhos e estourados, então mal dava para ouvir as musiquinhas chatas.

Os estandes de sempre tinham sido erguidos no local, com os vendedores apregoando suas irresistíveis mercadorias. Parei no estande de rifas e me espantei com a pobreza dos prêmios — uma garrafinha de Sprite diet, uma caixa de Panadol, uma lata de feijões; mesmo assim, comprei uma. Claro, por que não?

A mulher da barraquinha de tricô estava sentada em um banco alto, observando seu reino. Tricotava com uma fúria tensa e reprimida, e centelhas de ódio pareciam espirrar das agulhas a cada clique. Espalhados diante dela estavam muitos gorros de esquiador vermelho-escuros, com buracos apenas para os olhos; ela parecia estar planejando uma revolução.

— Sim? — atendeu-me, com rispidez.

— A senhora tem alguma coisa para bebês?

— Menina ou menino?

— Menina.

— Que tal um lindo gorro de esquiador?

Fui em frente. Pela primeira vez em muitos anos, havia um estande novo, e parecia ser altamente popular. Vendia objetos revestidos de feltro.

Será que era por isso que Madame Tricoteira estava com tanta raiva? Forcei minha entrada no estande e dei de cara com um par de sapatinhos em feltro cor-de-rosa. Uma graça, perfeitos! Pena que um era muito maior que o outro.

— Cinco euros — informou-me a mulher.

— Mas... são de tamanhos diferentes.

— Você os quer para dar de presente?

— Isso mesmo.

— Então é a intenção que conta. Cinco euros.

— A senhora embrulha para presente?

— Não. Onde você acha que está? Na Barney's, de Nova York?

— Como é que a senhora conhece a Barney's?

— Ah, já ouvi muitas coisas ao longo da vida. — Ela me deu uma piscadela simpática e guardou meus cinco euros na bolsinha que trazia presa à cintura, já quase cheia.

A mesa de confeitaria era a seguinte. Fiquei parada ali por alguns instantes, admirando os bolos confeitados, antes de me dirigir à dona da barraca, uma mulher gorda, baixinha e muito conversadora.

— O que é aquilo? — apontei.

— Torta de marmelada.

— Sério? — Que ideia estranha. — A senhora não tem algum bolo normal?

— Que tal este pão de ló recheado com café e nozes?

— Café? E nozes? É que vou receber visitas, entende? — Parei para experimentar a palavra. — São *convidados*. Quero recebê-los bem, e não insultá-los. O que é aquilo? — Apontei para um retângulo meio torto.

— Bolo de biscoitos de chocolate.

CHÁ DE SUMIÇO 619

— Excelente, vou levá-lo.

— Que tal alguns cupcakes para acompanhar?

— *Para mim?* — perguntei, com ar arrogante. — Tenho cara de quem serve cupcakes para as visitas?

— Ora, mas veja o seu rostinho lindo — disse ela, sem se ofender. — Você está toda arrumada, é uma mulher chique, vestindo um casacão elegante, saltos altos e uma bolsa lindíssima. É nova, não é?

— É — respondi baixinho, porque a bolsa não era minha; pertencia a Claire, mas eu a pegara "emprestada".

— Para ser sincera — completou a vendedora —, você é o clichê perfeito da mulher sofisticada que serve cupcakes para os convidados.

— Não sou, não! — reagi, de forma enérgica. — Não sou *mesmo*! De qualquer modo, vou levar uma dúzia.

Depois, em nome dos velhos tempos, eu *tinha* de visitar a barraquinha de bugigangas, que eu chamava de merdigangas. Com uma espécie de afeto, vasculhei os produtos oferecidos: três raspadinhas já raspadas; um único tênis prateado tamanho 39; um folheto da Stannah, mostrando vários modelos de cadeiras automáticas especiais para idosos subirem escadas; um vaso de flores quebrado; meio frasco de Chanel nº 5 (uma mancha no vidro, perto da tampa, me fez ter certeza de que o perfume não tinha sido usado, e sim bebido).

A mulher sentada ao lado da mesa — diferente da do ano passado, disso eu tinha certeza — parecia tão intimidada que nem se deu ao trabalho de erguer a cabeça para me olhar.

— O que a senhora fez de errado... — perguntei, com compaixão — para receber um castigo tão grande? Ser designada para tomar conta dessa barraquinha e vender toda essa tralha?

Espantada, ela finalmente olhou para mim. Levou algum tempo para conseguir achar a voz e se manifestar; percebi claramente que ninguém tinha lhe dirigido a palavra a manhã toda.

Eu... ahn... Bem, a presidente do comitê deve ser obedecida. — Deu uma risadinha de resignação. Esse ano, meus jacintos floresceram duas semanas antes dos dela.

— O motivo foi só esse?

— Minha vida virou um inferno desde então — confessou, balançando a cabeça. — Para ser sincera, estou quase desistindo de ser católica e já andei até investigando outras religiões. Planejo abraçar o zoroastrismo, eles me parecem gente boa. Ou a cientologia. Adoro Tom Cruise desde o filme *Negócio arriscado*.

Voltei de carro para meu antigo apartamento e entrei no velho corredor azul-marinho, deixando-me inundar por um maravilhoso sentimento de gratidão. Meu apartamento pródigo. Não é ridículo termos de perder algo para conseguirmos realmente apreciá-lo? Que tipo de mente doentia faz as regras nesse estranho universo que habitamos?

Vou explicar como tudo aconteceu. Era uma terça-feira de julho, mais ou menos um mês depois dos shows da Laddz. No fim das contas, aconteceram quatro apresentações — as três originais e uma absurdamente aguardada quarta. A essa altura, Docker já fizera sua parte e pagara o débito cármico com Wayne, mas precisou sair de cena na semana seguinte; foi protestar a favor dos agricultores do Equador, que trabalhavam em situação precária. De qualquer modo, fez os shows porque não havia mais Wayne para participar deles.

No fim, todo mundo se deu muito bem com a história. As pessoas envolvidas faturaram uma boa grana: os produtores, Harry Gilliam, Jay Parker e os integrantes da Laddz. (Não foi surpresa o fato de Docker não aceitar um centavo sequer pelas suas apresentações; transferiu todo o dinheiro que lhe era devido para Wayne.) Os discos antigos da Laddz voltaram a vender muito. Muito mesmo.

CHÁ DE SUMIÇO 621

Além disso, o DVD do primeiro show acabara de ser lançado para o Natal, e as vendas, em todo o mundo, já eram espetaculares.

Como eu dizia, numa bela manhã de terça-feira, em julho, eu estava no "escritório" da casa de meus pais, trabalhando um pouco. Fazia uma semana que eu tinha recebido alta do Santa Teresa. Fora procurada por e-mail por um norte-americano descendente de irlandeses que queria que eu montasse sua árvore genealógica. Esse era o tipo de trabalho que eu já fizera no passado — na verdade, esse novo cliente conseguiu meu contato através de um conhecido dele, para quem eu tinha feito uma pesquisa semelhante. Era um trabalho tedioso, que envolvia muitas visitas a cartórios empoeirados, em busca de antigas certidões de nascimentos, mortes e casamentos. Mas, tudo bem, era de monotonia que eu precisava.

De repente, mamãe entrou no quarto. Parecia preocupada.

— Jay Parker está aqui.

— O quê?

Eu não tinha contato com ele desde que conseguira que Docker se apresentasse nos shows, substituindo Wayne.

— O que ele quer? — Eu não podia aguentar nenhum tipo de estresse. Estava começando a me sentir normal novamente; aos poucos, voltava a me sentir eu mesma.

— Devo dispensá-lo? — quis saber mamãe.

— Por favor, faça isso.

— Vai levar só um minutinho! — trovejou a voz dele, da base da escada.

— Ora, pelo amor de Deus! — reagi. — Tudo bem, pode subir, mas seja breve.

— Quer que eu fique aqui? — perguntou mamãe.

— Não, não, está tudo bem.

Com ar desconfiado, Jay entrou no quarto.

— Passei aqui só para lhe trazer isso. — Entregou-me um imenso saco preto de lixo. — Olhe aí dentro.

Dei uma espiada. Vi várias pilhas de papéis dobradinhos. Pilhas e pilhas de papéis compridos, todos amarradinhos com elástico. Parecia até dinheiro!

— Que é isso? — perguntei.

—Trinta mil.

—Trinta mil o quê?

— Ora... Trinta mil euros!

Depois de um logo silêncio, perguntei:

— Parker, que brincadeira é essa?

— Sua parte da entrada.

Olhei em torno, atônita. Que entrada? Olhei para a entrada do quarto, sem compreender. Sobre o que ele estava falando?

—A entrada dos shows, sua parcela da bilheteria das apresentações da Laddz, lembra? O contrato que entreguei a você?

Tinha uma vaga lembrança de que, em meio à busca frenética por Wayne, Jay Parker me entregara um pedaço de papel que eu dobrei e enfiei na bolsa. Ali, ele se comprometia a me dar uma porcentagem da sua parte, caso os shows acontecessem. Eu apagara isso da cabeça na mesma hora, pois estava convencida de que não conseguiria achar Wayne a tempo, sem mencionar o fato de que Jay Parker não era confiável.

Peguei um maço de notas de cinquenta euros no fundo do saco de lixo e o balancei na mão, como se testasse o peso.

— Isso é dinheiro de verdade?

— Claro que sim! — Jay riu.

— Não é falso?

— Não.

— Nem roubado?

—Também não.

— Então... Qual é a pegadinha?

— Não há pegadinha.

— Quer dizer que você veio até aqui só para me entregar um saco de lixo com trinta mil euros, dinheiro que você jura que é verdadeiro, não pede nada em troca e simplesmente vai embora?

— Exatamente.

E foi exatamente isso que ele fez.

Eu não sabia o que fazer com tanto dinheiro, então, simplesmente enfiei tudo debaixo da cama. De vez em quando, pegava o saco de lixo e espalhava alguns maços de notas sobre o colchão, mas logo recolhia tudo e voltava a guardar. Levei quatro dias para entender — *acreditar* de verdade — que aquilo era dinheiro real. E que eu poderia gastá-lo como bem quisesse.

Meu primeiro pensamento foi gastar tudo em echarpes. Dava para comprar *muitas* echarpes com trinta mil euros.

De repente, uma ideia me ocorreu... Eu ainda tinha as chaves do velho apartamento.

Achei pouco provável conseguir entrar nele. Tinha quase certeza de que, a essa altura, haveria outras pessoas morando lá. No mínimo, a fechadura teria sido trocada pelo banco, a fim de receber os novos moradores.

Logo ao chegar, porém, vi que tudo estava intacto — as coisas me pareceram estar exatamente como eu as havia deixado, um mês e pouco antes. O motivo disso? Por todo o país, milhares e milhares de pessoas estavam em atraso com o pagamento das prestações da casa própria. O valor que eu devia ao banco era relativamente modesto, tão insignificante que o imóvel ainda não tinha sido formalmente retomado.

Liguei para o banco e perguntei se, caso eu pagasse as prestações em atraso, poderia voltar a morar lá. Estava certa de que a resposta seria "pode tirar o cavalo da chuva" — vocês sabem como são esses burocratas. Na verdade, porém, eles nem sabiam que eu tinha desocupado o imóvel.

Então, como quem não quer nada e receando estar infringindo alguma lei, levei algumas roupas de volta para meu velho armário embutido. Em seguida, paguei a taxa de religação de luz. Depois, paguei as contas atrasadas da coleta de lixo e pedi para religarem o sinal da TV a cabo. As coisas foram se acertando; liguei para o cartão de crédito e acertei a dívida com eles. Consegui de volta até mesmo minha cama de madre superiora. Comprei um sofá novo, duas poltronas, e recuperei o restante da mobília, ainda estocada no gigantesco guarda-móveis que ficava depois do aeroporto.

Esperava que alguém me impedisse de ir em frente; imaginei que, a qualquer momento, apareceria na minha porta um sujeito com uma ordem legal que acabaria com meus planos, mas nada aconteceu. Mesmo assim, levou um bom tempo até eu me sentir segura, entender que o apartamento era realmente meu e me convencer de que eu pertencia àquele lugar.

Arrumei os cupcakes num pratinho, cortei o bolo feito com biscoitos de chocolate em fatias e abri uma caixa de saquinhos de chá. Nossa, nunca poderia imaginar que um dia eu estaria à espera de pessoas para o chá!

A campainha tocou. Eles haviam chegado!

Abri a porta.

— Oi, Helen!

— Olá, Wayne. — Continuávamos um pouco tímidos um com o outro. — Entre!

Wayne me deu um educado beijo no rosto. Virei-me para a mulher ao seu lado e exclamei:

— Olhem a elegância da madame! Já voltou para seus jeans tamanho trinta e quatro?

—Trinta e oito, na verdade — respondeu Zeezah. — Mas estou batalhando para emagrecer ainda mais. — Ela me mostrou a trouxinha de gente que trazia no colo. Esta é Aaminah. Ela não é linda?

Analisei o bebê. Mostrei-me maravilhada com a beleza da criança, mas, de fato, eu estava tentando descobrir se ela se parecia com Wayne ou com John Joseph. Impossível dizer. Ela parecia um bebê recém-nascido comum, todo enrugado e com cara de joelho.

— Como é linda! Meus parabéns! — Isso é o que normalmente se diz para as pessoas que acabaram de ter um bebê, certo?

Nossa, quantas coisas haviam acontecido nos últimos seis meses! Assim que os shows da Laddz acabaram, Zeezah largou John Joseph e voltou para Wayne. Dias depois disso, Wayne recebeu alta do Santa Teresa. (Estivemos internados juntos por alguns dias; ele já estava nos acabamentos da sua casa de passarinhos quando eu comecei a construir a minha.)

Naturalmente, a mídia enlouqueceu com a história apimentada do triângulo amoroso. Wayne e Zeezah "fugiram" do país (segundo os tabloides). Na verdade, eles simplesmente foram até o aeroporto de Dublin, pegaram um voo da Aer Lingus até Heathrow, em Londres, onde trocaram de terminal e passearam por algumas horas, como qualquer cidadão comum. Compraram óculos de sol na Sunglasses Hut, pois não havia mais nada de interessante para fazer durante a escala, e finalmente pegaram o voo da Air Turkey para Istambul, para onde se mudaram depois de alugar um apartamento.

Quando chegaram lá, Zeezah "retomou contato" — nossa, que expressão excelente para figurar na minha Lista da Pá — com sua antiga gravadora, e um acordo foi feito com John Joseph, por meio do qual ela se libertava dele, contratualmente falando. Começara a trabalhar num novo álbum e já tinha marcado uma turnê para o ano seguinte.

Fazia cinco dias que Zeezah tivera seu bebê em um sofisticado hospital de Istambul — nascimento natural, três horas em trabalho de parto, sem peridural nem analgésicos. Isso era admirável nela. Suponho que, num futuro próximo, um teste de DNA deverá ser feito para estabelecer quem é o "pai biológico" da criança (Lista da Pá), mas isso é assunto particular deles. Certamente, conseguirão resolver tudo numa boa.

Dois dias antes, eles haviam voltado a Cork, a fim de apresentar Aaminah para a família de Wayne. Foi quando ele me ligou para saber se, aproveitando que estavam na Irlanda, ele, Zeezah e o bebê poderiam me fazer uma visitinha. Pelo visto, Wayne achava que eu tinha sido um fator fundamental para a felicidade que desfrutavam.

Fiquei surpresa e comovida, embora essa visita significasse que eu teria de pedir um bule de chá emprestado a alguém.

— Entrem, entrem! — convidei. — Estou... — Fiz uma pausa; *não acreditei* que estivesse prestes a dizer a velha frase do tipo Lista da Pá. — Acabei de colocar a chaleira no fogo para preparar nosso chá.

Wayne olhou em torno na minha sala de estar e riu, comentando:

— Agora entendo por que você gostava tanto da minha casa.

— O que aconteceu com ela? — perguntei, com ar melancólico.

— Foi vendida. Mas precisei redecorar tudo, antes. O corretor me disse que jamais conseguiria vendê-la se eu não fizesse isso.

Então, a casa número quatro em Mercy Close, aquela que eu conhecera tão bem, se fora para sempre. Tudo bem, as coisas mudam.

Servi o chá, ofereci os cupcakes e passamos uma hora muito agradável. Zeezah era a mesma de sempre, exuberante e cheia de abobrinhas para contar. Wayne me pareceu mais quieto. Jay Parker tinha acertado em cheio quando descrevera Wayne como um sujeito ligeiramente "intenso". Mas eu gostava bastante dele, mesmo assim. Havia uma ligação definitiva entre nós, como se nossas vidas tivessem se cruzado por algum tempo, a fim de que pudéssemos salvar um ao outro.

— Então, como está se sentindo, no momento? — perguntei a ele. — Com relação à cabeça?

— Estou bem. E você?

— Muito bem, obrigada. Levou algum tempo, mas estou melhor do que nunca, pelo menos em relação aos últimos anos. Acho que jamais voltarei a ser como era antes da primeira crise. Nunca mais serei tão durona, nem tão esperançosa. Mas estou muito bem, apesar disso.

— Exato! Ficar "melhor do que antes" é a melhor forma de encarar o problema. Eu também estou aprendendo a viver assim.

— Que legal! Você se expressou muito bem. Então, que pilu-linhas ensolaradas você anda tomando?

Ele respirou fundo, e demos início a um entusiasmado papo sobre psicotrópicos, os benefícios das diferentes combinações de medicamentos e a porcaria que eram os efeitos colaterais. Era fabu-loso encontrar alguém tão parecido comigo.

Zeezah girou os olhos de impaciência.

—Vocês parecem... Qual é o nome, mesmo?... Aqueles caras que colecionam trenzinhos elétricos?... Ferromodelistas! É como se cur-tissem o mesmo hobby!

— Eu acho que — continuou Wayne, sem se abalar —, além dos remédios, correr também ajuda.

— É verdade. — Tremenda mentira, no meu caso, mas eu gos-tava tanto dele que concordaria com qualquer palpite que desse.

— Preparar bolos também é excelente! Além do mais, tenho uma terapeuta fantástica. Ela tem um Audi TT preto. Ah, e curto o Zumba Fitness no Nintendo Wii. Nossa, é difícil pra caramba! E segui algumas das velhas receitas malucas: passei uma semana comendo apenas alimentos vermelhos.

— Funcionou?

— O que você acha?

— Chegou a experimentar o CD *As maravilhas do momento presente?* — perguntou ele, rindo.

— Na verdade, sim. É uma merda completa!

— Definição perfeita. E a ioga do riso?

— Também fiz! Sempre acabava as aulas suando de tanta vergonha. *Suando!* Que mico federal!

— Nossa, acontecia o mesmo comigo. E medicina chinesa?

— Não fedeu nem cheirou. E você?

— A mesma coisa.

Passamos momentos maravilhosos, mas logo Aaminah começou a chorar e Zeezah achou melhor eles irem embora.

— Vocês vão voltar logo para Istambul? — perguntei.

— Vamos — respondeu Wayne. — Mas manteremos contato.

E eu senti que isso realmente iria acontecer.

Então, eles se foram; um pequeno trio feliz. Apesar de Zeezah dispensar John Joseph para ficar com Wayne ter sido a mudança mais dramática dos últimos seis meses, não foi a única.

Frankie Delapp e Myrna compraram uma casa de cinco quartos no respeitável bairro de Stillorgan. Frankie continua apresentando o programa *A Cup of Tea and a Chat*, e parece bem menos desesperado desde que os gêmeos começaram a dormir a noite inteira.

Roger St. Leger teve quatorze namoradas desde os shows. Quatorze vidas destruídas, mas, quem sou eu para julgar alguém? Ele é como é. Todos nós somos do jeito que somos.

John Joseph se mandou para o Cairo assim que os quatro shows acabaram, e pouca coisa se soube dele desde então. Suponho que tenha retomado a velha função de produzir artistas do Oriente Médio.

Cain e Daisy venderam tudo e se mudaram para a Austrália. Acho que serão felizes lá. Pelo menos já têm os cabelos certos.

Birdie Salaman tem um novo amor, um sujeito chamado Dennis. Diz que o relacionamento ainda está no início, mas a coisa parece promissora.

Jay Parker fez fortuna com os shows de reencontro da Laddz — não só pela sua parte na bilheteria, tirando a parcela que me repassou, mas também com produtos de *merchandising*. Foi o único que arriscou investir nisso e ficou com os lucros só para si. Obteve uma mudança de vida radical, em estilo ganhador da loteria.

Não o vi mais desde o dia em que apareceu com o saco de lixo cheio de dinheiro, mas já nos falamos por telefone. Ele me ligou para contar que tinha ido procurar Bronagh e Blake. Queria oferecer a eles dinheiro suficiente para resgatá-los do abismo financeiro.

Bronagh e eu nunca mais tivemos contato. Acho que nós duas sabemos que não havia condições de voltarmos a ser amigas como éramos — muita coisa rolou para podermos retomar a amizade. De qualquer modo, é ótimo saber que ela e Blake estão bem.

Docker sempre aparece no noticiário, defendendo os fracos, os oprimidos e as causas politicamente corretas. Sua mais recente excentricidade é lutar contra o desmatamento da Floresta Amazônica — algo quase ridículo, de tão fora de moda. Acho que ele acabou com o estoque de novas causas e está reciclando as antigas.

Nunca mais soube de Harry Gilliam, e fico feliz por isso.

Maurice McNice continua com seu programa, firme, forte e vivinho da silva.

A campainha tornou a tocar. Mais convidados.

Abri a porta e Bruno Devlin estava ali, acompanhado por dois outros garotos.

— Helen! — disse Bruno, com tom sério, pegando minhas mãos e beijando-me no rosto.

Nos últimos seis meses, ele tinha revolucionado por completo o visual. Nada de neonazi. Seu estilo no momento era uma mistura de *Brideshead Revisited* — *Desejo e Poder*, aquele filme sobre a Grã-Bretanha nos anos 1940, com um toque de James Joyce: todo mauricinho, cabelos divididos no meio, calça de tweed, camisa, gravata, suéter de gola em V, casacão escuro daqueles que minha mãe chama de "sobretudo" e um livro antigo de capa dura com a ponta para fora do bolso. (Havia comprado esse livro decrépito num bazar de caridade por dez centavos; às vezes, ele se largava no sofá com as pernas esticadas, cruzava os pés na altura dos tornozelos e fingia ler aquela bosta.) Usava óculos de aro redondo com vidro transparente, só pelo estilo, e arrematava o visual com uma echarpe de lã.

Só que continuava usando rímel.

Ele me apresentou seus dois camaradinhas.

— Apresento-lhe o sr. Robin Peabody, e este é o sr. Zak Pollock.

Os dois rapazinhos vestidos de forma quase idêntica a Bruno me cumprimentaram de forma solene.

— Posso lhes oferecer um chá? — sugeri

— Não, muito obrigado — agradeceu o sr. Zak Pollock. — Não queremos invadir seu espaço nem tomar seu tempo. Mas apreciaríamos muitíssimo a oportunidade de visitar sua casa. Bruno nos assegurou que a decoração da sua habitação é divina.

— Por favor, cavalheiros — ofereci, magnânima. — Sintam-se à vontade para observar tudo.

Lá se foram eles. Pareceram levemente chocados ao descobrir como o meu apartamento era minúsculo, mas apreciaram de forma efusiva minha cama, as cortinas com padronagem de penas de pavão e as escolhas das cores nas paredes.

—Vejo que tem um gosto extraordinário, srta. Walsh — elogiou um dos clones.

— Eu não falei? — concordou Bruno, com júbilo. Por um instante, pareceu ser o menino de quatorze anos que realmente era. — Não lhes disse que era brilhante? Vejam como tudo é *requintado*!

— Realmente esplêndido! — concordou um dos clones.

—Tudo me parece realmente muito refinado — atalhou o outro clone, postando-se diante de um dos meus quadros de cavalos. — Pinceladas soberbas. A nobreza da criatura capturada em toda a sua força e verdade!

— Que bom que vocês gostaram! — reagi, batendo as mãos baixas para transmitir o sinal internacional de "caiam fora daqui". Já tinha aturado muito daquele trio de idiotas. — Obrigada pela visita inesperada. *Mal posso esperar* pelo nosso próximo encontro.

Quase os enxotei para fora. Pouco antes de sair, Bruno me pediu, baixinho:

— Se um dia você resolver morar lá em casa com meu pai, posso me mudar para cá?

— Vamos ver — disse eu. Bella também tinha me pedido a mesma coisa, e eu gostava muito mais dela.

Quando estavam saindo, chegou meu lote seguinte de visitantes: Bella, Iona e Vonnie. Tinham vindo decorar minha árvore de Natal. Lançaram-se à obra com a determinação de uma brigada antifogo, distribuindo pequenos pinheiros cobertos de purpurina cor-de-rosa, anjos de papel pintados à mão, estrelas de cerâmica prateadas que elas haviam feito numa oficina de trabalhos em barro, além de luzinhas cintilantes.

Quando terminaram, minha árvore estava mais linda do que eu jamais conseguiria deixá-la, mesmo que reencarnasse cem vezes. Ofereci-lhes alguns cupcakes, mas logo elas foram embora. Limites, sabem como é? Os limites passaram a ser respeitados.

Por fim, chegou Artie, meu último visitante da noite, trazendo duas pizzas e uma caixa de sorvete. Colocou tudo na geladeira e avisou:

— Tenho uma surpresa para você. — Ele me entregou um pen drive.

— Que é isso?

— Politi Tromsø.

Era uma série norueguesa sobre crimes pela qual estivera obcecada ao longo de todo o outono. Ficara arrasada quando acabou a primeira temporada.

— Mas eu já vi esses episódios, Artie, você sabe disso! — Afinal, eu não falava de outra coisa, na época.

— Não viu, não. Os da segunda temporada você não assistiu.

— Mas a segunda temporada só estreia em abril.

— Eu consegui uma cópia.

— Como?! — Olhei para ele, maravilhada.

— Ahn... De forma ilegal. Na China.

— Oh, meu Deus, não acredito! Você é fantástico! Podemos assistir... *agora*? Que tal comer pizza com sorvete enquanto assistimos à segunda temporada de Politi Tromsø agora mesmo?

— Claro que sim! — riu Artie.

— Você cuida das ligações com a TV e toda a parte tecnológica enquanto eu preparo a gororoba. — Corri para a cozinha a comecei a colocar fatias de pizza em pratinhos. Na sala, meu celular tocou.

— Quer que eu atenda? Aqui diz "número desconhecido".

— Tudo bem, pode atender. Eu estava completamente despreo-cupada.

Depois de uma breve conversa com alguém, Artie apareceu na cozinha.

— Por acaso você comprou uma rifa hoje?

— Comprei.

— Pois saiba que você ganhou!

— Oh, meu Deus! Qual é o prêmio?

— Uma lata de feijões.

— Sério? — De repente, meus olhos cintilaram com lágrimas de felicidade.

Aquele dia não poderia ficar melhor do que já estava.

FIM

Agradecimentos

Chá de sumiço não poderia ter sido escrito se não fosse pelo incentivo de Annemarie Scanlon, que passou muitos anos me dizendo que um personagem tão interessante como Wayne Diffney merecia um livro só seu. Obrigada, AM!

Queria expressar minha profunda gratidão a Louise Moore, a melhor editora do mundo, por sua visão, energia, lealdade e paciência. Obrigada a Celine Kelly por editar meu texto com tanta sensibilidade, intuição e inteligência, e também a Clare Parkinson por fazer o copidesque com uma atenção tão meticulosa. Um milhão de agradecimentos à maravilhosa figura de Liz Smith, por apoiar Chá de sumiço com tanta devoção, trabalho duro e singular genialidade. Este livro ficou incomensuravelmente melhor por causa das suas ideias. Obrigada a todos os funcionários de Michael Joseph por publicar e vender meu trabalho de forma amorosa e com tamanha dedicação; sou profundamente grata a vocês.

Pelo seu jeito imperturbável e por me representar com tanto entusiasmo, gostaria de deixar um agradecimento especial ao meu agente literário, o magnífico Jonathan Lloyd. Também quero agradecer a todos na Curtis Brown, pela empolgação constante com a qual eles divulgam e promovem meu trabalho. Sou abençoada por ter todos vocês à minha volta.

Agradeço a todas as pessoas que leram Chá de sumiço enquanto ele estava sendo escrito e me incentivaram a ir em frente com seu entusiasmo, encorajamento, sugestões e questionamentos: Jenny Boland, Suzie Dillon, Caron Freeborn, Gwen Hollingsworth, Ella Griffin, Cathy Kelly, Caitriona Keyes, Ljiljana Keyes, Mamãe Keyes, Rita-Anne Keyes, Shirley Baines e Kate Thompson. Obrigada também a Kitten Turley por servir de inspiração para o questionário de Bella. Nunca conseguirei transmitir toda a gratidão que sinto por todos vocês. Caso tenha me esquecido de alguém, sinto muitíssimo!

Vários detetives particulares me ajudaram a fazer as pesquisas relacionadas com o trabalho de Helen. Eles foram incrivelmente generosos com seu tempo e com as dicas que compartilharam comigo, revelando-me um mundo novo de informações secretas sobre seu ofício. Devido à natureza do trabalho ao qual se dedicam, todos me pediram para permanecer anônimos. Desnecessário é dizer que sou muito, muito grata a eles, e quaisquer erros que existam no texto são meus.

Obrigada a AK. Ela sabe por quê.

Este livro foi escrito de forma intermitente, quase aos trancos e barrancos, e sob circunstâncias muito incomuns. Por sua constância, coragem, paciência e entusiasmo; por cuidar de mim, fazer pesquisas, rir nas partes engraçadas, ser uma tábua de salvação e, mais que tudo, por manter a fé na minha capacidade quando eu mesma a tinha perdido, gostaria de agradecer a Tony. Este livro jamais teria sido escrito sem ele... Simples assim.

Perguntas & Respostas com
Marian Keyes

P: Em média, quanto tempo você leva para escrever um livro?

R: Vou lhe contar com precisão quanto tempo levo! Há mais ou menos dois anos, em uma turnê de divulgação na Austrália, tive o imenso privilégio de me sentar ao lado de uma mulher, durante o almoço, que me perguntou quantos livros eu conseguia lançar por ano. "Três?", sugeriu ela. "Quatro?". "Puxa, nenhum dos dois", respondi. "Todos os anos eu escrevo doze livros, um por mês. Só que, para ser franca, não demoro tanto tempo escrevendo cada título. Na verdade, levo só sete dias; as outras três semanas do mês eu passo num spa de alto luxo, submetendo minhas coxas a maravilhosas drenagens linfáticas.

Infelizmente, *mes amis*, e com profunda tristeza, devo confessar que minha reação não foi essa. Só pensei nessa resposta maravilhosa muitos dias mais tarde, depois de várias noites de insônia. A vantagem é que eu não segui o impulso número dois, que foi o de mandar a criatura "catar coquinhos". Nada disso. O que eu fiz foi gaguejar um pouco, como se pedisse desculpas, antes de confessar que, na realidade, levo em média dois longos anos para dar à luz um único livro.

P: Alguma vez você baseou seus personagens em pessoas reais?

R: Cristo Bendito, você está louco? Não. Não, não, não. Isso seria muito cruel, e eu acabaria sem amigos. Mas, mesmo assim, algumas pessoas imaginam que eu as enfiei dentro de alguma história. Uma vez, vieram me contar um caso ótimo: um ex-namorado meu, quando soube que eu tinha lançado meu primeiro livro, deu um pulo do banco ao saber da novidade, no pub em que estava, abandonou a cerveja na mesa, correu pela rua como um alucinado em busca da livraria mais próxima e balançou as grades da loja fechada, implorando ao guarda do prédio que o deixasse entrar por alguns minutos, só para dar uma olhada no livro, pois estava convencido de que eu escrevera tudo sobre ele e seu bilau minúsculo. É claro que eu não tinha feito nada disso (aliás, o bilau dele não era tão minúsculo assim; pelo menos, não era tão menor que a média). O fato é que é muito mais divertido inventar vidas e personagens.

P: Você segue algum método específico, ou tem um caminho predeterminado para escrever?
R: Eu sempre começo com uma personagem e trabalho duro nela até conhecê-la de forma íntima e completa. Conforme expliquei, as personagens nunca são baseadas em gente de verdade, mas podem ter vários atributos e características de pessoas diferentes. Geralmente, também tenho um assunto que quero abordar, e junto esse assunto às personagens. Parece simples, mas não é.

Usei muito da minha vida real nos meus três primeiros livros (embora eles não fossem autobiográficos), mas desde então sempre tenho de fazer muitas pesquisas. Considero essas pesquisas bastante complicadas, porque sou obrigada a fazer perguntas insolentes às pessoas, e isso as deixa pouco à vontade.

Nunca tenho o livro inteiro planejado na cabeça desde o início — acho que eu mesma perderia o interesse em escrever, se fosse assim.

P: Quem ou o que foi sua maior influência, quando você resolveu se tornar escritora?

R: Até hoje eu não sei, com certeza, se realmente decidi ser escritora. Comecei escrevendo contos como válvula de escape, e também para divertir a mim mesma e aos meus amigos. Naquela época, teria sido pavoroso eu me autodenominar "escritora". Só alguns anos mais tarde, quando larguei meu emprego formal, foi que percebi que era isso que eu realmente tinha de ser na vida. Em termos de contar histórias, minha mãe foi uma enorme influência, porque a família dela tinha uma antiga tradição de contar histórias e velhos casos pessoais aos filhos.

P: Você tem alguma dica para aspirantes a escritor?

R: Guarde cópias de tudo que você escreve. Mais uma dica: antes de qualquer coisa, pare de falar sobre suas ideias e comece a colocá-las no papel, palavra por palavra. Separe formalmente algum tempo, diariamente, para escrever um pouco. Respeite o livro que você escreve e não tente trabalhar nele apenas nas horas vagas, fazendo pedaços soltos, encaixados entre suas atividades. Melhor ainda: tente escrever no mesmo horário todos os dias; isso faz com que o subconsciente entre em estado de prontidão.

Não desanime nem fique surpreso se os primeiros esforços lhe parecerem terrivelmente ruins — em vez disso, crie a expectativa de se maravilhar com a diferença que existe entre o que está na sua cabeça e o que aparece na página escrita. Tenha perseverança! As chances de você melhorar a cada dia são grandes.

Tome o cuidado para não se imaginar como a "nova Maeve Binchy", ou o "novo escritor tal"; isso vai ser sempre gritantemente óbvio nos seus textos. Em vez disso, crie uma voz única e personalizada, e tenha orgulho dela.

Escreva sobre o que você conhece; caso não conheça o assunto, prepara-se para fazer muitas pesquisas.

Por fim, curta bastante o seu trabalho! Se você gosta de escrever, são muito boas as chances de as pessoas também gostarem de ler o que você escreve.

P: Quais são seus livros favoritos?

R: Eu leio de tudo, mas livros de suspense são sempre os meus favoritos. Às vezes, eu crio uma fixação por algum autor. Fiquei literalmente encantada quando descobri Alexander McCall Smith, e li tudo que ele escreveu. O tempo todo eu me perguntava como ele reagiria se eu batesse em sua porta e lhe pedisse para morar lá, mesmo que fosse apenas a mascote da casa. No momento, estou levemente obcecada por Michael Connelly. Também fiquei enfeitiçada com Dennis Lehane. Além disso, gosto muito de livros de não ficção, especialmente depoimentos de pessoas que sofrem coisas terríveis do tipo "meu inferno no mundo das drogas e da bebida". Quanto mais sanguinolento, mais eu curto.

E estou tentando aprender tudo sobre... Nossa, nem sei se essa seria a palavra adequada... feminismo. Assuntos relacionados com a condição das mulheres em geral, entende? Sei lá como chamaria isso, mas tenho lido todos os livros fundamentais sobre feminismo, porque minha geração nunca recebeu incentivos para fazer isso — sempre nos disseram que a guerra entre os sexos tinha acabado e nós éramos iguais aos homens. Só que eu nunca consegui deixar de reparar que as mulheres continuam a ser uma espécie de cidadãs de segunda classe, e isso me incomoda muitíssimo. Mas eu não tinha a linguagem nem os argumentos eficazes para transmitir as coisas que sentia, então decidi aprender tudo que conseguisse sobre o assunto.

P: Quando não está escrevendo, como você passa o tempo?
R: Procuro me envolver em obras de caridade, especialmente entre os pobres.

Também adoro me esticar no sofá e assistir ao *Big Brother*. Nos meses em que o programa não passa, conto os dias no calendário, à espera da próxima edição.

Gosto de circular por lojas de sapatos.

Adoro procurar roupas na internet, e sempre reclamo dos preços.

Nas horas vagas, fico me perguntando o motivo de minhas unhas sempre quebrarem quando atingem o tamanho ideal.

Também adoro preparar pratos com curry e comprar meias.

Impresso no Brasil pelo
Sistema Cameron da Divisão Gráfica da
DISTRIBUIDORA RECORD DE SERVIÇOS DE IMPRENSA S.A.
Rua Argentina 171 – Rio de Janeiro, RJ – 20921-380 – Tel.: 2585-2000